정조, 이산의

오경백편

추천·감수
성균관장 최근덕
1933년 경남 합천에서 태어났으며 성균관대 동양철학과를 졸업한 뒤 성균관대 대학원 국문학과를 마쳤다. 정신문화연구원 고전연구실장으로 일했으며, 성균관대 유학대 교수로 유학대학장, 유학대학원장, 유교회 중앙회장을 거쳐 현재 성균관장을 맡고 있다. 지은 책으로는 ≪논어 인간학≫, ≪이야기 소학≫, ≪한국유학사상 연구≫, ≪고사성어 백과사전≫ 등이 있으며, 장편소설 ≪식민지≫(전 7권), ≪반역≫(전 7권), ≪화우도火牛圖≫(전 7권), ≪정한산하情恨山河≫(전 7권), ≪여로女盧≫, ≪흙불≫, ≪서동태자薯童太子≫ 등이 있다.

옮긴이
장개충
어문각語文閣에서 15년간 기획과 편집 일을 했으며 ≪가나다 활용 옥편≫, ≪新 1800 한자교본漢字敎本≫, ≪정통 한자교본正統 漢字敎本≫, ≪한자 능력 검정시험≫, ≪초·중·고급편 급수별 한자≫, ≪고사성어 숙어 대백과≫ 등의 책을 쓰고 엮었다.

김월성
1942년 생
1968년 중국 연변대학 조선언어문학과 졸업
졸업 후 전문대학 교원, 방송국 편집 기자로 근무
1990년부터 잡지사 〈예술세계〉 사장 역임
2003년 한국 강원대학 대학원 졸업, 문학박사
중국소수민족작가협회 회원, 연변작가협회 회원
한국번역가협회 1급 번역가
한국어문회, 한국어문교육연구회 회원
현재 연변 잡지 〈예술세계〉 편집위원
논문: 〈조선 후기 신운론 수용 연구〉, 〈추사 김정희의 예술관과 불교의 영향〉, 〈초정 박제가의 미론시학과 무미론〉 등 다수
번역: ≪수당연의≫(전 5권), ≪혜경전≫ 등 다수

정조, 이산의 오경백편

초판 1쇄 인쇄일 | 2009년 08월 15일   초판 1쇄 발행일 | 2009년 08월 20일

지은이 | 정조 이산
옮긴이 | 김월성·장개충
추천·감수 | 최근덕
펴낸이 | 김양순
펴낸곳 | 느낌이 있는 책
　　　　주소 경기도 고양시 일산서구 덕이동 978-1
　　　　전화 (代)031-932-7474 / 팩스 031-932-7480
　　　　E-mail 주소 feelbooks@paran.com
　　　　등록번호 제 10-1588　등록년월일 1998. 5. 16
출판기획 | 강창용　책임편집 | 이세경·박성숙　디자인 | 가혜순　책임영업 | 최강규·김영관

ⓒ 느낌이 있는 책 2009
ISBN 978-89-92729-46-8　　03800

* 책값은 뒤표지에 있습니다.
* 잘못된 책은 구입처에서 교환해 드립니다.

정조, 이산의

오경백편

五經百篇

정조, 이산 지음

장개충 · 김월성 옮김

성균관장 최근덕 추천 · 감수

느낌이 있는 책

경經이란 무엇인가?

품고 있는 뜻이 많지만 요약해보면 첫째는 날실이다. 베를 짤 때 세로로 놓인 실이다(날). 전체 모양을 잡는 표준이 된다. 따라서 상하上下, 남북南北의 선線을 말하기도 한다. 가로는 위緯(씨)로 둘째인 길道이다. 또한 법法, 조리條理, 정의正義란 뜻으로도 쓰인다. 셋째는 떳떳함이다. 상도常道, 곧 절대로 변하지 않는 도리를 뜻한다. 넷째는 글, 즉 성인聖人의 글을 뜻한다. 성인이 남긴 말씀이나 행적을 적은 글을 '경전經典'이라고 하는 이유가 바로 이 네 번째 뜻에 해당한다. 성경聖經, 불경佛經 등으로 일컫어지는 것처럼 말이다.

경전經典은 '성경현전聖經賢傳'을 줄인 말이다. 성인의 글과 현자賢者의 주석이라는 뜻이다.

동양東洋, 곧 유교儒敎의 경전으로 예부터 '사서오경四書五經'이라 했다. 사서는 대학大學·중용中庸·논어論語·맹자孟子고, 오경은 시경詩經(=詩傳)·서경書經(=書傳)·예경禮敬(=禮記)·역경易經(=周易)·춘추春秋다.

오경은 사서보다 어렵고 권수卷數도 많다. 또한 다양한 내용을 담고 있다. 지금의 학문은 인문人文 · 사회社會 · 자연과학自然科學 · 문학文學 · 철학哲學 · 물리物理 · 화학化學 등으로 세분화되어 있지만, 정작 오경은 이 모든 분야를 종합 · 포용하고 있다. 오경 자체가 하나의 우주宇宙이고, 학문의 바다인 것이다. 따라서 오경에 달통하면 종합적으로 모든 분야를 다 능통하게 된다. 문학, 철학, 정치, 경제, 역사, 물리, 화학, 천문, 지리 등을 종합적으로 섭렵涉獵하게 되는 것이다.

그런 이유로 오경은 그 양이 방대했고, 그 내용 또한 심오했다. 따라서 예부터 공부하는 이들은 더러 요약要約을 바라기도 하고, 그 핵심 요결核心要訣을 구하기도 했다. 100편, 또는 300편의 요약본이 만들어진 것도 바로 그런 이유다. 필자 역시 조선시대 세종世宗 다음으로 호학好學하던 명군名君이시자 방대한 문집文集을 남긴 정조正祖대왕께서 일찍이 '오경백편'을 찬집纂輯하셨다는 기록을 본 적은 있지만, 그 진본眞本을 배관拜觀하지는 못했다. 그런데 이번에 '도서출판 느낌이 있는 책'에서 그 《오경백편》을 구해 우리말로 쉽게 옮겨 출판하게 되었으니, 학문에 뜻을 둔 유학도儒學徒로서 참으로 귀한 일을 해냈다고 칭하稱賀하지 않을 수 없다.

아무쪼록 많은 사람에게 널리 읽혀 철학에 가난하고 사상적으로 목말라 머나먼 꿈도 진실된 고민도 없는 이 시대 젊은이들에게 달디단 앎의 샘이 되어주기를 바라마지 않는 바이다.

기축년己丑年 우수절雨水節에
성균관장成均館長 崔根德

《오경백편》과
정조

《오경백편》은 역경易經, 서경書經, 시경詩經, 춘추좌씨전春秋左氏傳, 예기禮記에서 편자인 정조 대왕이 중요하다고 생각한 것 100편을 추려 엮은 책이다. 정확한 간행년도는 알 수 없다.

《오경백편》은 정조에 의해 편찬된 《어정오경백편御定五經百篇》, 《오경백선五經百選》과 그 내용이 같다. 따라서 책이 간행된 시기에 따라 책 이름을 달리한 것으로 추정된다.

5권 5책으로 오경을 각 1책으로 편했으며, 활자의 크기가 3센티미터로 커서 찾아 읽기에 편하게 되어 있다. 또한 특기해야 할 행行의 상단에 중국 송대 학자들의 주석을 인용해 간략하게 부기해놓았다.

정조가 《오경백편》을 간행한 데는 문화적인 목적뿐 아니라 정치적인 목적이 있었다. 《오경백편》의 간행에 영남의 유생과 서리들을 대거 참여시킨 것이 한 예다. 즉, 정조는 간행 사업을 통해 왕으로 귀결되는 조정의 입지를 노론으로 대표되는 영남 지방에서 강화시키고자 했던 것이다. 정조의 정치적 목적은 서체에 깊은 관심을 보였다는 데서도 확인된다. 서체에 대한 관심은 곧 정조가 제위 시절 내내 관심을 가졌던 '문체반정文體反正'과 연결된다.

'문체반정'이란 한마디로 당시 유행하던 청나라 초기의 문장에서 벗어나 옛날의 순수한 한문체로 돌아가야 한다는 것으로, 정조는 이를 위해 규장각奎章閣을 설치하고, 패관소설稗官小說과 잡서雜書 등의 수입을 금했으며, 주자朱子의 시문詩文을 비롯해 당·송 8대가의 작품 등을 새롭게 간행했다. 하지만 그 때문에 새로운 변화의 시점에 서 있던 우리 문학이 퇴보하는 결과를 낳고 말았다. 그럼에도 불구하고 정조가 문체반정을 이끈 데는 고도의 정치적 목적이 있었다. 바로 왕보다 위에서 군림하던 노론 세력을 누르고 젊고 새로운 지식인을 영입, 왕권을 강화시키겠다는 것이었다.

당시 지배층은 다수의 노론 세력이었고, 소수의 남인 세력이 이들을 견제하고 있었다. 정조로서는 노론을 눌러야만 하는 이유가 있었던 것이다. 그런데 그즈음 양반 출신의 천주교도가 부모의 신주를 태웠다는 '진단 사건'이 일어나면서 천주교를 금해야 한다는 여론이 확산된다. 문제는 남인 다수가 천주교도였다는 데 있었다. 천주교도의 박해는 곧 남인들의 정치적인 몰락으로 이어질 공산이 컸고, 그렇게 되면 정조로서도 큰 타격이었다. 이에 정조는 당시 노론의 주도로 유행하고 있던 패관소품과 명말청초 문집을 비판함으로써 정치적인 무리수를 둔 것이다. 성리학자로서 오랑캐의 문체를 따라서는 안 되며, 외국의 천주교를 박해하려면 그전에 명말 청초의 문집부터 금해야 한다는 논리로 찬주교도, 나아가 남인에 대한 탄압을 피하려 했던 것이다.

즉, 정조는 문화 사업을 고도의 정치적 행위로 인식했으며, 그런 의미에서 ≪오경백편≫은 당시의 정치적 동향과 정조가 실현하고자 했던 정치를 이해하는 데 도움을 주는 자료라 할 수 있다.

　원래 《오경백편》은 역경, 서경, 시경, 춘추좌씨전, 예기의 순으로 정리되어 있다. 그러나 본 책에서는 내용을 쉽게 이해하면서 읽을 수 있도록 서경, 예경, 시경, 춘추좌씨전, 역경 순으로 정리했음을 밝힌다.

차례

오경백편 권 4 ≪춘추좌씨전春秋左氏傳≫

오경백편 권 5 ≪역경易經≫

1

오경백편 권

서경

書經

≪서경 書經≫

유학儒學 오경五經 가운데 하나로 중국에서 가장 오래된 역사서다. 요임금과 순임금 때부터 주나라에 이르기까지의 정사政事에 관한 문서를 공자孔子가 수집해 편찬했다고 전한다. 한나라 이전에는 공문서라는 의미로 '서書'라고 했지만, 유교를 숭상하는 한나라 때는 소중한 경전 그리고 옛 공문서라는 뜻을 지닌 '상서尙書'로 불렸다. 그러던 것이 송나라 때 중요성이 강조되어 유교 경전에 포함시킴으로써 비로소 '서경'이라고 불리게 되었다.

≪서경≫의 기록 대부분은 사관이 사실적으로 기록해 사료로서 가치가 매우 높아 사마천의 ≪사기史記≫와 반고의 ≪한서漢書≫ 같은 본격적인 정사는 아님에도 불구하고 중국 역사서의 효시로 중국 고대사의 원천이 되는 책이다. 내용은 중국 고대 사상의 뿌리로 유가의 덕치주의, 도가의 무위이치無爲而治, 묵가의 숭검비명崇儉非命, 법가의 법치주의 사상을 포괄하고 있다. 서경의 내용과 언어 특징은 은주시대의 갑골 그리고 청동기에 적힌 글을 해석하는 데 도움이 되고, 제작 연대를 밝히는 데 결정적인 역할을 한다.

본래 ≪서경≫은 3,000편이 수록되어 있었다고 한다. 하지만 전해지는 것은 고문古文 25편, 금문今文 33편 등 58편에 불과한데, 이는 진시황의 분서갱유焚書坑儒로 원본이 소실되었기 때문으로 추정된다.

요전 堯典

    옛날 요堯 임금은 이름이 방훈放勳으로, 공경할 줄 알고 총명하며 우아하고 신중해 편안함을 느끼게 하셨고, 진실로 공손해 감화의 빛이 사방에 미치고 하늘과 땅에 이르렀다. 또한 큰 덕을 밝혀 구족九族(9대의 집안 사람들)이 서로 화목하게 하시고, 백성들을 공평하게 다스리고 모든 나라와 화합하시었다. 그리하여 백성들도 서로 화합했다.

    또한 요 임금은 희씨羲氏와 화씨和氏에게 명해 하늘을 공경히 따르게 하고, 해와 달과 별의 운행을 살피게 하여 백성들에게 알맞은 때를 알려주게 하셨다.

    희중羲仲에게는 따로 명해 동쪽의 바닷가인 양곡暘谷 지역에 살면서 뜨는 해를 공경히 맞이해 봄농사를 다스리게 하면서 밤과 낮의 길이가 같고 조성鳥星이라는 별이 남쪽에 보이는 때를 봄의 절정기로 삼으셨다. 이때가 되면 백성들은 농사일을 위해 들로 나갔고, 새와 짐승들은 짝을 짓고 새끼를 낳았다.

희숙義叔에게는 남쪽의 교산交山이 있는 명도明都에 살게 하여 여름 농사를 고루 다스리게 하면서 1년 중 해가 가장 길고 화성火星이 동쪽에 보이는 때를 한여름으로 삼으셨다. 이때가 되면 백성들은 옷을 벗고 들과 밭으로 나가 일했고, 새와 짐승들은 털이 빠져 흉하게 변했다.

화중和仲에게도 명을 내리시었는데, 매곡昧谷이라는 서쪽 땅에 살면서 지해를 공경히 전송해 추수를 다스리게 하면서 밤과 낮의 길이가 다시 같아지고 허성虛星이란 별이 북쪽 하늘에 보이는 때를 가을의 정절기로 삼으셨다. 이때가 되면 백성들은 더위가 물러간 것을 기뻐하고, 새와 짐승들은 털이 윤택해졌다.

화숙和叔에게는 북쪽의 땅 유도幽都에 살면서 겨울 밭일을 관장하게 해 해가 가장 짧고 묘성昴星 별이 서쪽에 나타나는 때를 한겨울로 삼으셨다. 이때가 되면 백성들은 따뜻한 아랫목에 있고, 새와 짐승들에게는 새 털이 났다.

요 임금이 말씀하셨다.

"아, 그대들 희씨와 화씨여! 1년은 366여 일(대체적인 날짜. 365일과 4분의 1)이니, 윤달을 사용하여 네 계절을 정하고 한 해를 이루게 하면 모든 것이 다 잘 다스려지고 모든 공적이 빛날 것이다."

또 요 임금이 말씀하셨다.

"그대들 중 누가 나의 일을 잘 이끌어나갈 만하겠는가?"

방제放齊가 아뢰었다.

"맏아들인 단주丹朱가 뛰어납니다."

다시 요 임금이 말씀하셨다.

"아, 당치 않다. 사납고 어리석어 늘 다투기만 하는데 어찌 능히 일을 해내겠는가? 진정 나의 일을 도울 사람이 없겠는가?"

환두驩兜가 아뢰었다.

"공공共工이 민심을 얻고 공을 많이 세웠습니다."

요 임금이 말씀하셨다.

"당치 않다. 고요할 때는 말을 잘하나 일단 등용되면 바뀔 것이다. 외모만 공손하게 꾸미고 있을 뿐이다."

요 임금이 다시 말씀하셨다.

"사악四嶽(사방의 제후를 통괄하는 이)이여, 그대가 말해보라. 넘실넘실 큰물이 일어나 산을 에워싸고 언덕을 넘어 질펀하게 하늘까지 번지는 등 그 피해가 이루 말할 수 없어 백성들이 모두 한탄하고 있다. 과연 이 일을 해결할 만한 자가 없겠는가? 있으면 그에게 다스리게 하리라."

그러자 모두가 입을 모아 아뢰었다.

"곤鯀입니다."

요 임금이 말씀하셨다.

"당치 않다. 명령을 거역할 것이며 일가붙이들을 해칠 것이다."

사악이 아뢰었다.

"일단은 가한지 아닌지 시험해보고 그만두시지요."

요 임금이 말씀하셨다.

"그렇다면 그대가 가서 곤이 일할 수 있도록 절차를 밟아라."

하지만 9년이 지나도록 곤은 공적을 이루지 못했다.

요 임금이 말씀하셨다.

"사악이여, 짐이 임금 자리에 오른 지 70년이 되었는데, 그동안 내 명에 잘 따라주었다. 그러므로 그대에게 임금 자리를 물려주리라."

사악이 아뢰었다.

"저는 덕이 없어 임금을 욕되게 할 것입니다."

요 임금이 말씀하셨다.

"그렇다면 현달한 자를 밝혀 숨은 인재를 천거해라."

여럿이 요 임금에게 아뢰었다.

"민간에 한 홀아비가 있는데, 우순虞舜이라 하는 자입니다."

요 임금이 말씀하셨다.

"그 말이 옳다. 나도 그자에 대해서 익히 듣고 있었느니라. 과연 어떤 자인가?"

사악이 아뢰었다.

"소경의 아들입니다. 아버지는 어리석고 어머니는 간사하며 이복동생 상象은 오만하지만, 그는 부모에게 효도하고 형제와 화합하여 간악한 데 이르지 않게 하였습니다."

요 임금이 말씀하셨다.

"내가 시험해보겠다. 내 딸들을 그에게 시집보내 두 딸로 하여금 관찰하게 하겠다."

이에 요 임금은 곧바로 두 딸을 치장해 규수嬀汭의 물가로 가서 우순의 아내가 되라 하며 당부하셨다.

"남편을 공경하라."

堯典

曰若稽古帝堯한대 曰放勳이시니 欽明文思이 安安하시며 允恭克讓하사 光被四表하시며 格于上下하시니라. 克明俊德하사 以親九族하시고 九族旣睦하니 平章百姓하신대 百姓이 昭明하니 協和萬邦하사 黎民이 於變時雍하니라. 乃命羲和하사 欽若昊天하고 歷象日月星辰하여 敬授人時하시다. 分命羲仲하사 宅嵎夷하니 曰暘谷이며 寅賓出日하여 平秩東作하시다. 日中과 星鳥로 以殷仲春이면 厥民은 析이요 鳥獸는 孳尾니라. 申命羲叔하사 宅南交하시니 曰明都며 平秩南訛하여 敬致하시다. 日永과 星火로 以正仲夏면 厥民은 因이요 鳥獸는 希革이니라. 分命和仲하사 宅西하시니 曰昧谷이며 寅餞納日하여 平秩西成하시다. 宵中과 星虛로 以殷仲秋면 厥民은 夷요 鳥獸는 毛毨이니라. 申命和叔하사 宅朔方하시니 曰幽都며 平在朔易하시니라. 日短과 星昴로 以正仲冬이면 厥民은 隩요 鳥獸는 氄毛니라. 帝曰 咨汝羲暨和아 朞는 三百有六旬有六日이니 以閏月이라사 定四時成歲하여 允釐百工하고 庶績咸熙하리라. 帝曰 疇咨若時하여 登庸고 放齊曰 胤子朱啓明하니이다. 帝曰 吁라 嚚訟이어니 可乎아. 帝曰 疇咨若予采오. 驩兜曰 都라 共工이 方鳩僝功하나니이다. 帝曰 吁라 靜言庸違하고 象恭滔天하니라. 帝曰 咨四岳아 湯湯洪水方割하여 蕩蕩懷山襄陵하고 浩浩滔天이라. 下民其咨하나니 有能이어든 俾乂오. 僉曰於라 鯀哉니이다. 帝曰 吁라 咈哉로다. 方命하여 圮族하나니라. 岳曰 异哉하소서. 試可면 乃已니이다. 帝曰 往欽哉하라 九載에 績用이나 弗成하니라. 帝曰 咨四岳아 朕이 在位七十載에 汝能庸命하나니 巽朕位인저. 岳曰 否德이라 忝帝位하리이다. 曰明明하며 揚側陋하라. 師錫帝曰 有鰥이 在下하니 曰虞舜이니이다. 帝曰 俞라 予聞이니 如何오. 岳曰 瞽子니 父頑하며 母嚚하며 象傲어늘 克諧以孝하여 烝烝乂하며 不格姦하니이다. 帝曰 我其試哉인저 女于時하여 觀厥刑于二女하리라. 釐降二女于嬀汭하사 嬪于虞하시고 帝曰 欽哉하라 하시다.

옛날 순舜 임금의 이름은 중화中華로, 그 덕이 요 임금에 뒤지지 않

앉으니, 생각이 깊고 지혜로웠으며 밝으셨다. 또한 온화하고 공손하며 성실해 그 덕이 임금의 귀에까지 이르러 마침내 요 임금으로부터 임금의 지위를 물려받았다.

"오전五典(부의父義, 모자母慈, 형우兄友, 제공弟恭 , 자효子孝로 가족 간에 지켜야 하는 다섯 가지 예절. 오륜과 같은 뜻으로 사용한다)을 삼가 아름답게 하라."

하시니 백성들이 오전을 잘 따랐다. 백관을 관리하시니 백관의 질서가 잡혔으며, 사대문四大門으로 손님을 맞이하게 하시니 사대문이 활기가 넘쳤고, 큰 산에까지 나가 살피게 하시니 바람과 천둥, 벼락에도 길을 잃지 않았다. 이에 요 임금이 말씀하셨다.

"이리 오라, 순아! 그대가 도모한 일을 살피고 그대가 했던 말을 상고해보니 그대가 공적을 이룬 지가 벌써 3년이나 되었구나. 그러니 이제 그대가 임금 자리에 오르라."

그러나 순은 자신은 덕이 부족하다면서 사양하고 임금 자리를 받지 않으셨다.

정월正月 초하루, 마침내 순이 요 임금 시조의 사당에서 임금 자리를 물려받으셨다. 선기옥형璿璣玉衡(천체를 관측하는 기구)으로 살펴 해와 달과 다섯 개의 중요한 별의 운행을 바로잡고, 하늘과 육종六宗, 즉 '네 계절'과 '더위와 추위', 그리고 '해', '달', '별', '홍수와 가뭄'에 제사를 지낸 후 산과 강, 그리고 여러 신에게 새로이 제사를 지내셨다.

그 다음에는 제후들로부터 다섯 가지 홀笏을 모은 후 좋은 달, 좋은 날을 가려 사악과 더불어 여러 지방의 목牧(9주를 다스리는 관리)들을 만나 살펴보신 후에야 홀을 돌려주셨다. 같은 해 2월에는 동쪽 지방으로 순행하시었는데, 태산에 이르렀을 때 나무를 태워 하늘과 산천에 제사를 지내신 후 동쪽의 제후들을 만나 다섯 가지 옥玉과 세 가지 비단, 그리고 두 가지 살아 있는 짐승과 한 가지 죽은 짐승을 조공으로 바칠 것을 정하셨다. 단, 다섯 가지 옥은 일이 끝난 뒤 돌려주셨다. 5월에 남쪽 지방으로 순행하실 때는 태산에서와 마찬가지로 형산衡山(남악)에서 제를 지내셨고, 8월에 서쪽 지방으로 순행하실 때는 화산華山(서악)에 이르러 처음과 같이 제를 지내셨으며, 11월에 북쪽 지방으로 순행하실 때는 항산恒山(북악)에 이르러 서쪽에서와 같이 제를 지내셨다. 그러고 돌아온 다음에는 종묘에서 소 한 마리를 하늘에 바치며 제사를 지냈다. 순행은 5년에 한 번꼴로 하시었고, 제후들은 그 사이에 임금을 네 번 조회해 그간의 사정을 아뢰었으며, 임금은 공적을 가려 수레와 의복을 내렸다. 또한 순 임금은 천하를 처음으로 12주로 나눴고, 각 주에서 큰 산을 하나 골라 진鎭으로 삼았으며, 홍수를 다스리기 위해 내를 깊이 파셨다.

다섯 가지 형벌[오형五刑(얼굴에 먹물을 새기는 형, 코를 베는 형, 발을 자르는 형, 생식기를 자르는 형, 죽이는 형)]을 정하되, 이 다섯 가지 형벌을 유배로 용서해주시었다. 채찍은 관부官府의 형벌로 삼고 회초리는 학교의 형벌로 삼되 돈을 내면 형벌을 면할 수 있게 해주셨다. 과오와 재난으로 지은 죄는 풀어 놓아주되 다시 죄를 지으면 죽이셨으나 되도록 형벌을 삼가시고 신중히 하셨다.

공공은 유주幽州에 유배하고, 환두는 숭산崇山으로 쫓아냈으며, 삼묘三苗는 험난한 삼위三危 지역으로 몰아내고, 곤은 우산羽山에서 처형하는 등 네 사람을 벌하시자 천하가 다 복종했다.

순 임금이 요 임금의 섭정 아래 나라를 다스린 지 28년 만에 요 임금이 세상을 떠나셨다. 이에 백성들이 제 어미를 잃은 듯 슬퍼하며 3년 동안 상복을 입었고, 그동안은 음악 소리도 그쳐 온 세상이 조용했다.

임금이 되신 첫달 첫날에 순 임금이 종묘에 나아가 제사를 지내셨다. 사악에게 물어 사방의 문을 열어놓음으로써 사방의 눈을 밝히고 사방의 귀를 통하게 하셨다. 12목牧을 불러 물으시고 또한 말씀하였다.

"때를 잘 맞추어 곡식을 재배하고, 멀리 있는 자를 회유하고 가까이 있는 자를 길들이며, 덕이 있는 자를 후대하고 어진 자를 믿으며, 간사한 자를 막으면, 오랑캐도 무리로 와서 복종할 것이다."

순 임금께서 말씀하셨다.

"사악이여! 요 임금께서 계획하셨던 일을 힘써 널리 빛낼 만한 자가 있으면 관직을 주어 무리들을 다스리게 하고 싶구나."

신하들이 입을 모아 아뢰었다.

"백우伯禹를 사공司空(토지와 민사 사건을 주로 다루는 벼슬)에 임명하십시오."

순 임금이 말씀하셨다.

"옳도다. 우禹여, 그대가 물과 흙을 잘 다스렸으니 앞으로도 이 일에 힘쓰도록 하라."

우가 절하고 머리를 조아려 직稷과 설契, 그리고 고요皐陶에게 사양하니, 순 임금이 말씀하셨다.

"여러 신하의 말이 옳다. 그대가 가서 임무를 수행하라."

순 임금이 또 말씀하셨다.

"기棄(직의 이름)여, 백성들이 곤궁하고 굶주리고 있다. 하여 그대에게 후직后稷 벼슬을 내리니 백곡을 파종하도록 하라."

순 임금이 말씀하셨다.

"설이여, 백성이 화합하지 않고, 친목하지 않고, 오품五品(오전, 오륜과 같은 말)을 따르지 않고 있다. 하여 그대에게 사도司徒 벼슬을 내리니 삼가 다섯 가지 가르침을 백성들에게 펴되 너그럽게 하도록 하라."

순 임금이 말씀하셨다.

"고요여, 오랑캐들이 대륙을 어지럽히고, 도적들이 날뛰고 있다. 하여 그대에게 사士 벼슬을 내리니, 다섯 가지 형벌을 행하되 죄의 경중에 따라 세 곳에서 행하게 하며, 다섯 가지 유배지를 정하는 데도 등급에 따라 세 곳으로 나눠 보내라. 또한 이를 공정하고 투명하게 하여 백성들이 따르게 하라."

순 임금이 말씀하셨다.

"누가 장인들을 잘 이끌 수 있겠는가?"

여럿이 입을 모아 아뢰었다.

"수垂입니다."

순 임금이 말씀하셨다.

"그대들의 말이 옳다. 수여, 그대에게 공공共工 벼슬을 내린다."

이에 수가 몸을 굽혀 머리를 조아리고 수장殳斨과 백여伯與에게 사양하니, 순 임금이 말씀하셨다.

"여러 신하의 말이 옳다. 그대가 가서 장인들을 화합시키고 임무를 수행하라."

순 임금이 또 말씀하셨다.

"누가 조정의 산과 늪, 풀과 나무, 새와 짐승들을 잘 관리하겠는가?"

여럿이 입을 모아 아뢰었다.

"익益입니다."

순 임금이 말씀하셨다.

"익이여, 그대에게 우虞(산과 못을 다스리는 벼슬) 벼슬을 내린다."

이에 익이 몸을 굽혀 머리를 조아리며 주朱와 호虎, 웅熊과 비羆에게 사양하니, 순 임금이 말씀하셨다.

"여러 신하의 말이 옳다. 그대가 가서 협력하여 임무를 수행하라."

순 임금이 또 말씀하셨다.

"사악이여, 나의 삼례三禮(천신과 귀신과 땅의 신에게 제사 지내는 일)를 맡을 자가 있겠는가?"

여럿이 입을 모아 아뢰었다.

"백이伯夷입니다."

순 임금이 말씀하셨다.

"그대들의 말이 옳다. 백伯이여, 그대를 질종秩宗으로 삼으니 밤낮으로 맡은 일을 공경하고 바르게 하며 마음을 깨끗하게 하라."

이에 백이 몸을 굽혀 머리를 조아리며 기夔와 용龍에게 사양하니, 순 임금이 말씀하셨다.

"여러 신하의 말이 옳다. 그대가 가서 임무를 수행하라."

순 임금이 또 말씀하셨다.

"기夔여! 그대를 전악典樂(음악을 관리하는 벼슬)으로 삼으니, 왕실의 맏아들들을 가르치되 곧으면서도 온화하고, 너그러우면서도 엄하며, 강하면서도 사납지 않고, 간략하되 오만하지 않게 하라. 또한 시詩는 뜻을 말한 것이요, 노래는 말을 길게 읊는 것이요, 소리는 가락에 맞아야 하는 것이요, 음률은 소리가 조화되어야 하는 것이다. 또 여덟 개의 음[팔음八音(쇠, 돌, 실, 대, 박, 흙, 가죽, 나무의 여덟 재료로 만든 악기의 소리)]은 잘 어울리고 질서가 있어야 신神과 사람이 화합할 것이다."

기夔가 아뢰었다.

"제가 경磬(돌로 만든 아악기의 하나)을 치고 두드리니, 온갖 짐승이 모두 따라서 춤을 추었습니다."

순 임금이 또 말씀하셨다.

"용龍이여, 짐은 헐뜯는 말과 거짓으로 나의 백성들이 동요하고 놀라는 것을 원치 않는다. 이에 그대를 납언納言으로 삼으니, 밤낮으로 짐의 명령을 전달하되 진실하게 하라."

순 임금이 말씀하셨다.

"아! 그대들 스물두 명은 공경하며 하늘의 뜻을 받들어라."

순 임금은 3년에 한 번씩 신하들의 공적을 살폈는데, 세 번 살핀 후에 뛰어난 자와 그러지 못한 자를 가려 뛰어난 자는 승진시키고 그러지 못한 자는 내치니, 모든 분야에서 공적이 빛났다. 또한 복종을 하지 않던 삼묘三苗족을 흩어져 도망가게 하셨다.

순 임금은 태어난 지 30년 만에 부름을 받아 등용되시고, 30년 동안 요 임금 아래에서 일했으며, 임금이 된 지 50년 만에 순행을 하던 중 승하하셨다.

舜典

曰若稽古帝舜한대 曰重華協于帝하시니 濬哲文明하시니라. 溫恭允塞하사 玄德升聞하니 乃命以位하시다. 愼徽五典하시니 五典이 克從하니라. 納于百揆하시니 百揆時敍하며 賓于四門하시니 四門이 穆穆하며 納于大麓하시니 烈風雷雨에 弗迷하시다. 帝曰 格하라 汝舜아 詢事考言한대 乃言底可績이 三載니 汝陟帝位하라. 舜이 讓于德하사 弗嗣하시다. 正月上日에 受終于文祖하시다. 在璿璣玉衡하사 以齊七政하시고 肆類于上帝하시며 禋于六宗하시며 望于山川하시며 徧于群神하시다. 輯五瑞하시고 旣月乃日覲四岳群牧하시고 班瑞于群后하시다. 歲二月에 東巡守하사 至于岱宗하사 柴하시며 望秩于山川하시고 肆覲東后하사 五玉과 三帛과 二生과 一死贄러라. 如五器하시고 卒乃復하시다. 五月에 南巡守하사 至于南岳하사 如岱禮하시며 八月에 西巡守하사.

至于西岳하사 如初하시며 十有一月에 朔巡守하사 至于北岳하사 如西禮하시고 歸格于藝祖하사 用特하시다. 五載에 一巡守어시든 群后는 四朝하나니 敷奏以言하시며 明試以功하시며 車服以庸하시다. 肇十有二州하시고 封十有二山하시며 濬川하시다. 象以典刑하시되 流宥五刑하시다. 鞭作官刑하시고 扑作教刑하시며 金作贖刑하시다. 眚災는 肆赦하시고 怙終은 賊刑하시되 欽哉欽哉하사 惟刑之恤哉하시다. 流共工于幽洲하시고 放驩兜于崇山하시며 竄三苗于三危하시고 殛鯀于羽山하시다. 四罪하시니 而天下咸服하니라. 二十有八載에 帝乃徂落하시니 百姓은 如喪考妣를 三載하고 四海는 遏密八音하니라. 月正元日에 舜이 格于文祖하시다. 詢于四岳하사 闢四門하시며 明四目하시고 達四聰하시다. 咨十有二牧하사 曰 食哉惟時하고 柔遠能邇하며 惇德允元하고 而難任人이면 蠻夷도 率服하리라. 舜曰 咨四岳아 有能奮庸하여 熙帝之載어든 使宅百揆하여 亮采惠疇하리라. 僉曰 伯禹作司空하니이다. 帝曰 兪咨라. 禹아 汝平水土하니 惟時懋哉인저. 禹拜稽首하여 讓于稷契과 曁皐陶하니 帝曰 兪라 汝往哉하라. 帝曰 棄아 黎民이 阻飢일새 汝后稷이니 播時百穀하라. 帝曰 契아 百姓이 不親하며 五品이 不遜일새 汝作司徒니 敬敷五教하되 在寬하라. 帝曰 皐陶아 蠻夷猾夏하며 寇賊姦宄로다. 汝作士니 五刑에 有服하되 五服을 三就하며 五流에 有宅하되 五宅에 三居니 惟明克允하라. 帝曰 疇若予工고 僉曰 垂哉니이다. 帝曰 兪咨라. 垂아 汝共工이어다. 垂拜稽首하여 讓于殳斨曁伯與하니 帝曰 兪라 往哉汝諧하라. 帝曰 疇若予上下草木鳥獸오. 僉曰 益哉니이다. 帝曰 兪咨라. 益아 汝作朕虞하라. 益이 拜稽首하여 讓于朱虎熊羆한대 帝曰 兪라 往哉汝諧하라. 帝曰 咨 四岳아 有能典朕三禮아 僉曰 伯夷니이다. 帝曰 兪咨라. 伯아 汝作秩宗이니 夙夜惟寅하여 直哉惟淸하라. 伯이 拜稽首하여 讓于夔龍한대 帝曰 兪라 往欽哉하라. 帝曰 夔아 命汝典樂하노니 教胄子하되 直而溫하며 寬而栗하며 剛而無虐하며 簡而無傲케 하라. 詩는 言志요 歌는 永言이요 聲은 依永이요 律은 和聲이라. 八音이 克諧하여 無相奪倫이면 神人以和하리라. 夔曰 於予擊石拊石하니 百獸率舞더이다 帝曰 龍아 朕은 聖讒說殄行이 震驚朕師라. 命汝하여 作納言하노니 夙夜出納朕命하되 惟允하라. 帝曰 咨汝二十有二人아 欽哉하여 惟時로 亮天功하라. 三載에 考績하시고 三考에 黜陟幽明하시니 庶績이 咸熙하더니 分北三苗하시다. 舜生三十에 徵庸하시고 三十을 在位하시며 五十載에 陟方乃死하시니라.

28

옛날 우禹 임금의 이름은 문명文命으로, 온 세상을 다스리시고, 위의 두 임금의 뜻을 받드셨다.

임금이 되기 전 우가 아뢰었다.

"임금이 임금됨을 어렵게 여기고, 신하가 신하됨을 어렵게 여겨야 정사가 비로소 잘 다스려지고, 백성들도 덕에 빨리 교화될 것입니다."

순 임금이 말씀하셨다.

"그대 말이 옳다. 진실로 그렇게만 된다면 아름다운 말이 숨겨질 리 없고 현자賢者가 초야에 버려질 리 없어 온 나라가 편안해질 것이다. 오직 요 임금만이 여러 사람에게 뜻을 물어 자기를 버리고 남을 따르며, 의지할 곳 없는 자들을 학대하지 않으며, 곤궁한 자들을 버려두지 않는데 능하셨다."

익이 아뢰었다.

"요 임금의 덕은 널리 행하여졌을 뿐 아니라 성스럽고도 신묘하시었으며, 무武와 문文이 고루 있으시어 하늘이 돌보시고 명을 내려 천하의 군주로 삼으셨습니다."

우가 아뢰었다.

"도道를 따르면 길할 것이고, 거스르면 흉할 것입니다. 즉, 하늘의 이치는 그림자나 메아리와 같습니다."

익이 아뢰었다.

"아, 경계하소서! 걱정이 없을 때 경계하시어 법도를 잃지 마시고, 편안하다고 놀지 마시고, 즐겁다고 지나치지 마시며, 어진 자에게 일을 맡기되 두 마음을 품지 마시고, 사악한 자를 제거하되 주저하지 마십시오. 조금이라도 의심이 가는 계책을 세우지 않으신다면 백 가지 일이 뜻대로 이루어질 것입니다. 도에 어긋나는 일까지 하면서 백성들의 칭송을 구하지 마시고, 자신이 바라는 바를 추구하기 위해 백성들의 뜻을 거스르지 마십시오. 부지런하고 포악하지 않으시면 사방의 오랑캐들도 와서 왕으로 받들 것입니다."

우가 아뢰었다.

"임금이시여, 익의 말을 잊지 마십시오, 덕으로 다스려야 선善한 정치가 되며, 선한 정치란 백성을 받드는 것이라는 것을 잊지 마십시오. 물과 불과 쇠와 나무와 흙과 곡식(육부六府; 백성들이 살아가는 데 꼭 필요한 여섯 가지 물건)을 잘 다스리고, 바른 정치와 더불어 기구를 편리하게 쓰고, 먹을 것과 입을 것을 넉넉하게 하여 백성들의 생활 개선(삼사三事; 정덕正德 이용利用 후생厚生)을 추구하십시오. 여기에 삼사를 더해 아홉 가지가 잘 진행되면 아홉 가지가 어떻게 성사되었는지를 노래로 읊게 하시고, 그들을 훈계하실 때는 좋은 말을 쓰시며, 그들을 독려하실 때는 위엄을 갖추고, 그들에게 아홉 가지 노래를 권장하여 일을 그르치지 않게 하십시오."

순 임금이 말씀하셨다.

"그대의 말이 옳다. 땅이 잘 다스려짐에 따라 하늘의 뜻을 이루고, 육부와 삼사가 진실로 잘 다스려 만세에 길이길이 이어지게 된다면 이는 진실로 그대의 공이다."

순 임금이 말씀하셨다.

"이리 오라. 우여! 짐이 임금의 자리에 오른 지 벌써 33년이 넘은 데다가 이제는 나이마저 아흔을 넘어 백 살이 되어가니 부지런해야 할 정사에 게으르구나. 이제는 그대가 게을리 말고 백성들을 다스려라."

우가 아뢰었다.

"저의 덕은 턱없이 모자라므로 백성들이 제 뜻에 따르지 않을 것입니다. 하지만 고요皐陶는 그동안 힘써 덕을 많이 베풀어 백성들까지도 그를 칭송하고 따르고 있습니다. 그러니 임금께옵서는 부디 깊이 헤아려주십시오. 백성들이 잊지 않고 찾는 것도 고요이며, 그를 버리려 해도 그만한 사람이 없으며, 이름을 불러 찾는 이도 고요이고, 진실로 마음으로 우러나 행하는 이도 고요입니다. 임금께서는 부디 고요의 공덕을 헤아려주십시오."

순 임금이 말씀하셨다.

"고요여, 지금 신하와 백성들 중에 나의 다스림에 거역하는 이가 없는 것은 그대가 사士로 있으면서 오형五刑을 밝히고 오품으로 보필하여 짐의 정치가 흔들리지 않도록 하였기 때문이다. 형벌을 사용하기는 하되 형벌이 필요 없는 세상이 되게 함으로써 백성을 중도中道에 이르게 하였으니, 이는 모두 그대의 공이다. 앞으로도 계속 힘쓸지어다."

고요가 아뢰었다.

"임금의 덕이 잘못됨이 없으시어 신하들에게는 소탈하게 하시고, 백성에게는 너그럽게 하시었습니다. 벌을 내리실 때는 그 벌이 자손에게 미치지 않게 하셨으나 상賞을 내리실 때는 상이 자손 대대로 미치게 하셨으며, 잘못해서 지은 죄는 아무리 커도 용서하셨으나 고의로 지은 죄는 아무리 작아도 벌하셨고, 의심스러운 죄는 가볍게 하시고 의심스러운 공로는 중요하게 평가하셨으며, 죄가 없는 이를 벌하느니 차라리 법을 사용하지 않겠다 하시는 등 백성을 살피는 덕을 베푸셨기에 민심이 흡족해하고 나라에 거역하지 않는 것입니다."

순 임금이 말씀하셨다.

"짐이 바라는 대로 다스려져서 바람이 움직이듯 사방에 덕이 퍼진 것은 모두 고요 그대가 훌륭했기 때문이다."

순 임금이 말씀하셨다.

"이리 오라, 우여. 홍수가 나를 괴롭혔지만 믿음을 이루고 공을 이룬 것은 모두 그대가 어질었기 때문이다. 나라 일에 부지런하고 집안에 검소하며, 자만하지도 않고 자기를 뽐내지 않는 것 또한 그대가 어질다는 증거다. 그대 스스로 자랑하지 않으나 천하에 그대와 능력을 견주어 이길 만한 자가 없고, 그대가 과시하지 않으나 천하에 그대와 견주어 공을 다툴 만한 자가 없다. 따라서 짐은 그대의 덕을 크게 여기고 그대의 아름다운 공적을 가상히 여기노라. 하늘의 뜻이 이미 그대에게 있는 것이니 그대가 임금이 되어야 한다.

사람의 마음은 사사로움에 빠지기 쉽기 때문에 항상 위태롭고, 도를 행하고자 하는 마음은 작기 그지없으니, 매사에 상세히 하고 한결같아야만 중도를 잡을 수 있을 것이다. 근거가 없는 말은 듣지 말며, 여러 사람에게 물어 확인하지 않은 저만의 계책은 쓰지 마라. 백성이 사랑해야 하는 대상이 곧 군주요, 군주가 두려워해야 할 대상이 곧 백성이 아니겠는가! 또한 백성은 군주가 아니면 누구를 떠받들 것이며, 군주는 백성이 아니면 누구와 더불어 나라를 지킬 것인가! 그러니 군주가 소유한 지위를 삼가고 백성들이 원할 만한 것을 공경히 행하라. 세상 백성이 곤궁해지면 하늘은 더 이상 은혜를 내려주지 않으실 것이다. 입은 좋은 말을 내놓기도 하지만 다툼을 만들기도 하는 법이니, 짐은 더 이상 말은 하지 않겠다."

우가 아뢰었다.

"신하들을 낱낱이 살피시어 하늘의 뜻이 닿아 있는 사람의 뜻만을 따르십시오."

순 임금이 말씀하셨다.

"우여! 나라에서 점을 칠 때는 먼저 뜻을 정한 후에 큰 거북에게 하늘의 뜻을 청하는 법이다. 짐의 뜻이 먼저 결정되었고, 이를 사람들에게 물어 상의하니 모두 뜻이 같았다. 또한 귀신鬼神의 뜻과 거북점과 풀점의 결과도 모두 같았다. 이렇듯 길한 점괘가 나오는 일은 거듭하여 점치는 법이 아니다."

우가 몸을 굽히고 머리를 조아리며 굳이 사양하자 순 임금이 말씀하셨다.

"그러지 마라. 오직 너만이 이에 합당하다."

즉위한 첫달 첫날 아침에 종묘에서 명을 받아 백관百官을 통솔하니, 이는 순 임금이 처음 임금이 되실 때의 모습과 같았다.

순 임금이 말씀하셨다.

"우여, 아직도 묘苗족이 우리의 뜻에 거스르고 있으니 그대가 가서 정벌하라."

우가 마침내 여러 제후들을 모아놓고 훈시했다.

"군사들아, 나의 명령을 들어라. 지금 묘족은 어리석고 미혹하여 공경하지 않고, 업신여기고, 오만하고, 스스로 어진 체하고, 도를 어기고, 덕을 무너뜨리고, 군자가 초야에 있고 소인이 높은 지위에 있다. 이에 백성들은 묘족의 우두머리를 버리고 보호하지 않으며, 하늘 또한 그들에게 재앙을 내리신다. 따라서 내가 임금의 뜻을 받들어 너희와 함께 그들의 죄를 묻기 위해 정벌하려 하니, 너희는 부디 마음과 힘을 한결같이 하라. 그리하면 능히 공을 세울 수 있을 것이다."

묘족의 백성들이 30일이 지나도록 항복하지 않자 익益이 우에게 조언

했다.

"오직 덕만이 하늘을 감동시키니, 아무리 멀다 하여도 이르지 않음이 없습니다. 자만하면 손해를 보고 겸손하면 보태지는 것이 하늘의 뜻입니다. 순 임금께서 역산歷山에서 밭을 가실 때 날마다 하늘과 부모에게 울부짖으시면서 죄를 떠맡고 잘못을 자신에게 돌리셨으며, 공경히 자식의 직분을 다하여 고瞽(순 임금의 아버지)를 뵙되 엄숙히 공경하고 송구스러워하시니, 고 또한 마침내 믿고 따르게 되었습니다. 이처럼 지극한 정성은 귀신도 감동시키는 법이거늘, 하물며 묘족이야 말해 무엇하겠습니까?"

우가 사리에 맞는 익의 말을 듣고 절하며 말했다.

"아! 그대의 말이 옳소."

그러고는 군대를 돌려 돌아왔다.

그 후 순 임금이 문덕文德을 크게 펴시고 방패와 새의 깃털을 들고 두 섬돌 사이에서 춤을 추시니, 마침내 묘족이 와서 항복했다. 70일 만의 일이었다.

大禹謨

曰若稽古大禹한대 曰 文命이니, 敷于四海하시고 祇承于帝하시다. 曰 后克艱厥后
하며 臣克艱厥臣이면 政乃乂하여 黎民이 敏德하리이다. 帝曰 兪라 允若玆하면 嘉言이
罔攸伏하여 野無遺賢하고 萬邦이 咸寧하리니 稽于衆하여 舍己從人하며 不虐無告하
며 不廢困窮은 惟帝사 時克이시니라. 益曰 都라 帝德이 廣運하사 乃聖乃神하시며 乃
武乃文하신대 皇天이 眷命하사 奄有四海하사 爲天下君하시니이다. 禹曰 惠迪하면 吉
이요 從逆하면 凶이니 惟影響하니이다. 益曰 吁라 戒哉하소서. 儆戒無虞하사 罔失法
度하시고 罔遊于逸하시며 罔淫于樂하시고 任賢勿貳하시며 去邪勿疑하소서. 疑謀勿成
하시면 百志惟熙리이다. 罔違道하여 以干百姓之譽하시며 罔咈百姓하여 以從己之欲하
소서. 無怠無荒하면 四夷도 來王하리이다. 禹曰 於라 帝아 念哉하소서. 德惟善政이요
政在養民하니이다. 水火金木土穀을 惟修하고 正德利用厚生을 惟和하여 九功이 惟敍
하여 九敍를 惟歌하소서. 戒之用休하시고 董之用威하시며 勸之以九歌하사 俾勿壞하
소서. 帝曰 兪라 地平天成하고 六府三事允治하여 萬世永賴는 時乃功이니라. 帝曰 格
하라 汝禹하노라. 朕이 宅帝位 三十有三載니 耄期하여 倦于勤하노니 汝惟不怠하여 總
朕師하라. 禹曰 朕德이 罔克이라 民不依어니와 皐陶는 邁種德이라 德乃降하여 黎民이
懷之하나니 帝念哉하소서. 念玆在玆하며 釋玆在玆하며 名言玆在玆하며 允出玆在玆
니 惟帝念功하소서. 帝曰 皐陶아 惟玆臣庶 罔或干予正은 汝作士하여라. 明于五刑하
고 以弼五敎하여 期于予治니라. 刑期于無刑하여 民協于中은 時乃功이니 懋哉어다.

皐陶曰 帝德이 罔愆하사 臨下以簡하시고 御衆以寬하시며 罰弗及嗣하시고 賞延于
世하시며 宥過無大하시고 刑故無小하시며 罪疑는 惟輕하시고 功疑는 惟重하시며 與
其殺不辜인댄 寧失不經하시니이다. 好生之德이 洽于民心하여 玆用不犯于有司니이
다. 帝曰 俾予로 從欲以治하여 四方이 風動하니 惟乃之休니라.

帝曰 來하라 禹아. 洚水儆予어늘 成允成功하니 惟汝賢이라. 克勤于邦하며 克儉于
家하여 不自滿假하니 惟汝賢이니라. 汝惟不矜하나 天下莫與汝로 爭能하며 汝惟不伐
하나 天下莫與汝로 爭功이라. 予懋乃德하며 嘉乃丕績이라. 天之曆數가 在汝躬이니 汝
終陟元后리라. 人心은 惟危하고 道心은 惟微하니 惟精惟一하야사 允執厥中하리라. 無
稽之言은 勿聽하며 弗詢之謀는 勿庸하라. 可愛는 非君이며 可畏는 非民가 衆非元后면
何戴며 后非衆이면 罔與守邦하리니 欽哉하여 愼乃有位하여 敬修其可願하라. 四海困
窮하면 天祿이 永終하리라. 惟口는 出好하나 興戎하나니 朕言은 不再하리라. 禹曰 枚
卜功臣하사 惟吉之從하소서. 帝曰 禹아 官占은 惟先蔽志하고 昆命于元龜니라. 朕志先

定이어늘 詢謀僉同하며 鬼神이 其依하여 龜筮協從하니 卜不習吉이니라. 禹拜稽首하
여 固辭하니 帝曰 毋하라 惟汝諧니라. 正月朔旦에 受命于神宗하사 率百官하시되 若帝
之初하시다. 帝曰 咨 禹아 惟時有苗弗率하나니 汝徂征하라. 禹乃會群后하여 誓于師
曰 濟濟有衆아 咸聽朕命하라. 蠢玆有苗는 昏迷不恭하고 侮慢自賢하며 反道敗德이라.
君子在野하고 小人在位니라. 民棄不保하니 天降之咎하실새 肆予以爾衆士로 奉辭伐罪
하니라. 爾尙一乃心力이라사 其克有勳하리라. 三旬을 苗民이 逆命이어늘 益이 贊于禹
曰 惟德은 動天이라 無遠弗屆하나니 滿招損하고 謙受益은 時乃天道니이다. 帝初于歷
山에 往于田하사 日號泣于旻天과 于父母하시며 負罪引慝하시니이다. 祗載見瞽瞍하시
고 夔夔齊栗하시니 瞽亦允若하니 至誠은 感神이어늘 矧玆有苗릿가. 禹拜昌言曰 俞라
班師振旅하시니라. 帝乃誕敷文德하시고 舞干羽于兩階러니 七旬에 有苗格하니라.

옛날에 고요皐陶는 일찍이 이런 말을 했다.

"진실로 그 덕을 실행하면 도모하는 것이 밝아지며, 보필하는 자들
이 서로 화합할 것입니다."

이에 우禹가 말했다.

"그대의 말이 옳습니다. 그럼 어떻게 해야 합니까?"

"훌륭한 질문입니다. 정중히 몸을 닦고 생각을 많이 하면 구족九族을
화목하게 다스릴 수 있습니다. 또한 현명한 신하가 여럿 있어 가까이에
서 도우면 가까운 곳뿐 아니라 아무리 먼 곳이라도 잘 다스릴 수 있습
니다."

"그대의 말이 옳습니다."

우가 그 훌륭한 답변에 탄복해 절했다.

고요가 다시 말했다.

"임금의 덕이란 무릇 사람을 올바로 알아보는 데 있으며, 백성을 편안하게 해주는 데 있습니다."

"그대의 말이 옳습니다. 그러나 그것은 요 임금께서도 어려워하신 일입니다. 총명하고 사리에 밝아 사람을 잘 알아보면 훌륭한 사람에게 벼슬을 내릴 수 있고, 백성을 편안하게 한다면 은혜로워 모든 백성이 따르게 될 것입니다. 이렇듯 군주가 사리에 밝고 은혜롭다면 어찌 환두 같은 자를 걱정해 숭산으로 내칠 것이며, 묘족을 쫓아내겠습니까. 또한 말만 잘하고 얼굴빛만 좋게 꾸미는 간신 공임孔壬을 두려워하겠습니까."

우가 이렇게 말하자 고요가 다시 말했다.

"무릇 사람의 행동을 말할 때 기준이 되는 덕이 아홉 가지가 있으니, 그 사람이 덕이 있다고 말하려면 어떤 일을 어떻게 행했다고 구체적으로 말해야 하는 것입니다."

"아홉 가지 덕이란 게 무엇입니까?"

우가 묻자, 고요가 다음과 같이 말했다.

"너그러우면서도 장엄하며, 유순하면서도 꼿꼿하며, 성실하면서도 공손하며, 잘 다스리면서도 공경하며, 온순하면서도 굳세며, 곧으면서도 온화하며, 간략하면서도 섬세하며, 굳세면서도 착실하며, 강하면서도 의義로운 것입니다. 이것들을 모두 몸에 드러내고 시종일관 떳떳하게 행하면 길할 것입니다.

날마다 세 가지 덕을 베푸는 이는 그 덕으로 소유한 집을 밤낮으로 잘 다스릴 것이며, 날마다 여섯 가지 덕을 공경하는 제후는 소유한 나라의 일을 잘 처리할 것입니다. 그러니 이런 이들을 받아들여 널리 쓰신다면 아홉 가지 덕을 가진 사람을 쓰시는 것과 같습니다. 즉, 천 사람 가운데 뛰어난 인재와 백 사람 가운데 뛰어난 인재가 모두 관직에 있게 되는 것입니다. 이렇게 되면 모든 관료가 서로를 스승으로 삼을 것이며, 모든 장인 또한 계절이 맞게 일하게 되어 모든 일이 때에 맞게 이루어질 것입니다.

제후들이 안일함과 욕심으로 나라를 다스리게 하지 마시고 항상 삼가고 두려워하십시오. 하루 이틀의 짧은 사이에도 만 가지나 되는 정치적 기틀이 세워지게 되는 법입니다. 관리들이 제 일을 저버리지 않게 하십시오. 하늘의 일을 사람이 대신하는 것입니다. 하늘의 질서에 법을 두시어 우리에게 오전五典을 가르치셨으니, 이를 바로잡아 진심을 다해 실천하십시오. 하늘도 예를 두시어 우리에게 오례五禮를 지키게 하셨으니, 이를 떳떳하게 지키십시오. 모든 신하가 함께하고 서로 공손하며 마음을 화합하게 하십시오. 하늘이 덕이 있는 누군가를 임금으로 선택하시니 다섯 가지 복식으로 다섯 가지 등급을 나누시고, 하늘이 죄가 있는 이를 벌하시니 다섯 가지 형벌로 죄의 등급을 다섯 가지로 나눠 징계하십시오. 이를 바탕으로 정사에 힘쓰고 힘쓰십시오.

하늘이 듣고 보는 것은 백성들이 듣고 보는 것과 같습니다. 하늘이 선한 자를 선택하고, 악한 자를 벌하여 두렵게 하는 것은 곧 백성들이 그렇게 하는 것과 같습니다. 이처럼 하늘과 백성은 하나로 통해 있습니다. 그러니 이 땅을 소유하신 임금께서는 백성들을 공경하셔야 합니다."

"그대의 말이 옳습니다. 그대의 말대로 실행하면 공을 이룰 수 있을 것입니다."

우가 탄복하자 고요가 말했다.

"저는 아는 바가 없지만, 나날이 주군을 도와 치적을 이루는 것만 생각하겠습니다."

日若稽古皐陶한대 日 允迪厥德하면 謨明弼諧하리이다. 禹曰 俞라 如何오 皐陶曰 都라 愼厥身修하고 思永하면 惇敍九族하며 庶明勵翼하여 邇可遠이 在玆하니이다. 禹 拜昌言曰 俞라. 皐陶曰 都라. 在知人하며 在安民하니이다. 禹曰 吁라 咸若時는 惟帝 其難之로다. 知人則哲이니 能官人하며 安民則惠니 黎民이 懷之하리라. 能哲而惠면 何憂乎驩兜며 何遷乎有苗며 何畏乎巧言令色孔壬이리오. 皐陶曰 都라 亦行有九德하 니 亦言其人 有德인대 乃言曰 載采采니이다. 禹曰 何오 皐陶曰 寬而栗하며 柔而立하 며 愿而恭하며 亂而敬하며 擾而毅하며 直而溫하며 簡而廉하며 剛而塞하며 彊而義니 彰厥有常이 吉哉니이다. 日宣三德하면 夙夜浚明有家하리이다. 日嚴祇敬六德하면 亮 采有邦하리이다. 翕受敷施하면 九德咸事하여 俊乂在官하여 百僚師師하고 百工惟時 하고 撫于五辰하여 庶績其凝하리이다. 無敎逸欲有邦하사 兢兢業業하소서. 一日二日 에 萬幾니이다. 無曠庶官하소서. 天工을 人其代之니이다. 天敍有典하사 勅我五典하 시니 五를 惇哉하소서. 天秩有禮하사 自我五禮하시니 五를 庸哉하소서. 同寅協恭하 사 和衷哉하소서. 天命有德이시니 五服으로 五章哉하시며 天討有罪이시니 五刑으로 五用哉하사 政事에 懋哉懋哉하소서. 天聰明은 自我民聰明하며 天明畏는 自我民明威 이니이다. 達于上下하니 敬哉인저 有土아. 皐陶曰 朕言惠하여 可底行이리이다. 禹曰 俞라 乃言이 底可績이로다. 皐陶曰 予未有知어니와 思日贊贊襄哉하노이다.

익직益稷

순 임금이 말씀하셨다.

"이리 오라, 우여. 그대도 내게 좋은 말을 들려주어라."

우가 앞으로 나가 절하고 아뢰었다.

"아, 임금이시여, 제가 무슨 말씀을 올릴 수 있겠습니까? 저는 매일 매일 부지런히 힘쓸 뿐입니다."

"아, 그렇지 않습니다. 어떻게 부지런히 힘쓰셨다는 것입니까?"

고요가 묻자 우가 다음과 같이 말했다.

"홍수가 하늘에까지 닿을 만큼 넘쳐 산을 둘러싸고 언덕까지 잠기게 하여 백성들이 어찌할 바를 모르고 물에 휩쓸렸을 때, 저는 네 가지 탈 것(땅에서는 수레, 물에서는 배, 늪에서는 썰매, 산에서는 작은 썰매)을 타고 산에 가서 나무를 베고 길을 만들었습니다. 그런 다음 익益과 여러 가지 새 와 짐승과 물고기를 잡아 먹는 법을 알려준 후 구주의 냇물을 터서 사 해四海에 이르게 하고, 크고 작은 도랑과 운하를 깊이 파서 물이 강에 이르게 하였습니다. 그리고 직稷과 함께 오곡의 씨를 뿌리고 애써 구한 음식들로 백성들을 먹였습니다. 또한 백성들로 하여금 자기가 가진 것 과 가지지 못한 것을 서로 바꾸게 하였으며, 쌓아둔 곡식을 밖으로 내 어 팔게 하였습니다. 그러자 비로소 모든 백성이 쌀밥을 먹게 되었고, 더불어 온 나라가 잘 다스려졌습니다."

"과연 그렇군요. 그대의 말씀을 잊지 않겠습니다."

고요가 탄복하자 우가 순 임금에게 아뢰었다.

"그러니 임금이시여, 임금의 자리는 어려운 것이니 부디 조심하고 조심하셔야 합니다."

"그대의 말이 옳다."

순 임금이 대답하자 우가 다시 입을 열었다.

"임금의 뜻을 편안히 지키시어 여러 가지 정사를 잘 살피시고 나라를 편케 하십시오. 보필하는 신하가 정직하면 임금의 행동에 천하가 크게 응하여 임금의 뜻을 기다릴 것이고, 하늘도 이를 아시면 거듭 명을 내 리시어 축복해주실 것입니다"

순 임금이 말씀하셨다.

"아! 신하가 이웃(옆에서 정직하게 보필하는 사람)이며 이웃이 곧 신하로다."

"옳습니다."

우가 맞장구를 치자 순 임금이 다음과 같이 말씀하셨다.

"신하는 짐의 다리이자 팔이며 눈과 귀다. 그러니 짐이 백성들을 도우려고 하니 그대들이 짐을 도와주고, 사방에 힘을 펴려 하니 그대들이 대신하라. 또한 옛사람들의 모습을 본받아 깃발에 해와 달, 별과 산, 용과 꿩 그림을 그리고, 호랑이와 풀과 불, 흰 쌀과 보黼(검은색과 흰색으로 된 도끼 모양의 무늬)와 불黻(푸른색과 검은색으로 된 亞丁자 모양의 무늬)을 수놓은 다섯 가지 색깔의 비단 옷을 만들려고 하니, 그대들이 그렇게 만들어라. 그리고 여섯 가지 음률과 다섯 가지 소리, 그리고 여덟 가지 재료(금金, 석石, 사絲, 죽竹, 포匏, 토土, 혁革, 목木)로 만든 악기의 소리를 듣고 나라가 잘 다스려지는지 그렇지 않은지를 살피고, 다섯 가지 덕(인仁, 의義, 예禮, 지智, 신信)을 백성들에게 내리려 하니 그대들이 듣고 살펴서 잘해주어라.

짐이 도리에 어긋나면 그대들이 보필하라. 부디 짐과 대면해서만 따르고 물러가서는 뒷말을 하는 그대들이 되지는 마라. 앞뒤 좌우에 있는 동료들을 공경하라. 여러 가지 헐뜯고 모함하는 자들에게 거짓이 있거든 법을 이용하여 그 거짓을 밝히고, 종아리를 쳐서 거짓을 벌하며, 글로 써서 기록하여 잘못을 고치고 모두에게 알리도록 하라. 무릇 관리는 임금의 잘못을 고칠 수 있어야 한다. 그러므로 옳을 때는 그들을 등용하고, 그렇지 않으면 벌하여 위엄을 보이리라."

우가 아뢰었다.

"임금의 말씀이 옳기는 하오나, 임금의 덕이 천하에 빛나 세상 구석구석에까지 이르면 온 세상의 어진 백성들이 모두 임금의 신하가 되려고 할 것이니, 임금께서는 그들을 등용하여 그들의 말을 받아들이시고, 그들의 공을 널리 알리며, 수레와 옷으로 그들의 신분을 구별하게 하시면 누가 감히 관리가 되는 것을 사양할 것이며, 감히 공경히 응하지 않겠습니까. 하지만 만약 임금께서 그리 하지 않으시면 모두가 하루도 일을 제대로 하지 못하게 될 것입니다. 단주丹朱(요 임금의 아들)는 태만하게 노는 것을 좋아했고, 오만하고 포악하였으며, 밤과 낮을 구별하지도 않고, 쉬지도 않았고, 물이 없는 곳에서 배를 띄우려 하였으며, 소인배들과 무리지어 집 안에서 음란한 짓을 하다가 결국 대代를 끊어놓고 말았습니다.

저는 단주의 일을 경계로 삼아 도산塗山 지방의 집안에 장가들고서도 겨우 신辛, 임壬, 계癸, 갑甲의 4일만 집에서 지내고 곧 홍수를 다스리러 떠났습니다. 아들 계啓가 태어나 울 때도 저는 자식을 사랑할 틈도 없이 홍수 다스리는 일에만 매달렸습니다. 치수 사업이 끝난 후 오복五服의 제도(등급에 따라 다섯 가지 색의 옷을 입는 법)를 도와 5천 리에 이르게 하였고, 각 주州마다 12사師를 두었으며, 밖으로는 사해에 이르기까지 다섯 곳에 장長을 세웠습니다. 모든 장이 잘 따라주어 공을 세웠지만 오직 묘족만은 어리석고 태만하여 이에 따르지 않고 있으니 임금께서는 이를 깊이 헤아려주십시오."

이에 순 임금이 말씀하셨다.

"백성들이 짐의 덕을 따르게 된 것은 모두 그대의 공이다. 이에 고요도 그대를 본받아 벌을 내리기보다는 죄를 지었다는 표시만 하게 하고 있으니 매사에 공명정대해야 할 것이다."

기夔가 아뢰었다.

"제가 명구鳴球(구슬로 만든 경)를 가볍게 치고 거문고와 비파를 두들기고 치면서 노래를 읊으니 조상들의 혼이 내려오시고, 순 임금의 손님이 제자리에 서고, 여러 제후가 덕德으로 사양하였습니다. 뜰아래에는 피리와 북이 줄지어 있었고, 축柷(연주의 시작을 알리는 악기)을 쳐서 음악을 시작하고 어敔를 긁어 음악을 멈추었는데, 생笙과 큰 종을 번갈아 연주하니 새와 짐승이 너울너울 춤을 추었습니다. 또한 소소簫韶(순 임금이 만든 음악)를 아홉 번 연주하자 봉황이 와서 법식에 따라 춤을 추었습니다."

기가 또 아뢰었다.

"제가 석경石磬을 치고 석경을 어루만짐에 따라 온갖 짐승이 다같이 춤을 추니 모든 관직의 관리들이 진실로 화합하게 되었습니다."

이에 순 임금이 말씀하셨다.

"하늘의 명을 받들어 때마다 삼가고 매사에 힘쓰고 삼가야 한다."

그러고 노래를 지어 부르셨다.

팔다리와 같은 신하들이 기뻐하며 일하면
임금의 일도 이와 더불어 일어나니
모든 관리의 공이 빛나리라.

"굽어살피시어 신하들을 거느리고 일을 일으키시되 법도에 어긋남이 없게 하시고, 일이 이루어지는가를 자주 살펴 공경하십시오."

고요가 손을 모아 절하고 머리를 조아리며 큰 소리로 아뢴 후 노래를 이어 불렀다.

임금이 현명하시면
신하들이 어질어

모든 일이 편안해지리라.

임금이 번잡하고 그릇이 작으면

신하들이 태만해져서

만사가 다 피폐해지리라.

이에 순 임금이 허리를 굽히며 말씀하셨다.

"아! 그대의 말이 옳다. 가서 맡은 임무를 충실히 수행하라."

益稷

帝曰 來하라 禹아 汝亦昌言하라. 禹拜曰 都라 帝아 予何言하리잇고. 予思日孜孜하노이다. 皐陶曰 吁라 如何오 禹曰 洪水滔天하여 浩浩懷山襄陵하니 下民昏墊이라. 予乘四載하여 隨山刊木하고 曁益으로 奏庶鮮食하며 予決九川하여 距四海하며 濬畎澮하여 距川하니이다. 曁稷으로 播하여 奏庶艱食鮮食하고 懋遷有無하여 化居하니 烝民이 乃粒하여 萬邦이 作乂하니이다. 皐陶曰 兪라 師汝의 昌言하소서. 禹曰 都라 帝아 愼乃在位하소서. 帝曰 兪라 禹曰 安汝止하사 惟幾惟康하라. 其弼直하면 惟動에 丕應徯志하여 以昭受上帝어든 天其申命用休하시리이다. 帝曰 吁라 臣哉鄰哉며 鄰哉臣哉니라. 禹曰 兪라 帝曰 臣은 作朕股肱耳目이라. 予欲左右有民이어든 汝翼하며 予欲宣力四方이어든 汝爲하며 予欲觀古人之象하여 日月星辰 山龍華蟲을 作會하며 宗彝藻火 粉米黼黻을 絺繡하여 以五采로 彰施于五色하여 作服이어든 汝明하라. 予欲聞六律 五聲八音하고 在治忽하여 以出納五言이어든 汝聽하라. 予違를 汝弼이니 汝無面從하고 退有後言하여 欽四鄰하라. 庶頑讒說이 若不在時어든 侯以明之하며 撻以記之하며 書用識哉하여 欲並生哉니라. 工以納言으로 時而颺之하여 格則承之庸之하고 否則威之니라. 禹曰 兪哉나 帝여 光天之下하사 至于海隅蒼生하시면 萬邦黎獻이 共惟帝臣하리이다. 惟帝時擧하사 敷納以言하시고 明庶以功하시며 車服以庸하시면 誰敢不讓하며 敢不敬應하리잇고. 帝不時하시면 敷同하여 日奏罔功하리이다. 無若丹朱傲하소서. 惟慢遊를 是好하며 傲虐을 是作하여 罔晝夜額額하고 罔水行舟하며 朋淫于家하여

用殄厥世하니이다. 予創若時하여 娶于塗山이나 辛壬癸甲하고 啓呱呱而泣이어늘 予
弗子하며 惟荒度土功하니이다. 弼成五服하되 至于五千하고 州十有二師하며 外薄四
海하여 咸建五長이니이다. 各迪有功이어늘 苗頑하여 弗卽工이니 帝其念哉하소서. 帝
曰 迪朕德은 時乃功惟敍로다. 皐陶方祗厥敍하여 方施象刑하니 惟明하니라. 夔曰 戛
擊鳴球하며 搏拊琴瑟 以詠하니 祖考來格하시며 虞賓이 在位하여 群后로 德讓하더이
다. 下管鼗鼓하고 合止柷敔하며 笙鏞以間하니 鳥獸蹌蹌하며 簫韶九成에 鳳凰이 來
儀하더이다. 夔曰 於라. 予擊石拊石하니 百獸率舞하며 庶尹이 允諧하니이다. 帝庸作
歌曰 勅天之命하여 惟時惟幾라 하시고 乃歌曰 股肱喜哉면 元首起哉하여 百工熙哉
리라. 皐陶이 拜手稽首하여 颺言曰 念哉하소서. 率作興事하시되 愼乃憲하사 欽哉하
소서. 屢省乃成하사 欽哉하소서. 乃賡載歌曰 元首明哉하시면 股肱良哉하여 庶事康
哉하리이다. 又歌曰 元首叢脞哉하시면 股肱惰哉하여 萬事墮哉하리이다. 帝拜曰 兪
라 往欽哉하라.

夏書 하서

우공禹貢

우는 토지를 나누어 다스렸으며, 산을 따라 나무를 제거해 길을 내고, 높은 산과 큰 강을 기준으로 9주를 구분했다.

그 첫째가 기주冀州였다. 호구산壺口山을 다스리는 것을 시작으로 양산梁山과 기산岐山까지 다스렸고, 태원太原 땅을 닦기 시작해 악양岳陽에까지 이르렀고, 담회覃懷에서 시작한 치수 사업을 장수漳水가 가로지르는 곳에까지 이르게 했다. 토질은 하얗고 덩어리가 없는 부드러운 흙이었고, 땅에서 걷는 세금, 즉 부세賦稅는 최고로 넉넉했으나[上上] 간혹 상중上中이 되기도 했다. 또 밭의 등급은 중중中中(부세는 9등급으로 上上, 上中, 上下, 中上, 中中, 中下, 下上, 下中, 下下로 나뉜다)이었다. 항수恒水와 위수衛水의 물길이 잘 다스려지자 호숫가에 농사를 지을 수 있게 되었다. 동북쪽에 있는 섬의 오랑캐는 가죽 옷을 바쳤다. 그때 비로소 우는

46

갈석산碣石山을 오른쪽에 끼고 돌아 황하黃河로 들어갔다.

다음은 제수濟水와 황하 사이에 있는 연주兗州였다. 황하의 아홉 갈래의 물줄기가 순순히 물길을 따라 흐르다가 뇌하雷夏에 모여 못을 이루고, 여기에 옹수灉水와 저수沮水가 모여 함께 흘렀다. 뽕나무가 잘 자라는 곳에 누에를 치게 하니 백성들이 언덕에서 내려와 평지에 살게 되었다. 토질은 검고 차져 풀이 무성하고 나무는 잘 자랐다. 밭은 중하中下고 조세는 하하下下였는데, 우가 13년을 다스리고 나서야 부세가 다른 주州와 똑같게 되었다. 공물貢物로는 옻과 명주실, 그리고 무늬 있는 비단을 바쳤다. 이들은 제수濟水와 탑수漯水에 배를 띄워 황하黃河에 도달했다.

바다와 태산 사이에는 청주靑州가 있었다. 우는 우이嵎夷 지역을 먼저 다스린 후 옹수灉水와 치수淄水의 물길을 정비했다. 그곳의 토질은 희고 차졌으며, 바닷가에는 넓은 개펄이 있었다. 밭은 상하上下, 조세는 중상中上이었으며, 공물로는 소금과 갈포, 그리고 해물을 섞어 바쳤다. 태산 골짜기에서는 명주실과 모시, 납과 소나무, 그리고 괴석이 생산되었다. 내산萊山에 사는 오랑캐에게 가축을 기르게 하는 한편 산뽕나무에서 나오는 명주실을 바치게 했다. 이들은 문수汶水에 배를 띄워 제수濟水에 도달했다.

바다와 태산, 그리고 회수淮水 사이에는 서주徐州가 있었다. 회수와 기수沂水의 물길을 다스리게 되자 몽산蒙山과 우산羽山 지역에도 곡식을 심을 수 있게 되었고, 대야大野 저수지로 물이 모여 흐르니 동원東原 땅도 다스릴 수 있었다. 토질은 붉고 차져 풀과 나무가 잘 자랐다. 밭은 상중上中이고, 조세는 중중中中이었다. 공물貢物로는 오색의 흙과 우산 지역의 골짜기에서 나오는 꿩, 역산嶧山 남쪽 기슭에서 우뚝이 자라는 오동나무, 사수泗水의 물가에 떠 있는 돌을 바쳤다. 한편 회수 가에 살고 있는 오랑캐들은 조개와 구슬, 어물, 검은 비단, 검은 실과 흰 실을 섞어 짠 비단, 그리고 흰 비단을 바쳤다. 이들은 회수와 사수에 배를 띄워 황하에 도달했다.

회수와 바다 사이에는 양주揚州가 있었다. 팽려彭蠡 호수의 물을 잘 가두어놓자 기러기들이 모여 살게 되었고, 세 강줄기를 바다로 끌어다 놓음으로써 진택震澤이라는 못이 안정되자 크고 작은 대나무들이 널리 퍼져 자라게 되었다. 풀도 나무도 키가 컸는데, 토질은 진흙이었다. 밭은 하하下下, 조세는 하상下上이었으나 간혹 중하中下로 내기도 했다. 공물로는 금·은·동 세 가지 금속과 구슬과 옥돌, 대나무, 상아, 짐승 가죽, 새의 깃털, 쇠꼬리 털, 나무들을 바쳤다. 한편 섬에 사는 오랑캐들은 풀 옷과 조개 무늬 비단을 바쳤다. 또 명이 내려지면 공물 짐에 귤과 유자를 넣어 함께 바치기도 했다. 이들은 강수江水의 물길을 따라 바다로 나갔다가 다시 회수와 사수를 거슬러 올라왔다.

형산荊山과 형산衡山 남쪽 기슭 사이에는 형주荊州가 있었다. 강수와 한수漢水가 조정에 조회를 하듯 바다로 흘러 모여드니 양자강의 아홉 지류가 안정되었고, 타수沱水와 잠수潛水의 물길을 잡아내니 운택雲澤 못이 땅이 되고 몽택夢澤 못 또한 안정되었다. 토질은 진흙이었다. 밭은 하중下中, 부세는 상하上下였고, 공물貢物로는 새의 깃털, 짐승의 털,

상아, 가죽, 세 가지 금속, 참죽나무, 전나무, 잣나무, 거친 숫돌, 고운 숫돌, 화살촉을 만드는 돌, 붉은 모래를 바쳤다. 특히 그 지역의 세 고을에서 바치는 대나무과 싸리나무로 만든 화살은 매우 유명했다. 그 외에도 귤과 유자는 보자기에, 제사 술 거를 때 쓸 푸른 띠풀은 궤짝에, 검은 비단과 붉은 비단, 구슬과 끈은 광주리에 담아 바쳤다. 양자강의 아홉 지류에서 큰 거북이를 얻으면 그 또한 바쳤다. 이것들은 강수, 타수, 잠수, 한수에 배를 띄워 낙수洛水를 거쳐 남쪽 황하에 도달했다

형산과 황하 사이에는 예주豫州가 있었다. 이수伊水 · 낙수洛水 · 전수瀍水 · 간수澗水가 이미 황하로 흘러들고 있었으므로 형수滎水와 파수波水의 물만 모여 흐르게 했고, 가택菏澤 못의 물을 끌어다 맹저孟豬 땅에 이르게 했다. 토질은 덩어리가 없이 부드러웠지만, 밑 흙은 차지고 성글었다. 밭은 중상中上, 부세는 상중上中이었으나 간혹 상상上上을 내기도 했다. 공물로는 옻 · 삼베 · 갈포 · 모시였는데, 명이 내려지면 가는 솜과 단단한 쇠를 연마하는 숫돌도 바쳤다. 이들은 낙수에 배를 띄워 황하에 도달했다.

화산華山 남쪽과 흑수黑水 사이에는 양주梁州가 있었다. 민산岷山과 파산嶓山에 곡식을 심고, 타수와 잠수의 물길이 정비되자 채산蔡山과 몽산蒙山에서 제후로 하여금 제사를 지내 물이 다스려졌음을 하늘에 고했다. 또한 화수和水에 사는 오랑캐도 잘 다스리게 되었다. 토질은 검푸르고, 밭은 하상下上, 부세는 하중下中이었는데 간혹 하상과 하하를 내기도 했다. 공물로는 황금과 옥과 철, 연철과 은銀, 강철과 살촉돌과 악기 경쇠를 만드는 돌, 크고 작은 곰과 여우와 살쾡이 가죽으로 만든

옷을 바쳤다. 서경산西傾山에서 출발해 환수桓水를 따라 잠수까지 오면 여기서 배를 띄워 면수沔水와 위수渭水를 거쳐 황하로 들어왔다.

흑수黑水와 서하西河 사이에는 옹주雍州가 있었다. 약수弱水를 서쪽으로 흐르게 하고 경수涇水를 위수渭水와 예수汭水와 이어지게 했다. 칠수漆水와 저수沮水를 다스려 위수와 이어지게 했고, 여기에 풍수灃水와 위수도 한줄기로 합치게 한 후 물이 잘 다스려졌다는 것을 제후로 하여금 형산荊山과 기산岐山에서 하늘에 제사를 지내 고하게 했다. 종남산終南山과 돈물산惇物山을 거쳐 조서산鳥鼠山에 이르기까지 평원平原과 습지에 공적을 이루어 저야豬野 호수까지 잘 다스리니 삼위三危에 사람이 집을 짓고 살게 되었고, 묘족까지 나라의 말을 잘 듣게 되었다. 토질은 누렇고 부드러웠다. 밭은 상상上上, 부세는 중하中下였다. 공물로는 구슬과 옥돌을 바쳤다. 적석산積石山 아래에서 배를 띄워 용문산龍門山 서하西河에 이르러 위수渭水와 예수汭水로 모였다. 또 곤륜산崑崙山과 석지析支, 그리고 거수渠搜에서 짐승 가죽으로 만든 융단을 바쳤기 때문에 이들에게도 우의 은혜가 미쳤다.

견산岍山의 물을 기산岐山을 거쳐 형산에 이르게 한 후 황하를 넘어 호구산壺口山과 뇌수산雷首山, 그리고 태악太岳에 이르게 했으며, 다시 저주산底柱山과 석성산析城山을 거쳐 왕옥산王屋山에 이르게 한 뒤 태행太行, 항산恒山을 거쳐 갈석碣石에 이르러 바다에 들어가게 했다.
서경산西傾山 · 주어산朱圉山 · 조서산의 물줄기는 태화산太華山에 이르게 했고, 웅이산熊耳山 · 외방산外方山 · 동백산桐栢山의 물줄기는 배미산陪尾山에 이르게 했으며, 파총산嶓冢山의 물줄기를 이끌어 형산에 이르게 한 다음 내방산內方山을 거쳐 대별산大別山에 이르게 했다. 민산의 남쪽으로부터 형산에 이르고 구강을 지나 부천원산敷淺原山에 이르게 했다.

약수弱水는 끌어다 합려合黎에 이르게 하고, 그 남은 물줄기는 사막으로 흘러들게 했다. 흑수黑水는 끌어다 삼위산三危山에 이르렀다가 남해로 흘러들게 했다.

황하는 적석산을 거쳐 용문산에 이르게 하여 남쪽으로는 화산에 이르게 하고, 동쪽으로는 저주산에 이르게 했으며, 동쪽으로는 일단 맹진孟津에도 이르게 한 후 낙예洛汭를 지나 대비산大伾山에 이르게 했고, 북쪽으로는 홍수洚水를 지나 대륙大陸 호수에 이르게도 하고 나누어 아홉 갈래가 되게 했다가 다시 합류해 역하逆河가 되게 한 다음 바다로 흘러들게도 했다.

양수漾水는 파총산에서 끌어다 동쪽으로 흐르게 해 한수漢水가 되게 하고, 더 나아가 창랑滄浪의 물이 되었다가 삼서三澨와 대별산을 지나 남쪽으로 강수로 흘러들게 했다. 또 동쪽으로는 흐르게 해서는 팽려호를 만들게 한 후 북강北江이 되어 바다로 흘러들게 했다.

강수는 민산에서 끌어다 동쪽으로 따로 타수가 되게 했고, 한편으로는 예수를 이룬 다음 구강을 지나 동릉東陵에 이르게 했는데, 그 물줄기는 다시 동쪽으로 흘렀다가 북쪽으로 모여 회수를 이루었다. 동쪽으로는 중강中江이 되어 바다에 흘러들게 했다.

연수沇水는 끌어다 동쪽으로는 제수濟水가 되었다가 황하로 흘러들게 했는데, 이 물이 넘쳐 형파호滎波湖가 되었다가 도구陶丘의 북쪽으로 나와 동쪽으로 흘러 가택菏澤에 이른 다음 다시 동북쪽에서 문수汶水와 합류한 다음 북동쪽으로 흘러 바다로 흘러들었다.

회수는 동백산에서 동쪽으로 흐르게 해 사수와 기수와 합류한 뒤 바다에 흘러들게 했다.

위수는 조서산과 동혈산同穴山에서 끌어다 동쪽에서 풍수와 만나게 한 후 다시 흘러 경수에 모이게 했다. 이 물줄기는 다시 동쪽으로 흘러 칠수와 저수를 지나 황하로 흘러들었다.

낙수는 웅이산에서 끌어다 동북쪽으로 간수와 전수에 모이게 했다가 다시 이수와 합류해 황하로 흘러들게 했다.

구주가 이와 같이 잘 다스려지자 모든 물가에 사람이 살게 되었다. 모든 산의 나무를 베어 길을 낸 다음 제후들로 하여금 하늘에 제를 지내게 했다. 또한 모든 강바닥을 깊이 파서 물이 막힘 없이 잘 흐르게 하고, 모든 못에는 둑을 쌓아 튼튼히 했다. 이로써 내륙의 물이 한데 모여 바다로 흘러들었다.

육부 제부도 잘 정비되어 여러 땅의 등급이 제대로 매겨지자 세금도 신중하게 다루어 땅의 등급을 상上·중中·하下로 나누어 부세를 정했다. 제후들에게는 토지土地와 성씨姓氏를 내려주었다.

우가 말했다.

"나의 덕을 공경하여 따른다면 그 누구도 내 일을 거역하지 않을 것이다."

임금이 사는 곳에서 사방 5백 리는 전복甸服이라고 했는데, 그중 1백 리 안에서는 부세를 단으로 묶은 곡식으로 바치게 하고, 2백 리 안에서는 이삭으로, 3백 리 안에서는 짚과 수염을 떼어낸 곡식으로, 4백 리 안에서는 찧지 않은 곡식으로, 5백 리 안에서는 찧은 곡식으로 바치게 했다.

전복의 5백 리 밖은 후복侯服이라고 했는데, 그중 1백 리 안은 경대부卿大夫들의 땅이고, 2백 리 안은 남작男爵들의 땅이며, 3백 리 안은 제후들의 땅이었다.

다시 후복 밖 5백 리 안의 땅은 수복綏服이라고 했는데, 그중 3백 리 안의 땅은 교육으로 교화하고, 나머지 2백 리의 땅은 무력으로 지켜냈다.

또한 수복 밖 5백 리 땅은 요복要服이라고 했는데, 그중 3백 리는 오랑캐의 땅이고, 나머지 2백 리는 법을 간소화해 다스렸다.

그 다음 5백 리 땅은 황복荒服이라고 했는데, 그중 3백 리는 남쪽 오랑캐들이 살았고, 나머지 2백 리는 유배지로 사용했다.

우의 덕이 동쪽으로는 바다, 서쪽으로는 사막에 이르렀고, 북쪽에서 남쪽에 이르기까지 명성이 퍼지자 우가 비로소 검은 구슬을 올려 치수 사업이 완성되었음을 순 임금께 아뢰었다.

禹貢

禹敷土하시고 隨山刊木하사 奠高山大川하시다. 冀州라 旣載壺口하사 治梁及岐하시며 旣修太原하사 至于岳陽하시며 覃懷에 底績하사 至于衡漳하시다. 厥土는 惟白壤이요 厥賦는 惟上에 上이니 錯하며 厥田은 惟中에 中이니라. 恒衛旣從하며 大陸旣作하니라. 島夷는 皮服이로다. 夾右碣石하여 入于河하니라. 濟河에 惟兗州라. 九河旣道하며 雷夏旣澤하여 灉沮會同이라. 桑土旣蠶하니 是降丘宅土로다. 厥土는 黑墳이니 厥草는 惟繇요 厥木은 惟條로다. 厥田은 惟中에 下요 厥賦는 貞이라. 作十有三載하니 乃同이로다. 厥貢은 漆絲요 厥篚는 織文이로다. 浮于濟漯하여 達于河하니라.

海岱에 惟靑州라. 嵎夷旣略하니 濰淄其道라. 厥土는 白墳이니 海濱은 廣斥이라. 厥田은 惟上에 下요 厥賦는 中에 上이로다. 厥貢은 鹽絺요 海物은 惟錯이로다. 岱畎에 絲枲와 鉛松과 怪石이로다. 萊夷作牧하니 厥篚는 檿絲로다. 浮于汶하여 達于濟하니라. 海岱及淮에 惟徐州라. 淮沂其乂하니 蒙羽其藝하도다. 大野旣豬하니 東原이 底平하도다. 厥土는 赤埴墳이니 厥木은 漸包로다. 厥田은 惟上에 中이요 厥賦는 中에 中이로다. 厥貢은 惟土五色과 羽畎에 夏翟과 嶧陽에 孤桐과 泗濱에 浮磬이로다. 淮夷는 蠙珠曁魚요 厥篚는 玄纖縞로다. 浮于淮泗하여 達于河하니라. 淮海에 惟揚州라. 彭蠡旣豬하니 陽鳥의 攸居로다. 三江이 旣入하니 震澤이 底定하도다. 篠簜이 旣敷하니 厥草는 惟夭며 厥木은 惟喬요 厥土는 惟塗泥로다. 厥田은 惟下에 下요 厥賦는 下에 上에 上錯이로다. 厥貢은 惟金三品과 瑤琨篠簜과 齒革羽毛와 惟木이로다. 島夷는 卉服이러니 厥篚는 織貝요 厥包는 橘柚를 錫貢이로다. 沿于江海하여 達于淮泗하니라. 荊及衡陽에 惟荊州라. 江漢을 朝宗于海하니 九江이 孔殷이로다. 沱潛이 旣道하니 雲土와 夢作乂하도다. 厥土는 惟塗泥로다. 厥田은 惟下에 中이요 厥賦는 上에 下로다. 厥貢은 羽毛齒革과 惟金三品과 杶榦栝柏과 礪砥砮丹이로다. 惟箘簵楛는 三邦이 底貢厥名하니라. 包匭菁茅며 厥篚는 玄纁璣組요 九江은 納錫大龜로다. 浮于江沱潛漢하고 逾于洛하고 至于南河하니라. 荊河에 惟豫州라 伊洛瀍澗이 旣入于河하여 滎波旣豬로다. 導菏澤하여 被孟豬로다. 厥土는 惟壤이나 下土는 墳壚로다. 厥田은 惟中에 上이요 厥賦는 錯上에 中이로다. 厥貢은 漆枲絺紵요 厥篚는 纖纊에 錫貢磬錯이로다. 浮于洛하여 達于河하니라. 華陽黑水에 惟梁州라. 岷嶓旣藝하며 沱潛이 旣道로다. 蔡蒙에 旅平하며 和夷에 底績이로다. 厥土는 靑黎며 厥田은 惟下에 上이요 厥賦는 下에 中이니 三錯이로다. 厥貢은 璆鐵과 銀鏤와 砮磬과 熊羆와 狐狸와 織皮로다. 西傾은 因桓是來하고 浮于潛하며 逾于沔하며 入于渭하여 亂于河하니라. 黑水西河에 惟雍州라. 弱水旣西하며 涇이 屬渭汭하여 漆沮旣從하니 灃水攸同이로다. 荊岐에 旣旅하고 終南惇物으로 至于鳥鼠로다. 原隰에 底績하며 至于豬野하니라. 三危旣宅하니 三苗丕敍로다. 厥土는 惟黃壤이니 厥田은 惟上에 上이요 厥賦는 中에 下요 厥貢은 惟球琳琅玕이로다. 浮于積石하여 至于龍門西河하여 會于渭汭하니라. 織皮는 崑崙과 析支와 渠搜와 西戎이 卽敍하도다. 導岍及岐하여 至于荊山하시며 逾于河하사 壺口雷首로 至于太岳하시며 底柱析城으로 至于王屋하시며 太行恒山으로 至于碣石하사 入于海하니라. 西傾朱圉鳥鼠로 至于太華하시며 熊耳外方桐栢으로 至于陪尾하니라. 導嶓冢하여 至于荊山하며 內方으로 至于大別하니라. 岷山之陽으로 至于衡山하며 過九江하여 至于敷淺原하니라. 導弱水하되 至于合黎하여 餘波를 入于流沙하니라. 導黑水

54

하되 至于三危하여 入于南海하니라. 導河하되 積石으로 至于龍門하니라. 南至于華陰
하며 東至于底柱하며 又東至于孟津하니라. 東過洛汭하여 至于大伾하며 北過洚水하
여 至于大陸하니라. 又北播爲九河하여 同爲逆河하고 入于海하니라. 嶓冢에 導漾하
사 東流爲漢하며 又東爲滄浪之水하니라. 過三澨하여 至于大別하고 南入于江하며 東
匯澤하여 爲彭蠡하니라. 東爲北江하여 入于海하니라. 岷山에 導江하사 東別爲沱하
며 又東至于澧하니라. 過九江하여 至于東陵하며 東迆北會하여 爲匯하며 東爲中江하
여 入于海하니라. 導沇水하되 東流爲濟하여 入于河하니라. 溢爲滎하며 東出于陶丘北
하여 又東至于菏하니라. 又東北으로 會于汶하고 又北東으로 入于海하니라. 導淮하
되 自桐柏하여 東會于泗沂하고 東入于海하니라 導渭하되 自鳥鼠同穴하여 東會于灃
하며 又東會于涇하니라. 又東過漆沮하여 入于河하니라. 導洛하되 自熊耳하여 東北으
로 會于澗瀍하며 又東會于伊하고 又東北으로 入于河하니라. 九州攸同하니 四隩旣宅
이로다. 九山에 刊旅하며 九川에 滌源하며 九澤이 旣陂하니 四海會同이로다. 六府孔
修하여 庶土交正이어늘 底愼財賦하되 咸則三壤하여 成賦中邦하니라. 錫土姓하시다.
祗台德先하니 不距朕行이라 하시니라. 五百里는 甸服이니 百里는 賦納總하고 二百里
는 納銍하고 三百里는 納秸服하고 四百里는 粟하고 五百里는 米하니라. 五百里는 侯
服이니 百里는 采요 二百里는 男邦이요 三百里는 諸侯니라. 五百里는 綏服이니 三百
里는 揆文敎하고 二百里는 奮武衛하니라. 五百里는 要服이니 三百里는 夷요 二百里
는 蔡니라. 五百里는 荒服이니 三百里는 蠻이고 二百里는 流니라. 東漸于海하며 西被
于流沙하며 朔南에 暨하여 聲敎訖于四海어늘 禹錫玄圭하사 告厥成功하시니라.

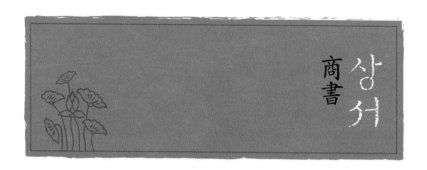

商書 상서

탕고湯誥

　탕왕湯王이 하夏나라를 정복하고 돌아와 박亳 마을에 이르시어 널리 백성들에게 고하셨다.

　"아! 세상의 백성들아, 내가 이르는 가르침을 잘 들어라. 하늘이 백성들에게 인·의·예·지·신을 내려주어 올바른 성품을 소유하게 하였으니, 그 도道에 편안히 이르게 이끄는 것이 임금이 해야 하는 일이다.

　그러나 하나라 임금은 덕을 망치고 폭압을 떨쳐 백성들에게 포학하게 굴었기 때문에 백성들은 흉악한 해를 입었다. 그 결과 백성들은 마침내 쓴 나물처럼 쓰고 벌레의 독과 같은 고통을 참지 못하여 죄 없이 고통을 당하고 있다는 것을 하늘과 땅의 신에게 고하였다. 무릇 하늘의 도란 선한 자에게 복을 내리고 악한 자에게는 화를 내리는 것. 하늘이 하나라에 재앙을 내려 그 죄를 밝히시려 하시니 내 비록 그릇이 크지 못하나 하늘의 밝으신 위엄을 받들게 되었다. 그리하여 검은 소를 제물로 바쳐 하늘에 하나라 임금의 죄를 고하고, 마침내 큰 성인聖人(이윤伊尹을 말함)과 백성들과 함께 천명天命을 청하였던 것이다. 이에 하늘이 진실로 백성들을 구하시어 죄인을 내쳐 굴복시키시니 하늘의 명은 올바르게 수행되었고, 백성들은 풀과 나무에 잎이 나고 꽃이 피듯 소생하게 되었다. 즉, 백성들이 진실로 번성하게 된 것이다. 그러나 하늘이 나 한 사람으로 하여 너희의 나라를 화하고 편안하게 하시니, 이에 짐은 하늘과 땅의 죄를 짓고 있는 것은 아닌가 싶어 마치 깊은 못에 빠진 것처럼 두렵고 걱정스럽기도 하다.

이제 우리가 새로 출발시키는 나라는 법도에 어긋나는 일은 하지 않으며, 방자하거나 음탕하지도 않음으로써 개개인마다 떳떳함을 지켜 하늘의 아름다운 명령을 받들도록 하라. 너희가 선하다면 선이 드러나게 할 것이고 죄를 짓는다면 용서하지 않을 것이니, 이를 살펴 하늘의 마음에 들도록 하겠다. 너희 백성들에게 죄가 있음은 모두 내 책임이지만, 내게 죄가 있음은 너희 백성들의 책임이 아니다.

아! 이에 성실하여야 나라가 끝까지 번성할 것이다."

湯誥

王이 歸自克夏하시고 至于亳하사 誕告萬方하시다. 王曰 嗟爾萬方有衆아 明聽予一人誥하라. 惟皇上帝 降衷于下民하사 若有恒性하니 克綏厥猷면 惟后니라. 夏王이 滅德作威하여 以敷虐于爾萬方百姓한대 爾萬方百姓이 罹其凶害하여 弗忍荼毒하여 並告無辜于上下神祇니라. 天道는 福善禍淫이니 降災于夏하사 以彰厥罪하시니라. 肆台小子이 將天命明威하여 不敢赦니라. 敢用玄牡하여 敢昭告于上天神后하고 請罪有夏하니라. 聿求元聖하여 與之戮力하고 以與爾有衆으로 請命하니라. 上天이 孚佑下民이라 罪

人이 黜伏하니라. 天命弗僭이 賁若草木이라 兆民이 允殖하니라. 俾予一人으로 輯寧爾邦家하시니라. 茲朕이 未知獲戾于上下하여 慄慄危懼를 若將隕于深淵하노라. 凡我造邦은 無從匪彝하며 無卽慆淫하라. 各守爾典하여 以承天休하라. 爾有善이면 朕弗敢蔽요 罪當朕躬이면 弗敢自赦니 惟簡이 在上帝之心하니라. 其爾萬方의 有罪는 在予一人이요 子一人의 有罪는 無以爾萬方이니라. 嗚呼라 尙克時忱이라야 乃亦有終하리라.

반경盤庚 상上

　반경盤庚(은나라 제17대 임금)이 은殷 땅으로 도읍을 옮기려 할 때 이를 불편하게 생각한 백성들이 이주하려 하지 않자, 반경은 천도를 걱정하는 사람들을 불러 모아 호소하는 말씀을 하셨다.

　"우리 선왕先王께서 이곳 경耿 땅을 도읍으로 정하신 것은 우리 백성을 귀하게 여기신 까닭이지 다 죽이려고 하신 것이 아니었건마는 홍수가 너무 심해 살기가 어렵다. 이에 점을 쳐서 하늘에 그 뜻을 물으니 '이 땅은 우리도 어쩔 수 없다'라고 답하셨다. 선왕께서도 일이 있을 때마다 하늘의 뜻에 따라 처리하셨다. 그런데도 편하지 않아 도읍을 한군데 오래 정하지 못하시고 지금껏 다섯 번이나 옮기셨다.

　이제 와서 옛 임금들처럼 도읍을 옮기지 않으면 하늘의 명을 거역하는 것일 뿐만 아니라, '선왕의 공을 따른다'라고도 말할 수 없다. 도읍을 옮기는 것은 쓰러진 나무에 새싹이 나는 것과 같다. 하늘도 우리가 새 도읍에 정착하면 나라의 운을 영원히 지속시켜 주실 것이고, 온 나라를 편안하게 하겠다는 선왕의 대업을 계승하고 회복할 수 있도록 도와주실 것이다."

반경은 옛 임금들이 도읍을 옮기셨던 것을 예로 들어 신하들과 백성들을 일일이 설득하셨다.

"혹시라도 백성이 걱정하는 소리가 있으면 숨기지 말고 아뢰어라."

임금 반경이 여러 사람에게 명해 그 모두를 궁전 뜰에 모이게 한 다음 이렇게 말씀하셨다.

"내 그대들에게 훈계하려 하니 이리 오라. 그대들은 사심私心을 버려야 할 것이며, 또한 오만하여 편안한 것만을 따르려 하지 마라. 과거 선왕先王께서 경험이 많은 옛사람과 정사政事를 함께하셨는데, 임금이 닦아야 할 일을 말씀하시면 신하들이 숨기지 않고 가르침을 주었기 때문에 임금께서는 그들을 크게 공경하였다. 또한 그들의 조언에 잘못된 것이 없었기 때문에 백성이 교화되었다. 그런데 그대들은 그릇된 말을 시끄럽게 떠들어 백성이 믿지 못하게 하고 있다. 하지만 나는 그대들이 말하려는 것이 무엇인지 정확히 알지 못하겠다. 이는 내가 스스로 덕을 버린 것이 아니라 그대들이 덕을 감춘 것이고, 나를 두려워하지 않는 것임을 불을 보듯 분명하게 알고 있다. 또한 나 역시 그릇이 작아 그대들이 잘못을 저지르게 하였다.

무릇 그물에는 벼리(그물을 잡아당기려고 위쪽에 달아놓은 줄)가 있어야 엉키지 않는 법이다(신하들이 임금을 잘 따라야만 나라가 잘되는 법이다). 도읍을 옮기는 것은 농부가 밭에서 일할 때 힘써 해야만 가을에 수확을 거둘 수 있는 것과 같다(천도는 당장은 힘들겠지만 나중에는 이익이 되는 일이다). 그러니 그대들은 사심을 버리고 덕을 베풀되 백성뿐만이 아니라 친인척과 친구들에게까지 미치게 하라.

그대들은 가까운 미래에 이곳에 큰 해가 미칠 것을 두려워하지 않고 있다. 이는 게으른 농부가 편안함만 추구하여 힘써 수고로운 일을 하지 않으면 곡식을 얻을 수 없는 것과 같다. 그대들이 천도의 좋은 점을 백성들에게 말하지 않는 것은 곧 백성들에게 재해를 끼치는 것이다. 또한 이는 파괴와 재난과 내분과 반란이어서 그대들 스스로에게 재앙을 주고 있다. 이처럼 그대들은 앞장서서 악惡을 저지르다 고통을 받게 되었으니, 이제 와 뉘우친들 무슨 소용이 있겠는가. 하물며 백성들고 짐이 하는 말을 조심스레 들으며, 무슨 말을 하더라도 잘못이 있지는 않을까 두려워하며 걱정하지 않는가. 게다가 짐은 그대들을 죽일 수도 있고 살릴 수도 있는데, 어찌 그대들은 짐에게 바로 고하지 않고 백성들을 허튼 말로 선동하여 두려움에 빠지게 하였는가? 들판에 불이 타올라 가까이할 수 없는 것처럼 보일지라도 불을 끌 방법은 있기 마련이다. 이는 그대들이 스스로 평온을 깨뜨린 것이지 짐의 잘못은 아니다.

일찍이 지임遲任(은나라의 현인)은 '사람은 옛사람을 구하되 그릇은 옛것을 구할 것이 아니라 새 그릇을 구하라'고 하였다. 그리하여 우리의 선왕들과 그대들의 조부들이 더불어 서로 편안함과 수고로움을 함께하셨는데, 어찌 짐이 과히 그대들에게 벌을 내릴 수 있겠는가. 대대로 그대들의 공로가 인정되어 왔는데 어찌 짐이 그대들이 해온 선한 일을 모른 체할 수 있겠는가. 짐이 선왕들에게 제사를 지낼 때 그대들의 조상들도 함께 와 흠향을 할 것이며, 복을 내리기도 하고 재앙을 내리기도 하실 터인데, 어찌 짐이 그대들에게 덕이 아닌 행동을 하겠는가.

이제 짐이 그대들에게 어려움을 호소하였다. 천도는 활 쏘는 자가 '과녁을 맞히는 데' 뜻이 있는 것처럼 이제 와 중지할 수 없는 일이다. 그러므로 그대들은 부디 늙은이를 업신여기지 말고 외로운 아이들을 하찮게 여기지 않으면서 각각 살고 있는 곳이 오랫동안 지속될 수 있도록 힘쓰고, 짐의 계획을 잘 보필하고 따르도록 하라. 가깝고 먼 것을 가리지 않고 죄를 지으면 죽음을 내릴 것이고, 덕을 행하면 만천하에 알려 귀감이 되게 하겠다. 그러니 나라가 잘되는 것은 모두 그대들의 손에 달려 있고, 나라가 잘되지 못함은 모두 짐이 상벌을 잘못 사용하였기 때문이리라.

그대들은 이제 짐이 하는 말을 받들어 지금부터 훗날까지 각자의 맡은 일을 열심히 수행하라. 그리고 법도에 맞게 말하도록 하라. 벌을 받고 나면 후회도 소용없는 일이다.”

盤庚上

盤庚이 遷于殷할새 民不適有居어늘 率籲衆慼하사 出矢言하시다. 日 我王이 來하사 旣爰宅于玆하심은 重我民이고 無盡劉어신마는 不能胥匡以生일새 卜稽하니 日 其如台라 하니라. 先王이 有服이시면 恪謹天命하시되 玆猶不常寧하사 不常厥邑이 于今五邦이라. 今不承于古하면 罔知天之斷命이어늘 矧日其克從先王之烈아 若顚木之有由蘗이라. 天其永我命于玆新邑하시고 紹復先王之大業하사 底綏四方이시니라. 盤庚이 斆于民하시되 由乃在位하사 以常舊服으로 正法度하시니라. 日無或敢伏小人之攸箴하라 하시고 王이 命衆하신대 悉至于庭하니라. 王若日 格汝衆아 予告汝訓하노라. 汝猷黜乃心하여 無傲從康하라 古我先王이 亦惟圖任舊人하사 共政하시니 王이 播告之修커시든 不匿厥指일새. 王用丕欽하시며 罔有逸言하여 民用丕變하니라. 今汝聒聒하여 起信이 險膚하니 予弗知乃所訟이로다. 非予自荒玆德이라. 惟汝含德하여 不惕予一人이라. 予若觀火언마는 予亦拙謀하여 作乃逸이니라. 若網이 在綱이라사 有條而不紊하며 若農이 服田力穡이라야 乃亦有秋니라. 汝克黜乃心이면 施實德于民하되 至于婚友하며 丕乃敢大言汝有積德이니라. 乃不畏戎毒于遠邇하나니 惰農이 自安하고 不昏作勞하고 不服田畝하면 越其罔有黍稷하리라. 汝不和吉을 言于百姓하나니 惟汝自生毒이라. 乃敗禍姦宄하여 以自災于厥身이라. 乃旣先惡于民이요 乃奉其恫이니 汝悔身인들 何及이리오. 相時憸民한대 猶胥顧于箴言이라도 其發에 有逸口라. 矧予制乃短長

之命이라. 汝는 曷弗告朕하고 而胥動以浮言하여 恐沈于衆고 若火之燎于原하여 不可嚮邇도 其猶可撲滅이니 則惟爾衆이 自作弗靖이면 非予有咎니라. 遲任이 有言曰 人惟求舊나 器非求舊요 惟新이라. 古我先王이 曁乃祖乃父로 胥及逸勤하시니 予敢動用非罰가 世選爾勞하나니 予不掩爾善이로다. 茲予大享于先王할새 爾祖其從與享之하여 作福作災하나니 予亦不敢動用非德이라. 予告汝于難하노니 若射之有志로다. 汝無侮老成人하고 無弱孤有幼하라. 各長于厥居하고 勉出乃力하고 聽予一人之作猷하라. 無有遠邇히 用罪는 伐厥死하고 用德은 彰厥善하리니 邦之臧은 惟汝衆이요 邦之不臧은 惟予一人이 有佚罰이니라. 凡爾衆은 其惟致告하여 自今至于後日으로 各恭爾事하여 齊乃位하며 度乃口하라. 罰及爾身이면 弗可悔리라.

반경盤庚 중中

반경이 일어나 황하를 건너 도읍을 옮길 적에 백성들 중에 따르지 않는 자들이 있자 정성을 다해 그들을 부르셨다. 이에 부름을 받은 백성들 중에는 임금에게 무례하게 구는 자들이 없었다. 그들이 모두 궁전 뜰에 모이자 임금이 말씀하셨다.

"짐의 말을 잘 듣고 짐의 명命을 저버리지 마라. 옛날 선왕들은 모두 백성들을 보살피고 보호하셨다. 백성들 또한 임금을 보존하여 서로 걱정하였기에 하늘의 재앙이 있었다 하더라도 이겨내지 못한 적이 없었다. 은殷나라에 큰 재앙이 내렸을 때도 선왕先王들은 편안함을 버리고 백성들의 이익을 위해 도읍을 옮기셨다. 그런데 어찌 너희는 옛날의 일은 생각하지 않는 것인가? 짐은 그저 너희를 돌보고 너희의 이익을 지켜 함께 편안할 길을 가려 하는 것이지, 너희에게 잘못이 있어 벌을 내리겠다는 것이 아니다. 오늘 이렇게 불러 새 도읍으로 옮기라 하는 것도 너희를 위한 일이고, 또한 너희의 뜻을 따르기 위함이다.

짐은 너희를 위해 도읍을 옮겨 나라를 안정시키려 하는데, 너희는 짐의 괴로움은 생각하지 않고 있다. 게다가 마음을 드러내지도 않고 공경하지도 않으며 정성으로 짐을 감동시키지도 않고 있다. 이는 너희 스스로를 곤궁하게 하는 것이고, 또한 너희 스스로를 괴롭히는 일이다. 우리는 한 배에 타고 있는 것과 같다. 따라서 너희가 제때 건너가지 않으면 배에 실은 물건은 마침내 썩어버리고 말 것이다. 또한 너희의 정성이 이어지지 않으면 끝내 함께 침몰할 뿐이다. 상황이 이러한데 너희는 잘 살피지도 않으니, 재앙이 닥친 후에 화를 낸다고 그 고통이 덜어질 리가 있겠는가?

너희는 지금 미래에 대한 대책을 무시하며 앞으로 일어날 재앙을 생각지도 않고 있는데, 이는 너희 스스로 걱정거리를 불러들이는 것과 같다. 지금은 비록 오늘이 있으나 나중에는 후일後日을 기약할 수 없을 것이다. 그러고 나면 어찌 너희의 삶이 하늘에 있을 수 있겠는가? 근거 없이 떠드는 이들이 너희의 몸에 기대 너희의 마음을 그르게 만들까 두렵다. 지금 짐이 도읍을 옮기려 하는 것은 너희의 생명을 하늘로 받아 내 길게 이어주려 하는 것이다. 그런데 짐이 어찌 너희를 위협하겠는가. 그저 너희를 받들어 기르려고 하는 것뿐이다.

짐은 선왕들께서 너희의 조상들을 수고롭게 하였다는 것을 잘 알고 있다. 그러기에 지금 너희를 위해 너희를 기르려는 것이다. 만약 잘못하여 도읍을 옮기지 않고 이곳에 오래 있으면 탕왕께서 나타나시어 짐에게 죄가 크다는 것을 알리시고, '어찌하여 나의 백성들에게 포악하게 구는 것이냐?'라고 하실 것이다. 또한 너희들이 생업에만 힘쓰고 짐의 계획에 마음을 보태주지 않는다면 탕왕께서는 너희에게도 죄를 물으시고 '어찌하여 짐의 어린 손자와 더불어 친하지 않는가?'라고 꾸중하실 것이다. 덕을 잃으면 하늘로부터 벌을 받는 법. 너희는 그 벌을 피할 수가 없을 것이다.

옛날 선왕께서는 도읍을 옮기실 때 너희의 조부를 수고롭게 하시어 너희가 지금 짐의 백성이 되었다. 그런데 짐의 백성인 너희가 마음으로 짐을 해치려고만 하면 선왕께서 너희의 조부를 회유하여 오게 하실 것이니, 그렇게 되면 너희의 조祖·부父는 마침내 너희와 인연을 끊고 너희를 죽음으로부터 구제해주지 않을 것이다. 또한 정사를 다스려 나갈 적에 지위를 함께한 관리들이 재물을 모으는 데만 혈안이 되면, 너희의 조부가 탕왕에게 '우리 자손들에게 큰 벌을 내리소서'라고 아뢴 다음 탕왕과 더불어 재앙을 내릴 것이다.

이제껏 도읍을 옮기는 것이 쉽지 않다는 것을 너희에게 말하였다. 그러니 너희들은 짐이 걱정하는 것을 다시 한 번 생각하여 멀리하거나 아예 끊어버리지 마라. 그리고 너희의 계책과 생각을 나누고, 서로 더불어 각각 너희의 마음에 지극한 이치를 간직해라.

너희 가운데 불길하고 따르지 않으며 타락하고 공손하지 않은 자가 있어 도읍을 옮기는 와중에 간악한 짓을 한다면 반드시 그를 베어 죽일 것이다. 또한 그의 자손들도 죽여 그자의 자손이 새 도읍에서 뿌리내리지 못하게 할 것이다.

그러니 너희들은 돌아가 생업에 힘써라. 짐이 도읍을 옮겨 그곳에서 너희들에게 영원히 무너지지 않는 집을 세워줄 것이다."

64

盤庚中

盤庚이 作하사 惟涉河하여 以民遷할새 乃話民之弗率하사 誕告用亶이어시늘 其有
衆이 咸造하여 勿褻在王庭이러니 盤庚이 乃登進厥民하시다. 曰 明聽朕言하여 無荒失
朕命하라. 嗚呼라 古我前后는 罔不惟民之承保하사 后胥慼하니 鮮以不浮于天時하니
라. 殷降大虐이어늘 先王이 不懷하사 厥攸作은 視民利하사 用遷이시니 汝는 曷不念
我古后之聞고 承汝俾汝하사 惟喜康共이며 非汝有咎라 比于罰이니라. 子若籲懷茲新
邑은 亦惟汝故니 以丕從厥志니라. 今予將試以汝遷하여 安定厥邦이어늘 汝不憂朕心
之攸困이요 乃咸大不宣乃心하며 欽念以忱하여 動予一人이로다. 爾惟自鞠自苦하니
若乘舟하여 汝弗濟하면 臭厥載하리라. 爾忱이 不屬하니 惟胥以沈이로다. 不其或稽
면 自怒인들 曷瘳리오. 汝不謀長하여 以思乃災하나니 汝誕勸憂로다. 今其有今이나
罔後하리니 汝何生이 在上이리오. 今予命汝一하노니 無起穢以自臭하라. 恐人이 倚乃
身하여 迂乃心하노라. 予迓續乃命于天이니 予豈汝威리오 用奉畜汝衆이니라. 予念我
先神后之勞爾先하노니 予丕克羞爾는 用懷爾然이니라. 失于政하여 陳于茲하면 高后
丕乃崇降罪疾하사 曰 曷虐朕民고 하시리라. 汝萬民이 乃不生生하여 暨予一人猷로 同
心하면 先后丕降與汝罪疾하사 曰 曷不暨朕幼孫으로 有比오 하시리라. 故로 有爽德이
면 自上其罰汝하시리니 汝罔能迪이라. 古我先后도 旣勞乃祖乃父라 汝共作我畜民이
니 汝有戕이 則在乃心하면 我先后綏乃祖乃父시니 乃祖乃父 乃斷棄汝하여 不救乃死
하리라. 茲予有亂政同位이 具乃貝玉하면 乃祖乃父 丕乃告我高后하여 曰 作丕刑于
朕孫이라 하여 迪高后하면 丕乃崇降弗祥하리라.

嗚呼라 今予告汝不易하노니 永敬大恤하여 無胥絶遠하라. 汝分猷念以相從하여 各
設中于乃心하라. 乃有不吉不迪하여 顚越不恭하고 暫遇姦宄면 我乃劓殄滅之하고 無
遺育하여 無俾易種于茲新邑하리라. 往哉生生하라 今予는 將試以汝遷하여 永建乃家
니라.

반경이 도읍을 옮겨 살 곳을 정한 다음 군신과 상하의 벼슬자리를 바로잡아 백성들을 편안하게 했다.

반경이 신하들에게 말씀하셨다.

"놀면서 게으름 피우지 말고, 힘써 큰 뜻(천명)을 세우도록 하라. 이제 짐은 심장과 배와 신장과 창자 속에 있는 말을 모두 꺼내 그대들에게 말하려 하는데, 그것은 바로 내 그대들에게 죄를 내리지 않을 것이니 그대들도 무리를 이뤄 짐 한 사람을 비방하지 말라는 것이다.

옛날 선왕께서도 '장차 전대의 임금보다 많는 공을 세우리라'는 뜻을 가지고 도읍을 산으로 둘러싸인 박읍으로 옮기셨기 때문에 적을 대비해 성을 쌓지 않아도 되는 공을 이루셨다. 그런데 지금 백성들은 홍수로 한 곳에 머물지 못하고 떠돌면서도 짐에게는 '왜 백성들을 뒤흔들어 또다시 도읍을 옮긴 것인가?' 하고 묻고 있다. 그러나 지금 하늘은 장차 탕왕의 덕德을 회복시켜 이 나라를 다스려주시려 한다. 짐은 독실하고 공경하는 신하들과 더불어 공손히 백성의 생명을 중시하여 새 도읍에 영원한 터전을 만들었다. 아직 어린 짐이 백성들을 위한 계책을 버리지 않고 실행시켰기 때문에, 그리고 그대들이 천도의 명을 어기지 않았기 때문에 이 큰 사업을 해낼 수 있었다.

아, 제후들과 관장 이하 여러 신하들이여! 부디 백성들을 안타까워하는 마음을 갖도록 하라. 짐도 그대들을 골라 좋은 자리를 줄 것이다. 이는 바로 짐이 백성들을 언제나 공경하기 때문이다. 짐은 재물을 좋아하는 자를 등용하지 않을 것이고, 백성들을 공경하는 마음을 가지고 생업에 종사하는 사람을 과감하게 도울 것이며, 백성들을 돌보는 자를 채용하여 공경하겠다.

짐은 이제 모든 뜻을 그대들에게 말하였다. 부디 내 뜻이 옳다고 여기는 것과 그르다고 여기는 것 모두를 자세히 말했으니 모두 공경하도록 하라. 재물을 모으려 하지 말고, 생업에 종사하는 것을 자신의 공功으로 삼아라. 백성들을 위하는 덕을 공경히 펴서 영원히 한 마음이 되도록 하라."

盤庚下

盤庚이 旣遷하사 奠厥攸居하시고 乃正厥位하사 綏爰有衆하시다. 日 無戲怠하고 懋建大命하라. 今予其敷心腹腎腸하여 歷告爾百姓于朕志하노라. 罔罪爾衆이니 爾無共怒하시고 協比讒言予一人하라. 古我先王이 將多于前功으로 適于山하사 用降我凶德하사 嘉績于朕邦하시니라. 今我民이 用蕩析離居하여 罔有定極이어늘 爾謂朕하되 曷震動萬民하여 以遷고 하리라. 肆上帝 將復我高祖之德하사 亂越我家어시늘 朕及篤敬으로 恭承民命하여 用永地于新邑하니라. 肆予沖人이 非廢厥謀하고 弔由靈하며 各非敢違卜하여 用宏玆賁이니라. 嗚呼라 邦伯師長百執事之人은 尙皆隱哉어다. 予其懋簡相爾는 念敬我衆이니라. 朕은 不肩好貨하고 敢恭生生하여 鞠人謀人之保居를 綏欽하리로다. 今我旣羞告爾于朕志하니 若否를 罔有弗欽하라. 無總于貨寶하고 生生으로 自庸하라. 式敷民德하여 永肩一心하라.

열 명說命 상上

임금(고종)이 아버지 소을小乙의 상을 당해 3년 동안 여막에서 지냈는

데, 상복을 벗은 후에도 아무 말씀이 없으시자 신하들이 아뢰었다.

"사리에 밝은 것을 명철明哲이라 하는데, 명철한 사람이 법도를 만드는 법입니다. 만조백관은 임금의 말씀을 받들어 법으로 삼습니다. 따라서 만방의 임금이신 주군께서 아무 말씀도 해주지 않으신다면 신하들은 명령을 받을 곳이 없습니다."

그러자 임금께서 글을 지어 고하셨다.

"하늘이 짐으로 하여 천하를 바로잡게 하시었지만, 짐의 덕이 선왕들에 미치지 못할까 두려워서 말하지 않고 공손히 침묵하며 도道를 생각하였다. 그런데 꿈에 상제上帝께서 나에게 어진 보필을 내려주신다 하셨으니, 앞으로는 그가 나의 말을 대신할 것이다."

그런 다음 꿈에 본 모습을 더듬어 그려 그자를 널리 찾게 하셨다. 이때 열說이 부암傅巖 지역의 들에서 일하고 있었는데, 그 모습이 임금이 본 사람과 똑같았다. 임금은 열을 불러 정승으로 삼고 언제나 자신의 곁에 두셨다.

임금이 그에게 다음과 같이 명하셨다.

"아침저녁으로 가르침을 바쳐 짐의 덕을 도와라. 만약 내가 쇠라면 그대를 숫돌로 삼을 것이고, 만약 큰 내를 건너야 한다면 그대를 배와 노로 삼을 것이며, 큰 가뭄이 든다면 그대를 단비로 삼을 것이다. 그러니 그대는 마음을 열어 내 마음을 보필하라.

또한 만약 약藥이 독하지 않으면 병은 낫지 않을 것이며, 맨발로 가면서 땅을 살피지 않으면 발을 다칠 것이다. 그러니 여러 신하와 마음을 함께하여 짐을 이끌어라. 그리하여 선왕의 도를 따르고, 탕왕의 자취를 밟아 백성들을 편안하게 하라. 짐의 명령을 공경하여 끝을 잘 맺을 수 있도록 도와라."

열이 아뢰었다.

"나무가 먹줄을 따르면 곧아지고, 임금이 간언을 따르면 성스러워지며, 임금이 성스러우면 달리 명하지 않아도 신하들이 받드는 법입니다. 이러한데 감히 누가 임금의 아름다운 명령에 공경히 따르지 않겠습니까?"

說命上

王이 宅憂亮陰三祀하사 旣免喪하시고 其惟弗言이어시늘 群臣이 咸諫于王曰 嗚呼라 知之曰明哲이니 明哲實作則이니이다. 天子惟君萬邦으로 百官이 承式하여 王言을 惟作命이니이다. 不言이시면 臣下罔攸稟令하리이다. 王庸作書以誥曰 以台로 正于四方이실새 台恐德弗類하여 茲故로 弗言이라. 恭黙思道하더니 夢에 帝賚予良弼하시니 其代予言이리라. 乃審厥象하사 俾以形하시고 旁求于天下하시니 說이 築傅巖之野하더니 惟肖라. 爰立作相하사 王이 置諸其左右하시다. 命之曰 朝夕에 納誨하리라. 以輔台德하라 若金이어든 用汝하여 作礪하며 若濟巨川이어든 用汝하여 作舟楫하며 若歲大旱이어든 用汝하여 作霖雨하리라. 啓乃心하여 沃朕心하라 若藥이 弗瞑眩하면 厥疾이 弗瘳하며 若跣이 弗視地하면 厥足이 用傷하리라. 惟曁乃僚로 罔不同心하여 以匡乃辟하라. 俾率先王하여 迪我高后하여 以康兆民하라. 嗚呼라 欽予時命하여 其惟有終하라. 說이 復于王曰 惟木從繩則正하고 后從諫則聖하나니 后克聖이시면 臣不命其承이니 疇敢不祇若王之休命이까.

부열傳說이 고종의 명령으로 만조백관을 총괄하게 되자 임금에게 나아가 아뢰었다.

"아, 밝으신 임금은 하늘의 도를 받들고 좇아 나라를 세우고 도읍을 설치하신 후 임금과 제후의 법도를 만드시고, 대부大夫와 여러 관청의 우두머리들을 세우셨습니다. 이는 안일하게 놀고자 함이 아니라 백성을 잘 다스리기 위해서였습니다. 하늘이 총명하시니 주군께서 이를 본받으신다면 신하들이 공경히 따를 것이며, 백성들도 따라 나라가 잘 다스려질 것입니다.

말은 함부로 하면 부끄러움을 일으키고, 갑옷과 투구를 함부로 사용하면 전쟁을 일으킵니다. 공이 있다 하여 마구 옷을 내주지 마시고 옷장 속에 잘 보관해두셔야 하며, 창과 방패는 잘 살피신 다음에 사용하셔야 합니다. 주군께서 이것들을 경계하시어 믿고 따르신다면 가히 아름다운 정치를 이루실 수 있을 것입니다.

나라가 잘 다스려지는 것 혼란한 것 모두 관리들의 탓이니 관직을 사사로이 가까운 자에게 내주지 마시고, 그 일을 능히 할 만한 자에게 내리십시오. 작위 또한 악한 덕을 가진 자에게는 주지 마시고, 어진 자에게만 내주십시오.

선善을 마음에 두시고 때에 맞게 행동하십시오. 하지만 스스로 선하다고 자랑하면 그 공功을 잃게 될 것입니다. 또한 스스로 능력이 있다고 자랑해도 공을 잃게 될 것입니다.

모든 일에는 준비가 있어야 하는데, 이는 준비가 되어 있으면 걱정할 일이 없기 때문입니다. 신하를 총애하신다 하여 지나치게 사랑을 베

70

푸시면 오히려 신하에게 업신여김을 받게 될 것이니 삼가시고, 당장의 허물이 부끄럽다 하여 고치지 않으면 더 잘못을 하게 되니 이 또한 조심하십시오. 이렇듯 임금이 지켜야 할 것을 지키시면 정사가 순박하게 잘되어갈 것입니다.

한편 제사祭祀를 지내는 데 거만하고 무례하면 이는 곧 하늘을 공경하지 않는다는 뜻입니다. 또한 이렇게 되면 예禮가 번거로워지고 혼란해집니다. 이렇게 해서는 하늘을 섬길 수가 없습니다."

임금이 말씀하셨다.

"훌륭하구나, 부열이여! 그대의 충고를 따르겠다. 그대가 이렇듯 좋은 말을 해주지 않았다면 짐은 그렇게 행하지 못했을 것이다."

부열이 절하고 머리를 조아리며 아뢰었다.

"아는 것이 어려운 것이 아니라 행하는 것이 어려운 것입니다. 주군께서 제가 드린 말씀을 정성으로 믿고 행하심에 어렵게 여기지 않으시면 진실로 선왕이 이룩하신 덕에 미치실 것입니다. 그러니 이런 때에 제가 말씀드리지 않았다면 이는 곧 허물이 될 것입니다."

說命中

惟說이 命으로 總百官하니라. 乃進于王曰 嗚呼라 明王이 奉若天道하사 建邦設都하여 樹后王君公하시고 承以大夫師長하심은 不惟逸豫라 惟以亂民이니이다. 惟天이 聰明하시니 惟聖이 時憲하시면 惟臣이 欽若하며 惟民이 從乂하리이다. 惟口는 起羞하며 惟甲胄는 起戎하니이다. 惟衣裳을 在笥하시며 惟干戈를 省厥躬하소서. 王惟戒 玆하사 允玆克明하시면 乃罔不休리이다. 惟治亂이 在庶官하니 官不及私昵하사 惟其能하시며 爵罔及惡德하사 惟其賢하소서. 慮善以動하시되 動惟厥時하소서. 有其善

하면 喪厥善하고 矜其能하면 喪厥功하리이다. 惟事事에 乃其有備니 有備라사 無患하리이다. 無啓寵納侮하시며 無恥過 作非하소서. 惟厥攸居시면 政事惟醇하리이다. 黷于祭祀를 時謂弗欽이니 禮煩則亂이라 事神則難하니이다. 王曰 旨哉라 說아 乃言이 惟服이로다. 乃不良于言이면 予罔聞于行이로다. 說이 拜稽首曰 非知之艱이라 行之惟艱하니 王忱不艱하시면 允協于先王成德하시리니 惟說이 不言이면 有厥咎하리이다.

열명說命하下

임금이 말씀하셨다.

"이리 오라, 부열傳說아! 짐 소자小子는 옛날에 감반甘盤에게 학문을 배웠으나 그 후 황야荒野로 물러갔다가 황하와 박毫으로 거처를 옮기느라고 끝내 학문을 깨우치지 못했다.

그러니 이제 그대가 짐이 뜻을 세울 수 있도록 도와라. 만약 짐이 술과 단술을 만들거든 그대가 누룩과 엿기름이 되어주고, 만약 국을 만들거든 그대가 간을 맞출 수 있는 소금과 매실이 되어주어야 할 것이니, 부디 여러 모로 짐을 돕고 또한 버리지 마라. 짐은 능히 그대의 가르침을 행할 것이다."

부열이 아뢰었다.

"임금이시여! 어떤 사람이 많은 것을 들으려 하면 그 사람은 일을 이룰 수 있습니다. 또한 옛 가르침을 배워야 얻음이 있을 것입니다. 옛 것을 본받지 않고 나라를 장구하게 이어갔다는 말을 들어본 적이 없습

72

니다. 배울 때 뜻을 겸손히 하고 민첩하게 힘쓰면 학문이 잘 닦일 것이니, 마음을 다해 그것을 깊이 생각하시면 어느새 도가 몸에 쌓일 것입니다. 또한 가르치기 위해서는 배워야 하니, 가르침은 배움의 반입니다. 처음부터 끝까지 배움에 힘쓰신다면 자신도 모르는 새에 덕德이 몸에 닦여 있음을 발견하시게 될 것입니다.

또한 선왕께서 이루어놓으신 법을 살피셔서 앞으로도 허물이 없도록 하십시오. 주군께서 그리하시면 저는 주군의 뜻을 받들면서 널리 인재들을 불러 모아 관리로 삼겠습니다."

임금이 말씀하셨다.

"아, 부열이여! 천하의 모든 자가 짐을 우러러 보는 것은 모두 그대의 가르침 덕분이다. 무릇 사람은 팔다리가 모두 있어야 하는 것처럼 어진 임금이 있기 위해서는 어진 신하가 있어야 하는 법이다.

선왕에게는 재상 보형保衡(탕왕 때 재상이었던 이윤을 말한다)이 있었는데, 그는 '나의 주군을 요 임금과 순 임금 같은 군주로 세우지 못하면 시장에서 종아리를 맞는 것처럼 한없이 부끄러울 것이다'라고 하셨다. 또한 단 한 명의 지아비라도 잘못되면 '이는 곧 나의 잘못이다'라고 하였다. 이렇듯 나라를 열심히 다스린 보형은 우리 열성조의 이름을 하늘에까지 알렸다. 그러니 그대는 부디 나를 밝게 보좌하여 이 나라를 잘 다스린 재상이라는 명예를 보형 혼자 차지하게 하지 마라. 임금은 현자가 아니면 다스리지 못하고, 현자는 임금이 아니면 녹을 먹지 못하는 법이다. 그러니 그대는 짐을 선왕의 대를 이어 백성들을 길이 편안하게 하는 임금으로 만들어라."

부열이 절하고 머리를 조아리며 아뢰었다.

"감히 주군의 아름다운 명령을 성실히 따르겠나이다."

說命下

王曰 來汝說아 台小子 舊學于甘盤이러니 旣乃遯于荒野하고 入宅于河하며 自河徂亳하여 曁厥終罔顯이라. 爾惟訓于朕志하여 若作酒醴어든 爾惟麴糵하고 若作和羹이어든 爾惟鹽梅라 爾交修予하여 罔予棄하라. 予惟克邁乃訓하리라. 說曰 王아 人求多聞이면 時惟建事요 學于古訓이면 乃有獲이리이다. 事不師古하여 以克永世는 匪說의 攸聞이로소이다. 惟學은 遜志하고 務時敏하면 厥修乃來하리니 允懷于茲하면 道積于厥躬하리이다. 惟斅는 學半이니 念終始를 典于學하면 厥德修를 罔覺하리이다. 監于先王成憲하사 其永無愆하소서. 惟說이 式克欽承하고 旁招俊乂하여 列于庶位하리이다. 王曰 嗚呼라 說아 四海之內 咸仰朕德은 時乃風이니라. 股肱惟人이며 良臣惟聖이니라. 昔先正保衡이 作我先王하여 乃曰 予弗克俾厥后로 惟堯舜이면 其心愧恥 若撻于市라 하니라. 一夫不獲이어든 則曰 時予之辜라 하니라. 佑我烈祖하여 格于皇天하니라. 爾尙明保予하여 罔俾阿衡으로 專美有商하라. 惟后는 非賢이면 不乂하고 惟賢은 非后면 不食하나니 其爾克紹乃辟于先王하여 永綏民하라. 說이 拜稽首曰 敢對揚天子之休命하리이다.

周書 주서

홍범洪範

무왕이 임금의 자리에 오른 지 13년이 되었을 때 기자箕子를 찾아가 말씀하셨다.

"아, 기자여! 하늘이 말없이 백성들이 할 일을 미리 정해놓고 살아가면서 화합하게 하셨지만, 짐은 하늘의 윤리倫理를 어떻게 펼쳐야 할지 모르겠다."

기자가 아뢰었다.

"제가 들으니, 옛날 곤鯀이 홍수를 잘못 막아 오행五行을 어지럽게 하자 하늘이 진노하시어 홍범구주洪範九疇(우 임금이 정한 정치 도덕의 아홉 가지 원칙. 오행五行, 오사五事, 팔정八政, 오기五紀, 황극皇極, 삼덕三德, 계의稽 疑, 서징庶徵, 오복五福, 육극六極)를 내려주지 않으시니, 사람이 지켜야 할 도리(이륜彝倫)가 무너졌습니다. 이에 곤은 귀양 가 죽고, 우 임금이 일어나셨습니다. 우 임금은 오행을 거스르지 않아 하늘이 홍범구주를 내려주셨고, 이때부터 사람으로서 지켜야 할 도리, 즉 이륜이 펴지게 되었습니다.

홍법구주의 첫 번째는 오행이고, 두 번째 오사는 일을 하는 데 조심하고 공경해야 하는 다섯 가지고, 세 번째 팔정은 정치를 펴는 데 필요한 여덟 가지 기술이고, 네 번째 오기는 기강을 세우는 데 필요한 다섯 가지 근본이고, 다섯 번째 황극은 임금의 표준이 되기 위한 조건이고, 여섯 번째 삼덕은 다스림에서 기본이 되는 세 가지 덕목이고, 일곱 번째 계의는 의문을 물어 밝히는 방법이고, 여덟 번째 서징은 하늘의 징조를 살피는 것이고, 아홉 번째 오복과 육극에서 전자는 교화하고 지도하는 데 필요한 다섯 가지 복이며 후자는 백성들이 복종할 수 있도록 위엄을 보이는 데 필요한 여섯 가지 방법입니다."

첫 번째.

"오행五行의 첫 번째는 물, 두 번째는 불, 세 번째는 나무, 네 번째는 쇠, 다섯 번째는 흙입니다.

물은 아래로 사물을 적시면서 내려가고(윤하潤下), 불은 타면서 올라갑니다(염상炎上). 나무는 굽으면서도 곧고(곡직曲直), 쇠는 모양을 유지하면서 바꾸기도 합니다(종혁從革). 또 흙은 심고 수확을 거둡니다(가색稼穡).

윤하는 짠맛을 내고, 염상은 쓴맛을 내고, 곡직은 신맛을 내고, 종혁은 매운맛을 내고, 가색은 단맛을 냅니다."

두 번째.

"오사五事의 첫 번째는 겉모습이고, 두 번째는 말이고, 세 번째는 보는 것이고, 네 번째는 듣는 것이고, 다섯 번째는 생각하는 것입니다.

모습은 공손하게 하고, 말은 이치에 따라 해야 하며, 보는 것은 밝게 하고, 듣는 것은 분명히 해야 하고, 생각은 지혜로워야 합니다.

공손하면 엄숙하게 되고, 이치를 따르면 조리 있게 되고, 밝게 보면 지혜가 따르고, 분명하게 들으면 헤아리게 되고, 지혜로운 생각을 하면 성스러워집니다."

세 번째.

"팔정八政의 첫 번째는 먹을 것을 대는 것이고, 두 번째는 재물을 주는 것이고, 세 번째는 제사를 지내는 것이고, 네 번째는 땅을 다스리는 것이고, 다섯 번째는 백성들을 가르치는 것이고, 여섯 번째는 죄를 다스리는 것이고, 일곱 번째는 손님을 대접하는 것이고, 여덟 번째는 군사를 다스리는 것입니다."

네 번째.

"오기五紀의 첫 번째는 해(세歲), 두 번째는 달(월月), 세 번째는 날(일日), 네 번째는 별(성신星辰), 다섯 번째는 역법의 계산(역수曆數)입니다."

다섯 번째.

"임금의 표준을 세운다는 것은, 임금이 다스림에서 법을 세운다는 것입니다.

다섯 가지 복을 모아 백성들에게 골고루 베푼다면 백성들도 임금이 세운 법칙을 잘 따를 것입니다. 백성들이 음란한 사람과 패거리를 이루지 않고 지위가 있는 자들이 아부하고 무리 짓게 하지 않으려면, 임금이 이 표준을 분명히 하고 있어야 합니다.

　백성들 중에 지모가 있고 뜻 있는 일을 실천하며 본분을 잘 지키는 자가 있다면 임금께서는 부디 그들을 생각하여 잊지 마십시오. 법칙에 맞지는 않더라도 허물이 없다면 임금께서는 그들을 부디 받아들여 주십시오. 부드러운 얼굴로 '제가 좋아하는 것이 덕입니다'라고 하는 자가 있어 임금께서 그에게 복을 주시면 사람들이 저절로 임금이 세우신 법을 따를 것입니다.

　미천하고 외로운 이들을 학대하지 마시고, 지위가 높다고 하여 두려워하지 마십시오. 사람들이 자기 재능과 뜻을 발휘하고 실천할 수 있는 여건을 만들어주신다면 나라가 번성할 것입니다. 또한 관리들은 대부분 부유해진 다음에야 인정을 베푸는 법이니, 그들의 집안을 평안하게 돌보지 않으신다면 그들은 죄를 지을 것이며, 임금께서 덕이 없는 이에게 복을 내리시면 그들은 장차 임금을 이용하여 죄를 지을 것입니다.

　마음이 한쪽으로 치우치거나 기우는 일 없이 임금으로서의 의義를 따르시고, 사사로이 혼자만 좋아하는 것을 따르지 않음으로써 임금으로서의 도道를 따르며, 사사로이 혼자만 미움을 일으키지 않음으로써 임금으로서의 길을 따르십시오. 치우치지 않으면 임금의 도가 평정하며 법도에 위배됨이 없고, 기울지 않으면 임금의 도가 정직할 것이니, 이렇게 되면 법칙을 지키는 사람들만 모이게 될 것이고, 그 결과 사람들이 법칙을 따를 것입니다.

　임금이 펴는 법칙을 백성들이 받아들이고 따르게 되는 것이 곧 천자의 빛에 가까워지는 것입니다. 그렇게 되면 '천자께서 우리 백성들의 부모가 되심으로써 천하를 다스리고 계신다'고 말하게 될 것입니다."

여섯 번째.

"삼덕三德의 첫 번째는 바르고 곧음이고, 두 번째는 강함으로 이기는 것이며, 세 번째는 부드러움으로 이기는 것입니다.

세상이 평탄하고 평안할 때는 정직으로 바르고 곧게 다스리시고, 강하여 따르지 않으면 강하게 다스리시며, 화친하고 따르면 부드러움으로 다스리십시오. 또한 물러나고 숨으려 하는 사람은 강하게, 그리고 높고 밝은 사람은 부드럽게 다스리십시오.

오직 임금만이 다섯 가지 복을 내리고, 오직 임금만이 위엄을 가질 수 있고, 오직 임금만이 진귀한 음식을 받을 수 있는 법입니다. 따라서 신하가 복을 내리고 위엄을 부리며 진귀한 음식을 먹어서는 안 되는 것입니다. 만약 그렇게 되면 각 집에 그 해가 미칠 뿐만 아니라 나라가 흉하게 될 것입니다."

일곱 번째.

"계의稽疑, 즉 의심을 풀어 밝히기 위해서는 점치는 사람을 가려 뽑은 후 이들로 하여금 거북점과 시초점을 치게 합니다.

거북점으로는 '비 오는 것', '비가 개이는 것', '안개가 끼는 것', '밝은 것', '흐리거나 맑은 것'을 알아보고, 시초점으로는 정貞(곧음)과 외괘外卦(움직임)을 알아봄으로써 변화를 미리 추측해야 합니다.

사람을 세워 점을 치되 세 사람이 치게 하여 두 사람의 말을 따르십시오. 또한 크게 의심되는 것이 있으시면 먼저 마음에 물으시고, 그 다음에는 신하들과 백성들에게 물으시고, 그런 연후에 거북점과 시초점을 치게 하십시오. 그 결과 임금이 따르고 거북점과 시초점이 따르며 신하들과 백성들이 따르게 되는데, 이를 '대동大同'이라 합니다. 그렇게 하면 임금의 몸이 평안해질 뿐만 아니라 자손 또한 번성하게 될 것이니 길하다 할 수 있습니다.

임금이 따르고 거북점과 시초점이 따른다면 신하들과 백성들이 거스른다 하더라도 그것은 길한 것입니다. 신하들이 따르고 거북점과 시초점이 따른다면 임금과 백성들이 거스른다 해도 길한 것입니다. 또 백성들이 따르고 거북점과 시초점이 따른다면 임금과 신하들이 거슬러도 길한 것입니다. 하지만 임금과 거북점만 따르고 시초점과 신하들과 백성들이 모두 거스른다면 이는 안에서 하는 일은 길하지만 밖에서 하는 일을 흉凶하게 됩니다. 또 거북점과 시초점이 모두 사람과 위배되면 가만히 있으면 길하지만 움직이면 흉할 것입니다."

여덟 번째.

"서징庶徵, 즉 하늘의 징조를 살피는 것이란 '비 오는 것', '해가 나는 것', '더운 것', '추운 것', '바람 부는 것'이 계절에 맞는 것인지를 살피는 것입니다. 이 다섯 가지가 제대로 갖추어지고 계절에 맞게 운행되면 모든 풀이 번성할 것입니다. 이 중에 한 가지라도 지나치게 되면 흉凶하고, 또 한 가지라도 없으면 흉합니다.

임금이 엄숙하면 제때 비가 내리고, 임금이 조리가 있어 잘 다스리면 제때 해가 나고, 임금이 지혜로우면 제때 날이 따뜻하고, 임금이 생각이 깊으면 제때 날이 추우며, 임금이 성스러우면 제때 바람이 불 것이니, 이는 아름다운 징조입니다.

하지만 임금이 경망하면 항상 비가 내리고, 임금이 어긋난 짓을 많이 하면 항상 해가 나고, 임금이 게으르면 항상 덥고, 임금이 조급하면 항상 춥고, 임금이 어리석으면 항상 바람이 부니, 이는 나쁜 징조입니다. 따라서 임금께서는 해[歲]를 살피셔야 하고, 고위 관리들은 달[月]을 살펴야 하며, 하급 관리들은 날[日]을 살펴야 하는 것입니다.

해와 달, 그리고 날이 이치에 맞게 움직이면 모든 곡식이 풍성해질 것이며, 임금의 다스림이 밝아집니다. 그렇게 되면 뛰어난 백성들이 드러나고, 그 결과 집안이 편안해질 것입니다. 하지만 해와 달, 그리고 날이 이치에 맞지 않게 움직이면 곡식들이 여물지 못할 것이며 임금의 다스림이 어두워질 것입니다. 그렇게 되면 원래 뛰어난 백성들도 미천해지고, 그 결과 집안이 편안하지 못할 것입니다.

백성들은 별[星辰]과 같습니다. 별 중에는 바람을 좋아하는 별도 있고, 비를 좋아하는 별도 있습니다. 해와 달의 운행으로 겨울과 여름이 생기는데, 그중 달이 별을 어떻게 따르느냐를 살피면 언제 비바람이 일어날지 알 수 있습니다."

아홉 번째.

"오복五福의 첫 번째는 오래 사는 수명[수壽]이고, 두 번째는 부하게 되는 재물[부富]이고, 세 번째는 건강과 편안함[강녕康寧]이고, 네 번째는 아름다운 덕[유호덕攸好德]이고, 다섯 번째는 천수를 누린 후에 맞는 죽음[고종명考終命]입니다.

또한 육극六極, 즉 사람을 궁하게 하는 여섯 가지 중 첫 번째는 횡사橫死와 요절이고, 두 번째는 질병疾病이고, 세 번째는 걱정거리고, 네 번째는 가난이고, 다섯 번째는 악惡한 것이고, 여섯 번째는 나약함입니다."

惟十有三祀에 王이 訪于箕子하시다. 王이 乃言曰 嗚呼라 箕子아 惟天이 陰騭下民
하사 相協厥居하시니 我는 不知其彝倫의 攸敍하노라. 箕子乃言曰 我聞하니 在昔에
鯀陻洪水하여 汨陳其五行한대 帝乃震怒하사 不畀洪範九疇하시니 彝倫의 攸斁니라.
鯀則殛死어늘 禹乃嗣興하신대 天乃錫禹洪範九疇하시니 彝倫의 攸敍니라. 初一은 曰
五行이요 次二는 曰敬用五事요 次三은 曰農用八政이요 次四는 曰協用五紀요 次五는
曰建用皇極이요 次六은 曰乂用三德이요 次七은 曰明用稽疑요 次八은 曰念用庶徵이요
次九는 曰嚮用五福과 威用六極이니라. 一五行은 一曰水요 二曰火요 三曰木이요 四曰
金이요 五曰土니라. 水曰潤下요 火曰炎上이요 木曰曲直이요 金曰從革이요 土爰稼穡
이니라. 潤下는 作鹹하고 炎上은 作苦하고 曲直은 作酸하고 從革은 作辛하고 稼穡은
作甘이니라. 二五事는 一曰貌요 二曰言이요 三曰視요 四曰聽이요 五曰思니라. 貌曰
恭이요 言曰從이요 視曰明이요 聽曰聰이요 思曰睿니라. 恭은 作肅하며 從은 作乂하
며 明은 作哲하며 聰은 作謀하며 睿는 作聖이니라. 三八政은 一曰食이요 二曰貨요 三
曰祀요 四曰司空이요 五曰司徒요 六曰司寇요 七曰賓이요 八曰師니라. 四五紀는 一曰
歲요 二曰月이요 三曰日이요 四曰星辰이요 五曰曆數니라. 五皇極은 皇建其有極이니
斂時五福하여 用敷錫厥庶民하면 惟時厥庶民이 于汝極에 錫汝保極하리라. 凡厥庶民
이 無有淫朋하며 人無有比德이면 惟皇이 作極이니라. 凡厥庶民이 有猷有爲有守를 汝
則念之하라. 不協于極이라도 不罹于咎어든 皇則受之하라. 而康而色하여 曰予攸好德
이라커든 汝則錫之福하면 時人이 斯其惟皇之極하리라. 無虐煢獨하고 而畏高明하라.
人之有能有爲를 使羞其行하면 而邦이 其昌하리라. 凡厥正人은 旣富方穀이니 汝弗能
使有好于而家하면 時人斯其辜리라. 于其無好德에는 汝雖錫之福이라도 其作汝用咎하
리라. 無偏無陂하여 遵王之義하며 無有作好하여 遵王之道하며 無有作惡하여 遵王之
路하라. 無偏無黨하면 王道蕩蕩하며 無黨無偏하면 王道平平하며 無反無側하면 王道
正直하리니 會其有極하여 歸其有極하리라. 曰 皇極之敷言이 是彝是訓이니 于帝其訓
이시니라. 凡厥庶民이 極之敷言을 是訓是行하면 以近天子之光하여 曰 天子作民父母
하사 以爲天下王이라 하리라. 六三德은 一曰正直이요 二曰剛克이요 三曰柔克이니 平
康은 正直이요 彊弗友는 剛克하고 燮友는 柔克하며 沈潛은 剛克하고 高明은 柔克이
니라. 惟辟作福하고 惟辟作威하며 惟辟玉食하나니 臣無有作福作威玉食이니라. 臣之
有作福作威玉食이면 其害于而家하며 凶于而國하여 人用側頗僻하면 民用僭忒하리라.
七稽疑는 擇建立卜筮人하고서 乃命卜筮니라. 曰雨와 曰霽와 曰蒙과 曰驛과 曰克이며

日貞과 日悔니라. 凡七은 卜五요 占用二니 衍忒하니라. 立時人하여 作卜筮하되 三人
이 占이어든 則從二人之言이니라. 汝則有大疑면 謀及乃心하며 謀及卿士하며 謀及庶
人하며 謀及卜筮하라. 汝則從하며 龜從하며 筮從하며 卿士從하며 庶民從이면 是之謂
大同이니 身其康彊하고 子孫이 其逢吉하리라. 汝則從하며 龜從하며 筮從하면 卿士逆
하고 庶民이 逆하여도 吉하리라. 卿士從하며 龜從하며 筮從하면 汝則逆하며 庶民이
逆하여도 吉하리라. 庶民이 從하며 龜從하면 筮從하면 汝則逆하며 卿士逆하여도 吉
하리라. 汝則從하고 龜從하되 筮逆하며 卿士逆하며 庶民이 逆하면 作內는 吉하고 作
外는 凶하리라. 龜筮共違于人하면 用靜은 吉하고 用作은 凶하리라. 八庶徵은 日雨와
日暘과 日燠과 日寒과 日風과 日時니 五者來備하되 各以其敍하면 庶草도 蕃廡하리
라. 一이 極備하여도 凶하며 一이 極無하여도 凶하니라. 日休徵은 日肅에 時雨若하며
日乂에 時暘이 若하며 日哲에 時燠이 若하며 日謀에 時寒이 若하며 日聖에 時風이 若
이니라. 日咎徵은 日狂에 恒雨若하며 日僭에 恒暘이 若하며 日豫에 恒燠이 若하며 日
急에 恒寒이 若하며 日蒙에 恒風이 若이니라. 日王省은 惟歲요 卿士는 惟月이요 師尹
은 惟日이니라. 歲月日에 時無易하면 百穀用成하며 乂用明하며 俊民이 用章하며 家
用平康하리라 日月歲에 時旣易하면 百穀用不成하며 乂用昏不明하며 俊民이 用微하며
家用不寧하리라. 庶民은 惟星이니 星有好風하며 星有好雨하니라. 日月之行은 則有冬
有夏하니 月之從星으로 則以風雨니라. 九五福은 一曰壽요 二曰富요 三曰康寧이요 四
曰攸好德이요 五曰考終命이니라. 六極은 一曰凶短折이요 二曰疾이요 三曰憂요 四曰
貧이요 五曰惡이요 六曰弱이니라.

2월 16일에서 6일이 지난 을미일乙未日 아침에 임금께서 주周나라로 부터 풍豐 땅에 이르셨다.

태보太保[소공召公]가 주공周公보다 먼저 가서 집터를 보았다. 그리하 여 그 다음 3월月 병오일丙午日에서 3일이 지난 무신일戊申日 아침에 태 보가 낙洛 땅에 이르러 집터를 점쳤는데, 길한 점괘가 나오자 곧바로 일에 착수했다. 다시 3일이 지난 경술일庚戌日에 태보太保는 마침내 은 殷나라 백성들을 데리고 낙수 북쪽에 집터를 닦게 했고, 5일이 지난 갑 인일甲寅日에 집터를 완성했다.

그 다음 날인 을묘일乙卯日 아침에 주공이 낙 땅에 이르러 새 도읍 터 가 마련된 것을 두루 살펴보셨고, 3일이 지난 정사일丁巳日에는 백성들 과 함께 하늘에 제사를 지내며 소 한 마리, 양 한 마리, 돼지 한 마리를 바치셨다.

7일이 지난 갑자일甲子日 아침에 주공은 글을 써 은나라의 백성들과 후복侯服, 전복甸服, 남복男服 지역의 제후들에게 부역을 하라고 명을 내리셨고, 이어서 은나라 백성들에게 명하니 백성들이 크게 일어나 일 했다.

태보가 여러 제후와 같이 나아갔다가 폐백幣帛을 가지고 다시 들어와 주공에게 바치며 다음과 같이 아뢰었다.

"손을 이마에 대고 몸을 굽혀 절하며 임금과 공에게 아뢰노니, 감히 임금의 심부름꾼으로서 은나라 백성들을 가르치는 훈계를 하고자 합 니다.

아! 하늘에 계신 상제께서 자신의 큰아들(천자)과 대국大國 은나라의 명命을 바꾸셨습니다. 임금께서 천명天命을 받은 것은 한없는 복이지만 한편으로는 끝없는 근심이기도 합니다. 그러니 어찌 공경恭敬하지 않을 수 있겠습니까.

하늘이 이미 큰 나라인 은나라의 명을 크게 끊으셨습니다. 과거 은나라의 많은 선왕의 영혼들이 하늘에 계시지만, 후세의 임금과 백성들이 그 명을 잘 따라야 했음에도 불구하고 결국 지혜로운 자는 숨어버리고 백성을 괴롭히는 자만이 높은 지위에 올라갔습니다. 그 때문에 농부들은 슬픔으로 하늘에 부르짖으며 아내와 아이들을 안고, 끌고 나가 도망치다 붙잡히곤 하였습니다. 아! 이에 백성을 불쌍히 여긴 하늘이 명을 다시 내리시어 덕에 힘쓰는 이를 임금으로 하셨습니다. 그러니 주군은 덕德을 공경하십시오.

옛날의 백성들과 하나라 임금들은, 하늘이 인도해주시고 천자가 보호해주셨기 때문에 하늘의 뜻을 우러르고 따랐습니다. 그러나 지금은 이미 천명을 잃고 말았습니다. 은나라도 처음에는 하늘이 인도하시고 바로잡아 보전해주셨는데, 그때는 백성들도 하늘의 뜻을 우러르고 따랐습니다. 하지만 지금은 이미 그 천명을 잃고 말았습니다.

그리하여 이제 어린 임금이 오르셨으니 오래되고 늙은 신하들을 버리시면 안 되십니다. '옛 사람들의 덕을 기억하라'는 옛말도 버릴 수 없는데, '하늘의 도를 따라서 도모하라'는 말을 어찌 버릴 수 있겠습니까?

아! 임금께서 비록 나이가 어리시나 하늘의 큰아들이시니 백성들과 화합하셔서 아름다운 복을 이루십시오. 또한 감히 일을 뒤로 미루지 마시어 백성들의 어려움을 돌아보고 두려워하십시오. 그리고 이제 임금께서는 이곳으로 도읍을 옮기시어 하늘의 뜻을 받으시고 토중土中, 즉 천하의 중심인 낙양을 다스리십시오."

태보가 다시 아뢰었다.

"주공께서도 일찍이 '큰 고을을 만들어 하늘과 짝을 이루고, 하늘과 당에 제사를 지내면 이로부터 천하가 잘 다스려질 것이다'라고 말씀하셨으니, 임금께서 받으신 하늘의 명을 잘 이루시면 백성을 아름답게 다스릴 수 있을 것입니다.

임금께서는 먼저 은나라의 관리들을 복종시켜 우리 주나라의 관리들과 친근하게 하시고, 그들의 나쁜 성질을 절제시키신다면 날로 선善에 매진할 것입니다.

임금은 본래 처신을 삼가고 언제나 몸에 공경을 지니고 있어야 합니다. 그러기 위해서는 덕을 공경하지 않으면 안 됩니다. 지금 우리는 과거의 하나라와 은나라를 본보기로 삼지 않을 수 없습니다. 감히 제가 다 알지는 못하나 천명을 간직함으로써 여러 해를 누렸던 하나라가 더 이상 이어지지 못한 까닭은 그 천명을 은나라가 이어받았기 때문입니다. 또한 그렇듯 천명을 받아 여러 해를 누렸던 은나라가 더 이상 계속되지 못한 까닭은 덕을 공경하지 않아 천명을 잃었기 때문입니다.

이제 임금께서 그 천명을 이어받으셨으니 우리는 앞의 두 나라의 운명을 참고 하여 왕업을 이어가야 할 것입니다. 임금께서 처음으로 나라를 맡아 다스리시니 더 할 말이 무엇이 있겠습니까.

아! 무릇 자식은 처음 태어날 때 스스로 밝은 명을 타고난다고 합니다. 그러니 이제 하늘이 우리에게 밝음을 주실는지, 길흉을 주실는지, 또는 여러 해를 이어나가게 해주실는지는 임금께서 정사를 어떻게 펼쳐 나가시는지를 보면 알 수 있을 것입니다.

부디 임금께서는 어서 새 도읍에 정착하시어 하루빨리 덕을 공경하십시오. 임금께서 덕을 베푸시는 것이 곧 천명이 이 나라에 영원히 있게 해달라고 비는 것과 같습니다.

임금께서는 백성들이 법을 지키지 않았다 하여 함부로 죽이지 마시고 백성들을 잘 이끌어주십시오. 그래야만 공이 있을 것입니다. 임금의 자리에 덕이 충만한 이가 올라 있으면 백성들은 이를 본받아 행할 것이니 임금의 덕이 더욱 빛날 것입니다.

지위에 관계없이 모두가 부지런하면서 '우리가 받은 천명이 하나라가 여러 해 번성했던 것처럼 커야 하고, 은나라가 여러 해 번성했던 것처럼 어긋남이 없어야 한다'고 말할 수 있어야 합니다.

임금께서는 백성들과 더불어 영원한 하늘의 명을 받으시기를 바라옵니다."

소공이 다시 손을 이마에 대고 몸을 굽혀 절하며 주공에게 아뢰었다.

"소신은 감히 주나라의 어진 백성들과 임금의 원수였던 은나라 백성과 신하들과 더불어 임금의 위엄 있고 밝은 덕을 보존하고 이어받으려 합니다. 임금께서 마침내 천명을 이루시어 소유하시면 임금의 이름이 후세에 길이 보존될 것입니다. 이에 소인이 수고롭게 여기지 않고 오직 공손히 폐백을 받들어 바치며, 임금께 천명이 영원하기를 기원합니다."

召誥

惟二月旣望越六日乙未에 王이 朝步自周하사 則至于豊하시다. 惟太保는 先周公相宅하여 越若來三月惟丙午朏越三日戊申에 太保朝至于洛하여 卜宅하니 厥旣得卜

하여 則經營하니라. 越三日庚戌에 太保乃以庶殷으로 攻位于洛汭하니 越五日甲寅에
位成하니라. 若翼日乙卯에 周公이 朝至于洛하사 則達觀于新邑營하니라. 越三日丁巳
에 用牲于郊하시니 牛二라. 越翼日戊午에 乃社于新邑하시니 牛一羊一豕一이라. 越七
日甲子에 周公이 乃朝用書하사 命庶殷侯甸男邦伯하니라. 厥旣命殷庶하니 庶殷이 丕
作하니라. 太保乃以庶邦冢君으로 出取幣하여 乃復入錫周公하고 曰拜手稽首하여 旅
王若公하노니 誥告庶殷은 越自乃御事니이다. 嗚呼라. 皇天上帝이 改厥元子玆大國殷
之命하시니 惟王受命이시니 無疆惟休시나 亦無疆惟恤이시니 嗚呼라 曷其奈何弗敬하
리오. 天旣遐終大邦殷之命이라 玆殷多先哲王도 在天이어신마는 越厥後王後民이 玆
服厥命하여 厥終에 智藏瘝在어늘 夫知保抱携持厥婦子하여 以哀로 籲天하고 徂厥亡
出執하니 嗚呼라. 天亦哀于四方民하사 其眷命用懋하시니 王其疾敬德하소서. 相古先
民有夏컨대 天迪하시고 從子保어시늘 面稽天若이언마는 今時에 旣墜厥命하니이다.
今相有殷컨대 天迪하시고 格保어시늘 面稽天若이어신마는 今時에 旣墜厥命하니이
다. 今沖子嗣하시니 則無遺壽耇하소서. 曰其稽我古人之德이어늘 矧曰其有能稽謀自
天리이까. 嗚呼라 有王은 雖小하시나 元子哉시니 其丕能諴于小民하여 今休하소서.
王不敢後하사 用顧畏于民暑하소서. 王이 來紹上帝하사 自服于土中하소서. 旦曰 其
作大邑하니 其自時로 配皇天이요 毖祀于上下하니 其自時中乂로다. 王이 厥有成命하
시면 治民이 今休하리라. 王이 先服殷御事하사 比介于我有周御事하시면 節性하여 惟
日其邁리이다. 王敬作所요 不可不敬德이니이다. 我는 不可不監于有夏며 亦不可不監
于有殷이니 我不敢知나 曰有夏服天命하여 惟有歷年이니이다. 我不敢知나 曰不其延
은 惟不敬厥德하여 乃早墜厥命이니이다. 我不敢知나 曰有殷受天命하여 惟有歷年이
니이다. 我不敢知나 曰不其延은 惟不敬厥德하여 乃早墜厥命이니이다. 今王이 嗣受厥
命하시니 我亦惟玆二國命하여 嗣若功이니이다. 王乃初服이시니 嗚呼라. 若生子니이
다. 罔不在厥初生에 自貽哲命하니 今天其命哲하시며 命吉凶하시며 命歷年이니이다.
知今我初服하여 宅新邑하사 肆惟王이 其疾敬德하소서. 王其德之用은 祈天永命이니
이다. 其惟王은 勿以小民의 淫用非彝로 亦敢殄戮하소서. 用乂民하면 若有功하리이
다. 其惟王位 在德元하면 小民이 乃惟刑하여 用于天下라 越王에 顯하리이다. 上下勤
恤하여 其曰호되 我受天命이 丕若有夏歷年하며 式勿替有殷歷年이라. 欲王은 以小民
으로 受天永命하노이다. 拜手稽首曰 予小臣은 敢以王之讎民과 百君子와 越友民으로
保受王威命明德하노니 王이 末有成命하시면 王亦顯하리이다. 我非敢勤이니 惟恭奉
幣하여 用供王의 能祈天永命하노이다.

주공周公이 성왕成王께 아뢰었다.

"아! 무릇 군자는 언제고 안일하지 말아야 합니다. 먼저 임금이 편안함을 누리더라도 농사일의 어려움을 알고 부지런히 힘쓴 후에 누리면 백성들이 농사에 의지하고 산다는 것을 알 것입니다.

어떤 백성을 보니, 부모가 농사일에 힘써 곡식을 거두는 데 반해 그 자식은 안일하게 지내며 속된 말이나 하고 방종하게 지내고 있었습니다. 게다가 자기 부모에 대해 '옛날 사람이라 들은 것도 아는 것도 없다'고 말하면서 업신여기기까지 하였습니다. 이는 바로 그 자식이 농사일의 어려움을 알지 못하였기 때문입니다."

주공이 다시 아뢰었다.

"아! 제가 들은 바로는 옛날 은나라 임금 중종中宗은 엄숙하고, 공손하며, 공경하고, 두려워하면서 천명을 헤아리셨습니다. 그래서 백성을 다스릴 때도 언제나 공경하고 두려워하였고, 감히 해야 할 일을 폐하고 안일하게 지내지 못하셨습니다. 그랬기 때문에 은나라를 75년이나 다스릴 수 있으셨습니다.

또한 고종高宗은 임금이 되기 전 오랫동안 백성들과 더불어 수고로운 일을 마다하지 않으셨습니다. 그러다가 임금이 되셨는데, 3년상을 치르시는 동안 아무 말씀도 하지 않으셨습니다. 탈상 후에는 평소에는 말이 거의 없으셨지만, 일단 말을 하시면 온화하였고, 일에서도 게으름을 피우며 노는 법이 없으셨습니다. 이에 은나라가 아름답고 평화롭게 다스려졌고, 크고 작은 일로 불평하는 백성들도 없게 되었습니다. 그랬기 때문에 고종은 은나라를 59년이나 다스릴 수 있으셨습니다.

조갑祖甲은 어떻습니까. 그는 자기가 임금이 되는 것을 의롭지 않다 하여 오랫동안 일반 백성의 신분으로 있으셨습니다. 또 임금이 되신 후에는 홀아비나 홀어미라 하더라고 업신여기는 일이 없으셨을 정도로 백성들을 보호하고 사랑하셨습니다. 때문에 조갑은 은나라를 33년이나 다스릴 수 있으셨습니다.

그러나 그 후의 임금들은 일은 하지 않고 노는 것만 추구하였습니다. 때문에 씨 뿌리고 거두는 농사일의 어려움을 알지 못하였고, 그러니 백성들의 괴로움도 알지 못하였습니다. 오직 즐거움만을 추구하였습니다. 때문에 통치 기간도 고작 10년, 7~8년, 5~6년, 혹은 3~4년에 불과하였습니다."

주공이 아뢰었다.

"그러나 우리 주나라의 태왕太王(문왕)과 왕계王季(문왕의 아버지)께서는 능히 스스로 겸손하셨고 천명을 두려워하실 줄 아셨습니다.

문왕文王께서는 허름한 의복을 하시고 거친 들판의 일과 농사일에 힘쓰셨습니다. 또한 언제나 아름답고 부드러우며 훌륭하시고 공손하셨습니다. 언제나 백성들을 아끼고 보호하셔서 홀아비와 홀어미들에게도 은혜를 주시어 생기를 돌워주셨습니다. 아침부터 한낮을 거쳐 해가 기울 때까지 한가롭게 밥 잡수실 시간도 없으셨을 정도로 일하시어 백성들을 평안하게 하셨습니다. 또한 유람이나 사냥을 즐기시지도 않으셨고, 여러 나라를 거느리셨으면서도 공물을 과하게 받지 않으셨습니다. 때문에 중년의 나이에 임금이 되셨으면서도 무려 50년이나 나라를 다스리셨습니다."

주공이 다시 아뢰었다.

"부디 임금께서는 문왕을 본받아 구경하는 것도, 노는 것도, 사냥을 하는 것도 지나치게 하지 마시고, 오직 백성들을 다스리는 데 공경스런 태도로 임하십시오. 한가하게 '오늘만 즐길 뿐이다'라고 말씀하지 마십시오. 이는 백성들이 본받을 것도 못되고, 천명에도 어긋나는 것입니다. 만약 그렇게 행동하신다면 백성들 또한 그 허물을 본받을 것입니다. 또한 은나라 임금, 수受가 그랬던 것처럼 미혹되고 어지러워져 술에 빠지는 일도 없으셔야 합니다."

주공이 아뢰었다.

"들자오니, '옛날 사람들은 서로 훈계하고, 서로 보호하고, 서로 따르고, 서로 가르쳤기 때문에 백성들이 서로 속이거나 과장하거나 현혹되는 일이 없었다'고 합니다.

만약 임금께서 제가 드린 말씀을 듣지 않으신다면 신하들 또한 임금을 본받아 따르지 않을 것입니다. 그리고 이는 곧 선왕의 올바른 법을 어지럽게 만드는 일이니, 크고 작은 일 모두 법에 어긋날 것입니다. 결국에는 백성들도 마음속으로는 윗사람의 명을 거역하고, 입으로는 저주를 할 것입니다."

주공이 다시 아뢰었다.

"아! 은나라 임금, 중종으로부터 고종과 조갑, 그리고 우리 주나라의 문왕, 이렇게 네 분은 명철한 지혜로 백성들을 밝게 이끄셨습니다. 누군가가 '백성들이 당신을 원망하고 꾸짖고 있습니다'라고 하면, 그 말을 덕으로 공경하고는 '그 모든 게 과인에게 덕이 없기 때문이다'라고 하시면서 자신의 행동을 삼가셨습니다. 임금께서도 이리하시면 백성들이 노여움을 품지 않을 것입니다.

하지만 임금께서 이 말씀을 듣지 않으시면 신하들이 서로 속이고 과장하고 현혹하여 '백성들이 당신을 원망하고 꾸짖고 있습니다'라고 하더라도 곧이곧대로 믿게 될 것입니다. 이와 같이 되면 임금이 해야 할 일을 깊이 생각하지 않게 될 것이고, 마음을 너그럽게 갖지 못하실 것이며, 죄 없는 사람들에게 함부로 형벌을 내리고 죽이게 될 것입니다. 이는 곧 모든 원망을 임금 자신에게로 모이게 할 것입니다"

주공이 연이어 아뢰었다.

"아아! 부디 선왕의 뒤를 잇는 임금께서는 이런 점들을 거울로 삼으십시오."

無逸

周公曰 嗚呼라 君子는 所其無逸이니이다. 先知稼穡之艱難하고 乃逸하면 則知小人之依이니이다. 相小人한대 厥父母勤勞稼穡이어든 厥子乃不知稼穡之艱難하고 乃逸하며 乃諺既誕하나니 否則侮厥父母曰 昔之人이 無聞知라 하니이다. 周公曰 嗚呼라. 我聞曰昔在殷王中宗은 嚴恭寅畏하사 天命自度하시며 治民祗懼하사 不敢荒寧하시니 肆中宗之享國이 七十有五年이니이다. 其在高宗時에 舊勞于外하사 爰暨小人이러시니 作其卽位하사 乃或亮陰하니 三年不言이니이다. 其惟不言이나 言乃雍하며 不敢荒寧하니 嘉靖殷邦하사 至于小大이 無時或怨하니 肆高宗之享國이 五十有九年이니이다. 其在祖甲하사 不義惟王이라 하사 舊爲小人이러시니 作其卽位하사 爰知小人之依하니 能保惠于庶民하시며 不敢侮鰥寡하시니 肆祖甲之享國이 三十有三年이시니이다. 自時厥後로 立王이 生則逸하니 生則逸이라. 不知稼穡之艱難하며 不聞小人之勞하고 惟耽樂之從하니 自時厥後로 亦罔或克壽하여 或十年하며 或七八年하며 或五六年하며 或四三年하니이다. 周公曰 嗚呼라 厥亦惟我周에 太王王季는 克自抑畏니이다. 文王은

92

卑服으로 卽康功田功하니이다. 徽柔懿恭하사 懷保小民하시며 惠鮮鰥寡하사 自朝至于日中昃로 不遑暇食하사 用咸和萬民하니이다. 文王이 不敢盤于遊田하사 以庶邦惟正之供하시니 文王受命이 惟中身이러시니 厥享國이 五十年이니이다. 周公曰 嗚呼라 繼自今으로 嗣王은 則其無淫于觀于逸于遊于田하사 以萬民惟正之供하소서. 無皇曰今日에 耽樂이라 하소서. 乃非民의 攸訓이요 非天의 攸若이면 時人이 丕則有愆하리니 無若殷王受之迷亂하여 酗于酒德哉하소서. 周公曰 嗚呼라 我聞曰 古之人은 猶胥訓告하며 胥保惠하며 胥敎誨일새 民이 無或胥譸張爲幻이라 하니이다. 此厥不聽하시면 人乃訓之하여 乃變亂先王之正刑하여 至于小大하리니 民이 否則厥心違怨하며 否則厥口詛祝하리이다. 周公曰 嗚呼라 自殷王中宗으로 及高宗과 及祖甲과 及我周文王의 茲四人이 迪哲하니이다. 厥或告之曰 小人이 怨汝詈汝라커든 則皇自敬德하사 厥愆이시면 曰朕之愆이 允若時라 하시니 不啻不敢含怒시니이다. 此厥不聽하시면 人乃或譸張爲幻하여 曰 小人이 怨汝詈汝라커든 則信之하리니 則若時면 不永念厥辟이며 不寬綽厥心하여 亂罰無罪하며 殺無辜하리니 怨有同하여 是叢于厥身하리이다. 周公曰 嗚呼라 嗣王은 其監于茲하소서.

오경백편 권

2

예기 禮記

≪예기禮記≫

중국 유가 오경五經의 하나로 ≪주례周禮≫, ≪의례儀禮≫와 함께 삼례三禮라고도 한다. 확실치는 않으나 공자가 편찬했다고 전해지는데, 공자가 직접 지은 책에 '경經'자를 붙이기 때문에 원래 이름은 ≪예경禮經≫이었다. 그러나 기원전 2세기경 대대大戴와 그의 사촌 소대小戴가 원문에 손질하여 보완補完·주석註釋하였기에 '경'이 빠지고 '기記'자가 쓰이게 되었다. 원래 200편이었다고 하나 현재 전해지는 것은 대대에 의해 추려진 85편 중 40편과 소대에 의해 추려진 49편뿐이다.

≪예기≫는 의례의 해설뿐 아니라 음악, 정치, 학문 등 일상생활의 사소한 영역에까지 예의 근본정신에 대하여 다방면으로 서술하고 있으며, 도덕적인 면을 매우 중요하게 다룬다.

한편 1190년 성리학파의 주희朱熹가 ≪예기≫ 중 〈대학〉과 〈중용〉 각 2편을 각각 별개의 책으로 편찬하여 유교 경전인 ≪논어≫, ≪맹자≫와 더불어 4서四書에 포함시켰다. 4서는 보통 중국에서 유교 입문서로 사용되고 있다.

뭇 음악音樂이란 사람의 마음이 움직이는 데서 생긴다. 그런데 사
람의 마음은 사물에 의해 움직인다. 즉, 사물에 의해 움직인 사람의 마
음과 감응했을 때 소리가 나는 것이다. 이런 소리에는 여러 가지가 있
어 서로 반응하고 작용해 새로운 소리가 되고, 이것에 일정한 형식이
생기면 비로소 음音이 되는 것이다. 그리고 이렇게 생성된 음을 배열해
곡조를 만든 다음 방패와 도끼를 든 춤과 새의 깃털을 꽂은 깃발을 들
고 추는 춤과 함께 악기로 연주하는 것을 음악이라고 한다.

음악은 음音을 근본으로 생겨난 것이다. 때문에 음악의 근본은 사물
에 감응한 사람의 마음이라 할 수 있다. 때문에 슬픈 마음일 때는 그 소
리가 타는 듯하면서도 힘이 없고, 즐거운 마음일 때는 그 소리가 명랑
하면서도 여유가 있으며, 기쁜 마음일 때는 그 소리가 뛰는 듯하면서도
높고, 화난 마음일 때는 그 소리가 거칠고도 날카로우며, 공경하는 마
음일 때는 그 소리가 진지하면서도 분별이 있고, 자애로운 마음일 때는
그 소리가 평화로우면서도 유순한데, 이런 소리가 바로 음악에 반영되

는 것이다.

그런데 위와 같은 여섯 가지 마음과 소리는 본래 사람의 성품이 아니다. 즉, 사람이라면 누구나 사물에 감응했을 때 생겨난 마음으로 소리를 만들어낸다. 때문에 과거 현명한 왕들은 사람의 마음이 감응을 일으키는 요인들을 고려해 신중하게 처리했다. 그렇기 때문에 예禮를 이용해 사람들의 뜻을 바르게 이끌었고, 악樂을 이용해 사람의 소리를 화평하게 했으며, 정치를 이용해 사람들의 행동을 규제했고, 형벌을 이용해 사람들의 사악邪惡을 막았다. 무릇 예, 악, 형벌, 정치의 목표는 하나다. 그리고 그 목표란 민심을 하나로 화합시켜 올바른 세상을 만드는 것이다.

무릇 음악이란 사람의 마음에서 생겨난다. 마음속에서 움직인 감정이 소리에 나타남으로써 소리가 일정하면서도 다양한 형태를 이루는 것이 바로 음악이다. 때문에 잘 다스려지는 세상의 음악은 편안하면서도 즐겁다. 바로 정치가 화평하기 때문이다. 반면 어지러운 세상의 음악은 원망과 분노로 가득 차 있다. 바로 정치가 도리에 어긋나 있기 때문이다. 또한 망한 나라의 음악은 슬프고도 시름에 잠겨 있다. 바로 그 백성들이 고난을 당하고 있기 때문이다. 이처럼 소리나 음악은 정치와 깊은 관련이 있다.

다섯 가지 음계 중 궁宮은 임금에 해당하고, 상商은 신하, 각角은 백성, 치徵는 일, 우羽는 사물이 된다. 이 다섯 가지 음계가 어지럽지 않으면 음악이 전체적으로 조화롭다.

궁 음계가 어지러우면 음악이 거칠어지는데, 이는 곧 임금이 교만하고 정치가 난폭하다는 것을 의미한다.

상 음계가 어지러우면 음악이 한쪽으로 치우치는데, 이는 곧 신하가 자기 소임을 다하지 못해 나라가 안정을 잃었다는 것을 의미한다.

각 음계가 어지러우면 음악에 근심이 가득한데, 이는 곧 백성들이 원망하고 있다는 것을 의미한다.

치 음계가 어지러우면 음악이 슬픈데, 이는 곧 노역이 많아 백성들이 힘들어하고 있다는 것을 의미한다.

우 음계가 어지러우면 음악이 불안한데, 이는 곧 나라의 재정이 바닥나서 살림살이가 곤궁하다는 것을 의미한다.

한편 이 다섯 가지 음계가 모두 어지럽고 서로 얽혀 있다는 것을 만慢이라고 하는데, 이는 곧 상하가 모두 교만해 정치가 바르게 구현되지 못한다는 것을 의미하므로 이 정도 되면 그 나라는 머지않아 멸망하고 말 것이다. 정鄭나라와 위衛나라의 음악이 바로 그렇다. 즉, 그들의 음악은 난세의 음악으로 만慢에 가깝다. 상간복상桑間濮上(복수濮水 주변의 뽕나무 숲에서 나온 음란한 음악이란 뜻으로 윤리가 무너진 것을 의미한다)의 음은 망국亡國의 음이다. 멸망이 머지않은 나라는 정치가 흩어지고, 백성들은 집과 직업이 없이 떠돌아다니며, 모두가 윗사람을 속여 사리사욕만을 꾀하고 사악이 널리 행해지지만, 어떤 방법으로도 그것을 제지할 수가 없다.

무릇 음악이란 사람의 마음에서 생겨난다. 따라서 음악은 윤리倫理와 통한다. 소리를 안다고 해도 음을 모르면 이는 곧 금수禽獸와 다를 것이 없고, 음을 안다고 해도 악의 뜻을 모르면 군자라 할 수 없는 것이다. 즉, 오직 군자만이 음악을 이해할 수 있는 것이다. 그러므로 소리의 이치를 살펴서 음의 이치를 알고, 다시 악의 이치를 이해한 후 이를 바탕으로 정치의 이치를 이해해야 하는 것이다. 즉, 이렇게 해야만 세상을 다스리는 이치를 이해할 수 있다. 이런즉, 소리를 알지 못하는 자와는 함께 음을 말할 수 없으며, 음을 알지 못하는 자와는 함께 악을 말할 수 없는 것이다.

음악의 이치를 안다면 예禮의 이치를 안다고 할 수 있다. 그렇기 때문에 예악禮樂을 모두 얻은 자를 유덕有德한 사람이라고 한다. 무릇 덕德이란 득得, 즉 얻는 것이다. 이런 관계로 음악의 최고 목적은 좋은 음의 극치를 아는 것이 아니다. 이는 향연의 예가 맛의 극치를 음미하는 것이 목적이 아님과 같다. 한 예로, 종묘의 제사에서 선조를 찬미하는 시詩를 연주할 때 슬瑟(중국 고대 아악기의 하나. 앞은 오동나무로 만들고 뒤는 밤나무로 만들어 25줄을 매었다)의 주현朱絃(실제로는 연주하지 않는 슬의 25줄 중 하나)을 튕기어 밑바닥에 있는 실구멍으로 기氣를 통하게(이렇게 하면 소리가 좋지 않다) 함으로써 한 사람이 노래할 경우 겨우 세 사람만 탄성을 지를 정도일 뿐 좋은 음악은 아니지만, 선왕 때의 음악이므로 존중되는 것이다. 또 종묘의 대례 때 찬물을 윗자리에 놓고, 생선을 도마에 올려놓으며, 국에 양념을 섞지 않지만, 이는 선왕 때 밥상이 그러했으므로 그것을 존중해서 따르는 것뿐이다. 이렇듯 예악禮樂을 마련할 때 선왕들은 입, 눈, 귀 등을 만족시키기보다는 백성들에게 좋고 나쁨을 판단하는 법을 가르쳐서 바르게 인도人道하겠다는 목적을 가지고 있었다.

사람의 마음은 본래 태어날 때부터 고요하고 침착하니, 이는 곧 하늘의 성품이다. 그런데 이 마음은 사물을 보고 느끼면서 움직이게 되는데, 이는 곧 사람의 욕심 때문이다. 마음이 사물을 느끼게 되면 지혜가 움직여 좋고 싫고의 감정이 생겨난다. 만약 마음속에서 좋고 싫음의 감정에 절도가 없는 데다가 몸 밖에서 사물이 자꾸 유혹을 하면 좋고 나쁨의 감정과 지혜가 바르게 작용할 수 없게 된다. 이렇게 되면 천리天理, 즉 이성이 멸망해버리고 만다. 이렇듯 좋고 나쁨에 있어 절도가 없다면 사물이 마음을 유혹할 때 이내 무너져 사물에 사람이 지배되고 만다. 즉, 이성이 멸망하면 욕망이 왕성해지는 것이다. 욕망이 왕성해지면 양심을 속이고자 하는 마음이 생겨 도에 어긋나는 일과 난폭한 일이 일어나고, 그 결과 강한 자가 약한 자를 억압하고, 지혜로운 자가 어리석은 자를 속이고, 용맹한 자가 겁이 많은 자를 괴롭힌다. 또 질병에 걸려도 몸을 다스릴 수 없게 될 뿐 아니라 늙은이와 아이들은 몸을 편안하게 둘 곳조차 얻지 못하게 된다. 이렇게 되면 세상은 크게 어지러워지고 만다.

그래서 선왕은 예악을 정할 때 사람의 성품과 능력에 비추어 절도를 정했다. 상복喪服이나 곡읍哭泣의 규정은 상喪에 관한 절도고, 종鍾·고鼓·간干·척戚의 규정은 안락安樂에 관한 절도며, 혼인과 성인식에 관한 규정은 남녀를 분별하는 절도고, 향사鄕射(삼짇날과 중오절에 시골 한량들이 편을 갈라 활쏘기를 겨루던 일)와 향음주향鄕飮酒饗(고을의 유생들이 모여 술을 마시며 잔치하던 일)의 규정은 사사로운 사귐에 관한 절도다. 즉, 예禮는 사람의 마음을 절도 있게 하고, 악樂은 사람의 소리를 조화롭게 한다. 또 정치는 도를 행하는 수단이고, 형벌은 악을 막는 수단이다. 그렇기 때문에 예, 악, 정치, 형벌이 천하에 널리 행해지고 그릇됨이 없다면 임금의 치도治道가 제대로 실현될 것이다.

음악은 사람들을 하나로 만들고, 예禮는 사람들의 차이를 분명하게 한다. 하나가 되면 서로 친하고, 차이가 분명하면 서로 공경한다. 그러나 음악이 너무 성하면 무질서해지고, 예가 너무 성하면 인심이 떠나고 서로 배반한다. 따라서 그 둘을 적절하게 사용해 인정이 통하게 하면서 예법을 익히게 하는 것이 예악禮樂의 일이다. 예가 바로 서면 상하가 분명하게 구분되고, 음악이 바로 서면 상하가 화목하다. 좋고 나쁨의 감정이 분명하면 현명한 것과 우둔한 것, 바른 것과 바르지 못한 것이 뚜렷이 구별된다. 또한 형벌로 난폭함을 억제시키고 벼슬로 현명한 인재를 쓰면 정치가 공정하게 이루어질 것이다. 여기에 인仁으로 백성을 사랑하고, 의義로 백성들 바로잡는다면 백성이 잘 다스려질 것이다.

음악은 내면에서 나오고, 예는 밖에서부터 일어난다. 음악은 내면에서 나오기 때문에 고요함이 주가 되고, 예는 밖에서부터 일어나기 때문에 움직임에 대한 규정이 주가 된다. 그래서 뛰어난 음악은 어렵지 않고, 중요한 예의는 복잡하지 않다. 또 음악이 지극하면 사람들에게 원망하는 마음이 없고, 예가 지극하면 사람들 사이에 다툼이 없다. 옛말에 "읍하는 예를 갖추면서 사양하기만 해도 천하가 다스려진다"는 말이 있으니, 이는 예악의 효용을 두고 이르는 말이다. 성난 백성이 일어나지 않고, 제후가 복종하고, 형벌이 행해지지 않고, 백성들에게 근심이 없고, 천자가 성내지 않는다면, 이것은 음악이 천하에 널리 유통되고 있는 것이라 하겠다. 부자父子가 친하고 장유長幼에 차례가 잘 지켜져 백성들이 천자를 공경하고 복종한다면, 그것은 예의가 완전하게 이루어지는 세상이라 할 것이다.

뛰어난 음악은 하늘과 땅처럼 완전히 화합을 이루고, 중요한 예의는 하늘과 땅처럼 사람을 규제한다. 이렇게 화합을 이루면 만물이 본래 성품을 잃지 않는다. 한편 규제를 잘하기 위해 사람들은 하늘과 땅의 신들을 공경하고 제사를 지낸다. 즉, 현실 세계에는 예악이 있고, 저승에는 귀신이 있는 것이다. 이렇게 하면 천하의 사람들이 모두 공경을 모으고, 사랑을 함께 나누게 된다.

예는 사물을 차별하고 공경을 모으는 것이다. 또 음악은 문文을 달리하면서 사랑을 모으는 것이다. 하지만 이 둘의 본성은 본래 같은 것이다. 따라서 예로부터 현명한 임금은 모두 예악을 받들었고, 그로 인해 시대에 적합하고 공적에 알맞은 악곡을 만들어왔던 것이다.

종鍾, 고鼓, 관管, 경磬, 우羽, 약籥, 간干, 척戚 등은 음악을 표현하는 기구다. 또 몸을 앞으로 굽혔다가 다시 위를 우러러보는 것이나 나아가고 물러나는 예법과 동작 등은 춤의 표현 방법이다. 보궤조두簠簋俎豆와 제도문장制度文章은 예의 표현 수단이고, 승강상하升降上下와 주선석습周還裼襲 등은 예의 표현 방법이다. 이런 까닭으로 예악의 본질을 아는 자만이 예악을 만들 수 있고, 예악의 표현 방식을 제대로 아는 자만이 이를 이어받아 후대에 전할 수 있다. 이때 예악을 만드는 자를 '성聖'이라고 높여 부르고, 예악을 전하는 자를 '명明'이라고 높여 부르니, '명성明聖'이란 전하는 사람 또는 만드는 사람을 가리키는 말한다.

음악은 천지의 화합이고, 예는 천지의 질서다. 화합하게 되면 만물이 동화하고, 질서가 잡혀 있으면 만물이 각자의 지위와 기능을 가지게 된다. 또 음악은 하늘에 기초를 두고 만들어진 것이고, 예는 땅의 법칙을 기반으로 만들어진 것이다. 따라서 잘못된 방법으로 만들어지면 예악은 조화롭지 못해 오히려 질서를 파괴하게 된다. 즉, 천지의 도리에 밝은 자만이 예악을 일으킬 수 있는 것이다.

사람들이 서로 친하고 근심이나 슬픔을 잊게 하는 것이 음악의 본질이고, 큰 기쁨과 애정을 일으키는 것이 음악의 작용이다. 중용의 도리에 맞고 사악함이 없게 하는 것이 예의 본질이고, 태도를 장엄하고 공손하게 하는 것이 예의 법도다. 대저 예악을 금석金石 악기로 연주하거나 소리에 실어서 노래함으로써 종묘사직의 제례祭禮에 사용하거나 산천의 귀신을 섬기고 사람의 영혼에 바치는 것은 백성들도 잘 알고 있다.

　천하의 임금이 된 자는 공을 이루면 음악을 만들고, 나라는 잘 다스려 안정시키면 예를 만들었다. 그 공이 크면 음악도 우수하고, 평화가 널리 세상에 고루 미치면 예의도 풍성했다. 간척干戚(간척무를 출 때 손에 잡는 무기로 왼손엔 방패, 오른손엔 도끼를 든다)을 들고 부산하게 춘다고 해서 뛰어난 음악이 되는 것은 아니며, 생것을 익혀서 제사를 지낸다고 해도 통달한 예의라 할 수 없다. 때문에 고대의 오제五帝(고대 중국의 다섯 성군으로 소호少昊, 전욱顓頊, 제곡帝嚳, 요堯, 순舜을 이른다)는 시대에 맞게 예악을 고쳤고, 삼왕三王(중국 고대의 세 임금으로 하夏나라 우왕禹王, 은殷나라 탕왕湯王, 주나라 문왕文王을 이른다) 역시 전대의 예악을 그대로 사용하지 않았다.

　하지만 음악을 지나치게 즐기면 근심이 따르고, 예를 지나치게 소홀히 하면 중심을 잃고 한쪽으로 치우치고 만다. 그러니 현명한 자는 음악을 바르게 즐겨 근심이 없게 하고, 예를 갖추어 중심을 잃지 않도록 해야 할 것이다.

　높은 하늘과 낮은 땅 사이의 중간에 산재한 만물萬物에서 예의가 행해지고 있다. 또 만물은 쉬지 않고 움직여 서로 화합하기도 하고 분화하기도 하는데, 이를 통해 음악이 일어났다. 봄에 생물이 태어나고 여름에 자라는 것은 인仁이고, 가을에 열매를 거두고 겨울에 저장하는 것은 의義인데, 인은 양의 기운이므로 음악에 가깝고, 의는 음의 기운이므로 예에 가깝다. 또 음악은 화합하는 힘이 크고 신神과 하늘의 덕을 나타내고, 예는 질서를 유지하는 힘이 크고 귀鬼와 땅의 덕을 갖추고 나타낸다. 때문에 성인은 음악을 만들어 하늘에 응하고, 예를 만들어 땅에 응함으로써 예악을 밝게 갖추고 천지가 생성하고 화육하는 공을 드러냈다.

하늘이 높고 땅이 낮은 것처럼 임금과 신하가 정해지고, 산이 높고 계곡이 낮은 것처럼 귀하고 천함이 자리 잡고, 움직임과 멈춤에 언제나 법칙이 있고, 크고 작은 것에 차별이 있고, 동물이 부류를 이루고, 식물이 무리를 짓는 것은 만물의 성질이 각각 다르기 때문이다. 하늘은 가지가지 현상을 보여주고, 땅은 많은 생물의 가지가지 형상을 보여준다. 이상과 같기 때문에 예란 하늘과 구별되는 세상의 원칙이라 하겠다.

땅의 기운은 위로 오르고 하늘의 기운은 밑으로 내려오며 땅의 음과 하늘의 양이 서로 마찰을 일으키고 움직여서 울리면, 그 결과로 천둥과 벼락이 일어나고 바람과 비가 발생하는데, 이를 통해 네 계절이 순환하고 해와 달이 교체하면서 만물이 태어나게 된다. 이상과 같기 때문에 음악이란 하늘과 땅의 화합이라 하겠다.

생명의 탄생은 때가 지나면 이루어지지 않고, 남녀가 서로 예의를 지키지 않으면 음란해지는 것이 천지의 이치다. 무릇 예악이 하늘과 땅에 고루 미쳐 음양이 조화를 이루고 귀신과 생각이 통하면, 예악의 효용은 더없이 높고 극도로 멀며 깊고 두텁다 하겠다.

또 음악은 천지의 시작에 비유되고, 예는 사물이 완성되는 것에 비유된다. 그 작용이 분명하고도 쉬지 않는 것은 하늘이고, 분명하고도 움직이지 않는 것은 땅이며, 혹은 움직이고 혹은 움직이지 않는 것은 그 중간에 있는 만물이다. 그렇기 때문에 성인이 입버릇처럼 예악을 말하는 것이다.

옛날에 순 임금이 다섯 개의 줄로 거문고를 만들어 남풍南風의 시詩를 노래했고, 신하 기夔는 순 임금의 명을 받들어 악곡을 만들어 제후가 이룬 공에 상으로 주었다. 즉, 임금이 악을 만드는 것은 덕이 있는 제후에게 상으로 주기 위해서였다. 제후의 덕이 성대하고 백성을 잘 교화하며 오곡이 제때 잘 익으면 제후에게 악곡을 만들어 상으로 주었던 것이다. 따라서 백성을 다스리는 데 크게 애쓴 제후는 [천자에게 하사 받은 무용수들을 한꺼번에 무대에 올리기 위해] 무대가 넓어야 했고, 백성을 다스리는 데 등한시했던 제후는 무대가 좁아도 되었다. 따라서 제후에게 하사하는 악곡의 규모만 보더라도 제후의 덕을 알 수 있으며, 또 하사하는 시호諡號만 보고도 제후의 행적을 알 수 있었다.

대장大章(요 임금의 악곡)은 이와 같이 임금의 덕을 드러낸 것이고, 함지咸池(황제의 악곡)는 갖춰서 결함을 없앤 것이고, 소韶(순 임금의 악곡)는 이를 계승한 것이고, 하夏(우왕의 악곡)는 크게 빛낸 것이다. 이후 은나라와 주나라 성군들의 악곡도 이처럼 임금의 덕을 극진히 표명했다.

추위와 더위가 때에 맞지 않으면 사람이 병들고, 바람과 비가 적당하지 않으면 곡식이 여물지 않는 것이 천지의 이치다. 그런데 교육은 백성에게는 추위나 더위와 같아서 교육이 백성들에게 맞게 실행되지 않으면 세상을 상하게 한다. 또 노역은 백성에게는 바람이나 비와 같아서 노역이 적당하지 않으면 임금은 공을 이룰 수 없다. 그렇기 때문에 선왕先王들이 음악을 만들었던 것은 천지의 이치에 따라 나라를 다스리고자 했기 때문이다. 이때 정치가 잘 이루어지면 백성이 저절로 임금의 덕을 본받아 행할 것이다.

대저 돼지를 기르고 술을 빚는 것이 재앙을 만드는 것은 아니다. 그런데도 세상에 소송이 점점 빈번해지고 있다. 이는 술이 가진 폐단 때문이다. 그래서 선왕先王이 주례酒禮, 즉 음주에 관한 예를 만들었던 것이다. 한 예로 한 잔을 주고받을 때도 주인과 손님이 서로 백 번 절하게 하여 종일토록 술을 마셔도 취할 수 없게 했다. 즉, 주례는 술로 인한 재앙을 막기 위한 선왕의 방법이었다. 이렇듯 술과 음식은 사람들이 즐거움을 나누기 위한 것이고, 음악은 임금의 덕을 상징하는 것이며, 예는 사물이 정도에 넘치지 않게 하는 것이다. 그렇기 때문에 선왕은 큰 화가 있으면 반드시 예禮로서 슬퍼했고, 큰 복이 있으면 반드시 예로서 즐거워했다. 또한 슬픔과 즐거움의 정도 역시 모두 예禮에 기반을 두었다. 성인은 음악을 좋아했으니, 음악을 가지고 백성의 마음을 선하게 만들었다. 음악에는 사람을 감동시키는 힘이 커서 풍속을 바꿀 수 있었으니, 그 때문에 선왕이 그 가르침을 저술著述한 것이다.

대저 사람에게는 혈기血氣와 심지心知라는 성질이 있고, 슬픔과 즐거움, 기쁨과 분노의 감정이 있어 이것이 사물에 접해 움직이게 되면 각자의 심정이 나타난다. 이런 까닭으로 음조가 급하고 섬세하며 눌린 듯하면 이는 곧 백성들에게 근심이 많다는 것을 의미하고, 음조가 느리고 부드러우며 긴 듯하면 이는 곧 백성들이 편안하다는 것을 의미하며, 음조가 거칠고 처음에는 격하다가 끝에는 솟아오르는 듯하면 이는 곧 백성들이 굳세다는 것을 의미한다. 또 음조가 단조롭고 힘차며 웅장하면 이는 곧 백성들이 엄숙하고 공손하다는 것을 의미하고, 음조가 느슨하고 윤기가 흐르며 조용하게 흘러가는 듯하면 이는 곧 백성들이 자애롭다는 것을 의미하며, 음조가 자주 변하고 산만하며 경쾌하고 미친 듯 춤추는 것 같으면 이는 곧 백성들이 방종하고 있다는 것을 의미한다.

때문에 선왕先王은 음악을 만드는 데 인간의 성정을 근거로 해서 정연한 원칙을 세운 후 예의에 어긋나지 않게 천지간 화합의 기운을 모으고, 오상五常의 행실을 이끌어 양陽으로 하여금 흩어지지 않고, 음陰으로 밀폐密閉되지 않고, 강한 기운이 성내지 않고, 부드러운 기운이 두려워하지 않게 했다. 그래서 음·양·강·유의 네 가지 기운이 적당히 악곡에 배합되어 음이 되어 밖으로 표현하게 하고, 또한 각기 제 위치를 차지하고 서로 침범하지 않게 했다. 그런 다음에 학습의 등급을 정하고, 리듬을 길게 하며, 악장을 명료하게 하고, 음악을 통한 감화가 백성의 덕을 후하게 도모하게 하며, 음악이 사물의 크고 작음의 명칭과 시작과 끝의 순서를 바르게 했다. 그리고 그렇게 함으로써 친소親疏, 귀천貴賤, 장유長幼, 남녀의 도리가 음악에 잘 표현되도록 했다. 때문에 '음악은 그 뜻이 진실로 깊다'고 한 옛말이 있는 것이다.

땅의 힘이 다하면 풀과 나무가 자라지 않고, 물이 썩으면 물고기와 자라가 크게 자라지 않으며, 몸의 기운이 쇠하면 생물生物이 온전하지 못한 것과 마찬가지로 세상이 어지러워지면 예가 사악해지고 음악이 음란해진다. 이때의 음악은 소리가 구슬퍼서 씩씩하지 못하고, 들떠서 안정감이 없으며, 느슨하여 절도가 없고, 탐닉에 빠져 근본을 잊게 된다. 또 음조가 지나치게 완만하면 간사姦邪함을 용납하고, 반면에 지나치게 급하면 사리사욕이 마음에 가득 차고 천지만물을 증대시키는 생기를 상하게 하고 사람에게는 온화한 덕을 멸한다. 때문에 군자는 이런 음악을 천하게 여기는 것이다.

무릇 간사한 소리는 사람을 감동시켜 마음에 스며들면 거역의 기운을 형성시키고, 이를 기반으로 음란한 음악을 일으킨다. 반면 바르고 선한 소리는 사람을 감동시켜 마음에 스며들면 바르고 순한 기운을 형성시키고, 이를 기반으로 화평한 음악을 일으킨다. 또한 앞선 노래가 있으면 이에 답하는 노래가 있기 마련인데, 답하는 노래가 간사한지 정직한지 굽었는지 바른지는 앞선 노래에 따르고, 각각 정해진 법칙에 따른 것이다. 이처럼 만물은 각각의 이치에 따라 같은 종류끼리 상호작용을 하고 있다. 따라서 군자는 백성을 다스림에 백성들의 마음을 화합하게 하고, 사람마다의 성질에 응해서 바른 행동을 하게 만들며, 간사한 소리와 음란한 빛이 사람의 이지二智를 흐리게 하는 일이 없도록 하고, 음란한 음악과 사특한 예를 마음에 접하지 않으며, 부정한 기운을 몸에 배지 않게 하고, 이목구비에서 마음에 이르는 심신을 바르게 하여 바른 뜻을 행하게 한다.

그런 뒤에야 소리를 내서 의사를 표현하고, 금슬琴瑟로는 표현을 더욱 아름답게 하고, 간척干戚을 손에 들고 추는 춤을 잘 추고, 새의 깃털과 짐승의 털로 춤을 빛낸다. 그리하여 지덕至德의 빛을 발하고, 네 계절에 통하는 기운을 움직여서 만물의 이치를 나타낸다. 이런 까닭에 음악의 맑고도 밝은 기운은 하늘을 상징한 것이고, 넓고도 큰 기운은 땅을 상징한 것이며, 시작과 끝이 호응하는 형상은 네 계절의 변화를 상징한 것이고, 두루 반복하는 것은 비바람을 상징한 것이다. 오음五音이 조화를 이뤄 하나의 곡조를 이루는 것은 마치 오색五色이 화합해 하나의 무늬를 만들어내는 것과 같고, 팔음八音이 법칙에 맞는 것은 마치 여덟 가지 바람이 중구난방으로 불지 않고 이치에 따라서 부는 것과 같다. 또 음악에 1백 가지 특징이 있어도 일정한 원칙이 있고, 악곡의 작은악절과 큰악절은 서로 도우며, 시작하는 장과 끝나는 장이 서로 호응하고, 합창과 독창, 맑은 음과 탁한 음이 서로 돕는다. 때문에 음악이 행해지면 마음이 맑아지고, 눈과 귀가 총명해지고, 혈기가 화평해지고, 풍속이 바뀌어 천하가 모두 평안해진다.

그러므로 옛말에 이르기를 '음악이란 즐거움이다'라고 했다. 이에 군자는 음악이 표현하는 선善과 아름다움 얻기를 즐거워하고, 소인은 감각상의 욕구 얻기를 즐거워한다. 그런데 바른 도리를 가지고 욕심을 제어하면 즐거우면서도 문란해지지 않으나, 욕심을 가지고 바른 도리를 잊는다면 혹할 뿐 즐겨도 즐겁지 않다. 때문에 군자는 바른 감정으로 돌아가서 그 뜻을 화평하게 하고, 민심을 온화하게 하고, 음악을 널리 퍼뜨려 교육의 효과를 배가시켜야 한다. 다시 말해 음악이 널리 퍼져 백성들의 마음을 바르게 이끄는 정도로 군자의 덕을 가늠해볼 수 있는 것이다.

무릇 덕德은 성품을 가늠해볼 수 있는 단서이고, 그 덕이 아름답게 발현된 것이 음악이며, 쇠와 돌과 실과 대나무는 악기를 만드는 재질이다. 또한 시詩는 사람이 가진 뜻의 표현이고, 노래는 시를 소리로 곡조에 실은 것이며, 춤은 그 마음을 움직임으로 표현한 것인데 바로 시, 노래, 춤, 이 세 가지를 사람의 마음에서 발현되었을 때 비로소 악기로 연주된다. 때문에 정감이 깊어야 감동적인 음악이 만들어지고, 마음의 기운이 성해야만 듣는 이를 감동시킬 수 있는 신비로운 힘이 생긴다. 즉, 음악이란 화합하고 순응해 따르는 정신이 마음속에 쌓여야만 비로소 아름답게 표출된다. 다시 말해 음악은 거짓으로는 만들 수 없는 것이다.

음악이란 곧 마음에 일어난 감동이고, 소리란 음악의 형상이며, 악장과 소절은 소리의 장식이다. 따라서 군자는 음악을 감상할 때 먼저 그 악곡의 근본을 통해 감동을 얻고, 그 소리를 즐기며, 그 다음에 악장과 소절을 음미한다. 그렇기 때문에 연주를 할 때는 먼저 북을 쳐서 경계하고, 춤을 출 때는 세 번 발을 움직여 그 방법을 보여준다. 또 일절이 끝난 뒤 다시 시작할 때도 북을 쳐서 재 시작을 알리고, 모두 끝났을 때도 악기로 종결을 알린다. 곡조가 빠른 부분에서는 억제해 지나치지 않게 하고, 너무 그윽하고 희미한 부분이라 하더라도 손을 떼서 속이지 않는다. 또 나 홀로 음악의 뜻을 독점해 도를 누르거나 도를 빠짐없이 갖추었더라도 사사로이 욕심을 부리지 않는다. 이런 마음가짐이면 성정이 생기고 그 뜻이 서서 음악으로 아름답게 표현되고 덕이 높아지는 것이다. 군자는 이 음악으로 인해 더욱더 선을 좋아하게 되고, 소인은 마음이 정화되어 자기 잘못을 뉘우치게 된다. 때문에 옛말에 '백성을 이끄는 데 음악이 중요하다'고 했던 것이다.

음악이란 것은 베푸는 것이고, 예라는 것은 받는 것이다. 즉, 음악은 낳음으로써 즐거워하는 것인 반면 예는 시작한 사람에게 보답하는 것이다. 또 음악은 미덕을 밝히는 것이고, 예는 은혜에 보답해 처음으로 돌아가는 것이다.

소위 대로大輅라는 것은 천자가 타는 수레를 말한다. 또 용기龍旂 구류九旒는 천자의 정旌(의장기)과 깃발旗이며, 거북점에 사용하는 거북이 등껍질 가장자리를 푸른색과 검정색으로 채색한 것은 천자가 사용하는 물건이라는 표시다. 이 세 가지 물건에 소 떼와 양 떼를 곁들여 하사하는 것은 곧 제후에게 주는 천자의 보답이다.

음악은 변하지 않는 감정에 따른 것이며, 예는 바꿀 수 없는 이치에 따른 것이다. 또 음악은 감정의 공유처럼 같은 것끼리 통일되는 것이고, 예는 신분이나 지위가 다른 것들을 분류한다. 한마디로 음악과 예는 각각 인정의 다른 두 면, 즉 통일과 분류라고 설명할 수 있다.

사람 마음의 근본을 알린 후 시대에 맞게 변화하는 것이 음악의 본성이고, 거짓을 버리고 성실을 나타내는 것이 예의 본성이다. 그래서 천지의 본성을 따르고 있는 예악은 여러 신들의 덕과도 통한다. 또 예악은 하늘의 신을 불러서 내려오게 하고 땅의 신을 불러서 올라가게 하여 만물을 바르게 만들며, 사람들을 이끌어 아버지와 아들, 임금과 신하의 구별을 명확하게 만든다.

때문에 군자가 예악을 이용해서 나라를 다스리면 하늘과 땅이 모두 그를 도우려 하기 때문에 천지가 화합하고 음양이 조화되어 만물을 따뜻하게 지키고 키우게 된다. 그리하여 풀과 나무가 무성해지고, 새싹이 움터 자라나고, 새가 날개를 퍼덕이고, 뿔이 난 짐승이 나고, 벌레들이 움직여 소생하고, 새는 알을 품고, 짐승은 새끼를 잉태했으니, 짐승은 사산하지 않고, 새들은 알을 깨지 않는다[만물이 모두 편안히 살고 번영한다.]. 이것은 모두 예악을 통해 정치가 다스려진 까닭이다.

황종黃鐘이나 대려大呂(12율, 즉 여울의 종류) 같은 여울이나 거문고 등에 맞춘 노래나 간양干揚(춤을 출 때 사용하는 기구)을 들고 추는 춤을 음악이라고는 하지 않는다. 그것은 음악의 가지나 잎에 불과하다. 따라서 이런 것에는 어린아이도 충분히 춤출 수가 있다.

한편 잔치 자리를 펴서 술과 밥을 올리고, 요리를 늘어놓은 후 제사를 지내는 것을 예라고는 하지 않는다. 그것 역시 예의 가지나 잎에 불과하다. 따라서 이런 것은 유사有司라는 관리가 도맡아 관장한다.

악사樂師는 목소리나 시詩에 대해 잘 알아 신하의 자격으로 현악기를 연주한다. 한편 제관은 종묘의 예를 잘 알지만 시尸(제사 때 시위 대신 앉히는 어린아이)의 뒤를 따를 뿐이다. 또 제관은 상을 당했을 때 지키는 예를 잘 알고 있지만 주인의 뒤를 다를 뿐이다. 즉, 덕을 갖춘 자는 윗자리를 차지하는 한편 기예를 갖춘 자는 아랫자리를 차지하고, 덕행이 뛰어난 자는 앞자리를 차지하는 한편 일에 뛰어난 자는 뒷자리를 차지하는 것이다. 이런 이유로 과거 현명한 임금들은 윗자리와 아랫자리, 앞자리와 뒷자리의 질서를 잘 유지했기에 천하를 제대로 통치할 수 있었던 것이다.

위魏나라의 문후文侯가 자하子夏에게 물었다.

"나는 예복과 예모를 갖추고 옛 음악을 들으면 이내 싫증이 나서 드러눕게 되는 것은 아닐까 걱정을 하지만, 정鄭나라와 위衛나라의 새 음악을 들으면 피곤한 줄 모르겠다. 감히 묻노니, 왜 옛 음악은 지루하고 새 음악은 재미있는 것인가?"

자하가 대답했다.

"옛 음악은 앞으로 나가는 것도 뒤로 물러가는 것도 더불어 하고, 그 소리가 조화로우면서도 바르고 넓습니다. 현弦, 포匏, 생황笙簧 등 악기를 한데 모으고 부고柎鼓를 준비한 후 북을 울려 연주를 시작하고 징을 울려 연주를 끝냅니다. 상相으로는 어리석은 것을 바로잡고, 아雅로는 빠른 것을 바로잡습니다. 그래서 군자는 위에서 말한 내용이나 옛날의 학예에 대해 익힌 후 자기 수양과 집안을 다스리는 법을 익힙니다. 그 런 다음에 천하를 평화스럽게 다스리기에 노력합니다. 이것이 옛 음악 의 특징입니다.

한편 새 음악의 경우 그것이 춤곡[舞樂]이면 춤추는 자들이 앞으로 나 아가고 뒤로 물러갈 때 몸을 구부려 흔들기 때문에 전체 움직임과 맞지 않고, 소리에는 간사하고 방종하며 음란한 음이 들어가 있어 듣는 이 로 하여금 이에 이끌려 걷잡을 수 없게 만듭니다. 또 배우와 난쟁이가 부인이나 어린아이 사이에 섞여들어 마침내 부자간과 형제간의 윤리나 질서를 깨닫지 못하게 됩니다. 그래서 음악이 비록 끝나도 아름다움 등 에 대해서 말할 것이 없고, 옛 음악의 도에 대해서도 논할 것도 없습니 다. 이것이 새 음악의 특징입니다. 그런데 주군께서는 악에 대해서 물 으셨습니다만, 좋아하시는 것은 음입니다. 악과 음은 서로 가까우면서 도 같지 않습니다."

문후가 다시 물었다.

"그럼 악과 음이 어떻게 다른가?"

자하가 대답했다.

"그 옛날에는, 천지가 온화하게 움직여서 네 계절이 돌아가는 것이 질서를 잃지 않았고, 백성은 덕이 있어서 모든 곡식이 풍작을 이루는 한편 전염병이 유행하지 않았고 이상한 일도 일어나지 않았습니다. 이 러한 상태를 대당大當, 즉 태평하다고 할 수 있습니다.

이런 세상이 된 후에야 성인은 부자父子ㆍ군신의 도리를 만들어 기강을 세웠고, 기강이 바로잡히자 천하가 잘 다스려졌습니다. 이를 바탕으로 성인은 육율六律을 바르게 하고 오음五音을 조화調和시켜 시詩와 송頌을 현에 맞춰서 노래했습니다. 이렇게 만들어진 것을 덕음德音이라고 하는데, 이것이 바로 올바른 음악입니다. ≪시경詩經≫에서는 덕음에 대해 이렇게 노래하고 있습니다.

덕음이 조용하고 맑아
그 덕이 밝아지셨네
사물을 밝게 분별하시어
백성의 장長이 되시고
군주가 되시고
큰 나라의 왕이 되시니
백성은 잘 따르고
임금은 친근히 하셨네.
아들 문왕文王에 이르자
후회할 바 없이 그 덕이 더욱 빛나니
마침내 하늘이 버리신 큰 복을 받아
대대로 자손에게 전하셨도다.

이것이 바로 덕음입니다. 그러나 주군께서 좋아하시는 것은 그 익음溺音(사람을 유혹하는 음악)입니다."
문후가 다시 물었다.
"그럼 익음溺音은 어디로부터 나온 것인가?"
자하가 대답했다.

"정鄭나라의 음악은 마음을 흔들어 사람을 음란하게 만들고, 송宋나라의 음악은 마음을 약하게 해서 사람을 나쁜 쪽으로 유도합니다. 또 위衛나라의 음악은 지나치게 빠르게 흘러 마음을 조급하게 만들고, 제齊나라의 음악은 오만하고 치우쳐서 마음을 교만하게 합니다. 이 네 음악은 모두 음란해 색을 좇기 때문에 덕을 해칩니다. 그래서 제사에 사용하지 않는 것입니다. 다음은 ≪시경≫에 나오는 노래입니다.

음률이 엄숙하고 고요하게 울려 퍼지니
선조의 영혼이 이를 들으시네.

무릇 '숙肅'은 엄숙해서 공경한 음이고, '옹雝'은 부드러운 음을 말합니다. 이렇듯 공경하고 온화하다면 행하지 못할 일이 어디 있겠습니까. 따라서 임금 된 자는 그 좋아하고 싫어하는 것을 드러내지 말아야 하니, 임금이 좋아하는 것은 신하가 대신 행해야 합니다. 윗사람이 행하면 백성들도 따르게 마련입니다. ≪시경≫에 '백성을 이끌기가 매우 쉽다'고 했으니 이것을 두고 하는 말입니다. 성인은 그런 다음에 도鞉, 고鼓, 강椌·갈楬·훈壎·지篪 등의 여섯 악기를 만들었으니, 이 여섯 가지 악기는 덕음의 음을 구현해냅니다. 그런 뒤에 종鍾·경磬·우竿·슬瑟을 앞의 여섯 가지 악기와 조화시킨 다음 간干, 척戚, 모旄, 적狄을 들고 춤을 추었습니다. 선왕의 사당에 제사 지낼 때 바로 이 음악과 춤을 사용하는 것입니다. 또 잔치에서 술을 주고받을 때나 모임에서 벼슬과 지위를 밝혀 상대에게 맞는 예를 행할 때, 자손에게 존비尊卑와 장유長幼의 차례가 있음을 보여줄 때도 이런 음악을 사용합니다."

'갱' 하고 울리는 종의 소리는 군대의 구령 소리에 비유되는데, 이 종의 구령으로 위엄을 세우고, 위엄으로 무武를 세운다. 그래서 군자는 종소리를 들으면 무신武臣을 생각한다.

'경' 하고 울리는 돌의 소리는 명랑한데, 사물을 분별하게 해서 죽음을 두려워하지 않게 만든다. 그래서 군자는 돌의 소리를 들으면 국경에서 싸우다 죽은 신하를 생각한다.

현絃의 소리는 슬퍼서 청렴하고 강직한 기운을 세우고, 이를 바탕으로 뜻을 세운다. 그래서 군자는 금琴이나 슬瑟의 소리를 들으면 지조 있고 의리 있는 신하를 생각한다.

피리의 소리는 널리 퍼져 백성을 포용한다. 백성을 포용하면 대중을 모을 수 있다. 그래서 군자는 우竽, 생笙, 소簫, 관管 등의 피리 소리를 들으면 모든 신하를 생각한다.

북의 소리는 시끄러워서 움직임을 이끌고, 이를 바탕으로 무리를 앞으로 나아가게 한다. 그래서 군자는 북소리를 들으면 장수를 생각한다.

이렇듯 군자가 음률을 듣는 것은 그 소리만 듣는 것이 아니라 소리와 맞는 자신의 마음을 헤아리고 즐기는 것이다.

빈모가賓牟賈가 공자 곁에서 모시고 앉아 있었는데, 더불어 이런저런 이야기를 하다 주제가 음악에 이르렀을 때 공자가 빈모가에게 물었다.

"무악武樂에서 시작을 알리는 북이 울리고도 곡이 본격적으로 시작되기까지 그 사이가 긴데, 무슨 까닭이겠느냐?

빈모가가 대답했다.

"무왕이 주紂나라를 공격할 때 무리를 얻지 못하는 것이 아닐까 걱정했던 마음을 표현하기 때문입니다."

"박자가 길고 가늘지만 끊이지 않고 지속되는 것은 무슨 까닭이겠느냐?

"무왕이 몰려오는 사람들이 너무 늦게 와서 싸움에 지인 것은 아닐까 걱정했기 때문에 끊어질 듯 가늘게 이어지는 것입니다."

"춤추는 이들의 손발이 그처럼 빠르게 움직이는 것은 무슨 까닭이겠느냐?"

"무왕이 기세를 몰아 주나라를 멸망시키려고 했던 것을 표현하기 때문입니다."

"춤추는 자가 때로는 꿇어앉아서 오른쪽 무릎을 땅에 대고 왼팔을 올리는 것은 무엇 까닭이냐?"

"그 춤에서 무릎을 꿇는 일은 없습니다."

"소리가 음란한 느낌이 들어 마치 무왕이 상商나라를 멸망시키려고 하는 것처럼 들리는 것은 무슨 까닭이겠느냐?"

"그것은 무악의 음률이 아닙니다."

"무악이 아니라면 이런 음률은 어떤 악곡의 음률이겠느냐?"

"관리가 기록을 잃어버려서 알 수 없습니다. 하지만 만약 기록을 잃어버리지 않고 실제로 무악에 그런 음률이 있다면 무왕의 뜻이 매우 거칠어져 있다는 것을 표현한 것일 것입니다."

"내가 장홍萇弘에게 같은 것을 물었을 때 그도 그대와 같은 대답을 했다. 정말로 그 말이 옳은 대답일 것이다."

빈모가가 자리에서 일어나 떠나며 물었다.

"무릇 무악에서 시작을 알리는 북이 울리고도 곡이 본격적으로 시작되기까지 그 사이가 긴 것에 대해서는 이미 가르침을 받았습니다. 그런

118

데 곡이 시작된 후에도 몇 번이나 속도가 느려지고 오래 쉬는 것은 무슨 까닭입니까?"

공자가 말했다.

"자리에 앉아라. 네게 들려주겠다. 본래 무악은 무왕의 성공을 상징한다. 먼저 춤추는 이가 방패를 잡고 산처럼 우뚝 서 있는 것은 무왕이 제후들이 모이기를 기다리고 있는 것을 표현한 것이고, 손발을 심하게 움직이는 것은 태공인 여상의 전투 의지를 표현한 것이다. 끝 부분에 춤추는 이들이 모두 무릎을 꿇는 것은 주공周公과 소공召公이 세상을 평화롭게 다스린 것을 상징하는 것이다.

이 춤은 시작할 때는 북쪽으로 나아간 것, 2단계에서는 상나라를 멸망시킨 것, 3단계에서는 남쪽으로 돌아온 것, 4단계에서는 남쪽 나라를 평정한 것을 상징한다. 그리고 5단계에서 춤추는 이들의 줄이 나뉘는데, 이것은 주공과 소공이 각각 천하의 왼쪽과 오른쪽을 맡아 다스린 것을 상징한다. 또 6단계에서는 모두 처음 위치로 돌아가니 이는 천하 통일이 이루어져 천자를 받들었다는 것을 상징한다.

한편 각 단계마다 두 사람씩 짝을 지어 방울을 흔들며 적을 치는 시늉을 하는 것은 무왕이 온 천하에 위엄을 떨치는 상징이고, 춤추는 자가 두 열로 나눠 나아가는 것은 무왕이 공을 빨리 세우려고 한 것을 상징한다. 또 긴 대열을 이루고 한동안 움직이지 않는 것은 제후를 기다리고 있는 모습을 상징한다. 그런데 그대는 아직도 목야牧野(무왕이 주나라를 공격할 때 싸운 곳) 벌판의 이야기를 듣지 못했는가?

무왕은 주나라를 이기고 도읍으로 돌아왔을 때 수레에서 미처 내리기도 전에 황제의 자손을 계薊 땅에 봉하고, 제요帝堯의 자손을 축祝 땅에 봉하고, 제순帝舜의 자손을 진陳 땅에 봉했다. 또 수레에서 내리고 나서는 하후씨夏厚氏의 자손을 기杞 땅에 봉하고, 은나라의 후예를 송宋 땅에 보내고, 왕자 비간比干의 무덤을 크게 만들고, 기자箕子의 감금을 풀어 상용商容에게 보낸 다음 그 지위地位를 회복시켜주려 했다. 또 무왕은 서민에게는 세금과 부역의 의무를 가볍게 해주고, 일반 관리들은 봉급을 배로 올려주었다. 그런 다음 황하를 건너서 서쪽 주나라 도읍으로 돌아온 후 말은 화산華山의 남쪽에 풀어 흩어지게 하고는 다시 타지 않았고, 소는 도림桃林 들판에 풀어 흩어지게 하고는 다시 쓰지 않았으며, 전차와 갑옷은 피를 바르는 예를 마친 후 창고에 간직하고는 다시 사용하지 않았고, 창들은 날을 뒤로한 뒤 호랑이 가죽으로 싸서 보관했다. 그리고 장수들을 모두 제후로 삼았다. 이와 같은 무왕의 일처리를 건고建櫜라고 한다.

그래서 온 세상은 무왕이 다시는 군대를 일으키지 않을 것임을 알았다. 무왕은 군대를 해산시키고, 궁사들은 학습을 시켰다. 즉, 동쪽에서는 궁사들에게는 이수貍首의 시를 노래하게 하고, 서쪽에 서는 궁사들에게는 추우騶虞를 노래하게 했으며, 가죽을 꿰뚫는 궁술은 없애버렸다. 또 신하들은 허리에 띠와 홀笏을 했고, 용감한 장수들도 검을 풀었다. 그런 다음 명당明堂에서 하늘과 아버지인 선왕에게 제사를 지내니 백성이 효도를 알게 되었고, 천자를 알현하는 제도를 만드니 제후들도 스스로 신하임을 자각했으며, 천자가 직접 밭을 갈자 제후들이 더욱 천자를 공경했다. 이 다섯 가지는 천하를 교화하기 위한 중요한 제도다.

또 무왕은 태학太學에서 세 명의 공과 다섯의 경을 대접했는데, 이때 천자는 어깨를 벗고 제사용 소를 직접 요리하고, 간장을 만들었고, 술잔을 잡아서 권하고, 면冕을 머리에 쓰고, 방패를 손에 잡았다. 이는

120

제후에게 연장자를 공경하는 법을 가르치기 위해서였다.

이와 같이 한 결과 주나라의 정치가 사방에 미치고, 주나라의 음악도 세상에 퍼졌다. 그러니 무악이 더디고 오래 쉬는 것이 당연하지 않겠느냐."

군자는 말한다.

"예와 음악은 잠시도 몸에서 떼어놓아서는 안 된다. 음악을 익히고 그것으로 마음을 다스린다면 정직하고 순한 마음이 저절로 생긴다. 이런 마음이 되면 즐겁고, 즐거우면 편안하고, 편안하면 오래 지속되고, 오래 지속되면 마음이 하늘에 닿고, 하늘에 닿으면 신神과도 통하게 된다. 마음이 하늘에 닿은 이는 아무 말 하지 않아도 사람들로부터 신뢰를 얻고, 신神과 통하는 사람은 화를 내지 않아도 위엄이 있다. 이 모두가 음악을 익히고 그것으로 마음을 다스려야 가능한 일이다.

예를 익혀서 몸을 다스린다면 행동이 장엄해져서 사람들로부터 공경을 받게 된다. 이렇게 되면 위엄이 생긴다. 마음이 잠시라도 화평하지 않고 즐겁지 않다면 비루하고 사악한 마음이 비집고 들어오게 되고, 잠시라도 몸이 장엄함과 침착함을 잃게 되면 경솔하고 태만한 마음이 비집고 들어오게 된다.

그런데 음악은 본래 마음을 움직이는 것이고, 예는 신체를 움직이는 것이다. 또 음악은 조화를 중요하게 생각하고, 예는 순종을 중요하게 생각한다. 그래서 군자가 조화로운 마음과 순종하는 몸을 하고 있으면, 백성이 그 얼굴을 우러러보는 것만으로도 서로 다투지 않고 다른 마음을 품지 않는다. 즉, 덕의 찬란한 빛이 마음에서 우러나오면 백성이 그의 명령을 듣지 않을 수 없으며, 언행이 도리가 맞으면 백성이 그를 받들어 따르지 않을 수 없게 된다. 그러므로 '예악의 도道를 충분히 이루어서 천하에 편다면 천하를 다스리는 일이 어렵지 않다'는 옛말이 있는 것이다.

음악은 내면에서 움직이는 것이고, 예는 외면에 나타나는 것이다. 그러므로 예는 자만심 억제와 겸양함을 중요하게 생각하고, 음악은 자기의 감정을 솟구치게 하여 표현하는 것을 중요하게 생각한다. 이를 위해 예는 스스로 열의를 가지고 행동해야 하는데, 바로 여기에 예의 아름다움이 있다. 또 음악은 방종에 떨어지지 않도록 해야 하는데, 바로 여기에 음악의 아름다움이 있다.

만약 예를 행할 때 열의가 부족하면 예가 형식에만 그쳐 본질을 잃게 되고, 음악을 할 때 방종에 빠지면 조화가 되지 않는다. 그래서 예는 스스로 하겠다는 의지를 가져야 하고, 반면 음악은 스스로를 억제해야만 한다. 이렇게 열의를 가지면 예가 즐겁고, 억제할 수 있으면 음악이 편안하다. 조화와 안정이라는 목적을 가졌다는 것을 보면 예의 열의나 음악의 억제는 같은 것이라 하겠다.

무릇 음악이라는 것은 즐거움이어서 사람의 감정이 원하는 것이다. 마음이 즐거우면 반드시 소리로 발현되어 손·발·얼굴의 움직임으로 나타나는 것이 사람의 성질이고, 소리와 움직임의 변화를 통해 사람의 성정이 드러난다. 이처럼 사람들은 즐거움을 구하고, 즐거우면 반드시 겉으로 드러나지만, 겉으로 드러나는 것을 억제하지 않으면 반드시 방종에 빠지고 만다. 선왕은 그 폐해를 막기 위해 아雅와 송頌 같은 노래를 만들어 이를 기준으로 삼아 인도해서 노래나 음악으로 충분히 즐거움을 표현하되 방탕으로 흐르지 않게 했고, 시는 마음속에 품은 생각을 충분히 드러내되 노골적이지 않게 했다. 또 곡의 곧고 바름, 크고 작음, 높고 낮음, 느리고 빠름 등은 사람의 착한 마음을 발현시키기에 충분하되 자극이 심하지 않게 하여 방탕한 마음과 사악한 기운이 침범하지 않게 했다. 이것이 바로 선왕이 음악을 만드는 원칙이었다.

때문에 종묘 안에서 임금과 신하, 상하가 음악을 함께 들으면 화합하고 공경하는 마음이 생기고, 한 마을 사람들이 한데 모여 함께 음악을 들으면 화합하고 온순하게 되며, 한 집안에서 아버지와 아들, 그리고 형제들이 음악을 함께 들으면 화목하고 정이 깊어진다.

이렇게 일정한 기준으로 소리를 조화롭게 만들어 악기를 연주할 때 조화를 염두에 두고 각각의 소절을 결합시키는 것이 음악이다. 때문에 음악은 아버지와 아들, 임금과 신하를 화합하게 만들고, 백성을 천자와 친하고 천자에게 복종하게 만든다. 이것이 바로 선왕이 음악을 만든 목적이다.

그러므로 아雅와 송頌의 노래나 악곡을 들으면 사람의 뜻이 넓어진다. 또 간척干戚, 즉 방패와 도끼를 들고 하늘을 우러러보고 땅을 굽어보는 춤의 동작을 익히게 되면 표정이 장엄해지고, 무대 위에서 정해진 위치에서 돌고 리듬에 맞춰 동작을 하면 행렬이 흩어지지 않고 나아가도 물러남이 가지런하다. 즉, 음악은 자연의 가르침이고 만물이 화합하는 원리이며 사람의 성정의 한 부분이다.

무릇 음악은 과거 선왕들이 기쁨을 표현하기 위한 방법이었고, 군대와 무기는 선왕이 노여움을 표현하기 위한 방법이었다. 하지만 선왕의 기쁨과 노여움의 표현은 언제나 절도가 있었기 때문에 선왕이 기쁘면 천하의 모든 사람이 화합했고, 선왕이 화가 나면 난폭한 자들이 두려워 공손해졌다. 이처럼 선왕은 정치를 펴나가는 데 예악을 융성하게 했다."

자공子貢이 사을師乙을 만나 물었다.

"내가 듣자 하니 '사람마다 각자의 성정에 맞는 노래가 따로 있다'고 하던데, 내게는 어떤 노래가 맞겠는가?"

사을이 대답했다.

"저는 비천한 악공에 불과한데 어찌 그 대답을 할 수 있겠습니까. 그저 제가 들은 바를 알려드릴 테니 직접 고르십시오. 먼저 너그럽고 고요하며 유순하고 바른 사람에게는 송頌이 맞고, 도량이 넓고 온화하며 거침이 없으면서도 신의가 있는 사람에게는 대아大雅가 맞으며, 공손하고 검소해서 예를 좋아하는 사람에게는 소아小雅가 맞다고 합니다. 또 정직하고 침착하며 청렴하면서도 겸손한 자에게는 풍風이 맞고, 거리낌이 없고 직설적이지만 자애로운 사람에게는 상商나라의 노래가 맞으며, 마음씨가 부드럽고 무던하면서도 결단력이 강한 사람에게는 제齊나라의 노래가 맞다고 합니다.

원래 노래는 나의 내면과 덕을 표현하는 수단입니다. 나를 표현하니 하늘과 땅이 모두 이에 응하고, 그리고 나니 네 계절이 조화롭고 별들이 잘 다스려져 아무 이변이 일어나지 않아서 마침내 만물이 잘 나고 자라는 것, 그것이 바로 노래의 효과입니다.

한편 오제五帝가 남기고 상商나라 사람이 후대에 전한 노래를 '상商'이라고 하고, 삼대三代가 남기고 제나라 사람이 후대에 전한 노래를 '제齊'라고 합니다. 그런데 '상'의 음악을 잘 아는 사람은 큰일을 당했을 때 결단을 잘 내립니다. 반면 '제'의 음악을 잘 아는 사람은 이익을 보고도 사양할 줄 압니다. 큰일을 당했을 때 결단을 내리는 것은 용기이고, 이익을 보고도 사양하는 것은 의리라고 할 수 있습니다. 그러나 아무리 용기가 있고 의리가 있다 하더라도 노래를 통해 수양하지 않으면 어떻게 유지해 나가겠습니까.

　노래는 음이 높을 때는 하늘에 닿을 듯 가볍고, 음이 낮을 때는 떨어지듯 무겁고, 음에 굴곡이 있을 때는 꺾어질 듯 느려지고, 멈출 때는 마른 나무처럼 잠잠하고, 음에 가벼운 굴곡이 있을 때는 직각을 꺾을 때처럼 급하고, 굴곡이 심할 때는 완만하며, 음이 길게 계속되면서 끊어지지 않고 이어질 때는 구슬을 한 줄로 꿰어놓은 것과 같습니다. 그러므로 노래한다는 것은 길게 말하는 것과 같다 하겠습니다. 으레 기쁘면 말하게 되는데, 짧은 말로는 부족하기 때문에 노래, 즉 길게 말하게 되며, 길게 말해도 부족하기 때문에 탄식하고 한탄을 하게 됩니다. 그러고도 부족하면 자기도 모르게 손과 발로 춤을 추게 되는 것입니다."

樂記

凡音之起는 由人心生也라. 人心之動은 物使之然也라 感於物而動이라. 故로 形於聲하고 聲相應이라. 故로 生變하나니 變成方을 謂之音이요 比音而樂之하여 及干戚羽旄를 謂之樂이라. 樂者는 音之所由生이니 其本은 在人心之感於物也니라. 是故로 其哀心이 感者는 其聲이 噍以殺하고 其樂心이 感者는 其聲이 嘽以緩하고 其喜心이 感者는 其聲이 發以散하고 其怒心이 感者는 其聲이 粗以厲하고 其敬心이 感者는 其聲이 直以廉하고 其愛心이 感者는 其聲이 和以柔하나니 六者는 非性也라 感於物而后에 動하나니라. 是故로 先王이 愼所以感之者라 故로 禮以道其志하며 樂以和其聲하며 政以一其行하며 刑以防其姦하니 禮樂刑政이 其極은 一也니 所以同民心 而出治道也니라. 凡音者는 生人心者也니 情動於中이라. 故로 形於聲하나니 聲成文을 謂之音이니라. 是故로 治世之音이 安以樂은 其政이 和요 亂世之音이 怨以怒는 其政이 乖요 亡國之音이 哀以思는 其民이 困이니 聲音之道 與政通矣니라. 宮을 爲君이요 商을 爲臣이요 角을 爲民이요 徵를 爲事요 羽를 爲物이니 五者가 不亂이면 則無怙懘之音矣니라. 宮亂則荒하나니 其君이 驕하고 商亂則陂하나니 其臣이 壞하고 角亂則憂하나니 其民이 怨

하고 徵亂則哀하나니 其事가 勤하고 羽亂則危하나니 其財匱니라. 五者이 皆亂迭相陵을 謂之慢이니 如此면 則國之滅亡이 無日矣니라. 鄭衛之音은 亂世之音也니라. 比於慢矣니 桑間濮上之音은 亡國之音也니라. 其政이 散하여 其民이 流니 誣上行私를 而不可止也니라. 凡音者는 生於人心者也요 樂者는 通倫理者也니 是故로 知聲而不知音者는 禽獸이 是也요 知音而不知樂者는 衆庶是也니 唯君子이 爲能知樂하나니 是故로 審聲以知音하고 審音以知樂하고 審樂以知政하여 而治道備矣니라. 是故로 不知聲者는 不可與言音이요 不知音者는 不可與言樂이니 知樂이면 則幾於禮矣니라. 禮樂은 皆得을 謂之有德이니 德者는 得也라 是故로 樂之隆이 非極音也며 食饗之禮는 非致味也라. 淸廟之瑟은 朱絃而疏越하며 壹倡而三歎은 有遺音者矣며 大饗之禮는 尙玄酒而俎腥魚하며 大羹을 不和하여 有遺味者矣니 是故로 先王之制禮樂也에 非以極口腹耳目之欲也라. 將以敎民平好惡하여 而反人道之正也니라. 人生而靜은 天之性也요 感於物而動은 性之欲也니 物至知知 然後에 好惡形焉이니 好惡無節於內하고 知誘於外면 不能反躬하여 天理滅矣니라. 夫物之感人이 無窮하여 而人之好惡無節이면 則是物至而人化物也니 人化物也者는 滅天理而窮人欲者也라. 於是에 有悖逆詐僞之心하며 有淫泆作亂之事하나니 是故로 强者脅弱하며 衆者暴寡하며 知者詐愚하며 勇者苦怯하며 疾病不養하며 老幼孤獨이 不得其所하나니 此大亂之道라. 是故로 先王之制禮樂에 人爲之節하시니 衰麻哭泣은 所以節喪紀也라 鐘鼓干戚은 所以和安樂也라 昏姻冠笄는 所以別男女也요 射鄕食饗은 所以正交接也니 禮節民心하며 樂和民聲하며 政以行之하며 刑以防之하여 禮樂刑政이 四達而不悖면 則王道備矣니라. 樂者는 爲同이요 禮者는 爲異니 同則相親하고 異則相敬하나니 樂勝則流하고 禮勝則離니라. 合情飾貌者는 禮樂之事也니라. 禮義立하면 則貴賤이 等矣오 樂文이 同하면 則上下和矣오. 好惡著하면 則賢不肖別矣요. 刑禁暴하고 爵擧賢하면 則政均矣니라. 仁以愛之하며 義以正之하나니 如此면 則民治行矣니라. 樂由中出하고 禮自外作하나니 樂由中出이라. 故로 靜하고 禮自外作이라. 故로 文하니 大樂은 必易하고 大禮는 必簡하니 樂至則無怨하고 禮至則不爭이라 揖讓而治天下者는 禮樂之謂也라 暴民이 不作하며 諸侯賓服하여 兵革을 不試하며 五刑을 不用하며 百姓이 無患하며 天子不怒하며 如此에 則樂이 達矣오 合父子之親하며 明長幼之序하여 以敬四海之內니 天子如此면 則禮行矣니라. 大樂은 與天地로 同和하고 大禮는 與天地로 同節하니 和故로 百物이 不失이요 節故로 祀天祭地하나니 明則有禮樂하고 幽則有鬼神하니 如此면 則四海之內이 合敬同愛矣니라. 禮者는 殊事合敬者也요 樂者는 異文合愛者也니 禮樂之情同이라. 故로 明王以相沿也니라. 故로 事與時竝하며 名與功偕니라. 故로 鐘鼓管磬과 羽籥干戚은 樂之器也니라. 屈伸俯

仰과 綴兆舒疾은 樂之文也라. 簠簋俎豆와 制度文章은 禮之器也니라. 升降上下와 周
還裼襲은 禮之文也니 故로 知禮樂之情者는 能作하고 識禮樂之文者는 能述하나니 作
者之謂聖이요 述者之謂明이니 明聖者는 述作之謂也라 樂者는 天地之和也요 禮者는
天地之序也니 和故로 百物이 皆化하고 序故로 群物이 皆別하니 樂由天作하고 禮以地
制하니 過制則亂하고 過作則暴하나니 明於天地然後에 能興禮樂이니라. 論倫無患은
樂之情也요 欣喜歡愛는 樂之官也라. 中正無邪는 禮之質也요 莊敬恭順은 禮之制也라.
若夫禮樂之施於金石하며 越於聲音하여 用於宗廟社稷하며 事乎山川鬼神은 則此이 所
與民同也니라. 王者이 功成作樂하고 治定制禮하시니 其功이 大者는 其樂이 備하고
其治辯者는 其禮具하니 干戚之舞는 非備樂也며 孰亨而祀는 非達禮也라. 五帝殊時라
不相沿樂하시고 三王이 異世라 不相襲禮하시니 樂極則憂하고 禮粗則偏하나니라. 及夫
敦樂而無憂하고 禮備而不偏者는 其唯大聖乎인저. 天高地下하며 萬物이 散殊而禮制
行矣니라. 流而不息하며 合同而化하여 而樂이 興焉하니 春作夏長은 仁也요 秋斂冬藏
은 義也니 仁近於樂하고 義近於禮하니라. 樂者는 敦和하여 率神而從天하고 禮者는
別宜하고 居鬼而從地하나니 故로 聖人은 作樂以應天하고 制禮以配地하시니 禮樂이
明備하여 天地官矣니라. 天尊地卑하니 君臣이 定矣요 卑高以陳하니 貴賤이 位矣요
動靜이 有常하니 小大殊矣요 方以類聚하며 物以群分하니 則性命이 不同矣니라. 在天
成象하고 在地成形하니 如此면 則禮者는 天地之別也라 地氣는 上齊하고 天氣는 下降
하며 陰陽이 相摩하며 天地相蕩하며 鼓之以雷霆하며 奮之以風雨하며 動之以四時하며
煖之以日月하여 而百化興焉하나니 如此면 則樂者는 天地之和也라. 化不時면 則不生
하고 男女無辨이면 則亂升하나니 天地之情也라. 及夫禮樂之極乎天而蟠乎地하며 行
乎陰陽而通乎鬼神하며 窮高極遠而測深厚니라. 樂著大始하고 而禮居成物하니 著不息
者는 天也요 著不動者는 地也요 一動一靜者는 天地之間也니 故로 聖人이 曰禮樂云하
시니라. 昔者에 舜이 作五絃之琴하고 以歌南風이면 夔始制樂하여 以賞諸侯하니 故로
天子之爲樂也는 以賞諸侯之有德者也니라. 德盛而敎尊하며 五穀이 時熟然後에 賞之
以樂이라. 故로 其治民이 勞者는 其舞行綴이 遠하고 其治民이 逸者는 其舞行綴이 短
하나니라. 故로 觀其舞하고 知其德하며 聞其諡하고 知其行也니라. 大章은 章之也요
咸池는 備矣요 韶는 繼也요 夏는 大也요 殷周之樂은 盡矣니라. 天地之道는 寒暑不時
則疾하고 風雨不節則饑하나니 敎者는 民之寒暑也라. 敎不時則傷世하고 事者는 民之
風雨也라 事不節則無功하나니 然則先王之爲樂也는 以法治也라. 善則行이 象德矣니
라 夫豢豕爲酒는 非以爲禍也로되 而獄訟이 益繁은 則酒之流生禍라. 是故로 先王이
因爲酒禮하사 壹獻之禮에 賓主百拜하여 終日飲酒하되 而不得醉焉이시니 此 先王之所

以備酒禍也라. 故로 酒食者는 所以合歡也요 樂者는 所以象德也요 禮者는 所以綴淫也니 是故로 先王이 有大事면 必有禮以哀之하고 有大福이면 必有禮以樂之하나니 哀樂之分에 皆以禮終하니 樂也者는 聖人之所樂也니 而可以善民心이라. 其感人이 深하여 其移風易俗이니 故로 先王이 著其敎焉하시니라. 夫民이 有血氣心知之性하고 而無哀樂喜怒之常하여 應感起物而動이라. 然後에 心術이 形焉하나니 是故로 志微噍殺之音이 作하여 而民이 思憂하고 嘽諧慢易繁文簡節之音이 作하여 而民이 康樂하고 粗厲猛起奮末廣賁之音이 作하여 而民이 剛毅하고 廉直勁正莊誠之音이 作하여 而民이 肅敬하고 寬裕肉好順成和動之音이 作하여 而民이 慈愛하고 流辟邪散狄成滌濫之音이 作하여 而民이 淫亂이라 是故로 先王이 本之情性하며 稽之度數하며 制之禮義하며 合生氣之和하며 道五常之行하며 使之陽而不散하여 陰而不密하며 剛氣不怒하며 柔氣不懾하나니 四暢交於中하여 而發作於外면 皆安其位하여 而不相奪也니라. 然後에 立之學等하여 廣其節奏하며 省其文采하여 以繩德厚하며 律小大之稱하며 比終始之序하여 以象事行하여 使親疏貴賤長幼男女之理하여 皆形見於樂이니 故로 曰樂은 觀其深矣니라. 土敝則草木이 不長하고 水煩則魚鼈이 不大하고 氣衰則生物이 不遂하고 世亂則禮慝而樂淫하나니 是故로 其聲이 哀而不莊하며 樂而不安하며 慢易以犯節하며 流湎以忘本하여 廣則容姦하고 狹則思欲하여 感條暢之氣하고 滅平和之德하나니 是以로 君子賤之也니라. 凡姦聲이 感人하여 而逆氣應之하고 逆氣成象하여 而淫樂興焉하며 正聲이 感人하여 而順氣應之하고 而和樂이 興焉하나니 倡和順氣이 成象하여 有應하고 回邪曲直이 各歸其分하여 而萬物之理이 各以類로 相動也니라. 是故로 君子反情하여 以和其志하고 比類하여 以成其行하여 姦聲亂色을 不畱聰明하며 淫樂慝禮를 不接心術하며 惰慢邪僻之氣를 不設於身體하여 使耳目鼻口와 心知百體로 皆由順正하여 以行其義하나니라. 然後에야 發以聲音하고 而文以琴瑟하며 動以干戚하며 飾以羽旄하여 從以簫管하나니라. 奮至德之光하고 動四氣之和하여 以著萬物之理하나니 是故로 清明은 象天하고 廣大는 象地하고 終始는 象四時하고 周還은 象風雨하니 五色이 成文而不亂하여 八風이 從律而不姦하여 百度이 得數而有常하나니라. 小大相成하며 終始相生하며 倡和清濁이 迭相爲經하나니 故로 樂行而倫清하여 耳目이 聰明하며 血氣和平하고 移風易俗하여 天下皆寧이니라. 故로 曰樂者는 樂也니 君子는 樂得其道하고 小人은 樂得其欲하나니 以道制欲하면 則樂而不亂하고 以欲忘道하면 則惑而不樂이니라. 是故로 君子는 反情하여 以和其志하고 廣樂하여 以成其敎하나니 樂行而民이 鄉方이면 可以觀德矣니라. 德者는 性之端也요 樂者는 德之華也요 金石絲竹은 樂之器也라 詩는 言其志也요 歌는 詠其聲也요 舞는 動其容也니 三者本於心 然後에 樂器從之하나

128

니 是故로 情深而文明하고 氣盛而化神이라 和順이 積中하여 而英華發外하나니 惟樂은 不可以爲僞니라. 樂者는 心之動也요 聲者는 樂之象也요 文采節奏는 聲之飾也니 君子는 動其本이요 樂其象하여 然後에야 治其飾하나니 是故로 先鼓以警戒하며 三步以見方하며 再始以著往하며 復亂以飭歸하여 奮疾而不拔하며 極幽而不隱하니 獨樂其志하고 不厭其道하며 備擧其道하고 不私其欲하나니 是故로 情見而義立하며 樂終而善하고 德尊하나니라. 君子는 以好小人은 以聽過하나니 故로 曰 生民之道는 樂爲大焉이라 하니라. 樂也者는 施也요 禮也者는 報也며 樂은 樂其所自生하고 禮는 反其所自始하나니 樂은 章德하고 禮는 報情反始也니라. 所謂大輅者는 天子之車也요 龍旂九旒는 天子之旌也요 靑黑緣者는 天子之寶龜也니 從之以牛羊之群은 則所以贈諸侯也라. 樂也者는 情之不可變者也요 禮也者는 理之不可易者也라. 樂은 統同하고 禮는 辨異하나니 禮樂之說이 管乎人情矣니라. 窮本知變은 樂之情也요 著誠去僞는 禮之經也니 禮樂은 偵天地之情하며 達神明之德하며 降興上下之神하여 而凝是精粗之體하며 領父子君臣之節하나니라. 是故로 大人이 擧禮樂이면 則天地將爲昭焉이니 天地訢合하고 陰陽이 相得하여 煦嫗覆育萬物하나니 然後에 草木이 茂하며 區萌이 達하며 羽翼이 奮하고 角觡이 生하고 蟄蟲이 昭蘇하며 羽者嫗伏하며 毛者孕鬻하며 胎生者 不殰하며 而卵生者不殈하나니 則樂之道歸焉耳니라. 樂者는 非謂黃鐘大呂弦歌干揚也라. 樂之末節也니 故로 童者舞之하고 鋪筵席하며 陳尊俎하며 列籩豆하고 以升降爲禮者는 禮之末節也니 故로 有司掌之하고 樂師辨乎聲詩라. 故로 北面而弦하고 宗祝이 辨乎宗廟之禮라. 故로 後尸하고 商祝이 辨乎喪禮라. 故로 後主人이니 是故로 德成而上하고 藝成而下行成而先하고 事成而後니 是故로 先王이 有上有下有先有後하며 然後에야 可以有制於天下也니라. 魏文侯이 間於子夏曰 吾端冕而聽古樂하면 則惟恐臥하고 聽鄭衛之音하면 則不知倦하더니라. 敢問하나니 古樂之如彼는 何也며 新樂之如此는 何也오 子夏對曰 今夫古樂은 進旅退旅하며 和正以廣하며 弦匏笙簧이 會守拊鼓하며 始奏以文하고 復亂以武하며 治亂以相하며 訊疾以雅하나니 君子於是에 語하며 於是에 道古하여 修身及家하여 平均天下하나니 此이 古樂之發也니라. 今夫新樂은 進俯退俯하며 姦聲以濫하여 溺而不止하며 及優侏儒하여 獶雜子女하여 不知父子하나니 樂終에 不可以語며 不可道古니 此이 新樂之發也니이다. 今君之所問者는 樂也요 所好者는 音也니 夫樂者는 與音相近而不同하니이다. 文侯曰 敢問何如오. 子夏對曰 夫古者에 天地順而四時이 當하며 民 有德而五穀이 昌하며 疾疢이 不作而無妖祥하니 此之謂大當이니라. 然後에야 聖人이 作爲父子君臣하여 以爲紀綱하시며 紀綱이 旣正하여 天下大定이니 天下大定然後에야 正六律하며 和五聲하며 弦歌詩頌하시니 此之謂德音이며 德音

之謂樂이라. 詩云하되 莫其德音하시니 其德克明이라. 克明克類하시며 克長克君하사 王此大邦하사 克順克俾로다. 俾于文王하사 其德靡悔하시니 旣受帝祉하사 施于孫子이라 하니 此之謂也니라. 今君之所好者는 其溺音乎인저. 文侯曰 敢問溺音은 何從出也오. 子夏對曰 鄭音은 好濫淫志하고 宋音은 燕女溺志하고 衛音은 趨數煩志하고 齊音은 敖辟喬志하나니 此四者는 皆淫於色하여 而害於德하나니 是以로 祭祀에 弗用也하니이다. 詩云 肅雝和鳴이라 先祖是聽이라 하니 夫肅은 肅敬也요 雝은 雝和也니 夫敬以和면 何事인들 不行이리잇고 爲人君者는 謹其所好惡而已矣니 君이 好之하면 則臣이 爲之하니 上이 行之면 則民이 從之하나니 詩云하되 誘民孔易라 하니 此之謂也이니다. 然後에 聖人이 作爲鞉鼓椌楬壎箎하시니 此六者는 德音之音也라 然後에 鍾磬竽瑟以和之하고 干戚旄狄以舞之하니 此 所以祭先王之廟也며 所以獻酬酳酢也며 所以官序貴賤을 各得其宜也며 所以示後世에 有尊卑長幼之序也니라. 鍾聲은 鏗이니 鏗以立號하고 號以立橫하고 橫以立武하나니 君子聽鍾聲하면 則思武臣이며 石聲은 磬이니 磬以立辨하고 辨以致死하나니 君子聽磬聲하면 則思死封疆之臣이며 絲聲은 哀하니 哀以立廉하고 廉以立志하나니 君子聽琴瑟之聲하면 則思志義之臣이며 竹聲은 濫하니 濫以立會하고 會以聚衆하나니 君子聽竽笙簫管之聲하면 則思畜聚之臣이며 鼓鼙之聲은 讙하니 讙以立動하고 動以進衆하나니 君子聽鼓鼙之聲하면 則思將帥之臣하나니 君子之聽音은 非聽其鏗鏘而已也라 彼亦有所合之也니라. 賓牟賈이 侍坐於孔子러니 孔子이 與之言及樂하신대 曰 夫武之備戒之已久는 何也오. 對曰 病不得其衆也니라. 詠歎之하고 淫液之는 何也오. 對曰 恐不逮事也니라. 發揚蹈厲之已蚤는 何也오. 對曰 及時事也니라. 武坐致右憲左는 何也오. 對曰 非武坐也니라. 聲淫及商은 何也오. 對曰 非武音也니라. 子曰 若非武音이면 則何音也오. 對曰 有司失其傳也니 若非有司失其傳하면 則武王之志荒矣니라. 子曰 唯丘之聞諸萇弘에 亦若吾子之言하니 是也라. 賓牟賈起하여 免席而請曰 夫武之備戒之已久는 則旣聞命矣어니와 敢問하나이다. 遲之遲而又久는 何也잇고 子曰 居라 吾語汝하리라. 夫樂者는 象成者也니 總干而山立은 武王之事也요 發揚蹈厲는 太公之志也요 武亂皆坐는 周召之治也라. 且夫武始而北出하고 再成而滅商하고 三成而南하고 四成而南國을 是疆하고 五成而分하여 周公이 左하고 召公이 右하고 六成에 復綴은 以崇天子니라. 夾振之而駟伐는 盛威於中國也요 分夾而進은 事蚤濟也요 久立於綴은 以待諸侯之至也라. 且女獨未聞牧野之語乎아. 武王이 克殷하시고 反商하여 未及下車하시고 而封黃帝之後於薊하시며 封帝堯之後於祝하시며 封帝舜之後於陳하시고 下車하시고 而封夏后氏之後於杞하시며 投殷之後於宋하시며 封王子比干之墓하시며 釋其子之囚하사 使之行商容而復其位하시며 庶民을 弛

130

政하시며 庶士를 倍祿하시고 濟河而西하며 馬를 散之華山之陽하시고 而弗復乘하여
牛를 散之桃林之野하시고 而弗復服하며 車甲을 釁而藏之府庫하시며 而弗復用하며
倒載干戈하고 包之以虎皮하며 將帥之士를 使爲諸侯하시고 各之曰建櫜라 하시니라.
然後에 天下이 知武王之不復用兵也니라. 散軍而郊射하되 左射는 貍首요 右射는 騶虞
니 而貫革之射息也하며 裨冕搢笏하시니 而虎賁之士이 說劒也하며 祀乎明堂하시니 而
民이 知孝하며 朝覲 然後에 諸侯 知所以臣하며 耕藉 然後에 諸侯 知所以敬하니 五者
는 天下之大敎也라 食三老五更於大學하시되 天子袒而割牲하시며 執醬而饋하시며 執
爵而酳하시며 冕而總干하시니 所以敎諸侯之弟也니라. 若此則周道 四達하며 禮樂이
交通하나니 則夫武之遲久라도 不亦宜乎아. 君子曰 禮樂은 不可斯須去身이니 致樂以
治心하면 則易直子諒之心이 油然生矣오. 易直子諒之心이 生則樂하고 樂則安하고 安
則久하고 久則天이오. 天則神이니 天則不言而信하고 神則不怒而威하나니 致樂以治
心者也니라. 致禮以治躬하면 則莊敬하고 莊敬則嚴威하나니 心中이 斯須不和不樂하
면 而鄙詐之心이 入之矣니라. 外貌斯須라도 不莊不敬하면 則易慢之心이 入之矣니라.
故로 樂也者는 動於內者也며 禮也者는 動於外者也니 樂極和하고 禮極順하여 內和而
外順하여 則民이 瞻其顏色하여 而弗與爭也하며 望其容貌하여 而民不生易慢焉하나니
故로 德煇 動於內하며 而民 莫不承聽하며 理發諸外하여 而民 莫不承順하나니 故로 曰
致禮樂之道하여 擧而錯之天下면 無難矣니라. 樂也者는 動於內者也니라. 禮也者는 動
於外者也니라. 故로 禮主其減하고 樂主其盈하니 禮減而進하여 以進爲文하고 樂盈而
反하여 以反爲文이라. 禮減而不進則銷하고 樂盈而不反則放하니 故로 禮有報而樂有
反하니 禮得其報則樂하고 樂得其反則安하나니 禮之報와 樂之反이 其義一也라. 夫樂
者는 樂也니 人情之所不能免也라. 樂은 必發於聲音하며 形於動靜하나니 人之道也라.
聲音動靜에 性術之變이 盡於此矣니라. 故로 人不耐無樂하며 樂不耐無形하며 形而不
爲道하면 不耐無亂이니 先王이 恥其亂라. 故로 制雅頌之聲하사 以道之하며 使其聲足
樂而不流하며 使其文足論而不息하며 使其曲直繁瘠廉肉節奏하여 足以感動人之善心而
已矣요. 不使放心邪氣로 得接焉이니 是先王立樂之方也라. 是故로 樂 在宗廟之中하여
君臣上下 同聽之하면 則莫不和敬하며 在族長鄕里之中하여 長幼 同聽之하면 則莫不和
順하며 在閨門之內하여 父子兄弟이 同聽之하면 則莫不和親하나니 故로 樂者는 審一
以定和하며 比物以飾節하며 節奏合以成文하나니 所以合和父子君臣하며 附親萬民也
니 是先王立樂之方也니라. 故로 聽其雅頌之聲하면 志意 得廣焉하고 執其干戚하며 習
其俯仰詘伸하면 容貌 得莊焉하고 行其綴兆하며 要其節奏하면 行列이 得正焉하며 進
退 得齊焉하나니 故로 樂者는 天地之命이며 中和之紀라 人情之所不能免也라. 夫樂者

는 先王之所以飾喜也라. 軍旅鈇鉞者는 先王之所以飾怒也니 故로 先王之喜怒皆得其
儕焉하니 喜則天下和之하고 怒則暴亂者 畏之하니 先王之道에 禮樂이 可謂盛矣라. 子
貢이 見師乙而問焉日 賜는 聞 聲歌各有宜也하고 如賜者는 宜何歌也오. 師乙이 日 乙
賤工也라 何足以問所宜리오. 請誦其所聞이니 而吾子 自執焉하라. 寬而靜하며 柔而正
者는 宜歌頌하고 廣大而靜하며 疏達而信者는 宜歌大雅하고 恭儉而好禮者는 宜歌小雅
하고 正直而靜하며 廉而謙者는 宜歌風하고 肆直而慈愛者는 宜歌商하고 溫良而能斷者
는 宜歌齊니라. 夫歌者는 直己而陳德也니 動己而天地應焉하며 四時和焉하며 星辰이
理焉하며 萬物이 育焉하나니라. 故로 商者는 五帝之遺聲也니 商人이 識之라. 故로 謂
之商이오. 齊者는 三代之遺聲也니 齊人이 識之라. 故로 謂之齊니라. 明乎商之音者는
臨事而屢斷하고 明乎齊之音者는 見利而讓하나니 臨事而屢斷은 勇也오 見利而讓은 義
也니라. 有勇有義라도 非歌면 孰能保此리오. 故로 歌者는 上如抗하며 下如隊하며 曲
如折하며 止如槁木하며 倨中矩하며 句中鉤하여 纍纍乎端如貫珠하니 故로 歌之爲言
也는 長言之也니라. 說之라 故로 言之하고 言之不足이라. 故로 長言之하고 長言之不
足이라. 故로 嗟嘆之하며 嗟嘆之不足이라. 故로 不知手之舞之하며 足之蹈之也니라.
子貢 問樂이라.

大學 대학

큰 학문의 이상은 밝은 덕을 밝히는 데 있고, 백성을 올바로 이끌어 새롭게 함에 있으며, 이런 것들이 지극히 훌륭한 경지에 이르도록 하는 데 있다. 지극한 경지에 이르러야만 뜻이 정해지고, 뜻이 정해져야만 함부로 움직이지 않을 만큼 고요해질 수 있으며, 고요해져야만 편안해지고, 모든 것에서 편안해져야만 올바로 생각할 수 있으며, 올바로 생각해야만 모든 것에서 적절하게 행동하는 방법을 깨닫게 될 것이다.

뜻·마음·몸·나라 등과 같은 공부의 대상에는 근본이 되는 것과 그렇지 않은 것이 있고, 공부를 하는 데는 시작과 끝이 있다. 그러므로 먼저 하고 나중에 할 것을 안다는 것은 곧 학문의 이상에 가까이 가 있다는 것을 의미한다.

옛날에 밝은 덕을 천하에 밝히고자 하는 목표가 있는 사람은 그전에 나라를 잘 다스렸다. 또 나라를 잘 다스리고자 하는 목표가 있는 사람은 그전에 집안의 질서를 바로잡았고, 집안의 질서를 바로잡고자 하는 목표가 있는 사람은 그전에 자신의 몸을 닦았으며, 자신의 몸을 닦고자 하는 목표가 있는 사람은 그전에 자신의 마음을 바르게 했고, 자신의 마음을 바르게 하고자 하는 목표가 있는 사람은 그전에 자신의 뜻을 성실하게 했으며, 자신의 뜻을 성실히 하고자 하는 목표가 있는 사람은 그전에 먼저 지식을 얻고자 노력했고, 지식을 얻고자 하는 목표가 있는 사람은 그전에 사물의 이치를 찾고자 했다. 즉, 사물의 이치를 알아야만 지식을 얻게 되고, 지식이 많아야 뜻이 성실해지고, 뜻이 성실해져야만 마음이 바르게 되고, 마음이 바르게 되어야만 몸이 닦아지고, 몸이 닦아져야만 집안에 질서가 바로잡히게 되고, 집안에 질서가 바로잡혀야만 나라가 잘 다스려지고, 나라가 잘 다스려져야만 천하가 평화롭게 될 수 있다.

이렇듯 위로는 천자天子에서부터 아래 서민에 이르기까지 모두 자신의 몸을 닦는 것을 근본으로 삼아야 한다. 이 근본이 어지러우면 백성을 다스릴 수 없다. 후하게 대해야 하는 사람에게는 야박하게 하고, 야박하게 대해도 되는 사람에게 후하게 대해서야 되겠는가.

大學之道는 在明明德하며 在親民하며 在止於至善이니라 知止而后에 有定이니 定而后에 能靜하고 靜而后에 能安하고 安而后에 能慮하고 慮而后에 能得이니라. 物有本末하고 事有終始하니 知所先後면 則近道矣리라. 古之欲明明德於天下者는 先治其國하고 欲治其國者는 先齊其家하고 欲齊其家者는 先修其身하고 欲修其身者는 先正其心하고 欲正其心者는 先誠其意하고 欲誠其意者는 先致其知하니 致知는 在格物하니라. 物格而后에 知至하고 知至而后에 意誠하고 意誠而后에 心正하고 心正而后에 身

修하고 身修而后에 家齊하고 家齊而后에 國治하고 國治而后에 天下平이니라. 自天子
로 以至於庶人히 壹是皆以修身爲本이니라. 其本亂而末治者 否矣며 其所厚者에 薄이
요 而其所薄者에 厚는 未之有也니라.

전문傳文(즉, 경문의 해설) 제1장

≪서경書經≫ 〈강고康誥〉 편에서는 "능히 덕德을 밝힌다"고 했고, 〈태
갑太甲〉에서는 "하늘의 밝은 명을 돌아보라"고 했으며, 〈제전帝典〉 편에
서는 "능히 큰 덕을 밝힌다"했는데, 이것은 모두 스스로 밝힌 것이다.

康誥日 克明德이라 하며 太甲日 顧諟天之明命이라 하며 帝典日 克明峻德이라 하
니 皆自明也니라.

전문傳文 제2장

탕왕湯王의 반명盤銘(좌우명을 새긴 목욕하는 그릇)에는 "진실로 새로워지
고자 한다면, 날마다 새로워지고 또 날마다 새로워져야 한다"는 글이
새겨져 있고, 〈강고〉에는 "백성이 새로워질 수 있도록 백성을 진작振作
시켜라"고 했으며, ≪시경詩經≫에는 "주周나라가 비록 과거의 나라지
만, 하늘의 명命이 새롭기만 하구나"라고 했다. 그러므로 군자는 그것

들을 위해 최선을 다해야만 한다.

湯之盤銘曰 苟日新이어든 日日新하고 又日新이라 하며 康誥曰 作新民이라 하며 詩曰 周雖舊邦이나 其命維新이라 하니 是故로 君子는 無所不用其極이니라.

전문傳文 제3장

≪시경≫에 "나라의 도읍에서 사방으로 천 리에 이르는 곳, 그곳은 백성이 사는 곳이라" 하는 글귀와 "꾀꼴꾀꼴 우는 꾀꼬리여, 수풀이 울창한 언덕에 앉아 있구나"라는 글귀가 있다. 이에 공자公子께서는 "이렇듯 새도 자신이 어디에 머물러야 하는지 알거늘, 사람이면서 새만도 못해서야 되겠는가"라고 하셨다.

≪시경≫에 다음과 같은 노래가 있다.

위대한 문왕이시여!
아아, 끊임없이 덕을 밝히시어 공경하여 처신하시었네.

즉, 임금으로서는 어질게[仁] 처신하고, 신하로서는 공경[敬]으로 처신하고, 자식으로서는 효도[孝]로 처신하고, 아버지로서는 자애[慈]로 처신하고, 나라의 사람들과 사귀는 데는 믿음[信]으로 처신하셨던 것이다.

≪시경≫에는 다음과 같은 노래도 있다.

저 기수淇水의 물굽이를 바라보니
푸른 대나무가 무성하구나!
위대한 군자여!
깎은 듯하면서도 다듬은 듯하고,
쫀 듯하면서도 간 듯하고,
위엄이 있으면서도 굳세고,
빛나면서도 점잖은,
위대한 군자여!
끝내 잊을 수 없구나.

여기에서 "깎은 듯하면서도 다듬은 듯"하다는 것은 '학문'을 말하는 것이고, "쫀 듯하면서도 간 듯"하다는 것은 '행실을 닦음'을 말하는 것이고, "위엄이 있으면서도 굳세"다는 것은 '바른 마음'을 말하는 것이고, "빛나면서도 점잖"다는 것은 '위엄이 있는 몸가짐'을 말하는 것이고, "위대한 군자여! 끝내 잊을 수 없구나"라고 한 것은 '덕을 이루고 지극히 훌륭했던 것을 백성들로서는 결코 잊지 못한다'는 의미다.

≪시경≫에서는 "아아! 예전의 임금을 잊을 수가 없구나"라고도 했다. 이는 군자는 어진 이를 어질게 여기고 그 친한 이를 친히 여겼기 때문에 소인小人이 군자가 준 즐거움을 즐겁게 즐기고 군자가 준 이로움을 이롭게 받아들였던 것이고, 바로 이 때문에 군자가 세상에 없어도 그를 잊지 못한다는 의미다.

詩云 邦畿千里여 惟民所止라 하니라. 詩云 緡蠻黃鳥여 止于丘隅라 하여늘 子曰 於

止에 知其所止로소니 可以人而不如鳥乎아 하시니라. 詩云 穆穆文王이여 於緝熙敬止
라하니 爲人君엔 止於仁하고 爲人臣엔 止於敬하고 爲人子엔 止於孝하고 爲人父엔 止
於慈하고 與國人交엔 止於信이로다. 詩云 瞻彼淇澳한대 菉竹猗猗로다. 有斐君子여
如切如磋하며 如琢如磨로다. 瑟兮僩兮며 赫兮喧兮니 有斐君子여 終不可諠兮라 하니
如切如磋者는 道學也요 如琢如磨者는 自修也요 瑟兮僩兮者는 恂慄也요 赫兮喧兮者
는 威儀也요 有斐君子여 終不可諠兮者는 道盛德至善을 民之不能忘也니라. 詩云 於戱
라 前王不忘이라하니 君子는 賢其賢而親其親하고 小人樂其樂而利其利하나니 此以沒
世不忘也니라.

전문傳文 제4장

공자께서는 "송사訟事를 처리할 때 내 일도 남의 일도 모두 같이 처리
한다. 하지만 그전에 나는 백성들에게 송사할 일이 없게 만들고자 한
다"고 하셨다. 즉, 이 말은 '진실하지 못한 자에게는 말을 못하게 할 것
이니, 이는 그들의 말이 백성들을 두렵게 만들기 때문이다'라는 의미를
가지고 있으니, 이것을 바로 '근본을 아는 것'이라고 한다.

子曰 聽訟이 吾猶人也나 必也使無訟乎인저 하시니 無情者 不得盡其辭는 大畏民志
니 此謂知本이니라.

전문傳文 제5장

근본을 알려고 하지 않으면 앎이 지극한 경지에 도달할 수 없다.

此謂知本이면 此謂知之至也니라.

전문傳文 제6장

소위 "그 뜻을 성실히 한다"는 것은 스스로 속이지 않는 것이니, 이는 나쁜 것은 나쁜 냄새를 싫어하는 것 같이 하고, 선한 것은 좋은 색을 좋아하는 것과 같이 한다는 말과 같다. 즉, 스스로 만족하는 것을 이르는 것이다. 그러므로 군자는 반드시 혼자 있을 때를 조심해야 한다.

소인小人이 한가롭게 지내면 나쁜 일을 하는데, 정말이지 하지 못하는 것이 없다. 그러다가 군자를 만나고 나면 겸연쩍게 그 나쁜 짓들을 가리고 착하다는 것을 드러내려고 한다. 하지만 사람들이 그를 몸속의 폐나 간을 보듯 훤히 들여다보고 있으니 그게 다 무슨 소용이겠는가. 때문에 '마음이 성실하면 자연히 겉으로 드러난다'고 하는 것이다. 그래서 군자는 반드시 그 혼자 있을 때를 조심해야 하는 것이다.

증자曾子께서도 "열 개의 눈이 보는 것과 같고, 열 개의 손가락이 가리키는 것과 같으니, 이 얼마나 엄한가!"라고 하셨다.

부유함이 집안을 윤택하게 해주듯이 덕은 몸을 윤택하게 해준다. 즉, 덕이 있으면 마음이 넓어지고 몸이 편안하게 된다. 따라서 군자는 반드시 그 뜻을 성실히 해야 한다.

所謂誠其意者는 毋自欺也니 如惡惡臭하며 如好好色이 此之謂自謙이니 故로 君子는 必慎其獨也니라. 小人이 閒居에 爲不善하되 無所不至하다가 見君子而后에 厭然揜

其不善하고 而著其善하나니 人之視己 如見其肺肝然하니 則何益矣리오. 此謂 誠於中이면 形於外니 故로 君子는 必慎其獨也니라. 曾子曰 十目所視며 十手所指니 其嚴乎인저 富潤屋이요 德潤身이니 心廣體胖이라. 故로 君子는 必誠其意니라.

전문傳文 제7장

소위 몸을 닦으려면 그 마음을 바르게 하는 것이 선행되어야 한다. 왜냐하면 성내고 노여워하는 것이 있으면 마음이 바르게 되지 않고, 무서워하고 두려워하는 것이 있으면 마음이 바르게 되지 않기 때문이다. 또 좋아하고 즐기는 것이 있어도 마음이 바르게 되지 않고, 근심하고 걱정하는 것이 있어도 마음이 바르게 되지 않기 때문이다.

이렇듯 마음이 없으면 보아도 보이지 않고, 들어도 들리지 않으며, 먹어도 그 맛을 느낄 수 없다. 그래서 "몸을 닦으려면 그 마음을 바르게 하는 것이 선행되어야 한다"고 하는 것이다.

所謂修身이 在正其心者는 身有所忿懥하면 則不得其正하고 有所恐懼하면 則不得其正하고 有所好樂하면 則不得其正하고 有所憂患하면 則不得其正이니라. 心不在焉이면 視而不見하며 聽而不聞하고 食而不知其味니라. 此謂修身이 在正其心이니라.

전문傳文 제8장

"집안의 질서를 바로잡기 위해서는 먼저 몸을 닦아야 한다"고 하는 까닭은, 보통 사람은 사랑하는 사람에게는 치우쳐서 잘 대하고, 천히

140

여기고 미워하는 사람에게는 치우쳐서 잘 대하지 않기 때문이다. 또 두려워하고 존경하는 사람에게는 공손하고, 가엽고 불쌍히 여기는 사람에게는 함부로 대하며, 멋대로 하고 게으른 사람에게는 얕잡아 대하기 때문이다. 이런 이유 때문에 좋아하면서도 그의 단점을 알고, 미워하면서도 그의 아름다움을 아는 자가 천하에 적은 것이고, "사람은 자기 자식이 악하다는 것을 알지 못하며, 그 곡식의 싹이 크다는 것을 알지 못한다"는 속담이 있는 것이다. 그래서 "집안의 질서를 바로잡기 위해서는 먼저 몸을 닦아야 한다"는 것이다.

所謂齊其家 在修其身者는 人이 之其所親愛而辟焉하며 之其所賤惡而辟焉하며 之其所畏敬而辟焉하며 之其所愛矜而辟焉하며 之其所敖惰而辟焉하나니 故로 好而知其惡하며 惡而知其美者 天下에 鮮矣니라. 故로 諺에 有之하니 曰 人이 莫知其子之惡하며 莫知其苗之碩이라 하니라. 此謂身不修면 不可以齊其家니라.

전문傳文 제10장

소위 "나라를 잘 다스리려면 먼저 그 집안의 질서를 바로잡아야 한다"는 것은, 집안을 가르치지도 못하는 사람이 다른 사람을 잘 가르칠 리 없기 때문이다. 그러므로 군자는 집 밖으로 나가지 않고도 나라에 가르침을 이루는 것이다. 즉, 효도를 하는 것은 군주를 섬기는 것과 같고, 형을 공경하는 것은 어른을 섬기는 것과 같고, 자식을 사랑하는 것은 백성을 대하는 것과 같다. "갓난아기를 보호하듯이 한다"는 〈강고〉 편의 말처럼 마음에서부터 진실로 추구하면 비록 딱 맞지는 않더라도 크게 어긋나지는 않을 것이다. 자식을 기르는 방법을 다 배운 뒤에 시집가는 사람은 없는 법이다.

한 집안이 어질면 한 나라가 모두 어질어지고, 한 집안이 겸손하면 한 나라가 겸손해진다. 하지만 한 사람이 욕심을 부리면 한 나라에 반역이 일어나는데, 그 빌미가 이와 같다. 그래서 "말 한마디가 일을 그르치고, 한 사람이 나라를 안정시킨다"는 말이 있는 것이다.

요 임금과 순 임금은 어짊으로 천하를 거느리고 백성들을 이끌었지만, 걸 왕과 주 왕은 포악함으로 천하를 거느리고 백성들을 이끌었다. 이렇듯 임금의 명령이 자기들이 좋아하는 것과 반대가 되면 백성이 따르지 않는다. 그러므로 군자는 자기 몸에 선善함이 있게 한 뒤에야 남에게 선을 요구할 수 있고, 자기 몸에 악惡함이 없게 한 뒤에야 남을 비난할 수 있다. 몸에 남을 먼저 생각하는 마음을 갖고 있지 않으면서 남을 깨우칠 수 있는 사람은 아직 없다.

이런 이유로 나라를 잘 다스리려면 먼저 그 집안의 질서를 바로잡아야 하는 것이다.

≪시경≫에 다음과 같은 노래가 있다.

어여쁜 복숭아나무여,
그 잎이 무성하구나!
시집을 가는 저 아가씨여,
그 집안을 화목하게 하겠구나.

그 집안을 화목하게 한 다음에야 나라 사람들을 가르칠 수 있다.
≪시경≫에는 이런 노래도 있다.

형으로서 마땅하고(잘하고)
동생으로서 마땅하구나(잘하는구나).

이처럼 형으로서 마땅하고 동생으로서 마땅한 다음에야 나라 사람을
가르칠 수 있는 것이다.
또 이런 노래도 있다.

말과 행동에 어긋남이 없으니
사방의 나라들이 그를 따르네.

이는 곧 아버지와 아들, 형과 동생이 된 자가 본받을 만해야 백성들
이 본받는다는 의미다. 그래서 나라를 잘 다스리려면 먼저 그 집안의
질서를 바로잡아야 하는 것이다.

所謂治國이 必先齊其家者는 其家를 不可敎요 而能敎人者 無之하니 故로 君子는 不
出家而成敎於國하나니 孝者는 所以事君也요 弟者는 所以事長也요 慈者는 所以使衆
也니라 康誥曰 如保赤子라 하니 心誠求之면 雖不中이나 不遠矣니 未有學養子而后에
嫁者也니라. 一家仁이면 一國興仁하고 一家讓이면 一國興讓하고 一人貪戾하면 一國
作亂하나니 其機如此하니 此謂一言僨事며 一人定國이니라. 堯舜이 帥天下以仁하신
대 而民從之하고 桀紂帥天下以暴한대 而民從之하니 其所令이 反其所好면 而民不從하
나니 是故로 君子는 有諸己而后에 求諸人하며 無諸己而后에 非諸人하나니 所藏乎身
이 不恕요 而能喩諸人者 未之有也니라. 故로 治國은 在齊其家니라. 詩云 桃之夭夭여
其葉蓁蓁이로다. 之子于歸여 宜其家人이라 하니 宜其家人而后에 可以敎國人이니라.
詩云 宜兄宜弟라하니 宜兄宜弟而后에 可以敎國人이니라. 詩云 其儀不忒이라. 正是
四國이라 하니 其爲父子兄弟足法而后에 民法之也니라. 此謂治國이 在齊其家니라.

전문傳文 제10장

소위 "천하를 평화롭게 만들려면 먼저 그 나라를 잘 다스려야 한다"고 하는 것은, 윗사람이 노인을 노인으로 대접하면 백성들이 모두 효성스러워지며, 윗사람이 어른을 어른으로 대접하면 백성들이 모두 공경할 줄 알게 되며, 윗사람이 외로운 이들을 보살피면 백성들도 배신을 하지 않게 되기 때문이다. 그러므로 군자는 자기의 마음을 미루어 남의 마음을 헤아릴 수 있는 도가 있어야 한다.

윗사람이 내게 했던 행동 중 싫었던 것으로 아랫사람을 부리지 말고, 아랫사람이 내게 했던 행동 중 싫었던 것으로 윗사람을 섬기지 말아야 한다. 앞사람의 행동 중 싫었던 것으로 뒷사람에게 시키지 말고, 뒷사람의 행동 중 싫었던 것으로 앞사람에게 시키지 않아야 한다. 또 오른쪽 사람의 행동 중 싫었던 것으로 왼쪽 사람을 사귀지 말고, 왼쪽 사람의 행동 중 싫었던 것으로 오른쪽 사람을 사귀지 말아야 한다. 이 것을 바로 "자기의 마음을 미루어 남의 마음을 헤아릴 수 있는 도"라고 한다.

≪시경≫에 다음과 같은 노래가 있다.

즐거운 군자여,
백성의 부모로다.

백성이 좋아하는 것을 좋아하고, 백성이 싫어하는 것을 싫어하기 때문에 '백성의 부모'라고 일컬어질 만하다.

≪시경≫에는 이런 노래도 있다.

깎은 듯 솟아 있는 저 남산南山이여,
바위가 웅장하게 솟아 있구나!
의젓한 태사太師 윤씨尹氏(벼슬 이름)여,
백성들이 모두 그대를 우러러보는구나.

나라를 다스리는 자는 삼가지 않으면 안 된다. 즉, 한쪽으로 치우치면 천하에서 죽음에 처하고 말 것이다.
한편 이런 노래도 있다.

은殷나라가 백성의 마음을 잃지 않았을 때는
능히 하느님과 좋은 짝이었네.
그러니 마땅히 은나라를 거울로 삼아야 할 것이니,
위대한 하늘의 명命은 보존하기가 쉽지 않은 법이네.

이것은 백성의 마음을 얻으면 나라를 얻고, 백성의 마음을 잃으면 나라를 잃게 된다는 의미다. 그러므로 군자는 먼저 덕德을 쌓도록 노력해야 한다. 덕이 있으면 백성이 따를 것이고, 곁에 백성들이 있으면 땅을 얻게 되고, 땅이 있으면 재물이 따를 것이고, 재물이 있으면 이에 따른 쓰임이 있는 것이다. 이렇듯 덕은 근본이고, 재물은 부수적인 것이다. 따라서 근본을 밖으로 두면서도 부수적인 것을 안에 품고 있으면 백성들과 이득을 다투고 약탈을 가르치게 된다. 그렇기 때문에 재물이 모이면 백성이 흩어지고, 재물이 흩어지면 백성들이 모이는 것이다. 도리에 어긋난 말을 하면 내게도 도리의 어긋난 말이 돌아오는 것처럼 도리에 어긋나는 방식으로 재물을 모으면 도리에 어긋난 방식으로 재물이 내게서 떠나간다.

〈강고〉편에 "하늘의 명命은 일정하지 않다"고 했으니, 이는 착하면 얻을 것이고 착하지 않으면 잃을 것이라는 말이다. 《춘추외전春秋外傳》의 〈초서楚書〉편에는 "초楚나라는 보배로 삼을 것이 없다. 오직 훌륭한 도리를 보배로 삼는다"는 말이 있고, 구범舅犯은 "망명해 도망 온 사람에게는 보배로 삼을 만한 것이 없다. 오직 어버이를 사랑하는 것을 보배로 삼는다"고 말했다. 《주서周書》의 〈진서秦誓〉편에는 만일 어떤 한 신하가 별다른 재주 하나 없어도 마음이 곧고 바르기만 하다면 받아들일 만하다. 남이 가지고 있는 재주를 마치 자신의 재주처럼 귀하게 여기고, 남이 뛰어나고 현철한 것을 좋아하는 것이 제 입에서 나온 것보다 더 좋아한다면 이는 능히 남을 포용할 줄 아는 것이다. 이런 사람은 능히 나의 자손들과 백성들을 길이길이 보전하게 해줄 것이고, 또한 이익도 있을 것이다. 남이 가지고 있는 재주를 시기하고, 남이 뛰어나고 현철한 것을 싫어함으로써 통하지 않게 한다면, 이는 남을 포용할 줄 모르는 것이다. 이런 사람에게 나라를 맡기면 나의 자손들과 백성들은 보전하지 못하게 될 것이고, 위태로울 것이다. 오직 어진 사람만이 이런 못된 자들을 추방하고 오랑캐의 땅으로 내쫓아 이 나라에서 함께 살아가지 못하게 할 수 있다. 이를 일러 "오직 어진 사람만이 사람을 사랑할 수도 있고, 미워할 수도 있다"라는 말이 있다.

어진 이를 보고도 능히 등용하지 못하고, 등용은 했으나 가까이 두지 못한다면 그것은 게으른 것이다. 제대로 하지 못하는 이를 보고도 물리치지 못하고, 물리쳤으나 멀리하지 못하는 것은 허물이다.

남이 싫어하는 것을 좋아하고, 남이 좋아하는 것을 싫어하는 것은 '사람의 성품을 어기는 것'이다. 이러한 자에게는 반드시 재앙이 미칠 것이다.

군자에게는 큰 도道가 있으니, 이것은 충忠과 신信으로 얻고, 교만함과 방자함으로 잃는다. 재물의 생산에도 큰 도가 있으니, 이것은 생산하는 자는 많으나 먹는 자는 적고, 생산하는 사람은 빨리 하고 사용하는 사람은 느리면 재물이 항상 풍족하다는 것이다.

어진 사람은 재물을 사용해 자신을 발전시키고, 어질지 못한 사람은 자신을 희생시켜 재물을 얻는다. 또 윗사람이 어진 것을 좋아하면 아랫사람들이 의로움을 좋아하지 않을 리 없다. 이렇게 의로움을 좋아하면 매사를 잘 끝마치고, 나라의 창고에 있는 재물을 제대로 사용하게 된다.

맹헌자孟獻子는 "수레를 끄는 말을 기르는 자는 닭과 돼지를 기르는 일에 관심을 갖지 않고, 얼음을 잘라주는 집안은 소와 양을 기르지 않으며, 백승百乘의 지위를 가진 집안은 백성들에게 과도한 세금을 거둬들이는 신하를 두지 않는다. 지나친 세금을 거둬들이는 신하보다는 도둑질을 하는 신하가 더 낫다"고 했다. 이는 즉, '나라는 이익을 이로움으로 삼지 않고, 의로움을 이로움으로 삼아야 한다'는 말이다.

국가의 어른이 재물을 사용하는 일에 힘쓴다면 반드시 소인들이 옆에서 부추기는 탓이다. 그 소인들이 하는 짓을 잘하는 일이라 여겨서 그들에게 나랏일을 맡기면 하늘의 재난과 사람의 재난이 함께 닥치게 될 것이다. 개중에 비교적 일을 잘하는 자가 있더라도 재난은 피할 수 없다. 그래서 "나라는 이익을 이로움으로 삼지 않고, 의로움을 이로움으로 삼아야 한다"고 하는 것이다.

所謂平天下 在治其國者는 上 老老而民이 興孝하며 上 長長而民이 興弟하며 上 恤孤而民이 不倍하나니 是以로 君子 有絜矩之道也니라. 所惡於上으로 毋以使下하며 所惡於下로 毋以事上하며 所惡於前으로 毋以先後하며 所惡於後로 毋以從前하며 所惡於右로 毋以交於左하며 所惡於左로 毋以交於右가 此之謂絜矩之道니라. 詩云 樂只君子여 民之父母라 하니 民之所好를 好之하며 民之所惡를 惡之가 此之謂民之父母니라. 詩云 節彼南山이여 維石巖巖이로다 赫赫師尹이여 民具爾瞻이라 하니 有國者는 不可以不愼이니 辟則爲天下僇矣니라. 詩云 殷之未喪師엔 克配上帝러니 儀監于殷이어다. 峻命不易라 하니 道得衆則得國하고 失衆則失國이니라. 是故로 君子는 先愼乎德이니 有德이면 此有人이요 有人이면 此有土요 有土면 此有財요 有財면 此有用이니라. 德者는 本也요 財者는 末也니라. 外本內末이면 爭民施奪이니라. 是故로 財聚則民散하고 財散則民聚니라. 是故로 言悖而出者는 亦悖而入하고 貨悖而入者는 亦悖而出이니라. 康誥曰 惟命은 不于常이라 하니 道善則得之하고 不善則失之矣니라 楚書曰 楚國은 無以爲寶요 惟善을 以爲寶라 하니라. 舅犯曰 亡人은 無以爲寶요 仁親을 以爲寶라 하니라. 秦誓曰 若有一介臣이 斷斷兮요 無他技나 其心이 休休焉한지 其如有容焉이라 人之有技를 若己有之하며 人之彦聖을 其心好之하여 不啻若自其口出이면 實能容之라. 以能保我子孫黎民이니 尙亦有利哉인저. 人之有技를 媢嫉以惡之하며 人之彦聖을 而違之하여 俾不通이면 實不能容이라. 以不能保我子孫黎民이니 亦曰 殆哉인저. 唯仁人이라야 放流之하되 迸諸四夷하여 不與同中國하나니 此謂唯仁人이라야 爲能愛人하며 能惡人이니라. 見賢而不能擧하며 擧而不能先이 命也요 見不善而不能退하며 退而不能遠이 過也니라. 好人之所惡하며 惡人之所好를 是謂拂人之性이라 菑必逮夫身이니라. 是故로 君子 有大道하니 必忠信以得之하고 驕泰以失之니라. 生財 有大道하니 生之者衆하고 食之者 寡하며 爲之者疾하고 用之者舒하면 則財恆足矣리라. 仁者는 以財發身하고 不仁者는 以身發財니라. 未有上好仁하여 而下不好義者也니 未有好義요 其事不終者也며 未有府庫財 非其財者也니라. 孟獻子曰 畜馬乘은 不察於雞豚하고 伐氷之家는 不畜牛羊하고 百乘之家는 不畜聚斂之臣하나니 與其有聚斂之臣으론 寧有盜臣이라 하니 此謂 國은 不以利爲利요 以義爲利也니라. 長國家而務財用者는 必自小人矣니 彼爲善之 小人之使爲國家면 菑害竝至라 雖有善者라도 亦無如之何矣리니 此謂 國은 不以利爲利요 以義爲利也니라.

〈대학大學〉은 옛날 태학太學에서 사람을 가르치던 방법의 근본이었다. 사람은 하늘에서 이 땅에 보내진 때부터 이미 인仁·의義·예禮·지智의 본성을 가지고 있었지만, 저마다 타고난 기질이 다르다. 그래서 자기의 본성임에도 불구하고 온전히 지니지 못했다.

그중 총명聰明하고 사물을 꿰뚫어보는 뛰어난 지혜가 있어 하늘이 주신 본성을 다할 수 있는 자가 나타나면, 하늘은 반드시 그에게 명해 만백성의 왕이나 스승이 되게 하고, 그로 하여금 백성을 다스리고 가르쳐 각자 본성을 찾게 했다. 복의伏義·신농神農·황제黃帝·요 임금·순 임금 등이 하늘의 뜻을 잇고, 법도를 세우고, 사도司徒로서의 직책과 전악典樂의 벼슬을 설치한 것이 바로 그런 이유였다.

하나라·은나라·주나라가 잘 다스려졌을 때 학교 제도가 점차 갖추어졌는데, 그 후로 왕궁이나 민간에 이르기까지 학교가 없는 곳이 없게 되었다. 사람으로 태어나 여덟 살이 되면 왕의 아들이나 귀족의 아들이나 서민의 아들이나 할 것 없이 모두 '소학小學'에 들어갔다. 그곳에서는 집 안팎을 청소하는 법, 사람들을 대하는 법, 나아가고 물러나는 법, 예절과 음악, 활쏘기와 수레 몰기, 글쓰기와 셈하기를 가르쳤다. 이후 아이가 열다섯 살이 되면 원자를 비롯한 천자의 많은 아들들과 공公·경卿·대부大夫·원사元士 벼슬을 하는 이들의 아들들과 서민의 아들 중 뛰어난 자들이 태학에 들어갔다. 그곳에서는 사물의 이치를 찾고, 마음을 올바르게 갖고, 자기 덕을 닦고, 사람을 다스리는 도리를 가르쳤다. 즉, 소학과 태학으로 나눈 것은 가르침에 크고 작은 절차가 나뉘어 있기 때문이었다.

학교가 널리 보급되었고, 가르치는 방법과 그 차례와 절차의 상세함도 이와 같이 달랐지만, 학교에서 가르칠 때 근본으로 삼는 것은 모두 왕이 된 자가 몸소 실행하고 마음으로 얻은 결과였다. 또한 백성들의 일상생활에서 날마다 사용하는 평상적인 도리 밖에서 구한 것은 아니었다. 그 결과 그때는 배우지 않는 사람이 없었다. 또 배운 사람들은 자기 본성과 본래부터 가지고 있는 것, 그리고 자기 직분에서 당연히 해야 할 것을 잘 알았다. 그리하여 각자 자신의 역량을 다했다. 바로 이 때문에 과거 나라가 잘 다스려지던 때 위에서는 정치가 잘되고 아래로는 풍속이 아름다웠던 것이다. 그러므로 후세 사람들이 이를 따르지 않을 수 없는 것이다.

주周나라가 점차 쇠해 어질고 성인다운 군주가 나오지 못하자 학교 운영이 제대로 되지 않았고, 그 결과 교육이 제대로 되지 않았으며, 결국 백성들의 풍속이 문란해졌다. 이때 공자 같은 성인이 계셨지만, 왕이나 스승의 지위를 얻지 못해 정치와 교화를 행할 수 없었다. 이에 공자께서는 홀로 옛 임금들의 법도를 취하고 외워 가르치고 후세에 전해질 수 있게 하셨다. 〈곡례曲禮〉·〈소의小儀〉·〈내칙內則〉·〈제자직弟子職〉 등 ≪예기≫의 여러 편은 원래 소학의 지류支流와 자손들 같은 것이고, 〈대학〉은 소학에서의 성공을 발판으로 태학에서의 밝은 법도를 밝힌 것이라 할 수 있다. 즉, 〈대학〉은 밖으로는 태학의 방대한 이상을 지극히 표현하고, 안으로는 공부할 과목을 상세히 기록하고 있는 것이다.

3천 명이나 되는 공자의 제자들은 모두 공자의 설명을 들었지만, 그 뜻을 정확하게 이해하고 정통을 유지한 것은 증자曾子뿐이었다. 그리하여 증자는 그 뜻을 풀이한 전傳을 지어 공자의 뜻을 전했지만, 맹자孟

子가 돌아가시자 후세로 전해지지 않았고, 결국 책은 남았지만 그 뜻을
이해하는 이는 적었다.

　맹자 사후 속세의 선비들이 경전의 문장을 암송하고 글을 짓는 데 소
학에서보다 두 배가 될 정도로 노력했지만 소용이 없었고, 이단적인 도
교와 불교의 가르침은 〈대학〉보다 심오했지만 실속이 없었다. 기타 권
모술수權謀術數로 모든 공과 명예를 추구하는 이론과 온갖 사상가나 여
러 재주꾼들과 세상을 속이고 인의仁義를 막는 자들이 사이에 섞여 나
와 군자로 하여금 불행하게도 큰 도의 뜻을 받아들이지 못하게 하고,
소인으로 하여금 불행하게도 이상적인 정치의 혜택을 받지 못하게 했
다. 또한 캄캄하고 어둡고 답답하고 막히고 깊은 고질병이 되풀이 되었
다. 그리하여 오대五代(당나라 말과 송나라 통일 전의 혼란한 시기)의 쇠퇴기에
는 그 파괴와 혼란함이 극에 달했다.

　하늘의 운수는 순환하는 것이어서 갔다고 하더라도 반드시 돌아오기
마련이다. 즉, 송宋나라가 덕으로 정치와 교육을 아름답고도 밝게 만들
었다. 이에 하남河南 땅에 사는 정부자程夫子 형제가 나와 맹자의 전통
을 이었으니 실로 처음으로 〈대학〉의 위상을 높였고, 믿어 그 뜻을 세
상에 드러나게 했다. 또 앞뒤 차례를 제대로 정리한 후 그 취지를 밝혀
놓았다. 이에 그 뒤로는 태학에서 사람들을 가르치던 방법과 성인의 경
문과 현명한 학자의 전문이 다시 세상에 밝혀졌다. 덕분에 나는 비록
어리석고 둔하지만, 다행히 스스로 그 사람의 덕을 사모하고 본받아 그
뜻에 가까이 갈 수 있었다.

　돌이켜보면 원래 〈대학〉은 책으로 보기에는 퍽이나 산란했다. 그
래서 고루하고 모자란 것을 뺐고, 좋은 것은 뽑아 모았고, 간간이 사
사로운 나의 뜻을 첨가함으로써 간간이 빠지고 간략한 것을 보충했으

니, 이로써 후세에 오는 군자들의 비판을 기다리고 있을 뿐이다. 분수에 넘치는 일이고 죄를 면할 길이 없다는 것도 잘 알고 있지만, 나라의 백성들을 교화하고 풍속을 바로 이루게 하려는 뜻, 배우는 자들이 자기 몸을 닦는 것, 그리고 백성들을 다스리는 방법에 다소의 도움이 될 것이라고 생각한다.

순희淳熙(남송 효종 때의 연호) 16년(1189년) 2월 갑자甲子일에
신안新安 태생 주희朱熹가 서序를 쓰다

附章句序

大學之書는 古之大學에 所以敎人之法也라 蓋自天降生民으로 則旣莫不與之以仁義禮智之性矣언마는 然이나 其氣質之稟이 或不能齊라 是以로 不能皆有以知其性之所有而全之也라. 一有聰明睿智하여 能盡其性者 出於其間이면 則天必命之하사 以爲億兆之君師하여 使之治而敎之하여 以復其性케하시니 此는 伏羲神農黃帝堯舜所以繼天立極이요 而司徒之職과 典樂之官을 所由設也라. 三代之隆에 其法寖備하니 然後에 王宮國都로 以及閭巷히 莫不有學하여 人生八歲어든 則自王公以下로 至於庶人之子弟히 皆入小學하여 而敎之以灑掃應對進退之節과 禮樂射御書數之文하고 及其十有五年이어든 則自天子之元子衆子로 以至公卿大夫元士之適子와 與凡民之俊秀히 皆入大學하여 而敎之以窮理正心修己治人之道하니 此又學校之敎에 大小之節이 所以分也라. 夫以學校之設이 其廣如此하고 敎之之術이 其次第節目之詳이 又如此로되 而其所以爲敎는 則又皆本之人君躬行心得之餘요 不待求之民生日用彝倫之外라. 是以로 當世之人이 無不學하고 其學焉者 無不有以知其性分之所固有와 職分之所當爲하여 而各俛焉하여 以盡其力하니 此古昔盛時에 所以治隆於上하고 俗美於下하여 而非後世之所能及也라. 及周之衰하여 賢聖之君이 不作하고 學校之政이 不修하여 敎化陵夷하고 風俗頹敗하니 時則有若孔子之聖이사되 而不得君師之位하여 以行其政敎하시니 於是에 獨取先王之法하여 誦而傳之하사 以詔後世하시니 若曲禮少儀內則弟子職諸篇은 固小學之支流餘裔

152

요. 而此篇者는 則因小學之成功하여 以著大學之明法하니 外有以極其規模之大하고 而內有以盡其節目之詳者也라. 三千之徒가 蓋莫不聞其說이언마는 而曾氏之傳이 獨得其宗일새 於是에 作爲傳義하여 以發其意러시니 及孟子沒에 而其傳泯焉하니 則其書雖存이나 而知者鮮矣라. 自是以來로 俗儒記誦詞章之習이 其功倍於小學而無用하고 異端虛無寂滅之教는 其高過於大學而無實하고 其他權謀術數 一切以就功名之說과 與夫百家衆技之流 所以惑世誣民하여 充塞仁義者가 又紛然雜出乎其間하여 使其君子로 不幸而不得聞大道之要하고 其小人으로 不幸而不得蒙至治之澤하여 晦盲否塞하고 反覆沈痼하여 以及五季之衰而壞亂이 極矣라. 天運循環하여 無往不復일새 宋德隆盛하여 治教休明하시니 於是에 河南程氏兩夫子出하사 而有以接乎孟氏之傳하여 實始尊信此篇하사 而表章之하시고 旣又爲之次其簡編하여 發其歸趣하시니 然後에 古者大學教人之法과 聖經賢傳之指가 粲然復明於世하니 雖以熹之不敏으로도 亦幸私淑而與有聞焉하라. 顧其爲書 猶頗放失일새 是以로 忘其固陋하고 釆而輯之하며 間亦竊附己意하여 補其闕略하고 以俟後之君子하노니 極知僭踰無所逃罪어니와 然이나 於國家化民成俗之意와 學者修己治人之方엔 則未必無小補云이니라.

淳熙己酉二月甲子에 新安朱熹는 序하노라.

中庸

제1장

하늘이 사람에게 준 것을 '본성'이라고 하고, '본성'을 따르는 것을 '도
道'라 하고, 도를 닦는 것을 '가르침'이라고 한다.

도는 한시도 떨어져 있을 수 없는 것이다. 따라서 떨어져 있을 수 있
다면 도라 할 수 없다. 따라서 군자는 남이 보지 않는 곳에서도 경계하
여 삼가고, 남이 듣지 않는 곳에서도 두려워하는 것이다.

숨겨진 것이 무엇보다도 잘 드러나는 법이고, 미세한 것이 가장 잘
나타나는 법이다. 따라서 군자는 혼자 있을 때를 삼가는 것이다.

기뻐하고 노하고 슬퍼하고 즐거워하는 감정이 드러나지 않는 것을 '중
中'이라 이르고, 드러나서 모두 절도節度에 맞는 것을 '화和'라고 하는데,
여기에서 중이라는 것은 천하의 큰 근본을 말하는 것이고, 화和라는 것
은 천하를 꿰뚫는 도를 말한다. 이런 중과 화를 지극히 하면 하늘과 땅
과 온 세상이 제자리를 잡고 편안해지며, 만물이 잘 자라날 것이다.

154

天命之謂性이요 率性之謂道요 脩道之謂教니라 道也者는 不可須臾離也니 可離면 非道也니라 是故로 君子는 戒愼乎其所不睹하며 恐懼乎其所不聞이니라. 莫見乎隱이며 莫顯乎微니 故로 君子는 愼其獨也니라. 喜怒哀樂之未發을 謂之中이요 發而皆中節을 謂之和니라. 中也者는 天下之大本也요 和也者는 天下之達道也니라. 致中和면 天地位焉하며 萬物育焉하니라.

제2장

공자께서 말씀하셨다.

"군자는 중용中庸을 지키고, 소인은 중용과 반대로 행동한다. 군자가 중용을 지킨다는 것은 시기와 상황에 맞게 행동하기 때문이고, 소인小人이 중용과는 반대로 행동한다는 것은 아무 거리낌 없는 짓을 함부로 하기 때문이다."

仲尼曰 君子는 中庸이요 小人은 反中庸이니라. 君子之中庸也는 君子而時中이요 小人之中庸也는 小人 而無忌憚也니라.

제3장

공자께서 말씀하셨다.

"중용은 매우 지극한 것이다. 그래서 이것을 오랫동안 지킬 수 있는 이가 드물다."

子曰 中庸은 其至矣乎인저 民鮮能이 久矣니라.

제4장

공자께서 말씀하셨다.

"나는 도가 올바로 행해지지 못하고 있는 이유를 잘 알고 있는데, 그 것은 바로 지혜로운 자는 지나치고 어리석은 자는 미치지 못하기 때문 이다. 또 도가 밝아지지 못하는 이유 또한 알고 있는데, 그것은 바로 어진 자는 지나치고 어질지 못한 자는 미치지 못하기 때문이다. 사람들 중에 음식을 먹고 마시지 않는 이가 없지만. 그 맛을 제대로 아는 이는 적다."

子曰 道之不行也를 我知之矣로니 知者는 過之하고 愚者는 不及也니라. 道之不明 也를 我知之矣로니 賢者는 過之하고 不肖者는 不及也니라, 人莫不飮食也언마는 鮮能 知味也니라.

제5장

공자께서 말씀하셨다.

"(지금처럼 교육이 제자리를 잡지 못하면) 도道가 행해지지 못할 것이다."

156

제6장

공자께서 말씀하셨다.

"순 임금은 위대한 지혜를 지닌 분이셨다. 순 임금은 묻기를 좋아하셨고, 가깝고 가벼운 말도 가볍게 여기지 않고 살피기를 좋아하셨으며, 악惡은 숨겨주고 선善은 드러나게 해주셨다. 또 일에서 양끝을 잡은 후 그 중간을 헤아려 백성들에게 베푸셨다. 바로 이 때문에 순 임금이 명성을 얻으신 것이다."

子曰 舜은 其大知也與신저. 舜이 好問而好察邇言하시고 隱惡而揚善하시며 執其兩端하사 用其中於民하시니 其斯以爲舜乎인저.

제7장

공자께서 말씀하셨다.

"사람은 모두 자기가 지혜롭다고 말한다. 그러나 몰아서 그물이나 덫, 함정 한가운데에 밀어 넣어도 피할 줄 모른다. 또 사람은 모두 자기가 지혜롭다고 말하지만, 중용을 선택해 한 달 동안 지키는 것도 하지 못한다."

子曰 人皆曰予知로되 驅而納諸罟擭陷阱之中而莫之知辟也라. 人皆曰予知로되 擇
乎中庸而不能期月守也니라.

제8장

공자께서 말씀하셨다.

"안회顔回의 사람됨은 중용을 택함으로써 한 가지의 선善을 얻으면
가슴에 받아들여 지니고 결코 잊지 않는 데 있다."

子曰 回之爲人也는 擇乎中庸하여 得一善이면 則拳拳服膺而弗失之矣니라.

제9장

공자께서 말씀하셨다.

"온 세상과 나라를 공평하게 다스릴 수 있고, 벼슬도 사양할 수 있으
며, 흰 칼날을 밟을 수 있어도 중용을 잘 해내기는 어렵다."

子曰 天下國家를 可均也며 爵祿도 可辭也며 白刃을 可蹈也로되 中庸은 不可能也
니라.

제10장

자로子路가 '강강하다'는 것이 무엇인지 묻자, 공자께서 말씀하셨다.

"남쪽 지역에서의 강함(남쪽에서 융성했던 도교에서 말하는 강함)을 말하느냐? 북쪽 지역에서의 강함을 말하느냐? 아니면 너 자신의 강함을 말하는 것이냐? 너그러움과 부드러움으로 가르치고 도에 기반을 두지 않는 행동에 보복하지 않은 것이 남쪽 지역의 강함인데, 군자가 바로 이렇게 처신한다. 반면 무기와 갑옷을 깔고 자서 죽음에 이른다고 해도 거리끼지 않는 것이 북쪽 지역의 강함인데, 힘이나 세력이 강한 사람이 이렇게 처신한다.

그러므로 군자야말로 화합하되 흔들리지 않으니, 강하고도 꿋꿋하도다! 가운데 바로 서서 한쪽으로 치우치지 않으니, 강하고도 꿋꿋하도다! 나라에 도가 행해지고 있으면 곤궁하다고 해도 그 뜻을 꺾지 않으니, 강하고도 꿋꿋하도다! 나라에 도가 없어서 죽음에 이르게 되더라도 그 뜻을 바꾸지 않으니, 강하고도 꿋꿋하도다!"

子路問强한대 子曰 南方之强與아 北方之强與아. 抑而强與아. 寬柔以教요 不報無道는 南方之强也니 君子居之니라.   衽金革하여 死而不厭은 北方之强也니 而强者居之니라. 故로 君子는 和而不流하나니 强哉矯여 中立而不倚하나니 强哉矯여 國有道不變塞焉하나니 强哉矯여 國無道에 至死不變하나니 强哉矯여.

제11장

공자께서 말씀하셨다.

"남들이 잘 모르는 것을 찾고, 괴상한 짓을 행하면 후세에 이를 두고 칭찬하는 자가 반드시 있을 것이다. 하지만 나는 그러한 짓을 하지 않겠다. 또한 군자라도 도를 따라 행하다가 중간에 그만두기도 하는 법이다. 하지만 나는 그만두지 못하겠다.

군자는 세상을 등지고 숨어 살아서 아무에게도 인정을 받지 못해도 중용을 따를 것이고 또한 그것을 후회하지 않는데, 이는 오직 성인만이 할 수 있는 일이다."

子曰 素隱行怪를 後世에 有述焉하나니 吾弗爲之矣로라. 君子遵道而行하다가 半塗而廢하나니 吾弗能已矣로라. 君子依乎中庸하여 遯世不見知而不悔하나니 唯聖者能之니라.

제12장

군자의 도는 크면서도 미세하다. 그렇기 때문에 어리석은 남자나 여자도 도를 접하면 금방 알 수 있지만 그 지극한 깊이에 이르게 되면 비록 성인이라 해도 알 수 없는 것이고, 못난 남자나 여자도 능히 행할 수 있지만 그 지극한 깊이에 이르게 되면 비록 성인이라 해도 행할 수 없는 것이 있는 법이다.

하늘과 땅이 넓고 크지만 사람에게는 오히려 모자라게 여겨지는 점이 있다. 그렇기 때문에 군자가 큰 것을 말하면 세상에는 그것을 실을 만한 것이 없게 되며, 군자가 작은 것을 말하면 세상에는 그것을 그렇게 쪼갤 수 없게 된다.

≪시경≫에는 이런 노래가 있다.

솔개는 하늘에서 날고
물고기는 연못에서 뛰논다.

여기에서는 위아래의 이치를 밝게 드러내고 있다. 이렇듯 군자의 도는 평범한 남자 여자에게서 시작되지만, 그 지극한 깊이에 이르러서는 온 세상에 드러난다.

君子之道는 費而隱이니라. 夫婦之愚로도 可以與知焉이로되 及其至也하여는 雖聖人이라도 亦有所不知焉하며 夫婦之不肖로도 可以能行焉이로되 及其至也하여는 雖聖人이라도 亦有所不能焉하며 天地之大也에도 人猶有所憾이라. 故로 君子語大면 天下莫能載焉하며 語小면 天下莫能破焉이니라. 詩云 鳶飛戾天이어늘 魚躍于淵이라 하니 言其上下察也니라 君子之道는 造端乎夫婦니 及其至也하여는 察乎天地니라.

제13장

공자께서 말씀하셨다.

"도가 사람에게서 멀리 있지 않기 때문에 사람이 도를 추구하면서 사람들로부터 멀리 떨어져 있고자 한다면 이때 추구하는 것을 도라고 할 수 없다.

≪시경≫에 다음과 같은 노래가 있다.

도끼 자루를 잡고 도끼 자루가 될 만한 나무를 벨 때
그 표본은 멀리 있지 않도다.

도끼 자루가 될 만한 나무를 벨 때 도끼 자루를 잡고 있으면서도 대중해서 보기만 할 뿐 표본이 되는 것은 오히려 멀리 있다고 여긴다는 말이다. 그러므로 군자는 사람의 도리로 사람을 다스려야 하고, 또 그들이 이내 잘못을 고치면 그쳐야만 한다. 충심과 용서하는 마음은 도와 거리가 멀지 않으니, 자기 몸에 베풀어지지 않았으면 하는 것을 남에게 베풀어서는 안 된다.

군자의 도에는 네 가지가 있다. 그러나 나는 그중 한 가지도 능히 실천하지 못했다. 자식에게 바라는 것으로 부모를 섬기지 못했고, 신하에게 바라는 것으로 임금을 섬기지 못했으며, 동생에게 바라는 것으로 형을 섬기지 못했고, 친구에게 바라는 것으로 내가 먼저 친구에게 베풀지 못했다.

군자는 평소 떳떳하게 덕을 행하고, 평소 떳떳하게 말을 삼가야 한다. 또한 덕을 행함에 부족한 것이 있으면 반드시 힘써 행하려 해야 하고, 말함에 비록 다 못한 말이 있다 해도 감히 다해버리지 않아야 한다. 이렇듯 말을 할 때는 행동을 돌아보고, 행동을 할 때는 말을 돌아보아야 한다. 그러니 어떻게 군자가 착실하게 힘쓰지 않을 수 있겠는가.”

子曰 道不遠人하니 人之爲道而遠人이면 不可以爲道니라. 詩云 伐柯伐柯여 其則不遠이라 하니 執柯以伐柯하되 睨而視之하고 猶以爲遠이라. 故로 君子는 以人治人하다가 改而止니라. 忠恕違道不遠하니 施諸己而不願을 亦勿施於人이니라. 君子之道四에 丘未能一焉이로니 所求乎子로 以事父를 未能也하며 所求乎臣으로 以事君을 未能也하며 所求乎弟로 以事兄을 未能也하며 所求乎朋友로 先施之를 未能也로니 庸德之行하며 庸言之謹하여 有所不足이어든 不敢不勉하며 有餘어든 不敢盡하여 言顧行하며 行顧言이니 君子胡不慥慥爾리오.

제14장

군자는 현재 자기 위치에 따라 행할 뿐 그 밖의 것을 원하지 않는 법이다. 부유하고 귀한 처지라면 부유하고 귀한 사람이 해야 할 일을 행하며, 가난하고 천한 처지라면 가난하고 천한 사람이 해야 할 일을 행하고, 오랑캐의 처지라면 오랑캐가 해야 할 일을 행하고, 근심과 재난을 당한 처지라면 근심과 재난에 처한 사람이 해야 할 일을 행하기만 하면 되는 것이다. 그러므로 군자는 자신이 어떤 처지에 놓인다고 해도 언제나 스스로 만족하게 되는 것이다.

그래서 군자는 윗자리에 있으면 아랫사람을 업신여기지 않고, 아랫자리에 있으면 윗사람에게 기대 매달리지 않는다. 이렇게 자기 몸을 바르게 하면서 남에게 요구하지 않으면 마음에 원망하는 마음이 생기지 않을 것이다. 즉, 위로는 하늘을 원망하지 않으며, 아래로는 사람을 원망하지 않을 것이다.

이렇듯 군자는 편안하게 처신하면서 하늘의 명을 기다린다. 하지만 소인은 위험한 것을 행하고 요행을 바란다.

공자께서 말씀하셨다.

"활을 쏘는 것은 군자가 가져야 할 자세와 비슷하다. 왜냐하면 활로 올바르게 표적을 맞히지 못하면 곧바로 자기 자신에게서 그 원인을 찾기 때문이다."

君子는 素其位而行이요 不願乎其外니라. 素富貴하얀 行乎富貴하며 素貧賤하얀 行乎貧賤하며 素夷狄하얀 行乎夷狄하며 素患難하얀 行乎患難이니 君子는 無入而不自得焉이니라. 在上位하여 不陵下하며 在下位하여 不援上이요 正己而求於人이면 則無

제15장

군자의 도는 마치 먼 곳을 가려고 하면 반드시 가까운 데서부터 출발 해야 하는 것과 같고, 높은 데 오르려면 반드시 낮은 데부터 시작해야 하는 것과 같다.

≪시경≫에 다음과 같은 노래가 있다.

아내와 자식 간이 금슬을 타듯 잘 화합되고
형제들도 서로 잘 화합하여 화락和樂하고 또한 즐겁구나.
그대의 집안이 화목하니
그대의 아내와 자식도 즐거워하는구나.

이에 공자께서 말씀하셨다.
"그렇게 되면 부모도 편안해하실 것이다."

제16장

공자께서 말씀하셨다.

"신神의 덕은 매우 지극한데, 보려고 해도 보이지 않고 들으려고 해도 들리지 않지만, 만물의 본체本體이기 때문에 미치지 않는 곳이 없다. 그렇기 때문에 신은 세상 사람들로 하여금 몸과 마음을 깨끗하게 하고 의복을 성대히 차려입은 후 제사를 받들 때 어디에나 가득해 그 위에 있는 것 같기도 하고 곁에 있는 것 같기도 한 것이다.

≪시경≫에 다음과 같은 노래가 있다.

신께서 이 땅에 내려오시는 것을 예측할 수도 없는데
어찌 신을 꺼려할 수 있겠는가.

은밀하고도 미세한 신의 일은 밝게 드러나니, 그 진실함은 가릴 수가 없구나."

子曰 鬼神之爲德이 其盛矣乎인저 視之而弗見하며 聽之而弗聞이로되 體物而不可遺니라. 使天下之人으로 齊明盛服하여 以承祭祀하고 洋洋乎如在其上하며 如在其左右니라. 詩曰 神之格思를 不可度思어늘 矧可射思아 하니 夫微之顯이니 誠之不可揜이如此夫인저.

제17장

공자께서 말씀하셨다.

"순 임금은 위대한 효도를 행하신 분이다. 덕을 행함에서는 능히 성인에 견줄 만하고, 존귀함에서는 능히 천자天子에 견줄 만하며, 부유함에서는 온 세상을 소유하실 정도였다. 그래서 종묘宗廟에서는 순 임금에게 제사를 지내게 되었고, 더불어 그분의 자손들도 잘 보전되었다.

이렇듯 큰 덕이 있으면 반드시 합당한 지위를 얻고, 반드시 합당한 녹봉을 받고, 반드시 합당한 명성을 얻고, 반드시 합당한 수명을 누리게 된다.

본래 하늘은 만물을 세상에 낼 때 반드시 그 재질에 따라 보살펴준다. 따라서 굳게 심긴 것은 북돋워주지만, 기울어진 것은 엎어버리는 것이다.

≪시경≫에 다음과 같은 노래가 있다.

훌륭한 군자여! 그 덕이 아름답고도 밝으시네.
백성과 사람을 잘 다스려 하늘로부터 녹을 받으시네.
보호하고 도우시며 그에게 명을 버리시는 것을 하늘이 거듭하시네.

이렇듯 위대한 덕을 지닌 자는 반드시 하늘의 명을 받게 된다."

子曰 舜은 其大孝也與신저. 德爲聖人이시고 尊爲天子이시며 富有四海之內하사 宗廟饗之하시며 子孫保之하시니라. 故로 大德은 必得其位하며 必得其祿하며 必得其名

166

하며 必得其壽니라. 故로 天之生物이 必因其材而篤焉하나니 故로 栽者를 培之하고 傾者를 覆之니라. 詩曰 嘉樂君子여 憲憲令德이로다. 宜民宜人이라 受祿于天이어늘 保佑命之하시고 自天申之라 하니 故로 大德者는 必受命이니라.

제18장

공자께서 말씀하셨다.

"근심이 없으셨던 분은 오직 문왕文王뿐이셨을 것이다. 왕계王季를 아버지로 모시고 무왕武王을 아들로 두었는데, 그 아버지가 나라를 일으키셨고, 그 아들이 이를 계승하셨다.

무왕은 태왕太王과 왕계, 그리고 문왕의 업적을 이어받아 한 번 군복을 입으셨는데, 그 결과 온 세상을 차지하셨고, 자신의 명성을 온 세상에 널리 퍼뜨리셨다. 존귀함에서는 천자, 그리고 부유함에서는 온 세상의 주인이 되신 것이다. 그래서 종묘宗廟에서 제사를 지내게 되었고, 더불어 그분의 자손들도 잘 보전되었다.

무왕이 말년에 하늘의 명을 받으시어 돌아가시자, 섭정을 하게된 주공이 문왕과 무왕의 덕을 이룩하셨다. 또 태왕과 왕계의 지위를 왕으로 높인 후 선조들까지도 천자의 예로 제사하셨는데, 이 예가 제후와 대부, 그리고 서민들에게까지도 널리 통용되었다. 그래서 만약 아버지가 대부였고 아들이 사士라면 장례는 대부의 예로 지내고 제사는 사의 예로 지냈다. 또 아버지가 사였고 아들이 대부라면 장례는 사의 예로 지내고 제사는 대부의 예로 지내게 되었다. 한편 상복을 입는 기간은 대부까지는 모두 일 년이었고, 그 위로 천자까지만 삼 년 동안 상복

을 입었다. 즉, 부모의 상喪은 귀하고 천한 신분의 차이가 없이 모두가
같았다."

子曰 無憂者는 其惟文王乎인저. 以王季爲父하시고 以武王爲子하시니 父作之어시
늘 子述之하시니라. 武王이 纘大王 王季 文王之緖하사 壹戎衣而有天下하시되 身不失
天下之顯名하시며 尊爲天子시고 富有四海之內하사 宗廟饗之하시며 子孫保之하시니
라. 武王이 末受命이어시늘 周公이 成文武之德하사 追王大王王季하시고 上祀先公以
天子之禮하시니 斯禮也 達乎諸侯大夫及士庶人하여 父爲大夫요 子爲士어든 葬以大夫
하고 祭以士하며 父爲士요 子爲大夫어든 葬以士하고 祭以大夫하며 期之喪은 達乎大
夫하고 三年之喪은 達乎天子하니 父母之喪은 無貴賤一也니라.

제19장

공자께서 말씀하셨다.

"무왕과 주공은 누구나가 칭찬하는 효자셨다. 효孝라는 것은 선인들
의 뜻과 일을 잘 계승해 발전시키는 일이다. 즉, 봄과 가을마다 조상의
사당을 수리한 후에 종묘의 귀한 그릇들을 잘 진열하고, 조상들의 옷을
펴놓은 다음 제철 음식을 조상께 올려 제사를 지내는 것이다.

종묘의 예는 신위를 놓는 순서를 정하는 근거가 된다. 과거 조상의
직위에 따라 정리하는 것은 귀천을 근거로 하는 것이고, 맡았던 일의
순서가 정해져 있는 경우에는 현명함을 근거로 하는 것이다. 또 음복
을 할 때 아랫사람이 윗사람에게 술을 올리는 것은 천한 아랫사람도 제
사에 참여하게 하기 위한 것이고, 제사가 끝난 뒤에 하는 잔치에서 머
리의 색깔에 따라 앉는 자리를 정하는 것은 나이에 따른 질서를 세우기

위함이다.

그런 다음 제사 지내던 자리에 올라가서 조상들이 행했던 예를 똑같이 행하고, 조상들이 들었던 음악을 똑같이 듣고, 조상께서 공경하던 분들을 존경하고, 조상께서 아끼시던 사람들을 사랑하는 한편 죽은 이 섬기기를 살아 있는 이 섬기듯 하고, 그 자리에 없는 이 섬기기를 함께 있는 이 섬기듯 하는 것이 효의 극치다.

하늘과 땅에 제사 지내는 예는 하느님을 섬기는 것이고, 종묘의 예는 조상들을 섬기는 것이다. 이와 같은 하늘과 땅에 드리는 제사와 종묘 제사의 의의를 분명히 안다면 나라를 다스리는 것은 손바닥 위에 놓고 보는 것처럼 쉬울 것이다."

子曰 武王 周公은 其達孝矣乎신저 夫孝者는 善繼人之志하며 善述人之事者也니라. 春秋에 修其祖廟하며 陳其宗器하며 設其裳衣하며 薦其時食이니라. 宗廟之禮는 所以序昭穆也요 序爵은 所以辨貴賤也요 序事는 所以辨賢也요 旅酬에 下爲上은 所以逮賤也요 燕毛는 所以序齒也니라. 踐其位하여 行其禮하며 奏其樂하며 敬其所尊하며 愛其所親하며 事死如事生하며 事亡如事存이 孝之至也니라. 郊社之禮는 所以事上帝也요 宗廟之禮는 所以祀乎其先이니 明乎郊社之禮와 禘嘗之義면 治國은 其如示諸掌乎인저.

제20장

애공哀公(노나라 임금)이 정치가 무엇인지에 대해 묻자 공자께서 다음과 같이 말씀하셨다.

"문왕과 무왕의 정치에 대해서는 책에 잘 기록되어 있는데, 문왕과 무왕 같은 정치에 합당한 사람이 있었을 때는 정치가 잘되었지만, 합당한 사람이 없었을 때는 정치가 잘되지 않았습니다."

사람의 도는 정치에 예민하게 반응하고, 땅의 도는 나무의 성장에
예민하게 반응한다. 즉, 정치라는 것은 사람들에게 미치는 효과가 마
치 갈대가 성장하듯 빠른 법이다.

이렇듯 정치를 한다는 것은 사람을 어떻게 쓰느냐에 달려 있다. 그
러므로 사람을 등용하고자 할 때는 그의 몸가짐을 살펴봐야 한다. 이런
몸가짐은 도를 바탕으로 닦아야 하고, 또 도는 인仁을 바탕으로 닦아야
만 한다.

여기에서 인은 '사람다움'을 말한다. 즉, 가까운 사람을 더욱 가까이
해야 한다는 말이다. 또 의는 '마땅함'을 말한다. 즉, 어진 사람을 더욱
높여 대하는 것을 말한다. 그런데 바로 가까운 사람들의 가까운 정도를
나누는 기준과 어진 이를 높이는 기준 때문에 예가 생겨난 것이다.

아랫사람으로서 윗사람에게 신임을 얻지 못하면 백성을 다스릴 수
가 없다. 그렇기 때문에 군자는 자기 몸을 먼저 닦지 않을 수 없는 것이
다. 그런데 몸을 닦으려면 먼저 어버이를 섬겨야만 하고, 어버이를 섬
기려면 먼저 사람에 대해 잘 알아야 하며, 사람에 대해 잘 알려면 먼저
하늘의 이치를 알지 않으면 안 된다.

세상 어디에서나 통하는 도가 다섯 가지인데, 이것을 실천하는 데는
세 가지 근거가 작용한다. 즉, 임금과 신하, 부모와 자식, 남편과 아
내, 형과 동생, 친구와 친구, 이것이 세상 어디에서나 통하는 다섯 가
지 도다. 그리고 지智, 인仁, 용勇, 이 세 가지가 세상 어디에서나 통하
는 덕인데, 이것을 실천하는 근거는 하나다.

어떤 사람은 태어나면서부터 그것을 알고, 어떤 사람은 배워서 알게

170

되며, 어떤 사람은 노력을 해야만 알 수 있다. 하지만 그것을 아는 정도는 차이 없이 똑같다.

또 어떤 사람은 편안하게 그것을 실천하고, 어떤 사람은 그것을 실천하는 것이 이롭다고 생각하기 때문에 실천하며, 어떤 사람은 그것을 억지로 실천한다. 하지만 성과는 차이 없이 똑같다.

공자께서 말씀하셨다.

"배우는 것을 좋아하는 것은 '지'에 가깝고, 힘써서 노력하는 것은 '인'에 가까우며, 부끄러움을 아는 것은 '용'에 가깝다. 이 세 가지를 알면 몸을 닦는 방법을 알게 될 것이고, 몸을 닦는 방법을 알면 남을 다스리는 방법을 알게 될 것이며, 남을 다스리는 방법을 알면 세상과 나라를 다스리는 방법을 알게 될 것이다.

무릇 세상과 나라를 다스리는 데는 아홉 가지 원리가 있다. 아홉 가지란 첫째 몸을 닦는 것, 둘째 어진 사람을 높여 대하는 것, 셋째 가까운 사람들과 친하게 지내는 것, 넷째 대신들을 공경하는 것, 다섯째 신하들의 마음을 살펴서 헤아리는 것, 여섯째 백성들을 자기 자식처럼 돌보는 것, 일곱째 낮은 지위를 가진 관리들이 따라올 수 있도록 이끌어주는 것, 여덟째 변방에 사는 사람을 회유하는 것, 아홉째 제후들을 은혜로 돌보는 것 등이다.

몸을 닦으면 도가 확립되고, 어진 사람을 높여 대하면 유혹에 빠지지 않게 되고, 가까운 사람과 친하게 지내면 아버지의 형제들과 자기 형제들로부터 원망을 사는 일이 없고, 대신을 공경하면 현혹되는 일이 없고, 신하들의 마음을 살펴서 헤아리면 선비들이 그 은혜에 보답하기 위한 예를 성실하게 지키고, 백성들을 자기 자식처럼 사랑하면 곧 백성들이 알아듣도록 권하고 격려하여 힘쓰는 것과 같은 것이 되고, 낮은 지위를 가진 관리들이 따라올 수 있도록 이끌어주면 재물을 풍족하게 사용할 수 있게 되고, 변방에 사는 사람을 회유하면 온 세상 사람이 그를 좋아하며 따르게 되고, 제후들을 은혜로 돌보면 천하가 그를 두려워한다.

　몸을 닦기 위해서는 몸과 마음을 깨끗이 하고 의복을 차려입으며 예가 아니면 움직이지 않으면 되고, 어진 사람들을 격려하기 위해서는 거짓으로 남을 모함하는 자를 제거하고 여색女色을 멀리하며 재물을 천히 여기는 한편 덕을 귀하게 여기면 되고, 가까운 사람과 친하게 지내도록 격려하기 위해서는 그의 지위를 높여주고 그의 녹봉을 많이 주며 그가 좋아하고 싫어하는 것을 함께하면 되고, 대신들이 일에 힘쓰도록 격려하기 위해서는 밑에 벼슬아치를 많이 두게 해서 일을 맡기고 부릴 수 있게 해주면 되고, 선비들이 제 일에 힘쓰도록 격려하기 위해서는 충실함과 믿음으로 대하고 녹봉을 많이 주면 된다. 백성들이 힘쓰도록 격려하기 위해서는 계절을 고려해서 부역을 시키고 세금을 적게 거두면 되고, 낮은 지위를 가진 관리들이 힘쓰도록 격려하기 위해서는 날마다 살펴보고 달마다 시험해 하는 일에 맞게 녹봉을 주면 되고, 변방에 사는 사람들을 회유하기 위해서는 떠날 때 잘 전송해주고 돌아올 때 잘 마중해주며 잘하는 일에 칭찬을 아끼지 않으면서 잘하지 못하는 일은 가엽게 여겨주면 된다. 또　제후들을 은혜로 돌보기 위해서는 나라가 망하면 그 대代를 잇게 해주고, 나라가 피폐하면 일으켜주고, 나라가 혼란하면 다스려주고, 나라가 위태로우면 붙들어주고, 제때 조회朝會와 예의를 갖춰 방문할 수 있도록 해주고, 조공은 가볍게 하고, 선물을 후하게 주면 된다.

172

이렇듯 무릇 세상과 나라를 다스리는 데는 아홉 가지 원리가 있지만, 그것을 실천하는 방법은 모두 한 가지라 하겠다.

모든 일을 미리미리 준비하면 제대로 이루어지지만, 미리 하지 않으면 실패하고 마는 법이다. 할 말을 미리 정해놓으면 잘못될 것이 없고, 할 일을 미리 정해놓으면 잘못될 일이 없고, 해야 할 행동을 미리 정해놓으면 탈이 나지 않고, 도道가 미리 정해져 있으면 궁할 일이 없는 것이 바로 그 때문이다.

아랫사람으로서 윗사람에게 신임을 얻지 못하면 백성을 다스리지 못하는 법이다. 그런데 윗사람에게 신임을 얻는 데도 도가 있으니, 그것은 바로 친구들에게 신뢰를 얻지 못하면 윗사람에게 신임을 얻지 못한다는 것이다. 친구들에게 신뢰를 얻는 데도 도가 있으니, 그것은 바로 부모에게 순응하지 않으면 친구들에게 신뢰를 얻지 못한다는 것이다. 부모에게 순응하는 데도 도가 있으니, 그것은 바로 돌이켜보았을 때 자기 자신에게 정성을 다하지 않으면 어버이에게 순응하게 되지 않는다는 것이다. 자기 자신에게 정성을 다하는 데도 도가 있으니, 그것은 바로 선善을 제대로 모르면 자기 자신에게 정성을 다하지 못한다는 것이다.

여기에서 정성이라는 것은 하늘의 도道이고, 정성을 다한다는 것은 사람의 도다. 따라서 정성을 다하는 사람은 힘쓰지 않고도 도에 알맞게 되고 생각하지 않고도 알아서 터득하게 되는데, 이를 성인이라고 한다. 즉, 정성을 다한다는 것은 선을 택해 굳게 지키는 것을 말한다.

무릇 널리 배우고, 자세히 묻고, 신중히 생각하고, 밝게 분별하고,

정성을 다해 실천해야 한다.

애초에 배우지 못했다면 몰라도 일단 배우게 되면 미처 배우지 못한 것을 그대로 내버려두어서는 안 되고, 애초에 묻지 않았다면 몰라도 일단 물었다면 미처 알지 못하는 것을 그대로 내버려두어서는 안 되고, 애초에 생각하지 않았다면 몰라도 일단 생각했다면 미처 터득하지 못한 것을 그대로 내버려두어서는 안 되고, 애초에 분별하지 않았다면 몰라도 일단 분변했다면 분별하지 못한 것을 그대로 내버려두어서는 안 되고, 애초에 실천하지 않았다면 몰라도 일단 실천했다면 정성을 다하지 못한 것을 그대로 내버려두어서는 안 된다.

그리고 어떤 사람이 단 한 번에 그것에 능숙해졌다면 나는 백 번을 시도하고, 어떤 사람이 열 번에 능숙해졌다면 나는 천 번을 시도해야 한다.

이상 설명한 도에 능숙해지면 비록 어리석더라도 반드시 총명해질 것이고, 여리고 약하다 하더라도 반드시 강해질 것이다.

哀公이 問政하니 子曰 文武之政이 布在方策하니 其人이 存이면 則其政擧하고 其人이 亡이면 則其政息이니이다. 人道는 敏政하고 地道는 敏樹하니 夫政也者는 蒲盧也니라. 故로 爲政在人하니 取人以身이요 修身以道요 修道以仁이니라. 仁者는 人也니 親親이 爲大하고 義者는 宜也니 尊賢이 爲大하니 親親之殺와 尊賢之等이 禮所生也니이다. 在下位하여 不獲乎上이면 民不可得而治矣리라 故로 君子는 不可以不修身이니 思修身인댄 不可以不事親이요 思事親이면 不可以不知人이요 思知人이면 不可以不知天이니라. 天下之達道五에 所以行之者는 三이라. 曰 君臣也와 父子也와 夫婦也와 昆弟也와 朋友之交也五者는 天下之達道요 知仁勇三者는 天下之達德이니 所以行之者는 一也니라. 或生而知之하며 或學而知之하며 或困而知之하나니 及其知之하여는 一也니라. 或安而行之하며 或利而行之하며 或勉强而行之하나니 及其成功하여는 一也니라. 子

曰 好學은 近乎知하고 力行은 近乎仁하고 知恥는 近乎勇이니라. 知斯三者면 則知所以脩身이요 知所以脩身이면 則知所以治人이요 知所以治人이면 則知所以治天下國家矣니라. 凡爲天下國家엔 有九經이라. 曰 脩身也와 尊賢也와 親親也와 敬大臣也와 體群臣也와 子庶民也와 來百工也와 柔遠人也와 懷諸侯也니라. 脩身則道立하고 尊賢則不惑하고 親親則諸父昆弟不怨하고 敬大臣則不眩하고 體群臣則士之報禮重하고 子庶民則百姓勸하고 來百工則財用足하고 柔遠人則四方歸之하고 懷諸侯則天下畏之니라. 齊明盛服하여 非禮不動은 所以修脩也요 去讒遠色하며 賤貨而貴德은 所以勸賢也요 尊其位하며 重其祿하며 同其好惡는 所以勸親親也요 官盛任使는 所以勸大臣也요 忠信重祿은 所以勸士也요 時使薄斂은 所以勸百姓也요 日省月試하여 旣稟稱事는 所以勸百工也요 送往迎來하며 嘉善而矜不能은 所以柔遠人也요 繼絶世하며 擧廢國하며 治亂持危하며 朝聘以時하며 厚往而薄來는 所以懷諸侯也니라. 凡爲天下國家에 有九經이나 所以行之者는 一也니라. 凡事는 豫則立하고 不豫則廢하나니 言前定則不跲하고 事前定則不困하고 行前定則不疚하고 道前定則不窮이니라. 在下位하여 不獲乎上이면 民不可得而治矣리라. 獲乎上이 有道하니 不信乎朋友면 不獲乎上矣리라. 信乎朋友가 有道하니 不順乎親이면 不信乎朋友矣리라. 順乎親이 有道하니 反諸身不誠이면 不順乎親矣리라. 誠身이 有道하니 不明乎善이면 不誠乎身矣리라. 誠者는 天之道也요 誠之者는 人之道也니 誠者는 不勉而中하며 不思而得하여 從容中道하나니 聖人也요 誠之者는 擇善而固執之者也니라. 博學之하며 審問之하며 愼思之하며 明辨之하며 篤行之니라. 有弗學이언정 學之면 弗能弗措也니라. 有弗問이언정 問之면 弗知弗措也니라. 有弗思이언정 思之면 弗得弗措也니라. 有弗辨이언정 辨之면 弗明弗措也니라. 有弗行이언정 行之면 弗篤弗措也니라. 人一能之어든 己百之하며 人十能之어든 己千之니라. 果能此道矣면 雖愚나 必明하며 雖柔나 必强이니라.

제21장

정성을 다하면 본성이 밝아진다. 그리고 본성이 밝아지면 정성을 다하게 된다. 바로 이런 관계를 가리켜 '가르침[敎]'이라고 한다. 즉, 정성을 다하면 밝아지고, 밝아지면 정성스럽게 되는 것이다.

自誠明을 謂之性이요 自明誠을 謂之敎니 誠則明矣요 明則誠矣니라.

제22장

오직 세상에서 지극히 정성을 다하는 사람이어야만 자신의 본성을 다 발휘할 수 있다. 그리고 자기 본성을 다 발휘하면 사람의 본성을 다 발휘할 수 있게 되고, 사람의 본성을 다 발휘하면 만물의 본성을 다 발휘할 수 있게 되고, 만물의 본성을 다 발휘하면 하늘과 땅의 변화와 생육을 돕게 되고, 하늘과 땅의 변화와 생육을 돕게 되면 하늘과 땅에 대등해진다.

唯天下至誠이라야 爲能盡其性이니 能盡其性이면 則能盡人之性이요 能盡人之性이면 則能盡物之性이요 能盡物之性이면 則可以贊天地之化育이요 可以贊天地之化育이면 則可以與天地參矣니라.

제23장

작은 일도 무시하지 않고 최선을 다해야 한다. 작은 일에도 최선을 다하면 정성스럽게 된다. 정성스럽게 되면 이내 겉에 배어 나오고, 겉에 배어 나오면 이내 겉으로 드러나고, 겉으로 드러나면 이내 밝아지고, 밝아지면 이내 남을 감동시키고, 남을 감동시키면 이내 변하게 되고, 변하면 이내 생육된다. 그러니 오직 세상에서 지극히 정성을 다하는 사람만이 만물을 생육시킬 수 있는 것이다.

其次는 致曲이니 曲能有誠이니 誠則形하고 形則著하고 著則明하고 明則動하고 動則變하고 變則化니 唯天下至誠이야 爲能化니라.

제24장

지극한 정성이 가진 도는 앞으로 닥칠 일을 미리 알 수 있게 한다.

나라가 장차 개국하려고 하면 반드시 상서로운 조짐이 있고, 나라가 장차 망하려고 하면 반드시 흉한 조짐이 있다. 이러한 조짐은 시초점이나 거북점을 통해 나타나기도 하고, 사람의 온몸의 움직임을 통해 나타나기고 한다. 그러므로 반드시 먼저 살펴서 알아야 하는데, 특히 좋지 못한 일은 반드시 먼저 알아야 한다. 즉, 지극한 정성은 신神과 같다고 할 수 있다.

至誠之道는 可以前知니 國家將興에 必有禎祥하며 國家將亡에 必有妖孼하여 見乎蓍龜하며 動乎四體라 禍福將至에 善을 必先知之하며 不善을 必先知之하나니 故로 至誠은 如神이니라.

제25장

정성은 스스로 이루는 것이고, 도는 스스로 행하는 것이다.

정성이라는 것은 만물의 시작이자 끝이어서 정성이 없으면 만물도 있을 수 없다. 그렇기 때문에 군자는 정성을 다하는 것을 귀하게 여기는 것이다. 즉, 정성은 자기 혼자만 이루는 것이 아니고, 만물까지 이루게 해준다.

여기에서 자기를 이룩하는 것은 인仁이고, 만물을 이룩하게 해주는 것은 지智라고 한다. 따라서 정성은 본성의 덕이자 자기 몸의 안과 밖, 즉 만물을 합치게 해주는 도다. 그러므로 항상 그것을 적절하게 실천해야 한다.

誠者는 自成也요 而道는 自道也니라. 誠者는 物之終始니 不誠이면 無物이라 是故로 君子는 誠之爲貴니라. 誠者는 非自成己而已也라. 所以成物也니 成己는 仁也요 成物은 知也니 性之德也라. 合外內之道也니 故로 時措之宜也니라.

제26장

지극한 정성에는 잠시도 중단되는 일이 없다. 중단되는 일이 없으면 오래가고, 오래가면 징험이 나타나고, 징험이 나타나면 길고 멀리 퍼지고, 길고 멀리 퍼지면 넓고 깊어지고, 넓고 깊어지면 높고 밝아진다.

이렇게 넓고 깊어진 덕은 만물을 실어주고, 높고 밝아진 덕은 만물을 덮어주며, 넓고 깊어진 덕은 땅과 짝을 이루고, 높고 밝아진 덕은 하늘과 짝을 이루며, 길고 멀리 퍼져나간 덕은 하늘과 땅의 운행처럼

178

영원하고 끝이 없다.

이와 같은 것은 보여주지 않아도 드러나고, 움직이지 않아도 변하며, 일부러 하지 않아도 이루어진다.

하늘과 땅의 도는 한마디 말로 표현할 수 있는 것이 아니다. 하지만 굳이 말한다면 '하늘과 땅이라는 존재는 둘이 아니고 변하지 않기 때문에 그것으로 인한 만물의 생성을 헤아릴 수 없는 것이다. 이렇듯 하늘과 땅의 도는 넓고 두터우며, 높고 밝으며, 길고도 멀리 퍼지는 것이다.

작은 빛들이 모여 이룬 것으로, 달과 별과 별자리들이 매달려 있고 만물을 덮어주고 있을 만큼 하늘은 끝이 없다.

땅은 한 줌의 흙이 많이 모여 이룬 것으로, 화산華山과 악산嶽山을 싣고 있으면서도 무겁게 여기지 않을 만큼, 강과 바다를 받들고 있으면서도 물이 새지 않을 만큼, 그리고 만물이 실려 있을 만큼 넓고 두텁다.

산山은 한 주먹의 자잘한 돌이 많이 모여 이룬 것으로, 풀과 나무가 나고 자랄 만큼, 많은 새와 짐승들이 살 만큼, 많은 보배가 묻혀서 발굴될 만큼 넓고도 크다.

강물은 한 잔의 물이 많이 모여 이룬 것으로, 수많은 자라, 악어, 교룡(전설상의 용), 물고기 등이 살 만큼. 그리고 많은 재물과 보배가 그 속에 잠겨 있을 만큼 오묘하고 그 넓이를 헤아릴 수 없을 정도다.

≪시경≫에 다음과 같은 노래가 있다.

하늘의 명命은
아! 아름답기 그지없구나.

이것은 하늘이 하늘이 된 까닭을 말한 것이다.

아아! 뚜렷하게 드러나는구나,
순수하고 한결같은 문왕의 덕이여!

이는 문왕의 시호가 '문文'이 되신 까닭이 그 순수함과 한결같음에 있다는 것을 말한 것이다.

故로 至誠은 無息이라. 不息則久하고 久則徵하고 徵則悠遠하고 悠遠則博厚하고 博厚則高明이니라. 博厚는 所以載物也요 高明은 所以覆物也요 悠久는 所以成物也니라. 博厚는 配地하고 高明은 配天하고 悠久는 無疆이니라. 如此者는 不見而章하며 不動而變하며 無爲而成이니라. 天地之道는 可一言而盡也니 其爲物不貳요 則其生物不測이니라 天地之道는 博也厚也高也明也悠也久也니라. 今夫天이 斯昭昭之多로되 及其無窮也하여는 日月星辰繫焉하며 萬物覆焉이니라. 今夫地一撮土之多로되 及其廣厚하여는 載華嶽而不重하며 振河海而不洩하며 萬物載焉이니라. 今夫山이 一卷石之多로되 及其廣大하여는 草木生之하며 禽獸居之하며 寶藏興焉이니라 今夫手 一勺之多로되 及其不測하여는 黿鼉蛟龍魚鼈이 生焉하며 貨財이 殖焉이니라. 詩曰 惟天之命이 於穆不已라 하니 蓋曰天之所以爲天也요 於乎不顯가 文王之德之純이여 하니 蓋曰文王之所以爲文也 純亦不已니라.

제27장

위대하구나, 성인의 도道여!
한없이 많은 만물이 생기고 자라
그 높고 큼이 하늘에 닿았구나.
넉넉하고 크구나!
중요한 예절이 3백 가지나 되고

180

작은 예절이 3천 가지나 되는구나.

이런 일들은 그런 일을 할 만한 사람이 있어야만 이루어진다. 그렇기 때문에 "지극한 덕이 아니면 지극한 도는 이루어지지 않는다"고 말하는 것이다.

그래서 군자는 먼저 덕성德性을 높이고, 묻고 배우는 길을 가야만 한다. 그리고 넓고 큰 경지에 이르러야 하며, 더불어 작은 것도 소홀히 하는 일 없이 다 추구해야 한다. 또한 높고 밝음의 극치에 다다르게 해야 하면서도 중용을 지켜야 하고, 옛것을 잊지 않고 익히고 새로운 것을 깨우쳐야 하며, 성실하게 예를 존중해야 한다.

이런 과정을 거치기 때문에 군자는 윗사람이 되어도 거만하지 않으며, 아랫사람이 되어도 배반하지 않는 것이다.

또한 나라에 도道가 있을 때는 군자의 말이 흔쾌히 받아들여지기 때문에 군자가 높은 벼슬에 오르게 되지만, 나라에 도가 없을 때는 입을 다물고 침묵해야만 목숨을 이어 살아남을 수 있다.

≪시경≫에 다음과 같은 노래가 있다.

도리에 밝고 처신을 잘하여
그 몸을 온전히 보전하셨구나.

바로 도가 없는 나라에서의 군자의 몸가짐을 말하고 있는 것이다.

大哉라 聖人之道여 洋洋乎發育萬物하여 峻極于天이로다. 優優大哉라 禮儀三百이

요 威儀三千이로다. 待其人而後에 行이니라. 故로 曰 苟不至德이면 至道不凝焉이라
하니라. 故로 君子는 尊德性而道問學이니 致廣大而盡精微하며 極高明而道中庸하며
溫故而知新하며 敦厚以崇禮니라. 是故로 居上不驕하며 爲下不倍라 國有道에 其言이
足以興이요 國無道에 其黙이 足以容이니 詩曰 旣明且哲하여 以保其身이라하니 其此
之謂與인저.

제28장

공자께서 말씀하셨다.

"어리석으면서도 자기 생각대로만 하기를 좋아하고, 비천하면서도
자기 멋대로 하기만 좋아하며, 지금 세상에 태어나 살면서도 옛날 방식
으로 돌아가려고만 하는 자의 몸에는 반드시 재앙이 미치게 된다."

예禮를 의논하거나 고치는 것, 법도를 제정하는 것, 문자를 만드는
것은 모두 천자만이 할 수 있는 일이다. 지금 세상은, 수레에서는 두
바퀴의 폭이 모두 같고, 글씨에서는 체가 모두 같으며, 행동에서는 적
용되는 윤리가 모두 같다.

비록 높은 지위에 있더라도 그 일을 담당할 만한 합당한 덕이 없으면
감히 예와 음악을 제정해서는 안 된다. 또한 비록 지극한 덕을 소유했
더라도 그 일을 담당할 만한 합당한 지위를 가지지 못했으면 역시 예와
음악을 제정할 수 없다.

공자께서 말씀하셨다.

"나는 하夏나라 예를 말할 수 있다. 하지만 그 뒤를 이은 기杞나라가
그 예가 옳았다는 것을 충분히 보여주지 못했다. 또한 나는 은殷나라
예를 배우고자 했다. 그리고 그 뒤를 이은 송宋나라가 그것을 잇고 있

182

다. 하지만 나는 이미 주周나라 예를 배웠고, 지금 그것을 사용하고 있기 때문에 주周나라 예禮를 따르고자 한다."

子曰 愚而好自用하며 賤而好自專이요 生乎今之世하여 反古之道면 如此者는 菑及其身者也니라. 非天子면 不議禮하며 不制度하며 不考文이니라. 今天下 車同軌하며 書同文하며 行同倫이니라. 雖有其位나 苟無其德이면 不敢作禮樂焉이며 雖有其德이나 苟無其位면 亦不敢作禮樂焉이니라. 子曰 吾說夏禮나 杞不足徵也요 吾學殷禮하니 有末存焉이어니와 吾學周禮하니 今用之라 吾從周하리라.

제29장

왕으로서 천하를 다스리는 데는 세 가지 중요한 것이 있는데, 이것은 왕이 잘못을 적게 저지르도록 도와준다.

선왕 때의 것이 훌륭하다고 해도 증거가 될 만한 것이 없게 마련이고, 증거가 될 만한 것이 없으면 믿기 어렵고, 믿기 어려우면 백성들이 따르지 않는 법이다. 또 다음 왕 때의 것이 아무리 훌륭하더라도 존중받기 어렵고, 존중받지 못하면 믿기 어렵고, 믿기 어려우면 역시 백성들이 따르지 않는 법이다.

그렇기 때문에 왕이 된 사람의 도는, 자기의 덕성을 근본으로 함으로써 백성들이 믿고 따르는 것을 통해 드러난다. 또 우왕·탕왕·문왕에 견주어도 잘못됨이 없고, 하늘과 땅 사이에 세워보아도 거슬리지 않고, 신神에게 물어보아도 의심할 것이 없고, 수백 년 동안 성인을 기다려서 그에게 물어보아도 의혹을 가질 만한 것이 없는 것이다.

여기에서 신神에게 물어보아도 의심할 것이 없는 도라면, 그것은 바로 하늘을 안 것이라 할 수 있다. 또 수백 년 동안 성인을 기다려 그에게 물어보아도 의혹을 가질 만한 것이 없는 도라면, 이것은 바로 사람을 안 것이라 할 수 있다.

그렇기 때문에 군자가 움직이면 세상은 이것을 천하의 도로 받아들이고, 군자가 실천하면 천하의 법도로 받아들이며, 군자가 말하면 그 말을 곧 천하의 법칙으로 받아들인다. 멀리 떨어져 있어도 우러러보고, 가까이 있어도 싫증내지 않는 것은 바로 이런 이유 때문이다.

≪시경≫에 다음과 같은 노래가 있다.

저기에 있어도 미워하는 사람이 없고
여기에 있어도 싫어하는 사람이 없도다.
바라건대 이른 새벽부터 밤늦게까지 일하여
그 명예를 길이길이 전하소서.

일찍이 왕이 된 자로서 이렇게 하지 않고도 천하에 명예를 떨친 자는 없었다.

王天下 有三重焉하니 其寡過矣乎인저. 上焉者는 雖善이나 無徵이니 無徵이라 不信이요 不信이라 民弗從이니라. 下焉者는 雖善이나 不尊이니 不尊이라 不信이요 不信이라 民弗從이니라. 故로 君子之道는 本諸身하여 徵諸庶民하며 考諸三王而不謬하며 建諸天地而不悖하며 質諸鬼神而無疑하며 百世以俟聖人而不惑이니라. 質諸鬼神而無疑는 知天也요 百世以俟聖人而不惑은 知人也니라. 是故로 君子는 動而世爲天下道니 行而世爲天下法하며 言而世爲天下則이라. 遠之則有望하고 近之則不厭이니라 詩曰 在彼無惡하며 在此無射이라. 庶幾夙夜하여 以永終譽라 하니 君子未有不如此而蚤有譽於天下者也니라.

제30장

공자는 요 임금과 순 임금을 계승하셨고, 문왕과 무왕의 법도를 나라의 원칙으로 삼으셨다. 또 위로는 하늘의 때를 따르시고, 아래로는 물과 흙의 이치를 살펴 쓰셨다.

이와 같은 공자의 덕을 비유하자면, 하늘과 땅이 잡아주고 실어주지 않음이 없고, 덮어주고 감싸주지 않음이 없는 것과 같다. 또는 네 계절이 교대로 바뀌고, 해와 달이 교대로 밝은 것과 같다.

만물이 함께 나고 자라도 서로를 해치지 않는 것처럼 도라는 것도 함께 행해도 서로에게 위배되지 않는다.

작은 덕은 냇물처럼 지속해서 흐르고, 큰 덕은 만물을 나고 자라게 한다. 이것이 바로 하늘과 땅이 위대한 이유다.

仲尼는 祖述堯舜하시고 憲章文武하시며 上律天時하시고 下襲水土하시니라. 辟如天地之無不持載하며 無不覆幬하며 辟如四時之錯行하며 如日月之代明이니라. 萬物並育而不相害하며 道並行而不相悖라. 小德은 川流요 大德은 敦化니 此天地之所以爲大也니라.

제31장

오직 지극한 성인만이 그 총명함과 밝은 지혜로 세상을 잘 다스릴 수 있고, 그 너그러움과 부드러움으로 백성을 받아들일 수 있고, 그 강함과 굳셈으로 법도를 지킬 수 있고, 엄격함과 예로 공경스럽게 행동할 수 있고, 조리 있음과 분별력으로 사리를 판단할 수 있다.

이렇게 넓고 깊은 근원을 가지고 있는 성인의 덕은 때를 맞춰 발현되는데, 그 넓이는 하늘과 같고 그 깊이는 심연과 같다. 그렇기 때문에 그가 나타나면 백성들 중 한 사람도 빠짐없이 그를 공경하는 것이고, 그가 말하면 한 사람도 빠짐없이 기뻐하는 것이다.

이런 이유로 그의 이름이 중국을 넘어 오랑캐의 땅에까지 알려지게 되는 것이다. 배와 수레가 이르는 곳이라면 어디나, 사람의 힘으로 미치는 곳이라면 어디나, 하늘이 덮어주는 곳이라면 어디나, 땅이 실어주는 곳이라면 어디나, 해와 달이 비치는 곳이라면 어디나, 서리와 이슬이 내리는 곳이라면 어디나 그곳에서 혈기血氣를 가지고 살아 있는 사람은 모두 그들 존경하고 친밀히 사랑하는 것이다. 그래서 하늘과 짝이 된다고 말하는 것이다.

唯天下至聖이어야 爲能聰明睿知로 足以有臨也니라. 寬裕溫柔로 足以有容也요 發强剛毅로 足以有執也요 齊莊中正으로 足以有敬也요 文理密察로 足以有別也니라. 溥博淵泉하여 而時出之니라. 溥博은 如天하고 淵泉은 如淵하니 見而民莫不敬하며 言而民莫不信하며 行而民莫不說이니라. 是以로 聲名이 洋溢乎中國하여 施及蠻貊하여 舟車所至와 人力所通과 天之所覆와 地之所載와 日月所照와 霜露所隊에 凡有血氣者莫不尊親하나니 故로 曰配天이니라.

제32장

오직 세상에서 지극한 정성을 다하는 사람만이 천하의 위대한 원리를 근본으로 하여 세상을 다스릴 수 있고, 세상의 위대한 근본을 세울 수도 있으며, 하늘과 땅의 나고 자람과 변화를 알 수 있다. 이러한데 어찌 다른 누군가에게 의지할 수 있겠는가.

그 사람의 어진 마음은 지극하며 성실하고, 근본은 심연처럼 깊으며, 하늘이 준 본성은 지극히 넓고 크다.

이렇듯 정말로 총명하고 성인의 지혜를 가져 하늘의 덕을 통달한 사람이 아니라면 감히 누가 그것을 다 알 수 있겠는가.

唯天下至誠이야 爲能經綸天下之大經하며 立天下之大本하며 知天地之化育이니 夫焉有所倚리오. 肫肫其仁이며 淵淵其淵이며 浩浩其天이니라. 苟不固聰明聖知達天德者면 其孰能知之리오.

제33장
≪시경≫에 다음과 같은 구절이 있다.

비단옷을 입었는데,
그 위에 홑 겉옷을 덧입는다.

이렇게 한 이유는 비단 무늬가 겉으로 드러나는 것을 꺼렸기 때문이다.

이렇듯 군자의 도는 겉으로는 은은하지만 날이 갈수록 겉으로 드러난다. 하지만 소인의 도는 겉으로는 선명하지만 날이 갈수록 그 빛을 잃고 없어지는 것이다.

또한 군자의 도는 담담하지만 싫지 않고, 간결하지만 무늬와 색채가 빛나며, 온화하지만 조리가 있다. 그래서 멀리 가기 위해서는 가까운

데서부터 시작한다는 것을 알고, 바람이 어디에서부터 일어나는지를 알아야 한다. 이렇듯 아주 미세한 것까지 확연하게 드러난다면 함께 도의 세계로 들어갈 수 있을 것이다.

≪시경≫에 다음과 같은 노래가 있다.

고기가 비록 물에 잠겨 있으나
자태가 밝게 드러나는구나.

그래서 군자는 자기를 되돌아보아 반성을 해도 잘못이 없어야 하고, 그래서 마음에 부끄러움이 없어야 하는 것이다. 이렇듯 군자는 남이 보지 않는 곳에서조차 자신을 삼가기 때문에 모든 사람이 군자에 미치지 못하는 것이다.

≪시경≫에 다음과 같은 노래가 있다.

그대가 방 안에 홀로 있는 것을 보니
방 귀퉁이에게조차 부끄러운 일이 없구나.

이렇듯 군자가 자기를 삼가기 때문에 움직이지 않아도 사람들로부터 공경을 받고, 말하지 않아도 사람들의 믿음을 얻는 것이다.

≪시경≫에 다음과 같은 노래가 있다.

나의 정성이 신명神明에 닿으니
말이 없어도 다투는 이가 없구나.

때문에 군자가 상賞을 주지 않아도 백성들이 힘써 노력하고, 화내지 않아도 백성이 그를 작은 칼이나 도끼보다 더 두려워하는 것이다.
　≪시경≫에 다음과 같은 노래가 있다.

　드러나지 않는 그윽한 덕德을
　제후들이 그대로 본받는구나.

　그러므로 군자가 정성으로 공경하면 천하가 태평해지는 것이다.
　≪시경≫에 다음과 같은 노래가 있다.

　밝은 덕德을 훌륭하다 생각하지만
　그 음성과 얼굴빛은 대단치 않구나.

　이에 대해 공자께서 말씀하셨다.
　"백성들을 교화시킬 때 음성과 얼굴빛은 극히 지엽적인 것에 불과하다."

　≪시경≫에 "덕德은 가볍기가 터럭과 같다" 했는데, 이는 터럭이라는 비교의 대상이 존재하기 때문에 오히려 덕의 비유로 적절하다고 할 수 없다. 대신 "하늘의 일은 소리도 없고 냄새도 없다"는 구절이 있는데, 이 표현이라면 적절할 것이다.

詩曰 衣錦尙絅이라 하니 惡其文之著也라. 故로 君子之道는 闇然而日章하고 小人

之道는 的然而日亡하나니 君子之道는 淡而不厭하며 簡而文하며 溫而理니 知遠之近하며 知風之自하며 知微之顯이면 可與入德矣리라. 詩云 潛雖伏矣나 亦孔之昭라하니 故로 君子는 內省不疚하여 無惡於志하나니 君子所不可及者는 其唯人之所不見乎인저. 詩云 相在爾室한대 尙不愧于屋漏라하니 故로 君子는 不動而敬하며 不言而信이니라. 詩曰 奏假無言에 時靡有爭이라 하니 是故로 君子는 不賞而民勸하며 不怒而民威於鈇鉞이니라. 詩曰 不顯惟德을 百辟其刑之라 하니 是故로 君子는 篤恭而天下平이니라. 詩曰 予懷明德의 不大聲以色이라 하여늘 子曰 聲色之於以化民에 末也라 하시니라. 詩曰 德輶如毛라 하나 毛猶有倫하니 上天之載 無聲無臭아 至矣니라.

〈중용〉은 왜 지었을까? 바로 공자의 손자인 자사子思께서 도에 관한 학문이 후세에 전해지지 않을까 걱정해서 지은 것이다.

도통道統의 전승은 상고시대에 성신聖神이 하늘의 뜻을 이어받아 법도를 세우면서부터 시작되었다. 이것이 경서經書에는 다음과 같은 문장으로 나타나 있다.

진실로 그 중中을 잡아야 한다.

이것은 요 임금이 순 임금에게 전수하신 말씀이다.

사람의 마음은 위태롭고 도의 마음은 미세하니,
정밀히 하고 한결같이 하여야 진실로 그 중中을 잡을 수 있다.

이것은 순 임금이 우 임금에게 전수하신 말씀이다.

이미 요 임금이 남기신 말로 충분했음에도 불구하고 순 임금이 여기에 세 말씀을 덧붙이신 것은, 요 임금의 말씀을 따르기 위한 방법을 일러주시기 위해서였다.

이것에 대해 본격적으로 논해보자.

본래 마음의 허령虛靈과 지각知覺, 사람의 마음과 도의 마음은 하나였다. 그런데 사람의 마음과 도의 마음이 서로 다르다고 한 것은, 마음의 이기적인 욕구에서 비롯되기도 하고 올바른 인간의 본성에서 비롯

되기도 해 사람이 지각하는 것이 각기 다를 수 있기 때문이다. 지각하는 것이 이처럼 다르기 때문에 어떤 때는 위태로워 편안하지 못하고, 어떤 때는 섬세하고 알기가 어렵다.

그러나 사람은 모두 형체를 가지고 있기 때문에 비록 뛰어난 지혜를 가지고 있더라도 마음, 즉 일곱 가지 감정을 가질 수밖에 없다. 또 인간의 본성을 가지지 않은 이가 없기 때문에 비록 더없이 어리석더라도 도의 마음, 즉 인·의·예·지 네 가지를 갖고 있을 수밖에 없다.

이렇듯 두 마음이 속에서 섞여 있지만 그것을 다스리는 방법을 알지 못하면 위태로운 것은 더욱 위태로워지고, 미세한 것은 더욱 미세해지고, 결과적으로 하늘의 보편적인 질서가 사람의 욕심에 지고 말 것이다. 하지만 정밀하고 자세한 감각이 있으면 도의 마음과 사람의 마음 사이를 잘 살펴 이들이 섞이지 않게 되고, 한결같이 집중하면 본심의 올바름을 지켜 잃지 않게 된다.

이런 방법으로 일을 처리해 조금도 멈추지 않고, 반드시 도의 마음이 몸의 주인이 되게 하고, 사람의 마음이 도의 마음이 내리는 명령을 듣게 해야 한다, 그러면 반드시 위태로운 것이 편안하게 되고 미세한 것이 겉으로 드러나게 될 것이다. 그리고 그 결과 행동과 말에 과하거나 모자라는 잘못이 없게 될 것이다.

요 임금과 순 임금과 우 임금은 천하의 위대한 성인이시다. 그리고 그분들이 서로에게 천하를 전수해준 것은 위대한 업적이다. 천하의 위대한 성인들이 위대한 사건을 행하실 때 주고받으면서 경계하라고 간곡히 이른 것이 이와 같은 것들이었다. 그러니 천하의 이치를 이야기할 때 어떻게 이보다 더 잘 설명할 수 있겠는가.

그랬기 때문에 그 이래로 성인들이 계속 계승되었다. 탕왕, 문왕,

무왕 같은 왕들과 고요皐陶, 이윤伊尹, 부열傅說, 주공, 소공 같은 신하들이 바로 그들이다. 이들 모두 선왕들이 전해준 도통을 접했던 것이다. 또한 공자도 그에 합당한 지위는 얻지 못하셨지만, 과거의 성인들을 잇고 미래의 학자들에게 깨우침을 주셨으니, 공으로는 요 임금이나 순 임금보다도 위대하시다 할 것이다.

그러나 공자가 살아계셨을 때 요 임금이나 순 임금보다 뛰어나다는 것을 직접 확인하고 가르침을 받은 자들 중에서 오직 안회와 증자만이 그 전통을 이어받았다. 이어서 증자의 제자들 시절에는 공자의 손자 자사가 계셨으나, 그때는 이미 성인의 도에서 멀어지고 이단의 이론이 일어나고 있었다.

이에 자사께서는 이대로 가다가는 그 진실됨을 잃게 될 것이라고 걱정하셨다. 그래서 요 임금에게서 순 임금에게로 전해진 본래의 뜻을 근본으로 삼고, 평소에 들었던 스승의 말씀을 근거로 검증한 후 다시 풀어나가 이 책을 지으셨다. 그리고 이 책으로 후세의 배우는 자들을 가르치셨다.

자사의 걱정이 심각했기 때문에 그 이론이 절실하고, 자사의 염려가 원대했기 때문에 그 설명이 자세했다. 그리고 '하늘의 명령'과 '본성을 따르는 것'을 논하신 것은 도의 마음을 설명한 것이고, '선을 가려서 지키는 것'을 논하신 것은 미세하면서도 한결같아야 한다는 것을 설명한 것이며, "군자는 시기와 상황에 맞게 행동해야 한다"고 하신 것은 중심을 잡아야 한다는 것을 설명한 것이다.

요 임금과 순 임금 시대와 자사의 시대에는 비록 1천 년여나 되는 시차가 있지만, 그 이론이 마치 애초에 하나였던 것을 둘로 나눈 것처럼 딱 들어맞았다. 또 옛 성인들의 책을 하나하나 뽑아서 기본 원리를 끄집어내고 깊은 내용을 열어보아도 〈중용〉처럼 분명하고 자세한 것은 없다.

이후로 다시 전해 맹자라는 인물을 얻었다. 그는 이 책을 한층 더 명백히 밝혀 옛 성인들의 전통을 이을 수 있었다. 하지만 그가 죽자 전할 데를 잃고 전통을 잃어버리고 말았다. 그리하여 우리의 올바른 도는 언어와 문자에 그치게 되었고, 더불어 이단의 학설이 더욱 판을 치게 되었다. 여기에 도교와 불교가 세상에 나오고 그 이치가 더욱 진리에 가까운 것으로 여겨짐으로써 진실이 크게 어지럽게 되었다.

그러나 다행한 것은 아직 이 책이 없어지지 않았다는 것이다. 그래서 정부자 형제가 이에 관한 연구를 거듭해 1천 년 동안이나 전해지지 않았던 전통을 계승하셨다. 그리고 근거한 바가 정확했기 때문에 그럴 듯하기만 할 뿐 옳지 않았던 도교나 불교를 내칠 수 있었다. 즉, 자사의 공도 위대하지만, 정부자가 아니었다면 그 이론을 근거로 그 마음을 얻지 못했을 것이다.

그러나 애석하구나! 그 말씀하신 대로 전해지지 못하고 겨우 문인들의 기록을 토대로 석씨石氏가 모아 책으로 만든 것이 지금 전해지는 것의 전부다. 이 때문에 대의大義가 비록 밝혀지기는 했지만 미묘한 이론에 대한 분석이 어렵고, 문인들이 기록한 것 중에는 자신의 논설을 덧붙여 비교적 뜻을 자세히 풀이한 것도 있지만 여기에는 스승의 말씀과 어긋나고 도교나 불교에 빠진 자가 쓴 것도 있다.

나 주희는 어렸을 때부터 이 책을 받아 읽고 마음속에 의문을 품어왔다. 그리고 이를 바탕으로 깊이 연구하기 시작한 지 벌써 여러 해가 지났는데, 어느 날 문득 요령을 터득한 것 같았다.

그래서 감히 여러 사람의 학설을 모으고 절충해 이 '중용 장구章句' 한편을 지음으로써 후세에 올 군자를 기다리기로 했다. 또한 뜻을 같이하는 한두 명과 더불어 다시 석씨石氏의 책에서 취할 것은 취하고 번잡하고 혼란한 것은 버려서 '중용 집략輯略'이라 이름 붙였다. 더불어 일찍이 토론하고 연구하는 동안 취하고 버린 이유를 별도로 모아 '중용 혹문或問'이란 이름으로 엮어 그 뒤에 붙였다.

그러고 나니까 중용의 뜻이 마디마디 분해되어 풀이되고, 맥락이 관통해 상세한 부분과 개략적인 부분이 서로 긴밀하게 연결되고, 큰 뜻과 미세한 뜻이 모두 드러나게 되었다. 그리하여 여러 이론들의 공통점과 다른 점, 잘한 점과 잘못한 점, 제대로 전해진 것과 잘못 전해진 것이 무엇인지 밝혀지고 사방으로 통하게 되었다.

비록 도통을 제대로 전수했다고 자부할 수는 없지만, 이제 배우기를 시작하는 선비가 취할 만한 게 있다면 먼 길을 가고 높은 곳을 오르는 데 작은 도움이 될 것이라고 생각한다.

순희淳熙 16년 3월 무신戊申일에
신안新安 태생 주희朱熹가 서序를 쓰다

附章句序

中庸은 何爲而作也오. 子思子憂道學之失其傳而作也시니라. 蓋自上古聖神繼天立極으로 而道統之傳이 有自來矣라. 其見於經則允執厥中者는 堯之所以授舜也요 人心惟危 道心惟微 惟精惟一 允執厥中者는 舜之所以授禹也니 堯之一言이 至矣盡矣어시늘 而舜이 復益之以三言者는 則所以明夫堯之一言을 必如是而後可庶幾也라.

蓋嘗論之컨대 心之虛靈知覺음 一而已矣어늘 而以爲有人心道心之異者는 則以其或

生於形氣之私하고 或原於性命之正하여 而所以爲知覺者不同이라. 是以로 或危殆而不安하고 或微妙而難見耳라 然이나 人莫不有是形이라. 故로 雖上智나 不能無人心하고 亦莫不有是性이라. 故로 雖下愚나 不能無道心하니 二者가 雜於方寸之間而不知所以治之면 則危者愈危하고 微者愈微하여 而天理之公이 卒無以勝夫人欲之私矣리라. 精은 則察夫二者之間而不雜也요 一은 則守其本心之正而不離也니 從事於斯하여 無少間斷하여 必使道心常爲一身之主하고 而人心每聽命焉이면 則危者安하고 微者著하여 而動靜云爲가 自無過不及之差矣리라. 夫堯舜禹는 天下之大聖也요 以天下相傳은 天下之大事也니 以天下之大聖으로 行天下之大事하시되 而其授受之際에 丁寧告戒 不過如此하시니 則天下之理 豈有以加於此哉리오. 自是以來로 聖聖相承하시니 若成湯文武之爲君과 皐陶伊傅周召之爲臣이 旣皆以此而接夫道統之傳하시고 若吾夫子는 則雖不得其位하시나 而所以繼往聖 開來學은 其功이 反有賢於堯舜者라 然이나 當是時하여 見而知之者는 惟顔氏曾氏之傳이 得其宗이러시니 及曾氏之再傳而復得夫子之孫子思하여는 則去聖遠而異端起矣라. 子思懼夫愈久而愈失其眞也시니라. 於是에 推本堯舜以來相傳之意하시고 質以平日所聞父師之言하사 更互演繹하여 作爲此書하여 以詔後之學者하시니 蓋其憂之也深이라. 故로 其言之也切하고 其慮之也遠이라. 故로 其說之也詳하니 其曰天命率性은 則道心之謂也요 其曰擇善固執은 則精一之謂也요 其曰君子時中은 則執中之謂也니 世之相後가 千有餘年이로되 而其言之不異 如合符節하니 歷選前聖之書컨대 所以提挈網維하여 開示蘊奧가 未有若是之明且盡者也라. 自是而又再傳하여 以得孟氏하여 爲能推明是書하여 以承先聖之統이러시니 及其沒而遂失其傳焉하니 則吾道之所寄는 不越乎言語文字之間이요 而異端之說이 日新月盛하여 以至於老佛之徒出하여는 則彌近理而大亂眞矣라 然而尙幸此書之不泯이라. 故로 程夫子兄弟者出하사 得有所考하여 以續夫千載不傳之緖하시고 得有所據하여 以斥夫二家似是之非하시니 蓋子思之功이 於是爲大요 而微程夫子면 則亦莫能因其語而得其心也리라. 惜乎라 其所以爲說者不傳이요 而凡石氏之所輯錄은 僅出於其門人之所記라 是以로 大義雖明이나 而微言未析하고 至其門人所自爲說하여는 則雖頗詳盡而多所發明이나 然이나 倍其師說而淫於老佛者이 亦有之矣라 熹自蚤歲로 則嘗受讀而竊疑之하여 沈潛反復이 蓋亦有年이러니 一朝에 恍然似有得其要領者라 然後에 乃敢會衆說而折其衷하여 旣爲定著章句一篇하여 以俟後之君子하고 而一二同志로 復取石氏書하여 刪其繁亂하여 名以輯略하고 且記所嘗論辨取舍之意하여 別爲或問하여 以附其後하니 然後에 此書之旨 支分節解하여 脈絡貫通하고 詳略相因하며 巨細畢擧하여 而凡諸說之同異得失이 亦得以曲暢旁通而各極其趣하니 雖於道統之傳에 不敢妄議어니와 然이나 初學之士 或有取焉

196

이면 則亦庶乎行遠升高之一助云爾라.

淳熙己酉春三月戊申에 新安 朱熹는 序하노라.

오 경 백 편 권

시경 詩經

③

≪시경詩經≫

공자가 편집했다고 전해지는 중국 최초의 시가 총집. 주周나라 초기(기원전 11세기)부터 춘추시대 중기(기원전 6세기)까지의 시 305편이 수록되어 있다.

≪시경≫은 통치자의 전쟁 · 사냥, 귀족계층의 부패상, 백성들의 애정 · 일상생활 등 다양한 모습을 담고 있다. 형식상으로는 4언四言을 위주로 하며 부賦 · 비比 · 흥興의 표현 방법을 채용하고 있다. 부는 자세한 묘사, 비는 비유, 흥은 사물을 빌려 전체 시를 이끌어내는 방법을 말한다. 이러한 수법은 후대 시인들이 계승하여 전통적인 예술적 기교로 자리 잡았다.

크게 풍風, 아雅, 송頌으로 분류되며 모두 노래로 부를 수 있다.

풍은 민간에서 채집한 노래로 모두 160편이다. 여러 나라의 노래가 수집되어 있다고 하여 국풍國風이라고도 하며 모두 15개 나라의 노래가 실려 있다. 대부분이 서정시로서 남녀 간의 사랑이 내용의 주류를 이룬다.

아는 소아小雅 74편과 대아大雅 31편으로 구성되며, 궁중에서 쓰이던 작품이 대부분이다. 형식적 · 교훈적으로 서사적인 작품들도 있다.

송은 주송周頌 31편, 노송魯頌 4편, 상송商頌 5편으로 구성되는데, 신과 조상께 제사 지내는 악곡을 모은 것이다. 주송은 대체로 주나라 초기, 즉 무왕武王 · 성왕成王 · 강왕康王 · 소왕昭王 때의 작품이고, 노송은 노나라 희공僖公 때의 작품이며, 상송은 그전에는 ≪시경≫ 중에서 가장 오래된 작품이라고 여겨져 왔으나 청나라 때의 위원魏源이 후대의 작품이라는 증거를 제시했다.

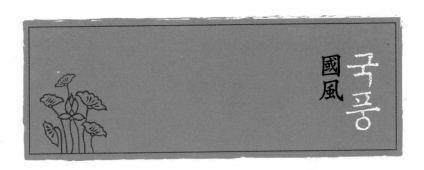

관저關雎　　－ 우는 물수리 －

암수 한 쌍이 즐겁게 우는 물수리가
황하 모래섬에서 노닐 듯
품위 있고 정숙한 아가씨는
군자의 좋은 배필이로다.

들쭉날쭉한 *마름을
물길을 따라 좌우로 찾듯
품위 있고 정숙한 아가씨를
밤낮으로 생각하는구나.

그렇게 마음에 품으나 얻지 못하고
그 아가씨를 가슴에 품은 채
생각하고 또 생각하여
밤새도록 뒤척이기만 하는구나.

들쭉날쭉한 마름을
이리저리 뜯어 가리듯
품위 있고 정숙한 아가씨와
거문고와 비파의 사이처럼 친하게 되는구나.
들쭉날쭉한 마름을
다양하게 요리하듯
품위 있고 정숙한 아가씨를
종과 북으로 즐겁게 하는구나.

* 마름 : 연못 등에 나는 마름과의 한해살이풀

關雎

關關雎鳩 在河之洲로다 窈窕淑女는 君子好逑로다
參差荇菜를 左右流之로다 窈窕淑女를 寤寐求之로다
求之不得하니 寤寐思服이라 悠哉悠哉라 輾轉反側하도다
參差荇菜를 左右采之로다 窈窕淑女를 琴瑟友之로다
參差荇菜를 左右芼之로다 窈窕淑女를 鍾鼓樂之로다

갈담葛覃   – 뻗어나는 칡덩굴 –

무성한 칡덩굴이
골짜기 한가운데로 뻗어
그 잎이 무성하니
날아온 꾀꼬리가
떨기나무에 모여 앉아
짹짹 지저귀는구나.

무성한 칡덩굴이
골짜기 한가운데로 뻗어
그 잎이 무성하니
베어내고 삶은 후에
가늘고 굵은 베를 만들어
옷을 해 입으니 싫어하는 이가 없구나.

스승님께 여쭈어
친정으로 돌아갈 것을 말씀드리고
평상복도 빨고
예복도 빨았네.
이렇듯 어떻게 모두 빨지 않을 수 있으랴.
돌아가 내 부모父母에게 문안하기 위함인 것을…….

葛覃

葛之覃兮여 施于中谷하여 維葉萋萋어늘 黃鳥于飛 集于灌木하여 其鳴喈喈러라

葛之覃兮여 施于中谷하여 維葉莫莫이어늘 是刈是濩하여 爲絺爲綌하니 服之無斁이로다

言告師氏하여 言告言歸하고 薄汚我私하고 薄澣我衣라 害澣害否오 歸寧父母하리라

작소 鵲巢 – 까치 둥지–

까치가 둥지를 지어놓으면
비둘기가 날아와 사는데
새아씨가 시집을 오면
많은 수레로 맞이하네.

까치가 둥지를 지어놓으면
비둘기와 같이 사는데
새아씨가 시집을 가면
많은 수레로 배웅하네.

까치가 둥지를 지어놓으면
비둘기가 둥지를 차지해버리는데
새아씨가 시집을 갈 때
많은 수레로 예를 갖추네.

鵲巢

維鵲有巢에 維鳩居之로다 之子于歸에 百兩御之로다
維鵲有巢에 維鳩方之로다 之子于歸에 百兩將之로다
維鵲有巢에 維鳩盈之로다 之子于歸에 百兩成之로다

채번采蘩 - 다북쑥을 캐다 -

저 다북쑥을 캐려면
연못가나 물가에서 하네.
이것을 어디에 쓰려는가
바로 제후님의 제사에 사용하네.

저 다북쑥을 캐려면
산골짜기 시냇가에서 하네.
이것을 어디에 쓰려는가
바로 제후님의 사당에 바치네.

곱게 단장한 머리여
이른 새벽부터 밤늦도록 나랏일에 힘쓰네.
곱게 단장한 머리장식이
이제야 돌아가네.

采蘩

于以采蘩이 于沼于沚로다 于以用之 公侯之事로다
于以采蘩이 于澗之中이로다 于以用之 公侯之宮이로다
被之僮僮이여 夙夜在公이로다 被之祁祁에 薄言還歸로다

곡풍谷風 – 동쪽 바람 –

산들산들한 동쪽 바람이 부니
날이 흐리고 비가 내리거늘
힘쓰고 힘써 마음을 함께한 사이에
노여움을 두어서는 안 되네.
순무나 무를 캐는 것은
뿌리 때문만은 아니거늘
도리에 어긋남이 없으니
그대와 죽을 때까지 함께하리라.

발걸음을 더디게 하는 것은
그 마음속과는 다른 것이거늘
멀리 나오지도 아니하고
문 안에서 잠깐 나를 배웅하는구나.
누가 씀바귀를 쓰다 하는가
내게는 냉이처럼 달기만 하거늘
그대는 새장가를 들어
형 같고 아우같이 즐기는구나.

경수涇水가 위수渭水보다 흐려 보이지만

그 물가는 맑기만 하거늘

그대는 신혼에 빠져

나를 눈여겨보지 않는구나.

내가 쳐놓은 *어살도 만지지 말고

내 쳐놓은 통발도 꺼내지 않았으면 싶지만

내 몸도 주체할 수 없는데

내 뒤를 걱정한들 무슨 소용이 있으리.

깊은 곳에 나아갈 때는

뗏목을 타고 배를 타고

얕은 곳에 나아갈 때는

수영을 하고 헤엄을 치네.

무엇은 있고 무엇은 없는지를 가려

부지런히 살림 마련을 할 때

이웃에 초상이 나면

있는 힘을 다해 도움을 주었네.

그런 나를 도와주기는커녕

나를 원수로 여기는구나.

이미 내 덕德을 물리치니

팔리지 않는 장사꾼의 물건 꼴일세.

옛날 생활이 어려웠을 때는

그대와 함께 두렵도록 고생하였건만

이렇게 살 만해지자

어찌 나를 해로운 독毒에 비유한단 말인가.

맛있는 채소를 저장해두는 것은

겨울을 대비하기 위해서였네.

그러나 그대는 새장가를 들었으니

그대는 어려울 때 나를 이용한 것이로구나.

성을 내고 노기를 띠어

그동안 나를 고생시키더니

그 옛날에 내가 시집왔을 때

나를 사랑하시던 기억은 모두 잊으셨는가.

*어살 : 물고기를 잡기 위해 물속에 나무를 세우고 고기가 들게 하는 울타리.

谷風

習習谷風이 以陰以雨나니 黽勉同心이언정 不宜有怒니라 采葑采菲는 無以下體니
德音莫違인댄 及爾同死니라

行道遲遲는 中心有違어늘 不遠伊邇하고 薄送我畿로 誰謂荼苦오 其甘如薺로다 宴
爾新昏하여 如兄如弟하리라

涇以渭濁이나 湜湜其沚어늘 宴爾新昏하여 不我屑以도 毋逝我梁하여 毋發我笱언
마는 我躬不閱이온 遑恤我後아

就其深矣란 方之舟之요 就其淺矣란 泳之游之니라 何有何亡하여 黽勉求之하며 凡
民有喪에 匍匐救之니라

不我能慉이요 反以我爲讎하도다 旣阻我德하니 賈用不售로라 昔育恐育鞠하여 及
爾顚覆이러니 旣生旣育하여 比予于毒가

我有旨蓄은 亦以御冬이니라 宴爾新昏이여 以我御窮이랏다 有洸有潰하여 旣詒我
肄하니 不念昔者에 伊余來墍로다

간혜簡兮 – 익히고 익히다 –

익히고 익히어
바야흐로 온갖 춤을 추는데
해는 바야흐로 중천에 떠서
맨 앞자리에 있구나.

허우대 덩그라니
궁궐 뜰에서 온갖 춤을 추는데
힘이 범과 같아서 고삐 잡기를
실끈 다루듯 하는구나.

왼손에는 피리를 잡고
오른손에는 꿩의 깃을 잡고는
붉게 상기된 얼굴로
임금께서 술잔을 주시는구나.

산에는 개암나무가 있고
습지에는 감초가 있듯
누구를 그리워하는가
서방西方의 미인이로다.
저 미인은
서방의 사람이로다.

簡兮

簡兮簡兮하여 方將萬舞로다 日之方中이어늘 在前上處로다

碩人俣俣하니 公庭萬舞로다 有力如虎며 執轡如組로다

左手執籥하고 右手秉翟이라 赫如渥赭어늘 公言錫爵하시다

山有榛이며 隰有苓이로다 云誰之思오 西方美人이로다 彼美人兮여 西方之人兮로다

정지방중定之方中　　　- 남녘 하늘에 비친 별 -

별이 남녘 하늘 중앙에 비칠 때
초구 땅에 궁궐을 지었고
해와 그 그림자를 헤아려
초구 땅에 궁궐을 지었네.
개암나무 밤나무 가래나무
오동나무 가래나무 옻나무를 심어서
장차 이것을 베어 거문고와 비파를 만들리라.

빈 옛 성터에 올라가
초구 땅을 바라보는데
초구와 이웃 고을을 바라보며
산과 언덕을 헤아려보고 내려와
뽕나무 밭을 둘러보며 거북점을 치니
그 점괘에 길하다 하더니
끝내 진실로 좋구나.

단비가 부슬부슬 내리기에
수레를 모는 관리에게 명하기를
날이 갠 후 별이 나오면

수레를 끌어다 뽕밭에서 쉬자 하네.

다만 이 사람은

마음가짐이 착실하고 깊고 깊어서

내놓은 큰 암말이 수천 필이나 되는구나.

定之方中

定之方中이어늘 作于楚宮하고 揆之以日하여 作于楚室로다 樹之榛栗 椅桐梓漆하니 爰伐琴瑟이로다

升彼虛矣하여 以望楚矣하니 望楚與堂하며 景山與京하며 降觀于桑하니 卜云其吉이러니 終焉允臧이로다

靈雨旣零이어늘 命彼倌人하여 星言夙駕하여 說于桑田이라 하도다 匪直也人은 秉心塞淵이라 騋牝三千이로다

5장 위|衛

기오淇奧   – 기수淇水의 물굽이 –

저 기수의 물굽이를 바라보니
푸른 대나무의 여린 가지들이 우거졌구나.
문채가 빛나는 군자여!
잘라놓은 듯 다듬어놓은 듯
쫀 듯 간 듯하구나.
치밀하고 굳세고
빛나고 성대하니
문채가 빛나는 군자여!
끝내 잊을 수가 없구나.

저 기수의 물굽이를 바라보니
푸른 대나무가 무성하구나.
문채가 빛나는 군자여!
귀고리가 아름다운 옥돌로 만든 듯하고
가죽 고깔에 꿰맨 장식이 마치 별과 같구나.
치밀하고 굳세고
빛나고 성대하니
문채가 빛나는 군자여!
끝내 잊을 수가 없구나.

216

저 기수의 물굽이를 바라보니

푸른 대나무가 풀을 박은 듯 빽빽하게 우거졌구나.

문채가 빛나는 군자여!

금金과도 같고 주석과도 같고

규옥圭玉과도 같고 벽옥璧玉과도 같구나.

너그럽고 여유 있으니

아, 수레 옆 나무에 기대어

농담과 우스갯소리를 잘하지만

지나침이 없구나.

淇奧

瞻彼淇奧한대 綠竹猗猗로다 有匪君子여 如切如磋하며 如琢如磨로다 瑟兮僩兮며
赫兮咺兮나 有匪君子여 終不可諼兮로다

瞻彼淇奧한대 綠竹青青이로다 有匪君子여 充耳琇瑩이며 會弁如星이로다 瑟兮僩
兮며 赫兮咺兮니 有匪君子여 終不可諼兮로다

瞻彼淇奧한대 綠竹如簀이로다 有匪君子여 如金如錫하며 如圭如璧이로다 寬兮綽
兮하니 猗重較兮로다 善戲謔兮하니 不爲虐兮로다

맹氓   – 어떤 사내 –

어떤 어리숙한 사내가

돈을 가지고 실을 사러 왔는데

실상은 실을 사러 온 것이 아니라

나를 유혹하러 온 것이기에

그 사내를 배웅하기 위해

기수淇水를 건너 돈구頓丘 땅에까지 갔다네.

내가 약속을 어긴 것이 아니라

그대에게 좋은 중매쟁이가 없었기 때문이니

청컨대 그대는 노하지 마시오.

가을에 다시 보자 약속하였네.

무너진 담장에 올라가

복관復關을 바라보자니

사내가 사는 복관復關 땅을 차마 보지 못하고

눈물을 줄줄 흘렸다가

복관復關에서 사내를 보자

이내 웃으며 말하였네.

사내의 거북점과 그대의 시초점 점괘가

나쁘게 나오지 않으니

사내가 수레를 가지고 와

내 재물을 꾸려 옮겨갔네.

뽕잎이 떨어지기 전에는

218

그 잎이 검고 싱싱했네.
아, 비둘기여
뽕나무 오디를 먹지 마라.
아, 여자여!
남자와 놀아나지 마라.
남자가 놀아나는 것은
할 말이라도 있겠지만
여자가 놀아나는 것은
말도 할 수 없구나.

뽕잎이 떨어지니
누렇게 되어 떨어지는 것이로다.
내가 사내에게 시집간 뒤
삼 년 동안 가난하게 살았는데
기수淇水가 넘실넘실 흘러
수레의 휘장을 적시니
여자에게 아무 잘못이 없는데도
남자의 행실을 이랬다저랬다 하네.
남자의 마음에 중심이 없어
그 마음이 이랬다저랬다 하네.

삼 년 동안 사내의 아내가 되어
쉬지도 못하고 집안일로 고생하기를
일찍 일어나고 밤늦게 자서

하루도 쉴 겨를이 없었네.
약속이 겨우 이루어졌을 때 알게 되니
이렇게 포악한 사내였을 줄이야.
형제兄弟들도 이것을 알지 못한 채
나를 보고 희희 웃네.
생각하면 생각할수록
내 스스로가 서글프기만 하네.

백년해로하자더니
이렇게 늙어서 내가 원망하게 하네.
기수淇水에도 벼랑이 있고
습지에도 물가가 있거늘
처녀 시절에 사내와 즐길 때는
그토록 부드러운 말씨와 웃음이었건만
약속하고 맹세하기를 단단ㅂㅂ히 할 때는
이렇게 뒤집어질 줄 생각도 하지 못했네.
뒤집어질 줄을 생각지 않았으니
또한 어쩔 수 없네.

氓

　氓之蚩蚩이 抱布貿絲러니 匪來貿絲라 來卽我謀러라 送子涉淇하여 至于頓丘러라
匪我愆期라 子無良媒니라 將子無怒어다 秋以爲期하니라

乘彼垝垣하여 以望復關하니 不見復關하여 泣涕漣漣이러니 旣見復關하여 載笑載言이라 爾卜爾筮에 體無咎言하니 以爾車來하여 以我賄遷이로다

桑之未落엔 其葉沃若이라 于嗟鳩兮여 無食桑葚하라 于嗟女兮여 無與士耽하라 士之耽兮는 猶可說也어니와 女之耽兮는 不可說也니라

桑之落矣니 其黃而隕이로다 自我徂爾하여 三歲食貧이로다 淇水湯湯하니 漸車帷裳이로다 女也不爽이라 士貳其行이니라 士也罔極하니 二三其德이로다

三歲爲婦하여 靡室勞矣며 夙興夜寐하여 靡有朝矣로다 言旣遂矣어늘 至于暴矣하니 兄弟不知하여 咥其笑矣로 靜言思之하니 躬自悼矣로다

及爾偕老러니 老使我怨이로다 淇則有岸이며 隰則有泮이어늘 總角之宴엔 言笑晏晏하며 信誓旦旦하여 不思其反이로다 反是不思하니 亦已焉哉로다

6장 정鄭

치의緇衣　　- 검은 옷 -

검은 옷이 잘 맞는구나!
해지면 내 또다시 지어드리리다.
나랏일 하러 가신 그대
돌아오시면 내 그대에게 음식을 장만해드리리다.

검은 옷이 참 좋기도 하구나!
해지면 내 또다시 지어드리리다.
나랏일 하러 가신 그대
돌아오시면 내 그대에게 음식을 장만해드리리다.

검은 옷이 정말 점잖게 보이는구나.
해지면 내 또다시 지어드리리다.
나랏일 하러 가신 그대
돌아오시면 내 그대에게 음식을 장만해드리리다.

222

緇衣

緇衣之宜兮여 敝予又改爲兮리로다 適子之館兮여 還予授子之粲兮리로다
緇衣之好兮여 敝予又改造兮리로다 適子之館兮여 還予授子之粲兮리로다
緇衣之蓆兮여 敝予又改作兮리로다 適子之館兮여 還予授子之粲兮리로다

여왈계명 女曰鷄鳴   – 아내가 "닭이 웁니다"라고 말하네 –

아내가 "닭이 웁니다"라고 말하니
남편이 아직 새벽이라고 말하네.
일어나 밖을 보면
샛별이 찬란할 것이니
어서 아무데나 나가시어
화살로 오리와 기러기를 잡아오세요.

화살을 쏘아 맞히면
당신을 위해 맛있게 요리하지요.
그 요리 맛이 있어 함께 술을 마시고
당신과 백년해로하렵니다.
거문고와 비파도 연주하면
고요하고 아름답지 않을 수 없을 거예요.

당신이 오신 것을 알면
패옥을 풀어 당신에게 선물할 것이고,
당신이 사랑해주시면
패옥으로 인사를 드릴 것이고,
당신이 좋아해주신다면
패옥으로 보답하지요.

224

女曰雞鳴

女曰雞鳴이어늘 士曰昧朝이어니라 子興視夜하라 明星有爛이어니 將翱將翔하여 弋鳧與雁이어다

弋言加之어든 與子宜之하여 宜言飲酒하여 與子偕老호리라 琴瑟在御 莫不靜好로다

知子之來之인댄 雜佩以贈之며 知子之順之인댄 雜佩以問之며 知子之好之인댄 雜佩以報之호리라

계명鷄鳴   – 닭이 울다 –

닭이 이미 울었으니
조정에 이미 신하들이 가득하겠구나.
아니, 닭이 운 것이 아니라
쉬파리 소리로구나.

동쪽이 이미 훤히 밝았느니
조정에 이미 신하들이 가득하겠구나.
아니, 동쪽이 이미 훤히 밝은 것이 아니라
달이 떠서 빛나는 것이로구나.

벌레가 윙윙 나는데
당신과 함께 꿈꾸기를 더하고 싶지만
신하들이 모였다가 그대로 돌아가게 되면
행여 나 때문에 당신께서 미움을 사게 되지는 않으실지.

鷄鳴

鷄旣鳴矣라 朝旣盈矣라 하니 匪鷄則鳴이라 蒼蠅之聲이로다

東方明矣라 朝旣昌矣라 하니 匪東方則明이라 月出之光이로다

蟲飛薨薨이어든 甘與子同夢이언마는 會且歸矣인댄 無庶子子憎가

척호陟岵   – 민둥산에 오르다 –

저 산에 올라가
아버지 계신 곳을 바라보노라.
아버지께서 "아, 아들아! 전쟁터에 가거든
밤낮으로 쉬지 못하겠구나.
부디 몸조심하여라.
그리고 머뭇거리지 말고 돌아오너라" 하시는 듯하구나.

저 푸른 산에 올라가
어머니 계신 곳을 바라보노라.
어머니께서 "아, 막내아들아! 전쟁터에 가거든
밤낮으로 잠도 못 자겠구나.
부디 몸조심하여라.
그리고 이 어미를 잊지 말고 돌아오너라" 하시는 듯하구나.

저 산등성이에 올라가
형님 계신 곳을 바라보노라.
형님께서 "아, 아우야! 전쟁터에 가거든
밤낮으로 여럿이 고생하겠구나.
부디 몸조심하여라.

그리고 죽지 말고 돌아오너라" 하시는 듯하구나.

陟岵

陟彼岵兮하여 瞻望父兮로다 父曰 嗟予子行役하여 夙夜無已로다 上愼旃哉어다 猶來無止니라

陟彼屺兮하여 瞻望母兮로다 母曰 嗟予季行役하여 夙夜無寐로다 上愼旃哉어다 猶來無棄니라

陟彼岡兮하여 瞻望兄兮로다 兄曰 嗟予弟行役하여 夙夜必偕로다 上愼旃哉어다 猶來無死니라

벌단伐檀 　 - 박달나무를 베다 -

힘써 박달나무를 베어 와서

황하 물가에 쌓아놓으니

맑은 황하에 물결이 이는구나.

씨를 뿌리지 않고 거두지도 않으면

어찌 벼 수백 석의 세금을 거둘 것이며

사냥을 하지 않으면

어찌 뜰에 매달려 있는 담비 가죽을 보겠는가.

그러므로 군자여!

일도 하지 않고 밥도 먹지 않는구나.

힘써 수레 바퀴살 재목을 베어 와서

황하 물가에 쌓아놓으니

맑은 황하에 물결이 출렁이는구나.

씨를 뿌리지 않고 거두지도 않으면

어찌 벼 수백 석을 얻을 것이며

사냥하지 않으면

어찌 뜰에 매달려 있는 짐승 가죽을 보겠는가.

그러므로 군자여!

일도 하지 않고 밥도 먹지 않는구나.

힘써 수레바퀴 재목을 베어 와서

황하 물가에 쌓아놓으니

맑은 황하에 물결이 잔잔하게 이는구나.
씨를 뿌리지 않고 거두지도 않으면
어찌 벼 수백 석을 얻을 것이며
사냥하지 않으면
어찌 뜰에서 메추리를 보겠는가.
그러므로 군자여!
일도 하지 않고 밥도 먹지 않는구나.

伐檀

坎坎伐檀兮어늘 寘之河之干兮하니 河水淸且漣猗로다 不稼不穡이면 胡取禾三百廛
兮며 不狩不獵이면 胡瞻爾庭有縣貆兮리오 하나니 彼君子兮여 不素餐兮로다
坎坎伐輻兮어늘 寘之河之側兮하니 河水淸且直猗로다 不稼不穡이면 胡取禾三百億
兮며 不狩不獵이면 胡瞻爾庭有縣特兮리오 하나니 彼君子兮여 不素食兮로다
坎坎伐輪兮어늘 寘之河之漘兮하니 河水淸且淪猗로다 不稼不穡이면 胡取禾三百囷
兮며 不狩不獵이면 胡瞻爾庭有縣鶉兮리오 하나니 彼君子兮여 不素飧兮로다

실솔蟋蟀   - 귀뚜라미 -

귀뚜라미가 집에 울고 있으니
이 해도 이미 저물었구나.
지금 우리가 즐거워하지 않으면
세월이 훌쩍 흘러가버리리라.
그러나 너무 즐거워하지만 말고
맡은 직분을 생각하여서
즐기되 지나치지 않아야만 하리.
이렇듯 어진 선비는 돌아보고 돌아본다네.

귀뚜라미가 집에 울고 있으니
이 해도 이미 저물었구나.
지금 우리가 즐거워하지 않으면
세월이 훌쩍 흘러가버리리라.
그러나 너무 즐거워하지만 말고
내 일이 아닌 것까지도 생각하여서
즐기되 지나치지 않아야만 하리.
이렇듯 어진 선비는 부지런히 노력한다네.

귀뚜라미가 집에 울고 있으니

짐이 없어 수레도 쉬게 되었구나.

지금 우리가 즐거워하지 않으면

세월이 훌쩍 흘러가버리리라.

그러나 너무 즐거워하지만 말고

일에 어려움을 생각하여서

즐기되 지나치지 않아야만 하리.

이렇듯 어진 선비는 바른 길을 즐긴다네.

蟋蟀

蟋蟀在堂하니 歲聿其莫로다 今我不樂이면 日月其除리라 無已大康가 職思其居하여 好樂無荒히 良士瞿瞿니라

蟋蟀在堂하니 歲聿其逝로다 今我不樂이면 日月其邁리라 無已大康가 職思其外하여 好樂無荒히 良士蹶蹶니라

蟋蟀在堂하니 役車其休로다 今我不樂이면 日月其慆리라 無已大康가 職思其憂하여 好樂無荒히 良士休休니라

소융小戎   – 작은 수레(병거兵車) –

*소융의 앞뒤 턱이 낮아서
멍에에 다섯 번이나 가죽을 감고 앞의 모양이 굽었구나.
가죽 고리로 말과 수레를 잇고
수레의 앞턱과 말을 가죽과 하얀 쇠고리로 이어
화려한 호랑이 가죽 방석과 두터운 바퀴로
청흑색 말과 왼쪽 발목이 흰 나의 말이 수레를 끌게 하는구나.
군자를 생각하니
그분의 온화함이 옥玉과 같은데
오랑캐 땅 판잣집에 계실 것을 생각하면
나의 마음이 어지럽구나.

큼직한 네 필의 수말이 수레를 끄니
여섯 고삐가 손에 있고
갈기가 검은 붉은 말이 가운데서 끌고
주둥이가 검은 누런 말로는 곁에서 끌게 하는데
용龍을 그린 방패를 말에 싣고
고리가 있는 말고삐를 매었구나.
군자를 생각하니
그분의 온화함이 변방에 계시는데

234

장차 언제로 기약할 수 있을까

어찌하여 나는 이토록 그리워만 하는가.

얇은 갑옷을 입힌 네 마리 말은 서로 잘 어울리고

세모진 창끝은 하얀 쇠를 대었으며

여러 가지 깃털을 그린 방패가 빛나고

호랑이 가죽 활집과 강철로 만든 말 가슴걸이에

두 활을 엇갈리게 하여 넣고

대나무 **도지개는 끈으로 묶었구나.

군자를 생각하니

자나 깨나 그립구나.

편안하고 편안한 어진 분이시어!

가지가지 사랑의 말이 질서정연하시구나.

*소융小戎 : 전쟁에서 쓰던 병사용 작은 수레.

**도지개 : 틈이 나거나 뒤틀린 활을 바로잡는 틀.

小戎

小戎俴收로소니 五楘梁輈로다 游環脅驅며 陰靷鋈續이며 文茵暢轂이로소니 駕我騏馵로다 言念君子하니 溫其如玉이로다 在其板屋하여 亂我心曲이로다

四牡孔阜하니 六轡在手로다 騏駵是中이요 騧驪是驂이로소니 龍盾之合이요 鋈以觼軜이로다 言念君子하니 溫其在邑이로다 方何爲期오 胡然我念之오

俴駟孔群이어늘 厹矛鋈錞로다 蒙伐有苑이어늘 虎韔鏤膺이로다 交韔二弓하니 竹閉緄縢이로다 言念君子하여 載寢載興이라 厭厭良人이여 秩秩德音이로다

겸가蒹葭   − 갈대숲 −

갈대가 푸르고 푸르니
흰 이슬이 서리가 되었는데
이른바 저 사람이
저 건너 물가에 있네.
물결을 거슬러 올라가 그를 따르려 하나
길이 험하고 멀기만 하고
물결을 따라 내려가 그를 따르려 하나
그 사람은 여전히 강물 저쪽에 있네.

갈대가 무성하니
흰 이슬이 마르지 않는데
이른바 저 사람이
저 건너 수풀 속에 있네.
물결을 거슬러 올라가 그를 따르려 하나
길이 험하고 또 높고
물결을 따라 내려가 그를 따르려 하나
그 사람은 여전히 강물 속 섬에 있네.

갈대가 무성하고 무성하니
흰 이슬이 그치지 않는데
이른바 저 사람이
저 건너 기슭에 있네.

236

물결을 거슬러 올라가 그를 따르려 하나
길도 막히고 또 오른쪽으로 감돌고 있고
물결을 따라 내려가 그를 따르려 하나
그 사람은 여전히 강물 가 작은 모래섬에 있네.

兼葭

兼葭蒼蒼하니 白露爲霜이로다 所謂伊人이 在水一方이로다 遡洄從之나 道阻且長
이며 遡游從之나 宛在水中央이로다

兼葭凄凄하니 白露未晞로다 所謂伊人이 在水之湄로다 遡洄從之나 道阻且躋며 遡
游從之나 宛在水中坻로다

兼葭采采하니 白露未已로다 所謂伊人이 在水之涘로다 遡洄從之나 道阻且右며 遡
游從之나 宛在水中沚로다

11장 회 檜

비풍匪風   - 바람은 불지 않네 -

바람이 몰아쳐서도 아니고
수레가 급히 달려서도 아니네.
주周나라로 가는 길을 돌아보고 있자니
마음이 서글퍼질 뿐이라네.

바람이 돌면서 몰아쳐서도 아니고
수레가 흔들려서도 아니네.
주나라로 가는 길을 돌아보고 있자니
마음이 아파질 뿐이라네.

누가 있어 물고기를 요리하고
누가 있어 작고 큰 가마솥을 씻어줄 것인가.
누가 있어 서쪽 주나라로 돌아가
좋은 소식을 가지고 올 것인가.

238

匪風

匪風發兮며 匪車偈兮라 顧瞻周道하니 中心怛兮로다

匪風飄兮며 匪車嘌兮라 顧瞻周道하니 中心弔兮로다

誰能亨魚하고 漑之釜鬵오 誰將西歸에 懷之好音하리오

하천下泉   - 샘 -

차가운 저 샘이
아래로 흘러내려 *가라지 포기를 적시니
아, 슬프다! 내 잠깨어 탄식하면서
주周나라 도읍을 생각하노라.

차가운 저 샘이
아래로 흘러내려 쑥을 적시니
아, 슬프다! 내 잠깨어 탄식하면서
주周나라 도성을 생각하노라.

차가운 저 샘이여!
아래로 흘러내려 톱풀을 적시니
아, 슬프다! 내 잠깨어 탄식하면서
주周나라 서울을 생각하노라.

어여쁘게 자란 기장을
궂은비가 적셔주듯
천하에 임금이 계셔
**순백郇伯이 위로해주시는구나.

240

*가리지郇伯 : 밭에서 자라는 볏과의 한해살이 풀.

**순백郇伯 : 순郇나라의 제후.

下泉

洌彼下泉이여 浸彼苞稂이로다 愾我寤嘆하여 念彼周京노라

洌彼下泉이여 浸彼苞蕭로다 愾我寤嘆하여 念彼京周노라

洌彼下泉이여 浸彼苞蓍로다 愾我寤嘆하여 念彼京師노라

芃芃黍苗를 陰雨膏之니라 四國有王이어시늘 郇伯勞之러니라

칠월七月   - 7월 -

7월에는 화성이 서쪽으로 기울고
9월에는 겨울옷을 만드네.
11월에는 바람이 차갑고
12월에는 기온이 차가워지는데
옷도 없고 가죽 옷도 없으면
어떻게 한 해를 마치겠는가.
1월에는 쟁기를 손질하고
2월에는 발꿈치를 들고 밭 갈러 가는데
아내와 아들이 함께
저 남쪽 이랑으로 밥을 내오면
*전준田畯이 와서 기뻐하리라.

7월에는 화성이 서쪽으로 기울고
9월에는 겨울옷을 만드네.
봄에 햇볕이 비로소 따뜻해지고
꾀꼬리가 울면
젊은 처자들이 광주리를 들고
저 오솔길을 따라
부드러운 뽕잎을 따러 다니는데

242

봄에는 해가 길고 길어서
흰쑥을 많이도 캐지만
젊은 처자의 마음이 서글퍼지는 것은
장차 공자公子에게 시집가고자 함이로다.

7월에는 화성이 서쪽으로 기울고
8월에는 갈대를 베어내네.
누에 치는 3월이 되면 뽕을 따는데
네모진 도끼를 취하여
멀리 뻗은 가지는 베어내고
여린 가지는 휘어서 그 잎만 따네.
7월에는 왜가리가 울고
8월에는 길쌈을 하니
천에 검정색과 노란색을 물들이고
제일 고운 붉은 천으로
공자公子의 바지를 지어드리리라.

4월에는 아기풀에 뿌리가 나고
5월에는 말매미가 울고
8월에는 이른 곡식을 거두고
10월에는 초목이 말라 떨어지네.
11월에는 사냥을 가서
여우와 살쾡이를 잡아다가
공자公子께 가죽 옷을 지어드리고

12월에는 모두 큰 사냥에 나가
무공武功을 익혀서
작은 짐승은 내가 갖고
큰 짐승은 임금께 바치리라.

5월에는 여치가 다리를 비비며 울고
6월에는 베짱이가 날면서 울고
7월에는 귀뚜라미가 들에 있고
8월에는 처마 밑에 있고
9월에는 문 앞에 있고
10월에는 내 침상 아래 있네.
그러면 구멍을 막고, 쥐구멍에 불을 놓고
북쪽 창을 막고, 문풍지를 새로 바르니
아, 나의 아내와 아이들아!
해가 바뀌려 하고 있으니
이 집에 들어와 편히 쉬세그려.

6월에는 산앵두와 산머루를 따 먹고
7월에는 나물과 콩을 삶아 먹고
8월에는 대추를 털고
10월에는 벼를 거두어
이 벼로 봄술을 빚어
노인들의 장수를 돕네.
7월에는 참외를 먹고

8월에는 박을 타고
9월에는 삼씨를 줍고
씀바귀를 캐고, 가죽나무를 베어 장작을 만들어
우리 농부들을 먹이리라.

9월에는 텃밭을 다지고
10월에는 곡식을 거두니
메기장과 찰기장, 빨리 익은 것과 늦게 익은 것
벼와 삼, 콩과 보리들이네.
아, 우리 농부들아!
추수가 이제 끝났으니
마을로 들어가 집안일을 하세.
낮이면 가서 띠풀을 베어오고
밤이면 새끼를 꼬아
빨리 그 지붕을 이어야만
내년에 다시 파종을 할 수 있으리라.

12월에 얼음을 쿵쿵 깨다가
1월에 얼음 창고에 넣어두고
2월 이른 아침에 염소를 바치고
부추를 나물로 하여 제사를 지내고 얼음 창고를 연다네.
9월에는 서리가 내리고
10월에는 타작한 마당을 깨끗이 쓸고
두어 동이의 술로 동네 잔치를 열 때

염소를 잡아 안주를 마련하고

임금님의 처소에 올라가

뿔 술잔을 들고서

만수무강萬壽無疆하기를 축원하리라.

*전준田畯 : 농사일을 맡은 관리.

七月

七月流火하고 九月授衣하니라 一之日觱發하고 二之日栗烈하니니 無衣無褐이면 何以卒歲리요 三之日于耜요 四之日擧趾어든 同我婦子하여 饁彼南畝하니(커든) 田畯 至喜하니라

七月流火하고 九月授衣하니라 春日載陽하여 有鳴倉庚이어든 女執懿筐하여 遵彼 微行하여 爰求柔桑하며 春日遲遲어든 采蘩祁祁하나니 女心傷悲여 殆及公子同歸로다

七月流火하고 八月萑葦니라 蠶月條桑이라 取彼斧斨하여 以伐遠揚이요 猗彼女桑 이니라 七月鳴鵙이어든 八月載績하나니 載玄載黃하여 我朱孔陽이어든 爲公子裳하 니라

四月秀葽하고 五月鳴蜩며 八月其穫이어든 十月隕蘀이니라 一之日于貉하여 取彼 狐狸하여 爲公子裘하고 二之日其同하여 載纘武功하여 言私其豵이요 獻豜于公하니라

五月斯螽動股요 六月莎雞振羽요 七月在野요 八月在宇요 九月在戶요 十月蟋蟀이 入我牀下하니라 穹窒熏鼠하며 塞向墐戶하고 嗟我婦子아 曰爲改歲어니 入此室處어다

六月食鬱及薁하며 七月亨葵及菽하며 八月剝棗하며 十月穫稻하여 爲此春酒하여 以介眉壽하니라 七月食瓜하며 八月斷壺하며 九月叔苴하며 采茶薪樗하여 食我農夫 하니라

九月築場圃하고 十月納禾稼하니니 黍稷重穋과 禾麻菽麥이니라 嗟我農夫아 我稼 旣同이니 上入執宮功이니라 晝爾于茅요 宵爾索綯하여 亟其乘屋이니 其始播百穀이 니라

二之日鑿氷沖沖하여 三之日納于凌陰하나니 四之日其蚤에 獻羔祭韭하니라 九月肅霜이어든 十月滌場하고 朋酒斯饗하여 日殺羔羊하여 躋彼公堂하여 稱彼兕觥하니 萬壽無疆이로다

동산東山　　- 동산 -

동산東山에 가서
오랫동안 돌아오지 못했는데
동쪽에서 돌아올 때는
비가 부슬부슬 내렸고
동쪽으로 돌아갈 때는
서쪽을 보며 슬퍼하였네.
돌아가 입을 겉옷을 만들며
전쟁터로 돌아가지 않으려 했건만
꿈틀거리는 누에가
뽕나무 밭에 있듯
외로이 새우잠을 자니
나 또한 수레 밑에서 밤을 지새겠구나.

동산東山에 가서
오랫동안 돌아오지 못했는데
동쪽에서 돌아올 때는
비가 부슬부슬 내렸네.
*하눌타리 덩굴이
처마 밑으로 뻗어 있고
쥐며느리가 방에서 기고
말거미가 문에 거미줄을 쳤고
집 곁의 빈 땅에는 사슴이 뛰놀고

248

밤에는 도깨비불과 반딧불이 반짝이지만
고향은 두려운 것이 아니라
그립기만 하구나.

동산東山에 가서
오랫동안 돌아오지 못했는데
동쪽에서 돌아올 때는
비가 부슬부슬 내렸네.
개밋둑에서는 황새가 울고
집에서는 아내가 탄식하면서
집안을 청소하고 쥐구멍을 막고 있을 때
내 걸음이 때마침 집 앞에 이르렀네.
주렁주렁 달린 쪽박이
쌓아놓은 밤나무 땔감 위에 뻗어 있는데
이것을 보지 못한 지가
벌써 삼년이나 되었구나.

동산東山에 가서
오랫동안 돌아오지 못했는데
동쪽에서 돌아올 때는
비가 부슬부슬 내렸네.
꾀꼬리가 푸드득 날아오를 때
그 깃털이 선명하듯
아내가 시집올 때

갈색 말과 얼룩무늬 말이 수레를 끌었는데
장모는 친히 향주머니를 아내에게 매어주고
온갖 의식을 갖추어 시집을 보냈네.
이렇듯 신혼 때도 즐거웠거늘
오래된 지금이야 어떠하겠는가.

*하눌타리 : 박과의 여러해살이 덩굴풀.

東山

我徂東山하여 慆慆不歸러라 我來自東할새 零雨其濛이러라 我東日歸에 我心西悲러라 制彼裳衣하여 勿士行枚로다 蜎蜎者蠋이여 烝在桑野로다 敦彼獨宿이여 亦在車下로다

我徂東山하여 慆慆不歸러라 我來自東할새 零雨其濛이러라 果臝之實이 亦施于宇며 伊威在室이며 蠨蛸在戶며 町畽鹿場이며 熠燿宵行이로소니 不可畏也요 伊可懷也로다

我徂東山하여 慆慆不歸러라 我來自東할새 零雨其濛이러라 鸛鳴于垤이어늘 婦歎于室하여 洒掃穹窒하니 我征聿至로다 有敦瓜苦여 烝在栗薪이로다 自我不見이 于今三年로다

我徂東山하여 慆慆不歸러라 我來自東할새 零雨其濛이러라 倉庚于飛여 熠燿其羽로다 之子于歸여 皇駁其馬로다 親結其縭하니 九十其儀로다 其新孔嘉하니 其舊如之何오

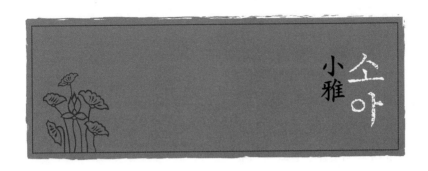

小雅 소아

1장 녹명鹿鳴

녹명鹿鳴 – 사슴이 울다 –

'유유' 하고 사슴이 우는 중에

들에서 다북쑥을 뜯는데

내게 아름다운 손님이 오시어

비파를 타고 피리를 불며 즐기네.

피리를 불고 생황을 불며

광주리를 받들어 폐백을 올리니

손님이 나를 좋아하여

내게 큰 도리를 보여주는도다.

‘유유’ 하고 사슴이 우는 중에

들에서 쑥을 뜯는데

내 아름다운 손님이 오시어

밝고도 도리에 맞는 말로

백성에게 두터운 정을 보여주시니

군자도 이것을 본받고 따르네.

내게 맛있는 술이 있어

아름다운 손님이 잔치에 참여하여 즐기시는도다.

‘유유’ 하고 사슴이 우는 중에

들에서 금풀을 뜯고 있는데

내 아름다운 손님이 오시어

비파를 타고 거문고를 타시네.

이렇듯 비파를 타고 거문고를 타시니

화락하고 또한 즐겁네.

내게 맛있는 술이 있어

그 아름다운 손님의 마음을 즐겁게 하는도다.

鹿鳴

呦呦鹿鳴이여 食野之苹이로다 我有嘉賓하여 鼓瑟吹笙이로다 吹笙鼓簧하여 承筐
是將하니 人之好我이 示我周行이엇다

呦呦鹿鳴이여 食野之蒿로다 我有嘉賓하니 德音孔昭하여 視民不恌니 君子是則是

傲로다 我有旨酒하니 嘉賓式燕以敖이로다

　呦呦鹿鳴이여 食野之芩이로다 我有嘉賓하여 鼓瑟鼓琴하니 鼓瑟鼓琴이여 和樂且
湛이로다 我有旨酒하여 以燕樂嘉賓之心이로다

황황자화皇皇者華   – 화려한 꽃 –

화려한 꽃이
저 언덕과 늪에 피어 있는데
말을 타고 달려가는 사신 무리는
언제나 미치지 못할까 걱정하는구나.

내 말은 망아지로
여섯 개의 고삐가 물에 젖은 듯 산뜻한데
말을 달리며 채찍질하면서도
두루 살피고 의논하는구나.

내 말은 얼룩말로
여섯 개의 고삐가 가지런한데
말을 달리며 채찍질하면서도
두루 살피고 일을 꾀하는구나.

내 말은 갈기 검은 흰말로
여섯 개의 고삐가 윤이 나는데
말을 달리며 채찍질하면서도
두루 묻고 헤아리는구나.

내 말은 얼룩말로
여섯 개의 고삐가 고른데

말을 달리며 채찍질하면서도

두루 묻고 생각하는구나.

벌목伐木 　 – 나무를 베다 –

나무를 베는 소리가 쩌렁쩌렁하니

새 울음소리가 앵앵 하다가

깊은 골짜기에서 날아올라

높은 나무로 옮겨 앉는구나.

앵앵거리는 울음소리는

벗을 찾는 소리로다.

저 새만 보더라도

벗을 찾는 소리를 하거늘

하물며 사람이 되어서

벗을 찾지 않을 수 있단 말인가.

신神도 그 소리를 들으시면

마침내 화평하게 하시네.

나무를 베는 데 모두 영차영차 힘을 모으니

거른 술도 맛이 좋구나.

이미 살찐 양을 장만하여

집안 어른들을 모셔오니

마침 일이 있어 오시지 못하더라도

이는 내가 돌보지 않은 것은 아니라네.

아, 깨끗이 청소하고

음식을 여러 그릇에 담아 차리고

이미 살찐 짐승을 장만하여

외가 쪽 어른들을 모셔오니
마침 일이 있어 오시지 못하더라도
이는 내가 돌보지 않은 것은 아니라네.

나무를 산비탈에서 베니
거른 술도 맛이 좋구나.
잔칫상을 질서정연하게 차리고는
형과 아우가 모두 모였는데
사람들이 인심을 잃는 것은
변변치 못한 음식 때문이니
술이 있으면 내가 술을 거를 것이고
술이 없으면 내가 사올 것이며
둥둥 북을 치고
너울너울 춤을 추어
내 한가할 때를 맞아
이 거른 술을 마시리라.

伐木

　伐木丁丁이어늘 鳥鳴嚶嚶하나니 出自幽谷하여 遷于喬木하도다 嚶其鳴矣여 求其
友聲이로다 相彼鳥矣라도 猶求友聲이어늘 矧伊人矣 不求友生가 神之聽之하여 終和
且平하니라
　伐木許許어늘 醹酒有藇로다 旣有肥羜하여 以速諸父하니 寧適不來언정 微我弗顧
니라 於粲洒埽요 陳饋八簋로다 旣有肥牡하여 以速諸舅하니 寧適不來언정 微我有咎

니라

伐木于阪이어늘 釃酒有衍이로다 籩豆有踐하니 兄弟無遠이로다 民之失德은 乾餱
以愆이니 有酒湑我며 無酒酤我며 坎坎鼓我며 蹲蹲舞我하여 迨我暇矣하여 飮此湑矣
로리라

천보天保   – 하늘의 보호 –

하늘이 그대를 보호하고 정하시어
심히 견고하게 하시네.
그대를 모두 후하게 도우시니
어떤 복인들 내려주지 않으시겠는가.
그대에게 많은 이로움을 주시니
풍족하지 않음이 없도다.

하늘이 그대를 보호하고 정하시어
그대에게 복을 누리게 하시네.
마땅하지 않은 것이 없고
하늘의 온갖 복을 받았네.
그대에게 장구한 복을 내리셨으면서도
날마다 부족하게 여기시도다.

하늘이 그대를 보호하고 정하시어
모두를 흥성興盛하게 하시네.
산과 같고 언덕과 같으며
산마루와 같고 구릉과 같네.
넘실대는 냇물과 같아서
그 발전을 헤아릴 수 없도다.

좋은 날을 택하여 정결히 술밥을 지어서

효도로서 제사를 지내고
봄 여름 가을 겨울 네 계절에
주나라 시조 이하의 선왕先王들에게 제를 올리니
선왕께서 약속하시기를
만수무강萬壽無疆하게 하리라 하시도다.

신神이 내려오시어
그대에게 많은 복을 주시니
백성들이 안정되어
날로 쓰고 먹고 마시기를 편안히 하네.
여러 백성과 관원이
모두 그대의 덕德 때문이라고 하도다.

항상 초승달과 같으며
항상 뜨는 해와 같으며
무궁한 남산南山과 같아서
이지러지지 않고 무너지지 않으며
무성한 소나무와 잣나무 같아
그대 자손이 영원히 이어지리로다.

天保

天保定爾이 亦孔之固시로 俾爾單厚이시니 何福不除리오 俾爾多益이라 以莫不庶
로다

天保定爾하사 俾爾戩穀이로다 罄無不宜하여 受天百祿이로다 降爾遐福하시되 維
日不足이니라

天保定爾하사 以莫不興이라 如山如阜하며 如岡如陵하며 如川之方至하여 以莫不增
이로다

吉蠲爲饎하여 是用孝享하여 禴祠烝嘗을 于公先王하시니 君曰卜爾하시되 萬壽無
疆라 하시도다

神之弔矣니 詒爾多福이며 民之質矣니 日用飮食이로소니 群黎百姓이 徧爲爾德이
로다

如月之恒하며 如日之升하며 如南山之壽하여 不騫不崩하며 如松栢之茂하여 無不爾
或承이로다

출거出車　　- 수레를 꺼내다 -

내 수레를 꺼내
들판에 나섰는데
천자天子가 계신 곳에서
나에게 오라 하였네.
마부를 불러
짐을 실으라고 이를 때
나랏일에 어려움이 많으니
급히 하라 하였네.

내 수레를 꺼내
들판에 나섰는데
거북이와 뱀이 그려진 깃발을 꽂고
쇠꼬리 털을 단 깃대를 세우니
주작의 깃발과 현문의 깃발이
어찌 펄럭이지 않겠는가.
마음에 근심이 초초하더니
마부까지 병이 났네.

왕王이 *남중南仲에게 명하시기를
삭방朔方 땅에 가서 성을 쌓으라 하시니
떠나는 수레도 더없이 많고
깃발 또한 선명하구나.

262

천자께서 우리에게 명하시기를
삭방朔方 땅에 가서 성을 쌓으라 하시니
혁혁하신 남중南仲은
북쪽 오랑캐를 공격하셨네.

옛날 내가 출정할 때는
기장과 피가 한창 자라나고 있었는데
지금 내가 돌아간다면
눈과 비가 내려 진흙탕이 되었겠구나.
나랏일에 어려움이 많아서
편안히 거처할 틈이 없었는데
어찌 돌아감을 생각지 않겠는가.
하지만 이는 천자의 명령이 무섭기 때문이리라.

슬피 우는 풀벌레에
이리저리 뛰는 메뚜기로다.
임을 보지 못해서 마음에 근심이 가득하니
임을 만나야만
내 마음 가라앉으리로다.
혁혁하신 남중南仲은
그 사이 서쪽 오랑캐를 정벌하셨네.

봄날에는 해가 길기 때문에
풀과 나무가 무성하고

꾀꼬리는 꾀꼴꾀꼴 울고

흰쑥을 캐는 이도 많은데

많은 적을 베고

적의 무리들을 붙잡아 이제야 집으로 돌아오니

혁혁하신 남중南仲은

북쪽 오랑캐를 평정하셨네.

남중南仲 : 주나라의 대장군.

出車

我出我車를 于彼牧矣로다 自天子所하여 謂我來矣로다 召彼僕夫하여 謂之載矣요
王事多難이라 維其棘矣로다

我出我車를 于彼郊矣요 設此旐矣며 建彼旄矣하니 彼旟旐斯이 胡不旆旆리오 憂
心悄悄하니 僕夫況瘁로다

王命南仲하사 往城于方하시니 出車彭彭하며 旂旐央央이로다 天子命我하사 城彼
朔方하시니 赫赫南仲이여 玁狁于襄이로다

昔我往矣엔 黍稷方華러니 今我來思엔 雨雪載塗로다 王事多難이라 不遑啓居하니
豈不懷歸리오마는 畏此簡書니라

喓喓草蟲이며 趯趯阜螽이로다 未見君子라 憂心忡忡하니 旣見君子라야 我心則降
이로다 赫赫南仲이여 薄伐西戎이로다

春日遲遲하고 卉木萋萋며 倉庚喈喈며 采蘩祁祁어늘 執訊獲醜하여 薄言還歸하니
赫赫南仲이여 玁狁于夷로다

264

남산유대南山有臺   – 남산의 향부자 –

남산南山에는 *향부자가 있고
북산北山에는 **명아주풀이 있도다.
즐거운 우리 임은
나라의 터전이로다.
즐거운 임이여!
만수萬壽를 누리는 데 그 기한이 없으리로다.

남산南山에는 뽕나무가 있고
북산北山에는 버드나무가 있도다.
즐거운 우리 임은
나라의 영광이로다.
즐거운 임이여!
만수무강萬壽無疆하리로다.

남산南山에는 산버들이 있고
북산北山에는 오얏나무가 있도다.
즐거운 우리 임은
백성의 부모父母로다.
즐거운 임이여!

명성이 그치지 아니하리로다.

남산南山에는 복나무가 있고
북산北山에는 참죽나무가 있도다.
즐거운 우리 님이
어찌 장수를 하지 않겠는가.
즐거운 님이여!
명성이 이에 자자하리로다.

남산南山에는 탱자나무가 있고
북산北山에는 산유자나무가 있도다.
즐거운 우리 님이
어찌 나이가 많은 노인이 되지 않을 수 있겠는가.
즐거운 님이여!
그대의 후손을 편안하게 보호해주리로다.

*향부자 : 사초과의 여러해살이풀로 도롱이를 만든다.

**명아주풀 : 명아줏과의 한해살이풀.

南山有臺

南山有臺요 北山有萊로다 樂只君子여 邦家之基로다 樂只君子여 萬壽無期로다
南山有桑이요 北山有楊이로다 樂只君子여 邦家之光이로다 樂只君子여 萬壽無疆이

로다

　南山有杞요 北山有李로다 樂只君子여 民之父母로다 樂只君子여 德音不已로다
　南山有栲요 北山有杻로다 樂只君子여 遐不眉壽리오 樂只君子여 德音是茂로다
　南山有枸요 北山有楰로다 樂只君子여 遐不黃耇리오 樂只君子여 保艾爾後로다

유월六月　　－ 6월 －

6월에 불안하게 서둘러서
군사용 수레를 정돈하고
건장한 네 필의 말을 준비하고
군복을 입고 수레에 올랐네.
북쪽 오랑캐의 기세가 극심한지라
나는 이 때문에 급하게 서두르니
왕王께서 명하시기를 출정出征하여
나라를 바로잡으라 하시니라.

힘이 똑같은 네 필의 검은 말이
길들어 발을 잘 맞추고
이 6월에
이미 내 갑옷을 만들었네.
내 갑옷이 만들어지니
하루에 30리를 달리니
왕王께서 명하시기를 출정出征하여
천자天子를 도우라 하시니라.

훤칠한 네 필의 수말이

268

참으로 키도 커서

북쪽 오랑캐를 공격할 때

큰 공功을 세웠네.

위엄 있으면서 공경히

군사의 일을 받들었네.

이렇듯 군사의 일을 받들어

나라를 안정시키도다.

북쪽 오랑캐가 스스로 예측하지 못하고

초호焦穫 땅에 진을 치고

호鎬 땅과 삭방朔方 땅까지 침략하여

경수의 북쪽에까지 이르렀네.

매를 그린 깃발을 세우고

온갖 잡색의 깃폭을 펄럭이며

큰 수레 열 개를 앞장세워

먼저 길을 열도다.

병거兵車가 이미 편안하니

엎드린 듯 뒤처진 듯 달리고

건장한 네 마리의 말은

이미 씩씩하고도 잘 길들여졌도다.

잠깐 동안에 북쪽 오랑캐를 정벌하여

대원大原 땅에 이르니

문무文武 겸비한 장수 *길보吉甫여!

온 나라의 모범이로다.

길보가 잔치하여 기뻐하니
복福을 많이도 받으리라.
호 땅에서 돌아오니
내가 길을 떠난 지 벌써 오래되었구나.
여러 벗들에게 술과 음식을 올릴 때
자라를 삶고 잉어를 회쳤도다.
누구를 이 자리에 초대하였는가 하니
효도하고 우애하는 **장중張仲이로다.

*길보吉甫 : 윤길보, 이 전쟁에서의 대장군.

**장중張仲 : 윤길보의 친구로 부모에게 효도하고 형제간에 우애가 깊었던 사람.

六月

六月棲棲하여 戎車旣飭하며 四牡騤騤어늘 載是常服하니 玁狁孔熾라 我是用急이
니 王于出征하여 以匡王國이시니라

比物四驪여 閑之維則이로다 維此六月에 旣成我服하여 我服旣成이어늘 于三十里하
니 王于出征하여 以佐天子시니라

四牡脩廣하니 其大有顒이로다 薄伐玁狁하여 以奏膚公이로다 有嚴有翼하여 共武
之服하니 共武之服하여 以定王國이로다

玁狁匪茹하여 整居焦穫하여 侵鎬及方하여 至于涇陽이어늘 織文鳥章이며 白旆央
央하니 元戎十乘으로 以先啓行이로다

戎車旣安하니 如輊如軒이며 四牡旣佶하니 旣佶且閑이로다 薄伐玁狁하여 至于大

原하니 文武吉甫여 萬邦爲憲이로다

　吉甫燕喜하니 旣多受祉로다 來歸自鎬하니 我行永久로다 飮御諸友하니 炰鱉膾鯉
로다 侯誰在矣오 張仲孝友로다

거공車攻 8장   – 탄탄한 수레 –

내 수레는 이미 탄탄하고
내 말은 모두 힘이 같네.
네 필이 모두 튼튼하니
이 수레를 타고서 동쪽으로 가네.

사냥하는 수레가 이미 훌륭하고
네 필의 말이 모두 건장하네.
동쪽에 보전甫田 땅이 있으니
수레를 타고 가서 사냥하네.

우리 임이 사냥하니
시중드는 하인들이 내는 소리가 시끄럽네.
거북 뱀 깃발을 꽂고 쇠꼬리 깃발을 설치하여
오敖 땅에서 짐승을 잡네.

네 필의 말이 끄는 수레를 타니
말들이 잘도 달리네.
붉은 옷에 금으로 장식한 신을 신고
조정에 조회하러 오는 신하가 많기도 하네.

활깍지와 팔찌를 나란히 하여
활과 화살을 고르네.

사냥꾼이 모두 함께하여
잡아놓은 짐승을 거두어주네.

네 필의 누런 말이 사륜수레를 끄니
곁의 말조차도 기울지 않네.
달리는 법을 잊지 않고 잘 달리니
쏜 화살은 정통으로 들어맞네.

한가한 말이 울음소리를 내고
깃발들이 유유히 흩날리네.
보병과 수레병들이 경박하게 움직이지 않으니
임금님의 푸줏간이 가득 찼네.

우리 임께서 전쟁터에 가시는데
가는 소리가 없게 조용히 행군하네.
진실한 임이시여!
진실로 큰일을 이루시겠네.

我車旣攻하며 我馬旣同하여 四牡龐龐하니 駕言徂東이로다

田車旣好하니 四牡孔阜로다 東有甫草어늘 駕言行狩로다

之子于苗하니 選徒囂囂로다 建旐設旄하여 搏獸于敖로다

駕彼四牡하니 四牡奕奕이로다 赤芾金舃으로 會同有繹이로다

決拾旣佽하며 弓矢旣調하니 射夫旣同하여 助我擧柴로다

四黃旣駕하니 兩驂不猗로다 不失其馳어늘 舍矢如破로다

蕭蕭馬鳴이며 悠悠旆旌이로다 徒御不驚이며 大庖不盈이로다

之子于征하니 有聞無聲이로다 允矣君子여 展也大成이로다

길일吉日 - 좋은 날 -

좋은 날인 무戊 일日에
말의 조상에게 사냥이 잘되기를 바라는 제사를 지내니
사냥용 수레가 튼튼하고
네 필의 말이 건장하거늘
저 큰 언덕에 올라가
짐승 떼가 있는 곳을 찾네.

좋은 날인 경오庚午 일日에
좋은 말을 골라 타고
짐승들이 모여 있는 곳 중에서
사슴들이 떼 지어 우글거리는
*칠저漆沮를 따라 움직이다 보니
천자天子가 계신 곳으로 몰아오네.

저 언덕 가운데를 보니
큰 짐승이 매우 많이 있는데,
도망가기도 하고 느리게 걷기도 하고
혹은 세 마리가 가고 혹은 두 마리가 가거늘
좌우로 모두 몰아다가
천자天子를 즐겁게 하네.

활을 당기고

화살을 끼워서

저 작은 암돼지도 쏘아 맞히고

이 큰 외뿔소도 잡아서

손님들께 음식으로 올리고

또한 맛있는 술을 떠서 올리네.

*칠저漆沮 : 위경渭涇 북쪽에 있는 물.

吉日

吉日維戊에 旣伯旣禱하니 田車旣好하며 田牡孔阜어늘 升彼大阜하여 從其群醜로다
吉日庚午에 旣差我馬하여 獸之所同에 麀鹿麌麌한 漆沮之從이여 天子之所로다
瞻彼中原하니 其祁孔有로다 儦儦俟俟하여 或群或友어늘 悉率左右하여 以燕天子
로다
旣張我弓하고 旣挾我矢하여 發彼小豝하며 殪此大兕하여 以御賓客하고 且以酌醴
로다

학명鶴鳴   – 학이 울다 –

학이 물가에서 우나
그 울음소리가 들판에 들리고
고기가 깊은 못 속에 잠겨 있으나
때로는 물가에도 있느니라.
저 즐거운 동산에는
심어놓은 박달나무가 우뚝 서 있으나
그 아래에는 개암나무가 있네.
이는 다른 산에 있는 돌로 숫돌을 삼을 수 있음이리라.

학이 물가에서 우나
그 울음소리가 하늘에 들리고
고기가 물가에 나와 있으나
때로는 깊은 못에 잠겨 있느니라.
저 즐거운 동산에
심어놓은 박달나무가 우뚝 서 있으나
그 아래에는 닥나무가 자라고 있느니라.
이는 다른 산에 있는 돌로 옥을 갈 수 있음이리라.

鶴鳴

鶴鳴于九皐어늘 聲聞于野니라 魚潛在淵하나 或在于渚니라 樂彼之園에 爰有樹檀하

니 其下維蘀이니라 他山之石이 可以爲錯이니라

　鶴鳴于九皐어늘 聲聞于天이로다 魚在于渚하나 或潛在淵이니라 樂彼之園에 爰有樹
檀하니 其下維穀이니라 他山之石이 可以攻玉이니라

백구白駒   – 흰 망아지 –

희디흰 망아지가
우리 밭의 곡식 싹을 먹었다 하여
발을 동여매고 고삐를 매서
아침 내내 붙잡아둠으로써
이른바 그분이
이곳에서 더 놀다 가시게 하리라.

희디흰 망아지가
우리 밭의 콩 싹을 먹었다 하여
발을 동여매고 고삐를 매서
저녁 내내 붙잡아둠으로써
이른바 그분이
이곳에서 좋은 손님이 되게 하리라.

희디흰 망아지가
쏜살같이 달려오면
그대를 공公으로 삼거나 후侯로 삼아
편안하고 즐거움을 무한하게 하리니
그대는 하는 일 없이 빈둥거리기를 삼가고

또한 은둔하려는 생각도 신중하게 할지어다.

희디흰 망아지가
저 깊은 골짜기에 있는데
싱싱한 한 다발의 꼴을 주니
그이는 옥玉처럼 아름답도다.
금과 옥 같은 그대 음성을 자주 들려주고
나에게서 멀리 가지 말지어다.

白駒

皎皎白駒이 食我場苗라 하여 繫之維之하여 以永今朝하여 所謂伊人이 於焉逍遙케
하리라

皎皎白駒이 食牟場藿이라 하여 繫之維之하여 以永今夕하여 所謂伊人이 於焉嘉客
케 하리라

皎皎白駒이 賁然來思면 爾公爾侯하여 逸豫無期케 하리라 愼爾優游하며 勉爾遁思
어다

皎皎白駒이 在彼空谷하니 生芻一束이러니 其人如玉이로다 毋金玉爾音하여 而有遐
心이어다

사간斯干   - 시냇물 -

시냇물은 맑고 유유히 흐르고
남산은 저 멀리 솟아 그윽하구나.
대나무가 무성한 듯
소나무가 무성한 듯
형과 아우들이
서로 화목하고
서로 탓하는 것이 없구나.

돌아가신 할머니와 할아버지의 제사를 계승하고
고대광실을 지으니
그 창문을 서쪽과 남쪽으로 내었구나.
여기에 살며
여기에서 웃고 말하리로다.

널빤지를 꽁꽁 동여매고
흙을 탁탁 공이질하여 벽을 다지니
비바람도 막고
새와 쥐도 막았구나.
이곳이야말로 군자가 높고 크게 계실 곳이로다.

우뚝 솟아 날개를 편 듯한 집에
화살이 곧게 날아간 것처럼 반듯한 기둥에

날개를 편 듯한 용마루에
꿩이 날아가는 것과 같은 처마에
이곳이야말로 군자가 올라가서 정치를 할 만한 곳이로다.

평평하고 반듯한 뜰이며
높고 곧은 그 기둥이며
쾌청한 대청마루며
고요하고 아늑한 방이며
이곳이야말로 군자가 편안히 계실 곳이로다.

아래에는 돗자리 그 위에는 대자리를 까니
여기에서 편안히 잠을 자네.
자고 일어나
내 꿈을 점쳐보니
길몽은 무엇인가?
작은 곰과 큰 곰에
독사와 뱀이 보였구나.

큰 점쟁이가 꿈을 점치니
작은 곰과 큰 곰은
아들을 낳을 징조고
독사와 뱀은
딸을 낳을 징조로다.
아들을 낳아서

평상에 뉘어 재우고

좋은 옷을 입히고

구슬을 가지고 놀게 하니

우는 소리가 우렁찬 것이

마치 붉은 옷을 찬란하게 입고

집안을 일으켜 제후나 왕이 될 듯하도다.

또 딸을 낳아서

땅에 뉘어 재우고

포대기로 덮어주고

실패를 가지고 놀게 하니

잘못이나 그릇된 짓을 아니하니

오직 술과 밥 짓기를 익혀서

부모에게 근심을 끼치지 않는도다.

斯干

　秩秩斯干이요 幽幽南山이로다(이로소니) • 如竹苞矣요 如松茂矣로다 兄及弟矣 式相
好矣요 無相猶矣로다

　似續妣祖하여 築室百堵하니 西南其戶로다 爰居爰處하며 爰笑爰語로다

　約之閣閣하며 椓之橐橐하니 風雨攸除며 鳥鼠攸去하여 君子攸芋로다

　如跂斯翼하며 如矢斯棘하며 如鳥斯革하며 如翬斯飛니 君子攸躋로다

　殖殖其庭이며 有覺其楹이며 噲噲其正이며 噦噦其冥이니 君子攸寧이로다

　下莞上簟하니 乃安斯寢이로다 乃寢乃興하여 乃占我夢하니 吉夢維何오 維熊維羆

와 維虺維蛇로다

  大人占之하니 維熊維羆는 男子之祥이요 維虺維蛇는 女子之祥이로다

  乃生男子하여 載寢之牀하며 載衣之裳하며 載弄之璋하니 其泣喤喤이라 朱芾斯皇
하여 室家君王이로다

  乃生女子하여 載寢之地하며 載衣之裼하며 載弄之瓦하니 無非無儀라 唯酒食是議
하여 無父母貽罹로다

무양無羊   – 양이 없다 하네 –

누가 그대에게 양이 없다 하겠는가
삼백 마리 떼지어 있거늘.
누가 그대에게 소가 없다 하겠는가
칠 척이 넘는 소가 아흔 마리나 있거늘.
그대의 양이 돌아오는데
모두 뿔을 맞대고 있고
그대의 소가 돌아오는데
서로 핥아 그 귀가 촉촉이 젖어 있네.

어떤 놈은 언덕에서 내려오고
어떤 놈은 연못에서 물을 마시고
어떤 놈은 누워 자고
어떤 놈은 움직이는데
그대의 목동이 오는 것을 보니
도롱이에 삿갓을 쓰고
또 밥을 짓고 따라다니네.
서른 가지나 되는 색깔로
제물을 갖추었네.

그대의 목동이 오는 것을 보니
굵은 나무를 베고 잔 나무를 베며
암놈을 잡고 수놈을 잡았네.

그대의 양이 오는 것을 보니
씩씩하고 꿋꿋하며
상처도 없고 병들지도 않았네.
손으로 지시하니
모두 와서 다 우리로 들어가네.

목동이 꿈을 꾸었는데
사람이 물고기가 되고
여러 깃발이 되었구나.
큰 점쟁이가 점을 쳐보니
사람이 물고기가 된 것은
실로 풍년이 들 조짐이고
깃발들이 된 것은
집안이 번창할 조짐이라네.

無羊

誰謂爾無羊이리오 三百維群이로다 誰謂爾無牛리오 九十其犉이로다 爾羊來思하니 其角濈濈이로다 爾牛來思하니 其耳濕濕이로다

或降于阿하며 或飮于池하며 或寢或訛로다 爾牧來思하니 何蓑何笠이며 或負其餱로소니 三十維物이라 爾牲則具로다

爾牧來思하니 以薪以蒸이며 以雌以雄이로다 爾羊來思하니 矜矜兢兢하며 不騫不崩이로다(이로소니) 麾之以肱하니 畢來旣升이로다

牧人乃夢하니 衆維魚矣며 旐維旟矣로다 大人占之하니 衆維魚矣는 實維豐年이요 旐維旟矣는 室家溱溱이로다

대동大東   ‑ 동쪽의 큰 나라 ‑

밥그릇에는 밥이 가득 담겨 있고
대추나무 수저는 굽었구나.
주周나라 가는 길은 숫돌처럼 판판한데
화살처럼 곧게 뻗어 있으니
이는 군자만 밟고 다니고
백성들은 우러러보기만 한다.
이런 고로 이 길을 돌아보고 돌아보니
눈물이 줄줄 흐르는구나.

동쪽의 작은 나라와 동쪽의 큰 나라에
베틀의 북과 씨실 날실이 모두 비었구나.
칡으로 만든 거친 신으로는
서리를 밟을 수 있거늘
경박한 공자公子가
저 큰 길을 가는 것을 보니
그 가고 오는 발걸음에
내 마음이 병이 드는구나.

옆에서 솟아나는 찬 샘물에

베어놓은 섶을 적시지 마라.
괴로워 뒤척이다 잠에서 깨어 탄식하니
우리 백성들만 수고로울 뿐이로다.
섶을 이미 거두었다면
어서 수레에 싣고 돌아와야 할 것인데
우리 백성을 수고롭다 여기신다면
또한 쉬게 하여 주소서.

동쪽 나라 사람들은
오로지 수고롭고 위로받지도 못하나
서쪽 나라 사람들은
선명하고 화려한 의복을 입었구나.
뱃사람의 자식도
곰 가죽으로 가죽 옷을 만들어 입고
하인들조차
온갖 벼슬에 등용되는구나.

혹 술이 있다 해도
술국이 없고
길게 늘어진 구슬을 주어도
길다 여기지 않는구나.
하늘에 은하수가 있어서
빛까지 반짝이는데
저 구석의 직녀성織女星은

종일토록 일곱 번이나 베틀에 오르는구나.

비록 일곱 번 베틀에 오르지만
보답해줄 비단 천 하나 짜지 못하고
반짝이는 저 견우성牽牛星도
수레에 짐 하나 싣지 못하는구나.
동쪽에 샛별이 있고
서쪽에 금성金星이 있으며
굽은 천필성天畢星이 있지만
행렬行列만 줄지어 벌려 있을 뿐이구나.

남쪽에 *키 모양의 기성箕星이 있으나
쭉정이를 까불러 날리지 못하고
북쪽에 국자 모양의 북두칠성이 있으나
술과 장국 물을 뜨지 못하는구나.
그저 남쪽의 기성箕星은
곧 그 혀를 늘어뜨리고 있는 것과 같고
북쪽의 북두칠성은
서쪽으로 자루를 들고 있는 것과 같을 뿐이로구나.

*키 : 곡식 따위를 까불러 껍질을 고르는 기구.

大東

有饛簋飧이요 有捄棘匕로다 周道如砥하니 其直如矢로다 君子所履요 小人所視니 睠言顧之요 潸焉出涕로다

小東大東에 杼柚其空이로다 糾糾葛屨여 可以履霜이로다 佻佻公子 行彼周行하여 既往既來하니 使我心疚로다

有冽氿泉에 無浸穫薪이어다 契契寤歎하니 哀我憚人이로다 薪是穫薪이면 尚可載也며 哀我憚人이면 亦可息也니라

東人之子는 職勞不來요 西人之子는 粲粲衣服이로다 舟人之子는 熊羆是裘요 私人之子는 百僚是試로다

或以其酒라도 不以其漿이며 鞙鞙佩璲도 不以其長이로다 維天有漢하니 監亦有光이며 跂彼織女 終日七襄이로다

雖則七襄이나 不成報章이며 睆彼牽牛이 不以服箱이로다 東有啓明이요 西有長庚이며 有捄天畢이 載施之行이로다

維南有箕나 不可以簸揚이며 維北有斗나 不可以挹酒漿이로다 維南有箕하니 載翕其舌이며 維北有斗하니 西柄之揭로다

초자楚茨   – 무성한 찔레나무 –

무성한 찔레나무에서
가시를 제거하는 것이
어째서 옛날부터 하였던 것일까 하니
바로 메기장과 찰기장을 심기 위해서였네.
메기장이 무성하고
찰기장이 무성하니
창고도 이미 가득하고
노적가리도 수없이 많구나.
술을 빚고 밥을 지어
잔을 올리고 제사를 지내면서
편안히 모시고 술을 권하여
큰 복을 더 크게 하리로다.

엄숙하고 장하게
쇠고기와 양고기를 마련하여
가을 제사와 겨울 제사를 지낼 때
어떤 것은 껍질을 벗기고 어떤 것은 삶아서
어떤 것은 상 위에 음식을 벌여놓고 어떤 것은 받들어 올리네.
*축관祝官이 사당문 앞에서 제사를 지내니

제사 의식을 모두 갖추면
이에 조상들이 하늘에서 내려오시고
신들이 음식을 흠향하시면
효성이 깊은 자손에게 경사가 있고
큰 복을 받게 되므로
만수무강萬壽無疆하리로다.

부엌일을 할 때 공경히 하여
제기마다 큰 고기를 올려놓는데
어떤 것은 굽고 어떤 것은 적炙을 만드네.
이렇듯 며느리의 정성이 정갈하여
그릇마다 음식이 풍성하게 담기면
귀한 손님들이
술잔을 서로 주거니 받거니 권할 때
그 예의가 모두 법도에 맞고
웃고 말함이 모두 때에 알맞아서
신이 강림하시고
큰 복으로 보답하니
끝없는 수명으로 보답을 받으리로다.

내 심히 정성을 다하고
예禮를 행함에 어그러짐이 없기에
축관이 신의 뜻을 전하여 아뢰기를
저 효성스러운 자손에게 복을 주니

이는 향기롭고 효성이 지극한 제사를 맞아
신이 음식을 즐긴 까닭이라.
너에게 백 가지 복을 내리되
기약한 시기와 같게 하고 법도와 같게 하며
이미 삼가고 빨리하며
이미 올바로 하고 이미 경계하였으니
너에게 큰 복을 내려주되
그 복이 만년 억년 지속되게 하시니라.

예의가 갖춰지고
종과 북을 울리면
효성이 지극한 자손이 서쪽 자리에 서고
축관이 제사의 끝을 고하도다.
신神이 모두 취한지라
모두가 자리에서 일어나
종을 쳐 전송하니
조상신이 그제야 돌아가시도다.
하인들과 며느리가
제상 치우기를 재빨리 하니
여러 집안 어른들과 형제兄弟들이
잔치해서 사사로운 은혜를 다하는구나.

악기를 모두 들여와 연주하니
뒤에 복 받을 생각에 모두 평안을 누리고

안주도 골고루 나눠주자

원망하는 이 없이 모두 함께 즐거워하네.

이미 취하고 이미 배불러

윗사람 아랫사람 할 것 없이 머리를 조아리고 말하기를

신神이 음식을 즐기시었으니

그대의 자손이 번창할 것이라 하시는도다.

지극히 순종하고 지극히 때에 맞추어 제를 올렸으니

자자손손子子孫孫이 끊기지 않고 길이 이어나가리로다.

*축관祝官 : 제사 때 축문을 읽는 사람.

楚茨

楚楚者茨에 言抽其棘은 自昔何爲요 我蓺黍稷이니라 我黍與與며 我稷翼翼하여 我
倉旣盈하며 我庾維億이어늘 以爲酒食하여 以享以祀하며 以妥以侑하여 以介景福이
로다.

濟濟蹌蹌이라 絜爾牛羊하여 以往烝嘗하니 或剝或亨하며 或肆或將이로다 祝祭于
祊하니 祀事孔明하여 先祖是皇이시며 神保是饗이라 孝孫有慶하여 報以介福하니 萬
壽無疆이로다

執爨踖踖하여 爲俎孔碩하니 或燔或炙이며 君婦莫莫하니 爲豆孔庶로다(어늘) 爲
賓爲客에 獻酬交錯하니 禮儀卒度하며 笑語卒獲일새 神保是格이라 報以介福하니 萬壽
攸酢이로다

我孔熯矣니 式禮莫愆일새 工祝致告하되 徂賚孝孫하시되 苾芬孝祀에 神耆飮食이
라 卜爾百福하되 如幾如式하며 旣齊旣稷하고 旣匡旣敕일새 永錫爾極하되 時萬時億
이시니라

禮儀旣備하며 鍾鼓旣戒하여 孝孫徂位어늘 工祝致告로다 神具醉止라 皇尸載起어

늘 鼓鍾送尸하니 神保聿歸로다 諸宰君婦 廢徹不遲하니 諸父兄弟 備言燕私로다

樂具入奏하니 以綏後祿이로다 爾殽旣將하니 莫怨具慶이라 旣醉旣飽하여 小大稽首하되 神嗜飮食하여 使君壽考로다 孔惠孔時하여 維其盡之하니 子子孫孫이 勿替引之로다

신남산(信南山)   – 길게 뻗은 남산 –

길게 뻗은 저 남산南山은
우禹 임금께서 다스리셨던 것이네.
언덕과 습지를 개간하여
증손曾孫들이 농사짓고 있네.
큰 경계를 긋고 작은 길을 만들어
이랑을 남쪽과 동쪽으로 하였네.

하늘에 구름이 가득 끼어
함박눈이 펄펄 내린 데다가
보슬비까지 부슬부슬 더 내려줘
이미 물이 넉넉하고 충분하게 하고
이미 땅이 흡족히 젖게 하여
온갖 곡식들이 잘 자라나게 하였네.

밭두둑이 가지런하니
메기장과 찰기장이 잘 자라고
증손曾孫이 이를 잘 거둔 다음
술과 밥을 만들어
우리 *시尸와 손님에게 올리니
그 수명이 만년萬年을 이으리로다.
밭 가운데 움막이 있고
밭두둑에는 오이가 열렸구나.

296

이것을 깎아 김치를 담가
조상께 올리니
증손曾孫이 그 수명을 누리고
하늘의 복福을 받으리로다.

맑은 술로 제사를 지내고
이어 붉은 수소를 제물로
조상께 올릴 때
방울 달린 칼을 잡고
털을 벗기어
피와 기름을 취하네.

이에 제사를 지내고 흠향하니
향기롭고도 향기롭구나.
이렇듯 제사가 모두 구비되니
선조께서 강림하여
큰 복으로 보답하니
만수무강萬壽無疆하리로다.

*시尸 : 제사 때 신위 대신 그 자리에 앉혀놓는 아이.

信南山

信彼南山은 維禹甸之로다 畇畇原隰을 曾孫田之라 我疆我理하니 南東其畝로다

上天同雲이라 雨雪雰雰이어늘 益之以霡霂하니 旣優旣渥하며 旣霑旣足하여 生我百穀이로다

疆場翼翼이어늘 黍稷彧彧하니 曾孫之穡이로다 以爲酒食하여 畀我尸賓하니 壽考萬年이로다

中田有廬요 疆場有瓜하고 是剝是菹하여 獻之皇祖하니 曾孫壽考하여 受天之祜로다

祭以淸酒하고 從以騂牡하여 享于祖考하니 執其鸞刀하여 以啓其毛하고 取其血膋로다

是烝是享하니 苾苾芬芬하여 祀事孔明이어늘 先祖是皇하사 報以介福하니 萬壽無疆이로다

보전甫田 　－큰밭－

훤히 보이는 저 큰 밭에서
해마다 많은 수확을 거두었기에
내 묵은 곡식으로
우리 농부農夫들을 먹이니
예로부터 풍년이 지속되는구나.
이제 남쪽 밭에 나가
혹은 김매고 혹은 북돋우니
메기장과 찰기장이 무성하거늘
무성한 곳과 성긴 곳에
뛰어난 농부를 내보내는구나.

나의 메기장과
나의 순색의 양¥으로
당의 신에게 제사 지내고 사방의 신에게 제사지내
나의 토지가 비옥하니
이는 농부들의 복福이로다.
거문고와 비파를 연주하고 북을 쳐서
신농씨를 맞이하여
단비를 기원하니
메기장과 찰기장이 잘 자라서
남녀 모두 잘살게 하는구나.
증손曾孫이 밭에 올 때

아내와 자식도 더불어

저 남쪽 밭에서 밥을 먹으니

*전준田畯이 와서 기뻐하며

좌우左右의 음식을 취해서

맛이 있는지 맛을 보는구나.

벼가 잘 가꾸어져 있고 모자란 곳이 없으니

잘 익고 수확도 많구나.

이에 증손은 화낼 일이 없으니

농부는 더욱 민첩히 일하는구나.

증손의 수확이

지붕과 같고 수레와 같이 쌓였고

증손의 노적가리가

섬과 같고 언덕과 같아서

이에 천 개의 창고를 구하며

만 개의 수레 상자를 구하는구나.

메기장과 찰기장, 벼와 조는 모두

농부의 복이로다.

이렇듯 큰 복을 받으니

만수무강萬壽無疆하리로다.

*전준田畯:중국 주周나라 때 농업을 장려하는 일을 맡았던 벼슬아치.

甫田

倬彼甫田에 歲取十千이로다 我取其陳하여 食我農人하니 自古有年이로다 今適南畝하니 或耘或耔에 黍稷薿薿어늘 攸介攸止에 烝我髦士로다

以我齊明과 與我犧羊으로 以社以方하니 我田旣臧이 農夫之慶이로다 琴瑟擊鼓하여 以御田祖하여 以祈甘雨하니 以介我稷黍하여 以穀我士女로다

曾孫來止에 以其婦子로 饁彼南畝어늘 田畯至喜하여 攘其左右하여 嘗其旨否로다 禾易長畝하니 終善且有라 曾孫不怒하며 農夫克敏이로다

曾孫之稼 如茨如梁이며 曾孫之庾 如坻如京이라 乃求千斯倉하며 乃求萬斯箱이로소니 黍稷稻粱이 農夫之慶이라 報以介福하니 萬壽無疆이로다

대전大田   - 넓은 밭 -

넓은 밭에 심어야 할 곡식이 많은지라
씨앗을 고르고 농기구를 챙기는 등
농사지을 준비를 마치고는
날카로운 쟁기 날을 가지고
남쪽 밭에 나가 일하여
온갖 곡식의 씨앗을 뿌리니
이내 싹이 터서 곧고 크게 자라네.
이에 증손曾孫의 마음이 흡족하구나.

이삭이 터서 열매를 맺어
단단하고 아름답게 영글었는데
강아지풀도 없고 잡초도 없으며
잎을 먹는 해충도 없고
뿌리를 먹는 벌레도 없어야
밭의 어린 싹이 다치지 않을 것이니
신농씨 신령님이 계시거든
이것을 잡아 불 속에 던져주소서.

구름이 뭉게뭉게 일어나더니
서서히 비를 내리는데
공동의 밭도 적셔주더니
마침내 내 개인 밭도 적셔주는구나.

302

저기에는 수확하지 않은 어린 벼가 있고
여기에는 거두지 않은 벼 묶음이 있으며
저기에는 버려진 볏단이 있고
여기에는 버려진 이삭이 있으니
이것은 불쌍한 과부寡婦의 이익이로다.

증손이 밭에 올 때
아내와 자식도 더불어
저 남쪽 밭에서 밥을 먹으니
전준이 와서 기뻐하는구나.
사방의 신께 정결히 제사 지낼 때
붉은 소와 검은 소를 바치고
찰기장과 메기장으로 밥을 지어
제향을 올리고 제사를 올리니
큰 복을 내려주시리로다.

大田

大田多稼라 旣種旣戒하여 旣備乃事하니 以我覃耜로 俶載南畝하여 播厥百穀하니
旣庭且碩이라 曾孫是若이로다

旣方旣皁하며 旣堅旣好요 不稂不莠어든 去其螟螣과 及其蟊賊이라야 無害我田穉
니 田祖有神은 秉畀炎火이다

有渰萋萋하여 興雨祁祁하여 雨我公田이요 遂及我私로다 彼有不穫穉하며 此有不
斂穧하며 彼有遺秉하며 此有滯穗하니 伊寡婦之利로다

曾孫來止라 以其婦子로 饁彼南畝어늘 田畯至喜로다 來方禋祀하여 以其騂黑과 與其黍稷으로 以享以祀하니 以介景福이로다

빈지초연賓之初筵   - 손님 모인 잔치 -

손님이 모여 잔치를 시작하니

좌우가 질서정연하여

그릇과 접시가 모두 나란히 놓여 있고

안주와 과실이 가지런히 쌓여 있으며

술이 잘 익어 맛이 좋고

술을 마실 때도 예의가 있어

이미 설치한 종과 북 소리를 듣고서야

술잔을 차례로 들고

큰 과녁을 펼쳐놓고

화살을 당기니

활을 쏜 사람이 모두 모여

자신이 쏜 화살을 잘 쏘고 못 쏨을 알리니

발사하여 과녁을 맞히면

바로 그에게 벌주罰酒를 먹이고자 하네.

피리 소리에 맞춰 춤을 추고 생황과 북을 두들겨

조화롭게 음악을 연주하니

나아가 조상들을 즐겁게 하고

온갖 예절을 합하네.

이렇듯 예절이 갖추어져
크고도 성대하기에
신께서 큰 복을 내려주니
자손子孫들이 편안하네.
그 즐거움이 무르익자
각기 자기 재주를 자랑하고
손님은 활쏘기 짝을 구하니
주인이 들어와 참여하고
또다시 술을 올릴 때 큰 잔에 부으니
이는 맞힌 이들을 위한 것이네.

손님이 모여 잔치를 시작할 때는
점잖고 공손한데
취하지 않았을 때는
예의범절이 깍듯하더니
취해서는 예의범절이 경망하여서
자기 자리를 두고 이리저리 옮겨 다니고
비틀비틀 춤추기를 자주하네.
또 취하지 않았을 때는
예의범절이 삼가고 조용하더니
이미 취해서는 예의범절이 산만하니
이렇게 되면 이미 취한 것이어서
그 차례를 알지 못하네.

손님이 이미 취하면

곧 크게 고함을 치며 떠들어서

우리 그릇과 접시를 어지럽히고

비틀비틀 춤추기를 자주 하니

이렇게 되면 이미 취한 것이어서

그 허물도 알지 못하고

관을 삐딱하게 기울여 쓰고

자주 춤추기를 그치지 않네.

취했을 때 이내 곧 나가면

그 복을 함께 받을 것이지만

취했을 때 이내 곧 나가지 않으면

오히려 덕德을 해치게 되네.

술을 마시고도 아름다운 것은

그 좋은 예의범절을 챙기는 것이라네.

무릇 이 술을 마시면

어떤 이는 취하고 어떤 이는 취하지 않는데

이때 감시자를 세우거나

또는 서기를 두어 돕게 하면

취하여 좋지 못한 행동을 하는 이를

취하지 않은 이가 도리어 부끄럽게 여기게 되네.

지나치게 술을 권하지 말고

지나치게 예의를 잃지 말아야 하네.

말하지 않을 것은 말하지 말며

예의에 어긋난 것을 말하지 말아야 하는 법.
취하여 나오는 대로 말하는 자는
뿔이 없는 양을 내놓으라고도 하는 법.
겨우 세 잔 마시고 기억하지 못하면서
어찌 감히 더 마시려 한단 말인가.

賓之初筵

賓之初筵에 左右秩秩이어늘 籩豆有楚하며 殽核維旅하며 酒旣和旨하여 飮酒孔偕로다 鍾鼓旣設하여 擧酬逸逸하며 大侯旣抗하고 弓矢斯張하니 射夫旣同이라 獻爾發功하여 發彼有的하여 以祈爾爵이로다

籥舞笙鼓하여 樂旣和奏하니 烝衎烈祖하여 以洽百禮하여 百禮旣至하니 有壬有林이로다 錫爾純嘏하니 子孫其湛이로다 其湛曰樂하니 各奏爾能이로다 賓載手仇어늘 室人入又하여 酌彼康爵하여 以奏爾時로다

賓之初筵엔 溫溫其恭이로다 其未醉止엔 威儀反反이러니 曰旣醉止엔 威儀幡幡이라 舍其坐遷하여 屢舞僊僊이로다 其未醉止엔 威儀抑抑이러니 曰旣醉止엔 威儀怭怭하니 是曰旣醉라 不知其秩이로다

賓旣醉止라 載號載呶하여 亂我籩豆하여 屢舞僛僛하니 是曰旣醉라 不知其郵로다 側弁之俄하여 屢舞傞傞로다 旣醉而出하면 竝受其福이어늘 醉而不出하면 是謂伐德이로다 飮酒孔嘉는 維其令儀니라

凡此飮酒에 或醉或否일새 旣立之監이요 或佐之史하나니 彼醉不臧을 不醉反恥하나니라 式勿從謂하여 無俾大怠어다 匪言은 勿言하며 匪由는 勿語하라 由醉之言은 俾出童羖이로다 三爵不識어니 矧敢多又아

308

문왕文王   – 주周나라 왕 –

문왕文王이 위에 계시니

아, 하늘에 밝게 빛나도다.

주나라가 비록 오래된 나라이나

천명天命은 새롭기만 하도다.

주나라가 드러나지 않을까

하느님의 명命이 때에 맞지 않을까

문왕의 오르내리심이

하느님의 좌우左右에 계시니라.

문왕이 힘쓰고 힘써

훌륭하신 명예가 그치지 아니하니

주나라에 복을 베풀어주시되

문왕의 자손들에게 그 복이 미치게 하시니

문왕 자손들, 즉

본손本孫과 지손支孫들이 백세百世를 전할 것이며

세상에 나오는 모든 주나라의 선비들도

또한 대대로 밝으리로다.

대대로 전함이 밝게 되니

그 계책이 더욱 신중하고 충성되네.

많은 훌륭한 선비들이

이 나라에서 태어났도다.

나라에서 이들을 능히 길러내니

이들은 주나라의 기둥이로다.

엄숙하고 장한 선비들이 많으니

문왕이 이들 때문에 편안하시도다.

슬기로운 문왕이여!

아, 계속하여 공경하셨도다.

위대한 천명은

상商나라의 자손들에게도 있었기에

상나라의 자손들이

그 수를 헤아릴 수 없이 많지만

하느님이 명을 내려
이들 모두 주나라에 복종하게 하시도다.

이렇듯 주나라에 복종하니
천명은 한결같은 것이 아니어서
은殷나라 선비 중 아름답고 민첩한 자들은
주나라 도읍에서 제사를 돕는도다.
제사를 도울 적에
그들은 언제나 은나라 관冠을 썼으니
이는 문왕의 훌륭한 신하들이
자신의 조상을 잊지 않고자 함이로다.

자신의 조상을 잊지 말고
그 덕德을 닦을지어다.
이것이 길이 천명을 받들어
스스로 많은 복福을 구하는 길이니라.
은나라가 아직 망하지 않았을 때는
능히 하느님과 함께였으니
마땅히 은나라를 거울로 삼을지어다.
이렇듯 큰 명命은 보전하기가 쉽지 않은 법이로다.

천명은 보전하기가 쉽지 아니하니
그대의 대에서 끊게 하지 말지어다.
훌륭한 소문을 펴서 밝히며

또 은나라 멸망이 곧 하늘의 뜻이었음을 헤아릴지어다.

하늘이 하시는 일은

소리도 없고 냄새도 없는 법.

문왕을 본받으면

온 세상이 떨쳐 일어나 믿으리로다.

文王

文王在上하사 於昭于天하시니 周雖舊邦이나 其命維新이로다 有周不顯이니 帝命不
時로다 文王陟降하시며 在帝左右시니라

亹亹文王이 令聞不已하사 陳錫哉周하시되 侯文王孫子하시니 文王孫子이 本支百
世시며 凡周之士도 不顯亦世로다

世之不顯이니 厥猶翼翼이로다 思皇多士이 生此王國이로다 王國克生하니 維周之楨
이로다 濟濟多士여 文王以寧이시로다

穆穆文王이여 於緝熙敬止시로다 假哉天命은 有商孫子니라 商之孫子이 其麗不億이
언마는 上帝旣命이라 侯于周服이로다

侯服于周하니 天命靡常로다 殷士膚敏이 祼將于京하니 厥作祼將이여 常服黼冔로
다 王之藎臣은 無念爾祖어다

無念爾祖하여 聿修厥德어다 永言配命이 自求多福이니라 殷之未喪師엔 克配上帝
러니라(러니) 宜鑑于殷이어다 駿命不易니라

命之不易니 無遏爾躬이어다 宣昭義問하며 有虞殷自天하라 上天之載는 無聲無臭
어니와 儀刑文王하면 萬邦作孚하리라

312

대명大明　　－ 크게 밝히다 －

덕이 밝고 밝아서 아래에 계시며
명命이 빛나고 빛나서 하늘에도 계시네.
하늘은 믿기 어렵고
임금 노릇은 쉽지 않은 법.
하늘은 천자天子의 지위를 가지고 있던 은殷나라의 적손嫡孫이
천하를 소유하지 못하게 하셨네.

지摯나라의 둘째 따님인 태임太任이
은나라로부터 주周나라로 시집오시어
주나라 도읍에서
새 신부가 되시니
이에 *왕계王季와 더불어
덕德을 행하셨다네.
태임太任이 임신하시니
곧 문왕文王을 낳으셨네.

아, 문왕께서는
조심하고 조심하고 공경하고 공경하사
하느님을 밝게 섬기시니
하늘도 문왕의 덕德을 인정하여
많은 복福을 주시고
사방四方 나라의 주인이 되게 하시네.

하늘이 아래를 두루 굽어보시어
천명이 이미 모였네.
문왕 초년에
하늘이 배필을 내리시니
흡수洽水의 남쪽에 있으며
위수渭水의 가에 있으셨네.
문왕이 혼일을 위해
큰 나라에서 아가씨를 두셨네.

큰 나라에서 아가씨를 두셨으니
하늘에 비길 만한 여인이네.
예禮로 그 길한 날을 정하시고
위수에서 친히 맞으셨는데
배를 만들어 다리를 놓으시니
그 빛을 어찌 숨길 수 있겠는가.

하늘이 천명을 내려
문왕에게 명하시기를
주나라의 도읍에서 다스리게 하시고
신나라의 장녀를
큰 아들과 혼례시켜
돈독히 무왕武王을 낳게 하시고
보호하고 돕고 명령하시어
상商나라를 정벌하게 하시네.

은나라의 병사 수가
마치 숲과 같아서
목야牧野 땅에다 진을 치니
문왕 군대의 세력이 왕성하게 되네.
하느님이 문왕에게 임하셨으니
마음에 의심하지 말지어다.

넓고 넓은 목야 땅에
박달나무 수레가 빛을 발하고
배가 흰 네 필의 말이 씩씩하고
태사太師인 태공망이
때때로 매가 나는 듯 무왕武王을 도와
군대를 몰아다가 상나라를 정벌하였는데
싸움이 있던 날 아침 날씨는 청명하였네.

*왕계王季 : 문왕의 아버지.

大明

明明在下하며 赫赫在上이니라 天難忱斯라 不易維王이니 天位殷適을 使不挾四方하시니라

摯仲氏任이 自彼殷商으로 來嫁于周하사 曰嬪于京하시니 乃及王季로 維德之行이시로다 大任有身하사 生此文王하시니라

維此文王이 小心翼翼하사 昭事上帝하사 聿懷多福하시니 厥德不回하사 以受方國하시니라

天監在下하사 有命旣集이라 文王初載에 天作之合하시니 在洽之陽하며 在渭之涘하여 文王嘉止에 大邦有子시로다

大邦有子하니 俔天之妹로다 文定厥祥하시고 親迎于渭하사 造舟爲梁하시니 不顯其光이로다

有命自天하여 命此文王을 于周于京이어시늘 纘女維莘이 長子維行하여 篤生武王하시니 保右命爾하사 燮伐大商하시니라

殷商之旅이 其會如林하여 矢于牧野하니 維予侯興이로다 上帝臨女하시니 無貳爾心이어다

牧野洋洋하니 檀車煌煌하며 駟騵彭彭이로다 維師尚父이 時維鷹揚하여 凉彼武王하여 肆伐大商하니 會朝淸明이로다

316

면縣   – 길고도 길다 –

길고 길게 이어진 오이덩굴이여!
주周나라에 사람들이 처음 터전을 잡은 곳은
저수沮水와 칠수漆水 물가였는데
*고공단보古公亶父는
처음에 굴을 파고 흙집을 지어 거처하였으니
아직 집 같은 집이 없었네.

고공단보가
아침에 말을 달려
서쪽 물가를 따라
기산岐山 아래 이르시니
이에 **강녀姜女와
더불어 와서 살림을 차리셨네.

주나라 언덕이 기름지고 비옥하여
쓴 나물과 씀바귀도 엿처럼 달콤하니
여기서 시작하고 여기서 도모하실 때
거북점을 쳐본 후에
이곳에 거주할 만하다 여기시고
이곳에 집을 지으라 하셨네.

이에 편안히 살면서

이에 좌우로 집들을 짓고
이에 큰 경계를 구획하고 작은 도랑을 만들고
밭을 갈고 이랑을 만드니
서쪽에서부터 동쪽까지 모두
두루 일을 다하셨네.

이에 ***사공司空을 부르고
이에 ****사도司徒를 불러
궁궐을 짓게 할 때
먹줄로 곧바르게 하고
판자板子를 묶어 이어서
사당을 지으니 위엄이 있었네.

그릇에 흙을 담기를 많이 하고
흙을 판자에 던져 넣는 소리 요란하고
담장을 다지며 주고받는 소리가 울려 퍼지고
중복된 곳을 깎기를 쿵쿵 하여
모든 벽이 세우니
북소리도 감당하지 못하겠네.

성문을 세우니
성문이 높기도 하며
정문을 세우니
정문이 위엄이 있으며

큰 사직을 세우니
오랑캐들이 떠나가네.

또한 오랑캐들이 시끄러웠지만
또한 그 명성을 실추할 만한 것이 되지 못했네.
떡갈나무와 두릅나무를 쑥쑥 뽑아내어
다니는 길을 통하게 하니
오랑캐들이 도망을 가서
겨우 숨만 쉴 뿐이었네.

우虞나라와 예芮나라가 분쟁을 조정해줄 때
문왕이 그 세력을 민첩하게 잡으시니
이것은 아랫사람을 거느리고 윗사람과 친하게 지내는 것이며
앞과 뒤가 있는 것이며
덕이 빠르게 전파되는 것이며
적의 침략을 막고 방어하는 것이라 하겠네.

*고공단보古公亶父 : 주나라 태왕太王.
**강녀姜女 : 태왕太王의 비妃.
***사공司空 : 나라의 수도를 관장하는 관리.
****사도司徒 : 나라의 역사를 관장하는 관리.

緜

緜緜瓜瓞이여 民之初生에 自土沮漆하니 古公亶父ㅣ 陶復陶穴하여 未有家室이러시니라

古公亶父ㅣ 來朝走馬하여 率西水滸하사 至于岐下하시니 爰及姜女로 聿來胥宇하시니라

周原膴膴하니 菫茶如飴로다 爰始爰謀하시며 爰契我龜하사 曰止曰時하여 築室于玆하시니라

迺慰迺止하며 迺左迺右하며 迺疆迺理하며 迺宣迺畝하니 自西徂東하여 周爰執事하니라

乃召司空하며 乃召司徒하여 俾立室家하니 其繩則直이어늘 縮版以載하니 作廟翼翼이로다

捄之陾陾하며 度之薨薨하며 築之登登하며 削屢馮馮하여 百堵皆興하니 鼛鼓弗勝이로다

迺立皋門하니 皋門有伉하며 迺立應門하니 應門將將하며 迺立冢土하니 戎醜攸行이로다

肆不殄厥慍하시나 亦不隕厥問하시니 柞棫拔矣라 行道兌矣하니 混夷駾矣하여 維其喙矣로다

虞芮質厥成이어늘 文王蹶厥生하시니 予曰有疏附며 予曰有先後며 予曰有奔奏며 予曰有禦侮라 하노라

역박棫樸 — 두릅나무를 베다 —

무성한 두릅나무를
땔감으로 베어 쌓아두니
거룩하신 군왕이여!
신하들이 좌우에서 달려와 섬기시도다.

거룩하신 군왕이여!
좌우에서 구슬로 장식한 잔을 받들어 제를 올릴 때
잔을 받들어 올리기를 높이 하니
가히 뛰어난 선비의 모습이로다.

떠가는 저 경수涇水의 배는
여러 사람이 노를 젓는데
주나라 군왕의 행차에는
여섯 개의 군대가 따라가도다.

저 큰 은하수여!
하늘에 문장이로다.
주나라 군왕이 장수하시니
어찌 사람을 발전시키지 않을 수 있으리오.

잘 다듬은 그 문장이요

금옥金玉 같은 그 바탕이로다.

부지런하고 힘쓰는 우리 군왕은

천하를 바로 다스리시도다.

棫樸

芃芃棫樸을 薪之槱之로다 濟濟辟王이여 左右趣之로다

濟濟辟王이여 左右奉璋이로다 奉璋峨峨하니 髦士攸宜로다

淠彼涇舟를 烝徒楫之로다 周王于邁하시니 六師及之로다

倬彼雲漢이여 爲章于天이로다 周王壽考하시니 遐不作人이시리오

追琢其章이요 金玉其相이로다 勉勉我王이여 綱紀四方하시도다

한록旱麓 　－ 한산의 기슭 －

저 한산旱山의 기슭을 바라보니
개암나무와 싸리나무가 많구나
점잖으신 문왕이여
녹祿을 구함이 점잖기만 하도다.

조밀하게 구슬로 장식한 잔에
누런 술이 가운데 들어 있구나.
점잖으신 문왕이여
이는 바로 복되고 영화로움이 내리는 바로다.

솔개는 날아 하늘에 이르고
물고기는 연못에서 뛰노는구나.
점잖으신 문왕이여
어찌 사람을 발전시키지 않을 수 있으리오.

맑은 술을 이미 술동이에 담아놓고
붉은 소를 제물로 바쳐
하늘에 올리며 제사를 지내
큰 복을 더 크게 하도다.

무성한 저 떡갈나무와 두릅나무는
백성들에게는 땔감이니

점잖으신 문왕은

신神도 위로하도다.

무성한 칡넝쿨이

나뭇가지에 뻗어 있으니

점잖으신 문왕이여

복福을 구함에 부정함이 없도다.

旱麓

瞻彼旱麓하니 榛楛濟濟로다 豈弟君子여 干祿豈弟로다

瑟彼玉瓚에 黃流在中이로다 豈弟君子여 福祿攸降이로다

鳶飛戾天이어늘 魚躍于淵이로다 豈弟君子여 遐不作人이리오

淸酒旣載하며 騂牡旣備하니 以享以祀하여 以介景福이로다

瑟彼柞棫은 民所燎矣로다 豈弟君子는 神所勞矣로다

莫莫葛藟여 施于條枚로다 豈弟君子여 求福不回로다

사제思齊   - 거룩하도다 -

거룩하신 태임太任은
문왕의 어머니로
*주강周姜을 사랑하시어
주나라 왕실의 며느리가 되셨네.
**태사太姒가 그 아름다운 명성을 이으시니
많은 아들을 두셨네.

종묘宗廟 선왕들의 뜻을 따르시니
신령들께서 이에 원망함이 없고
신령들께서 이에 애통함이 없네.
이는 부인들의 본보기로 삼아
형제兄弟에게 이르러
집과 나라를 다스리셨기 때문이네.

궁궐에서는 지극히 화합하고
사당에서는 지극히 엄숙하며
드러나지 않은 곳에도 임한 듯이 하시며
싫어하심 없이 백성을 보전하시네.

큰 병폐는 크게 징계하시어
폐해를 아주 없애시니
듣지 않아도 법도에 맞고

충고하지 않아도 선하셨네.

무릇 성인成人에게는 덕德이 있어
소인小人들이 이를 따르니
문왕은 싫어하는 것이 없어서
선비들을 등용하여 명예롭게 해주셨네.

*주강周姜 : 문왕의 할머니.

**태사太姒 : 문왕의 비.

思齊

思齊大任이 文王之母시니 思媚周姜하사•京室之婦러시니 太姒嗣徽音하시니 則百
斯男이시로다

惠于宗公하사 神罔時怨하며 神罔時恫하고 刑于寡妻하사 至于兄弟하사 以御于家
邦이시라

雝雝在宮하시며 肅肅在廟하사 不顯亦臨하시며 無射亦保하시니라

肆戎疾不殄하사 烈假不瑕하시며 不聞亦式하시며 不諫亦入하시니라

肆成人有德하며 小子有造하니 古之人無斁이라 譽髦斯士시로다

황의皇矣 　 – 위대하도다 –

위대하신 하느님이
위엄 있게 땅 위에 임하시어
세상을 관찰하시고
백성의 안정함을 구하시네.
하夏나라 상商나라 이 두 나라가
도리道理에 맞게 그 정사政事를 펴지 않기에
온 나라에서
이에 찾고 이에 헤아리시네.
하느님이 이루고자 하시면
그 국경의 규모를 증대시킬 수 있는 법.
이에 정성으로 서쪽 땅을 돌아보시고는
그곳에서 거처하시니라.

뽑아버리고 제거하는 것은
서서 죽은 나무와 말라죽은 나무고
닦고 평평히 하는 것은
관목灌木과 늘어진 가지고
개간하고 제거하는 것은
능수버들과 가물태나무고
제거하고 베는 것은
들뽕나무와 산뽕나무로다.
하느님이 덕이 밝은 그곳으로 옮기시니

오랑캐가 길을 가득 메우고 도망치고
하느님이 그 배필을 세우시니
천명天命을 받음이 이미 견고해지노라.

하느님이 그 산을 살펴보시니
떡갈나무와 두릅나무가 위로 쑥 뻗어 올라가
송백松柏 사이에 길이 나 통하게 되었네.
이에 하느님이 나라를 만들고 담당할 자를 세우시니
태백太伯과 왕계王季에게 그 일을 처음 주셨네.
왕계王季야말로
마음 깊이 형제애가 애틋하여
그 형兄과 서로 우애하니
그 복을 돈독히 하여
영광을 형兄에게 먼저 주시니
복福이 없어지지 아니하고
마침내 천하의 주인이 되시도다.

이 왕계王季를
하느님께서는 그 마음을 헤아리시고
그 덕을 맑게 하시니
그 덕이 더욱 밝으셨네.
능히 옳고 그름을 가리시고 선과 악을 분류하시며
어른답게 행동하시고 군주답게 행동하시며
이 큰 나라의 왕이 되시니

능히 순종하고 친하셨네.
문왕에 이르러서도
그 덕에 흠이 없으셨기에
하늘의 복을 받았으니
그 복이 자손에게 이어졌도다.

하느님께서 문왕에게 말씀하시길
그렇게 하늘을 배반하고 서쪽으로 가지 말며
그렇게 흠모하고 부러워하지 말며
크게 먼저 도道의 지극한 경지에 오르라 하시네.
밀密나라 사람이 공손하지 않은 까닭에
감히 큰 나라에 대적하여
완阮나라를 침공하러 공共 땅을 침범하자
문왕께서 크게 화를 내시고
군대를 정돈하여
침략하러 가는 무리들을 막으셨으니
이는 주나라의 복福을 돈독히 하시고
세상 천하의 기대에 부응하신 것이니라.

문왕께서 편안히 서울에 계시면서
완阮나라를 국경에서부터 침략하셨는데
높은 언덕에 올라가니
구릉에 진을 치는 자가 없고
구릉이며 언덕이며

샘물을 마시는 자가 없네.

우리 샘물이요 우리 못인데

그 좋은 언덕을 넘어가서

기산岐山의 남쪽에 거처하고

위수渭水의 물가에 계시니

이로써 온 세상의 고향이 되고

온 백성의 왕이 되시도다.

하느님께서 문왕에게 말씀하시길

나는 밝은 덕을 좋아하지만

소리와 색을 대단하게 여기지 않고

잘난 체하고 변혁스러움을 훌륭하게 여기지 않고

사사로운 지식을 쓰지 아니하여

하늘의 법法에 순종하는 자를 사랑하노라 하시네.

하느님께서 문왕에게 말씀하시길

너의 원수 나라를 도모할 때

너의 형제국兄弟國과 더불어

너의 사다리와

너의 *임거臨車와 충거衝車 두 수레로

숭崇나라의 성을 치라 하시도다.

임거와 충거가 천천히 움직이니

숭나라 성이 높고도 크네.

상황을 알려줄 포로 잡기를 계속하고

귀를 베어 바치나 난폭하지 않으시네.

하늘과 군신軍神에게 제사를 지내

모두를 복종하게 하시니

세상에 문왕을 업신여기는 이가 없네.

임거와 충거가 튼튼하지만 성하니

숭나라 성 또한 견고하네.

그러나 이를 공격하고 이에 정벌하고

이에 끊고 이에 멸망시키니

세상에서 문왕을 어기는 자가 없도다.

*임거臨車와 충거衝車 : 임거는 위에서 아래로, 충거는 옆에서 충돌해 성을 공격하
  는 수레.

皇矣

皇矣上帝이 臨下有赫하사 監觀四方하사 求民之莫이시니 維此二國이 其政不獲일새
維彼四國에 爰究爰度하시니 上帝耆之인댄(는) 憎其式廓이라 乃眷西顧하사 此維與宅
하시니라

作之屛之하니 其菑其翳며 脩之平之하니 其灌其栵며 啓之辟之하니 其檉其椐며
攘之剔之하니 其檿其柘로다 帝遷明德이라 串夷載路어늘 天立厥配하시니 受命旣固시
로다

帝省其山하시니 柞棫斯拔하며 松栢斯兌어늘 帝作邦作對하시니 自大伯王季시로다
維此王季이 因心則友하사 則友其兄하사 則篤其慶하사 載錫之光하시니 受祿無喪하여
奄有四方이샷다

維此王季를 帝度其心하시고 貊其德音하시니 其德克明이로다 克明克類하시며 克長

克君하시며 王此大邦하사 克順克比러시니 比于文王하사 其德靡悔하시니 旣受帝祉하
사 施于孫子하시니라

帝謂文王하시되 無然畔援하며 無然歆羨하여 誕先登于岸이라하시다 密人不恭이라
敢距大邦하여 侵阮徂共이어늘 王赫斯怒하사 爰整其旅하사 以按徂旅하사 以篤于周祜
하사 以對于天下하시니라

依其在京이어시늘 侵自阮疆하여 陟我高岡하니 無矢我陵이라 我陵我阿며 無飮我泉
이라 我泉我池로다 度其鮮原하사 居岐之陽하여 在渭之將하시니 萬邦之方이며 下民之
王이시로다

帝謂文王하시되 子懷明德이나 不大聲以色하며 不長夏以革하고 不識不知하여 順帝
之則이라 하시다 帝謂文王하시되 詢爾仇方하며 同爾兄弟하여 以爾鉤援과 與爾臨衝으
로 以伐崇墉이라 하시다

臨衝閑閑하니 崇墉言言이로다 執訊連連하며 攸馘安安이로다 是類是禡하여 是致
是附하시니 四方以無侮로다 臨衝茀茀하니 崇墉仡仡이로다 是伐是肆하며 是絶是忽
하시니 四方以無拂이로다

영대靈臺   - 영대 -

*영대靈臺를 건설하기 시작할 때
측량하고 푯말을 세우시니
백성이 모두 나와 일하는지라
하루가 못 되어 완성하였네.
측량하고 푯말을 세울 때 서둘지 말라 하셨지만
백성들이 제 부모 일인 양 돕기 위해 몰려들었네.

왕께서 **영유靈囿에 계시니
암사슴과 수사슴이 그 자리에 엎드려 있네.
암사슴과 수 사슴이 살찌고 윤택하며
백조는 깨끗하고도 희네.
왕께서 ***영소靈沼에 계시니
아, 고기들이 가득히 뛰노네.

종을 매달 틀과 북을 매달 틀을 갖추고
큰 종과 큰 북을 매어 다니
아, 질서정연한 종과 북이여!
아, 즐거운 천자의 궁전이여!

아, 질서정연한 종과 북이여!
아, 즐거운 천자의 궁전이여!
악어가죽으로 만든 북이 둥둥 울리니

악사樂師들이 풍악을 울리네.

*영대靈臺 : 궁궐 안에 있던 문왕의 별장.

**영유靈囿 : 영대 아래에 있던 정원.

***영소靈沼 : 영유 가운데 있던 연못.

靈臺

經始靈臺하여 經之營之하시니 庶民攻之라 不日成之로다 經始勿亟하시나 庶民子
來로다

王在靈囿하시니 麀鹿攸伏이로다 麀鹿濯濯이어늘 白鳥翯翯이로다 王在靈沼하시
니 於牣魚躍이로다

虡業維樅이요 賁鼓維鏞이로소니 於論鼓鍾이여 於樂辟廱이로다

於論鼓鍾이여 於樂辟廱이로다 鼉鼓逢逢하니 矇瞍奏公이로다

생민生民   — 백성을 낳으시다 —

맨 처음 주周나라 사람을 낳은 분은
*강원姜嫄이시니
어떻게 백성을 낳으셨는가.
정결히 삼가고 정결히 제사를 지내며
없는 자식을 하늘에 빌 때
하느님의 발자국이 엄지발가락을 밟으심에
크게 여기고 멈춘 곳이 경이로워지더니
마침내 임신하여 조심하시고
낳고 키우셨는데
그분이 바로 **후직后稷이시네.

열 달을 채워
첫아기를 낳는 데 염소처럼 쉽게 낳으시니
쪼개지지도 않고 갈라지지도 않고
재앙도 없고 해도 없으셨는데
마침내 그 신령스러운 빛을 내시니
하느님도 어찌 편안하지 않으셨겠는가.
제사를 정결히 지내는 것을 편안하게 여기시어
마침내 아들을 낳게 하시네.

아기를 좁은 골목에 버려두면
소와 양이 보호하고 사랑해주며
숲속에 버려두면
마침 나무를 베러 온 자가 거두어주며
찬 얼음 위에 버려두면
새가 날개로 덮고 품어주네.
그러다 새가 떠나면
후직이 외로이 우시는데
그 울음소리가 실로 길고 커서
큰길에까지 울음소리로 가득하셨네.

실로 기어 다니게 되자
능히 성숙하고 건강하셨고
스스로 밥을 먹게 되자
콩을 심으셨으니
콩 잎이 깃발처럼 펄럭이도록 자랐으며
벼도 그 열매가 아름다우며
깨와 보리가 무성하며
오이가 주렁주렁 달렸네.

후직이 농사를 짓는 데는
재배하는 나름의 방법이 있었으니
무성한 풀을 제거하고
아름다운 곡식을 심었는데

336

심기 전에 씨앗을 물에 담가 싹을 먼저 틔웠네.
마침내 씨를 뿌리면 점점 자라
껍질을 벗고 점점 자라나니
그 열매 단단하고 아름답게 여물고
이삭이 또한 무겁고 알차네.
이를 태邰나라에 집안을 정하시니라.

좋은 종자를 내려주니
검은 기장과 알이 두 개 든 기장과
붉은 차조와 흰 차조로다.
검은 기장과 알이 두 개 든 기장을 두루 심고
마침내 수확하여 밭에 두고
붉은 차조와 흰 차조를 두루 심고
마침내 수확하여 어깨와 등에 메고 집으로 돌아와
비로소 제사를 지내시네.

우리 제사를 어떻게 하였는가.
어떤 것은 방아 찧고 어떤 것은 절구질하고
어떤 것은 키질하고 어떤 것은 발로 비벼
쌀을 싹싹 씻고
이것을 쪄서 김이 뭉게뭉게 오르게 하면
좋은 날을 정해 몸을 정갈히 하여
쑥을 기름에 섞어 태운 후에
숫양을 바쳐 길가의 신에게 제사를 지내며

불고기를 꼬치에 끼워 구워서
다시 풍년을 빌고 빌었네.

제기祭器에 음식을 충성하게 담을 때
나무그릇에도 담고 질그릇에도 담아
그 냄새가 비로소 하늘에 올라가니
하느님이 편안히 흠향하시네.
이러니 어찌 그 냄새가 진실로 때에 알맞지 않았겠는가.
후직이 처음 제사를 지냄으로써
죄罪와 회한悔恨이 없게 되었고
그래서 지금에 이르게 된 것이라네.

*강원姜嫄 : 후직后稷의 어머니.

**후직后稷 : 주나라의 시조로 문왕의 선조.

生民

厥初生民이 時維姜嫄이시니 生民如何오 克禋克祀하사 以弗無子하시고 履帝武敏歆하사 攸介攸止하사 載震載夙하사 載生載育하시니 時維后稷이시니라

誕彌厥月하여 先生如達하시니 不坼不副하시며 無菑無害하사 以赫厥靈하시니 上帝不寧가 不康禋祀하사 居然生子하시니라

誕寘之隘巷한대 牛羊腓字之하며 誕寘之平林한대 會伐平林하며 誕寘之寒氷한대 鳥覆翼之로다 鳥乃去矣어늘 后稷呱矣하시니 實覃實訏하사 厥聲載路러시니라

誕實匍匐하사 克岐克嶷이러시니 以就口食하사 蓺之荏菽하시니 荏菽旆旆하며 禾役穟穟하며 麻麥幪幪하며 瓜瓞唪唪하니라

誕后稷之穡이 有相之道로다 茀厥豐草하고 種之黃茂하니 實方實苞하며 實種實褎하며 實發實秀하며 實堅實好하며 實穎實栗하더니 卽有邰家室하시니라

誕降嘉種하니 維秬維秠며 維穈維芑로다 恒之秬秠하니 是穫是畝하며 恒之穈芑하니 是任是負하여 以歸肇祀하시니라

誕我祀如何오 或舂或揄하며 或簸或蹂하며 釋之叟叟하며 烝之浮浮하며 載謀載惟하며 取蕭祭脂하며 取羝以軷하며 載燔載烈하여 以興嗣歲로다

卬盛于豆하니 于豆于登이로다 其香始升하니 上帝居歆이삿다 胡臭亶時리오 后稷肇祀하시므로 庶無罪悔하여 以迄于今이삿다

행위行葦 　 – 길가의 갈대 –

빽빽하게 자란 저 길가의 갈대를
소와 양이 밟지 않는다면
바야흐로 움트고 제 모습을 갖추어
잎이 부드럽고 윤택하리라.
가깝고 가까운 형제兄弟들을
멀리하지 않고 모두 가까이 한다면
어떤 형제는 자리를 깔아주고
어떤 형제는 그 위에 *안석도 받쳐주리라.
자리를 펴고 그 위에 다시 자리를 깔고
공손히 안석을 받쳐주리라.
혹은 술잔을 올리고 혹은 권하며
다시 술잔을 씻어서 잔을 올리며
여기에 고깃국과 젓갈을 올리며
혹은 불고기를 올리고 혹은 산적을 올리며
이렇듯 좋은 안주에 순대 안주까지 내놓으며
혹은 노래하고 혹은 북치리라.

무늬를 아로새긴 활이 견고한데
그대가 화살을 골라
발사하여 모두 적중하니
잘 맞힌 성적대로 손님의 차례를 정하도다.
무늬를 아로새긴 활을 힘껏 당겨

340

네 개의 화살촉을 쏘아

그 네 개의 화살촉이 모두 일부러 꽂아놓은 듯이 중앙에 꽂히니

손님을 차례로 하되

업신여김 없이 공경하게 대하네.

주인되는 증손자가

맛이 좋은 술과 단술을 내놓으니

큰 국자로 떠서 노인들의 장수를 기원하고

허리가 굽은 노인을 인도하고 도우실 때

수명이 길고 큰 복을 누리시라고 비네.

*안석案席 : 벽에 세워놓고 몸을 기대는 방석.

行葦

敦彼行葦를 牛羊勿踐履면 方苞方體하여 維葉泥泥리라 戚戚兄弟를 莫遠具爾면 或
肆之筵이며 或授之几리라

肆筵設席하니 授几有緝御로다 或獻或酢하며 洗爵奠斝하며 醓醢以薦하며 或燔或
炙하며 嘉殽脾臄이며 或歌或咢이로다

敦弓旣堅하며 四鍭旣鈞이어늘 舍矢旣均하니 序賓以賢이로다 敦弓旣句하며 旣挾
四鍭하여 四鍭如樹하니 序賓以不侮로다

曾孫維主하니 酒醴維醹로다 酌以大斗하여 以祈黃耇로다 黃耇台背 以引以翼하여
壽考維祺하여 以介景福이로다

기취旣醉   – 술에 취하다 –

이미 술에 취하였는데
은덕恩德 덕분에 그렇게 되었네.
군자가 오랫동안
복을 더 크게 하리로다.

이미 술에 취하였는데
안주도 많이 들었네.
군자가 오랫동안
크고 빛나고 큰 것을 더욱 크게 하리로다.

나고 큰 것이 더더욱 밝으니
고상하고 현명하여 끝맺음을 잘하네.
끝맺음을 잘하니 곧 시작이 있을지니
임금의 시동이 좋은 말로 고告하리로다.

무엇을 고하는가.
제기의 제물이 정갈하고 아름다우며
제사를 돕는 손님들의 자세가
위엄 있고 예의를 지킨다고 고하리로다.

위엄과 예의범절이 지극히 때에 맞으니
군자가 효자孝子를 두셨네.

효자孝子가 끊이지 않을 것이고
길이길이 그대에게 좋은 것을 주리로다.

그 좋은 것이란 무엇인가.
궁중 전체가 심원하고 엄숙한 것이네.
군자가 오랫동안
길이 복과 영화와 더불어 자손을 받으리로다.

그 자손이란 무엇인가.
하늘이 너에게 복록을 입게 하여
군자가 오랫동안
큰 명命을 따르게 하는 것이네.

그 따른다는 것은 무엇인가.
훌륭한 배필을 주는 것이네.
훌륭한 배필을 주고
훌륭한 자손으로 하여금 하늘의 명을 따르게 하는 것이로다.

既醉

既醉以酒요 既飽以德하니 君子萬年에 介爾景福이로다
既醉以酒요 爾殽既將하니 君子萬年에 介爾昭明이로다
昭明有融하니 高朗令終이로다 令終有俶하니 公尸嘉告로다

其告維何오 籩豆靜嘉어늘 朋友攸攝이 攝以威儀로다

威儀孔時어늘 君子有孝子로다 孝子不匱하니 永錫爾類로다

其類維何오 室家之壺이로다 君子萬年에 永錫祚胤이로다

其胤維何오 天被爾祿하여 君子萬年에 景命有僕이로다

其僕維何오 釐爾女士로다 釐爾女士요 從以孫子로다

공류公劉　　− 공류 −

후덕하신 *공류公劉께서는
몸을 편안히 두지를 않으셨으니
밭두둑을 다스리고 경계를 다스렸으며
노적가리를 쌓고 창고에 거둬들이셨고
마른 밥과 양식을 싸서
전대와 자루에 가득 싣고
백성을 편안히 하고 나라를 빛내기 위해
활과 화살을 장만하여
방패와 창, 도끼를 들고
비로소 길을 떠나시니라.

후덕하신 공류께서
이 빈 땅의 들을 보시더니
이미 거주하는 자가 많고
이미 편안하고 사람들이 두루 퍼져 있으며
길게 탄식하는 소리도 없구나 하시네.
올라가 산 정상에 계시다가
다시 내려와 들판에 계시는데
무엇을 허리에 찼는가 하니
옥玉과 아름다운 옥돌과
칼집과 칼날이 화려하게 장식된 칼이로다.
후덕하신 공류께서

저 백천百泉의 물가에 가시어

넓은 언덕을 보신 후

남쪽 등성이에 오르시어

경京 땅을 보셨네.

언덕이 높고 많은 사람이 살 만한 들이기에

이에 자리를 잡고 집을 지었으며

이에 나그네들을 붙어 살게 한 후에

서로 충고하고

서로 즐겁게 이야기 나누며 살게 하시네.

후덕하신 공류公劉께서

경 땅에 편안히 사시게 되니

위엄 있고 예의가 바른 신하들이 넘쳐나고

자리를 펴고 방석에 몸을 기대시니

모두 나와 자리에 앉아 방석에 등을 기대네.

이에 우리에 가니

우리에서 돼지를 잡게 하시고

술을 풀 때 겸손하게 바가지를 사용하여

밥을 먹이고 술을 마시게 하니

모두 임금으로 받들고 존경을 바치는도다.

후덕하신 공류께서

나라의 땅을 넓고도 길게 확장하셨네.

해의 그림자를 관찰하고 등성이에 올라가

음지와 양지를 보고

흐르는 물을 관찰하니

그 군사 삼군이 모두 찾도다.

습지와 언덕을 재어

전세를 거둬 양식을 저축하며

산의 서쪽까지 헤아리니

빈豳 땅에 거주하는 것이 진실로 광대하도다.

후덕하신 공류께서

빈 땅에 객사를 지으시고

위수渭水를 건너 가로질러 가서

숫돌과 쇠를 취해 와

살 터를 정하고 다스리시니

백성이 많아지고 재물이 풍족해졌네.

황제가 머무르는 객사를 끼고

과객이 머무르는 객사를 거슬러 올라가니

거주하는 무리가 모여들었는데

그 수가 많아 예수芮水 밖에까지 나아가 살게 되도다.

*공류公劉 : 주나라의 시조이자 후직의 증손자.

公劉

篤公劉이 匪居匪康하사 迺場迺疆하여 迺積迺倉이어늘 迺裹餱糧을 于橐于囊하여 思輯用光하사 弓矢斯張하며 干戈戚揚으로 爰方啓行하시니라

篤公劉이 于胥斯原하시니 旣庶旣繁하며 旣順迺宣하여 而無永歎이로다 陟則在巘하시며 復降在原하시니 何以舟之오 維玉及瑤와 鞞琫容刀로다

篤公劉이 逝彼百泉하사 瞻彼溥原하시고 迺陟南岡하사 乃覯于京하시니 京師之野일새 于時處處하며 于時廬旅하며 于時言言하며 于時語語하시니라

篤公劉이 于京斯依하시니 蹌蹌濟濟어늘 俾筵俾几하니 旣登乃依로다 乃造其曹하여 執豕于牢하며 酌之用匏하니 食之飮之하며 君之宗之로다

篤公劉이 旣溥旣長이어늘 旣景迺岡하여 相其陰陽하며 觀其流泉하니 其軍三單이로다 度其隰原하여 徹田爲糧하며 度其夕陽하니 豳居允荒이로다

篤公劉이 于豳斯館하사 涉渭爲亂하여 取厲取鍛하여 止基迺理하니 爰衆爰有하여 夾其皇澗하며 遡其過澗하여(하며) 止旅迺密하여 芮鞫之卽이로다

348

억抑   - 가득하도다 -

가득 들어찬 위엄과 예의범절은
덕德의 단면이니라.
사람이 말하기를
현철한 사람치고 어리석지 않은 자가 없다고 하거늘
하물며 일반 백성들의 어리석음이야
본래의 병폐라고 하겠네.
그러나 현철한 사람의 어리석음은
있을 수 없는 일이라네.

그보다 착한 사람이 없으면
그 사람을 세상의 본으로 삼고
정직한 덕德이 있으면
천하가 이에 순종하나니
계책을 크게 하고 명령을 살펴 정하며
계획을 원대하게 하고 때에 따라 고告하며
위엄과 예의범절을 공경하고 삼가야만
백성의 모범이 될 것이네.

지금 세상에서는

정치가 어둡고 어지러워

그 덕德이 무너지고

술에 빠지고 즐거워만 하고

이렇듯 술에 빠져 즐거움만을 좇으며

그 전통을 이을 생각조차 하지 않네.

널리 선왕의 도道를 구하여

밝은 법法을 집행하지 않네.

이러므로 하늘도 가상히 여기지 아니하시니

저 물이 그대로 흘러가듯

빠져서 서로 망하지 않을는지.

일찍 일어나고 밤늦게 자서

뜰 안에 물 뿌리고 청소하여

백성의 의로운 표본이 되고

수레를 끄는 네 필의 말과

활과 화살과 병기들을 수선하고

병란兵亂이 일어날 것을 경계하여

먼 오랑캐들을 쫓아내야만 하네.

백성들을 안정시키고

제후의 법도法度를 삼가며

비상사태를 경계하고

입 밖으로 내는 말을 삼가며

위엄과 예의범절을 공경하고

유순하고 아름답지 않음이 없게 하여야만 하네.
흰 구슬에 있는 흠은
갈아 없앨 수 있지만
한번 입 밖으로 잘못 내뱉은 말은
다스릴 수가 없는 법이라네.

내는 말을 함부로 하지 말고
구차히 하지 말지어다.
혀를 잡아주는 이가 없기 때문에
말을 함부로 해서는 안 되는 것이라네.
말에 대답이 없을 수 없듯
덕德에도 보답이 없을 수 없으니
친구와 백성들과
젊은이들에게 부드럽게 대하면
자손들이 대대로 이어지고
백성들이 받들게 되리라.

군자와 마주하게 될 때는
얼굴을 부드럽고 유순하게 하여
어떤 잘못이 있지 않은가 생각하고
방 안에 혼자 있을 때
어두움 속에서도 부끄러움을 살펴서
밝지 않으니
나를 보는 이가 없다고 말하지 말지어다.

신神이 다다르는 곳은

헤아릴 수가 없거늘

하물며 어찌 함부로 신神이 싫어하는 일을 할 수 있겠는가.

군주君主여, 덕德을 행하면

선하게 하고 아름답게 될지어다.

몸가짐을 선하게 하고

위엄과 예의범절에 삼가 허물이 없게 할지어다.

어그러지지 아니하고 해치지 아니하면

모든 것이 법도가 될 것이니

이는 복숭아를 던져두면

자두로 보답하는 것과 같은 것이리라.

저 뿔 없는 짐승에게 뿔을 구하여

어찌 그대를 어지럽게 하겠는가.

야들야들 부드러운 나무에

실을 매서 활을 만드는 것처럼

온순하고 공손한 사람은

덕德의 기본이 되네.

현철한 사람들이

좋은 말만 말하고

덕德을 순히 하여 행하지만

어리석은 사람들은

도리어 나더러 거짓말을 한다고 이르는 것처럼

사람들의 마음은 각양각색이라네.

아, 젊은이들이여!
좋고 나쁨을 알지 못하겠는가.
손으로 잡아줄 뿐만 아니라
일로 보여주어 대면하게 하며
가르쳐줄 뿐만 아니라
그 귀를 잡고 자세히 설명해주리라.
설령 특별한 지식이 없었지만
자식 또한 낳아 기른 그대들이 아닌가.
사람들이 자만하지 않는다면
누가 일찍 깨닫고 누가 늦게 깨닫게 되겠는가.

넓은 하늘이 매우 밝으나
우리 삶이 즐겁지 않네.
그대들의 어지러움을 보고
내 마음 서글퍼지네.
그대 가르치기를 간곡히 하는데도
그대는 말을 건성으로 듣는구나.
가르쳐준다고 여기지 않고
도리어 사납다 하는구나.
설령 아는 것은 많지 않지만
내가 나이가 훨씬 많다네.

아, 젊은이들이여!

그대들에게 옛 법도를 말해주노라.

내 계책을 듣고 따른다면

거의 큰 후회가 없을 것이로다.

하늘이 재앙을 내리면

그 나라가 망하게 되는 법이니

이는 먼 곳에서 비유를 찾지 않아도 된다네.

하늘의 이치는 어그러지지 않는데도

그 덕德을 그릇되게 사용하여

백성들을 곤궁하게 할 것인가.

抑

抑抑威儀는 維德之隅니라 人亦有言하되 靡哲不愚라 하나니 庶人之愚는 亦職維疾이어니와 哲人之愚는 亦維斯戾로다

無競維人이면 四方其訓之하며 有覺德行이면 四國順之하나니 訏謨定命하며 遠猶辰告하며 敬愼威儀라야 維民之則이니라

其在于今하여 興迷亂于政하여 顚覆厥德이요 荒湛于酒로다 女雖湛樂從하나 弗念厥紹아 罔敷求先王하여 克共明刑이로다

肆皇天弗尙이시니 如彼流泉라 無淪胥以亡가 夙興夜寐하여 灑掃廷內하여 維民之章이며 脩爾車馬와 弓矢戎兵하여 用戒戎作하여 用逷蠻方이어다

質爾人民하며 謹爾侯度하여 用戒不虞요 愼爾出話하며 敬爾威儀하여 無不柔嘉어다 白圭之玷은 尙可磨也어니와 斯言之玷은 不可爲也니라

無易由言하여 無曰苟矣어다 莫捫朕舌이라 言不可逝矣니라 無言不讎며 無德不報니 惠于朋友와 庶民小子면 子孫繩繩하여 萬民靡不承하리라

視爾友君子한대 輯柔爾顔하여 不遐有愆이로다 相在爾室한대 尙不愧于屋漏니 無曰

不顯이라 莫予云覯라 하라 神之格思 不可度思온 矧可射思아

辟爾爲德을 俾臧俾嘉니 淑愼爾止하여 不愆于儀어다 不僭不賊이면 鮮不爲則이니 投我以桃에 報之以李니 彼童而角이라 實虹小子니라

荏染柔木에 言緡之絲니라 溫溫恭人은 維德之基니라 其維哲人은 告之話言에 順德之行이어든 其維愚人은 覆謂我僭하나니 民各有心이로다

於乎小子아 未知臧否아 匪手攜之라 言示之事며 匪面命之라 言提其耳로다 借曰未知나 亦旣抱子로다 民之靡盈이면 誰夙知而莫成이리오

昊天孔昭하시니 我生靡樂이로다 視爾夢夢이요 我心慘慘이로다 誨爾諄諄하나 聽我藐藐이로다 匪用爲教요 覆用爲虐이로다 借曰未知나 亦聿旣耄어다

於乎小子아 告爾舊止하노라 聽用我謀면 庶無大悔리라 天方艱難이라 曰喪厥國이로소니 取譬不遠이라 昊天不忒이어늘 回遹其德하여 俾民大棘하도다

숭고崧高 　－ 높이 치솟다 －

산이 높이 치솟아
하늘에 닿으니
그 산에 신神이 내려오시어
*보후甫侯와 **신백申伯을 세상에 나게 하셨네.
보후와 신백은
주周나라의 기둥이시고
천하에 울타리 되시어
천하에 덕德을 베푸시네.

부지런히 힘쓰는 신백을 불러
임금께서 정치를 돌보게 하자
사謝 땅에 도읍을 만들고
남국南國의 본보기가 되시네.
임금께서 ***소백召伯에게 명하시어
신백에게 거처할 곳을 마련해주시고
남쪽 나라를 이루게 하시니
대대로 그 공功을 지키게 하시었네.

임금께서 신백에게 명하시어
남쪽 나라에 본보기가 되게 하시고
사 땅의 사람들을 부려
성城을 만들라고 하시네.

356

임금께서 소백에게 명하시어

신백의 토지를 정리하여 세금을 부과하시고

임금께서 ****부어傅御에게 명하시어

그 집안 사람들을 그 땅으로 옮겨가게 하시네.

신백의 일을

소백이 맡아 경영하여

성을 쌓기 시작하니

궁궐과 종묘가 이내 완성되었는데

실로 장엄하였네.

이것을 임금께서 신백에게 주시니

네 필의 말이 씩씩하고

갈고리와 가슴걸이가 선명하네.

임금께서 신백을 그곳으로 보내실 때

큰 수레와 네 필의 말도 함께 주시면서 이르시길

그대가 거처할 곳을 도모해보니

남쪽 땅만 한 곳이 없도다 하시며

그대에게 큰 구슬을 내려

그대의 보물로 삼게 하고자 하니

외숙은 그곳으로 가서

남쪽 땅을 보전할지어다 하시네.

신백이 진실로 자기 나라로 가게 되자

임금께서 미郿 땅까지 나와 전송하시네.

신백이 남쪽으로 해서 사 땅으로 가네.

임금께서 소백에게 명하시어

신백의 땅에서 부세를 거두어

그 양식을 쌓게 하니

그 가는 길에 불편이 없었네.

신백이 건장한 기상

사 땅에 들어감에 따르는 무리가 많기도 많네.

이에 주나라가 모두 기뻐하며

신백을 훌륭한 기둥이라 하네.

빛나는 신백이여!

임금의 큰 외숙이기도 하시니

문무文武의 신하들이 그를 본으로 삼네.

신백의 덕德은

유순하고 또 정직하여

온 나라를 다스리게 되자

사방에 그 덕이 알려지네.

길보吉甫가 찬송하는 시를 지었는데

그 시가 심히 훌륭하고.

그 노랫소리가 아름다우니

그것을 신백에게 바치네.

崧高

崧高維嶽이 駿極于天이니 維嶽降神하여 生甫及申이로다 維申及甫이 維周之翰이라 四國于蕃이며 四方于宣이로다

亹亹申伯을 王纘之事하사 于邑于謝하여 南國是式케하시다 王命召伯하사 定申伯之宅하사 登是南邦하시니 世執其功이로다

王命申伯하사 式是南邦하시고 因是謝人하여 以作爾庸하시다 王命召伯하사 徹申伯土田하시고 王命傅御하사 遷其私人하시다

申伯之功을 召伯是營이로다 有俶其城하니 寢廟旣成하여 旣成藐藐이어늘 王錫申伯하시니 四牡蹻蹻하며 鉤膺濯濯이로다

王遣申伯하시니 路車乘馬로다 我圖爾居호니 莫如南土로다 錫爾介圭하여 以作爾寶하노니 往近王舅아 南土是保어다

申伯信邁어늘 王餞于郿하시다 申伯還南하니 謝于誠歸로다 王命召伯하사 徹申伯土疆하여 以峙其粻하니 式遄其行이로다

申伯番番하니 旣入于謝하여 徒御嘽嘽하니 周邦咸喜하여 戎有良翰이로다 不顯가 申伯이여 王之元舅로소니 文武是憲이로다

申伯之德이여 柔惠且直이로다 揉此萬邦하여 聞于四國이로다 吉甫作誦하니 其詩孔碩이로다 其風肆好하니 以贈申伯하노라

증민烝民 – 많은 백성 –

하늘이 많은 백성을 내시니
모든 사물에 법칙이 있도다.
백성이 떳떳한 성품을 갖고 있기에
이 아름다운 덕德을 좋아하도다.
하늘이 주周나라를 굽어보시니
밝은 덕德으로 아래에 강림하셨고
천자天子를 보우하시어
*중산보仲山甫를 낳으셨도다

중산보의 덕이
유순하고 아름다워 본보기가 되니
위엄과 예의범절이 훌륭하고 모습이 훌륭하며
조심하여 공경하며
옛 교훈을 이어받으며
위엄과 예의범절을 갖추는 데 힘쓰며
천자天子에게 순종하였으니
밝은 명命이 사방에 퍼지도다.

임금이 중산보에게 명하시어
제후의 본보기가 되게 하고
조상들을 계승하여
임금을 보호하게 하시도다.

360

그가 임금의 명령을 내고 받아들이니
그는 곧 임금의 목도 되고 입도 되느라.
그리하여 정치를 밖으로 베푸니
온 세상이 그에게 호응하도다.

엄숙한 임금의 명령을
중산보가 받들어 행할 때
나라의 좋고 나쁨을
중산보가 밝히도다.
이미 도리에 밝고 또 일을 살펴서
그 몸을 보호하며
밤낮으로 게을리 하지 아니하면서
오직 한 사람, 임금을 섬기도다

사람들이 말하길
부드러우면 삼키고
딱딱하면 뱉는다 하는데
중산보는
부드러워도 삼키지 아니하고
딱딱해도 뱉지 아니하며
홀아비와 과부를 업신여기지 아니하고
강포한 자를 두려워하지 않도다.

사람들이 또한 말하길

덕德이 가볍기가 털과 같으나

능히 덕을 행하는 이가 적다 하는데

내 헤아려보고 도모해보건대

오직 중산보만 덕을 행하노니

임금이 사랑하지만 부족하여 도와줄 수가 없도다.

그러나 임금에게 결함이 있으면

중산보가 능히 보좌하도다.

중산보가 나가 길에서 제사를 지내니

네 필의 말이 끄는 수레가 건장하며

따르는 병사들이 민첩하니

매양 미치지 못하는 것은 아닐까 걱정하도다.

네 필의 말이 끄는 수레가 달리니

여덟 개 말의 방울이 짤랑거리네.

임금이 중산보에게 명하시어

저 동쪽의 제齊나라에 성城을 쌓게 하시도다 .

건장한 네 필의 말이 끄는 수레가 달리니

여덟 개 말의 방울이 화합하여 짤랑거리네.

중산보가 제나라에 가니

어서 빨리 돌아오기만을 바라네.

이에 길보吉甫가 찬송하는 시를 지으니

의미심장함이 맑은 바람과 같도다.

중산보를 길이 생각하고

그 마음을 위로하노라.

*중산보仲山甫 : 번樊나라의 제후.

烝民

天生烝民하시니 有物有則이로다 民之秉彝라 好是懿德이로다 天監有周하시니 昭假于下일새 保玆天子하사 生仲山甫시로다

仲山甫之德이 柔嘉維則이라 令儀令色이며 小心翼翼하며 古訓是式하며 威儀是力하며 天子是若하며 明命使賦로다

王命仲山甫하사 式是百辟하며 纘戎祖考하여 王躬是保케 하시다 出納王命하니 王之喉舌이며 賦政于外하니 四方爰發이로다

肅肅王命을 仲山甫將之하며 邦國若否를 仲山甫明之로다 旣明且哲하여 以保其身이며 夙夜匪解하여 以事一人이로다

人亦有言하되 柔則茹之요 剛則吐之라 하나니 維仲山甫는 柔亦不茹하며 剛亦不吐하여 不侮矜寡하며 不畏彊禦로다

人亦有言하되 德輶如毛나 民鮮克擧之라 하나니 我儀圖之하니 維仲山甫擧之로소니 愛莫助之로다 袞職有闕이어든 維仲山甫補之로다

仲山甫出祖하니 四牡業業하며 征夫捷捷하니 每懷靡及이로다 四牡彭彭하며 八鸞鏘鏘하니 王命仲山甫하사 城彼東方이시로다

四牡騤騤하며 八鸞喈喈하니 仲山甫徂齊하나니 式遄其歸로다 吉甫作誦하니 穆如淸風이로다 仲山甫永懷라 以慰其心하노라

한혁韓奕　　- 위대한 하나라 -

위대한 *양산梁山은
우禹 임금이 다스리셨도다.
밝으신 그 도를
훗날 한후韓侯가 이어받았도다.
천자께서 친히 명하시기를
한후 그대 조상의 뒤를 잇게 하노니
내 명命을 저버리지 말고
밤낮으로 게을리 하지 말며
그대의 지위를 공경히 수행하고
내 명령은 변하지 않을 것이니
조회하러 오지 않는 제후국들을 바로잡아서
임금을 도우라 하시네.

수레를 끄는 네 필의 말이
심히 키가 크고도 크도다.
한후가 들어와 천자를 뵈올 때
큰 홀을 들고서 인사를 드리니
천자께서 한후에게 물건을 내려주시네.
그것은 깃대와 깃발
화문석으로 만든 가리개와 빛나는 멍에채
검은 곤룡포와 붉은 신
말의 갈고리와 가슴걸이

조각한 수레의 가로막과 털 없는 가죽고삐

호랑이 가죽으로 만든 덮개

그리고 황금 고리라네.

한후가 길에서 제사를 지내고

나가 도屠 땅에서 유숙하도다.

현보顯父가 전송할 때

맑은 술을 무려 백 병이나 내왔도다.

그 안주는 무엇인가.

삶은 자라와 생선이로다.

그 나물은 무엇인가.

죽순과 포약나물이로다.

그 선물은 무엇인가.

네 필의 말과 수레로다.

대나무 그릇과 접시가 많기도 하니

제후들이 서로 기뻐 잔치하도다.

한후가 아내를 얻으니

분왕汾王의 생질이자

궤보蹶父의 딸이로다.

한후가 아내와 혼인할 때

궤蹶씨 집안이 사는 마을에서 하도다.

많고 많은 수레가 달려

여덟 개 말의 방울이 짤랑거리니

어찌 그 빛이 드러나지 않겠는가.
여러 몸종을 데리고 시집을 오니
그 모습이 얌전하고 구름처럼 줄을 지었도다.
한후가 이들을 돌아보니
찬란히 빛이 문에 가득하도다.

궤보가 매우 건장하여
가보지 않는 나라가 없는데
딸을 시집보낼 만한 곳을 찾아보니
한韓나라만큼 즐거운 곳이 없도다.
지극히 즐거운 한나라 땅이여!
시냇물과 못물이 크고 넓으며
방어와 연어가 크며
암사슴과 수사슴이 우글거리며
작은 곰과 큰 곰도 있으며
고양이와 범도 있도다.
궤보가 이미 좋은 거처를 소유한 것을 기뻐하니
한나라 길씨 또한 편안하고 즐겁도다.

큰 저 한나라의 성城은
연燕나라 군대가 완성킨 것이로다.
조상의 명령을 받들어
이 오랑캐들을 다스리시도다.
이에 천자께서 한후에게 내려주시니

그것은 추追나라의 땅과 맥貊 땅이로다.

이렇게 북쪽 나라를 맡아

그곳의 제후가 되자

실로 성을 쌓고 못을 파고

실로 밭을 다스리고 부세를 받고

천자께 비 가죽을 바치고

붉은 표범과 누런 곰의 가죽을 바치도다.

*양산梁山 : 한나라에 있던 산 이름.

韓奕

奕奕梁山을 維禹甸之시니라 有倬其道에 韓侯受命이로다 王親命之하시되 纘戎祖考하노니 無廢朕命하여 夙夜匪解하여 虔共爾位하라 朕命不易하리라 榦不庭方하여 以佐戎辟하라

四牡奕奕하니 孔脩且張이로다 韓侯入覲하니 以其介圭로 入覲于王이로다 王錫韓侯하시니 淑旂綏章과 簟茀錯衡과 玄袞赤舃과 鉤膺鏤鍚과 鞹鞃淺幭과 鞗革金厄이로다

韓侯出祖하니 出宿于屠로다 顯父餞之하니 淸酒百壺로다 其殽維何오 炰鼈鮮魚로다 其蔌維何오 維筍及蒲로다 其贈維何오 乘馬路車로다 籩豆有且하니 侯氏燕胥로다

韓侯取妻하니 汾王之甥이요 蹶父之子로다 韓侯迎止하니 于蹶之里로다 百兩彭彭하며 八鸞鏘鏘하니 不顯其光가 諸娣從之하니 祁祁如雲이로다 韓侯顧之하니 爛其盈門이로다

蹶父孔武하여 靡國不到하여 爲韓姞相攸하니 莫如韓樂이로다 孔樂韓土여 川澤訏訏하며 魴鱮甫甫하며 麀鹿噳噳하며 有熊有羆하며 有貓有虎로다 慶旣令居하니 韓姞燕譽로다

溥彼韓城이여 燕師所完이로다 以先祖受命이 因時百蠻으로 王錫韓侯하시니 其追其貊이로다 奄受北國하여 因以其伯하니 實墉實壑하며 實畝實籍하고 獻其貔皮와 赤豹黃羆로다

강한江漢   ─ 강수와 한수 ─

강수江水와 한수漢水가 넘실넘실 흐르니
병사들이 배를 타고 도도하게 내려가는데
이는 편안하여 한가하게 놀려는 것이 아니라
회淮 땅의 오랑캐를 찾아가는 길이라네.
이미 병거를 내보내고
이미 깃발을 세우는데
이는 편안하여 느긋하게 쉬는 것이 아니라
회 땅의 오랑캐를 정복하기 위한 것이라네.

강수와 한수가 넘실넘실 흐르니
병사들이 굳세고도 굳세네.
사방을 평정하고
임금王께 성공을 아뢰도다.
사방이 이미 평정되니
나라 안이 거의 안정되네.
이에 다툼이 없으니
임금의 마음이 곧 편안하시도다.

강수와 한수 물가에 대해
임금께서 소백에게 명하시기를
사방을 개척하여 나라 땅을 정리하려 하는 것은
피해를 입히고 위급하게 하려는 것이 아니라

나라의 법法이 백성들에게 모두 미치게 함이라 하시네.
그리하여 큰 경계를 정하고
작은 조리條理를 다스려서
그 땅은 남쪽 바다까지 넓히시도다.

임금께서 소백에게 명하시어
널리 펴고 널리 베풀게 하시네.
문왕과 무왕께서 받으신 하늘의 명을 이어받고
*소공召公을 기둥으로 삼았으니
이 모든 것은 내 업적이라 말하지 말고
소공召公과 함께 그것을 계승할지어다.
그대의 일을 민첩히 하면
그대에게 복福을 내려주리라.

그대에게 구슬로 장식된 술잔과
검은 기장 술 한 동이를 내리며
덕 있는 선조에게 아뢰어
산천과 토지를 하사하노니
주나라의 명을 받들어
**소조召祖가 받았던 명을 계승하도다.
소백이 절하고 머리를 조아리니
천자께서 장수하시라 기원하도다.

소백이 절하고 머리를 조아려

임금의 아름다운 덕을 칭송하고

소공을 추몰하여 섬기니

천자께서는 만수를 누리소서.

밝고 밝으신 천자께서

훌륭한 그 명예가 그치지 않으시고

문덕文德을 베푸시어

온 세상을 그 문덕이 젖게 하소서.

*소공김公 : 무왕武王의이 죽은 후 어린 왕이 직위하자 이를 대신해 정사를 돌보던

　　　정치가로 주나라의 기반을 확립했다.

**소조召祖 : 목공穆公의 할아버지인 강공康公.

江漢

江漢浮浮하니 武夫滔滔로다 匪安匪遊라 淮夷來求니라 既出我車하며 既設我旟하니 匪安匪舒라 淮夷來鋪니라

江漢湯湯하니 武夫洸洸이로다 經營四方하여 告成于王이로다 四方既平하니 王國庶定이로다 時靡有爭하니 王心載寧이로다

江漢之滸에 王命召虎하사 式辟四方하여 徹我疆土하심은 匪疚匪棘이라 王國來極하시니 于疆于理하여 至于南海로다

王命召虎하사 來旬來宣하시다 文武受命이실새 召公維翰이러니 無曰予小子라 召公是似니라 肇敏戎公이면 用錫爾祉하리라

釐爾圭瓚과 秬鬯一卣하며 告于文人하여 錫山土田하노니 于周受命하여 自召祖命하노라 虎拜稽首하니 天子萬年이라 하다

虎拜稽首하여 對揚王休하여 作召公考하니 天子萬壽소서 明明天子는 令聞不已하시며 矢其文德하사 洽此四國하소서

1) 청묘淸廟

유천지명維天之命　　－ 하늘의 명 －

오호라, 하늘의 명命이여!

깊고 그윽하여 끝이 없으니

어찌 드러나지 않을 수 있을까.

문왕의 덕德의 순수함이여!

무엇으로서 나를 아껴줄꼬.

내 그것을 받아서

문왕을 따르려 하지만

이미 중손曾孫들이 돈독히 하여 크게 힘쓰는구나.

維天之命

維天之命이 於穆不已시니 於乎不顯가 文王之德之純이여 假以溢我오 我其收之하여 駿惠我文王하리니 曾孫篤之어다

천작天作 　　－ 하늘이 만드시도다 －

하늘이 *기산岐山을 높이 만드시니
이를 **태왕太王이 다스리시고
일으키신 것을
이를 문왕이 다시 편안하게 하시도다.
저 험한 기산에
평탄한 길이 있으니
자손들이 그 유업을 보전할지어다.

*기산岐山 : 주나라가 발원한 산.

**태왕太王 : 고공단보古公亶父를 이름.

天作

　天作高山이어시늘 大王荒之로다 彼作矣어시늘 文王康之라 彼徂矣岐에 有夷之行
하니 子孫保之어다

사문思文　　 – 문덕을 간직한 이여! –

문덕文德을 간직하신 후직이여!
저 하늘에 짝하여 계시도다.
백성들이 곡식을 풍족하게 먹게 하신 것은
모두 그대의 지극한 덕 때문이네.
우리에게 밀과 보리를 주신 것은
하느님께서 명하여 두루 기르게 하신 것이네.
내 것과 네 것의 경계를 없게 하시고
떳떳한 도道를 만천하에 베푸셨도다.

思文

　思文后稷이여 克配彼天이시로다 立我烝民이 莫匪爾極이시니라 貽我來牟하사 帝命
率育이라 無此疆爾界하시고 陳常于時夏시로다

374

2) 신공臣工

풍년豊年 　– 풍년 –

풍년이 드니 기장과 벼가 충성하고
또한 하늘 높이 솟은 창고가
한없이 많네.
술을 빚고 단술을 만들어
조상에게 올리고
온갖 예절을 모두 구비하니
하늘이 복福을 두루 내리시도다.

豊年
豊年多黍多稌하여 亦有高廩이 萬億及秭어늘 爲酒爲醴하여 烝畀祖妣하여 以洽百
禮하니 降福孔皆로다

3) 민여소자閔予小子

경지敬之   – 공경할지어다 –

공경할지어다 공경할지어다.
하늘이 오직 밝으니
하늘의 명은 보전하기가 어려우니
높고 높아 저 위에 있다고 말하지 말지어다.
일마다 하늘과 땅을 오르내리시고
날마다 살펴보며 감시하시노라.
나는 어려서 총명하지 못하고 공경하지 못하나
날로 나아가며 달로 진전하여
배움을 닦아 밝혀서 광명함에 이르게 하려 하니
그대 신하들은 짐을 도와주어
나에게 밝은 덕행德行을 보여줄지어다.

敬之

敬之敬之어다 天維顯思라 命不易哉니 無曰高高在上이어다 陟降厥士하여 日監在茲시니라. 維予小子이 不聰敬止하나 日就月將하여 學有緝熙于光明하며 佛時仔肩하여 示我顯德行이니라.

376

경駉 - 살찌고 큰 말 -

살찌고 큰 네 마리 말이
멀리 있는 들에서 놀고 있네.
그 네 마리 말 중에는
사타구니가 흰 말도 있고 황백색 말도 있으며
검은 말도 있고 누런 말도 있으니
이는 모두 수레를 끌기에 적당한 말이로다.
생각이 끝이 없는 것처럼
말을 생각하는 것 또한 끝이 없도다.

살찌고 큰 네 마리의 말이
멀리 있는 들에서 놀고 있네.
그 네 마리 말 중에는
청백색 얼룩말도 있고 황백색 얼룩말도 있으며
붉은 말도 있고 얼룩말도 있으니
이는 모두 수레를 끌기에 적당한 말이로다.
생각하는 것이 기약이 없는 것처럼
말을 생각할 때도 한없이 재주 있는 말만 생각하도다.

살찌고 큰 네 마리의 말이

멀리 있는 들에서 놀고 있네.

그 네 마리 말 중에는

몸에 돈짝만 한 점이 박힌 말도 있고 갈기가 검은 흰 말도 있으며

붉은 몸에 검은 갈기를 한 말도 있고 검은 몸에 흰 갈기를 한 말도 있으니

이는 모두 수레를 끌기에 적당한 말이로다.

생각할 때 끝이 없는 것처럼

오직 달리는 말을 생각하도다.

살찌고 큰 네 마리의 말이

멀리 있는 들에서 놀고 있네.

그 네 마리 말 중에는

회백색 말도 있고 붉고 흰 얼룩말도 있으며

정강이가 흰 말도 있고 두 눈이 흰 말도 있으니

이는 모두 수레를 끌기에 적당한 말이로다.

생각함에 간사함이 없는 것처럼

말을 생각함에도 오직 달리는 말만 생각하도다.

다 思無期하니 思馬斯才로다

駉駉牡馬이 在坰之野로다 薄言駉者는 有驒有駱하며 有駵有雒하니 以車繹繹이로다 思無斁하니 思馬斯作이로다

駉駉牡馬이 在坰之野로다 薄言駉者는 有駰有騢하며 有驔有魚하니 以車祛祛로다 思無邪하니 思馬斯徂로다

반수泮水　　– 반궁의 물가 –

즐거운 *반수泮水에서
미나리를 뜯노라.
노나라 제후가 이곳에 이르시니
그 깃발이 보이네.
그 깃발이 펄럭이고
방울소리 짤랑거리니
젊은이 늙은이 할 것 없이
모두 뒤를 따라가네.

즐거운 반수泮水에서
마름을 뜯노라.
노나라 제후가 이곳에 이르시니
그 말이 성하고 성하도다.
그 말이 성하고 성하니
그 소리가 밝고 밝으시도다.
얼굴에 환한 웃음을 머금으시니
노함이 아니라 가르치심이도다.

즐거운 반수泮水에
순나물을 뜯노라.
노나라 제후가 이곳에 이르시어
반궁泮宮에서 술을 드시도다.

380

이미 맛있는 술을 드시고
길이 늙지 않는 선물을 받으셨네.
저 큰 도를 순종하여 따라서
이 여러 무리를 굴복시키소서.

밝고도 밝으신 노나라 제후께서는
그 덕을 공경하여 밝히셨도다.
위엄과 예의범절을 공경하고 삼가시니
백성들이 본보기로 삼으시도다.
진실로 문文과 무武를 모두 갖추시어
선조들을 밝게 빛내시니
효도孝道가 아닌 것이 없고
그로 인해 스스로 복을 구하시도다.

밝고도 밝으신 노나라 제후께서는
능히 그 덕德을 밝히셨도다.
반궁泮宮을 지으시어
회淮 땅의 오랑캐들을 복종하게 하시도다.
굳세고 굳센 범 같은 무사들이
반궁泮宮에서 적의 왼쪽 귀를 바치네.
**고요皐陶처럼 신문을 잘하는 자가
반궁에서 포로들을 심문하도다.

많고 많은 선비가

능히 덕으로 가득한 마음을 넓혀서

굳세고 굳세게 정벌 사업에 나가니

멀리 저 동남 회 땅의 오랑캐를 정벌하니

더없이 씩씩하고 더없이 엄숙하고 겸손하도다.

말하지 아니하고 떠들지 아니하며

다툼을 고하지 아니하여

반궁泮宮에서 임금께 공功을 아뢰도다.

뿔로 장식한 활이 강하고

한 다발의 화살은 빠르기도 하도다.

병사들의 수레는 매우 크니

병사들과 수레에 다툼이 없도다.

이미 회 땅의 오랑캐에게 이기니

그들이 순종하여 명령을 어기지 않도다.

그대의 계책을 견고히 한다면

회 땅의 오랑캐를 모두 사로잡으리로다.

이리저리 나는 저 올빼미는

반궁에 있는 숲에 모여 앉아서

우리의 뽕나무 오디를 먹으니

나를 좋은 목소리로 회유하도다.

죄를 깨달은 저 회 땅의 오랑캐들이

와서 좋은 보물을 바치니

그 보물들이란 큰 거북과 상아

남쪽 지방에서 나는 금이로다.

*반수泮水 : 제후의 학당이자 향사鄕射였던 궁, 즉 반궁泮宮 옆으로 흐르던 물.
**고요皐陶 : 법을 세우고 형벌을 제정했으며, 감옥獄을 만들었다고 전하는 순舜 임
금의 신하.

泮水

思樂泮水에 薄采其芹이로다 魯侯戾止하시니 言觀其旂로다 其旂茷茷하며 鸞聲噦
噦하니 無小無大히 從公于邁로다

思樂泮水에 薄采其藻로다 魯侯戾止하시니 其馬蹻蹻로다 其馬蹻蹻하니 其音昭
昭로다 載色載笑하시니 匪怒伊教로다

思樂泮水에 薄采其茆이로다 魯侯戾止하시니 在泮飲酒로다 旣飲旨酒하시니 永錫
難老로다 順彼長道하사 屈此群醜로다

穆穆魯侯여 敬明其德이로다 敬愼威儀하시니 維民之則이로다 允文允武하사 昭假烈
祖하시니 靡有不孝하여 自求伊祜로다

明明魯侯여 克明其德이로다 旣作泮宮하니 淮夷攸服이로다 矯矯虎臣이 在泮獻馘
하며 淑問如皐陶 在泮獻囚로다

濟濟多士이 克廣德心하여 桓桓于征하여 狄彼東南하니 烝烝皇皇하며 不吳不揚하며
不告于訩하여 在泮獻功이로다

角弓其觓하니 束矢其搜로다 戎車孔博하니 徒御無斁이로다 旣克淮夷하니 孔淑不
逆이로다 式固爾猶면 淮夷卒獲이로다

翩彼飛鴞 集于泮林하여 食我桑黮하고 懷我好音이로다 憬彼淮夷 來獻其琛하니 元
龜象齒와 大賂南金이로다

비궁閟宮   – 깊숙이 닫힌 사당 –

깊숙이 닫힌 사당은 고요하며
견실하고 치밀하도다.
밝고 밝으신 강원姜嫄은
그 덕이 사특하지 아니하시기에
하느님이 이를 돌보시어
재앙이 없고 해가 없게 하시니
산달이 되자 망설임 없이
후직을 낳으심에
만 가지 복을 세상에 내려
메기장과 찰기장에
올벼와 늦벼, 콩과 보리를 영글게 하시도다.
곧이어 모든 나라를 소유하심에
백성들로 하여금 심고 거두게 하시니
피가 있고 기장이 있으며
벼가 있고 검은 기장이 있게 하셨고
곧이어 온 천하를 소유하심에
우 임금의 전통을 이으셨도다.

후직의 손자가
실로 태왕太王이시니
기산岐山의 남쪽에 거하시어
진실로 비로소 상商나라를 공격하셨도다.

384

문왕文王 무왕 武王에 이르러

태왕의 전통을 이으시고

하늘의 극極을 이루기를

목牧 땅의 들판에서 하시니

의심하지 말고 염려하지 말지어다.

이는 곧 하느님이 그대에게 임하여 계심이라.

상나라의 무리를 다스려

능히 그 공을 이루셨도다.

이에 성왕께서 말씀하시기를

숙부여, 그대의 맏아들[노공魯公]로 하여금

노魯나라의 제후를 삼노니

노나라를 크게 열어서

주周나라 왕실을 보좌하도록 하여라 하시도다.

이에 노공魯公에게 명하시어

동쪽 나라의 제후가 되게 하시고

산천山川과 토전土田에 더불어

여러 상을 내려주시도다.

주공周公의 손자요 장공莊公의 아들이

용 깃발로 제사를 계승하시니

여섯 개의 고삐가 부드럽게 찰랑거리도다.

봄과 가을로 제사를 게을리 하지 아니하고

제사를 지내는 데 어긋남이 없으며

크고도 크신 하느님과 위대한 선조 후직后稷께

제사를 지내되 붉은 황소를 바치니

이에 흠향하고 이에 흡족히 여기시어

복을 내림이 이미 많지만

주공周公과 후직께서도

그대에게 복을 내리시도다.

가을에 제사를 올리기 위해

여름에 소뿔에 나무를 대어 다치지 않게 하고

마침내 흰 황소와 붉은 황소를 바치니

제사에 쓰는 술잔도 아름답도다.

털을 거슬러 굽고 산적을 만들고 국을 올리며

대그릇과 나무 접시에 음식을 담고

방패를 들고 너울너울 춤을 추니

효성이 지극한 자손에게 경사가 있도다.

그대 치성하고 번창하고

그대 장수하고 좋게 하고

저 동쪽 나라를 보전하게 하고

노魯나라를 항상 소유하게 하고

이지러지지 아니하고 무너지지 아니하고

흔들리지도 아니하고 움직이지도 않으리라.

연세 많은 분들과 벗이 되니

산과 같고 구릉처럼 만수무강하리라.

공公의 수레가 천승이고

붉은 창과 녹색의 끈에

두 개의 창과 활을 겹쳐 드셨도다.

공의 보병이 삼만으로

자개로 꾸민 투구와 붉은 끈으로 꾸미니

그 무리가 많고 많도다.

이로써 서쪽과 북쪽의 오랑캐를 막고

남쪽의 오랑캐를 정벌하니

감히 막고 나서는 이가 없도다.

그대 창성하고 치성하게 하며

그대 장수하고 부유하게 하여

검버섯이 피고 배에 복어 무늬가 생긴 노인들과

서로 장수를 견주며

그대 창성하고 크게 하며

그대 장수하게 하여

만 년萬年에 다시 천 년千年을 더한 듯

오래도록 해가 없게 하소서.

태산泰山이 높고 높아

노나라가 모두 다 보이도다.

이내 구산龜山과 몽산蒙山을 소유하고

마침내 동쪽 끝까지 그 영토를 확장하여

해방海邦에까지 이르니

회 땅의 오랑캐조차 동화되니

따르지 않는 이가 없도다.
이는 모두 노나라 제후의 공이시도다.

부산鳧山과 역산嶧山을 차지하고
마침내 서徐나라 땅까지 그 영토를 넓혀
해방海邦에까지 이르니
회 땅의 오랑캐와 만맥蠻貊의 오랑캐와
저 남쪽의 오랑캐들까지
따르지 않는 이가 없으며
감히 응하지 않는 이가 없도다.
이에 노나라 제후께서는 유순하게 대하시도다.

하늘이 공에게 큰 복을 내려주시니
오래도록 노나라를 보전하시면서
상常 땅과 허許 땅을 차지하고
주공周公의 옛터를 회복하시도다.
이에 노나라 제후가 잔치를 열고 기뻐하실 때
훌륭한 아내와 장수한 어머니가 계시도다.
대부大夫와 관리들을 마땅히 거느려
나라를 편안하게 하시니
큰 복을 많이 받으시어
누런 머리카락과 아이 이빨이 나셨도다.
조래산徂來山의 소나무와
신보산新甫山의 잣나무를

자르고 헤아리며 치수를 재고 맞추어

소나무를 서까래로 만들어

웅장한 궁전을 지으니 크고도 크도다.

새로 지은 사당이 빛나니

이는 바로 어魚라는 이름의 공자가 지은 것이로다.

심히 길고 또 크기에

백성이 모두 순종하도다.

閟宮

閟宮有侐하니 實實枚枚로다 赫赫姜嫄이 其德不回하사 上帝是依하시니 無災無害하여 彌月不遲하여 是生后稷하시고 降之百福하시니 黍稷重穋과 稙穉菽麥이로다 奄有下國하사 俾民稼穡하시니 有稷有黍하며 有稻有秬로소니 奄有下土하사 纘禹之緒시니라

后稷之孫이 實維大王이시니 居岐之陽하사 實始翦商이어시늘 至于文武하사 纘大王之緒하사 致天之屆를 于牧之野하시니 無貳無虞하라 上帝臨女시니라 敦商之旅하여 克咸厥功이어늘 王曰叔父아 建爾元子하여 俾侯于魯하노니 大啓爾宇하여 爲周室輔어다

乃命魯公하사 俾侯于東하시고 錫之山川과 土田附庸이로다 周公之孫 莊公之子 龍旂承祀하시니 六轡耳耳로다 春秋匪解하사 享祀不忒하사 皇皇后帝와 皇祖后稷께 享以騂犧하시니 是饗是宜하여 降福旣多며 周公皇祖도 亦其福女시니라

秋而載嘗이라 夏而楅衡하니 白牡騂剛이며 犧尊將將하며 毛炰胾羹이며 籩豆大房이어늘 萬舞洋洋하니 孝孫有慶이로다 俾爾熾而昌하며 俾爾壽而臧하여 保彼東方하여 魯邦是常이시며 不虧不崩하며 不震不騰하여 三壽作朋하사 如岡如陵하소서

公車千乘이니 朱英綠縢이며 二矛重弓이로다 公徒三萬이니 貝冑朱綅이며 烝徒增增이로다 戎狄是膺하며 荊舒是懲하니 則莫我敢承이로다 俾爾昌而熾하며 俾爾壽而富하여 黃髮台背 壽胥與試하며 俾爾昌而大하며 俾爾耆而艾하여 萬有千歲에 眉壽無有害하소서

泰山巖巖하니 魯邦所詹이로다 奄有龜蒙하여 遂荒大東하여 至于海邦하니 淮夷來同

하여 莫不率從하니 魯侯之功이시로다

保有鳧繹하여 遂荒徐宅하여 至于海邦하니 淮夷蠻貊과 及彼南夷 莫不率從하며 莫
敢不諾하여 魯侯是若이로다

天錫公純嘏하시니 眉壽保魯하사 居常與許하여 復周公之宇시니라 魯侯燕喜하시니
令妻壽母시니라 宜大夫庶士하사 邦國是有하시니 旣多受祉하사 黃髮兒齒시로다

徂來之松과 新甫之栢을 是斷是度하며 是尋是尺하여 松桷有舄하니 路寢孔碩이로
다 新廟奕奕하니 奚斯所作이로다 孔曼且碩하니 萬民是若이로다

나那   - 놀랍구나 -

아, 놀랍기도 하여라.

작은 북과 큰 북을 설치하여

북을 둥둥 울리니

우리의 선조께서 즐거워하시겠네.

탕湯 임금의 손자 양공이 신의 강림을 비니

많은 복이 우리를 편안히 하도다.

작은 북과 큰 북이 둥둥 울리고

여기에 피리소리가 널리리 울리면

화합하고 평화로워져

옥경玉磬 소리에 의지하니

아, 빛나는 탕湯 임금의 자손이여!

그 소리가 맑고도 맑도다.

쇠북과 큰 북이 이어서 울려 퍼지고

방패를 들고 추는 춤이 질서정연하니

우리 아름다운 손님이

어찌 기뻐하지 않으실까.

예로부터 조상들께서 정하신 것이 있으니

이는 아침저녁으로 온순하고 공경하여

제사를 행함을 정성스럽게 하는 것이로다.

가을 제사와 겨울 제사를 돌아보니

탕 임금의 자손이 받들어 모시고 있도다.

那

猗與那與라 置我鞉鼓하여 奏鼓簡簡하니 衎我烈祖로다. 湯孫奏假하시니 綏我思成이로다. 鞉鼓淵淵하며 嘒嘒管聲이 旣和且平하여 依我磬聲하니 於赫湯孫이여 穆穆厥聲이로다. 庸鼓有斁하며 萬舞有奕하니 我有嘉客이 亦不夷懌가. 自古在昔에 先民有作하니 溫恭朝夕하여 執事有恪하니라. 顧予烝嘗인저 湯孫之將이니라.

장발長發   - 오래 지속되도다 -

어질고 밝으신 상商나라에
그 상서로운 일이 오래도록 일어나거늘
홍수가 자꾸만 일어나자
우禹 임금께서 세상을 잘 다스리셨도다.
또한 밖의 큰 나라를 국경으로 삼아
영토를 길고도 넓게 확장시키고
유융有娀의 딸을 아내로 삼자
하늘이 아들을 내려주시어 상나라를 탄생시키시니라.

설왕이 굳세시어
작은 나라를 받아도 잘 다스리시고
큰 나라를 받아도 잘 다스리셨도다.
예를 따르고 도에 지나치지 않으니
마침내 백성들이 그에게 호응하도다.
설왕의 손자인 상토相土 또한 강하고 굳세시어
나라 밖까지 잘 다스려지도다.

하늘의 명이 잘못되지 아니하여
탕 임금에 이르러 그 업을 이루시도다.
탕 임금의 태어남이 때에 알맞아
성스럽고 경이로운 날이 날로 더해만 가니
이름을 하늘에 밝게 오래 알리시도다.

또한 하느님을 공경하시니
하느님께서 명하시기를
온 세상의 모범이 되라 하시니라.

작은 옥과 큰 옥을 받으시고
온 나라의 모범이 되시니
하늘의 복을 받으셨도다.
강하지도 않고 느슨하지도 않으시며
강하지도 않고 부드럽지도 아니하시어
정치를 너그럽고도 너그럽게 하시니
온갖 복록이 이에 모이도다.

작은 공물과 큰 공물을 받으시고
온 나라의 울타리가 되시니
하늘의 영광을 받으셨도다.
그 용맹을 크게 바치심에
흔들리지 아니하고
두려워하지 아니하니
온갖 복록이 이에 다하시도다.

무왕武王께서 깃발을 세우시고
경건히 도끼를 잡으시니
위엄이 불꽃처럼 타올라
감히 막을 이가 없도다.

394

하나의 뿌리에서 난 세 개의 싹과 같은 세 나라들도

뜻을 이루지 못하고 꼼짝을 못하여

모든 나라가 모두 따르게 되니

이에 위韋 나라와 고顧 나라를 정벌하시고

곤오昆吾와 하夏나라의 걸桀을 치시도다.

옛 탕 임금 전인 중세에

두렵고 또 위태로운 때가 있었는데

진실한 천자께서

뛰어난 인재를 내려주셨으니

바로 아형阿衡 벼슬에 있던 이윤李尹으로

좌우左右에서 상나라 임금을 도왔도다.

武王載旆하사 有虔秉鉞하시니 如火烈烈하여 則莫我敢曷이로다 苞有三蘖이 莫遂
莫達하여 九有有截이어늘 韋顧旣伐하시고 昆吾夏桀이로다

昔在中葉하여 有震且業이러니 允也天子께 降于卿士하시니 實維阿衡이 實左右商王
이로다

오경백편 권

④

춘추좌씨전

春秋左氏傳

≪춘추좌씨전春秋左氏傳≫

　　공자의 ≪춘추春秋≫를 해석한 책으로 ≪좌씨전左氏傳≫, ≪좌씨춘추左氏春秋≫, ≪좌전左傳≫이라
고도 한다. ≪국어國語≫와 자매편으로 기원전 722부터 기원전 481년의 역사를 다루고 있어서 명실공히
중국의 춘추시대를 이해할 수 있는 최고의 자료라 할 수 있다. 공자의 ≪춘추≫와는 성질이 다른 별개의
저서로서, ≪공양전公羊傳≫, ≪곡량전穀梁傳≫과 함께 3전三傳의 하나다.

　　편찬자는 좌구명左丘明으로 알려져 있으나, 이견도 있고 편찬 시기도 확실하지 않다. 지금에는 전국시
대 초기에 익명의 작가가 편찬한 것으로 보고 있다. 원본은 전국시대에 완성되었으나, 지금 전해지는 것은
전한前漢 말기 유흠劉歆 일파가 편찬한 것이다.

　　내용은 ≪춘추≫에 기록된 사건들에 대해 상세한 산문체 설명과 풍부한 배경 자료를 제공하고 있다.
비록 단편적이기는 하지만 당시 철학 유파들에 관한 믿을 만한 역사적 자료들과 증거들도 담겨 있고, 춘추
시대 전 시기에 일어난 주요 정치적·사회적·군사적 사건들을 포괄적으로 설명하고 있다. 또한 중국 최
초의 담화체 서술 방식으로 후세에 큰 영향을 끼쳐 중국문학사상 독보적인 지위를 차지하고 있다. 역사적
인 사건과 인물들은 당사자들의 행동과 대화를 통해 직접적으로 드러나 있으며, 정연한 구조의 3인칭 화
술에 명료하고 간결한 표현을 사용하여 고전문의 모범이 된다.

노나라가 고나라의 큰 솥을 취하다

– 노취고대정魯取郜大鼎 –

노나라에서는 옛날 고郜나라에서 만든 큰 솥을 송나라 벼슬아치 화보독華父督으로부터 가져가 무신일에 주공周公의 사당에 바쳤다.

여름 4월.

노나라에서는 옛날 고나라에서 만든 큰 솥을 송나라 벼슬아치 화보 독華父督으로부터 가져가 무신일에 주공의 사당(대묘)에 바쳤다. 그러나 이는 예의에 어긋난 짓이었다. 그래서 노나라 대부 장애백臧哀伯이 환 공에게 다음과 같이 간했다.

"임금은 무릇 장차 덕을 밝히고 그릇된 것을 막음으로써 만조백관을 다스리려 노력해도 실수가 있지는 않을까 늘 두려워해야 하는 법입니다. 그리하여 아름다운 법을 밝혀 자손들에게 본을 보여야 하는 것입니다.

청묘淸廟(주문왕의 사당)는 띠로 지붕을 잇고, 대로大路(하늘에 제사를 지낼 때 쓰는 수레)는 풀로 짠 방석을 깔고, 대갱大羹(제사상에 올리는 국)은 양념을 하지 않고, 자식粢食(제사상에 올리는 곡식)은 깨끗하게 씻지 않은 것을 사용하는데, 이는 검약의 덕을 보이는 것입니다. 반면 곤룡포, 면류관, 무릎가리개, 옥홀玉笏, 띠, 치마, 행전行纏, 신발, 비녀, 면류관 구슬, 면류관 덮개 등으로는 법도를 밝히고, 무늬가 있는 수건, 칼집, 칼아래 장식, 가죽 띠, 칼 장식, 깃발 장식, 말 가슴 장식의 수를 통해서는 귀하고 천함에 각각 등급이 있음을 나타냅니다. 또한 불꽃, 용, 흑백색의 도끼, 흑청색 자수 등의 무늬로는 귀천을 가립니다. 살림에 쓰는 온갖 그릇붙이에 오색으로 그린 다양한 무늬로는 그 색채와 그 사물에 들어 있는 의미를 밝히고, 말 허리 · 수레 앞 · 수레 끌채 · 깃발 등에 다는 방울로는 임금의 덕음德音을 밝히고, 해와 달과 별의 모양을 그린 깃발은 하늘의 광명을 밝힙니다.

이렇듯 검약의 덕이 있어야만 법도와 신분에 따른 분수가 있는 법입니다. 그릇의 무늬와 색깔로 신분의 고하를 구분하고 소리와 깃발로 이를 드러냄으로써 백관 위에 군림하면 백관은 이를 경계하고 두려워하여 감히 질서를 어기지 못하게 됩니다.

그런데 지금 임금께서는 덕을 잃고, 사악한 역신인 화보독을 도우시어 뇌물로 받은 큰 솥을 대묘에 바치고 그것을 백관에게 보이고 하셨습니다. 상황이 이러한데, 신하들이 나쁜 짓을 한 임금께 배워 그런 것을 어찌 꾸짖을 수가 있겠습니까?

나라가 망하는 것은 관리의 부정 때문이고, 관리가 덕을 잃는 것은 임금의 총애를 받는 관리가 공공연히 뇌물을 받기 때문입니다. 그런데 지금 고나라의 큰 솥이 있습니다. 이런 상황에서 관리에게 부정이 있다 한들 어찌 이보다 더 심하다 할 수 있겠습니까?

옛날 무왕께서 상나라와 은나라를 이기고 당당히 아홉 개의 솥을 낙읍으로 옮겼을 때도 의로운 인사들(백이와 숙제와 같은 인물들)은 비난하기도 했습니다. 그런데 사악한 자로부터 받은 뇌물을 대묘에 바치시다니, 앞으로 어찌시겠다는 말씀이십니까?"

그러나 환공은 장애백의 간언을 듣지 않았다. 이 소식을 들은 주나라 내사內史(벼슬 이름)가 다음과 같이 말했다.

"장애백의 후손들은 노나라에서 영달을 누릴 것이니, 이는 임금의 잘못을 덕으로 간언하기를 잊지 않았기 때문이다."

魯取郜大鼎 桓公二年

夏四月에 取郜大鼎于宋하여 戊申에 納于大廟하다

夏四月에 取郜大鼎于宋하여 戊申에 納于大廟하니 非禮也라. 臧哀伯諫曰 君人者는 將昭德塞違하여 以臨照百官하며 猶懼或失之라 故로 昭令德以示子孫이라. 是以로 清廟茅屋하고 大路越席하며 大羹不致하고 粢食不鑿은 昭其儉也요 袞冕黻珽과 帶裳幅舃과 衡紞紘綖은 昭其度也요 藻率鞞鞛과 鞶厲游纓은 昭其數也요 火龍黼黻은 昭其文也라. 五色比象은 昭其物也요 錫鸞和鈴은 昭其聲也요 三辰旂旗는 昭其明也라. 夫德儉而有度하고 登降有數하며 文物以紀之하고 聲明以發之하여 以臨照百官하면 百官於是乎에 戒懼而不敢易紀律이라. 今에 滅德立違하니 而寘其賂器於大廟하여 以明示百官이라. 百官象之하니 其又何誅焉인가. 國家之敗는 由官邪也로 官之失德은 寵賂章也요 郜鼎在廟하니 章孰甚焉인가. 武王克商에 遷九鼎于洛邑이라도 義士猶非之거늘 而

況將昭違亂之賂器於大廟하니 其若之何인가 公不聽하다. 周內史聞之曰 臧孫達을 其有後於魯乎아 君違에 不忘諫之以德이라.

제나라 임금이 초나라를 정벌하다

- 제후벌초齊侯伐楚 -

4년 봄 1월.

희공이 제나라·송나라·진나라·위나라·정나라·허나라·조나라 임금과 회합해서 채나라를 궤멸시켰다. 그런 다음 초나라를 정벌해 형陘에 머물렀다.

4년 봄에 제나라 임금이 제나라의 군대와 노나라·송나라·진陳나라·위나라·정나라·허나라·조나라 군대를 거느리고 채나라를 쳤다. 그리고 채나라가 무너지자 그길로 초나라를 공격했다. 이에 초나라 임금이 제나라 환공에게 사신을 보내 이렇게 말했다.

"당신들은 북쪽 땅에 살고, 우리는 남쪽에 살아 서로 멀리 떨어져 있기 때문에 말과 소를 방목한다 해도 서로 영향을 미치지 않는데, 무슨 이유로 우리나라에 쳐들어오는 것이오?"

이에 관중管仲이 제나라 임금을 대신하여 대답했다.

"옛날에 소강공召康公이 우리 제나라의 시조인 태공太公에게 '5후侯와 9백伯이라고 해도 혹 주나라 왕실을 배반한다면 이를 제압함으로써 주나라 왕실을 보존하게 하라'고 하고는 영토를 하사하니, 그 땅이 무려 동쪽으로는 바다에 이르고 서쪽으로는 황하에 이르며, 남으로는 목릉穆陵에 이르고 북으로는 무체無棣에 이르렀다. 그런데 지금에 이르러 너희 초나라가 특산물인 띠풀[포모苞茅]를 바치지 않기 때문에 왕실에서 하늘에 제사를 지낼 때 바치는 술을 제대로 거르지 못하고 있다. 우리가 원하는 것이 바로 그것이다. 더불어 옛날 주나라 소왕昭王이 남쪽으로 순행을 떠났다가 돌아오지 못한 이유도 들어 알고자 함이다."

그러자 초나라 사자가 대답했다.

"공물을 바치지 않은 것은 우리 임금의 죄이니 어찌 후일에 감히 바치지 않겠습니까? 하지만 소왕이 돌아가지 못한 것은 우리와는 관계가 없는 일입니다. 그러니 이 이유는 한수漢水에 가서 물어보십시오."

제나라 환공은 초나라가 항복을 하지 않자 그대로 계속 진격해 초나라 형陘에 주둔했다.

여름이 되자 초나라 임금이 대부 굴완屈完을 사자로 삼고 제나라 주둔지로 보내 강화할 뜻을 전했다. 이에 제나라 군대가 퇴각해 소릉召陵에 주둔했다. 이때 제나라 환공이 군대를 도열시킨 후 굴완과 같이 사열하면서 다음과 같이 말씀하셨다.

"제후들이 초나라로 쳐들어온 것은 결코 나 하나를 위해서가 아니다. 다만 선군과 맺은 우호를 지속시키기 위함이었다. 그러니 초나라

406

도 나와 우호를 맺어 나의 제후가 되는 것이 어떠하겠느냐?"

이에 굴완이 아뢰었다.

"임금께서 친히 이곳까지 오시어 초나라의 사직을 위해 돕고 제후에 넣어주겠다 하시니, 이는 바로 우리 임금이 바라는 바이기도 합니다."

다시 제나라 환공이 말씀하셨다.

"이런 대군으로 나아가 싸우면 누가 감히 대적할 것이며, 이런 대군으로 성을 공격하면 어느 성을 함락시키지 못하겠는가?"

이에 굴완은 아뢰었다.

"무릇 임금께서 덕으로 제후를 다스리신다면 누가 감히 복종하지 않겠습니까? 하지만 임금께서 힘으로 다스리려 하신다면 우리 초나라는 방성산方城山에 성을 쌓고 한수漢水에 연못을 만들어 대항하겠습니다. 그렇게 되면 군사가 많을지라도 소용이 없을 것입니다."

이에 굴완은 마침내 여러 제후와 동맹을 맺었다.

齊侯伐楚 僖公四年

四年春王正月에 公會齊侯宋公陳侯衛侯鄭伯許男曹伯侵蔡하다. 蔡潰하니 遂伐楚하여 次于陘하다.

四年春에 齊侯以諸侯之師侵蔡하다. 蔡潰하여 遂伐楚하니 楚子使與師言曰 君處北海하고 寡人處南海하여 唯是風馬牛不相及也라. 不虞에 君之涉吾地也하니 何故인가 管仲對曰 昔에 召康公命我先君大公曰 五侯九伯을 女實征之하여 以夾輔周室하다 하고 賜我先君履하여 東至于海하고 西至于河하며 南至于穆陵하고 北至于無棣라 爾貢包茅 不入하여 王祭不共하여 無以縮酒라 寡人是徵이라. 昭王南征而不復하니 寡人是問이

라. 對曰 貢之不入은 寡君之罪也라 敢不共給인가. 昭王之不復은 君其問諸水濱하다. 師進次于陘하다. 夏에 楚子使屈完如師하라. 師退次于召陵하여 齊侯陳諸侯之師하고 與屈完乘而觀之하며 齊侯曰 豈不穀是爲리오. 先君之好是繼라 與不穀同好如何오. 對曰 君惠徼福於弊邑之社稷하니 辱收寡君은 寡君之願也라. 齊侯曰 以此衆戰이면 誰能禦之리오. 以此攻城이면 何城不克인가. 對曰 君若以德綏諸侯면 誰敢不服인가. 君若以力이면 楚國方城以爲城하고 漢水以爲池라. 雖衆無所用之라 屈完及諸侯盟하다.

성복城濮 땅에서 싸우다

- 성복지전城濮之戰 -

여름 4월.

기사己巳일에 진나라·제나라·송나라·진秦나라 군대와 초나라 사람들이 성복城濮에서 싸웠는데, 초나라가 패했다.

진晉나라가 조曹나라를 포위한 뒤 성문을 공격했는데, 전사자가 많이 나왔다. 이에 조나라 사람들이 진나라 전사자들의 시체를 성벽 위에다 늘어놓았다. 때문에 진 문공은 이것이 군사들을 동요하게 할까봐 걱정했다. 이때 병사들이 전해준 계책을 따르기로 했는데, 그것은 바로 "군영을 조나라 사람들의 묘지 위에 세워라"라는 것이었다. 병사들은 임금인 문공이 시키는 대로 묘지 위로 군영을 옮기려고 했다. 이를 본

조나라 사람들은 조상들의 묘가 훼손될 것을 두려워해 진나라 전사자들의 시신을 성 밖으로 내놓았다. 진나라 군대는 조나라 사람들이 두려워하는 틈을 놓치지 않고 공격했다.

3월 10일[병오丙午일]에 성안으로 쳐들어가 조나라 공공共公을 사로잡은 후 일일이 죄를 열거했다. 희부기僖負羈와 같은 유능한 사람을 등용하지 않고 무능한 인물을 3백 명이나 등용해 대부의 수레를 타고 다니게 한 점을 꾸짖으며 말했다.

"3백 명의 공로가 적힌 문서를 보여라."

그런 다음 희부기의 집에 들어가지 말라는 명을 내려 그의 가족에게 화가 미치지 않게 함으로써 일찍이 받은 은혜에 보답했다.

이에 진나라의 위주魏犫와 전힐顚頡이 화를 내며 말했다.

"수고한 사람들은 생각해주지도 않는데, 이런 사람이 베푼 작은 은혜는 보답을 한다고? 그럴 이유가 어디 있는가?"

그런 다음 희부기의 집을 불질러버렸다. 그 와중에 위주는 가슴에 부상을 입었다. 한편 진 문공은 화가 나서 위주를 죽이려다 그의 재능이 아까워 사람을 보냈다. 만약 병이 중하면 죽이려 했던 것이다. 하지만 문공의 생각을 알아차린 위주는 상처가 난 가슴을 천으로 잘 감싼 채 문공이 보낸 사자를 만나 이렇게 말했다.

"임금의 은혜를 입었는데 어찌 낫지 않을 수가 있겠습니까?"

그런 다음 발을 내밀어 앞으로 멀리뛰기를 세 번 하고 제자리에서 굽혔다가 높이뛰기를 세 번 했다. 결국 문공은 위주를 용서하는 대신 전힐을 죽여 그 시체를 모든 군대가 보게 했다. 또한 위주의 벼슬을 거두어 주지교舟之僑에게 내림으로써 주지교로 하여금 문공이 타는 전차의 우측을 맡게 했다.

410

이때 송나라에서 대부 문윤반門尹般이 찾아와 위급함을 보고했다. 이에 진나라 문공이 신하들을 불러놓고 말했다.

"송나라에서 사태가 급하게 되었다는 연락이 왔다. 이대로 내버려두면 송나라와는 단절되고 말 것이다. 초나라에게 화목하자고 하더라도 그들은 우리의 요구를 들어주지 않을 것이다. 또한 초나라와 싸우고자 하더라도 제나라와 진秦나라가 행동을 같이하지 않을 것이 뻔하다. 이를 어떻게 하면 좋겠는가?"

선진先軫(당시 대원수)이 아뢰었다.

"제나라와 진나라가 초나라에게 철군을 요청할 수 있도록 송나라로 하여금 제나라와 진나라에 뇌물을 쓰게 하십시오. 그러는 한편 우리는 조나라의 임금, 공공을 잡아서 조나라와 위나라의 땅 일부를 송나라에 나누어주는 겁니다. 그렇게 하면 초나라는 조나라와 위나라의 신세를 애석하게 여겨 반드시 제나라와 진나라의 철군 요청을 받아들이지 않을 것입니다. 이는 다시 송나라로부터 뇌물을 받은 제나라와 진나라의 화를 돋우게 만들 것이고, 결국 제와 진이 전쟁에 참여하지 않을 수 없게 될 것입니다."

문공은 그의 말에 크게 기뻐했다. 그리고 그 계책에 따라 조나라 임금을 사로잡고 조나라와 위나라의 땅을 나누어 송나라에 주었다.

초나라 성왕成王은 송나라로부터 군대를 거두어 초나라 신申에 머무르면서 신숙申叔에게는 곡穀에서 철군하게 하고, 자옥子玉에게는 송나라에서 물러나도록 명하면서 다음과 같이 당부했다.

"진晉나라 군대를 쫓지 마라. 진나라 문공은 나라 밖에서 19년 동안이나 떠돌다가 돌아와 진나라를 차지한 자로 온갖 험난한 일과 어려움을 두루 맛보아 백성들의 진정과 허위가 무엇인지 모두 잘 알고 있다. 또한 66세인 지금 형제들이 죽었는데도 혼자 살아 있다. 이는 하늘이 그에게 긴 생명을 주고 그를 해치는 자들을 제거해주었기 때문이다. 이처럼 하늘이 임금으로 세우려는 이를 어찌 사람의 힘으로 없앨 수가 있겠는가. 병서兵書에도 '적이 정당하면 물러나오고[윤당즉귀 允當則歸], 적을 이기기 어려우면 물러나며[지난이퇴知難而退], 덕이 있는 자는 대적할 수가 없다[유덕불가적有德不可敵]'는 말이 있다. 그런데 바로 이 세 가지가 모두 지금의 진나라를 이르는 것이다."

그러나 자옥은 백분伯棼으로 하여금 싸움을 청하게 하면서 아뢰었다.

"지금 출전하고자 함은 감히 반드시 공을 세우고자 하는 것이 아닙니다. 그저 훼방을 놓는 소인배의 입을 틀어막으려는 것입니다."

이에 성왕은 화가 나서 자옥에게 약간의 군대만 내주었으니, 서광西廣(초나라의 우군과 좌군 중 우군) 및 동궁東宮(태자궁)의 군사, 그리고 약오若敖氏(자옥의 친병)를 모두 합쳐도 고작 6백 명밖에 되지 않았다.

이들을 이끌고 출정한 자옥은 완춘宛春으로 하여금 진나라 진영에 보내 다음과 같은 말을 전했다.

"청컨대 위나라 성공을 위나라로 돌려보내고, 조나라 땅을 원래대로 회복시켜준다면, 우리 초나라도 송나라의 포위를 풀고 돌아갈 것이다.

이에 진나라 자범子犯이 문공에게 아뢰었다.

"자옥이란 놈은 무례한 자입니다. 임금께서 임금의 지위에 있으면서도 송나라의 포위를 풀라는 한 가지 요구만 했을 뿐인데, 자옥은 신하된 자로 조나라와 위나라에 대한 두 가지 요구를 해오고 있습니다. 이런 무례한 자를 가만두지 마시고 이때를 기회 삼아 초나라를 치십시오."

하지만 선진은 자범의 말에 반대하며 아뢰었다.

"임금께서는 자옥의 말을 받아들이십시오. 남을 안정시키는 것을 예라 하는데, 초나라는 한마디 말로 세 나라를 안정시키려 하고 우리는 한마디 말로 세 나라를 멸망시키려 하고 있습니다. 결국 우리가 무례한 것이 되니, 무슨 명분으로 저들과 싸울 수가 있겠습니까?

또한 초나라의 요구를 받아들이지 않으면 송나라를 버리는 결과가 됩니다. 본래 송나라를 구하고자 출병한 것인데, 버리게 되면 제후들에게 뭐라고 변명하겠습니까? 이는 곧 세 나라를 돕는 은혜는 초나라에 있고, 세 나라를 망하게 하는 원망은 우리 진나라에 있게 되는 결과를 낳게 됩니다. 원망을 사 원수가 많아지면 무엇을 믿고 싸울 수가 있겠습니까?

그러니 은밀히 조나라와 위나라를 회복시켜서 초나라와 이간시키고, 더불어 사자로 온 완춘을 체포하여 초나라를 화나게 하십시오. 그리하여 초나라와 승패를 겨룬 다음 다시 조나라와 위나라를 도모하십시오."

진나라 문공은 이 계획을 매우 기뻐하여 받아들였다. 따라서 곧 완춘을 체포하고 한편으로 은밀히 조나라와 위나라의 땅을 회복시켜주었다. 그러자 선진의 예견대로 조나라와 위나라가 초나라와 외교관계를 끊겠다고 선언했다.

한편 초나라 자옥은 자옥대로 사자를 체포한 것에 화가 나 진나라 군대를 추격했고, 이에 진나라 군대는 후퇴했다. 이를 이상하게 여긴 군리軍吏가 아뢰었다.

"임금이 신하의 군대를 피하여 퇴각하는 것은 치욕입니다. 게다가 초나라 군대는 출정한 지 오래되어 지칠 대로 지쳐 있습니다. 그런데 어째서 퇴각을 하시는 겁니까?"

자범이 나서며 대답했다.

"무릇 군대란 정당한 도에 처해 있으면 사기가 왕성하지만, 부정하면 저하되기 마련이오. 그러니 어찌 오래 싸웠다는 것만으로 지쳤다 지치지 않았다 말할 수 있겠소? 또한 과거에 초나라의 은혜를 입지 않았다면 오늘날 진나라는 없었을 것이오. 지금 우리가 3일간 90리를 물러나며 초나라와의 싸움을 피하는 것은 바로 과거의 은혜를 갚는 것이오. 약속을 어긴 채 초나라의 적국인 송나라를 지키려 하는 것은 곧 은혜를 배반하는 일이어서 우리가 올바르지 않게 되고, 초나라가 옳은 것이 되는 것이오.

또한 초나라 군대는 그동안 군량이 풍족하여 지쳐 있다고 말할 수는 없소. 만일 우리 군대가 퇴각하는 것으로 초나라 군대가 돌아가게만 할 수 있다면 더 이상 바랄 게 무엇이 있겠소? 만약 초나라 군대가 돌아가지 않는다 하더라도 그것은 임금이 물러나는데 신하가 쳐들어오는 꼴이 되니, 잘못은 초나라에 있게 되는 것이오."

진나라는 그렇게 90리를 물러났다. 이에 초나라 군대는 추격을 멈추자고 했지만 자옥이 이를 허락하지 않았다.

여름 4월 무진戊辰일[3일].

진나라 문공과 송나라 성공, 제나라 대부 국귀보國歸父와 최요崔夭, 진秦나라 소공자 은慭 등이 위나라 성복에 주둔했다. 이때 초나라 군대는 휴鄇 땅을 등지고 진을 쳤다.

진나라 문공은 이를 보고 초나라 군대를 이길 수 있을까 걱정했다.

414

이런 때 병사들이 부르는 노래를 듣게 되었다.

들판에는 풀이 무성하니
묵은 뿌리를 뽑아버리고
새로운 씨를 뿌리리라.

진나라 문공이 이 소리에 담긴 뜻을 의아하게 생각하자, 자범이 아뢰었다.

"나아가 싸우십시오. 싸워 이기면 반드시 제후를 얻어 패자가 될 것이고, 만약 이기지 못한다 해도 우리 진나라는 밖으로 황하가 흐르고 안으로는 험한 태행산이 솟아 요새와 다름없으니 결코 큰 해로움을 겪지는 않을 것입니다."

이에 문공이 말했다.

"그렇게 하면 초나라로부터 받은 은혜는 어떻게 갚아야 하는가?"

이 질문에는 난정자欒貞子[난지欒枝]가 아뢰었다.

"초나라는 한수漢水 북쪽의 희씨 성을 가진 제후국들을 모두 멸망시켰습니다. 그러니 조그마한 은혜를 생각하여 큰 수치를 잊는다면 싸우느니만 못합니다."

이날 밤 문공은 초나라 임금과 싸우다가 끝내 초나라 임금 성공이 자신의 배를 깔고 누르며 뇌를 빠는 꿈을 꾸었다. 이에 문공은 초나라와의 싸움에서 패하는 것은 아닐까 걱정을 했다. 이에 자범이 아뢰었다.

"좋은 꿈입니다. 우리 임금의 얼굴이 하늘을 향하고 있었으니 이는 하늘을 얻는다는 것을 의미하고, 초나라 임금은 아래를 보느라고 하늘을 등지고 있었으니 이는 죄를 받을 것이라는 의미입니다. 또한 뇌를 빠르다는 것은 초나라 임금이 임금의 뜻에 따르게 될 것이라는 것을 의미합니다."

이때 초나라 자옥이 대부 투발鬪勃을 보내 다음과 같은 말을 전했다.

"우리와 그대 나라의 무사들 간에 힘겨루기 내기를 해보기를 청하니, 문공은 수레의 횡목橫木에 서서 구경하시기를 바라오. 나 또한 구경하겠소."

이에 진나라 문공은 난정자를 보내 답했다.

"우리 임금께서는 아직도 초나라 임금의 은혜를 잊지 않고 계시오. 그래서 90리를 후퇴하여 여기까지 물러난 것이오. 이렇듯 우리는 초나라 대부 자옥을 위해 여기까지 후퇴하였거늘 어찌 적대하여 싸울 수 있겠소? 그러나 아직 초나라로부터 퇴각하라는 명을 얻지 못하였으니, 번거롭더라도 군비를 정비하고 당신네 임금의 명을 다시 한 번 공경하게 받들어 살핀 다음 내일 아침 일찍이 전장에서 만납시다."

이때 진나라는 7백 승乘(1승의 병력은 75명을 말함)의 전차 모두에 가죽끈으로 말을 단단히 붙들어 매고 만반의 출진 준비를 했다.

진나라 문공은 유신有莘(전설상의 고대국가)의 도읍이었던 언덕에 올라 진나라 군대를 바라보면서 말했다.

"젊은이를 앞세우고 연장자를 뒤에 세워 예를 갖추니[소장유례少長有禮] 이들을 잘 부릴 수 있겠다."

그런 다음 급히 산의 나무를 베다가 무기를 만들게 했다.

기사己巳일[4월 4일]에 진나라 군대가 유신의 북쪽, 즉 성복에 진을 치자 하군下軍의 부장副將인 서신胥臣이 나아가 초나라에 합세한 진陳나라와 채蔡나라 군대에 대항했다.

이때 자옥은 스스로 중군中軍의 대장大將이 되어 병사 6백 명을 이끌면서 의기양양 말했다.

"오늘이야말로 반드시 진나라 군사를 모두 없앨 것이다."

자서子西는 좌익의 대장, 자상子上은 우익의 대장으로 삼았다.

전투가 시작되자 서신은 말에 호랑이 가죽을 뒤집어씌운 채 진陳나라와 채나라 군대로 쳐들어갔다. 이에 진나라와 채나라 군대가 놀라 달아났고, 때문에 초나라의 우익도 덩달아 궤멸되었다.

이때 진나라의 호모狐毛는 두 개의 깃발을 세우고 양쪽으로 도망가는 체하고, 난정자는 병사들에게 땔나무를 끌어 먼지를 날리게 하여 거짓으로 도망가는 체하자 진나라가 퇴각하는 줄 안 초나라 군대가 급하게 말을 달려 추격해왔다.

이에 진나라 원진原軫과 극진郤溱은 초나라 군대가 사정권 안에 들어오기를 기다렸다가 친히 중군中軍의 친위병을 거느리고 초나라 군대의 측면을 공격했고, 도망가던 체하던 호모狐毛와 호언狐偃도 몸을 돌려 상군上軍과 함께 초나라 군대의 정면을 공격, 협공했다. 그래서 초나라 좌익이 무너졌고, 결국 초나라 군대는 대패했다. 하지만 자옥은 부하를 수습해 움직이지 않았기 때문에 패하지 않았다.

진나라 군대는 초나라 진영에 머물면서 노획한 초나라의 군량을 먹었고, 계유癸酉일[4월 8일]에 마침내 초나라 군대가 곡 땅에서 철군했다. 그 뒤 갑오甲午일[4월 29일]에 형옹衡雍에 도착한 진나라 군대는 자신의 군대를 위로하기 위해 주의 양왕, 즉 천자가 온다는 소식을 듣고 천자를 위해 천토踐土 땅에 행궁을 지었다.

성복의 싸움이 있기 전 3월에 정나라 문공은 초나라로 갔다가 초나라를 위해 원군을 보내주었다. 그러나 초나라 군대가 패배하자 문공은 원군을 보낸 일 때문에 진나라를 두려워해 자인구子人九를 진나라에 보내 강화를 맺게 했다. 이에 진나라도 난정자를 정나라로 보내니 이 두 나라는 형옹에서 동맹을 맺었다. 이때가 5월 병오丙午일[5월 11일]이었다.

정미丁未일[5월 12일]에 진나라 문공은 초나라 포로, 즉 무장한 군마 4백 마리와 보병 1천 명을 천자에게 바쳤다. 그때 정나라 문공이 옆에서 의식을 도왔다. 이때 천자(주양왕)는 예전에 평왕이 진晉나라 문후文侯를 접대했던 의식대로 진나라 문공을 접대했다. 또 기유己酉일[5월 14일]에는 문공을 초대해 감주를 내리고 선물도 하사했고, 윤씨尹氏, 왕자호王子虎, 내사內史 숙흥보叔興父에게 명해 진나라 문공을 제후의 수장으로 임명하게 했다. 더불어 대로大輅(제사를 지낼 때 쓰는 수레)와 제례복, 융로戎輅(군례를 행할 때 쓰는 수레)와 군례복, 붉은 칠을 한 활 1개, 붉은 칠을 한 화살 1백 개, 검은 칠을 한 활 10개, 검은 칠을 한 화살 1천 개, 검은 기장으로 빚은 술 1통, 그리고 천자의 호위 군사 중 3백 명을 내려주었다.

그러면서 양왕은 문공에게 다음과 같이 말했다.

"짐이 천자로서 숙부(문공도 주양왕과 같은 희씨, 따라서 나이가 엇비슷한 경우 숙부로 통칭했다)에게 이르니, 천자의 명령을 공경하여 복종하고, 사방의 나라를 편안케 하며, 천자의 명을 어기는 자를 바로잡아 다스리도록 하라."

이에 문공이 세 번 사양하다가 명령을 따르며 다음과 같이 아뢰었다.

"중이重耳(문공의 이름)가 감히 두 번 절하고 머리를 조아리며 천자의 위대하고 아름다운 명령을 받들어 천하에 알리겠습니다."

이렇게 천자의 명을 받은 문공은 전후 세 번에 걸쳐 천자를 뵈었다.

418

夏四月己巳에 晉侯齊師宋師秦師及楚人戰于城濮하니 楚師敗績하다.

晉侯圍曹하여 門焉한대 多死라 曹人尸諸城上하니 晉侯患之라. 聽輿人之謀曰 稱舍於墓라 師遷焉하니 曹人兇懼하여 爲其所得者를 棺而出之하다. 因其兇也而攻之하여 三月丙午에 入曹하여 數之以其不用僖負羈하고 而乘軒者三百人也라. 且曰 獻狀하라. 令無入僖負羈之宮하고 而免其族하니 報施也라. 魏犨顚頡怒曰 勞之不圖하고 報於何有오하고 爇僖負羈氏하다. 魏犨傷於胸하니 公欲殺之나 而愛其材하여 使問且視之하다. 病將殺之라. 魏犨束胸見使者曰 以君之靈하니 不有寧也아. 距躍三百하고 曲踊三百하니 乃舍之하다. 殺顚頡以徇于師하다. 立舟之僑하여 以爲戎右하다. 宋人使門尹般如晉師告急하니 公曰 宋人告急하니 舍之則絕하고 告楚不許라. 我欲戰矣나 齊秦未可하니 若之何오. 先軫曰 使宋舍我而賂齊秦하여 藉之告楚하고 我執曹君하여 而分曹衛之田以賜宋人하라. 楚愛曹衛하여 必不許也라. 喜賂怒頑하니 能無戰乎라 公說하여 執曹伯하고 分曹衛之田하여 以畀宋人하라. 楚子入居于申하여 使申叔去穀하고 使子玉去宋曰 無從晉師라. 晉侯在外十九年矣라 而果得晉國이라. 險阻艱難을 備嘗之矣하고 民之情僞를 盡知之矣라 天假之年하여 而除其害하니 天之所置를 其可廢乎아. 軍志曰 允當則歸라 하고 又曰 知難而退라 하고 又曰 有德不可敵이라 하니 此三志者는 晉之謂矣라. 子玉使伯棼請戰曰 非敢必有功也요. 願以間執讒慝之口라 王怒하여 少與之師하니 唯西廣東宮與若敖之六卒實從之라. 子玉使宛春告於晉師曰 請復衛侯而封曹하라. 臣亦釋宋之圍하리라. 子犯曰 子玉無禮哉라. 君取一하고 臣取二하니 不可失矣라. 先軫曰 子與之하라. 定人之謂禮라. 楚一言而定三國하고 我一言而亡之라 我則無禮니 何以戰乎아. 不許楚言은 是棄宋也라. 救而棄之면 謂諸侯何오. 楚有三施한대 我有三怨하고 怨讎已多면 將何以戰이리오. 不如私許復曹衛以攜之하고 執宛春以怒楚하여 旣戰而後圖之라. 公說하여 乃拘宛春於衛하고 且私許復曹衛하라. 曹衛告絕於楚하니 子玉怒하여 從晉師라. 晉師退하니 軍吏曰 以君避臣은 辱也라 且楚師老矣라. 何故退리오. 子犯曰 師直爲壯하고 曲爲老하니 豈在久乎아. 微楚之惠면 不及此라. 退三舍避之는 所以報也라. 背惠食言하여 以亢其讎면 我曲楚直하고 其衆素飽라 不可謂老라. 我退而楚還하면 我將何求리오. 若其不還하여 君退臣犯하면 曲在彼矣라. 退三舍하다 楚衆欲止나 子玉不可하다. 夏四月戊辰에 晉侯宋公齊國歸父崔夭秦小子憖次于

城濮하다. 楚師背鄂而舍라. 晉侯患之하여 聽輿人之誦하니 日 原田每每하니 舍其舊
而新是謀하다. 公疑焉하니 子犯日 戰也라. 戰而捷하면 必得諸侯하리라. 若其不捷이
라도 表裏山河하니 必無害也라. 公日 若楚惠何오. 欒貞子日 漢陽諸姬를 楚實盡之라.
思小惠而忘大恥니 不如戰也라. 晉侯夢할새 與楚子搏하여 楚子伏己하여 而盬其腦라.
是以懼라. 子犯日 吉하오. 我得天하니 楚伏其罪라. 吾且柔之矣리라. 子玉使鬪勃請戰
日 請與君之士戱하라. 君馮軾而觀之하라. 得臣與寓目焉하리라. 晉侯使欒枝對日 寡
君聞命矣라. 楚君之惠를 未之敢忘이라. 是以在此라 爲大夫退하니 其敢當君乎아. 旣
不獲命矣라. 敢煩大夫하여 謂二三子하노라. 戒爾車乘하고 敬爾君事하라. 詰朝將見
하리라. 晉車七百乘이 韅靷鞅靽이라. 晉侯登有莘之虛以觀師日 少長有禮라 其可用
也라. 遂伐其木以益其兵하다. 己巳에 晉師陳于莘北하고 胥臣以下軍之佐當陳蔡하다.
子玉以若敖之六卒將中軍하고 日 今日必無晉矣라. 子西將左하고 子上將右라 胥臣蒙
馬以虎皮하고 先犯陳蔡하다. 陳蔡奔하니 楚右師潰라. 狐毛設二旆而退之하고 欒枝使
與曳柴而僞遁하니 楚師馳之라. 原軫郤溱以中軍公族橫擊之하고 狐毛狐偃以上軍夾攻
子西하니 楚左師潰라. 楚師敗績하다. 子玉收其卒而止라. 故로 不敗하다. 晉師三日館
穀하고 及癸酉而還하다. 甲午에 至于衡雍하여 作王宮于踐土하다. 鄉役之三月에 鄭伯
如楚致其師나 爲楚師旣敗而懼하여 使子人九行成于晉하다. 晉欒枝入盟鄭伯하다. 五
月丙午에 晉侯及鄭伯盟于衡雍하고 丁未에 獻楚俘于王하니 駟介百乘과 徒兵千이라.
鄭伯傅王에 用平禮也라. 己酉에 王享醴하고 命晉侯宥라 王命尹氏及王子虎內史叔興
하여 父策命晉侯爲侯伯하고 賜之大輅之服戎輅之服彤弓一彤矢百旅弓矢千旅一秬鬯
賁三百人하며 日 王謂叔父하노니 敬服王命하여 以綏四國하고 糾逖王慝하라. 晉侯三
辭從命하며 日 重耳敢再拜稽首하며 奉揚天子之不顯休命하노라. 受策以出하고 出入三
覲하다.

초나라 임금이 솥의 무게를 묻다
– 초자문정楚子問鼎 –

초나라 장왕莊王이 육혼陸渾 땅에 사는 오랑캐 융戎을 치다

초나라 장왕이 육혼 땅에 사는 오랑캐 융을 치고 낙수洛水에 이르자 주周나라 왕실의 경내에서 군대로 하여금 시위示威를 하게 했다. 이에 주나라 정왕定王이 대부 왕손만王孫滿을 보내 초 장왕을 위로하게 했다. 그때 장왕이 주나라의 보배인 솥[정鼎]의 크기와 무게 등을 물었고, 왕손만은 다음과 같이 대답했다.

"솥의 크기와 무게는 그것을 가지고 있는 사람의 덕德에 달려 있지 솥에 달려 있는 것이 아닙니다. 옛날 하夏나라의 천자가 훌륭한 덕을 가지고 있었을 때는 멀리 떨어져 있는 나라에서도 자기들의 산천이나 기이한 물건의 형상을 그려서 바쳤고, 9주의 관리들에게는 동을 바치게 하였습니다. 이때 모인 동으로 솥을 주조하면서 각 지방의 풍물을 새겨 넣어 온갖 물건의 형태를 솥에 담아냄으로써 백성들로 하여금 귀신과 괴물을 구별하게 하였지요. 때문에 백성들은 강이나 연못, 산림에 들어가서 사냥을 하더라도 요괴를 만나지 않았습니다. 이렇듯 산천의 괴물인 치매망량螭魅罔兩을 만나지 않게 되자 하늘과 땅이 서로 화합하였고, 결국 하늘의 보살핌을 받을 수 있었던 것입니다. 그러나 하나라의 마지막 임금, 걸왕桀王은 덕이 없었기 때문에 솥은 상商나라와 은殷나라로 옮겨가 6백 년을 지냈습니다. 그러다 상나라의 마지막 임금, 주왕紂王이 포학暴虐했기 때문에 결국 그 솥이 주周나라로 넘어오게 된 것입니다. 이렇듯 솥을 가진 임금의 덕이 아름답고 밝으면 솥이 비록 작을지라도 무거워 옮기기 어렵지만, 그 덕이 비뚤어지고 어지러워지면 솥이 비록 크다 하더라도 가벼워서 옮기기 쉬운 법입니다.

무릇 하늘이 밝은 덕을 내려주는 데도 한도가 있는 법입니다. 주나라 성왕成王이 서울을 겹욕郟鄏에 정한 후 솥을 그곳으로 옮겼을 때 주나라가 얼마나 오래 계속될 것인가 점을 쳤는데, 30대 7백 년이라는 쾌가 나왔습니다. 이것이 바로 하늘이 명하신 바입니다. 지금 주나라의 덕이 비록 쇠하기는 하였지만 아직 천명을 다한 것은 아닙니다. 따라서 솥의 무게를 물어 천자의 자리를 빼앗으려고 해서는 안 됩니다."

楚子問鼎 宣公三年

楚子伐陸渾之戎하다.

楚子伐陸渾之戎하여 遂至於洛하여 觀兵于周疆이라. 定王使王孫滿勞楚子하다. 楚子問鼎之大小輕重焉이어늘 對曰 在德不在鼎이라. 昔夏之方有德也에 遠方圖物하고 貢金九牧하여 鑄鼎象物하니 百物而爲之備하거늘 使民知神姦이라. 故로 民入川澤山林하여 不逢不若하니 螭魅罔兩이 莫能逢之라. 用能協于上下하여 以承天休라. 桀有昏德하여 鼎遷于商하여 載祀六百이라. 商紂暴虐하여 鼎遷于周라 德之休明은 雖小라도 重也요 其姦回昏亂은 雖大라도 輕也라. 天祚明德은 有所底止라. 成王定鼎于郟鄏하여 卜世三十하고 卜年七百은 天所命也라. 周德雖衰나 天命未改하니 鼎之輕重은 未可問也라하다.

필邲 땅에서 싸우다

– 필지전邲之戰 –

여름 6월 을묘乙卯일[6월 14일]에 진晉나라의 순림보荀林父는 군대를
거느리고 정나라의 필邲땅에서 초 장왕과 싸웠다가 대패했다.

여름 六월.

진晉나라 군대가 정나라를 구원했는데, 순림보荀林父가 중군의 대장,
선곡先縠이 그 부장, 사회士會가 상군의 대장, 극극郤克이 그 부장, 조
삭趙朔이 하군의 대장, 난서欒書가 그 부장, 조괄趙括과 조영제趙嬰齊가
중군의 대부, 공삭鞏朔과 한천韓穿은 상군의 대부, 순수荀首와 조동趙同
은 하군의 대부, 한궐韓厥은 사마司馬가 되었다.

424

진나라 군대가 황하黃河까지 이르렀을 때, 정나라가 이미 초나라에 항복해 평화를 맺었다는 소식을 듣게 되었다. 이에 순림보는 되돌아가 자고 주장하며 다음과 같이 말했다.

"정나라를 구하기에는 이미 늦었는데 우리 백성들을 피로하게 할 필요가 어디 있겠소? 초나라가 돌아가기를 기다렸다가 그 후에 다시 움직여도 늦지 않을 것이오."

상군의 대장인 사회도 그의 의견에 동조하며 말했다.

"좋습니다. 제가 듣기로 '군사를 움직이는 것은 적의 빈틈을 보고 하여야 한다'고 합니다. 또한 덕德, 형刑, 정政, 사事, 전典, 예禮의 여섯 가지가 올바로 행해지는 나라를 대적해서는 안 됩니다. 본래 초나라 장왕은 정나라가 두 마음을 품고 있는 데 화가 나서 군사를 일으킨 것입니다만, 지금에 와 정나라 임금이 겸손하여 몸을 낮추자 가엾게 여겨 용서해주었습니다. 이는 배반하면 벌하고, 복종하면 용서하는 것으로 덕과 형이 잘 행해지고 있는 것을 보여주고 있습니다. 배반한 자를 토벌하는 것이 형이요, 복종하는 자를 회유懷柔하는 것이 덕이니, 초나라 장왕은 지금 두 가지를 잘 행하고 있는 것입니다.

또한 초나라는 지난해에는 진陳나라에 쳐들어갔고, 올해에는 정나라에 쳐들어갔습니다. 하지만 백성들은 피로해하지 않으며, 임금을 원망하지도 않습니다. 이는 정치가 잘되고 있다는 증거입니다. 게다가 초나라는 독특한 진법陳法을 펴서 전쟁을 하는 중에도 상商·농農·공工·고賈를 폐하는 일이 없으며, 보병이나 수레병 할 것 없이 화목하여 나라 안과 밖이 모두 자기 일에 충실하고 남을 거스르지 않습니다.

손숙오孫叔敖(위오蔿敖)가 재상宰相이 되어 초나라의 법전法典을 만들었는데, 진군할 때 오른쪽의 보병은 장군의 수레를 보호하여 진군하고, 왼쪽의 보병은 풀을 거두어들여 숙영할 준비를 합니다. 또 띠풀을 깃발에 장식한 전군前軍(선봉대)은 복병이 있는지 살피고, 중군은 전략을 세우고, 후군後軍은 정예로서 후방을 맡고, 백관百官들이 분별 있게 행동하게 하는 것입니다. 그런데 초나라 군대는 이에 잘 따라 엄하게 경계하거나 단속하지 않아도 군사들이 일사불란하게 움직입니다. 즉, 그 법전을 잘 운용한다는 증거입니다.

초나라 장왕은 사람을 등용할 때 성이 같으면 유능한 이를 골라 쓰고, 성이 다르면 연륜이 깊은 자를 썼으며, 인재의 등용에서 유덕有德한 자를 빠뜨리지 않았습니다. 또한 상賞을 내릴 때는 공로가 있는 자를 잊지 않되 노인에게는 특혜를 주었고, 다른 나라에서 온 자에게도 혜택을 주어 편안하게 해주었습니다.

신분에 따라 의복에 쓰는 장식품에 구별을 둔 것 또한 높은 지위에 있는 자는 일정한 높은 자리가 있고, 낮은 지위에 있는 자는 각각 그 지위에 응하는 위의威儀의 차별이 있도록 한 것이니, 이는 예의가 문란하지 않다는 증거입니다.

이렇듯 덕德, 형刑, 정政, 사事, 전典, 예禮의 여섯 가지가 잘 시행되고 있는 초나라를 어떻게 대적할 수 있겠습니까? 무릇 싸울 만할 때 나아가고 어려우면 물러나는 것이 병사를 사용하는 법이고, 약한 자를 쳐서 빼앗고 혼란에 빠진 자를 공격하는 것이 전쟁에서 좋은 전략입니다. 그러니 부디 잠시 군대를 정돈하여 군비를 튼튼하게 해두는 것이 필요합니다. 약하고 혼란에 빠진 제후국은 얼마든지 있습니다. 그런데 구태여 초나라만을 생각할 필요가 어디 있겠습니까?

옛날의 명신名臣 중훼中虺도 '어지럽고 멸망하려는 나라는 빼앗고 업신여겨라'고 하였습니다. 이는 곧 약한 나라를 쳐서 빼앗으라는 말입니

426

다. 또 작灼의 시詩에는 '아아! 훌륭한 무왕武王의 군대여! 하늘의 명령을 받들어 포악한 주왕紂王을 쳐서 빼앗았구나'라는 구절이 있습니다. 이 또한 혼란에 빠진 나라를 쳐서 멸망시킨다는 것입니다. 무武의 시詩에는 '무왕의 업적은 비할 데 없이 강하고 한이 없구나'라는 구절이 있습니다. 그러니 부디 약한 자를 어루만지고 어지러운 자를 쳐서 훌륭한 공적을 세우십시오. 한마디로 강한 초나라와 지금 싸우는 것은 옳지 않습니다."

이에 부장인 선곡先縠이 반대하고 나섰다.

"안 됩니다. 우리 진나라가 패자가 될 수 있었던 것은 군대는 용맹하고 신하가 노력했기 때문입니다. 그런데 지금 일개 제후국인 정나라를 내버려둔다면 '노력했다'고 할 수 없고, 적국인 초나라가 눈앞에 있는데 추격하지 않는다면 용감했다고도 할 수 없습니다. 이는 스스로 패자가 될 기회를 버리는 것으로 죽는 것만 못합니다. 또 군대를 일으켜 진군했는데, 적이 강하다는 것만으로 물러나는 것은 대장부가 할 일이 아닙니다.

우리는 명령을 받아 군대의 장수가 되었습니다. 그런데도 대장부가 해서는 안 되는 일을 하자고 하니, 그대들은 할 수 있을지 몰라도 나는 그렇게 못하겠습니다."

그러고는 자기 휘하의 군사들을 이끌고 강을 건너갔다.

이에 하군의 대부 순수荀首가 이렇게 말했다.

"선곡의 군사들이 위태로울 것입니다. ≪주역周易≫에도 사괘師卦가 임괘臨卦로 변해가는 것에 대하여 '군대가 출전할 때는 군율軍律로 통제할 수 있어야 한다. 만약 통제가 되지 않으면 흉하다'고 하였으니, 이는 곧 일을 행할 때 아랫사람이 윗사람의 뜻에 순종하면 자연히 그 결과가 좋지만, 윗사람의 뜻에 거역하면 그 결과가 나쁘다는 말입니다. 무리의 마음이 흩어지면 힘이 약해지고, 흐르던 강물이 막혀 흐르지 않으면 못[택澤]으로 변하기 마련입니다. 군대에 규율이 있는 것은 병사들로 하여금 장수의 말을 따르게 하기 위함입니다. 그런데 부장이 대장의 명을 어기면 이는 스스로 규율을 무너뜨리는 것과 같습니다.

물이 가득 차 있다가 말라버리는 것이나 흐르던 것이 막혀서 잘 흐르지 않게 되는 것은 흉한 징조입니다. 정체하여 흘러가지 않는 것을 '임臨'이라고 하는데, 대장의 뜻을 따르지 않는 장수가 있다는 것만큼 더한 임臨이 어디 있겠습니까?

결국 선곡의 군사들이 초나라 군대를 만나면 반드시 패배할 것이고, 선곡은 이 재난의 주인이 될 것입니다. 비록 죽음을 면하고 돌아온다 하더라도 반드시 커다란 허물을 당하게 될 것입니다."

이에 사마인 한궐이 순림보에게 말했다.

"선곡이 휘하 군사들과 함께 초나라에 사로잡힌다면 장군의 책임입니다. 원수元帥인 장군의 명령을 휘하 장수들이 따르지 않았다면 그것이 누구의 죄이겠습니까? 속국인 정나라를 잃은 마당에 우리까지 군사들을 잃어버린다면 그 죄는 더욱 무거워질 것이니, 이는 진격하지 않은 것만 못할 것입니다. 싸워 이기지 못한다면 잘못을 나눌 수가 있으니 말입니다. 장군 혼자서 죄를 뒤집어쓰는 것보다는 여섯 사람이 그 죄를 함께 나누는 것이 오히려 낫지 않겠습니까?"

그리하여 마침내 진나라의 군대가 모두 강을 건넜다.

초 장왕은 군대를 북쪽으로 이동시켜 정나라의 북부인 연郔 땅에 진영을 구축했는데, 중군은 침윤沈尹, 좌군은 자중子重(장왕의 동생), 우군은 자반子反이 수장을 맡고 있었다.

그들은 황하에서 말에게 물을 먹인 후 돌아가려다가 진나라 군대가 황하를 이미 건넜다는 소식을 듣게 되었다. 이에 장왕은 회군하려 했다. 그러자 장왕이 총애하는 오삼伍參이 나서며 진나라와 싸워야 한다고 주장했다. 반면 영윤슦尹(재상) 손숙오는 오삼의 의견에 반대하며 다음과 같이 말했다.

"지난해에는 진陳나라에 쳐들어가고, 올해는 정나라에 쳐들어가는 바람에 백성들은 그동안 쉴 사이도 없이 싸웠소. 그런 마당에 지금 진나라와 싸워서 이기지 못한다면 그대의 살코기는 먹기에도 부족하게 될 것이오."

이에 오삼이 대답했다.

"만약 싸움에 이긴다면 '손숙孫叔은 책략이 없다'고 하게 될 것이지만, 이기지 못한다면 저의 고기는 장차 진晉나라 군영 안에 있게 될 터인데 어떻게 먹을 수 있겠습니까?"

그러나 영윤은 그대로 전차의 머리를 남쪽으로 향하게 하고 앞에 있던 큰 깃발도 반대쪽으로 방향을 돌려 회군할 준비를 했다. 그러자 오삼이 장왕에게 아뢰었다.

"진나라의 순림보는 대원수가 된 지 얼마 되지 않은 신참이기 때문에 아직 명령이 잘 수행되지 못할 것입니다. 또한 부장인 선곡은 완고하고 어질지 못해 순림보의 명령을 따르려고 하지 않을 것이고, 나머지 장수들은 독자적인 판단으로 작전을 수행할 만한 능력이 없습니다. 이처럼 부하 장수들이 명령을 듣고자 하더라도 제대로 명령을 내릴 만한 윗사람이 없는 실정인데, 병사들이 누구의 명을 따를 수 있겠습니까? 따라서 이 싸움에서 진나라 군대는 반드시 패배할 것입니다. 이런 때에 임금의 지위를 가지신 분이 한낱 진나라 신하들을 피하여 달아난다면 앞으로 사직은 어떻게 이끌어 가실 생각입니까?"

장왕은 오삼의 말처럼 될 것을 염려하여 영윤으로 하여금 전차의 머리를 다시 북쪽 향하게 하는 한편, 정나라의 관管 땅에 머물면서 진나라 군대를 기다렸다.

초나라 진영이 이럴 때 진나라 군대는 오산敖山과 고산鄗山 사이에 있었는데, 정나라의 대부 황술皇戌이 사자의 자격으로 찾아와 말했다.

"정나라가 초나라를 따르는 것은 사직을 보전하기 위함이지 다른 뜻은 없습니다. 지금 초나라 군대는 여러 번 싸움에 이겼기 때문에 교만할 뿐 아리라 병사들은 너나없이 지쳐서 아무런 대비도 하지 못하고 있습니다. 이럴 때 진나라가 초나라를 치고, 우리 정나라가 그 뒤를 이어서 치면 초나라 군대는 반드시 패할 것입니다."

이에 부장 선곡이 나서며 말했다.

"초나라를 치고 정나라를 복종시키는 것은 이번 싸움에 달려 있으니 꼭 황술의 의견을 받아들여야 합니다."

이에 하군의 대장, 난서가 반대하며 말했다.

"초나라는 용庸나라와 싸워 이긴 후 그 임금이 매일같이 백성들을 다스리는 데 '백성의 생활은 안정시키기가 쉽지 않다. 언제 화禍가 미칠지 모르니 잘 경계하고 게을리 하지 마라'고 하였고, 군사들을 단속하는 한편, '승리는 언제나 보장받을 수 있는 것이 아니다. 은나라의 주왕紂王은 1백 번 싸워 이겼지만 결국에는 패하여 자손이 끊겼다'라고 하면서 매일같이 거듭 경계하였으며, 자신의 조상인 약오若敖와 분모蚡冒가 땔나무나 나르는 투박한 수레를 타고 해진 옷을 입은 채 산림을 개척하였다는 이야기를 백성들에게 하면서 '백성의 생활은 얼마나 부지런한가에 달려 있다. 부지런하면 궁핍해지지 않는다'라는 깨우침을 주었소. 때문에 초나라가 '교만하다'는 것은 말이 가당치도 않소.

우리의 선대부, 자범도 일찍이 '군대가 일어남에 명분이 있으면 왕성하고, 그렇지 않으면 쇠한다'고 하였소. 그런데 지금 우리 진나라는 덕이 없을 뿐만 아니라 초나라로부터 원한을 사게 될 뿐이오. 바로 우리에게는 명분이 없지만 그들에게는 명분이 있기 때문이오. 그렇기 때문에 초나라가 지쳐 있다는 것은 말이 되지 않소.

또 초나라 장왕의 군사들은 크게 둘로 나눠 각각을 광廣이라 이르며 1백 명의 군사를 두었고, 이를 다시 편偏(50명)과 양兩(25명)으로 나눠놓았소.

우측에 있는 광이 먼저 수레를 타고 경계하되 시간을 재서 정오正午가 되면 좌측의 광이 인수받아 저녁까지 경계하고, 날이 저물면 내관들이 순서에 따라 야간 경계를 하며 만일에 대비하고 있소. 그러니 초나라가 '아무런 대비도 하지 못하고 있다'는 것은 말이 되지 않소.

게다가 정나라의 훌륭한 신하인 자량子良은 인질이 되어 초나라에 가 있고, 반대로 초나라 사람들이 숭배해 마지않는 사숙師叔은 정나라에 가서 강화를 맺고자 외교를 펼치고 있소. 이는 바로 초나라와 정나라가 친밀한 사이라는 증거라고 할 수 있소. 이런 상황에서 정나라의 사자가 우리에게 싸움을 권한다는 것은 곧 우리가 이기면 우리에게 오고, 우리가 지면 초나라로 가버릴 것이라는 증거요. 즉, 우리의 승패를 본 후에 자신들의 거취를 정하려는 얄팍한 수작이니 정나라 사자의 말을 따라서는 안 되오."

하지만 조괄과 조동은 반대하며 말했다.

"애초에 군대를 거느리고 여기까지 온 것은 오직 적을 치기 위함이었소. 적과 싸워서 이기면 정나라를 속국屬國으로 얻을 수 있는데 더 이상 무엇을 기다리겠다는 것이오? 반드시 선곡의 뜻에 따라야 하오."

하지만 순수가 다시 이 의견에 반대했다.

"조동과 조삭, 그대들은 일을 그르칠 죄인이오."

이에 조삭이 다음과 같이 말했다.

"난서, 그대의 말이 맞소! 앞으로도 그대의 말대로 실천한다면 반드시 진나라의 정치를 도맡을 위치에 오르게 될 것이오."

초나라의 소재少宰가 진나라 군대의 진영으로 가서 말했다.

"우리 임금께서는 어릴 때 아버지 목왕穆王의 죽음을 겪는 불행을 만나 문덕文德을 닦을 수가 없었습니다만, 예전에 돌아가신 성왕成王과 목왕이 정나라를 공격하신 것은 장차 정나라를 가르치고 안정시키기 위한 것이었다고 하더군요. 그런데 어떻게 감히 그대들의 나라에 죄를 짓는 일을 할 수가 있겠습니까? 그러니 부디 오래 머물지 마시기 바랍니다."

그러자 진나라의 사회가 말했다.

"옛날 주나라 평왕께서 우리의 선군이신 문후文侯에 명하시기를, '정나라와 함께 주나라 왕실을 보좌하여 왕명을 저버리지 말라'고 하셨소. 그런데 지금 정나라가 그 왕명을 따르지 않으므로 우리 임금께서 우리를 정나라에 보내 그 까닭을 묻게 하신 것이지, 초나라를 수고롭게 만들려고 한 것이 아니오. 그저 우리는 초나라 임금의 명령을 받들 뿐이오."

432

사회의 말을 '아첨'이라 생각한 선곡은 조괄로 하여금 돌아가는 초나라 사자를 뒤쫓아가 다음과 같은 말을 전하게 했다.

"사회가 말을 잘못하였소. 우리 임금께서는 우리들에게 초나라의 발자취를 정나라에서 몰아내라고 하시면서 '적을 피하지 말라!'고 당부하셨소. 때문에 우리는 이 명령을 어길 수가 없소."

얼마 후 초 장왕이 다시 사자를 보내어 진나라에 화평을 요구했고, 진나라 장수들이 이를 받아들임으로써 화평의 맹약을 할 날도 결정되었다. 그런데 초나라의 허백許伯이 악백樂伯과 거우車右(전차의 오른쪽에서 싸우는 사람)인 섭숙攝叔과 함께 진나라 군영에 도전하고자 했는데, 적을 유인하는 전법에서 서로 의견이 달랐다.

허백이 말했다.

"내가 들은 바로는 '도전하는 자는 어자御者(마차를 모는 사람)가 되어 깃발을 바람에 쏠리듯이 나부끼면서 적의 진지陣地를 스치고 돌아와야 한다'고 하였소."

그러자 악백이 말했다.

"내가 들은 바로는 '도전하는 자는 적의 왼편에서 좋은 화살을 쏘고, 어자를 대신하여 고삐를 잡으며, 어자를 수레에서 내리게 하여 말의 장식물을 고치고 안장을 바르게 한 후 태연하게 돌아와야 한다'고 하였소."

이에 섭숙이 말했다.

"내가 들은 바로는 '도전하는 자는 거우가 되어 직접 적진에 쳐들어가 적병을 죽이고 그 귀를 잘라오거나 적병을 사로잡아 돌아와야 한다'고 하였소."

그들은 각자 자기가 옳다 여기는 대로 실행하고 돌아왔다.

이때 진나라 군대가 그들을 추격하며 좌우에서 포위해 공격했다. 악백의 경우 왼쪽으로는 말을 쏘고, 오른쪽으로는 사람을 쏘았으므로 진나라 군대의 좌우 모두 앞으로 전진할 수가 없었다. 그러다 화살이 한대 남았을 때 고라니가 갑자기 그들 앞에 나타났고, 이에 악백은 남은 화살로 고라니의 등을 맞혔다.

그때 진나라 포계鮑癸가 악백의 뒤를 바짝 쫓아오자 섭숙이 잡은 고라니를 진나라 군영으로 가 포계에게 바치며 말했다.

"아직 사냥 시절이 아니기 때문에 바칠 짐승을 가져오지 않았지만, 마침 고라니를 잡았으니 이를 장군에게 바쳐 장군의 수하들이 먹기를 바랍니다."

이에 포계가 말했다.

"왼쪽(악백)은 활쏘기를 잘하고, 오른쪽(섭숙)은 말을 잘하는구나. 모두 군자들이로다."

그런 다음 추격을 멈추게 했다. 결국 악백과 섭숙은 위험에서 간신히 벗어날 수 있었다.

진나라의 대부인 위기魏錡는 공족公族(왕이나 공公 따위의 신분이 높은 사람의 동족同族)이 되고 싶었지만 뜻을 이루지 못해 화가 나 진나라 군대를 깨뜨리겠다며 적과 싸우게 해달라고 청했지만 허락되지 않았다. 그러자 이번에는 화평의 사자로 갈 것을 청했고, 마침내 허락을 받았다. 하지만 그는 결국 초나라에 가서 싸움을 청하고 돌아왔다.

그가 진나라로 돌아올 때 초나라 대부, 반당潘黨이 그를 추격했는데, 형택滎澤에 이르렀을 때 고라니 여섯 마리를 발견하고 한 마리를 화살로 쏘아 잡았다. 그러고는 돌아서서 반당에게 잡은 고라니를 바치며 말했다.

"마침 전쟁을 하고 있는 때라 요리부가 대부에게 신선한 고기를 바치지 못할 것이오. 그래서 내가 잡은 고라니를 감히 대부의 종자에게 바치겠습니다."

이에 숙당은 추격을 멈추라고 명령했다.

한편 경卿 벼슬을 하고 싶었으나 뜻을 이루지 못하고 있던 조전趙旃은 초나라에서 온 도전자, 즉 악백 등의 무리를 잡지 못한 것에 화가 나 초나라에 도전하겠다고 청했으나 허락받지 못했다. 그래서 대신 초나라의 사자를 불러들여 맹약하겠다고 청했고, 마침내 허락을 받았다. 이에 그는 위기와 함께 초나라로 갔다. 이때 극극이 말했다.

"본래 불만을 품고 있던 자 둘이 갔으니 만약을 대비하여야 할 것이오. 그렇지 않으면 반드시 패하게 될 것이오."

이에 선곡이 말했다.

"정나라 사람들이 싸우기를 권했을 때도 따르지 못했고, 초나라 사람들이 화평을 요청했을 때도 우호를 맺지 못했소. 작전이 시종일관 동일하지 않은데 대비한들 무슨 소용이 있겠소?"

이때 사회가 말했다.

"초나라의 진격에 대비하는 것이 좋을 것 같소. 만약 두 사람이 초나라를 노하게 만들어 초나라 군대가 쳐들어온다면 우리는 쉽게 패할 것이오. 만약 초나라에 나쁜 마음이 없고 일이 잘되더라도 대비한 게 어떻게 맹약을 맺는 데 장애가 되겠소? 또한 나쁜 마음을 가지고 쳐들어온다면 대비를 해놓아야 패함을 면할 것이 아니겠소? 또한 두 나라의 제후가 만나 화친을 맺더라도 호위하는 군사를 거두지 않는 것은 만일의 사태를 경계하기 위한 것이오."

하지만 선곡은 사회의 뜻을 따르지 않았고, 결국 사회 단독으로 상군의 대부인 공삭鞏朔과 한천韓穿에게 명해 오산敖山의 앞 일곱 군데에 복병을 두게 했다. 때문에 진나라 상군은 패배하지 않게 되었다. 그리고 중군의 대부, 조영제趙嬰齊도 부하에게 명해 미리 황하를 건널 수 있는 배를 준비시켜 놓았다. 때문에 비록 싸움에서 패하기는 했지만 다른 군사들보다 먼저 황하를 건너 달아날 수가 있었다.

한편 위기와 조천이 초나라에 가서 싸움을 건 후 위기는 반당에게 쫓겨 달아났다. 하지만 조전은 한밤중에 초나라의 진지 앞에 자리를 펴고 앉은 채 부하들에게 쳐들어갈 것을 명했다. 이때 초나라 장왕은 전차 30대를 좌우에 좌광과 우광으로 나눠 배치해놓고, 우광으로는 닭이 울어 날이 새면 전차에 말을 매서 경계하게 했다가 정오正午가 되었을 때 말을 풀어 교체하게 하고, 좌광으로는 그것을 인수해 해가 졌을 때 멍에를 풀게 했다. 그리고 허언許偃을 우광의 어자로 삼고, 양유기養由基를 우광의 거우로 삼았다. 반면 팽명彭名을 좌광의 어자로, 굴탕屈蕩을 좌광의 거우로 삼았다.

을묘乙卯일(6월 14일).

장왕이 좌광의 전차를 타고 조전을 추격했다. 이에 조전은 전차를 버리고 숲속으로 달아났다. 하지만 굴탕에게 따라 잡혀 갑옷의 바지를 빼앗겼다. 한편 진나라 군영에서는 위기와 조전이 초나라를 노하게 만들까 두려워 방어용 전차를 보내 그 두 사람을 맞으려 했다. 하지만 진나라의 전차가 달려오면서 내는 먼지를 본 초나라의 반당은 말을 달려

본진으로 가 이렇게 말했다.

"진나라 군사들이 쳐들어옵니다."

이에 장왕이 진나라 군대에 포위될 것을 염려해 초나라 군대도 마침내 출진했다.

손숙오가 말했다.

"진격하라. 우리가 적을 핍박할지언정 적이 우리를 핍박하게 하지는 마라. ≪시詩(시경)≫에 이르기를, '앞장선 열 대의 전차가 진군의 길을 여는구나'라고 하였다. 이는 선수를 치는 것을 말한다. 또한 ≪군지軍志≫에 이르기를, '선수를 치면 적의 전의戰意를 빼앗을 수 있다'라고 하였다. 즉, 먼저 적을 압박하는 것을 말한다."

이 말은 들은 초나라 군사들을 재빨리 진군했다. 초나라의 전차와 군사들이 진나라 군대를 향해 쳐들어갔다. 그러자 진나라의 대장군 순림보가 크게 당황해 북을 두드리면서 명령했다.

"먼저 황하를 건너는 자에게 상賞이 있을 것이다."

퇴각 명령이 떨어지자 중군과 하군의 군사들은 저마다 배에 먼저 오르려고 다투었다. 이 와중에 나중에 배에 오르려는 아군의 손을 베는 바람에 배 안에는 주인 잃은 손가락이 두 손으로는 움켜쥘 수 없을 정도로 많았다.

이렇듯 진나라 군대가 오른쪽으로 이동했지만, 사회가 이끌고 있던 상군은 아직 움직이지 않았다. 그때 초나라의 공윤工尹 제齊가 우익右翼의 군사들을 이끌고 진나라 하군을 추격했다.

초나라 장왕은 당교唐狡와 채구거蔡鳩居 두 대부에게 명해 당唐나라(초나라의 속국 중 하나)의 혜후惠侯를 찾아가 다음과 같은 말을 전하게 했다.

"내가 덕이 없고 욕심이 많아 지금 커다란 적을 만났으니, 이는 모두 나의 죄다. 그러나 초나라가 싸워 이기지 못한다면 그대에게도 수치가 될 것이다. 그러니 감히 그대의 힘을 빌려 초군을 구제하고자 한다."

그런 다음 장왕은 반당에게 명해 예비 전차 40승을 이끌고 당나라 혜후가 이끄는 좌익에 들어가 진나라의 상군上軍, 즉 사회를 공격하게 했다.

상황이 이렇게 되자 진나라 상군의 부장인 극극이 상군 대장인 사회에게 아뢰었다.

"초나라 군사들을 기다렸다가 싸우시렵니까?"

이에 사회가 말했다.

"지금 초나라 군대는 기세가 왕성하다. 만약 우리가 기다렸다가 싸우게 된다면 우리는 반드시 전멸할 것이다. 이는 군사들을 거두어 물러가는 것보다 못한 일이다. 중군, 하군과 함께 패배의 비난을 나누는 대신 군사들을 살리는 것이 훨씬 낫지 않겠느냐?"

그런 다음 군사들을 앞세우고 자신이 군사들의 맨 뒤를 맡으면서 퇴각했으나 패하지는 않았다.

한편 좌광의 전차를 타고 있던 장왕이 우광의 전차로 갈아타려 하자 굴탕이 만류하며 아뢰었다.

"임금께서는 좌광의 전차로 싸움을 시작하셨습니다. 그러니 최후까지 그것을 타셔야 합니다."

이때부터 초나라에서는 왼쪽의 전차를 오른쪽의 전차보다 상위上位의 것으로 인정하게 되었다.

이때 어떤 진나라 전차戰車 하나가 구덩이에 빠져 앞으로 나아가지

438

못하는 처지에 빠지고 말았다. 이에 초나라 군사 하나가 수레 앞에 있는 횡목橫木을 벗기라고 가르쳐주었고, 그 결과 수레는 약간 나아갔다. 하지만 이번에는 말이 쩔쩔매면서 앞으로 나아가지를 못했다. 다시 초나라 군사가 깃대를 뽑아 멍에에 걸라고 가르쳐주었고, 그 결과 진나라의 전차는 구덩이에서 완전하게 빠져나올 수 있었다. 그러자 진나라 군사들이 그 초나라 군사를 놀리며 한마디 했다.

"우리 진나라는 자주 패한 덕분에 달아나다가 구덩이에 빠졌을 때 헤쳐나오는 법을 잘 알고 있는 초나라와는 다르다네."

한편 조전은 자기의 수레를 끌던 두 마리의 좋은 말을 형과 숙부에게 내주고 달아나게 한 뒤, 그다지 좋지 않은 말을 수레에 묶은 후 그것을 타고 달아나려 했다. 그런데 도중에 적을 만나는 바람에 수레를 버리고 숲 속으로 달아났다.

또한 진나라의 봉대부逢大夫는 그의 두 아들과 수레를 타고 달아나면서 두 아들에게 말했다.

"뒤를 돌아보지 마라."

그러나 끝내 뒤를 돌아본 두 아들은 아버지 봉대부에게 이렇게 말했다.

"뒤에 조전 어르신이 계십니다."

이에 봉대부는 크게 화를 내며 아들들을 수레에서 내리게 한 후 그 옆에 있는 나무를 가리키며 말했다.

"훗날 여기에서 너희들의 시체를 찾겠다."

그런 다음 조전을 수레에 태워 달아났다가 다음 날 나무 밑으로 아들의 시체를 찾으러 갔다. 그리고 결국 나무 아래 겹친 채 죽어 있는 두 아들의 시체를 찾았다.

한편 초나라 대부 웅부기熊負羈가 진나라의 지앵知罃을 사로잡았다. 이에 진나라 하군의 대부이자 지앵의 아버지인 순수는 가병家兵들을 이끌고 아들을 찾기 위해 적을 공격했다. 여기에 그의 어자였던 위기가 따랐고, 많은 하군의 군사가 공격에 가담했다.

그런데 순수는 화살을 쏠 때마다 좋은 화살을 뽑아 위기의 화살 통에 집어넣었다. 이에 화가 난 위기가 말했다.

"자식을 찾을 생각은 않고 화살만 아까워하는 것이오? 돌아가기만 하면 동택董澤 땅에서 많은 화살 살대를 구할 수 있는데, 그 많은 걸 언제 쓸 생각이시오?"

그러자 순수가 대답했다.

"남의 자식을 사로잡아 교환을 내세우지 않는다면 어떻게 내 자식을 찾아올 수 있겠소. 때문에 그때까지는 쓸데없이 좋은 화살을 써서는 안 되는 것이오."

마침내 초나라 영윤인 양로襄老를 쏘아 죽였고, 연이어 초 장왕의 아들인 곡신穀臣을 쏘아 사로잡았다. 그런 다음 양로의 시체와 곡신을 데리고 퇴각했다.

저녁이 되자 초나라 군대가 필 땅에 진을 쳤다. 진나라의 패잔병들은 이미 사기가 꺾여 진을 칠 수가 없었기 때문에 밤을 틈타 강을 건넜는데, 서로 먼저 건너겠다고 다투는 통에 밤새도록 주변이 시끄러웠다.

병진丙辰 일(6월 14일).

초나라의 치중輜重이 필 땅에 도착했다. 이어서 초나라 군대가 정나라 형옹衡雍 땅에까지 이르게 되었다. 이에 반당이 장왕에게 아뢰었다.

"임금께서는 왜 으리으리한 군영을 쌓고 진나라 사람들의 시체를 거두어 쌓은 볼거리[경관京觀]를 만들지 않으십니까? 저는 '적과 싸워서 이

440

기면 반드시 자손에게 보여 무공武功을 잊지 않도록 하여야 한다'고 알고 있습니다."

이에 장왕이 대답했다.

"그런 것은 그대가 알 바가 아니다. 본래 '무武'란 창[과戈]을 멈추는[지止] 것을 말한다. 무왕武王께서 상나라와 은나라를 이기자 그 전공戰功을 칭송하는 시가 지어졌는데, 그 시에는 '방패와 창을 거두고 활과 화살을 자루에 넣은 후 아름다운 덕을 지닌 인재를 구하여 그 뜻을 중국 땅에 펴시니 진실로 천하의 임금이 되었네'라는 구절이 있다. 또 〈무武〉라는 시의 마지막 장章에는 '무왕의 공을 영원토록 전하는도다'라는 구절이 있고, 3장에는 '무왕은 바른 가르침을 주어 백성을 안정시켰네'라는 구절이 있으며, 6장에는 '온 나라를 편안히 하니 풍년이 거듭되었네'라는 구절이 있다. 이는 무武라고 하는 것이 '난폭한 자를 다스리고, 무기를 거두어들여 싸움을 없애고, 큰 나라를 지키며, 공적을 세우고, 백성들을 편안케 하며 만민을 화합하고, 물자를 풍부하게 하여 자손들로 하여금 그 밝은 공적을 잊지 않도록 하게 하는 것'이라는 것을 말하는 것이다. 그런데 짐은 우리의 초나라와 저들의 진晉나라를 싸우게 하여 그들의 뼈가 들판에 드러나게 하였으니 이는 난폭한 자를 다스린 것이 아니고, 군대를 내서 제후에게 기세를 드러내 보였으니 이 또한 무기를 거두어 싸움을 없앤 것이 아니다. 그런데 어찌 큰 나라를 보유하였다 하겠느냐? 또한 아직 진晉나라가 남아 있는데 어찌 공적을 세웠다고 할 수 있고, 백성이 바라는 것에 반하는 것들이 아직도 많은데 어찌 백성이 편안해졌다고 할 수 있으며, 덕이 없어서 아직도 제후들과 다투고 있는데 어찌 만민을 화합하게 하였다고 할 수 있겠느냐? 어디 그뿐이냐? 다른 나라의 위기를 이롭게 생각하고 다른 나라의 혼란을 다행스럽게 생각하는 등 다른 나라의 불행을 오히려 자기의 번영이라고 생각하고 있는데 어찌 물자를 풍부하게 할 수 있다 하겠느냐? 이처럼 무왕에게는 일곱 가지의 덕이 있었지만 짐에게는 아직 한 가지도 없는데 어찌 자손에게 보일 수 있겠느냐? 고작 성왕들의 사당을 지어 승리했다는 것을 고하는 것 말고는 할 것이 없다.

무왕에 비해 짐은 아무런 공적이 없다. 무릇 경관이란, 옛날 어진 임금이 불경한 자를 토벌하고 그 우두머리를 죽여서 땅에 묻은 후 흙을 쌓아올린 것으로, 이는 불의·부정한 무리들을 징계하기 위해 만들었던 것이다. 그러나 진나라는 이렇다 할 죄가 없다. 또한 그들의 백성들은 자기 임금에게 충성을 다하고 귀한 목숨까지 바쳤다. 그런데 어찌 그들의 시체로 경관을 만들어 자랑할 수가 있겠느냐?"

장왕은 이렇게 말한 후 황하의 신神에게 제사를 지내고 선왕들의 사당을 지어 승리를 고한 후 초나라로 돌아갔다.

이 싸움은 본래 정鄭나라의 대부 석제石制가 사실상 초나라 군대를 끌어들였기 때문에 일어났다. 그는 정나라를 나누어 반은 초나라에게 준 다음 그 나머지 반의 땅에서 공자 어신魚臣을 임금으로 내세워 나라를 세우려고 했다. 아무튼 싸움이 끝난 후 정나라에서는 신미申未일(6월 30일)에 공자 어신과 대부 석제를 죽였다.

이에 대해 군자는 다음과 같은 평을 했다.

"주나라의 사일史佚이 일찍이 이르기를 '남의 혼란에 의지하여 이익을 꾀하지 마라.'고 하였으니, 이는 바로 석제와 어신과 같은 이들을 두고 한 말이다. 시에도 '난리에 백성들이 병들었거늘 이제 그들은 어디

442

로 돌아갈 것인가'라고 하였다. 즉, 재난이란 결국 남의 혼란을 틈타 자신의 이익을 꾀하려는 자에게 돌아가는 법이다."

邲之戰 宣公十二年

夏六月乙卯에 晉荀林父帥師及楚子戰于邲하다 晉師敗績하다.

夏六月에 晉師救鄭하다 荀林父將中軍하고 先縠佐之하며 士會將上軍하고 郤克佐之하며 趙朔將下軍하고 欒書佐之하다. 趙括趙嬰齊爲中軍大夫하고 鞏朔韓穿爲上軍大夫하며 荀首趙同爲下軍大夫하고 韓厥爲司馬하다. 及河에 聞鄭旣及楚平한대 桓子欲還日 無及於鄭에 而勤民이라. 焉用之리오. 楚歸而動不後라. 隨武子日 善이라 會聞컨대 用師는 觀釁而動이라 德刑政事典禮不易은 不可敵也라. 不爲是征이라. 楚軍討鄭할새 怒其貳而哀其卑하여 叛而伐之하고 服而舍之는 德刑成矣라. 伐叛은 刑也요 柔服은 德也라. 二者立矣라 昔歲入陳하고 今玆入鄭이라도 民不罷勞하고 君無怨讟은 政有經矣라. 荊尸而擧하여도 商農工賈不敗其業하고 而卒乘輯睦은 事不奸矣라. 蔿敖爲宰하여 擇楚國之令典에 軍行엔 右轅하고 左追蓐하며 前茅慮無하고 中權하며 後勁하며 百官象物而動하며 軍政不戒而備는 能用典矣라. 其君之擧也에 內姓選於親하고 外姓選於舊하여 擧不失德하고 賞不失勞하며 老有加惠하고 旅有施舍라. 君子小人 物有服章하고 貴有常尊하며 賤有等威는 禮不逆矣라. 德立刑行하고 政成事時하며 典從禮順하니 若之何敵之리오. 見可而進하고 知難而退는 軍之善政也요 兼弱攻昧는 武之善經也라. 子姑整軍而經武乎하라. 猶有弱而昧者어늘 何必楚리오. 仲虺有言하되 日取亂侮亡은 兼弱也요 汋에 日 於鑠王師여 遵養時晦는 耆昧也며 武에 日 無競惟烈은 撫弱耆昧하여 以務烈所可라. 彘子日 不可라 晉所以覇는 師武臣力也라. 今에 失諸侯면 不可謂力이오. 有敵而不從하면 不可謂武라. 由我失覇는 不如死라. 且成師以出하여 聞敵彊而退는 非夫也라. 命爲軍帥하여 而卒以非夫는 唯群子能이라. 我弗爲也라. 以中軍佐濟하다. 知莊子日 此師殆哉인저. 周易有之하되 在師 ☷☵ 之臨 ☷☱ 이어늘 日 師出以律이니 否臧이면 凶이라 執事順成爲臧하고 逆爲否라. 衆散爲弱하고 川壅爲澤이라. 有律以如己也라. 故로 日律否臧이면 且律竭也라. 盈而以竭하고 夭且不整는

所以凶也라. 不行之謂臨이라. 有帥而不從이면 臨孰甚焉이리오. 此之謂矣라. 果遇必
敗은 彘子尸之라. 雖免而歸라도 必有大咎리라. 韓獻子謂桓子曰 彘子以偏師陷은 子
罪大矣라. 子爲元帥에 師不用命은 誰之罪也리오. 失屬亡師는 爲罪已重하니 不如進也
라. 事之不捷하여도 惡有所分이라. 與其專罪이어늘 六人同之가 不猶愈乎아. 師遂濟
하다. 楚子北師하여 次於郔하다. 沈尹將中軍하고 子重將左하고 子反將右하다. 將飮
馬於河而歸할새 聞晉師旣濟하고 王欲還이어늘 嬖人伍參欲戰이라. 令尹孫叔敖弗欲曰
昔歲入陳하고 今玆入鄭하여 不無事矣라. 戰而不捷하면 參之肉其足食乎아. 參曰 若事
之捷이면 孫叔爲無謀矣요 不捷이면 參之肉將在晉軍이니 可得食乎아. 令尹南轅反旆
한대 伍參言於王曰 晉之從政者新하여 未能行令이라. 其佐先縠剛愎不仁하여 未肯用
命이요 其三帥者는 專行不獲하여 聽而無上하니 衆誰適從이리오. 此行也에 晉師必敗
리라. 且君而逃臣하면 若社稷何오. 王病之하고 告令尹하여 改乘轅而北之라. 次于管
以待之하다. 晉師在敖鄗之閒이어늘 鄭皇戌使如晉師曰 鄭之從楚는 社稷之故也니 未
有貳心이라. 楚師驟勝而驕하고 其師老矣라 而不設備하니 子擊之하면 鄭師爲承하리
라. 楚師必敗리라. 彘子曰 敗楚服鄭이 於此在矣하니 必許之로라. 欒武子曰 楚自克庸
以來로 其君無日不討國人而訓之어늘 于民生之不易하고 禍至之無日하니 戒懼之不可
以怠라. 在軍에 無日不討軍實而申儆之어늘 于勝之不可保하고 紂之百克而卒無後라.
訓之以若敖蚡冒篳路藍縷以啓山林이어늘 箴之曰 民生在勤이니 勤則不匱라 하니 不可
謂驕라. 先大夫子犯有言하되 曰 師直爲壯이요 曲爲老라 我則不德하고 而徼怨于楚라.
我曲楚直하니 不可謂老라. 其君之戎은 分爲二廣이어늘 廣有一卒하고 卒偏之兩이라.
右廣初駕하여 數及日中하면 左則受之以至于昏이라. 內官序當其夜하며 以待不虞하
니 不可謂無備라. 子良은 鄭之良也요 師叔은 楚之崇也라. 師叔入盟하고 子良在楚하
니 楚鄭親矣어늘 來勸我戰이라. 我克則來요 不克遂往하리라. 以我卜也컨대 鄭不可從
이라. 趙括趙同曰 率師以來는 唯敵是求라. 克敵得屬에 又何俟리오. 必從彘子로라.
知季曰 原屛은 咎之徒也라. 趙莊子曰 欒伯善哉인저. 實其言하면 必長晉國이로다. 楚
少宰如晉師曰 寡君少遭閔凶하여 不能文이라. 聞二先君之出入此行也에 將鄭是訓定이
라. 豈敢求罪于晉이리오. 二三子無淹久라. 隨季對曰 昔에 平王命我先君文侯曰 與鄭
夾輔周室하여 毋廢王命하라. 今鄭不率하여 寡君使群臣問諸鄭이라. 豈敢辱候人이리
오. 敢拜君命之辱이라. 彘子以爲諂이라. 使趙括從而更之曰 行人失辭라. 寡君使群臣
遷大國之迹於鄭하고 曰 無辟敵하라 하여 群臣無所逃命이라. 楚子又使求成于晉이어
늘 晉人許之하여 盟有日矣라 楚許伯御樂伯하고 攝叔爲右하여 以致晉師라. 許伯曰 吾
聞하니 致師者는 御靡旌摩壘而還이라. 樂伯曰 吾聞하니 致師者는 左射以菆하고 代御

執轡하며 御下하여 兩馬掉鞅而還이라 하며 攝叔曰 吾聞하니 致師者는 右入壘折馘하고 執俘而還이라 하고 皆行其所聞而復하다 晉人逐之하여 左右角之하다. 樂伯左射馬而右射人하니 角不能進한대 矢一而已라 麋興於前이어늘 射麋麗龜하다 晉鮑癸當其後한대 使攝叔奉麋獻焉하고 曰 以歲之非時와 獻禽之未至로 敢膳諸從者하노라 하니 鮑癸止之曰 其左善射하고 其右有辭하니 君子也로다. 既免하다. 晉魏錡求公族한대 未得而怒하다. 欲敗晉師하여 請致師而弗許하고 請使에 許之하다. 遂往하여 請戰而還하다 楚潘黨逐之하다. 及熒澤에 見六麋어늘 射一麋以顧獻曰 子有軍事라 獸人無乃不給於鮮가 敢獻於從者하노라. 叔黨命去之하다. 趙旃求卿未得한대 且怒於失楚之致師者하여 請挑戰이나 弗許하다. 請召盟에 許之하다. 與魏錡皆命而往이어늘 郤獻子曰 二憾往矣라. 弗備必敗리라. 彘子曰 鄭人勸戰하여도 弗敢從也라. 楚人求成하여도 弗能好也라. 師無成命에 多備何爲아. 士季曰 備之善이라. 若二子怒楚면 楚人乘我하여 喪師無日矣라. 不如備之라. 楚之無惡에 除備而盟하여도 何損於好리오. 若以惡來하면 有備不敗라. 且雖諸侯相見이라도 軍衛不徹은 警也라 彘子不可하다. 士季使鞏朔韓穿帥七覆于敖前이라 故로 上軍不敗라. 趙嬰齊使其徒先具舟于河라. 故로 敗而先濟라. 潘黨既逐魏錡나 趙旃夜至於楚軍하여 席於軍門之外하고 使其徒入之하다. 楚子爲乘廣三十乘하여 分爲左右라. 右廣雞鳴而駕하여 日中而說하고 左則受之하여 日入而說이라. 許偃御右廣하고 養由基爲右하며 彭名御左廣하고 屈蕩爲右라 乙卯에 王乘左廣하여 以逐趙旃하다. 趙旃棄車而走林이어늘 屈蕩搏之하여 得其甲裳하다. 晉人懼二子之怒楚師也하여 使軘車逆之하다. 潘黨望其塵하고 使騁而告曰 晉師至矣라. 楚人亦懼王之入晉軍也하여 遂出陳하나 孫叔曰 進之라. 寧我薄人이언정 無人薄我로다. 詩云 元戎十乘으로 以先啓行은 先人也요 軍志曰 先人有奪人之心은 薄之也라. 遂疾進師하여 車馳卒奔하여 乘晉軍하다. 桓子不知所爲하여 鼓於軍中曰 先濟者有賞이라. 中軍下軍爭舟하여 舟中之指可掬也라 晉師右移나 上軍未動하다. 工尹齊將右拒卒하여 以逐下軍하다. 楚子使唐狡與蔡鳩居告唐惠侯曰 不穀不德而貪하여 以遇大敵은 不穀之罪也라. 然楚不克은 君之羞也라 敢藉君靈以濟楚師라. 使潘黨率游闕四十乘하여 從唐侯以爲左拒하여 以從上軍하다. 駒伯曰 待諸乎아 隨季曰 楚師方壯이라. 若萃於我면 吾師必盡이라. 不如收而去之라 分謗生民이면 不亦可乎아. 殿其卒而退하여 不敗하다. 王見右廣하고 將從之乘이라. 屈蕩尸之曰 君以此始하시니 亦必以終이라. 自是로 楚之乘廣先左라. 晉人或以廣隊不能進하다 楚人惎之脫扃하니 少進이라 馬還한대 又惎之拔旆投衡하여 乃出하다. 顧曰 吾不如大國之數奔也로다. 趙旃以其良馬二로 濟其兄與叔父하고 以他馬反이어늘 遇敵不能去하여 棄車而走林하다. 逢大夫與其二子乘이어

늘 謂其二子無顧한대 顧日 趙曳在後라 하여 怒之使下하고 指木日 尸女於是라 授趙旃
綏以免하다. 明日以表尸之어늘 皆重獲在木下하다 楚熊負羈囚知罃한대 知莊子以其族
反之하다 魏武子御하고 下軍之士多從之하다. 每射抽矢菆하여 納諸魏子之房한대 魏
子怒日 非子之求요 而蒲之愛로다. 董澤之蒲를 可勝旣乎아. 知季日 不以人子면 吾子
其可得乎아 吾不可以苟射故也라. 射連尹襄老獲之하여 遂載其尸하고 射公子穀臣囚之
하다. 以二者還하다. 及昏에 楚師軍於邲하다. 晉之餘師不能軍하며 宵濟할새 亦終夜
有聲하다. 丙辰에 楚重至於邲하여 遂次于衡雍하다. 潘黨日 君盍築武軍而收晉尸하여
以爲京觀가 臣聞컨대 克敵必示子孫하여 以無忘武功이라. 楚子日 非爾所知也라 夫文
은 止戈爲武라. 武王克商作頌日 載戢于戈하며 載櫜弓矢하고 我求懿德하여 肆于時夏
하니 允王保之로다. 又作武하니 其卒章日 耆定爾功이로다. 其三日 鋪時繹思하여 我
徂惟求定이라. 其六日 綏萬邦하니 屢豐年이로다. 夫武는 禁暴하며 戢兵하며 保大하
며 定功하며 安民하며 和衆하며 豐財者也라. 故로 使子孫無忘其章이라 今에 我使二
國暴骨은 暴矣라 觀兵以威諸侯는 兵不戢矣라 暴而不戢이면 安能保大리오. 猶有晉在
하니 焉得定功이리오. 所違民欲猶多하니 民何安焉이리오. 無德而强爭諸侯면 何以和
衆이리오. 利人之幾하고 而安人之亂하여 以爲己榮이면 何以豐財리오. 武有七德에
我無一焉하니 何以示子孫이리오. 其爲先君宮하여 告成事而已라 武非吾功也라. 古者
에 明王伐不敬하여 取其鯨鯢而封之하여 以爲大戮이라. 於是乎有京觀하여 以懲淫慝
이라. 今에 罪無所에 而民皆盡忠하여 以死君命하니 又可以爲京觀乎아. 祀于河하고
作先君宮하여 告成事而還하다 是役也에 鄭石制實入楚師하여 將以分鄭而立公子魚臣
하다 辛未에 鄭殺僕叔及子服하다 君子日 史佚所謂毋怙亂者는 謂是類也라. 詩에日 亂
離瘼矣하니 爰其適歸아 는 歸於怙亂者也라 夫리오.

446

안鞍 땅에서 전투를 벌이다

– 안지역鞍之役 –

6월 계유癸酉일(17일)에 계손행보季孫行父, 장손허臧孫許, 손숙교여叔
孫僑如, 공손영제公孫嬰齊 등은 군대를 거느리고 진晉나라의 극극, 위
나라의 손량부孫良夫, 조나라의 공자 수首와 힘을 합쳐 제나라의 안鞍
땅에 가서 제나라 임금과 싸웠는데, 이때 제나라 군대가 대패했다.

위나라의 손량부와 노나라의 대부 장선숙臧宣叔이 군대를 요청하기
위해 진나라로 갔을 때 그들은 모두 극극의 집에 묵었다. 그리고 마침
내 진나라의 경공景公으로부터 7백 승의 군대를 내준다는 약속을 받았
다. 그러자 극극이 아뢰었다.

"그것은 성복의 전투에 동원되었던 군세軍勢이기는 합니다만, 그때

는 성왕의 뛰어난 지략과 선대부들의 민첩함이 있었기 때문에 이길 수 있었습니다. 하지만 지금의 소인은 그들의 심부름조차 할 수 없을 정도로 미약합니다. 그러니 8백 승의 군대를 내주십시오."

경공은 극극의 청을 받아들였다.

그리하여 극극은 중군의 대장이 되고, 사섭士燮은 상군의 부장副將, 난서는 하군의 대장, 한궐은 사마司馬가 되어 노나라와 위나라를 구원하기 위해 길을 나섰는데, 노나라에 돌아와 있던 장선숙의 마중과 인도로 얼마 후 계손행보의 군대와 합류했다.

위나라 국경에 도착했을 때 한궐은 잘못 생각한 탓에 한 군사를 죽이려고 했다. 이 소식을 들은 극극이 수레로 달려와 그 군사를 구하려 했지만, 그가 도착했을 때는 그 군사는 이미 죽어 있었다. 때문에 극극은 즉각 죽은 군사의 시체를 군중軍中에 돌리게 한 후 자기 어자에게 이렇게 말했다.

"내가 그 군사의 시체를 돌린 것은 그 죽음을 둘러싼 비난을 한궐과 나누기 위함이다."

제나라 군대를 위나라의 신莘 땅으로 쫓아버린 진晉·노·위 연합군은 임신壬申일(6월 16일)에 제나라의 미계산靡笄山 기슭에 이르게 되었다. 상황이 이렇게 되자 제나라 임금이 사자를 보내 다음과 같은 말을 전하며 싸움을 청했다.

"그대들은 진나라 군대를 이끌고 우리나라에 왔다. 이에 보잘것없는 군사들이지만 내일 아침 일찍 결전을 치르고자 한다."

그에 대한 대답은 극극이 했다.

"우리 진나라는 노나라, 위나라와 형제입니다. 그런데 그 나라의 사자들이 와서 말하기를 '대국大國인 제나라가 아침저녁으로 침략하고 있어 이에 대한 한恨을 풀고 싶다'고 했습니다. 우리 임금께서는 이를 가엾게 여기시고 우리를 귀국貴國에 보내 물러날 것을 청하되, '우리 군대를 귀국에 오랫동안 머물게 하지는 마라'고 하셨습니다. 따라서 우리들은 나아갈 수 있을 뿐 물러날 수는 없으니, 새삼 당신이 명령을 내려 이래라저래라 할 필요는 없습니다."

이에 제나라 임금이 다음과 같은 말을 전했다.

"그대 극극의 허락은 내가 바라던 바이다. 만약 결전을 허락하지 않았다 하더라도 역시 장차 만나게 되었을 것이다."

제나라의 고고高固가 진나라 군중에 돌진해 커다란 돌을 진중 안에 던지고는 적병(진나라 군사)을 사로잡고 수레를 빼앗은 다음 뽕나무 뿌리를 뽑아 그 수레에 잡아맨 채 제나라 진영의 보루堡壘를 돌면서 이렇게 외쳤다.

"용기를 떨치고 싶은 자가 있거든 내게 남은 용기를 사라."

계유癸酉일(6월 17일).

진나라 연합군과 제나라 군대는 제나라의 안鞍 땅에 진을 쳤다. 이때 제나라 임금의 어자는 병하邴夏, 거우는 봉추보逢丑父가 맡았고, 진나라 대장인 극극의 어자는 해장解張, 거우는 정구완鄭丘緩이 맡았다.

결전이 시작되기 직전 제나라 임금이 말했다.

"짐은 잠깐 동안에 적을 궤멸시키고 아침 식사를 하겠다."

그런 다음 전차를 끄는 말에 갑옷을 입히지도 않은 채 진나라의 군대를 향해 달려들었다. 전투 중에 극극은 화살을 맞아 상처의 피가 발까지 흘러내렸다. 이에 끊임없이 북을 치면서도 퇴군을 할 생각으로 이렇게 말했다.

"괴롭구나."

이에 어자 해장이 말했다.

"저 역시 싸움이 시작되자마자 화살을 맞았는데, 화살이 손을 꿰뚫어 팔꿈치까지 이르렀습니다. 하지만 그것을 뽑지도 못한 채 지금껏 전차를 몰았습니다. 그래서 전차의 왼쪽 바퀴가 검붉게 물들어 있습니다. 하지만 제가 어찌 감히 괴롭다고 말할 수 있겠습니까? 부디 장군도 참아내십시오."

이어서 거우 정구완이 말했다.

"싸움이 시작되었을 때부터 험한 길을 만났으면 틀림없이 저는 내려서 전차를 밀었을 것입니다만, 장군께서 일이 이렇게 될 것을 어찌 알 수 있었겠습니까? 그리하여 지금 장군께서 괴로움을 당하고 말았습니다.

이번에는 장후가 말했다.

"우리 군사들의 눈과 귀는 장군의 깃발과 북소리에 쏠려 있어 진격하든 퇴각하든 모두 그에 따르고 있습니다. 따라서 장군 한 사람만 동요를 진정시킨다면 이 싸움에서 능히 이길 수 있을 것입니다. 그런데 어찌 괴롭다고 해서 임금의 대사大事를 실패로 만들 수 있겠습니까? 무릇 갑옷을 입고 무기를 잡는 것은 곧 죽으러 가는 것을 의미합니다. 그러나 장군은 괴롭기는 하지만 아직 죽음을 맞이한 것은 아니지 않습니까? 그러니 조금만 더 힘을 내십시오."

그런 다음 왼손으로는 고삐를 그러쥐고 오른손으로는 북채를 잡아 북을 쳤다. 그러자 말이 쏜살같이 앞으로 진격해 나갔고 이에 군대가 모두 그 뒤를 따랐다. 그 결과 제나라 군대가 대패했다. 진나라 군대는 그들을 추격해 화부주산華不注山의 산기슭을 세 바퀴나 돌며 포위했다.

450

이때 한궐韓厥은 돌아가신 아버지, 자여子輿가 나오는 꿈을 꾸었다. 자여가 꿈에서 한궐에게 말했다.

"내일 아침에 전투가 벌어지면 전차의 왼쪽 자리나 오른쪽 자리는 피하여 있거라."

다음 날 한궐은 중어中御(전차의 가운데서 말을 모는 사람)가 되어 제나라 임금, 경공을 추격했다.

제나라 임금의 어자인 병하가 임금에게 아뢰었다.

"적의 어자를 쏘십시오! 그의 모습에서 군자의 풍모가 느껴집니다."

이에 제나라 임금이 말했다.

"군자 같다고 말하면서 그를 쏘아 죽이라 하는 것은 예禮가 아니다."

그러면서 대신 한궐이 탄 전차에서 왼쪽에 앉아 있던 자를 쏘아 쓰러뜨렸다. 그런 다음에는 한궐의 오른쪽에 앉아 있던 거우를 쏘아 쓰러뜨렸다. 이때 자기의 전차를 잃어버린 진나라의 대부 기무장綦毋張이 급히 쫓아와 말했다.

"같이 타게 해주십시오."

한궐이 허락하자 그는 왼쪽이나 오른쪽 자리에 타려고 했다. 하지만 한궐은 팔꿈치를 이용해 그를 자기 뒤에 서게 한 다음 화살에 맞고 죽은 거우의 시체를 편안하게 눕혀주었다.

한편 제나라 경공의 거우였던 봉추보는 경공과 자리를 바꾸고 있었다. 그러던 중 화부주산 기슭에 있는 화천華泉에 도달했을 때 전차에 매단 양 바깥쪽 말들이 나무에 걸려 멈춰 서야만 했다. 그런데 바로 전날 밤, 봉추보는 전차 안에서 잠을 자다 전차 아래에서 나와 기어 올라오던 뱀을 팔로 때리다가 상처를 입었지만 그것을 숨기고 있었다. 때문에 전차에서 내리더라도 뒤에서 전차를 밀 수가 없었다. 결국 추격하던 한궐에게 따라잡히고 말았다.

한궐은 경공의 전차 말고삐를 잡은 채 경공 말 앞으로 나아가서 두 번 절하고 머리를 조아렸다. 그런 다음 술잔과 구슬을 바치고 말했다.

"우리 임금께서는 우리들을 보내시면서 노나라와 위나라를 위해 제나라 군대의 철수를 요청하라고 하시었습니다. 또한 '우리 진나라 군대가 제나라 땅 깊숙이 들어가게 하지 말라'고 이르셨습니다. 그러나 저는 불행하게도 마침 제 임금의 군대와 만나는 바람에 숨을 수도 없게 되었습니다. 하지만 달아나서 피해버린다면 두 나라의 임금을 모두 욕되게 하는 것이기 때문에 저는 할 수 없이 제나라 군대와 싸웠습니다. 하여 감히 아뢰옵건대, 보잘것없는 제가 임금님의 수레를 대신 몰고자 합니다(생포하겠다는 의미)."

이에 봉추보는 경공으로 하여금 화천으로 가서 물을 마시도록 권했다. 그런 다음 어자를 정주보鄭周父로 하고 거우를 완패宛茷로 한 임금의 대비용 마차 좌거로 하여금 물을 마시러 온 경공을 데리고 그 자리를 빠져나가게 했다. 이에 한궐은 봉추보를 극극에게 바쳤다.

극극이 봉추보를 죽이려 하자 봉추보가 큰소리로 말했다.

"이제부터는 자기 임금을 대신해 환난患難을 맡는 자가 없을 것이다. 여기에 그러한 자가 한 사람 있으나 장차 죽임을 당하는구나."

이에 극극이 주위 사람들에게 말했다.

"죽음으로 자기의 임금을 곤경에서 구해내는 것을 꺼리지 않는 사람을 내가 죽이는 것은 좋지 못한 일이다. 그러니 그를 용서함으로써 임금을 섬기는 자들을 독려할 것이다."

그런 다음 봉추보를 살려주었다.

한편 제나라 경공은 봉추보 덕분에 위기를 모면하자 봉추보를 찾으려고 세 번이나 적과 싸움을 벌였는데, 전투를 벌일 때마다 후퇴하는 군사들을 친히 독려하며 앞으로 나아갔다. 그런데 이처럼 경공이 봉추보를 찾아내기 위해 진나라 연합군 속을 휘저을 때 적국의 군사들이 모두 창을 뽑아들고 경공을 공격하는 척했지만 방패로는 보호해주었다. 심지어 위나라 군영에 돌진했을 때는 위나라 군사들이 제나라 군대가 강한 것을 두려워해 공격을 하기는커녕 경공이 쉽게 달아날 수 있도록 도와주기까지 했다.

마침내 서관徐關을 거쳐 제나라 도성으로 돌아간 경공은 성읍城邑을 지키고 있는 자들을 만날 때마다 이렇게 말했다.

"힘을 내서 성을 지켜주기 바란다! 지금 우리 제나라 군대가 패배하였구나."

한 번은 한 여인이 임금이 가는 길을 막아서자 군사들이 길에서 비키라고 명하니 여인이 물었다.

"우리 임금께서 무사히 잘 피하셨습니까?"

군사가 대답했다.

"무사히 피하셨소."

여인이 다시 물었다.

"예사도銳司徒(군대 무기를 관리하는 관원)도 잘 피했습니까?"

군사가 대답했다.

"잘 피했소."

여인이 말했다.

"임금과 우리 아버지가 무사히 피하셨다면 그 밖의 사람은 어떻게 되어도 괜찮소."

그러고는 달아나버렸다.

이 이야기를 듣고 예의가 바른 여인이라 생각한 경공이 여인에 대해 알아보게 했는데, 그 여인은 벽사도辟司徒(군대의 보루나 성벽을 관리하는 관원)의 아내로 밝혀졌다. 경공은 여인의 예의를 높이 사 여인에게 석류石窬 땅을 상으로 주었다.

진晉나라 군대는 제나라 군대를 추격했는데, 마침내 구여丘輿에서 제나라 땅 안으로 쳐들어가 마형馬陘 땅을 공격했다. 이에 제나라 경공이 빈미인賓媚人을 사자使者로 보내 화해를 청하면서 과거 기紀나라를 멸망시키면서 얻은 시루와 옥경玉磬, 그리고 토지를 뇌물로 바쳤다. 물론 화해 요청이 받아들여지지 않으면 진나라가 원하는 대로 싸울 것이라는 뜻도 함께 전했다.

빈미인이 진나라 군영에 찾아와 경공의 뜻을 전하고 뇌물을 바치자 진나라 사람이 말했다.

"동숙同叔의 딸(즉, 경공의 어머니)을 인질人質로 보내야 하며, 제나라 땅 안의 모든 밭이랑을 동쪽으로 내서 진나라 군대의 전차가 수시로 제나라에 들어갈 수 있게 하시오."

이에 빈미인이 대답했다.

"동숙의 따님은 다른 사람이 아니라 우리 임금의 어머니입니다. 만약 진나라와 제나라의 지위가 같다면 그분은 진나라 임금의 어머니와도 같습니다. 승자인 그대들이 '반드시 어머니를 인질로 삼아 약속의 증거로 하라'는 명령을 내린다면, 이는 천자의 명령을 어기는 것입니다. 또한 그것은 불효不孝를 하라고 강요하는 것입니다. ≪시경≫에도 '효자孝子의 효심이 두터워 그치지 않으니 하늘이 영원토록 똑같은 효자들을 내려주시네'라는 구절이 있습니다. 그런데 불효하라고 제후들에게 명령한다면 그것은 효덕孝德을 갖춘 사람이 할 짓이 아니라 할 수 있지 않겠습니까?

또한 과거의 선왕들께서는 천하의 토지에 경계를 정하고 그 땅에 적당한 곡물을 심어 이익이 널리 미치게 하셨습니다. ≪시경≫에 있는 '토지의 경계를 정하고 다스릴 때 동서남북으로 밭이랑이 뻗게 하였네'라는 구절은 그런 선왕들의 뜻을 잘 보여주고 있습니다. 그런데 이제 와서 동쪽으로만 밭이랑을 내라 하는 것은 전차가 나아가는 것만 생각할 뿐 토지에 알맞은 곡물은 생각한 바가 아니니, 이 역시 선왕들의 뜻과 어긋납니다. 선왕들의 뜻을 거스르는 것은 의義가 아닙니다. 그러니 무엇을 믿고 천하의 맹주盟主가 되려 하는 겁니까? 실로 진나라에게는 승자로서 결점이 있다 할 수밖에 없습니다.

옛날 우왕, 탕왕, 주문왕, 주무왕, 이렇게 4왕四王은 임금으로서 천하를 다스릴 때 덕德을 확립하여 천하 사람들이 원하는 바를 모두 이루게 해주었습니다. 또 5패五霸는 패자霸者로서 제후들을 다스릴 때 힘껏 노력하여 아랫사람들로 하여금 자신을 따르게 하였고, 이를 바탕으로 천자의 명령을 받들었습니다. 그런데 지금 그대들은 제후들을 통합하여 패자가 되고자 하는 탐욕을 부리고 있습니다. ≪시경≫에도 '정치를 하는 데 여유를 가지니 온갖 복福이 모여드는구나'라는 구절이 있습니다. 그런데 그대들은 실로 여유가 없이 많은 복을 스스로 버리고 있습니다. 도대체 제후들에게 어찌 해害를 끼치게 하려 하는 겁니까?

우리 임금께서는 사신인 제게 따로 말하시길, 그대들이 우리의 청을 들어주지 않는다면 '그대들 진나라의 군대가 우리나라에 쳐들어왔기 때문에 우리는 보잘것없는 군대로 그대들을 상대할 수밖에 없었고, 그 결과 패하고 말았다. 이에 그대의 나라가 은혜를 베풀어 제나라의 신께 복福을 빌 사직社稷을 없애지 않고 옛날의 우호를 지속시켜 준다면 선왕께서 얻으신 보물이나 땅을 어찌 아낄 것인가? 하지만 그대가 우리의 청을 받아주지 않는다면, 살아남은 군사들을 거두어 모아서 성벽을 등에 지고 죽음을 각오하고 싸울 것이다. 우리가 이긴다 하더라도 진나라의 뜻을 따를 것이거늘, 싸움에 진다면 어찌 명령에 따르지 않을 수가 있겠는가'라는 말을 전하라 하셨습니다."

이에 노나라의 성공成公과 위나라의 목공이 극극에게 간했다.

"제나라는 우리 두 나라를 미워하고 있소. 게다가 이번 전쟁으로 죽은 자들이 모두 제나라 임금의 가까운 신하들이오. 그런데 만약 그들의 요구를 받아주지 않는다면 우리 두 나라를 더욱 원수로 생각할 것이오. 그대는 더 무엇을 바라시오? 그대는 제나라의 국보를 얻었고 우리도 침략당했던 땅을 도로 찾았으니, 이제 전쟁을 끝내기만 한다면 더 큰 명성을 얻을 것이오. 본시 제나라도 진나라도 역시 하늘의 명으로 세워진 나라거늘 어찌 진나라만 하늘의 도움을 계속 받을 거라고 장담할 수가 있겠소?"

이에 진나라 사람도 수긍하고 말했다.

"우리들은 전차를 이끌고 전쟁에 나와 노나라와 위나라를 위해 제나라에 철수를 요구했소. 그런데 만약 우리에게 구실口實이 있어 우리 임금에게 복명復命할 수만 있다면 그것도 제나라 임금의 은혜라고 할 것이오. 그러니 어찌 명령에 따르지 않을 수가 있겠소?"

이때 노나라 대부 금정禽鄭이 전장에서 벗어나 귀국해 노나라의 성공成公을 맞이하고 진나라 군대와 맹약을 맺었다.

가을 7월.

진나라 군대가 제나라 상경 벼슬을 하는 국좌國佐와 제나라의 원루爰婁 땅에서 맹약을 맺었다. 이에 제나라에게 빼앗겼던 노나라와 문양汶陽 땅을 돌려받게 했다.

이어 노나라 임금, 성공은 진나라 군대와 제나라와 위나라의 국경 지방인 상명上鄍 땅에서 만나 진나라의 대장인 극극·사섭·난서 등에게 수레와 예복을 선물로 주고, 사마司馬·사공司空·여솔輿帥·후정侯正·아려亞旅 등에게도 모두 대부의 예복을 하사해 그 노고를 위로했다.

鞍之役 成公二年

六月癸酉에 季孫行父臧孫許叔孫僑如公孫嬰齊帥師하고 會晉郤克衛孫良夫曹公子首하여 及齊侯戰于鞍한대 齊師敗績하다.

孫桓子臧宣叔은 如晉乞師하여 皆主郤獻子하다. 晉侯許之七百乘한대 郤子曰 此城濮之賦也라. 有先君之明與先大夫之肅이라. 故捷克於先大夫에 無能爲役이라 請八百乘이라 許之하다. 郤克將中軍하고 士燮佐上軍하며 欒書將下軍하고 韓厥爲司馬하여 以救魯衛하다. 臧宣叔逆晉師하고 且道之하다. 季文子帥師會之하다. 及衛地에 韓獻子將斬人한대 郤獻子馳將救之하여 至則旣斬之矣하다. 郤子使速以徇하고 告其僕曰 吾以分謗也라 師從齊師于莘하다 六月壬申에 師至于靡笄之下하다. 齊侯使請戰曰 子以君師辱於敝邑이라 不腆敝賦를 詰朝請見이라 對曰 晉與魯衛는 兄弟也라. 來告曰 大國朝夕釋憾於敝邑之地라 寡君不忍하여 使群臣請於大國하되 無令輿師淹於君地라. 能進不能退라 君無所辱命이라 齊侯曰 大夫之許는 寡人之願也라 若其不許라도 亦將見也로다. 齊高固入晉師하여 桀石以投人하고 禽之而乘其車하고 繫桑本焉하여 以徇齊壘曰 欲勇者는 賈余餘勇하라. 癸酉에 師陳于鞍하다 邴夏御齊侯하고 逢丑父爲右하

며 晉解張御郤克하고 鄭丘緩爲右하다. 齊侯曰 余姑翦滅此而朝食하리라 不介馬而馳之하다. 郤克傷於矢하여 流血及屨나 未絶鼓音하다. 曰 余病矣라 張侯曰 自始合으로 而矢貫余手及肘라. 余折以御라. 左輪朱殷이라도 豈敢言病이리오. 吾子忍之하다. 緩曰 自始合으로 苟有險이면 余必下推車라. 子豈識之然子病矣라 張侯曰 師之耳目이 在吾旗鼓라 進退從之라 此車一人殿이면 可以集事라. 若之何其以病敗君之大事也리오. 擐甲執兵이면 固卽死矣라. 病未及死니 吾子勉之하라. 乃左并轡하고 右援枹而鼓하다 馬逸不能止어늘 師從之하다. 齊師敗績하다 逐之三周華不注하다. 韓厥夢에 子輿謂己曰 旦辟左右하라. 故로 中御而從齊侯하다. 邴夏曰 射其御者하다. 君子也라. 公曰 謂之君子而射之는 非禮也라. 射其左에 越于車下하고 射其右에 斃于車中하다. 綦母張喪車하여 從韓厥曰 請寓乘이라. 從左右어늘 皆肘之使立於後하고 韓厥俛 定其右하다. 逢丑父與公易位하다. 將及華泉에 驂絓於木而止하다. 丑父寢於轏中일새 蛇出於其下하여 以肱擊之어늘 傷而匿之라. 故로 不能推車而及하다. 韓厥執縶馬前하고 再拜稽首하고 奉觴加璧以進曰 寡君使群臣爲魯衛請曰 無令輿師로 陷入君地하라. 下臣不幸屬當戎行하여 無所逃隱이라. 且懼奔辟而忝兩君하여 臣辱戎士라. 敢告不敏이 攝官承乏하노라. 丑父使公下如華泉取飮하다 鄭周父御佐車하고 宛茷爲右하여 載齊侯以免하다. 韓厥獻丑父한대 郤獻子將戮之어늘 呼曰 自今無有代其君任患者리니 有一於此로다. 將爲戮乎아. 郤子曰 人不難以死免其君한대 我戮之는 不祥이라 赦之以勸事君者리라. 乃免之하다. 齊侯免하여 求丑父하여 三入三出하다. 每出齊師以帥退하여 入於狄卒하다. 狄卒皆抽戈하고 楯冒之하여 以入於衛師하다. 衛師免之하여 遂自齊關入하다. 齊侯見保者曰 勉之하라. 齊師敗矣로다. 辟女子한대 女子曰 君免乎아. 曰 免矣라 曰 銳司徒免乎아. 曰 免矣라 曰 苟君與吾父免矣라. 可若何리오. 乃奔하다. 齊侯以爲有禮하여 旣而問之하니 辟司徒之妻也라. 予之石窌로다. 晉師從齊師하여 入自丘輿하여 擊馬陘한대 齊侯使賓媚人賂以紀甗玉磬與地할새 不可則聽客之所爲하다. 賓媚人致賂한대 晉人不可 曰 必以蕭同叔子爲質하고 而使齊之封內盡東其畝하라. 對曰 蕭同叔子非他오. 寡君之母也라. 若以匹敵이면 則亦晉君之母也라. 吾子布大命於諸侯에 而曰 必質其母以爲信이라. 其若王命何오. 且是以不孝令也라. 詩曰 孝子不匱하여 永錫爾類로다. 若以不孝令於諸侯면 其無乃非德類也乎아. 先王疆理天下할새 物土之宜하여 而布其利라. 故로 詩曰 我疆我理하여 南東其畝라. 今에 吾子疆理諸侯에 而曰 盡東其畝而已라. 唯吾子戎車是利하고 無顧土宜하니 其無乃非先王之命也乎아. 反先王則不義라 何以爲盟主리오. 其晉實有闕이라. 四王之王也엔 樹德而濟同欲焉이오. 五伯之霸也엔 勤而撫之하여 以役王命이라. 今에 吾子求合諸侯 以逞無疆之欲이라. 詩

458

日 布政優優하니 百祿是遒로다. 子實不優하여 而棄百祿하니 諸侯何害焉가 不然이면 寡君之命使臣則有辭矣어늘 日 子以君師辱於敝邑이라. 不腆敝賦로 以犒從者라 畏君之震하여 師徒橈敗라. 吾子惠徼齊國之福하여 不泯其社稷하고 使繼舊好면 唯是先君之敝器土地를 不敢愛라. 子又不許하면 請收合餘燼하여 背城借一하리라. 敝邑之幸도 亦云從也니라. 況其不幸이리오. 敢不唯命是聽가 魯衛諫日 齊疾我矣라 其死亡者皆親暱也라. 子若不許하면 讎我必甚이라. 唯子則又何求오. 子得其國寶하고 我亦得地하여 而紓於難이면 其榮多矣라. 齊晉亦唯天所授니 豈必晉가 晉人許之하다. 對日 群臣帥賦輿하여 以爲魯衛請이라. 若苟有以藉口而復於寡君이면 君之惠也라. 敢不唯命是聽가 禽鄭自師逆公하다. 秋七月에 晉師及齊國佐盟於爰婁하여 使齊人歸我汶陽之田하다. 公會晉師於上鄍하고 賜三帥先路三命之服하고 司馬司空輿帥候正亞旅皆受一命之服하다.

언릉鄢陵 땅에서 싸우다
- 언릉지전鄢陵之戰 -

진晉나라 임금이 노나라에 난서의 아들인 난염樂黶을 보내 원군
을 요청했다. 결국 갑오甲午일(6월 29일) 그믐에 여공이 초나라 임금과
정鄭나라 임금이 정나라의 언릉鄢陵 땅에서 싸웠는데, 초나라와 정
나라 군대가 머패했다.

진나라가 장차 정鄭나라를 치고자 했다. 그때 범문자范文子 사섭이
아뢰었다.

"만약 우리가 멋대로 하여 여러 제후가 모두 배반한다면 그것이야말
로 우리로서는 하나로 단결할 수 있으니 좋은 일이 아닐 수 없습니다.

그러나 정나라만 배반한다면 큰 화가 미칠 것입니다."

그러자 난서가 아뢰었다.

"지금 우리 세대에 와서 제후들을 잃어버릴 수는 없습니다. 그러니 반드시 정나라를 쳐야 합니다."

이에 진나라는 군대를 일으켜 난서를 중군의 대장으로, 사섭을 중군의 부장으로, 극기郤錡를 상군의 대장으로, 순언荀偃을 상군의 부장으로, 한궐을 하군의 대장으로, 극지郤至를 신군新軍의 부장으로 삼았다. 그리고 순앵荀罃에게 남아서 도성을 지키게 했다. 또 원군을 요청하기 위해 위나라와 제나라에는 극주郤犨, 노나라에는 난염을 보냈다.

난염이 원군을 요청하자 노나라의 맹헌자孟獻子가 말했다.

"진나라는 반드시 초나라를 이길 것이다."

무인戊寅일(4월 12일)에 진나라 군대가 출발했다. 이 소식을 들은 정나라는 초나라에 사자를 보낼 때 정나라의 대부 요구이姚句耳를 함께 보내 사태가 급하게 되었다는 것을 알리고 원군을 청했다. 이에 초나라 임금이 정나라를 구원하기 위해 나서면서 자반을 중군의 대장으로, 자중을 좌군의 대장으로, 자신子辛을 우군의 대장으로 삼았다.

신申 지방을 지날 때였다. 자반은 그곳에 은거하고 있던 신숙시申叔時를 찾아가 물었다.

"이번 전쟁에서 누가 이기겠습니까?"

신숙시가 대답했다.

"덕德 · 형刑 · 상詳 · 의義 · 예禮 · 신信의 여섯 가지는 전쟁을 할 때 꼭 필요한 그릇이오. 즉, 덕德으로 백성들에게 은혜를 베풀고, 형刑으로 사악함을 바로잡고, 상詳으로 한마음으로 신神을 섬기고, 의義로 바른 이익을 일으키며, 예禮로 때에 맞게 행동하고, 신信으로 사물을 지켜야 하는 것이오. 백성들의 생활이 풍요로워야 덕이 바로 서고, 백성들이 필요한 것들을 쉽게 얻을 수 있어야 제사에 절도가 있게 되고, 백성들이 제때 움직여야 만물萬物이 비로소 이루어지는 것이지요. 또 상하上下가 화목하고 모든 일이 이치에 맞게 돌아가게 해야 위는 필요한 것을 얻게 되고 아래는 부족한 것이 없게 되오. 그래야만 일의 기준이 세워져 두 마음을 품는 자가 없게 되는 것이오. ≪시경≫에도 '선왕께서 백성을 바로 세우니, 백성들이 선왕의 기준에 어긋나는 일이 없도다'라고 하였지요. 이렇게 되면 하늘도 복을 내려 사시사철 재해가 일어나지 않을 것이오. 또 백성들의 생활은 크게 풍부하게 되고 마음이 부드러워져 임금을 따를 것이며, 힘을 다하여 임금의 명령에 복종할 것이고, 목숨을 바쳐 부족한 병력을 보충하려 할 것이오. 그러니 당연히 싸움에서 이기겠지요.

그런데 지금 초나라는 안으로는 자기의 백성들을 저버리고, 밖으로는 다른 나라와의 우호를 끊어 엄숙한 맹약을 더럽히고 있소. 또한 신의 없는 헛소리를 일삼으며 농사지을 때를 돌보지 않은 채 백성을 군대로 차출하며 백성들의 괴로움을 담보로 과한 욕심을 채우려 하고 있는 것이오. 이에 초나라 백성들은 임금의 신의를 의심하여 나아가는 것을 두려워하고 있으니, 어느 누가 있어 목숨을 바쳐 싸우려고 하겠소? 그러니 그대가 힘써 잘해보시오. 그러나 나는 그대를 다시는 보지 못할 것이오."

한편 사자보다 먼저 정나라로 돌아온 요구이에게 자사子駟가 초나라 군대의 형편을 묻자 다음과 같이 대답했다.

"행군行軍이 지나치게 빠르고, 험한 길을 지날 때는 대열이 정돈되지 않았습니다. 무릇 빠르면 차분히 생각할 수 없고, 정돈되지 않으면 규율이 흔들리는 법입니다. 이렇게 침착성을 잃고 규율이 흔들린다면 어찌 잘 싸울 수 있겠습니까? 즉, 초나라 군대는 용맹을 잃었으니 이번 싸움에서 반드시 지게 될 것입니다."

5월에 진나라 군대가 마침내 황하를 건넜다. 그런데 곧이어 초나라 군대도 도착할 것이라는 소식이 들려왔다. 이에 중군의 대장, 사섭은 회군해 돌아가고 싶어졌다.

사섭이 말했다.

"우리가 지금 초나라 군대를 피하여 달아난다면 진나라에 닥친 우환을 면할 수가 있을 것이다. 본래 제후들과의 전쟁은 우리 능력 밖의 일이다. 그러니 잠시 미뤘다가 그에 합당한 인재가 나타나면 그에게 다시 맡겨보는 것이 좋겠다. 지금 비록 물러나더라도 우리 신하들이 화합하여 임금을 섬긴다면 그것으로도 좋은 것이 아니겠느냐?"

이에 난서가 반대하며 말했다.

"그건 안 될 말입니다."

6월, 진나라와 초나라가 마침내 정나라의 언릉 땅에서 만났다. 하지만 사섭은 싸우려고 하지 않았다. 이에 상군의 대장, 극지가 말했다.

"한韓 땅에서의 싸움에서는 혜공惠公께서 참패하셨고, 기箕 땅에서의 싸움에서는 대원수인 선진이 전사하였으며, 필 땅에서의 싸움에서는 순림보가 한 번의 전투로 대패하여 도망쳤으니, 이는 우리 진나라의 커다란 수치입니다. 대장께서도 이미 이와 같은 선대의 수치를 잘 알고 계시지 않습니까. 그런 마당에 지금 또다시 초나라를 피하여 달아난다면 이는 수치만 더하게 될 뿐입니다."

이에 사섭이 말했다.

"우리 선왕들께서 자주 싸운 데는 그만한 이유가 있었다. 진秦나라와 북쪽의 여진족, 그리고 제나라와 초나라 모두 강한 나라들이었기 때문에 우리가 온 힘을 다해 싸우지 않았다면 후대가 쇠약해질 수밖에 없었을 것이다. 하지만 이제 제나라, 진秦나라, 여진족 등이 우리에게 복종하였으니 적은 오직 초나라뿐이다. 무릇 성인聖人만이 나라 안팎의 걱정거리를 없앨 수 있는 법. 그러나 우리는 성인이 아니다. 때문에 밖이 편하면 안에 걱정거리가 생길 것이다. 그러니 초나라를 그대로 두어 우리 임금으로 하여금 항상 경계하고 긴장하게 만드는 것이 더 낫지 않겠느냐?"

갑오甲午년(6월 29일).

그믐날 새벽에 초나라 군대가 진나라 군대를 제압해 진영을 구축하자 진나라의 군사와 군관들이 모두 이것을 걱정했다. 이때 사개士匃(사섭의 아들)가 달려와 말했다.

"우물을 메우고, 아궁이를 부수고, 군중軍中에 진을 치고, 대오의 맨 앞 열을 열어 진격할 수 있는 길을 트십시오. 진나라와 초나라에서 승패는 오직 하늘이 내려주는 것입니다. 도대체 무엇을 염려하시는 겁니까?"

이에 사섭이 화가 나서 창을 들고 나아가 아들을 내쫓으며 말했다.

"우리 진나라가 살고 죽는 것은 하늘이 하시는 일인데, 어린 네가 무엇을 안다고 지껄이는 것이냐?"

이에 난서가 말했다.

"초나라 군대는 경솔하여 급하게 움직이고 있습니다. 진지를 굳히고 진득하게 기다린다면 분명히 사흘도 되지 않아 퇴각할 것입니다. 그때를 기다려 퇴각하는 그들을 친다면 반드시 이길 수 있습니다."

극지도 말했다.

"초나라에는 여섯 가지의 허점이 있으니, 그것을 놓쳐서는 안 됩니다. 여섯 가지란, 첫째는 중군 대장 자반과 좌군 대장 자중의 사이가 좋지 않다는 것입니다. 둘째는 초나라 임금의 근위병들이 몹시 지쳐 있다는 것입니다. 셋째는 정나라 군대가 진지는 구축했지만 아직 정비되지 않았다는 것입니다. 넷째는 남쪽의 오랑캐들도 참전은 하였지만 아직까지도 진지를 구축하지 않았다는 것입니다. 다섯째는 무릇 병법에서도 그믐날을 피해 진을 치라고 했는데, 초나라가 바로 그믐날에 진을 쳤다는 것입니다. 마지막 여섯째는 진과 진을 합칠 때는 응당 조용히 해야 하는데 초나라 군대는 아직까지도 시끄럽게 떠들고 있다는 것입니다. 그뿐이 아닙니다. 초나라, 정나라, 남쪽 오랑캐가 한데 모여 있기는 하나 제각기 뒤를 돌아볼 뿐 싸우려는 마음이 없습니다. 또한 임금의 근위병이라는 자들이 모두 정예병은 아닙니다. 이런 상황에서 하늘이 꺼리는 그믐날에 진을 치기까지 했으니, 승리는 반드시 우리의 것이 될 것입니다."

초나라 임금, 공왕共王이 높은 수레에 올라서서 진晉나라 군대의 형편을 바라보았다. 이때 자중이 백주리伯州犁(본래 진나라 사람으로 초나라에 망명해 있었다)를 보내 임금을 모시게 했다.

공왕이 백주리에게 물었다.

"진나라 군사들이 지금 좌우左右로 내닫고 있는데, 뭐하는 것이냐?"

백주리가 아뢰었다.

"군사와 군관들을 불러 모으고 있는 것입니다."

"모두가 중군中軍에 모여 있구나. 뭐하는 것이냐?"

"계책을 모의謀議하고 있는 것입니다."

"장막을 치는구나. 뭐하는 것이냐?"

"신성한 점을 쳐서 선왕들께 승패를 묻고 있는 것입니다."

"이제 장막을 거두었는데?"

"그럼 이제 명령을 내릴 것입니다."

"지금은 아주 시끄럽고 먼지도 자욱이 일어나는구나. 뭐하는 것이냐?"

"우물을 메우고, 아궁이를 부수고, 대열을 정비하고 있는 것입니다."

"모두 전차에 타는가 싶더니 좌우左右의 군관들이 무기를 들고 수레에서 내렸구나. 뭐하는 것이냐?"

"대장이 하는 경계警戒의 말을 듣기 위함입니다."

"싸움이 시작되려는 것이냐?"

"아직은 알 수 없습니다."

"지금 다시 전차에 타는가 싶더니 다시 좌우가 수레에서 내렸구나. 뭐하는 것이냐?"

"싸움에 앞서 신께 기도를 드리는 것입니다."

더불어 백주리는 공왕에게 진나라 근위병들의 형편을 자세히 이야기해주었다.

466

한편 그즈음 진나라에서는 **묘분황**苗賁皇(본래 초나라 사람으로 진나라에 망명해 있었다)이 진나라 여공 곁에서 초나라 근위병들의 상황을 이야기해주고 있었다. 그러자 좌우에 있던 신하들이 모두 입을 모아 아뢰었다.

"지금 초나라에는 백주리라는 인재가 있고, 또한 군사의 수도 많습니다. 그러니 우리가 감당할 수 없을 것입니다."

이에 초나라에서 진나라로 도망 온 묘분황이 여공에게 아뢰었다.

"지금 초나라에서 정예군이라고 할 만한 것은 중군에 속해 있는 왕의 친족들뿐입니다. 그러니 임금께서는 우리의 정예를 둘로 나누어 초나라의 좌군과 우군을 각각 치십시오. 그런 다음에 우리의 상·중·하 3군三軍을 모아 초나라의 근위병에 집중시킨다면 반드시 승리할 수 있으실 것입니다."

여공은 이 계획에 대해 점을 치게 했다. 이에 점술사가 아뢰었다.

"길吉한 계획입니다. '복'이라는 괘(☷ ☵)를 얻었습니다. 이는 곧 '남쪽 나라가 위축되고, 그 나라 임금의 눈을 쏘아 맞힌다'는 뜻입니다. 나라가 위축되고 그 임금이 상처를 입는데 더 이상 무엇을 기다리겠습니까?"

결국 여공은 묘분황의 계획을 따르기로 했다.

진나라 군대가 진격할 때 앞에 수렁이 나타났다. 그래서 모두 수렁을 피해 좌우로 비켜 나아갔다. 이때 여공의 전차 어자는 보의步毅였고, 거우는 난서의 아들인 난감欒鍼이었다. 한편 초나라 공왕의 전차 어자는 팽명이었고, 거우는 반당이었다. 또한 정나라 성공의 전차 어자는 석수石首였고, 거우는 당구唐苟였다.

진나라 여공의 전차는 중군 대장 사섭과 중군 대장 난서의 군사들이 호휘하고 나아갔는데, 그만 수렁에 빠지고 말았다. 이에 난서가 여공을 자신의 수레로 옮겨 타게 하려고 하자 여공 수레의 거우였던 난감이 나서며 말했다.

"아버님은 비키십시오. 나라가 이미 아버님께 큰일을 맡기셨는데 어떻게 그것을 함부로 버리려 하십니까? 무릇 다른 사람의 직책을 침범하는 것은 탐욕이요, 자기의 직책을 잃어버리는 것은 태만이며, 자기가 맡은 것을 떠나는 것은 간사姦邪라고 하였습니다. 지금의 행동은 바로 이 세 가지 죄를 짓는 것이니, 부디 물러나십시오."

그런 다음 여공의 전차를 번쩍 들어 수렁에서 건져냈다.

계사癸巳일(6월 28일).

초나라 신하, 반왕潘尪의 아들인 반당이 활쏘기의 명수인 양유기養由基와 갑옷을 모아놓은 채 활쏘기 시합을 벌였다. 둘은 모두 한 번에 일곱 개의 갑옷을 꿰뚫었다. 이들은 이 사실을 공왕에게 고하면서 다음과 같이 아뢰었다.

"지금 임금께는 이처럼 뛰어난 활쏘기의 명수가 두 사람이나 있습니다. 그런데 무엇 때문에 이 싸움에서 패배할 것을 심려하시는 겁니까?"

이에 공왕이 크게 화를 내며 말했다.

"그대들같이 재주만 쓸 줄 아는 자야말로 이 나라의 수치다. 내일 아침, 그대들이 활을 쏜다면 바로 그 재주 때문에 죽임을 당할 것이다."

그때 진나라의 대부 위기가 꿈을 꾸었는데 다름 아닌 달을 활로 쏘아 맞히고 물러나다가 진흙 구덩이 속에 빠지는 꿈이었다. 그래서 점을 쳐 보게 하니, 점술가가 다음과 같이 말했다.

"희姬씨 성은 해를 상징하고, 이異씨 성은 달을 상징합니다. 따라서

468

달을 쏘아 맞혔다는 것은 초나라 임금을 쏘아 맞힌다는 뜻이고, 물러나다가 진흙 구덩이에 빠졌다는 것은 그대가 이번 싸움에서 죽게 된다는 뜻입니다."

싸움이 시작되자 예언대로 위기는 화살로 쏘아 초나라 공왕의 눈을 맞혔다. 그러나 공왕이 양유기에게 두 대의 화살을 주어 위기를 쏘게 했을 때 하나의 화살이 위기의 목에 명중해 위기는 화살 통에 쓰러져 즉사했다. 이에 양유기는 남은 화살 한 대를 가지고 공왕에게 결과를 보고했다.

한편 극지는 세 번이나 초나라 왕의 근위병들과 만났지만, 매번 전차에서 내리고 투구를 벗은 채 바람처럼 달아났다. 그러자 공왕이 공윤工尹의 벼슬 자리에 있던 양襄을 시켜 극지에게 활을 보내게 하고는 이런 말을 전했다.

"싸움이 한창일 때 붉은 물을 들인 가죽 바지를 입고 있는 자가 있었는데, 마치 그 모습이 군자처럼 보였다. 그런데 막상 나와 마주치니 피하여 달아났다. 혹시 상처를 입지나 않았는가?"

극지는 공왕의 사자를 보고 투구를 벗어 정중하게 명을 받은 후 말했다.

"초나라 밖의 신하인 저는 우리 임금의 명을 받고 출전하였습니다. 하지만 지금 초나라 군사 덕택에 갑옷과 투구를 착용하고 있으므로 감히 공왕 전하의 명령을 받들 수는 없습니다만, 제가 무사하다는 것은 말씀드릴 수 있습니다. 그리하여 감히 임금의 명령에 감사하고, 사자에게 감히 고개 숙여 예를 표하는 바입니다."

그런 다음 사자인 공윤 양에게 세 번 고개 숙인 후 물러났다.

그즈음 한궐은 정나라 임금의 전차를 뒤쫓고 있었는데, 한궐의 전차를 몰던 두혼라杜溷羅가 말했다.

"빨리 쫓아가십시오. 정나라 임금의 전차를 모는 어자가 자꾸 뒤를 돌아다보고 있는데, 이는 전속력으로 전차를 몰고 있지 않다는 증거입니다. 그러니 조금만 서두르면 이내 뒤따를 수 있을 것입니다."

이에 한궐이 대답했다.

"두 번씩이나 한 나라의 군주를 욕보여서는 안 된다."

그리하여 추격을 그만두었다.

이때 극지도 정나라 임금의 뒤를 쫓고 있었는데 극지의 전차에서 거우를 맡고 있던 불한호茀翰胡가 이렇게 말했다.

"정찰병을 앞에 배치했다가 정나라 성공을 맞이하라 하십시오. 그러면 저는 뒤쪽에서 공격해 성공의 전차에 올라탔다가 성공을 사로잡아서 끌어내리겠습니다."

이에 극지가 말했다.

"한 나라의 군주에게 상처를 입히면 형벌을 받게 된다."

그리하여 극지 또한 추격을 그만두었다.

그때 정나라 성공의 전차를 몰던 어자 석수가 성공에게 아뢰었다.

"옛날 위衛나라 의공懿公은 전투에서 그 깃발을 치우지 않았기 때문에 형 땅에서 패했던 것입니다."

그런 다음 바로 깃발을 화살통 속에 넣어버렸다. 그러자 거우 당구가 석수에게 말했다.

"그대가 임금 곁에 있으시오. 만약 크게 패한다면 내 역할은 그대의 역할에 비할 바가 아니오. 부디 그대가 임금을 무사히 모시고 달아나시오. 내가 남겠소."

결국 당구는 전차에서 내렸고, 남아서 싸우다가 죽었다.

470

이제 초나라 군대는 험한 곳까지 쫓겨 갔다. 초나라의 숙산염叔山冉이 양유기에게 말했다.

"비록 활을 함부로 다루지 말라는 임금의 명령이 있었지만, 이 모든 것은 나라를 위한 것이니 그대는 반드시 활을 쏘아야 하오."

이에 양유기가 활을 두 번 쏘아 두 번 다 적을 쓰러뜨렸다. 또 숙산염은 맨주먹으로 적병을 공격해 진나라 전차로 던져버렸다. 그 바람에 전차 앞의 횡목橫木이 꺾였고, 이 광경을 본 진나라 군사들은 그만 추격을 그만두고 말았다. 그러나 초나라 공왕의 아들인 공자, 패茷를 사로잡는 성과를 올렸다.

한편 진나라의 난감은 초나라 자중의 깃발을 보고 진나라 여공에게 아뢰었다.

"초나라 사람들이 말하기를 '저 깃발은 신호를 보내는 데 쓰는 자중의 깃발이다'라고 하였으니, 저 깃발이 있는 수레에는 분명 자중이 있을 것입니다. 일전에 제가 초나라에 사신으로 갔을 때 자중이 제게 진나라의 군세軍勢에 대하여 물은 적이 있습니다. 그때 저는 '언제나 군사가 많고 늘 규율을 정비한다'고 대답하였습니다. 그러자 그가 다시 묻기를 '그 외에는 어떠한가?' 하기에, '언제나 여유가 있다'고 대답하였습니다. 이제 두 나라가 전쟁을 함에 사자를 보내야 하는 시기가 되었는데 보내지 않으면 규율이 있다 할 수 없고, 막상 가서 식언食言을 하면 '여유가 있다'고도 할 수 없습니다. 그래서 사자 대신 술을 보내는 게 어떨까 싶습니다."

진나라 여공이 난감의 뜻을 받아들이자 난감은 그 즉시 심부름꾼을 시켜 술을 보내고, 또한 술을 마시게 하면서 다음과 같은 말을 자중에게 전하게 했다.

"우리 임금께서는 사자로 보낼 만한 인물이 없으셨기 때문에 저 같은 자에게 전차를 몰고 창을 잡게 하셨습니다. 그렇기 때문에 제가 직접 가서 그대의 군사들을 위로할 수가 없습니다. 그래서 심부름꾼을 대신 보내 약소한 술을 올리는 바입니다."

이에 자중이 대답했다.

"난감은 일찍이 초나라에서 와 나와 이야기한 적이 있는데 오늘 이 술은 바로 그때의 인연 때문일 것이다. 나 역시 그때를 기억하고 있다."

그런 다음 술을 받아 마시고 심부름꾼을 돌려보낸 후 다시 진격의 북을 쳤다.

싸움은 새벽에 시작했는데 별이 뜰 때까지도 끝나지 않았다. 이에 자반이 군관들에게 명했다.

"다친 자가 몇인지 조사하라. 그리고 보병과 전차병을 보충하고, 갑옷과 무기를 수리하고, 전차와 말을 정비하라. 그런 다음 닭이 울 때 식사를 하고는 공격 명령을 기다려라."

진나라 사람들은 이 명령을 듣고 크게 걱정했다. 그러자 묘분황이 진나라 군중을 돌아다니면서 말했다.

"전차를 정비하고, 병사들을 보충하고, 말을 먹이고, 무기를 손질하고, 진陣을 정비하여 대열을 굳건히 하고, 잠자리에서 식사를 한 후 신께 승리를 기원하라. 내일 다시 싸울 것이다."

그런 다음 초나라 포로들을 고의로 달아나게 했다.

초나라 공왕은 도망친 포로들에게 이 소식을 듣고 의논하기 위해 자반을 불렀다. 그러나 곡양穀陽이라는 가신이 바친 술을 마시는 바람에 취해 있던 자반은 부름에 응할 수가 없었다. 이에 공왕이 탄식하며 말했다.

"드디어 하늘이 초나라를 망하게 하려는 모양이구나! 나는 멍하니 패배를 기다릴 수가 없다."

그런 다음 밤을 틈타 군대를 이끌고 달아나버렸다.

진나라 군대는 초나라 군대가 진영을 구축했던 곳으로 들어가 사흘 동안이나 숙영宿營하면서 초나라 군대가 미처 가져가지 못한 식량을 먹었다.

이때 사섭이 진나라 여공에게 아뢰었다.

"임금께서 아직 나이 어리시고 신하들 또한 재주가 없는데, 이와 같은 승리를 얻은 이유가 무엇이겠습니까. 그러니 부디 경계하십시오. ≪서경≫ 〈주서周書〉 편에 '천명은 한 사람에게 정해져 있지 않다'고 하였으니, 이는 다시 말하면 덕이 있는 사람에게 천명이 내린다는 뜻입니다."

결국 초나라 군대는 초나라의 하瑕 땅까지 물러났다. 이에 공왕은 자반에게 사람을 보내 다음과 같은 말을 전했다.

"선왕 때의 대부였던 그대의 아비, 자옥子玉이 성복 땅에서 군사들을 잃었을 때는 선왕이신 성왕께서는 참전하지 않으셨다. 하지만 이번에는 짐이 참전하였으니 이 패배를 그대의 잘못이라 생각하지 마라. 모두 짐의 죄다."

이에 자반이 머리가 땅에 닿도록 몸을 굽혀 두 번 절한 다음 아뢰었다.

"임금께서 제게 죽음을 내려주신다면 죽어도 영광으로 알겠습니다. 이번 싸움의 패배는 제가 거느리던 중군이 패배한 것이 원인이었으니, 모두 저의 죄입니다."

다시 자반과 사이가 좋지 않았던 자중이 사람을 보내 다음과 같은 말을 전하게 했다.

"처음 성복에서 우리에게 패배를 안긴 자옥子玉이 그 책임을 지고 자살했다는 것은 그대도 잘 알 것이오. 그런데 그대는 어찌하여 그렇게 하지 않는 것이오?"

이에 자반이 대답을 보냈다.

"설령 제 아비인 선대부가 자살을 한 일이 없었다 하더라도 그대는 내게 그런 요구를 했을 것이오. 아무튼 나라를 패하게 한 자로서 어찌 의롭지 못하게 죽음을 두려워하겠소? 임금의 군사들을 잃고 어찌 죽음을 피하려 하겠소?"

이 소식을 들은 공왕이 사람을 보내 자살을 막으려 했다. 그러나 공왕이 보낸 사자가 도착하기 전에 자반은 스스로 목숨을 끊고 말았다.

언릉에서의 싸움이 있던 이튿날 제나라의 국좌와 고무구高無咎가 진나라 군영으로 찾아왔다. 그즈음 위나라 헌공은 위나라의 국경을 지났고, 노나라의 성공은 노나라의 괴퇴壞隤 땅에서 진나라 군영을 향해 출발했다.

당시 노나라 대부 선백宣伯이 성공의 어머니인 목강穆姜과 은밀히 정을 통하고 있었는데, 선백은 이를 기회로 삼아 계문자季文子와 맹헌자를 제거하고 그들의 재산을 빼앗으려 했다. 그러던 차에 노나라 성공이 진나라 군영으로 가기 위해 길을 나서자 목강이 배웅하는 척하면서 계문자와 맹헌자를 추방해달라고 요구했다. 이에 성공은 지금 진나라의 어려운 사정을 전한 뒤 이렇게 말했다.

"돌아와서 명령을 받들겠습니다."

474

그러자 목강이 화를 냈다. 때마침 성공의 아들인 공자 언偃과 공자 서鉏가 종종걸음으로 목강의 앞을 지나갔는데, 목강이 이들을 가리키면서 말했다.

"네가 내 뜻을 받들지 않는다면 이 아이들이 모두 임금이 될 것이다."

그래서 성공은 궁宮의 경비를 엄중히 하라고 이른 후 출발하느라 위나라보다 늦게 가게 되었다. 이때 성공은 맹헌자에게 궁의 수비를 맡겼다.

가을. 성공은 송나라의 사수沙隨 땅에서 위나라·진나라·송나라 제후들과 회답했는데, 이는 정나라를 칠 것을 상의하기 위해서였다. 그런데 노나라의 선백이 진나라의 극주郤犨에게 사람을 보내 말을 전했다.

"우리 임금께서 괴퇴壞隤에서 오래 기다린 것은 진나라와 초나라 중 누가 이길 것인가를 놓고 저울질한 까닭이다."

그때 극주는 진나라 신군 대장이자 공족대부公族大夫(진나라 관직)로서 제나라와 노나라의 제후에 관한 일을 총괄하고 있었다. 그런 그가 성백으로부터 뇌물을 받고 진나라 여공에게 선백의 거짓말을 그대로 전하는 바람에 여공은 노나라 성공을 대면하지 않았다.

鄢陵之戰 成公十六年

晉侯使欒黶來乞師하다. 甲午晦에 晉侯及楚子鄭伯戰于鄢陵할새 楚子鄭師 敗績하다.

晉侯將伐鄭이어늘 范文子曰 若逞吾願하여 諸侯皆叛하면 晉可以逞이라. 若唯鄭叛

하면 晉國之憂를 可立俟也라. 欒武子曰 不可以當吾世而失諸侯니 必伐鄭이라. 乃興師
하다. 欒書將中軍하고 士燮佐之하며 郤錡將上軍하고 荀偃佐之하며 韓厥將下軍하고
郤至佐新軍하고 荀罃居守하다. 郤犨如衛하고 遂如齊하여 皆乞師焉하다. 欒黶來乞師
한대 孟獻子曰 有勝矣리라. 戊寅에 晉師起하다. 鄭人聞有晉師하고 使告于楚하다. 姚
句耳與往하다. 楚子救鄭하여 司馬將中軍하고 令尹將左하며 右尹子辛將右라. 過申할
새 子反入見申叔時曰 師其何如오. 對曰 德刑詳義禮信은 戰之器也라. 德以施惠오. 刑
以正邪오. 詳以事神이오. 義以建利오. 禮以順時오. 信以守物이라. 民生厚而德正하
고 用利而事節하고 時順而物成이라. 上下和睦하여 周旋不逆이라. 求無不具하여 各
知其極이라. 故로 詩曰 立我烝民에 莫非爾極이라. 是以로 神降之福하여 時無災害라.
民生敦庬하고 和同以聽이라 莫不盡力以從上命이라. 致死以補其闕이라. 此戰之所由
克也라. 今에 楚內棄其民하고 而外絶其好라. 瀆齊盟하여 而食話言이라. 奸時以動하
여 而疲民以逞이라. 民不知信이라 進退罪也라. 人恤所底하니 其誰致死리오. 子其勉
之하라. 吾不復見子矣라. 姚句耳先歸하다. 子駟問焉한대 對曰 其行速하고 過險而不
整이라. 速則失志하고 不整喪列이라. 志失列喪이면 將何以戰가 楚懼不可用也라. 五
月에 晉師濟河하다. 聞楚師將至에 范文子欲反이라 我偽逃楚면 可以紓憂리라. 夫合諸
侯는 非吾所能也라. 以遺能者라. 我若退하고 群臣輯睦以事君하면 多矣라. 武子曰 不
可라. 六月에 晉楚遇於鄢陵하다. 范文子不欲戰이어늘 郤至曰 韓之戰에 惠公不振旅
요 箕之役에 先軫不反命이오 邲之師에 荀伯不復從이라 皆晉之恥也라. 子亦見先君之
事矣라. 今 我辟楚면 又益恥也라. 文子曰 吾先君之亟戰也有故라 秦狄齊楚皆彊이라.
不盡力이면 子孫將弱이라. 今에 三彊服矣요 敵楚而已라. 唯聖人能外內無患이 自非聖
人이니 外寧必有內憂라. 盍釋楚以爲外懼乎아. 甲午晦에 楚晨壓晉軍而陳하여 軍吏患
之어늘 范匄趨進曰 塞井夷竈하여 陳於軍中하고 而疏行首하라. 晉楚唯天所授니 何患
焉가 文子執戈逐之 曰 國之存亡은 天也라 童子何知焉하리오. 欒書曰 楚師輕窕라. 固
壘而待之면 三日必退리라. 退而擊之면 必獲勝焉하리라. 郤至曰 楚有六間하니 不可
失也라 其二卿相惡하며 王卒以舊하고 鄭陳而不整하고 蠻軍而不陳하고 陳不違晦라.
在陳而囂하고 合而加囂라 各顧其後하여 莫有鬪心이라. 舊不必良하여 以犯天忌라.
我必克之리라. 楚子登巢車하여 以望晉軍하다. 子重使大宰伯州犁侍于王後어늘 王曰
騁而左右何也오. 曰 召軍吏也라 皆聚於中軍矣라. 曰 合謀也라 張幕矣라 曰 虔卜於先
君也라. 徹幕矣라. 曰 將發命也라. 甚囂且塵上矣라. 曰 將塞井夷竈而爲行也라. 皆乘
矣라. 左右執兵而下矣라. 曰 聽誓也라. 戰乎아. 曰 未可知也라. 乘而左右皆下矣라.
曰 戰禱也라. 伯州犁以公卒告王하다. 苗賁皇在晉侯之側하여 亦以王卒告다. 皆曰

476

國士在且厚하니 不可當也라. 苗賁皇言於晉侯曰 楚之良在其中軍王族而已라. 請分良
以擊其左右라 而三軍萃於王卒이면 必大敗矣리라. 公筮之어늘 史曰 吉이라. 其卦遇復
☰☰☰☷이라. 曰 南國蹙이라. 射其元王하여 中厥目이라. 國蹙王傷하니 不敗何待리오.
公從之하다. 有淖於前하여 乃皆左右相違於淖하다. 步毅御晉厲公하고 欒鍼爲右하고
彭名御楚共王하고 潘黨爲右하며 石首御鄭成公하고 唐苟爲右하다. 欒范以其族夾公行
하다. 陷於淖에 欒書將載晉侯어늘 鍼曰 書退하다. 國有大任이어늘 焉得專之오. 且侵
官은 冒也오. 失官은 慢也며 離局은 姦也라. 有三罪焉하니 不可犯也라. 乃掀公以出
於淖하다. 癸巳에 潘尪之黨이 與養由基蹲甲而射之하여 徹七札焉하다. 以示王曰 君
有二臣如此어늘 何憂於戰가 王怒曰 大辱國이라. 詰朝爾射면 死藝리라. 呂錡夢에 射
月中之하고 退入於泥하다. 占之어늘 曰 姬姓은 日也요 異姓은 月也니 必楚王也라. 射
而中之하고 退入於泥는 亦必死矣라. 及戰에 射共王中目하다. 王召養由基하여 與之
兩矢하고 使射呂錡하다. 中項하여 伏弢하고 以一矢復命하다. 郤至三遇楚子之卒한대 見
楚子必下하고 免胄而趨風하다. 楚子使工尹襄問之以弓하고 曰 方事之殷也에 有韎韋
之跗注하니 君子也라. 識見不穀而趨하니 無乃傷乎아. 郤至見客일새 免胄承命曰 君
之外臣至는 從寡君之戎事러니 以君之靈으로 間蒙甲胄라. 不敢拜命이라. 敢告不寧이
라. 君命之辱 爲事之故로 敢肅使者하노라. 三肅使者而退하다. 晉韓厥從鄭伯일새 其
御杜溷羅曰 速從之라. 其御屢顧不在馬하니 可及也라. 韓厥曰 不可以再辱國君이라.
乃止하다. 郤至從鄭伯할새 其右茀翰胡曰 諜輅之라 余從之乘而俘以下리라 郤至曰 傷
國君有刑이니라 亦止하다. 石首曰 衛懿公唯不去其旗라. 是以敗於熒이라. 乃內旌於
弢中하다. 唐苟謂石首曰 子在君側하다. 敗者壹大라. 我不如子하니 子以君免하라. 我
請止리라. 乃死하다. 楚師薄於險일새 叔山冉謂養由基曰 雖君有命이나 爲國故니 子
必射하다. 乃射어늘 再發盡殪하다. 叔山冉搏人以投하여 中車折軾이어늘 晉師乃止하
다. 囚楚公子茷하다. 欒鍼見子重之旌하고 請曰 楚人謂夫旌은 子重之麾也라. 彼其子
重也라. 日에 臣之使於楚에 子重問晉國之勇하여 臣對曰 好以衆整이라. 曰 又何如
오. 臣對曰 好以暇라 今에 兩國治戎이어늘 行人不使는 不可謂整이오. 臨事而食言은
不可謂暇라. 請攝飮焉이라. 公許之하다. 使行人執榼承飮造于子重曰 寡君乏使하여
使鍼御持矛라 是以不得犒從者라. 使某攝飮이라. 子重曰 夫子嘗與吾言於楚니 必是故
也라. 不亦識乎아. 受而飮之하고 免使者而復鼓하다. 朝而戰하여 見星未已하다. 子反
命軍吏하되 察夷傷하고 補卒乘하며 繕甲兵하고 展車馬하며 雞鳴而食하고 唯命是聽하
다. 晉人患之어늘 苗賁皇徇曰 蒐乘補卒하고 秣馬利兵하며 脩陳固列하고 蓐食申禱하
다. 明日復戰하리라. 乃逸楚囚하다. 王聞之하고 召子反謀하다. 穀陽豎獻飮於子反하

여 子反醉而不能見한대 王曰 天敗楚也夫인저. 余不可以待라 乃宵遁하다. 晉入楚軍하여 三日穀하다. 范文子立於戎馬之前曰 君幼하고 諸臣不佞이라. 何以及此리오. 君其戒之하라. 周書曰 惟命不于常은 有德之謂라. 楚師還及瑕어늘 王使謂子反曰 先大夫之覆師徒者엔 君不在라. 子無以爲過하라. 不穀之罪也라. 子反再拜稽首曰 君賜臣死면 死且不朽라 臣之卒實奔하니 臣之罪也라. 子重使謂子反曰 初에 隕師徒者를 而亦聞之矣라. 盍圖之아. 對曰 雖微先大夫有之라도 大夫命側이라. 側敢不義아 側亡君師니 敢忘其死아 王使止之나 弗及而卒하다. 戰之日에 齊國佐高無咎至于師하다. 衛侯出于衛하고 公出于壞隤하다 宣伯通於穆姜하여 欲去季孟而取其室하다. 將行에 穆姜送公而使逐二子어늘 公以晉難告曰 請反而聽命이라. 姜怒하다. 公子偃公子鉏趨而過어늘 指之曰 女不可면 是皆君也라. 公待於壞鉏하며 申宮儆備하고 設守而後行하다. 是以後하다. 使孟獻子守于公宮하다. 秋에 會于沙隨는 謀伐鄭也라. 宣伯使告郤犨曰 魯侯待于壞隤는 以待勝者라. 郤犨將新軍하고 且爲公族大夫하여 以主東諸侯하다. 取貨于宣伯하고 而訴公于晉侯하여 晉侯不見公하다.

목숙穆叔이 진晉나라에 가다
- 목숙여진穆叔如晉 -

여름에 목숙이 진나라에 갔다.

노나라의 대부 목숙穆叔(숙손표叔孫豹의 시호)이 진나라에 갔는데, 이는 진나라의 지무자知武子가 노나라를 예로써 방문한 데 대한 답례였다. 진나라 임금인 도공悼公이 향연을 베풀어 〈사하肆夏〉, 〈소하韶夏〉, 〈납하納夏〉 등의 세 가지 곡曲(가락의 하나), 즉 '삼하三夏'를 들려주었지만, 목숙은 예를 갖춰 절하지 않았다. 이에 다시 악공樂工이 〈문왕文王〉, 〈대명大明〉, 〈면縣〉 등 세 편의 시詩를 노래했지만, 목숙은 역시 예를 갖춰 절하지 않았다. 그러나 〈녹명鹿鳴〉, 〈사모四牡〉, 〈황황자화皇皇者華〉 등 세 편의 시를 노래하자 그제야 비로소 예를 갖춰 세 번 절했다.

이를 궁금하게 여긴 한헌자韓獻子가 인재라 불리는 자원子員에게 그 이유를 알아오라 하자 자원이 목숙을 찾아가 물었다.

"그대가 그대 임금의 명령을 받들어 우리나라에 오셨기 때문에 선왕님들 때부터 행해지던 예에 따라 향연을 베풀고 음악을 연주하여 그대를 대접하였습니다. 그런데 그대는 대악大樂은 버려둔 채 소악小樂에만 거듭 배례를 행하시더군요. 도대체 그건 어떤 예禮입니까?"

목숙이 대답했다.

"본래 '삼하三夏'는 천자가 제후의 우두머리를 대접할 때 쓰는 것입니다. 그러니 제가 감히 참여하여 들을 수 없는 것입니다. 그리고 〈문왕〉 등 세 편의 노래는 두 임금이 서로 만날 때 부르는 것이니, 이 또한 제가 들을 수 없는 것입니다. 하지만 〈녹명〉은 임금께서 우리 임금을 기쁘게 해주기 위한 시이고, 〈사모〉는 임금께서 저를 위로하는 시이니 어찌 제가 감히 거듭 절하지 않을 수가 있었겠습니까? 특히 〈황황자화〉는 임금께서 저에게 '충성스럽고 선량한 이에게 물어야 한다'는 가르침을 주시는 것이었습니다. 저는 일찍이 훌륭한 사람을 찾아가 묻는 것을 '자諮'라고 하며, 친척에 대하여 묻는 것을 '순詢', 예禮에 관하여 묻는 것을 '도度', 정치에 대하여 묻는 것을 '추諏', 환난에 대하여 묻는 것을 '모謀'라고 한다고 들어 알고 있습니다. 그런데 지금 저는 이 다섯 가지의 선善을 알게 되었습니다. 그러니 어찌 거듭 절하지 않을 수가 있겠습니까?"

480

穆叔如晉 襄公四年

夏에 叔孫豹如晉하다.

穆叔如晉은 報知武子之聘也라. 晉侯享之에 金奏肆夏之三이어늘 不拜하다. 工歌文王之三이어늘 又不拜하다. 歌鹿鳴之三한대 三拜하다. 韓獻子使行人子員問之어늘 曰子以君命辱於敝邑이라. 先君之禮는 藉之以樂하여 以辱吾子라 吾子舍其大하고 而重拜其細하니 敢問何禮也하노라. 對曰 三夏는 天子所以享元侯也니 使臣弗敢與聞이라. 文王은 兩君相見之樂也니 使臣不敢及이라. 鹿鳴은 君所以嘉寡君也니 敢不拜嘉오. 四牡는 君所以勞使臣也니 敢不重拜오. 皇皇者華는 君敎使臣이라. 曰 必諮於周라 臣聞之컨대 訪問於善爲咨오. 咨親爲詢이오. 咨禮爲度요 咨事爲諏요 咨難爲謀라 臣獲五善하니 敢不重拜오.

襄公 18年 양공 十八年

제후들이 제나라를 벌하다

− 제후벌제諸侯伐齊 −

겨울. 10월에 노나라 양공이 진晉나라, 송나라, 위나라, 정나라, 조曹나라, 거莒나라, 주邾나라, 등나라, 설나라, 기나라, 소주小邾의 임금 등과 회합하고 제나라를 포위했다.

여러 나라의 제후들이 노나라 땅에 흐르는 제수濟水에서 만나 격량湨梁에서의 동맹을 되새기고 함께 제나라를 공격했다. 이에 제나라 영공靈公이 평음平陰에서 이들 군대에 대비하기 위해 방문防門이란 곳에 구덩이(참호)를 팠는데, 그 너비가 1리(400미터)나 되었다.

제나라 환관 숙사위夙沙衛가 영공에게 아뢰었다.

"적과 싸울 수 없다면 차라리 험한 곳에서 수비를 하는 것이 더 낫습니다."

그러나 영공은 그 말에 따르지 않았다. 결국 제후의 연합군이 방문을 공격했을 때 제나라의 많은 군사가 죽었다. 이에 진나라의 대부 범선자范宣子가 제나라의 대부 석문자析文子에게 말했다.

"내가 그대에게 어찌 지금의 상황을 숨길 수가 있겠소? 얼마 전 노나라와 거나라가 전차 1천 승을 몰고 제나라를 치겠다고 하기에 우리는 이미 허락하였소. 때문에 일단 그들이 제나라로 진격해오면 그대의 임금께서는 반드시 나라를 잃으실 거요. 그런데 이런 중요한 시국에 그대는 어찌 대책을 세우지 않는 것이오?"

석문자가 범선자가 해준 이야기를 제나라 영공에게 알리자 영공은 몹시 두려워했다. 이에 안영晏嬰이 한탄하며 주위 사람들에게 말했다.

"본래 우리 임금께서는 용기가 없는 분이신데, 이런 소식까지 들으셨으니 장차 적을 맞이해 오래 버티지 못하시겠구려."

한편 제나라 영공이 무산巫山에 올라 진나라 군대를 바라본다는 것을 안 진나라 군영에서는 사마司馬를 보내 몇 가지 계책을 수행하게 했다. 계책이란 다음과 같았다. 첫째, 산과 늪의 험한 지형처럼 군대의 발길이 닿을 수 없는 곳이라 하더라도 반드시 깃발을 세워 드문드문 진을 친 것처럼 보이게 했다. 둘째, 전차를 타되 전차의 좌측에만 실제로 사람이 타고 나머지 우측에는 거짓으로 깃발만 세우게 하여 병사가 많은 것처럼 보이게 했다. 셋째, 전차 뒤에 나무 다발을 매달아 전차가 움직일 때 먼지를 일으키게 만들었다.

결국 제나라 영공은 군대의 규모가 크다고 생각하고 두려운 나머지 곧 도망가버렸고, 이어 병인丙寅일(10월 29일) 그믐날 밤에는 제나라 군대가 모두 도망가버렸다.

진나라에서는 제나라가 달아난 것을 두고 이런저런 말이 많았다. 악사인 사광師曠은 진나라 평공에게 다음과 같이 아뢰었다.

"까마귀 울음소리에 놀라 제나라 군대가 도망간 것입니다."

또 대부 형백邢伯은 중행백中行伯 순언荀偃에게 말했다.

"낙오한 말 울음소리에 놀라 제나라 군대가 도망간 것입니다."

숙향叔向도 평공에게 아뢰었다.

"평음平陰 성벽 위에 까마귀가 앉아 있는 것에 놀라 제나라 군대가 도망간 것입니다."

11월 정묘丁卯일(1일). 진나라 군대가 평음을 빼앗은 후 다시 도망친 제나라 군대를 추격했다. 이에 진나라 군대의 후방은 환관 숙사위에게 맡겨졌는데, 그는 큰 수레를 잇대 좁은 길을 막았다. 그러나 이를 탐탁하게 여기지 않았던 식작殖綽과 곽최郭最가 말했다.

"환관인 그대가 우리 군대의 후방을 맡는다는 것은 우리 제나라의 수치다."

그런 다음 그 일을 대신 맡았다. 그러자 숙사위는 자신의 말을 모두 죽여 좁은 길을 아예 막아버렸다.

그때 진나라 주작州綽이 달려와 식작의 어깨를 향해 화살 두 대를 날렸지만 모두 목의 양쪽을 스쳤다. 이에 주작이 식작에게 외쳤다.

"그대가 멈추고 도망가지 않으면 나는 그대를 진나라 삼군三軍의 포로로서 우대할 것이다. 하지만 멈추지 않으면 다시 활을 쏘아 아까 쏜 두 개의 화살 중간에 명중시킬 것이다."

이에 식작은 돌아다보면서 말했다.

"맹세를 해주시오."

주작이 다시 말했다.

"태양에 두고 맹세한다."

그런 다음 들고 있던 활을 내려놓고 식작을 뒤에서 묶었다. 주작의 거우 또한 들고 있던 무기를 내려놓고 곽최를 묶었다. 그리하여 식작과 곽최는 투구와 갑옷을 그대로 착용하고 뒤로 묶인 채 진나라 진영으로 끌려가서는 중군의 북 밑에 꿇어앉았다.

진나라 군대는 계속해서 제나라 군대를 추격하고자 했으나, 노나라와 위나라 측은 근처 험한 곳에 있는 제나라 군대를 공격하자는 제의를 해왔다.

기묘己卯일(11월 13일)에는 진나라의 순언과 사개가 중군을 이끌고 경자京兹 땅을 함락시켰고, 을유乙酉일(11월 19일)에는 위강魏絳과 난영欒盈이 하군을 이끌고 시詩 땅을 함락시켰다. 그러나 조무趙武와 한기韓起는 상군을 이끌고 노魯 땅을 포위했으나 끝내 이기지는 못했다.

무술戊戌일(12월 2일).

조무와 노나라 대부 진주秦周가 옹문雍門(제나라 도성의 서쪽 문) 밖에 있는 나무를 베어버리자 범앙范軮이 곧바로 문으로 쳐들어갔다. 이때 범앙의 어자 추희逌喜가 창으로 문 안에 있던 개 한 마리를 찔러 죽였다. 또한 맹장자孟莊子는 문짝을 떼서 노나라 임금의 거문고를 만들었다.

기해己亥일(12월 3일).

옹문, 서쪽 성곽, 남쪽 성곽 등에 불을 질렀다. 유난劉難과 사약士弱은 진나라 군대를 이끌고 신지申池(제나라 도성 남서쪽에 있던 연못) 가에 있는 대와 나무들을 불태웠다.

임인壬寅일(12월 6일).

동쪽 성곽과 북쪽 성곽에 불을 질렀다. 범앙이 양문揚門(도성의 남문)을 공격하고, 주작이 동려東閭(도성의 동문)로 쳐들어갔다. 이때 통로가 좁아 주작의 왼쪽 가장자리 말이 빙글빙글 도는 바람에 주작은 앞으로 나아가지 못했는데, 얼마나 시간을 지체했는지 성문 문짝에 박혀 있는 못을 모두 세어보았을 정도였다.

그때 제나라 영공은 우당郵棠이란 곳으로 달아나려고 했는데, 태자 광光과 곽영郭榮이 말고삐를 잡고 아뢰었다.

"진나라 군대가 빨리 공격해오는 것은 그저 우리 제나라의 재물을 탐하려는 것입니다. 그러니 머지않아 물러갈 것이 분명합니다. 그런데 임금께서는 어찌하여 이토록 두려워하시는 겁니까? 무릇 한 나라의 임금은 경망스럽게 행동해서는 안 되는 법, 그렇게 하시면 백성의 마음을 잃게 됩니다. 그러니 잠시 기다리십시오."

그러나 제나라 영공은 달아나고만 싶어 했다. 이에 태자가 칼을 뽑아 말고삐를 잘라버림으로써 경우 도망가는 것을 막았다.

갑진甲辰일(12월 8일).

제후들의 연합군이 계속 진격했는데, 그 세력이 동쪽으로는 유수濰水에 이르고 남쪽으로는 기수沂水에 이르렀다.

486

諸侯伐齊 襄公十八年

冬十月에 公會晉侯宋公衛侯鄭伯曹伯莒子邾子滕子薛伯杞伯小邾子同圍齊하다.

會于魯濟하여 尋溴梁之言하고 同伐齊하다. 齊侯禦諸平陰할새 塹防門하고 而守之廣里라 夙沙衛曰 不能戰이요 莫如守險이라. 弗聽하다. 諸侯之士門焉하니 齊人多死라. 范宣子告析文子曰 吾知子하니 敢匿情乎아. 魯人莒人은 皆請以車千乘으로 自其鄉入한대 旣許之矣라. 若入이면 君必失國이리니 子盍圖之아. 子家以告公하니 公恐하다. 晏嬰聞之曰 君固無勇하고 而又聞是하니 弗能久矣라. 齊侯登巫山하여 以望晉師라 晉人使司馬斥山澤之險하여 雖所不至나 必旆而疏陳之하고 使乘車者左實右偽하여 以旆先하고 輿曳柴而從之라. 齊侯見之하고 畏其衆也하여 乃脫歸라. 丙寅晦에 齊師夜遁이라. 師曠告晉侯曰 鳥烏之聲樂하니 齊師其遁이라. 邢伯告中行伯曰 有班馬之聲하니 齊師其遁이라. 叔向告晉侯曰 城上有烏하니 齊師其遁이라. 十一月丁卯朔에 入平陰하여 遂從齊師하니 夙沙衛連大車以塞隧라가 而殿이라. 殖綽郭最曰 子殿國師는 齊之辱也라. 子固先乎라. 乃代之殿하다. 衛殺馬於隘以塞道로 晉州綽及之하여 射殖綽中肩하니 兩矢夾脰라 曰 止將爲三軍獲하고 不止將取其衷하리라. 顧曰 爲私誓하리라. 州綽曰 有如日하리라. 乃弛弓而自後縛之하다 其右具丙이 亦舍兵而縛郭最할새 皆衿甲面縛하다. 坐于中軍之鼓下하다. 晉人欲逐歸者하니 魯衛請攻險하다. 己卯에 荀偃士匄以中軍克京兹하다. 乙酉에 魏絳欒盈이 以下軍克邿하다. 趙武韓起以上軍圍盧나 弗克이라. 十二月戊戌에 及秦周伐雍門之萩하여 范鞅門于雍門하여 其御追喜以戈殺犬于門中하니 孟莊子斬其橛하여 以爲公琴하다. 己亥에 焚雍門及西郭南郭하고 劉難士弱率諸侯之師하여 焚申池之竹木하다. 壬寅에 焚東郭北郭하다. 范鞅門于揚門하고 州綽門于東閭하니 左驂迫還于門中하여 以枚數闔하다. 齊侯駕하고 將走郵棠하니 大子與郭榮이 扣馬曰 師速而疾은 略也라. 將退矣인대 君何懼焉인가. 且社稷之主는 不可以輕이라 輕則失衆하니 君必待之하소서. 將犯之하여 太子抽劍斷鞅하니 乃止라. 甲辰에 東侵及濰南及沂하다.

계찰이 주나라 음악을 듣다
— 계찰관주악季札 觀周樂 —

오나라 임금의 명을 받은 계찰季札이 예를 갖추고 노나라를 방문했다.

오나라 공자 계찰이 노나라에 가서 숙손목자叔孫穆子를 만났을 때 매우 기뻐하며 말했다.

"그대가 제명을 다하지 못할까 걱정이오. 왜냐하면 선량함을 따르면서도 현명한 사람을 고를 줄 모르기 때문이오. 내가 알기로 무릇 군자란 '현명한 사람을 찾는 데 힘써야 한다'고 하오. 노나라의 종경宗卿(임금과 종친)으로 국정을 장악하고 있는 그대가 사람을 신중하게 천거하지 못하면 앞으로 어찌 일을 감당할 수 있겠소? 계속 그런다면 반드시 그

488

대에게 화가 미칠 것이오."

그런 다음 노나라 양공에게는 주나라 음악, 즉 천자의 음악을 들려줄 것을 청했다. 이에 악공들이 〈주남周南〉과 〈소남召南〉을 노래했다.

노래가 끝나자 계찰이 그 감상을 말했다.

"아름답습니다! 이는 주나라가 국가의 터전을 다질 때 부른 노래로 '아직 만족스럽지만은 않지만 백성들이 원망하는 마음이 없다'는 것을 느끼게 합니다."

이어 계찰을 위해 〈패풍邶風〉, 〈용풍鄘風〉, 〈위풍衛風〉, 이렇게 세 노래가 불렸다. 노래가 끝나자 계찰이 말했다.

"아름답습니다! 뜻이 깊어 근심은 있으나 괴로운 느낌은 전혀 들지 않는군요. 듣기로 '위나라 강숙과 그의 9대 후손인 무공의 덕이 이와 같았다' 하던데, 바로 〈위풍衛風〉이 아닐까 싶군요."

다시 〈왕풍王風〉이 노래 불렸다. 노래가 끝나자 계찰이 말했다.

"아름답습니다! 근심은 있으나 두려움이 느껴지지는 않는군요. 이는 주나라 왕조가 도성을 동쪽으로 옮긴 이후의 노래일 것입니다."

다시 〈정풍鄭風〉이 노래 불렸다. 노래가 끝나자 계찰이 말했다.

"아름답습니다. 그러나 너무 지나치게 세밀하여 백성들이 견딜 수가 없겠군요. 아마도 다른 나라보다 먼저 망할 것입니다."

다시 〈제풍齊風〉이 노래 불렸다. 노래가 끝나자 계찰이 말했다.

"아름답습니다. 웅장한 것이 마치 대국大國의 면모를 느끼게 하는군요. 동해 일대에 있는 제후국을 대표하는 태공의 나라 노래일 것입니다. 아마 이 나라는 영구히 지속될 것입니다."

다시 〈빈풍豳風〉이 노래 불렸다. 노래가 끝나자 계찰이 말했다.

"아름답습니다. 호탕하기 그지없군요. 즐거우면서도 도가 지나치지 않는 것을 보니, 분명 주공이 동쪽을 정벌할 때 지은 노래일 것입니다."

다시 〈진풍秦風〉이 노래 불렸다. 노래가 끝나자 계찰이 말했다.

"아, 이것은 서쪽 하夏나라 땅의 노래일 것입니다. 이런 노래를 부른 나라는 강대해질 것이니, 이는 분명 주나라 음악일 것입니다."

다시 〈위풍魏風〉이 노래 불렸다. 노래가 끝나자 계찰이 말했다.

"아름답습니다. 가벼운 듯하면서도 웅장하고, 험한 듯하면서도 평탄하고, 까다로운 듯하면서도 순한 맛이 있습니다. 여기에 덕만 쌓는다면 현명한 임금이 될 것입니다."

다시 〈당풍唐風〉이 노래 불렸다. 노래가 끝나자 계찰이 말했다.

"생각이 깊은 것이 분명 요 임금 후손들이 남긴 노래일 것입니다. 그들이 아니면 어떻게 이렇듯 생각이 깊겠습니까. 훌륭한 덕을 가진 사람의 후손이 아니고서야 어찌 이와 같은 노래를 지을 수 있겠습니까."

다시 〈진풍陳風〉이 노래 불렸다. 노래가 끝나자 계찰이 말했다.

"나라에 임금이 없으니 어찌 오래가기를 바라겠습니까?"

다시 〈회풍鄶風〉이 노래 불렸다. 그러나 계찰은 아무 말도 하지 않았다.

다시 〈소아小雅〉가 노래 불렸다. 노래가 끝나자 계찰이 말했다.

"아름답습니다. 슬프나 두 마음이 없이 한결같으며, 원망하고 있으나 말로 드러내지 않는군요. 분명 주나라가 쇠퇴할 때의 노래일 것입니다만, 선왕들이 남긴 민요라고도 생각됩니다."

다시 〈대아大雅〉가 노래 불렸다. 노래가 끝나자 계찰이 말했다.

"참으로 넓고도 평화로워 아름답기 그지없습니다. 완곡하나 강한 마음이 드러나 있는 것을 보아 주나라 문왕의 덕을 칭송한 노래일 것입니다."

다시 〈송頌〉이 노래 불렸다. 노래가 끝나자 계찰이 말했다.

490

"지극하군요! 곧으나 거만하지 않고, 완곡하나 비굴하지 않고, 친근하나 강요하지 않고, 소원한 듯하나 배반하지 않고, 움직이나 음탕하지 않고, 되풀이하면서도 싫증나지 않으며, 애달프면서도 수심에 잠기지 않고, 즐거우면서도 방탕하지 않고, 쓰면서도 고갈이 안 되고, 관후하나 광고하지 않고, 베풀지만 낭비가 없고, 손에 넣기는 하나 탐하지 않고, 만사가 편안하나 머무르려고만 하지 않고, 앞으로 나아가나 함부로 흐르지 않는군요. 또 다섯 가지 소리가 화음을 이루고, 여덟 가지 기운이 조화를 이루며, 음절에 절도가 있고, 분수에는 차례가 있습니다. 고로 이 노래는 바로 주나라 음악의 장점을 모두 구비하고 있습니다."

이어서 계찰은 문왕의 덕을 상징하는 〈상소象箾〉와 〈남약南籥〉이라는 춤을 보게 되었다. 춤이 끝나자 계찰이 말했다.

"아름답습니다. 그러나 섭섭한 마음이 있는 듯합니다."

그리고 주나라 무왕의 음악인 〈대무大武〉와 그 춤을 본 후에는 이렇게 말했다.

"아름답습니다. 주나라의 번성했을 때가 바로 이와 같았을 것입니다."

은나라 탕왕의 음악인 〈소호韶濩〉와 그 춤을 본 후에는 이렇게 말했다.

"성인처럼 덕이 넘칩니다. 그러나 아직 부끄러운 덕이 있으니, 완전한 성인이라고 하기는 어렵겠습니다."

하나라 우왕의 음악인 〈대하大夏〉와 그 춤을 본 후에는 이렇게 말했다.

"아름답습니다. 힘쓰면서도 덕으로 여기어 자랑하지 않으니, 우 임금이 아니면 누가 이렇게 할 수 있겠습니까."

순 임금의 음악인 〈소소韶箾〉와 그 춤을 본 후에는 이렇게 말했다.

"덕이 그 정점에 도달해 있습니다. 그 위대함은 마치 하늘이 덮어주지 않는 것이 없고, 땅이 실어주지 않는 것이 없을 정도입니다. 성대한 덕이 있다 하더라도 이보다 나은 것일 수는 없을 것입니다. 아, 이제 더 이상 보지 않겠습니다. 다른 음악이 있다 하더라도 더는 청하지 않겠습니다."

오나라의 공자 계찰이 여러 예를 갖춰 제후국을 방문하고자 한 것은 오나라에 새 임금이 즉위했다는 것을 널리 알리기 위해서였다.

따라서 계찰은 노나라에 이어 이번에는 제나라를 방문했는데, 안평중晏平仲을 만나 크게 기뻐하면서 이런 말을 했다.

"그대는 속히 봉읍과 관직을 반환하시오. 봉읍과 관직에서 벗어나야 화를 면할 것이오. 제나라의 정권도 마침내는 누군가에게 돌아갈 것이지만, 그러기 전까지는 환난이 그치지 않을 것이오."

안평중은 계찰의 말을 따랐다. 즉, 진환자陳桓子를 시켜 봉읍과 관직을 나라에 바친 것이다. 그 덕분에 '난고欒高의 난(난씨와 고씨의 난)'에서 화를 면할 수 있었다.

계찰이 그 다음으로 간 곳은 정나라였다. 그는 그곳에서 자산子産을 만났는데, 그 둘은 금방 오랜 친구와 같은 사이가 되었다. 계찰은 자산에게 비단 띠를 주었고, 자산은 계찰에게 비단옷을 주었다. 이에 계찰이 자산에게 말했다.

"정나라의 재상은 사치스럽기 때문에 머지않아 난리가 날 것이오. 그러면 권력이 반드시 당신에게 돌아갈 것이오. 그때가 되어 그대가 정치를 하게 되면 예절로써 신중히 하시오. 그렇지 않으면 정나라는 장차 망할 것이오."

다음에 계찰은 위나라로 갔다. 그는 그곳에서 거원蘧瑗, 사구史丘, 사추史鰌, 공자 형荊, 공숙발公叔發, 공자 조朝를 만나 크게 기뻐하며 이런 말을 했다.

"위나라에는 군자가 많아서 근심할 것이 없소이다."

계찰이 위나라에서 진晉나라로 가는 도중에 척戚 지방에 머무르게 되었는데, 난데없이 음악에 사용되는 종소리가 들리자 이상히 여기며 말했다.

"이상하구나. '말솜씨와 수단이 좋으면서도 덕이 없으면 반드시 죽임을 당한다'는 말이 있는데, 임금에게 죄를 짓고 여기에 와 있는 손림보로서는 아무리 두려워해도 오히려 부족한 법이거늘, 어찌 음악을 즐길 수 있는 것인가? 지금 손림보의 처지는 제비가 천막 위에 집을 짓고도 위험한 줄 모르는 것과 같구나. 게다가 임금의 장례가 아직 끝나지 않았는데 어찌 음악을 즐길 수가 있는 것인가?"

계찰은 이 말을 남기고 떠났다. 이 소식을 들은 손림보는 그날부터 죽을 때까지 음악을 즐기지 않았다.

계찰은 진晉나라에 가서 조무, 한기, 위헌자를 만나고는 기뻐하며 말했다.

"진나라는 이 세 집안이 움직이게 될 것이오."

또 숙향과의 만남도 기뻐했다. 그리하여 진나라를 떠날 때 숙향에게 다음과 같이 말했다.

"노력하시오. 이 나라 임금은 사치스럽지만, 신하들 중에는 인재가 많소. 또 대부들은 부유하오. 때문에 이 나라의 권력이 대부들 손아귀에 놓일 것이오. 그대는 곧은 것을 좋아하니, 직언을 올릴 때는 반드시 화를 면할 방법을 먼저 생각하시오."

季札觀周樂 襄公二十九年

吳子使札來聘하다.

吳公子札來聘하여 見叔孫穆子하고 說之하여 謂穆子曰 子其不得死乎아. 好善而不能擇人이라. 吾聞君子務在擇人이라. 吾子爲魯宗卿하여 而任其大政하여 不愼擧면 何以堪之오. 禍必及子리라. 請觀於周樂하여 使工爲之歌周南召南하니 曰 美哉라. 始基之矣라. 猶未也나 然勤而不怨矣라. 爲之歌邶鄘衛하니 曰 美哉라. 淵乎라 憂而不困者也라. 吾聞衛康叔武公之德如是하니 是其衛風乎아. 爲之歌王하니 曰 美哉라. 思而不懼하니 其周之東乎라. 爲之歌鄭하니 曰 美哉라 其細已甚하니 民弗堪也라. 是其先亡乎아. 爲之歌齊하니 曰 美哉라. 泱泱乎大風也哉라 表東海者其大公乎아. 國未可量也라. 爲之歌豳하니 曰 美哉라. 蕩乎라. 樂而不淫하니 其周公之東乎라. 爲之歌秦하니 曰 此之謂夏聲이라. 夫能夏則大하고 大之至也라. 其周之舊乎라. 爲之歌魏하니 曰 美哉라. 渢渢乎라. 大而婉하고 險而易行이라. 以德輔此면 則明主也라. 爲之歌唐하니 曰 思深哉라. 其有陶唐氏之遺民乎라. 不然이면 何憂之遠也아 非令德之後면 誰能若是오. 爲之歌陳하니 曰 國無主하니 其能久乎아. 自鄶以下無譏焉하다. 爲之歌小雅하니 曰 美哉라. 思而不貳하고 怨而不言하니 其周德之衰乎라. 猶有先王之遺民焉이라. 爲之歌大雅하니 曰 廣哉라. 熙熙乎라 曲而有直體하니 其文王之德乎라. 爲之歌頌하니 曰 至矣哉라. 直而不倨하고 曲而不屈하며 邇而不偪하고 遠而不攜하며 遷而不淫하고 復而不厭하며 哀而不愁하고 樂而不荒하며 用而不匱하고 廣而不宣하며 施而不費하고 取而不貪하며 處而不底하고 行而不流라. 五聲和하고 八風平하며 節有度하고 守有序하니 盛德之所同也라. 見舞象箾南籥者하니 曰 美哉라 猶有憾이라. 見舞大武者하니 曰 美哉라. 周之盛也라 其若此乎아. 見舞韶濩者하니 曰 聖人之弘也라. 而猶有慙德하니 聖人之難也라 見舞大夏者하니 曰 美哉라. 勤而不德하니 非禹면 其誰能脩之오. 見舞韶箾者하니 曰 德至矣哉라. 大矣라 如天之無不幬也라. 如地之無不載也라 雖甚盛德이라도 其蔑以加於此矣라. 觀止矣라. 若有他樂이나 吾不敢請已라. 其出聘也는 通嗣君也라. 故遂聘于齊하여 說晏平仲하고 謂之曰 子速納邑與政하다. 無邑與政이면 乃免於難이라. 齊國之政은 將有所歸라. 未獲所歸면 難未歇也라 故로 晏子因陳桓子하여 以納政與邑하다. 是以免於欒高之難하다 聘於鄭하여 見子産하니 如舊相識이라. 與之縞帶하고 子産獻紵衣焉하다. 謂子産曰 鄭之執政侈하니 難將至矣라. 政必及子라. 子爲政이면 愼之以禮하라. 不然이면 鄭國將敗라. 適衛하여 說蘧瑗史狗史鰌公子荊公叔

494

發公子朝하여 曰 衛多君子라. 未有患也라. 自衛如晉하여 將宿於戚할새 聞鐘聲焉하고 曰 異哉라. 吾聞之也에 辯而不德은 必加於戮이라. 夫子獲罪於君하고 以在此라. 懼猶不足이니 而又何樂인가. 夫子之在此也는 猶燕之巢于幕上이라. 君又在殯이니 而可以樂乎아. 遂去之하다. 文子聞之하고 終身不聽琴瑟하다. 適晉하여 說趙文子韓宣子魏獻子하고 曰 晉國其萃於三族乎라. 說叔向하고 將行할새 謂叔向曰 吾子勉之하라. 君侈而多良이라. 大夫皆富하니 政將在家라 吾子好直하니 必思自免於難하다.

오경백편 권

역경 易經

5

≪역경易經≫

유교의 경전經典 중 3경三經의 하나. 본래의 명칭은 '역易' 또는 '주역周易'로 점서占書였던 것이 유교의 경전이 되면서 '역경'이 되었다. ≪역경≫은 점복占卜을 위한 원전原典과도 같다. 따라서 어떻게 하면 조금이라도 흉운凶運을 물리치고 길운吉運을 잡느냐 하는 처세상의 지혜이며, 나아가서는 우주론적 철학이기도 하다. 주역周易이란 글자 그대로 '주周나라의 역易'이란 말이다. 이는 주역이 나오기 전에 역서가 있었음을 의미한다. 하夏나라 때의 ≪연산역連山易≫, 상商나라 때의 ≪귀장역歸藏易≫이라는 역서가 바로 그것이다.

≪역경≫의 구성은 8괘八卦와 64괘, 그리고 괘사卦辭・효사爻辭・십익十翼으로 되어 있다. 작자에 관하여는 여러 가지 설이 있다. 먼저 왕필王弼은 복희씨伏羲氏가 황하에서 나온 용마龍馬의 등에 있는 도형圖形을 보고 계시啓示를 얻어 천문지리를 살피고 만물의 변화를 고찰하여 처음 8괘를 만들고, 이것을 더 발전시켜 64괘를 만들었다고 하였다. 또 사마천司馬遷은 복희씨가 8괘를 만들고, 문왕文王이 64괘와 괘사・효사를 만들었다고 하였다. 한편 융마融馬는 괘사를 문왕이 만들고, 효사는 주공周公이, 십익은 공자가 만들었다고 하였다. 하지만 그 어느 것도 정확하다고 할 수 없다.

한편 ≪역경≫은 내용을 체계적으로 해석한 '새의 날개처럼 돕는 열 가지'라는 뜻을 가진 〈십익〉이 성립됨으로써 경전으로서의 지위를 확립하였다. 〈십익〉은 공자가 지은 것으로 알려져 왔지만, 전국시대부터 한漢나라 초에 이르는 시기에 유학자들에 의해 저작된 것이라고 추정된다.

≪역경≫은 유교의 경전 중에서도 특히 우주철학宇宙哲學을 논하고 있어 우리나라를 비롯한 일본, 베트남 등의 유가사상에 많은 영향을 끼쳤다. 또한 인간의 운명을 점치는 점복술의 원전으로 깊이 뿌리박혀 있다.

건상乾上 건하乾下

건위천乾爲天(건은 하늘이다)

건乾은 성장하고[원元], 번성하며[형亨], 결실을 맺어 수확하고[이利], 이를 가려서 저장[정貞]하는 것이다.

초구初九는 못에 잠긴 용龍이니 쓰지 말아야 한다.

구이九二는 나타난 용이 밭에 있는 형국이니 대인大人을 만나보는 것이 이롭다.

구삼九三은 군자君子가 종일토록 애쓰고 저녁까지도 두려워하면 위태로우나 허물은 없을 것이다.

구사九四는 혹 뛰어오르더라도 연못에 있으면 허물이 없을 것이다.

구오九五는 나는 용이 하늘에 있으니 대인을 만나보는 것이 이롭다.

상구上九는 높고 굳센 용이니 후회가 있을 것이다.

용구用九는 여러 용의 무리를 보되 우두머리 노릇을 하지 않으면 좋을 것이다.

乾은 元, 亨, 利, 貞하니라.
初九는 潛龍이니 勿用이니라.
九二는 見龍이 在田이니 利見大人이니라.
九三은 君子終日乾乾하여 夕惕若하면 厲无하나 咎리라.
九四는 或躍在淵하면 无咎리라.
九五는 飛龍在天이니 利見大人이니라.
上九는 亢龍이니 有悔리라.
用九는 見群龍하되 无首하면 吉하리라.

단전象傳

위대하다, 건의 원元이여!
만물이 이로 말미암아 시작되고, 이로써 하늘의 작용을 통합한다.

구름이 움직이고 비가 내려 만물이 형체를 갖춰가기 시작한다. 그 밝음이 시작부터 끝까지 이어지면 여섯 자리가 때에 알맞게 이루어지고, 그러면 때맞춰 여섯 마리 용을 타고 하늘의 도를 실천한다. 건의 도道가 변화해 각각의 본성을 바르게 하니, 큰 화합을 이루고 보존함으로써 결실을 걷고 저장하게 된다. 또한 군자의 행동 원리가 만물에서 나와야만 모든 나라가 평안해진다.

象曰 大哉라 乾元이여 萬物이 資始하나니 乃統天이로다. 雲行雨施하여 品物이 流形하나니라. 大明終始하면 六位時成하나니 時乘六龍하여 以御天하나니라. 乾道變化에 各正性命하나니 保合大和하여 乃利貞하나니라. 首出庶物에 萬國이 咸寧하나니라.

상전象傳

하늘의 운행이 굳세니 군자가 보고서 스스로 힘쓰고 쉬지 않는다.
못에 잠긴 용이니 쓰지 말아야 한다는 것은 양陽이 아래에 있다는 것이다.
나타난 용이 밭에 있는 형국이라는 것은 덕德을 널리 베푸는 것이다.
종일토록 애쓰고 저녁까지 애를 태운다는 것은 도를 반복하는 것이다.
혹 뛰어오르더라도 연못에 있다는 것은 나아감에 허물이 없다는 것이다.
나는 용이 하늘에 있다는 것은 대인의 움직임을 의미한다.

높고 굳센 용이니 후회가 있다는 것은 이미 가득 찬 것은 오래가지 못한다는 의미다.

우두머리 노릇을 하지 않으면 좋을 것이라는 것은 용구用九라는 것이 하늘의 덕이기 때문에 우두머리가 되어서는 안 된다는 것이다.

象曰 天行이 健하니 君子以하여 自彊不息하나니라.
潛龍勿用은 陽在下也요 見龍在田은 德施普也요 終日乾乾은 反復道也요 或躍在淵은 進无咎也요 飛龍在天은 大人造也요 亢龍有悔는 盈不可久也요 用九는 天德은 不可爲首也라.

문언전文言傳

원元이라는 것은 착한 성품을 오래도록 간직하는 것이고,

형亨이라는 것은 녹음이 우거지듯 아름다움이 모이는 것이고,

이利라는 것은 의로 타인을 돕는 것이며,

정貞이라는 것은 모든 일의 원동력으로서 매사에 일의 줄기를 세우는 것이다.

군자는 어짊을 실천함으로써 여럿 중에 우두머리가 될 수 있고, 아름다움을 모아 예에 합당하게 실천할 수 있고, 타인을 이롭게 함으로써 의로움과 조화를 이루게 할 수 있고, 매사에 꿋꿋하고 인내함으로써 사물의 근간이 되게 할 수 있다.

502

군자는 이 네 가지 덕을 행하기 때문에 건乾을 원하고, 형하고, 이하고, 정하다고 한 것이다

초구初九에서 "못에 잠긴 용이니 쓰지 말아야 한다"라고 했는데 이것이 무슨 의미일까?

공자孔子께서 말씀하셨다.

"못에 잠긴 용이란 용의 덕을 가지고 은둔하는 자를 말한다. 그는 세상에 따라 변하지 않고, 명성을 이루려 하지 않고, 세상에서 벗어나 있어 근심이 없고, 타인으로부터 인정을 받지 못해도 고민하지 않고, 즐거운 세상이면 도道를 행하고, 걱정스런 세상이면 떠나간다. 이렇듯 자신의 뜻을 확고히 하여 세상에 흔들리지 않는 사람을 못에 잠긴 용이라고 한 것이다."

구이九二에서 "군자가 종일토록 애쓰고 저녁까지 애를 태우면 힘은 들겠지만 허물은 없을 것이다"라고 했는데 이것이 무슨 의미일까?

공자께서 말씀하셨다.

"대인이란 용의 덕을 가지고 있으면서 바르고 중심을 아는 자를 말한다. 그는 평상시에 말을 미덥게 하고, 평상시에 행동을 신중하게 하고, 비뚤어진 것을 바로잡으며 정성을 보존하고, 세상을 보다 좋게 하나 자신의 공로를 자랑하지 않고, 덕을 널리 베풀어 만물을 교화시킨다. 즉, ≪역경≫에서 '나타난 용이 밭에 있는 형국이니 대인을 만나보는 것이 이롭'고 한 것은 군주의 덕을 말한 것이다."

구삼九三에서 "군자가 종일토록 애쓰고 힘써 저녁까지도 두려워하면 위태로우나 허물이 없을 것이다"라고 했는데 이것이 무슨 의미일까?

공자께서 말씀하셨다.

"군자는 덕을 발전시키고 업業을 닦는데, 충실함과 신의로 덕을 진전시키고, 말을 가다듬고 정성을 다하는 마음을 세움으로써 업을 닦는다. 시작할 때를 알고 시작하면 일의 조짐까지 알 수 있고, 끝날 때를 알고 끝내면 의로움을 보존할 수 있다. 그렇기 때문에 윗자리에 있어도 교만하지 않게 되는 것이고, 아랫자리에 있어도 근심하지 않게 되는 것이다. 그러므로 끊임없이 노력하고 때에 따라 두려워하면 비록 위태로울지는 몰라도 허물은 없는 것이다."

구사九四에서 "혹 뛰어오르더라도 연못에 있으면 허물이 없을 것이다"라고 했는데 이것이 무슨 의미일까?

공자께서 말씀하셨다.

"일정하게 자리를 지키지 못하고 올라가기도 하고 내려가기도 한다고 해서 그것을 사악하기 때문이라고 할 수는 없다. 또 나아가기도 하고 물러나기도 한다고 해서 동지를 버리는 것이라고 할 수 없다. 군자가 덕을 발전시키고 업을 닦는 것은 도道를 펴기 위해서다. 그러므로 허물이 있을 수 없는 것이다."

구오九五에서 "나는 용이 하늘에 있으니 대인을 만나보는 것이 이롭다"라고 했는데 이것이 무슨 의미일까?

공자께서 말씀하셨다.

"같은 소리는 서로 응하고 같은 기운은 서로 구하며, 물은 습한 곳으로 흐르고 불은 건조한 곳으로 나아가며, 구름은 용을 따르고 바람은 호랑이를 따른다. 그런데 성인聖人이 세상에 나오면 만물萬物이 그를 우러러보는데, 각기 같은 부류를 따르기 때문에 하늘에 그 근본을 둔 것은 하늘인 위와 친하고, 땅에 그 근본을 둔 것은 아래와 친하기 마련이다."

상구上九에 "높고 굳센 용이니 후회가 있을 것이다"라고 했는데 이것이 무슨 의미일까?

공자께서 말씀하셨다.

"높고 굳세며 고귀한데도 그에 합당한 지위가 없고, 지위가 높은데도 그를 따르는 백성이 없으며, 큰 힘이 되어줄 현인賢人이 아랫자리에 있는데도 실제로는 도와주지 않는다. 그렇기 때문에 움직이면 크게 후회할 일이 생기는 것이다."

못에 잠긴 용을 쓰지 말라는 것은 아래에 있기 때문이다.

나타난 용이 밭에 있다는 것은 때를 기다려 멈추라는 것이다.

종일토록 애쓰고 저녁까지 애를 태운다는 것은 일을 하는 것이다.

혹 뛰어오르더라도 연못에 있다는 것은 스스로를 시험하는 것이다.

나는 용이 하늘에 있다는 것은 위에서 다스린다는 것이다.

높고 굳센 용이니 뉘우침이 있다는 것은 후회가 궁극에 달했으니 재앙이 따른다는 것이다.

건원乾元의 용구用九는 천하가 다스려지는 것이다.

못에 잠긴 용을 쓰지 말라는 것은 양의 기운이 잠겨 있고 감추어져 있기 때문이다.

나타난 용이 밭에 있게 되면 천하天下에 문명文明이 일어난다.

종일토록 애쓰고 저녁까지 두려워한다는 것은 때에 따라 함께 일을 한다는 것이다.

혹 뛰어오르더라도 연못에 있다는 것은 건乾의 도道가 이 때문에 변혁한다는 것이다.

나는 용이 하늘에 있다는 것은 마침내 하늘의 덕에 다다랐다는 것이다.

높고 굳센 용이니 뉘우침이 있다는 것은 때가 이미 다했다는 것이다.

건원乾元의 용구用九는 하늘의 법칙을 보는 것이다.

건에서 원元은 만물이 태어나서 여름에 성장하게 하고, 이를 다시 가을 겨울의 이利와 정貞으로 하늘이 주신 본성과 인간이 가진 감정을 발현하게 한다.

건은 만물을 시작하게 하는 아름다움과 이로움으로 천하를 이롭게 한다. 그러나 이롭게 했다는 것을 말로 하지 않아서 더욱 위대하다.

위대하다, 건乾이여!

굳세고 꿋꿋하며, 바르게 중심이 잡혀 있으며, 순수하고 세밀하구나.

여섯 개의 효六爻가 발휘되어 마음이 사방으로 널리 통하게 되었다. 그리하여 여섯 마리의 용을 타고 하늘을 나니, 구름이 하늘에 나타나고 비가 내려서 천하가 태평하게 된다.

군자는 행동할 때 덕을 이루는 것을 목적으로 하는데, 행실이라는 것은 날마다 볼 수 있는 것이다. 잠겨 있다는 것은 숨어서 나타나지 않았다는 것이고, 행동을 하더라도 아직은 덕을 이룰 수 없다는 것이다. 이 때문에 군자는 이런 사람을 쓰지 않는 것이다.

군자는 배워서 지식을 갖추고, 물어서 깨달아 가리고, 너그러움을 가지고 대처하고, 어짐으로 행동한다. ≪역경≫에 이르는 "나타난 용이 밭에 있는 형국이니 대인을 만나보는 것이 이롭다"는 것은 임금의 덕을 말한 것이기도 하다.

구삼九三은 거듭 굳건하나 그 중심에 있지 못하고, 위로는 하늘에 없고 아래로는 밭에 닿아 있지 않다. 그렇기 때문에 종일토록 애쓰고 애를 태우지만 비록 위태로울지언정 허물은 없는 것이다.

구사九四는 거듭 굳건하나 그 중심에 있지 못하고, 위로 하늘에도 없고 아래로 밭에도 닿아 있지 않으면서 가운데 인간의 위치에 있는 것도 아니다. 그래서 혹시나 하고 염려하고 의심스러워하는 것이다. 그리고 그런 염려 때문에 허물이 없는 것이다.

무릇 대인이란 하늘과 땅과 그 덕을 함께하고, 해와 달과 그 밝음을 함께하고, 네 계절과 그 질서를 함께하고, 신神과 그 길하고 흉함을 함께하는 사람이다. 그래서 하늘보다 앞서 먼저 하여도 하늘이 그를 어기지 않고, 하늘보다 늦게 하여도 때를 기다려준다. 이렇듯 하늘도 그를 어기지 않는데, 하물며 사람이나 귀신이 어찌 그를 어기겠는가.

높고 굳세다는 것은 나아갈 줄만 알았지 물러날 줄을 모르고, 있는 줄만 알았지 없을 때가 있다는 것을 모르고, 얻는 것만 알았지 잃을 수도 있다는 것을 모르는 것이다. 하지만 오직 성인이여! 그 나아가고 물러날 때를 알고, 있을 때와 없을 때를 알아서 바른 도道를 잃지 않는 자는 오직 성인뿐이다.

文言曰 元者는 善之長也요 亨者는 嘉之會也요 利者는 義之和也요 貞者는 事之幹也니 君子體仁이 足以長人이며 嘉會는 足以合禮며 利物이 足以和義며 貞固 足以幹事니 君子行此四德者라 故로 曰 乾 元亨利貞이라. 初九曰 潛龍勿用은 何謂也오 子曰 龍德而隱者也니 不易乎世하며 不成乎名하여 遯世无悶하며 不見是而无悶하여 樂則行之하고 憂則違之하여 確乎其不可拔이 潛龍也라. 九二曰 見龍在田利見大人은 何謂也오 子曰 龍德而正中者也니 庸言之信하며 庸行之謹하여 閑邪存其誠하며 善世而不伐하며 德博而化니 易曰見龍在田利見大人이라하니 君德也라. 九三曰 君子終日乾乾夕惕若厲无咎는 何謂也오 子曰 君子進德脩業하나니 忠信이 所以進德也요 脩辭立其誠이 所以居業也라 知至至之라 可與幾也며 知終終之라 可與存義也니 是故로 居上位而不驕하며 在下位而不憂하나니 故로 乾乾하여 因其時而惕하면 雖危나 无咎矣리라. 九四曰 或躍在淵无咎는 何謂也오 子曰 上下无常이 非爲邪也며 進退无恒이 非離群也라 君子進德脩業은 欲及時也니 故로 无咎니라. 九五曰 飛龍在天利見大人은 何謂也오 子曰 同聲相應하며 同氣相求하여 水流濕하며 火就燥하며 雲從龍하며 風從虎라 聖人作而萬物覩하나니 本乎天者는 親上하고 本乎地者는 親下하나니 則各從其類也니라. 上九曰 亢龍有悔는 何謂也오 子曰 貴而无位하며 高而无民하며 賢人이 在下位而无輔라 是以動而有悔也니라. 潛龍勿用은 下也요 見龍在田은 時舍也요 終日乾乾은 行事也요 或躍在淵은 自試也요 飛龍在天은 上治也요 亢龍有悔는 窮之災也요 乾元用九는 天下治也라. 潛龍勿用은 陽氣潛藏이요 見龍在田는 天下文明이요 終日乾乾은 與時偕行이요 或躍在淵은 乾道乃革이요 飛龍在天은 乃位乎天德이요 亢龍有悔는 與時偕極이요 乾元用九는 乃見天則이라. 乾元者는 始而亨者也요 利貞者는 性情也라. 乾始能以美利利天下라 不言所利하니 大矣哉라. 大哉라 乾乎여 剛健中正純粹精也요 六爻發揮는 旁通情也요 時乘六龍하여 以御天이니 雲行雨施라 天下平也라. 君子以成德爲行하나니 日可見之行也라 潛之爲言也는 隱而未見하며 行而未成이라 是以君子弗用也하나니라. 君子學以聚之하고 問以辨之하며 寬以居之하고 仁以行之하나니 易曰見龍在田利見大人이라하니 君德也라. 九三은 重剛而不中하여 上不在天하며 下不在田이라 故로 乾乾하여 因其時而惕하면 雖危나 无咎矣리라. 九四는 重剛而不中하여 上不在天하며 下不在田이며 中不在人이라 故로 或之하니 或之者는 疑之也니 故로 无咎니라. 夫大人者는 與天也合其德하며 與日月合其明하며 與四時合其序하며 與鬼神合其吉凶하여 先天而天弗違하며 後天而奉天時하나니 天且弗違온 而況於人乎며 況於鬼神乎여. 亢之爲言也는 知進而不知退하며 知存而不知亡하며 知得而不知喪이니 其唯聖人乎아 知進退存亡而不失其正者 其唯聖人乎인저.

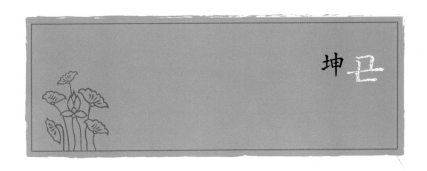

坤 곤

곤상坤上 곤하坤下

곤위 지 坤爲地(곤은 땅이다)

곤坤은 성장하고[원元], 번성하며[형亨], 결실을 맺어 수확하고[이利], 말 중에 암컷을 가려 저장[정貞]하는 것이다.

군자는 곤의 유순함을 받아들여 나아간다.

건보다 먼저 하면 혼란해질 것이고 뒤에 하면 얻는 것이 있으니, 곤은 이로움을 주장한다.

서쪽과 남쪽에서는 친구를 얻고 동쪽과 북쪽에서는 친구를 잃을 것이니, 마음을 편안히 하고 시비를 참고 안정해야 길吉할 것이다.

坤은 元하고 亨하고 利하고 牝馬之貞이니 君子의 有攸往이니라.
先하면 迷하고 後하면 得하리니 主利하니라.
西南은 得朋이요 東北은 喪朋이니 安貞하여 吉하니라.

단전象傳

지극하구나, 곤坤의 원元이여!

만물이 이를 받들어 생겨나 유순한 성질에 따라 하늘의 이치를 받들고, 곤이 만물을 싣고 있을 만큼 더없이 두터워 덕의 한없음과 합치한다.

곤은 포용하고 너그러우며 빛나고 위대하다. 따라서 만물이 다 잘 자란다.

암말은 땅에 속하는 부류이기 때문에 땅을 갈 때 끝이 없이 간다. 또한 유순하고 정조가 있으니, 이는 군자가 나아갈 바다.

자연의 순리보다 먼저 하면 혼란해져서 도를 잃게 되지만, 순리의 뒤를 따르면 떳떳함을 얻을 것이다.

서쪽과 남쪽에서 친구를 얻는다는 것은 같은 부류와 함께한다는 것이고, 동쪽과 북쪽에서 친구를 잃는다는 것은 같은 부류는 잃게 된다는 말이다. 하지만 이 경우에는 대신 배필을 만나는 경사가 따른다. 이렇듯 시비를 가리고 참는 것을 편안하게 해야만 땅의 끝없는 강함과 응하게 된다.

彖曰 至哉라 坤元이여 萬物이 資生하나니 乃順承天이니 坤厚載物이 德合无疆하며 含弘光大하여 品物이 咸亨하나니라.
牝馬는 地類니 行地无疆하며 柔順利貞이 君子攸行이라.
先하면 迷하여 失道하고 後하면 順하여 得常하리니 西南得朋은 乃與類行이요 東北喪朋은 乃終有慶하리니 安貞之吉이 應地无疆이니라.

상전象傳

땅의 형세가 곧 곤坤이니, 군자는 곤처럼 후한 덕으로 만물을 싣는다.

초륙初六은 서리를 밟으면 이내 단단한 얼음이 된다.
서리는 음陰이 처음 응결한 것이고, 얼음은 다시 이것이 단단하게 굳은 것이다. 즉, 도道를 잃지 않고 순종해 힘쓰면 쉽게 깨지지 않는 단단한 얼음처럼 될 것이다.

육이六二는 곧고 방정하고 대범하며 실험해보지 않더라도 이롭기만 하다.
육이六二의 움직임이 곧고 방정하고 대범하면 실험해보지 않더라도 이로운 것은 땅의 도가 빛나기 때문이다.

육삼六三은 아름다움을 머금고 참고 견딘다는 것으로, 왕 밑에서 일을 하게 되면 제 이름을 빛내려 하지 말고, 일단 일을 했으면 끝을 봐야 한다.

아름다움을 머금고 참고 견뎌야 하는 것은 때를 봐야 하기 때문이고, 왕 밑에서 일을 한다는 것은 지혜가 그만큼 출중하다는 것이다.

육사六四는 주머니 입구를 끈으로 묶듯이 하면 허물도 없지만, 명예도 없다.

주머니 입구를 끈으로 묶듯이 하면 허물도 없다는 것은 신중히 삼가면 그만큼 해가 없다는 것이다.

육오六五는 노란색 치마를 입으면 크게 길하다.

노란색 치마를 입으면 크게 길한 것은 노란색이 중앙을 상징하기 때문이다.

상륙上六은 용이 들에서 싸우니, 검고 누런 피가 그득하다.

용이 들에서 싸우는 것은 그 도道가 궁극에 달해 더 나아갈 데가 없다는 것이다.

용육用六은 오래도록 참고 견뎌야 하는 것은 끝이 위대해지기 위해서다.

용육用六은 오래도록 참고 견뎌야 이롭다.

象曰 地勢坤이니 君子以하여 厚德으로 載物하나니라.
初六은 履霜하면 堅氷이 至하나니라.

象曰 履霜堅冰은 陰始凝也니 馴致其道하여 至堅冰也하나니라.

六二는 直方大라 不習이라도 无不利하니라.

象曰 六二之動이 直以方也니 不習无不利는 地道光라.

六三은 含章可貞이니 或從王事하여 无成有終이니라.

象曰 含章可貞이나 以時發也요 或從王事는 知光大也라.

六四는 括囊이면 无咎며 无譽리라.

象曰 括囊无咎는 愼不害也라.

六五는 黃裳이면 元吉하리라.

象曰 黃裳元吉은 文在中也라.

上六은 龍戰于野하니 其血이 玄黃이로다.

象曰 龍戰于野는 其道窮也라.

用六은 利永貞하니라.

象曰 用六永貞은 以大終也라.

문언전文言傳

곤坤은 지극히 유순하면서도 건의 도를 따르기 때문에 움직이는 것이 강건하고, 지극히 조용하면서도 건의 덕과 합치기 때문에 바르고 점잖다. 건의 뒤에서 해야 결실을 맺으니 이익을 주장함에 떳떳하다. 또 곤은 만물을 포용해 나고 자라게 하는 등 감화시키는 도가 빛난다. 이렇듯 곤, 즉 땅의 도는 순해 하늘의 도를 이어받아 때에 맞게 행한다.

선善을 쌓은 집안에는 반드시 경사가 있게 되고, 선이 아닌 것을 쌓은 집안에는 반드시 재앙이 있게 된다. 신하가 임금을 죽이고, 자식이 아비를 죽이는 것은 하루아침에 생겨난 변고가 아니라는 말이다. 그것은 점차적으로 유래되어온 것이고, 일찍 분별했는지 그렇지 못했는지에 따라 생겨나기도 하고 그렇지 않기도 하다. ≪역경≫에 "서리를 밟으면 이내 단단한 얼음이 된다"고 했는데, 이는 모든 것은 순차적으로 일어난다는 것을 말한 것이다.

직直은 그 바름이고, 방方은 그 의로움이다. 군자가 공경하는 마음가짐으로 내면을 바르게 하고, 의로움으로 외면을 바르고 점잖게 하여 경敬과 의義가 확립되면 덕이 외롭지 않게 된다. 따라서 곧고 방정하고 대범하면 실험해보지 않더라도 이롭기만 한 까닭은 아무도 그가 행하는 바를 의심하지 않기 때문인 것이다.

음陰은 비록 아름답더라도 왕의 밑에서 일하게 되면 감히 일을 이루어도 제 이름을 빛내려 하지 말아야 하는데, 이것이 바로 땅의 도道이자 아내의 도이며, 신하의 도다. 따라서 땅의 도는 이룸이 없으나 대신 그 위대한 끝이 있는 것이다.

천지가 사방으로 통해 변화하면 초목이 번성하지만, 천지가 사방으로 막혀 그 기운이 통하지 않으면 만물이 숨듯 현명한 인재도 숨어버린다. 이를 두고 ≪역경≫에서는 "주머니 입구를 끈으로 묶듯이 하면 허물도 없지만, 명예도 없다"고 했는데, 이는 바로 근신하고 삼가야 한다고 말한 것이다.

군자가 노란색의 중심에 있게 되면 이치에 통하게 되는데, 그러면 바른 자리를 잡게 된다. 결국 아름다움이 몸통 가운데 있게 될 뿐만 아니라 사업에까지 그 아름다움이 발휘된다. 한마디로 아름다움이 지극하다 할 수 있다.

음陰이 양陽과 대등해지면 반드시 싸우게 되는데, 이는 자신에게 양이 없음을 의심하기 때문이다. 여기에서 곤은 음이기 때문에 양이 없음을 의심하는 것을 용이라 하고, 아무리 음의 세력이 커졌다 하더라도 양이 아닌 음, 즉 본래의 부류를 떠나지 못한 것을 피라 했다. 또한 피의 색이 검고도 누런 것은 하늘(검정색)과 땅(누런색)이 섞여 있기 때문이다. 즉, 하늘은 검고 땅은 누런 것이다.

文言曰 坤은 至柔而動也剛하고 至靜而德方하니 後得하여 主而有常하며 含萬物而化光하니 坤道其順乎인저 承天而時行하나니라. 積善之家는 必有餘慶하고 積不善之家는 必有餘殃하나니 臣弑其君하며 子弑其父가 非一朝一夕之故라 其所由來者漸矣니由辯之不早辯也니 易曰 履霜堅氷至라하니 蓋言順也라. 直은 其正也요 方은 其義也니君子敬以直內하고 義以方外하여 敬義立而德不孤하나니 直方大不習无不利는 則不疑其所行也라. 陰雖有美나 含之하여 以從王事하여 弗敢成也니 地道也며 妻道也며 臣道也니 地道는 无成而代有終也니라. 天地變化하면 草木蕃하고 天地閉하면 賢人隱하나니 易曰 括囊无咎无譽라하니 蓋言謹也라. 君子黃中通理하여 正位居體하여 美在其中而暢於四支하며 發於事業하나니 美之至也라. 陰疑於陽하면 必戰하나니 爲其嫌於无陽也라. 故로 稱龍焉하고 猶未離其類也라 故로 稱血焉하니 夫玄黃者는 天地之雜也니天玄而地黃하니라.

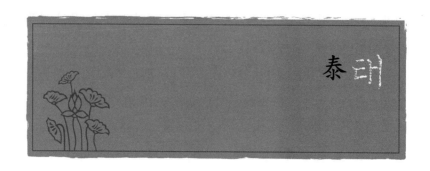

泰 태

지천태地天泰(땅과 하늘은 태다)

태평한 형국이다. 작은 것이 가고 큰 것이 와서 길하니, 발전시켜야 할 때다(음陰이 물러가고 양陽이 들어올 것이므로 길하고 형통할 것이다).

泰는 小往하고 大來하니 吉하여 亨하니라.

516

　"태泰, 즉 태평한 형국이다. 작은 것이 가고 큰 것이 와서 길하니, 발전시켜야 할 때다"라고 하는 것은, 하늘과 땅이 교감해 만물이 소통하고, 임금과 백성이 교감해 그 뜻이 같아지기 때문이다. 본래 안은 양陽이고 밖은 음陰이다. 따라서 안은 강건하고 밖은 유순한 법이다. 즉, 안은 군자의 모습이고 밖은 소인의 모습이라 할 수 있다. 그러므로 태泰가 되면, 군자가 소인을 밀어내 군자의 도道가 자라고 소인의 도가 사라지게 되는 것이다.

象曰 泰小往大來吉亨은 則是天地交而萬物通也며 上下交而其志同也라.
內陽而外陰하며 內健而外順하며 內君子而外小人하니 君子道長하고 小人道消也라.

　하늘과 땅이 교감하는 것이 태泰다. 임금이 이것을 보고 터득해 하늘과 땅의 이치를 재단하고, 하늘과 땅의 마땅함을 도와 백성들을 편안하게 이끈다.

　초구初九는 뽑은 띠풀의 뿌리가 엉킨 것과 같은 형국이다. 따라서 같은 부류와 하나가 되어 나아가면 길하다.

'발모정길拔茅征吉'은 뜻이 밖에 있는 것이다.

구이九二는 거친 것을 안고 황하黃河를 맨몸으로 건너는 형국이다. 따라서 숨어 있는 인재를 버리지 않고 사사로운 붕당을 없애면 가운데를 행해 화합을 얻을 것이다.

가운데를 행했을 때 화합을 얻는 이유는 빛나고 크기 때문이다.

구삼九三은 기운 비탈 없이 오직 평평하기만 한 땅은 없고, 돌아옴 없이 가기만 하는 것도 없다. 따라서 어려운 상황이라도 정도正道를 지키면 허물이 없고, 근심하지 않더라도 밥을 먹는 데 복福이 있을 것이다.
돌아옴 없이 가기만 하는 것이 없는 이유는 하늘과 땅이 이어져 있기 때문이다.

육사六四는 열심히 날갯짓을 해도 재물은 쉽게 모이지 않는다. 그러니 이웃들과 함께 경계하지 말고 서로 믿는다.
열심히 날갯짓을 해도 재물이 쉽게 모이지 않는 이유는 실속을 잃었기 때문이다. 또한 경계하지 말고 서로 믿을 때는 진심으로 원해야 한다.

육오六五는 제을帝乙(은나라의 천자)처럼 여동생을 시집보내는 형국이므로 복을 받고 크게 길할 것이다.
그로써 복을 받고 크게 길하게 되는 이유는 중심의 도가 원하는 바를 행할 수 있기 때문이다.

상륙上六은 성城이 무너져 원래의 구덩이로 돌아가는 것이다. 하지만 그렇더라도 군사를 쓰지는 않아야 한다. 작은 읍邑에 명을 내리기도 하지만, 비록 그것이 올바른 일이더라도 끝내는 부끄러운 일이 되고 말 것이다.

성城이 무너져 구덩이로 돌아간다는 것은 어떤 일의 진행이 요란하고 어지럽다는 것이다.

象曰 天地交泰니 后以하여 財成天地之道하며 輔相天地之宜하여 以左右民하나니라.
初九는 拔茅茹라 以其彙로 征이니 吉하니라.
象曰 拔茅征吉은 志在外也라.
九二는 包荒하며 用馮河하며 不遐遺하며 朋亡하면 得尙于中行하리라.
象曰 包荒得尙于中行은 以光大也라.
九三은 无平不陂며 无往不復이니 艱貞이면 无咎하여 勿恤이라도 其孚라 于食에 有福하리라
象曰 无往不復은 天地際也라.
六四는 翩翩히 不富以其隣하여 不戒以孚로다.
象曰 翩翩不富는 皆失實也요 不戒以孚는 中心願也라.
六五는 帝乙歸妹니 以祉며 元吉이리라.
象曰 以祉元吉은 中以行願也라.
上六은 城復于隍이라 勿用師요 自邑告命이니 貞이라도 吝하니라.
象曰 城復于隍은 其命이 亂也라.

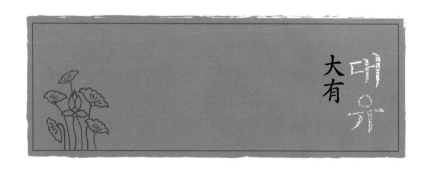

大有
대
유

화천대유 火天大有 (불과 하늘은 대유다)

대유大有는 시작하고 성장하고 번창하는 형국이다(양기陽氣가 존재하므로 크게 통한다).

大有는 元亨하니라.

520

대유大有는 부드러운 것이 높은 지위를 얻고, 크게 가운데에 위치함으로써 위와 아래가 서로 그에 응하는 것을 말한다. 그 덕이 강건하고 밝아서 하늘에 응해 때에 맞게 행한다. 이 때문에 크게 시작해 크게 번창하는 것이다.

象曰 大有는 柔得尊位하고 大中而上下應之할새 曰大有니 其德이 剛健而文明하고 應乎天而時行이라 是以元亨하니라.

불이 하늘 위에 있는 것이 대유大有다. 따라서 군자는 이것을 보고 악惡을 막고 선善을 드러낸다. 그리하여 하늘의 아름다운 명命을 순종하여 따른다.

초구初九는 해로운 것에 간섭하지 않으면 허물이 없다. 또한 어려운 일을 처리하듯 행해도 허물이 없을 것이다.
대유大有의 초구初九는 해로움에 관여하지 않아야 한다는 것이다.

구이九二는 큰 수레로 실어갈 때 갈 곳을 정해두면 허물이 없다.

큰 수레에 싣는다는 것은 가운데에 많이 쌓아도 무너지지 않는다는 것을 말한다.

구삼九三은 공公은 천자에게 재물을 바치고 잔칫상을 받는다. 하지만 소인은 제 욕심에 그렇게 하지 못한다.
"공公은 천자에게 재물을 바치고 잔칫상을 받는다"는 것은 반대로 소인에게는 해로움이 있을 것이라는 의미다.

구사九四는 지나치게 성대하지 않으면 허물이 없다.
"지나치게 성대하지 않으면 허물이 없다"는 것은 분별하는 지혜가 밝다는 것이다.

육오六五는 임금과 신하의 믿음이 서로 교차하니, 여기에 위엄이 있으면 길하다.
"믿음이 교차한다"는 것은 믿음을 가지고 뜻을 펴야 한다는 것이다. 한편 "위엄이 있으면 길"한 이유는 쉽게 보이면 대비할 수 없기 때문이다.

상구上九는 하늘로부터 도움이 있어야 길하고 이롭다.
대유大有의 상구上九가 길한 것은 하늘이 돕기 때문이다.

象曰 火在天上이 大有니 君子以하여 遏惡揚善하여 順天休命하나니라.
初九는 无交害니 匪咎나 艱則无咎리라.
象曰 大有初九는 无交害也라.

九二는 大車以載니 有攸往하여 无咎리라.

象曰 大車以載는 積中不敗也라.

九三은 公用亨于天子니 小人은 弗克이니라.

象曰 公用亨于天子는 小人은 害也리라.

九四는 匪其彭이면 无咎리라.

象曰 匪其彭 无咎는 明辨晢也라.

六五는 厥孚交如니 威如면 吉하리라.

象曰 厥孚交如는 信以發志也요 威如之吉은 易而无備也일새라.

上九는 自天祐之라 吉 无不利로다.

象曰 大有上吉은 自天祐也라

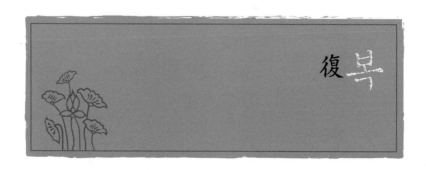

復 복

곤상坤上 진하震下

지뢰복地雷復(땅과 우레는 복이다)

복復은 형통함이다. 따라서 나가고 들어옴에 병이 없어 친구가 올 만하면 허물이 없다. 그 도道를 반복해 7일 만에 다시 회복하니, 나갈 곳이 있으면 이롭다.

復은 亨하여 出入에 无疾하여 朋來라야 无咎리라. 反復其道하여 七日에 來復하니 利有攸往이니라.

524

복復이 형통한 것은 꿋꿋함이 돌아오기 때문이다. 그리고 "나가고 들어옴에 병이 없어서 친구가 올 만하면 허물이 없다"는 것은 이 꿋꿋함이 순종해 행하기 때문이다. "7일 만에 다시 회복"한다는 것은 하늘의 운행運行이고, 나갈 곳이 있으면 이로운 이유는 꿋꿋함이 자라나기 때문이다. 이렇듯 만물의 회복을 통해 하늘과 땅의 마음을 볼 수 있다.

象曰 復亨은 剛反이니 動而以順行이라 是以出入无疾朋來无咎니라. 反復其道七日來復은 天行也요 利有攸往은 剛長也일새니 復에 其見天地之心乎인저.

우레가 땅 가운데 있는 것을 복復이라 한다. 선왕先王은 복復괘의 이치를 살펴 동짓날에 성문을 닫음으로써 장사꾼과 여행자가 돌아다니지 못하게 하고, 임금 역시 사방을 시찰하지 않는다.

초구初九는 멀리 가지 않고 돌아오면 후회가 없을 것이므로 크게 길하다.

멀리 가지 않고 돌아온다는 것은 선하지 않은 것을 보고 몸을 돌리는 것이니, 바로 몸을 닦는 것이라 하겠다.

육이六二는 돌아오는 것을 아름답게 여기면 길吉하다.

돌아오는 것을 아름답게 여기면 길한 이유는 초구初九에게 자기를 낮추기 때문이다.

육삼六三은 돌아오기를 조급해하면 힘은 들지만 허물은 없다.

돌아오기를 조급해하면 힘은 들지만 허물이 없는 이유는 그 마음에 허물이 없기 때문이다.

육사六四는 음陰 가운데서 행하는 것이다. 하지만 홀로 돌아와야 한다.

음陰 가운데서 행하지만 홀로 돌아와야 하는 이유는 도道를 따르기 때문이다.

육오六五는 돌아오는 것을 두텁게 하면 후회가 없다.

돌아오는 것을 두텁게 하면 후회가 없는 이유는 중도中道로써 스스로 이루기 때문이다.

상육上六은 돌아올 때 헤매면 흉하다. 즉, 재앙이 생기는 것이다. 따라서 군사를 동원하면 크게 패한다. 또 나라 입장에서는 임금이 흉해서 10년 안에 망하고 말 것이다.

돌아올 때 헤매면 흉한 이유는 이것이 군주君主의 도道에 위반되기 때문이다.

526

象曰 雷在地中이 復이니 先王이 以하여 至日에 閉關하여 商旅不行하며 后不省方하니라.

初九는 不遠復이라 无祗悔니 元吉하니라.

象曰 不遠之復은 以脩身也라.

六二는 休復이니 吉하니라.

象曰 休復之吉은 以下仁也라.

六三은 頻復이니 厲하나 无咎리라.

象曰 頻復之厲는 義无咎也니라.

六四는 中行하되 獨復이로다.

象曰 中行獨復은 以從道也라.

六五는 敦復이니 无悔하니라.

象曰 敦復无悔는 中以自考也라.

上六은 迷復이라 凶하니 有災眚하여 用行師면 終有大敗하고 以其國이면 君이 凶하여 至于十年히 不克征하리라.

象曰 迷復之凶은 反君道也일새라.

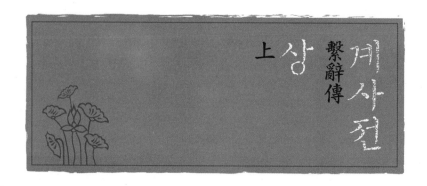

上 繫辭傳 계사전 상

제1장

하늘은 높고 땅은 낮으니 이로써 건乾과 곤坤이 정해진다.

　그리하여 낮은 것과 높은 것이 구별되니 귀貴하고 천賤한 것이 구별되고, 움직이는 것과 멈추는 것에 일정한 법칙이 있으니 굳셀 것과 부드러운 것이 정해진다. 또 방향은 같은 종류끼리 모이고, 만물은 같은 것끼리 무리를 이룬다. 바로 이 때문에 길吉한 것과 흉凶한 것이 생기고, 하늘에서는 형상[象]이 이루어지고 땅에서는 형용[形]이 이루어져 변화가 나타난다.

　그렇기 때문에 굳센 것과 부드러운 것이 서로 나뉘고, 팔괘八卦가 서로 섞인다. 그리하여 천둥과 벼락으로 고무시키고, 바람과 비로 적셔주고, 해와 달이 운행하고, 한 번 춥고 한 번 덥게 된다. 이 때문에 다시 건乾의 도道로는 남자를, 곤坤의 도道로는 여자를 만들었다. 또 건乾

은 위대한 창조를 주관하고, 곤坤은 만물을 나게 하고 완성시킨다.

건乾의 작용은 쉽고, 곤坤의 작용은 간략하다.

그런데 쉬우면 알기 쉽고 간략하면 따르기 쉬우며, 알기 쉬우면 친밀하고 따르기 쉬우면 공功을 이루게 되며, 친밀하면 오래 유지되고 공功을 이루면 큰일을 할 수 있다. 이렇게 해서 오래 유지되는 것은 곧 현인賢人의 덕德이요, 큰일은 곧 현인賢人의 업業이다. 이렇듯 쉽고 간략하게 천하天下의 이치를 얻은 덕분에 하늘과 땅의 가운데 인간이 자리했다.

天尊地卑하니 乾坤이 定矣요 卑高以陳하니 貴賤이 位矣요 動靜有常하니 剛柔斷矣요 方以類聚하고 物以群分하니 吉凶生矣요 在天成象하고 在地成形하니 變化見矣라. 是故로 剛柔相摩하며 八卦相盪하여 鼓之以雷霆하며 潤之以風雨하며 日月이 運行하며 一寒一暑하여 乾道成男하고 坤道成女하니 乾知大始요 坤作成物이라. 乾以易知요 坤以簡能이니 易則易知요 簡則易從이요 易知則有親이요 易從則有功이요 有親則可久요 有功則可大요 可久則賢人之德이요 可大則賢人之業이니 易簡而天下之理得矣니 天下之理 得而成位乎其中矣니라.

제2장

성인이 괘卦를 만들고 상象을 살핀 후 그것에 설명을 달아 길吉과 흉凶을 밝혔고, 굳센 것과 부드러운 것이 서로 밀어 변화를 낳았다.

길吉과 흉凶이라는 것은 얻음이 있는 것과 잃음이 있는 것을 상징하고, 뉘우침과 부끄러움은 근심과 걱정을 상징하고, 변變과 화化는 나아 감과 물러감을 상징하고, 굳셈과 부드러움은 낮과 밤을 상징하고, 여섯 가지 효爻의 변동은 삼극三極, 즉 하늘과 땅, 그리고 인간의 도가 움직이는 것을 의미한다.

그렇기 때문에 군자는 편안히 있을 때도 역易의 내용을 살펴 공부해야 하고, 효爻를 즐겁게 구경해야 하는 것이다. 즉, 군자는 편안히 있을 때는 상징적인 것을 살펴 괘와 효를 통해 그 의미를 살피고, 어떤 움직임이 있을 때는 그 변화를 보고 점占을 쳐 살핀다. 이렇게 하늘의 도움을 얻기 때문에 길吉하고 이롭지 않을 수가 없는 것이다.

聖人이 設卦하여 觀象繫辭焉하여 而明吉凶하며 剛柔相推하여 而生變化하니 是故로 吉凶者는 失得之象也요 悔吝者는 憂虞之象也요 變化者는 進退之象也요 剛柔者는 晝夜之象也요 六爻之動은 三極之道也라. 是故로 君子所居而安者는 易之序也요 所樂而玩者는 爻之辭也니 是故로 君子居則觀其象而玩其辭하고 動則觀其變而玩其占하나니 是以自天祐之하여 吉无不利니라.

제3장

'단彖'이라는 것은 상징적인 의미이고, '효爻'는 변화의 과정이라 할 수 있다. 길吉과 흉凶이라는 것은 얻음이 있는 것과 잃음이 있는 것을 말하고, 뉘우침과 부끄러움은 약간의 허물이 있다는 것이다. 따라서 허물이 없다는 것은 허물을 잘 보충한 것이라 할 수 있다.

그렇기 때문에 귀함과 천함은 그 위치에 따른 것이고, 작은 것과 큰 것은 괘를 통해 정해지고, 길한 것과 흉한 것은 괘나 효를 따르느냐 따르지 않느냐에 따라 생기는 것이고, 후회하거나 곤란하지 않을까 걱정하는 것은 갈피를 잡지 못해서이고, 두려워 조심하여 잘못이 생기지 않는 것은 반성하는 마음이 있기 때문이다. 그렇기 때문에 괘卦에는 작고 큰 것이 있고, 말에는 까다롭고 쉬운 것이 있는 것이다. 여기에서 말이라는 것은 바로 실천 방향을 의미한다.

象者는 言乎象者也요 爻者는 言乎變者也요 吉凶者는 言乎其失得也요 悔吝者는 言乎其小疵也요 无咎者는 善補過也라. 是故로 列貴賤者는 存乎位하고 齊小大者는 存乎卦하고 辯吉凶者는 存乎辭하고 憂悔吝者는 存乎介하고 震无咎者는 存乎悔하니 是故로 卦有小大하며 辭有險易하니 辭也者는 各指其所之니라.

제4장

역易은 하늘과 땅을 서로 대조하기 때문에 하늘과 땅의 도道를 두루 망라하는 것으로 하늘을 우러러 별의 움직임을 관찰하고, 땅을 굽어보아 땅의 이치를 살핀다. 그렇기 때문에 은밀한 것과 밝은 세계의 그 원인을 안다.

처음 시작의 근원을 바탕으로 그 끝을 돌이켜본다. 그렇기 때문에 죽음과 삶에 대한 이야기를 안다.

정밀한 기운은 뭉쳐 물건이 되고, 혼魂은 흩어져 변變한다. 그렇기 때문에 귀鬼와 신神의 실상을 안다.

역은 하늘과 땅과 더불어 비슷하기 때문에 어긋나지 않아 지혜가 만물에 두루 미치고, 도道가 세상을 구제한다. 그렇기 때문에 허물이 생기지 않는다. 또한 그렇기 때문에 사방에 미치면서도 한쪽으로 치우치지 않고, 하늘의 이치를 즐거워하고 하늘의 명을 알기 때문에 근심하지 않으며, 그 자리에서 편안하게 있으면서 더불어 인仁을 돈독히 하기 때문에 만물을 사랑할 수 있다.

하늘과 땅의 변화의 범위를 정할 때 잘못이 없고, 구석구석에 만물을 위치하게 하되 빠뜨리는 것이 없으며, 낮과 밤의 작용을 꿰뚫고 있다. 그렇기 때문에 역의 이치는 신비해 일정한 규칙이 없고, 또한 일정한 형태가 없는 것이다.

易이 與天地準이라. 故로 能彌綸天地之道하나니 仰以觀於天文하고 俯以察於地理라 是故로 知幽明之故며 原始反終이라. 故로 知死生之說하며 精氣爲物이요 游魂爲變이 是故로 知鬼神之情狀하나니라. 與天地相似라 故로 不違하나니 知周乎萬物而道濟天下라. 故로 不過하며 旁行而不流하여 樂天知命이라. 故로 不憂하며 安土하여 敦乎仁이라 故로 能愛하나니라. 範圍天地之化而不過하며 曲成萬物而不遺하며 通乎晝夜之道而知니라. 故로 神无方而易无體하니라.

제5장

음陰이 되었다가 다시 양陽이 되는 것을 도道라고 한다. 이 도를 이어 받아 지속시키는 것을 선善이라 하며, 도를 이어받아 도를 완전히 이룬 것을 성性이라 한다.

성을 어진 사람은 인仁이라 하고, 지혜로운 사람은 지智라 한다. 하지만 백성들은 날마다 쓰면서도 이것을 알지 못한다. 그렇기 때문에 완성되는 군자의 도道가 드문 것이다.

하늘의 뜻은 인仁을 실현해 환하게 드러나 있고, 인은 작용에 숨겨져 있어 만물을 고무시킨다. 하지만 그 뜻을 잘 알아들을 수 없어 성인聖人처럼 세세하게 근심하게 만들지는 않는다. 그렇다 하더라도 성대한 덕德과 큰 업業이 지극하게 된다.

넉넉하게 소유하는 것을 대업大業이라 하고, 날마다 새로워지는 것을 성덕盛德이라 하며, 낳고 낳음을 역易이라 하고, 상象을 이루는 것을 건乾이라 하며, 법法을 드러내는 것을 곤坤이라 하고, 수數를 지극히 헤아려 미래를 아는 것을 점占이라 하며, 이치를 통달해 변화시키는 것을 일이라 하고, 음陰인지 양陽인지 판단할 수 없는 것을 신神이라 한다.

一陰一陽之謂道니 繼之者는 善也요 成之者는 性也라. 仁者見之에 謂之仁하며 知者見之에 謂之知요 百姓은 日用而不知라. 故로 君는 子之道鮮矣니라. 顯諸仁하며 藏

제6장

역易의 이치는 넓고 크다.

먼 것을 말하면 바로 막히지 않고, 가까운 것을 말하면 고요하고 바르다. 하늘과 땅의 사이를 말하면 그 안에는 모든 것이 구비되어 있다.

건乾은 고요할 때는 한결같고, 움직일 때는 바르다. 그렇기 때문에 만물을 크게 낳는다.

곤坤은 고요할 때는 닫히고, 움직일 때는 열린다. 그렇기 때문에 만물을 넓게 낳는다.

넓음과 큼은 하늘과 땅에 짝하고, 변화와 통함은 네 계절에 짝하고, 음과 양이 변하는 법칙은 해와 달에 짝하고, 쉽고 간단한 하늘과 땅의 작용, 즉 선善은 지극한 덕德에 짝한다.

534

제7장

공자께서 말씀하였다.

"역易이야말로 지극하도다. 역은 성인聖人이 덕德을 높이고 사업을
넓히는 도구다. 즉, 성인은 역으로 지혜는 높이고 예법은 낮춘다. 여기
서 지혜를 높이는 것은 하늘을 본받는 것이고, 예법을 낮추는 것은 땅
을 본받은 것이다.

하늘과 땅이 자리를 베풀면 역易이 그 가운데서 행해지므로, 본성을
이루어 보존하고 또 보존하는 것이 도의道義를 실천하는 문門이다."

子曰 易이 其至矣乎인저 夫易은 聖人所以崇德而廣業也라 知는 崇하고 禮는 卑하니
崇은 效天하고 卑는 法地하니라, 天地設位어든 而易이 行乎其中矣니 成性存存이 道
義之門이니라.

제8장

성인聖人은 역을 통해 세상 만물 속에 감추어진 도리를 알고, 그 모
습을 통해 역에 견주어 잘 설명하며, 사물이 역에 마땅하게 부합하는
것을 상징적으로 잘 표현하는데, 그렇기 때문에 이것을 바로 상象이라
고 했다.

또한 성인은 역을 통해 천하天下의 모든 움직임을 알고, 그것들이 하
나로 모여 통하는 것을 살피고, 떳떳한 예禮를 실천하고, 설명을 붙여

서 길한 것과 흉한 것을 분별하게 했는데, 그렇기 때문에 이것을 바로 효爻라 한다.

천하의 지극하고 깊은 곳을 말하되 싫어하지 않아야 하고, 천하天下의 지극한 움직임을 말하되 어지럽히지 않아야 한다. 견주어 헤아린 다음에 말하고, 따져본 다음에 움직여야 하는 것이다. 그렇게 하면 헤아리고 따져서 그 변화를 이루게 된다.

"그늘에서 우는 학에게 그 새끼가 화답한다. 나에게 좋은 벼슬이 있으니 그대와 함께하고자 한다."

(중부中孚 괘 구이九二)

이 말에 대해 공자께서 다음과 같이 말씀하셨다.

"군자가 자기 집에서 말을 하더라도 그 말이 선善하면 천 리千里 밖에서도 응한다고 하였다. 하물며 가까이 있는 자에게서야 더 말해 무엇하겠는가. 또한 자기 집에서 말을 하더라도 그 말이 선善하지 않으면 천리千里 밖에서도 떠나가게 마련이다. 하물며 가까이 있는 자에게서야 더 말해 무엇하겠는가.

말은 몸에서 나와 백성에게 전해지고, 행실은 가까운 곳에서 시작해 먼 곳에서 그 결과가 나타나는 법이다. 그러니 말과 행실은 군자가 가져야 할 가장 중요한 덕목이다. 그리고 이 중요한 덕목을 발하느냐 못하느냐에 따라 영예와 치욕이 뒤따른다. 이렇듯 말과 행실은 군자가 하늘과 땅을 움직이는 수단이다. 그러니 어떻게 신중하게 하지 않을 수 있겠는가."

536

"다른 사람과 함께하되 처음에는 울부짖다가 뒤에 웃는다."

(동인同人 괘 구오九五)

이 말에 대해 공자께서 다음과 같이 말씀하셨다.

"군자의 도道는 때로는 나아가기도 하고, 때로는 머물기도 한다. 또한 침묵할 때도 있고, 말을 하기도 한다. 하지만 두 사람이 마음을 함께하면 그 날카로움으로 쇠를 절단할 수 있다. 이렇듯 마음을 함께하는 사람의 말에서 나는 향기는 마치 난초의 향기와 같다."

"제물을 놓을 자리에 흰 띠풀을 사용하면 허물이 없다."

대과大過 괘 초육初六)

이 말에 대해 공자께서 다음과 같이 말씀하셨다.

"제물은 그대로 땅에 놓아도 괜찮다. 그런데 흰 띠풀까지 깔았으니 무슨 허물이 있겠는가. 이는 삼가는 마음이 지극한 것이라 하겠다. 띠풀은 본래 하찮은 것이지만, 사용하기에 따라 소중한 것이 되기도 한다. 그러니 마음가짐 역시 이처럼 삼가서 나아가면 잘못될 일이 없을 것이다."

"공로가 있으면서도 겸손한 군자는 끝내 길하게 될 것이다."

(겸謙 괘 구삼九三)

이 말에 대해 공자께서 다음과 같이 말씀하셨다.

"노고가 있어도 자랑하지 않고, 공功이 있으면서도 자신의 덕분이라고 여기지 않는 것은 후덕함의 극치다. 이것은 곧 공功이 있으면서도 남에게 몸을 낮추는 것을 의미한다. 덕德으로 말하면 성대盛大하고 예禮로 말하면 공손하다. 그러므로 겸謙이라는 것은 공손함을 지극히 함으로써 그 지위를 보존하는 것이라 할 수 있다."

"높고 굳센 용이니 후회가 있을 것이다."

(건乾 괘 상구上九)

이 말에 대해 공자께서 다음과 같이 말씀하셨다.

"높고 굳세면 고귀한데도 그에 합당한 지위가 없고, 지위가 높은데도 그를 따르는 백성이 없으며, 큰 힘이 되어줄 현인賢人이 아랫자리에 있는데도 실제로는 도와주지 않는다. 그렇기 때문에 움직이면 크게 후회할 일이 생기는 것이다."

"집이나 정원을 벗어나지 않으면 허물이 없다."

(절節 괘 초구初九)

이 말에 대해 공자께서 다음과 같이 말씀하셨다.

"무릇 어지러워지는 데는 말이 그 씨앗이 된다. 그러므로 군주가 주도면밀하지 못하면 신하를 잃게 되고, 신하가 주도면밀하지 못하면 제몸을 잃게 된다. 또 어떤 낌새에 주도면밀하게 대처하지 못하면 해로움이 생긴다. 그렇기 때문에 모름지기 군자는 주도면밀하여 말을 함부로 내뱉지 않아야 한다."

공자께서 말씀하셨다.

"역易을 지은 자는 도둑이 생기는 이유를 알았던 것이 분명하다. 역易에 이르기를 '등에 짊어지고 있으면서 수레에까지 올라타면 도둑이 오게 만든다(解解 괘 육삼六三)'고 하였다. 그런데 여기서 등에 지는 것은 신분이 천한 사람이 하는 것이고, 반면 수레는 신분이 높은 군자의 물건이다. 즉, 신분이 낮은 사람이 군자의 물건인 수레에 타고 있으면 도둑에게 그것을 빼앗고자 하는 마음이 들게 하는 것이다. 또 윗사람에게 소홀히 하고 아랫사람을 사납게 부리면 이 역시 도둑이 공격하게 만드는 원인이 된다. 더불어 허술하게 보관하면 도둑을 부르고, 요란하게 치장하면 음탕한 자를 부르는 것이다. 역易에서의 '등에 짊어지고 있으면서 수레에까지 올라타면 도둑을 오게 만든다'는 말은 곧 도적이 불러들이는 행동이라는 것이다."

聖人이 有以見天下之賾하여 而擬諸其形容하며 象其物宜라. 是故로 謂之象이요 聖人이 有以見天下之動하여 而觀其會通하여 以行其典禮하며 繫辭焉하여 以斷其吉凶이라. 是故로 謂之爻니 言天下之至賾하되 而不可惡也며 言天下之至動하되 而不可亂也니 擬之而後言하고 議之而後動이니 擬議하여 以成其變化하니라. 鳴鶴이 在陰이어늘 其子和之로다 我有好爵하여 吾與爾靡之라 하니 子曰 君子居其室하여 出其言善이면 則千里之外應之하나니 況其邇者乎아 居其室하여 出其言不善이면 則千里之外違之하나니 況其邇者乎아 言出乎身하여 加乎民하며 行發乎邇하여 見乎遠하나니 言行은 君子之樞機니 樞機之發이 榮辱之主也라 言行은 君子之所以動天地也니 可不愼乎아 同人이 先號咷而後笑라 하니 子曰 君子之道 或出或處 或黙或語나 二人同心하니 其利斷金이로다 同心之言이 其臭如蘭이로다. 初六은 藉用白茅니 无咎라 하니 子曰 苟錯諸地라도 而可矣어늘 藉之用茅하니 何咎之有리오 愼之至也라 夫茅之爲物이 薄이나 而用은 可重也니 愼斯術也하여 以往이면 其无所失矣니라. 勞謙이니 君子有終이니 吉이라 하니 子曰 勞而不伐하며 有功而不德이 厚之至也니 語以其功下人者也라 德言盛이요

제9장

하늘은 1이고, 땅은 2이다.

하늘은 3이고, 땅은 4이다.

하늘은 5이고, 땅은 6이다.

하늘은 7이고, 땅은 8이다.

하늘은 9이고, 땅은 10이다.

이렇듯 하늘의 수도 다섯이고, 땅의 수도 다섯이다. 그리하여 다섯 개의 숫자가 각각 마땅한 자리를 차지하고 있다.

다시 하늘의 수를 합하면 25이고, 땅의 수를 합하면 30이다. 또한 하늘과 땅의 모든 수를 합하면 55가 된다. 이것이 바로 변화變化를 이루고 귀신鬼神의 작용을 행하는 도구가 된다.

궁극의 수는 50이지만 점괘를 뽑을 때 사용하는 것은 49뿐이다. 다시 이를 둘로 나눈 다음 한 손에 한 개를 뽑아 천·지·인, 이렇게 삼재三才를 상징한다. 또한 네 개씩 세는 것은 네 계절을 상징하고, 그런 다음

540

남는 것은 윤달을 상징한다. 윤달이 대개 5년 만에 찾아오므로 그 이치에 맞게 다시 손가락 사이에 끼우는 것이다.

건乾의 점치는 방법은 216이고, 곤坤은 144이다. 이 둘을 합치면 모두 360인데, 이것은 한 해의 날 수에 해당한다. 또한 역경의 상上·하下, 두 편篇의 점치는 방법은 11,520인데, 이것은 만물의 수數에 해당한다.

그러므로 네 번을 경영해 역易을 이루고, 18번 변하여 괘卦를 이루는데, 8괘八卦에서 작은 괘 하나가 이루어진다. 이러한 8괘를 끌어다 주첩시켜 같은 부류끼리 합쳐 큰 괘를 만들면 세상에서 가능한 일이 다 구비된다.

도道를 드러내고 덕행德行을 신비롭게 제시해준다. 그렇기 때문에 더불어 응대할 수 있고, 또한 더불어 신神을 도울 수 있는 것이다.

공자께서 말씀하셨다.

"변화의 도를 아는 자는 신神이 하는 바를 알 것이다."

天一地二 天三地四 天五地六 天七地八 天九地十이니 天數五요 地數五니 五位相得하며 而各有合하니 天數二十有五요 地數三十이라 凡天地之數 五十有五니 此所以成變化하며 而行鬼神也라. 大衍之數五十이니 其用은 四十有九라 分而爲二하여 以象兩하고 掛一하여 以象三하고 揲之以四하여 以象四時하고 歸奇於扐하여 以象閏하나니 五歲再閏이라 故로 再扐而後掛하나니라. 乾之策이 二百一十有六이요 坤之策이 百四十有四라 凡三百有六十이니 當期之日하고 二篇之策이 萬有一千五百二十이니 當萬物之數也하니 是以로 四營而成易하고 十有八變而成卦하니 八卦而小成하여 引而伸之하며 觸類而長之하면 天下之能事畢矣리니 顯道하고 神德行이라. 是故로 可與酬酢이며 可與祐神矣니 子曰 知變化之道者 其知神之所爲乎인저.

제10장

역易에는 성인聖人의 도道가 네 가지 있다.

말로 실천하는 자는 말, 즉 괘사와 효사를 중시하고, 행동으로 실천하는 자는 변화의 법칙을 중시하고, 제도와 기물을 만듦으로써 실천하는 자는 상象을 중시하고, 점을 쳐서 실천하는 자는 그 점占을 중시한 다.

그러므로 군자가 장차 어떤 일을 하고자 하거나 행하려고 할 때 점으로 물으면 말로 답을 제시해주는데, 이때 군자가 그 답을 받는 것은 메아리가 소리에 응답하는 것과 같아서 멀거나 가깝거나 그윽하거나 심원하거나를 가리지 않고 미래의 일에 대해 알게 된다.

모든 것이 이러한데 세상에서 지극히 정밀한 자가 아니고서야 어떻게 감히 이 일에 참여할 수 있겠는가.

각 효를 헤아려 섞음으로써 변화를 꾀하고, 그 효의 수를 이리저리 섞고 종합함으로써 그 변화에 통달해 마침내 하늘과 땅의 모든 법칙을 이루고, 그 수數를 지극히 궁구해 마침내 하늘과 땅의 상象을 정한다. 이러한데 하늘과 땅의 변화를 지극히 아는 자가 아니고서야 어떻게 감히 이 일에 참여할 수 있겠는가.

역易은 생각을 하는 법도 작위를 하는 법도 없다. 그저 고요하면서 동요하지 않는다. 그러나 감응만 하면 세상의 모든 이치에 통달한다. 이러한데 세상에서 지극하게 신묘한 자가 아니고서야 어떻게 감히 이 일에 참여할 수 있겠는가.

542

무릇 역易은 성인이 심오함을 다하고 기미를 살피는 수단이다. 심오하기 때문에 세상의 뜻에 통하고, 기미를 보고 움직이기 때문에 세상의 일을 성취할 수 있다.

또한 그 작용이 신묘하기 때문에 빠르게 하지 않아도 빨리 되고, 행하지 않으면서도 이루게 된다. 이를 두고 공자께서 말씀하셨다.

"역易에는 성인聖人의 도道가 네 가지 있다."

易有聖人之道四焉하니 以言者는 尙其辭하고 以動者는 尙其變하고 以制器者는 尙其象하고 以卜筮者는 尙其占하나니 是以君子將有爲也하며 將有行也에 問焉而以言하거든 其受命也如嚮하여 无有遠近幽深히 遂知來物하나니 非天下之至精이면 其孰能與於此리오. 參伍以變하며 錯綜其數하여 通其變하여 遂成天地之文하며 極其數하여 遂定天下之象하니 非天下之至變이면 其孰能與於此리오. 易은 无思也하며 无爲也하여 寂然不動이라가 感而遂通天下之故하나니 非天下之至神이면 其孰能與於此리오. 夫易은 聖人之所以極深而硏幾也니 唯深이 故로 能通天下之志하며 唯幾也 故로 能成天下之務하며 唯神也 故로 不疾而速하며 不行而至하나니 子曰 易有聖人之道四焉者 此之謂也니라.

제11장

공자께서 말씀하셨다.

"역易을 왜 만든 것인가? 역易은 만물에게 진실된 삶의 방식을 열어주어 일을 이루게 돕는다. 또 역은 세상의 도道를 모두 망라하는 것이기도 하다. 그렇기 때문에 성인은 역으로 세상의 모든 뜻을 통하게 하고, 세상의 모든 일을 정하며, 세상의 모든 의심스러운 것들을 결단한다.

그러므로 시초著草의 덕德은 원만하고도 신비하고, 괘卦의 덕德은 방정方正하고도 지혜로우며, 육효六爻의 뜻은 변화의 법칙을 알려주어 길흉吉凶을 미리 점치게 한다. 따라서 성인은 이를 가지고 마음을 깨끗이 씻은 다음 가만히 물러나 마음속 은밀한 곳에 그 진리를 감추었다가 길하거나 흉한 상황에 처하게 되면 백성들과 더불어 근심을 함께한다. 이처럼 신묘한 능력으로 미래를 알고 지혜로 과거의 일을 간직해야 하는데, 누가 감히 이 일에 참여할 수 있겠는가. 바로 옛날에 총명聰明하고 예지叡智하고 신묘하고 씩씩하면서도 사람을 함부로 죽이지 않았던 자가 그런 자일 것이다.

이렇듯 성인은 하늘의 도道에 밝고, 백성의 연고를 잘 살핀다. 그리고 성인은 이를 바탕으로 신물神物, 즉 시초를 일으켜 백성들이 사용할 것에 대비해 먼저 개발해야 한다. 그렇기 때문에 성인聖人은 마음과 몸을 깨끗이 하여 그 덕德을 더욱 밝게 만들도록 노력해야 하는 것이다.

문을 닫는 것을 곤坤이라 하고, 문을 여는 것을 건乾이라 한다. 한 번 닫고 한 번 여는 것을 변變이라 하고, 왕래往來가 끊이지 않는 것을 통通이라 한다. 드러나는 것을 상象이라 하고, 형체가 구체화된 것을 기器라 한다. 만들어 쓰는 것을 법法이라 하고, 나가고 들어오는 것을 이롭게 하여 백성들이 모두 사용하게 하는 것을 신神이라 한다.

이러한 까닭에 역易에 태극太極(최고 단계의 역의 이치)이 있다. 이 태극이 음과 양을 낳고, 음과 양은 사상四象, 즉 일월성신을 낳고, 사상은 다시 팔괘八卦(건乾, 태兌, 이離, 진震, 손巽, 감坎, 간艮, 곤坤)를 낳는다. 또한

544

팔괘는 길한 것과 흉한 것을 정하고, 길과 흉은 큰 사업事業을 낳는다.

그렇기 때문에 본보기와 모범으로는 하늘과 땅보다 더 큰 것이 없고, 변화하고 통하는 것으로는 네 계절보다 더 큰 것이 없고, 모범을 드러내는 것으로는 해와 달보다 더 큰 것이 없고, 숭고崇高하기로는 부귀富貴보다 더 큰 것이 없다.

또한 문명의 이기를 만들어 구비함으로써 세상 사람들이 사용할 수 있도록 편이를 제공하는 데 성인만 한 이가 없고, 헤아리기조차 어려울 정도의 심오한 것을 찾아내 먼 것을 이룸으로써 세상의 길함과 흉함을 정하고 아울러 세상 사람들의 근면을 이끄는 데 시초점이나 거북점만 한 것이 없다.

이것이 바로 하늘이 시초나 거북과 같은 신묘한 것을 세상에 만들어 낸 이유이므로 성인은 이것을 본받아야 한다. 하늘과 땅이 변화하는 것도 성인은 본받아야 하고, 하늘이 일월성신을 통해 길흉吉凶을 나타내도 성인聖人은 본받아야 하고, 황하에서 [용마가 그려진] 그림이 나오고 낙수洛水에서 [거북 등에 새겨진] 글씨가 나와도 성인은 이를 본받아야 한다.

역易에 사상四象, 즉 일월성신이 있는 것은 역의 이치를 보여주기 위한 것이고, 설명하는 말을 붙인 것은 역의 이치를 알리기 위한 것이며, 길흉吉凶을 정하는 것은 역의 이치를 단행하기 위한 것이다.”

子曰 夫易은 何爲者也오 夫易은 開物成務하여 冒天下之道하나니 如斯而已者也라.

是故로 聖人이 以通天下之志하며 以定天下之業하며 以斷天下之疑하나니라. 是故로 蓍之德은 圓而神이요 卦之德은 方以知요 六爻之義는 易以貢이니 聖人이 以此洗心하여 退藏於密하며 吉凶에 與民同患하여 神以知來하고 知以藏往하나니 其孰能與於此哉리오 右之聰明叡知神武而不殺者夫인저. 是以明於天之道而察於民之故하여 是興神物하여 以前民用하니 聖人이 以此齋戒하여 以神明其德夫인저. 是故로 闔戶를 謂之坤이요 闢戶를 謂之乾이요 一闔一闢을 謂之變이요 往來不窮을 謂之通이요 見을 乃謂之象이요 形을 乃謂之器요 制而用之를 謂之法이요 利用出入하여 民咸用之를 謂之神이라. 是故로 易有大極하니 是生兩儀하고 兩儀生四象하고 四象生八卦하니 八卦定吉凶하고 吉凶이 生大業하나니라. 是故로 法象이 莫大乎天地하고 變通이 莫大乎四時하고 懸象著明이 莫大乎日月하고 崇高莫大乎富貴하고 備物하며 致用하며 立成器하여 以爲天下利 莫大乎聖人하고 探賾索隱하며 鉤深致遠하여 以定天下之吉凶하며 成天下之亹亹者 莫大乎蓍龜하나니라. 是故로 天生神物이어늘 聖人則之하며 天地變化어늘 聖人效之하며 天垂象하여 見吉凶이어늘 聖人象之하며 河出圖하고 洛出書어늘 聖人則之하니 易有四象은 所以示也요 繫辭焉은 所以告也요 定之以吉凶은 所以斷也라.

제12장

역易 대유大有 괘 상구上九에 다음과 같은 말이 있다.

"하늘로부터 도움[우祐]이 있어야 길하고 이롭다."

이에 대해 공자께서 다음과 같이 말씀하셨다.

"우祐는 돕는다는 것을 말한다. 그런데 하늘이 도와주는 사람은 하늘의 뜻에 따르는 사람이고, 사람이 도와주는 사람은 신의가 있는 사람이다. 신의를 실천하고 하늘에 순종할 것을 생각하며, 더불어 그런 마음으로 어진 사람을 숭상해야만 하늘로부터 도움을 받게 된다. 그러니 길하고 이롭기만 한 것이다."

공자께서 말씀하셨다.

"글로는 말을 다 표현해내지 못하고, 말로는 마음속의 뜻을 다 표현하지 못한다. 그런데 어떻게 성인의 뜻을 알 수 있겠는가. 성인은 상象을 세워 뜻을 나타내고, 괘卦를 베풀어 참과 거짓을 가리고, 말을 붙여 할 말을 다하고, 변화하고 통해 이로움을 다하고, 사람들을 고무시켜 신묘함을 극진히 한다."

건乾과 곤坤에는 역易의 이치가 모두 쌓여 있을까? 건과 곤이 배열을 이루면 그 가운데 역易이 서 있게 된다. 그렇기 때문에 건과 곤이 무너지면 역의 이치를 볼 수 없고, 역의 이치를 볼 수 없으면 건과 곤도 거의 파악할 수 없다.

그러므로 형체로 드러나기 이전의 상태를 도道라 하고, 형체로 드러난 이후를 기器라 한다. 이 기를 도의 입장에서 마름질하는 것을 변變이라 하고, 기를 미루어 기의 참모습을 행하는 것을 통通이라 하고, 기를 세상 백성이 사용할 수 있도록 놓아두는 것을 사업事業이라 한다.

그렇기 때문에 상象이라는 것은 성인이 세상 속에 깊숙이 감추어진 것을 깨달아 보고, 그 나타나는 모습을 도리에 맞게 잘 헤아려서 사물에 맞게 적용되는 상태를 형상한 것이다. 이런 이유로 상象이라고 한 것이다.

성인은 상을 통해 세상의 움직임을 알고, 그것이 모두 하나로 통하는 것을 관찰해 떳떳한 예禮를 실천하며, 말을 붙여서 길하고 흉한 것을 판단한다. 이런 이유로 효爻라 한 것이다.

세상 속에 깊이 감추어진 도리를 밝힐 수 있는 것은 모두 괘卦 때문이고, 세상의 움직임을 고무시킬 수 있는 것은 모두 효사爻辭 때문이고, 변하고 마름질할 수 있는 것은 모두 변變 때문이고, 미루어 도를 행할 수 있는 것은 모두 통通 때문이다. 그리고 신묘神妙하게 이를 밝힐 수 있는 힘은 모두 사람에게 있다. 또한 묵묵하게 이루어내고 말이 없어도 신뢰할 수 있는 것은 모두 덕행德行 때문이다.

易曰 自天祐之라 吉无不利라 하니 子曰 祐者는 助也니 天之所助者順也요 人之所助者信也니 履信思乎順하고 又以尙賢也라 是以自天祐之 吉无不利也니라. 子曰 書不盡言하며 言不盡意하니 然則聖人之意를 其不可見乎아 子曰 聖人이 立象하여 以盡意하며 設卦하여 以盡情僞하며 繫辭焉하여 以盡其言하며 變而通之하여 以盡利하며 鼓之舞之하여 以盡神하니라. 乾坤은 其易之縕邪인저 乾坤成列에 而易立乎其中矣니 乾坤毁면 則无以見易이요 易不可見이면 則乾坤이 或幾乎息矣리라. 是故로 形而上者를 謂之道요 形而下者를 謂之器요 化而裁之를 謂之變이요 推而行之를 謂之通이요 舉而措之天下之民을 謂之事業이라. 是故로 夫象은 聖人有以見天下之賾하여 而擬諸其形容하며 象其物宜라 是故謂之象이요 聖人이 有以見天下之動하여 而觀其會通하여 以行其典禮하며 繫辭焉하여 以斷其吉凶이라. 是故로 謂之爻니 極天下之賾者는 存乎卦하고 鼓天下之動者는 存乎辭하고 化而裁之는 存乎變하고 推而行之는 存乎通하고 神而明之는 存乎其人하고 黙而成之하며 不言而信은 存乎德行하니라.

繫辭傳 계사전 下하

제1장

팔괘八卦가 열列을 이루니 그 가운데 상象이 있다.
팔괘를 거듭하니 그 가운데 효爻가 있다.
굳센 것과 부드러운 것이 번갈아 가니 그 가운데 변變이 있다.
거기에 말을 붙여 명령을 내리니 그 가운데 실천이 있다.

길함과 흉함, 후회와 욕심은 모두 인간의 행동에 따라 나타나는 것이고, 굳셈과 부드러움은 근본을 세우는 것이고, 변變과 통通은 때에 따르는 것이다.
길吉과 흉凶은 항상 어려움을 이기는 원동력이 되고, 하늘과 땅의 모든 작용은 역리를 관찰하는 원동력이 되고, 해와 달의 작용은 만물을 밝히는 원동력이 되고, 세상의 움직임은 태극太極을 실천하는 원동력이 된다.

건乾은 굳세기 때문에 사람에게 어렵지 않음을 보여주고, 곤坤은 순하기 때문에 사람에게 간단하다는 것을 보여준다. 건과 곤의 쉽고 간단함을 본받는 것이 바로 효爻이고, 본뜬 것이 상象이다.

효爻와 상象은 괘卦 안에서 움직이고, 길吉과 흉凶은 괘 밖에 나타난다. 그리고 공功이나 업적은 변화를 통해 드러나고, 사람을 걱정하는 성인의 감정은 말, 즉 괘사卦辭를 통해 드러난다.

하늘과 땅이 가진 큰 덕德은 만물을 낳는 것이다. 반면 성인의 큰 보배는 위位, 즉 지위라고 할 수 있다. 무엇으로 지위를 지키겠는가? 그것은 바로 인仁이다. 그럼 무엇을 가지고 사람을 모을 수 있겠는가? 그것은 바로 재물이다. 그리고 재물을 다스리고 말을 바르게 하며 백성들이 나쁜 행동을 못하게 하는 것이 바로 의義다.

八卦成列하니 象在其中矣요 因而重之하니 爻在其中矣요 剛柔相推하니 變在其中矣요 繫辭焉而命之하니 動在其中矣라. 吉凶悔吝者는 生乎動者也요 剛柔者는 立本者也요 變通者는 趣時者也라. 吉凶者는 貞勝者也니 天地之道는 貞觀者也요 日月之道는 貞明者也요 天下之動은 貞夫一者也라. 夫乾은 確然하니 示人易矣요 夫坤은 隤然하니 示人簡矣니 爻也者는 效此者也요 象也者는 像此者也라. 爻象은 動乎內하고 吉凶은 見乎外하고 功業은 見乎變하고 聖人之情은 見乎辭하니라. 天地之大德曰生이요 聖人之大寶曰位니 何以守位오 曰仁이요 何以聚人고 曰財니 理財하며 正辭하며 禁民爲非曰義라.

제2장

옛날 포희씨包犧氏가 세상에서 왕 노릇을 할 때였다. 그는 하늘을 우러러 보며 상象, 즉 하늘에 나타난 형상을 관찰하고, 땅을 굽어보며 규칙을 관찰하고, 새와 짐승의 생명의 이치와 하늘과 땅의 마땅함을 관찰했다. 또한 가까이는 자신에게서 진리를 취하고, 멀리는 만물에게서 진리를 취했다. 그리하여 마침내 팔괘八卦를 만들어 신명神明의 덕德에 통하게 만들었고, 만물의 실상을 정돈했다.

노끈을 꼬아 그물을 만들어서 새와 물고기를 잡게 되었는데, 이것은 이離 괘에서 이치를 취한 것이다.

이후에 포희씨가 죽자 신농씨神農氏가 임금이 되었는데, 그는 나무를 깎아 쟁기 날을 만들고 나무를 휘어 쟁기 자루를 만들어 땅을 갈고 김을 매는 것의 이로움을 세상에 가르쳤다. 이것은 바로 익益 괘에서 이치를 취한 것이다.

한낮에 시장을 만들어 세상의 모든 백성이 오게 하고, 세상의 모든 재물을 모아 교역을 하게 하여 모든 백성이 제 필요한 것을 얻게 만들었다. 이것은 바로 서합噬嗑 괘에서 이치를 취한 것이다.

이후 신농씨가 죽자 황제黃帝와 요 임금, 순 임금이 세상에 나오셨다. 그들은 전대에 사용했던 기물과 제도를 바꾸는 데 능했다. 그래서 이를 통해 백성들이 게으름을 피우지 않게 했다. 또한 신묘한 능력을 가지고 있어서 이런 능력으로 백성들이 올바른 삶을 살아갈 수 있도록 이끌었다.

역易의 입장에서 보면 극한 상황에 다다르면 변하고, 변하면 통하는 길이 생기고, 이렇게 통하면 오래 지속된다. 이 때문에 하늘로부터 도움을 받아 모든 것이 길吉하고 이로웠다. 때문에 황제와 요 임금, 순 임금이 옷을 늘어뜨리고 가만히 있어도 세상은 잘 다스려졌다. 이것은 바로 건乾 괘와 곤坤 괘에서 이치를 취한 것이다.

나무를 쪼개 배를 만들고 나무를 깎아 노를 만들었다. 이렇듯 배와 노의 이로운 점을 이용해 통하기 어려운 곳을 건너 먼 곳에까지 다다르게 함으로써 세상을 이롭게 했다. 이것은 바로 환渙 괘에서 이치를 취한 것이다.

또한 소를 부리고 말을 타 무거운 것을 먼 곳에까지 나르게 함으로써 세상을 이롭게 했다. 이것은 바로 수隨 괘에서 이치를 취한 것이고, 문을 두 겹으로 만들고 목탁을 쳐서 도둑에 대비했던 것은 예豫 괘에서 이치를 취한 것이다.

나무를 잘라 절굿공이를 만들고, 땅을 파 절구를 만들었다. 이렇듯 절구와 절굿공이의 이로운 점을 이용해 모든 백성을 도왔다. 이것은 바로 소과小過 괘에서 이치를 취한 것이다.

또한 나무를 휘어 활을 만들고, 나무를 깎아 화살을 만들었다. 이렇듯 활과 화살의 이로운 점을 이용해 세상에 위력을 떨쳤다. 이것은 바로 규睽 괘에서 이치를 취한 것이다.

상고시대上古時代에는 굴에서 살고 들에서 거처했다. 그러던 것을 후대의 성인聖人이 굴과 들 대신 위에는 들보를 얹고 아래에는 처마를 쳐서 바람과 비에 대비할 수 있는 궁실宮室로 바꿨다. 이것은 바로 대장大壯 괘에서 이치를 취한 것이다.

또한 상고시대에는 장례를 치를 때 섶을 두껍게 입혀 들판 가운데에 매장했는데, 봉분도 만들지 않았고 나무도 심지 않았으며 기일도 정하지 않았다. 그러던 것을 후대의 성인이 시체를 넣을 수 있도록 속 널과 겉 널이 있는 관곽棺槨으로 바꿨다. 이것은 바로 대과大過 괘에서 이치를 취한 것이다.

상고시대에는 노끈을 맺어 글자를 대신했다. 그러던 것을 후대의 성인聖人이 그것을 글자와 부호로 바꿨다. 그리하여 관리들은 이것을 가지고 백성을 다스렸고, 백성은 이것을 가지고 번거로운 일을 살폈다. 이것은 바로 쾌夬 괘에서 이치를 취한 것이다.

古者包犧氏之王天下也에 仰則觀象於天하고 俯則觀法於地하며 觀鳥獸之文과 與地之宜하며 近取諸身하고 遠取諸物하여 於是에 始作八卦하여 以通神明之德하며 以類萬物之情하니라. 作結繩而爲網罟하여 以佃以漁하니 蓋取諸離하고 包犧氏沒이어늘 神農氏作하여 斲木爲耜하고 揉木爲耒하여 耒耨之利로 以敎天下하니 蓋取諸益하고 日中爲市하여 致天下之民하며 聚天下之貨하여 交易而退하여 各得其所케하니 蓋取諸噬嗑하고 神農氏沒이어늘 黃帝堯舜氏作하여 通其變하여 使民不倦하며 神而化之하여 使民宜之하니 易이 窮則變하고 變則通하고 通則久라 是以自天祐之하여 吉无不利니 黃帝堯舜이 垂衣裳而天下治하니 蓋取諸乾坤하고 刳木爲舟하고 剡木爲楫하여 舟楫之利로 以濟不通하여 致遠以利天下하니 蓋取諸渙하고 服牛乘馬하여 引重致遠하여 以利天下하니 蓋取諸隨하고 重門擊柝하여 以待暴客하니 蓋取諸豫하고 斷木爲杵하고 掘地爲臼하여 臼杵之利로 萬民以濟하니 蓋取諸小過하고 弦木爲弧하고 剡木爲矢하여 弧矢之利로 以威天下하니 蓋取諸睽하고 上古에 穴居而野處러니 後世聖人이 易之以宮室하여 上棟下宇하여 以待風雨하니 蓋取諸大壯하고 古之葬者는 厚衣之以薪하여 葬之中野하여 不封不樹하며 喪期无數러니 後世聖人이 易之以棺槨하니 蓋取諸大過하고 上古에 結繩而

治러니 後世聖人이 易之以書契하여 百官以治하며 萬民以察하니 蓋取諸夬하니라.

제3장

그런 이유로 역易은 이치를 본뜬다는 것이다.

본뜬다는 것은 형상을 갖는다는 것이다.

단彖은 재질(재료)이다.

효爻는 세상의 움직임을 본받는 것이다.

이 때문에 길吉이나 흉凶이 생기고, 후회와 욕심이 나타나는 것이다.

是故로 易者는 象也니 象也者는 像也요 彖者는 材也요 爻也者는 效天下之動者也니 是故로 吉凶生而悔吝著也니라.

제4장

양陽 괘에는 음陰이 많고, 음陰 괘에는 양陽이 많다. 무슨 까닭일까? 그것은 양陽 괘는 홀수고, 음陰 괘는 짝수이기 때문이다.

덕행德行은 어떠한가? 양陽 괘에는 군주 한 명에 백성이 둘이니, 이 것은 곧 군자의 도道다. 하지만 음陰에는 군주 두 명에 백성이 한 명이니, 이것은 곧 소인小人의 도道다.

제5장

역易 함咸 괘 구사九四에는 다음과 같은 말이 있다.

"그리워하는 마음으로 왕래하면 오직 벗만이 네 생각을 따를 것이다."

이에 대해 공자께서 다음과 같이 말씀하셨다.

"세상 만물은 도대체 무엇을 생각하고, 또 무엇을 근심하겠는가? 세상 만물이 같은 목적을 향해 나아가지만 각기 그 길은 다르고, 이치는 하나지만 생각은 다양하다. 이러한데 세상 만물이 무엇을 생각하고 무엇을 근심하겠는가."

해가 가면 달이 오고, 달이 가면 해가 온다. 즉, 해와 달이 서로를 밀어줌으로써 밝음이 생기는 것이다. 또 추위가 가면 더위가 오고, 더위가 가면 추위가 온다. 즉, 추위와 더위가 서로를 밀어줌으로써 한 해가 이루어진다. 이처럼 가는 것은 굽히는 것이고, 오는 것은 펴는 것이다. 즉, 굽히고 펴는 것이 서로 감동했을 때 이로움이 생긴다.

자벌레가 몸을 굽히는 것은 펴기 위한 것이고, 용과 뱀이 한껏 움츠리는 것은 몸을 보존하기 위한 것이다. 이렇듯 의리를 정밀하게 하여 신묘한 경지에 들어가는 것은 그것을 지극히 쓰기 위한 것이고, 이롭게 쓰고 몸을 편안하게 하는 것은 덕德을 높이기 위한 것이다. 이 정도의 차원을 넘어서면 인식할 수 없다. 따라서 신神을 속속들이 깊이 연구해 조화를 이해하는 것이야말로 덕德이 성대한 것이다.

역易 곤困 괘 육삼六三에는 다음과 같은 말이 있다.

"돌에 깔려 곤란하고 가시덤불을 깔고 앉아 있다. 자기 집에 들어가도 자기 아내를 만나보지 못하니 흉凶하다."

이에 대해 공자께서 다음과 같이 말씀하셨다.

"곤란할 데가 아닌 곳에서 곤란을 당하면 반드시 이름이 욕될 것이고, 앉을 곳이 아닌 데 앉으면 반드시 몸이 위태로워질 것이다. 이렇듯 이미 욕되고 위태로워졌다는 것은 죽을 시기가 머지않았다는 것이다. 그러니 어떻게 아내를 볼 수 있겠는가."

역易 해解 괘 상육上六에는 다음과 같은 말이 있다.

"공公이 높은 담 위에서 매를 쏘아 잡았으니 이롭지 않을 리가 없다."

이에 대해 공자께서 다음과 같이 말씀하셨다.

"매는 새고, 활과 화살은 기구다. 그리고 쏘는 것은 사람이다. 군자가 기구를 몸에 보관하였다가 때를 기다려 행동하였는데 어찌 이롭지 않겠는가. 이러면 움직이더라도 방해가 없다. 그러므로 앞으로 나아가면 반드시 얻는 것이 있을 것이다. 다시 말하면 이것은 곧 기구를 준비한 후에 행동하라는 말이기도 하다."

공자께서 말씀하셨다.

"소인小人은 어질지 않은 것을 부끄러워하지 않고, 불의不義를 두려

556

워하지 않는다. 또한 이익이 없을 것 같으면 노력하지 않고, 위엄으로 인해 두려움을 느끼지 못하면 잘못을 깨닫지 못한다. 그렇지만 조금 징계하여도 크게 경계하니, 이것은 소인小人의 복이다. 역易 서합噬嗑 괘 초구初九에는 다음과 말이 있다.

'족쇄를 신에 달아 발을 못 쓰게 되면 허물이 없다.'

이것은 소인을 두고 말한 것이다."

공자께서 말씀하셨다.

"선행이 쌓이지 않으면 이름을 이룰 수 없고, 악행이 쌓이지 않으면 자신의 몸을 망칠 수 없다. 그런데 소인은 작은 선행은 이익이 없다 여기고는 행하지 않고, 작은 악행은 무방하다 여기고는 버리지 않는다. 그렇기 때문에 결국 작은 악행들이 쌓여 그것을 숨길 수 없게 되고, 죄罪가 커져 더 이상 벗어날 수 없게 된다. 그런 까닭에 역易 서합噬嗑 괘 상구上九에 '큰 칼로 귀를 덮게 되면 흉凶하다'는 말이 있는 것이다."

공자께서 말씀하셨다.

"위태로울지도 모른다는 생각으로 미리 대비하면 그 지위를 편안히 할 수 있고, 망할지도 모른다는 생각에 미리 대비하면 그 생존을 보존하게 되며, 어지러울지도 모른다는 생각으로 대비하면 그 안정된 상태를 유지할 수 있다. 그렇기 때문에 군자는 편안해도 위태로움을 잊지 않고, 안정이 유지되어도 나라의 멸망을 잊지 않으며, 잘 다스려져도 어지러울 것을 잊지 않는다. 이렇게 해야 몸이 편안해지고, 나라가 잘 유지된다. 그런 까닭에 역易 부否 괘 구오九五에 '망할까 망할까 하고 두려워하여야만 빽빽하게 심어놓은 뽕나무에 매어놓은 듯 튼튼하다'는 말이 있는 것이다."

공자께서 말씀하셨다.

"덕德이 적으면서도 지위가 높고, 지혜가 없는데도 도모하는 것이 크고, 힘이 없는데도 짐이 무거우면 화가 미치지 않을 자가 없다. 그런 까닭에 역易 정鼎 괘 구사九四에 다음과 말이 있다.

'솥의 발이 부러져 왕공王公에게 바칠 음식을 엎으면 그 형벌이 무거울 테니 흉凶하다.'

이것은 바로 임무를 감당하지 못함을 말한 것이다."

공자께서 말씀하셨다.

"어떤 낌새를 아는 것은 신묘한 일이다. 무릇 군자는 윗사람과 사귀되 아첨하지 않고, 아래로 사귀되 모독하지 않는다. 이것이 바로 낌새를 아는 것이다. 낌새란 움직임이 겉으로 거의 드러나지 않는데, 길吉이 먼저 나타난 것이다. 따라서 군자는 낌새를 보고 일을 처리하되 그 하루가 그저 지나가기를 기다리지만은 않는다. 역易 예豫 괘 육이六二에는 다음과 같은 말이 있다.

'돌이 끼어 있을 때 하루 종일 참고 견디지만 않으면 길吉하다.'

이렇듯 끼어 있는 것이 돌과 같으면 어찌 하루가 다 가도록 기다리기만 하겠는가. 결단이 필요하다는 것이다. 무릇 군자는 은밀한 것도 알고, 드러난 것도 알며, 부드러운 것도 알고, 굳센 것도 안다. 그렇기 때문에 모든 사람이 그를 우러러보는 것이다."

공자께서 말씀하셨다.

"안회安回는 거의 도道에 가까웠던 것 같다. 선하지 못한 것이 있으면 일찍이 그것을 모른 적이 없고, 일단 알면 행하지 않았다. 역易 복復 괘 초구初九에는 다음과 같은 말이 있다.

'멀리 가지 않고 돌아오면 후회가 없을 것이므로 크게 길하다.'

하늘의 기운과 땅의 기운이 교감할 때 만물이 엉기고, 암컷과 수컷이 교합할 때 만물이 태어난다. 역易 손損 괘 육삼六三에는 다음과 같은 말이 있다.

'세 사람이 가면 한 사람을 잃고, 한 사람이 가면 벗을 얻는다.'

이것은 바로 하나에 지극히 함을 말한 것이다."

공자께서 말씀하셨다.

"군자는 몸을 편안히 한 뒤에 움직이고, 마음을 화평하게 다스린 뒤에 말하며, 사귐을 확고하게 정한 뒤에 요구한다. 군자가 온전한 것은 이 세 가지를 닦아 완수하기 때문이다. 몸이 위태로울 때 움직이면 백성들이 함께하지 않고, 두려움을 가지고 말하면 백성들이 응하지 않으며, 사귐이 확고하지 않은 상태에서 요구하면 백성들이 도와주지 않는다. 그리고 도와주는 이가 없으면 반드시 해를 입히는 자가 있게 마련이다. 역易 익益 괘 상구上九에는 다음과 같은 말이 있다.

'유익하게 해주는 이가 없으면 반드시 공격하는 이가 있을 것이다. 그러니 마음을 세우는 데 일관성을 가지지 않으면 흉凶하다.'

바로 이것을 두고 한 말이다."

易曰 憧憧往來면 朋從爾思라 하니 子曰 天下何思何慮리오 天下同歸而殊塗하며 一致而百慮니 天下何思何慮리오. 日往則月來하고 月往則日來하여 日月相推而明生焉하며 寒往則暑來하고 暑往則寒來하여 寒暑相推而歲成焉하니 往者는 屈也요 來者는 信也니 屈信相感而利生焉하니라. 尺蠖之屈은 以求信也요 龍蛇之蟄은 以存身也요 精義入神은 以致用也요 利用安身은 以崇德也니 過此以往은 未之或知也니 窮神知化 德之盛也라. 易曰 困于石하며 據于蒺藜라 入于其宮이라도 不見其妻니 凶이라 하니 子曰 非所困而困焉하니 名必辱하고 非所據而據焉하니 身必危하리니 旣辱且危하여 死期將至어니 妻其可得見邪아. 易曰 公用射隼于高墉之上하여 獲之니 无不利라하니 子曰 隼者는 禽也요 弓矢者는 器也요 射之者는 人也니 君子藏器於身하여 待時而動이면 何不利之有리오 動而不括이라 是以出而有獲하나니 語成器而動者也라. 子曰 小人은 不恥不仁하며 不畏不義라 不見利면 不勸하며 不威면 不懲하나니 小懲而大誡가 此小人之福也라 易曰 履校하여 滅趾니 无咎라하니 此之謂也라. 善不積이면 不足以成名이요 惡不積이면 不足以滅身이니 小人은 以小善爲无益而弗爲也하며 以小惡 爲无傷而弗去也라 故로 惡積而不可掩이며 罪大而不可解니 易曰 何校하여 滅耳니 凶이라 하니라. 子曰 危者는 安其位者也요 亡者는 保其存者也요 亂者는 有其治者也라 是故로 君子安而不忘危하며 存而不忘亡하며 治而不忘亂이라 是以身安而國家可保也니 易曰 其亡其亡이라야 繫于苞桑이라하니라. 子曰 德薄而位尊하며 知小而謀大하며 力小而任重하면 鮮不及矣나니 易曰 鼎折足하여 覆公餗하니 其形이 渥이라 凶이라 하니 言不勝其任也라. 子曰 知幾其神乎인저 君子上交不諂하며 下交不瀆하나니 其知幾乎인저 幾者는 動之微 吉之先見者也니 君子見幾而作하여 不俟終日이니 易曰 介于石이라 不終日이니 貞하고 吉이라 하니 介如石焉이어니 寧用終日이리오 斷可識矣로다 君子知微知彰知柔知剛하나니 萬夫之望이라. 子曰 顔氏之子 其殆庶幾乎인저 有不善이면 未嘗不知하며 知之면 未嘗復行也하나니 易曰 不遠復이라 无祗悔니 元吉이라 하니라. 天地絪縕에 萬物化醇하고 男女構精에 萬物化生하나니 易曰 三人行엔 則損一人하고 一人行엔 則得其友라 하니 言致一也라. 子曰 君子安其身而後動하며 易其心而後語하며 定其交而後求하나니 君子脩此三者라 故로 全也하나니 危以動하면 則民不與也요 懼以語하면 則民不應也요 无交而求하면 則民不與也하나니 莫之與하면 則傷之者至矣나니 易曰 莫益之라 或擊之리니 立心勿恒이니 凶이라 하니라.

제6장

공자께서 말씀하셨다.

"건乾과 곤坤은 역易의 문門이라 할 수 있을까? 건乾은 만물 가운데 양陽의 것이고, 곤坤은 만물 가운데 음陰의 것이다. 그리고 이 음陰과 양陽에 덕德을 합하면 굳세고 부드러운 것들이 일정한 성격을 갖게 된다. 이를 통해 하늘과 땅의 일이 구체적으로 형태를 지니게 만들며, 다시 이를 통해 신명神明의 덕德에 통하게 한다. 괘의 이름이 잡다하게 많지만 그 모두가 건과 곤의 작용에서 크게 벗어나 있지 않다. 또한 괘의 유형을 살펴보면 복잡하고 어지러운 세상을 반영하는 것임을 알 수 있다."

무릇 역易은 지나간 것을 알게 하고, 미래를 살피며, 겉으로 드러나는 것이 거의 없는 것을 드러내고, 숨어 있는 이치를 밝히며, 만물에게 그 이치에 합당한 이름을 붙이고, 처한 상황을 분별하며, 말을 바르게 하고 단행한다. 그렇기 때문에 모든 것이 구비되어 있다.

이름을 칭하는 것은 작은 일이지만 유형을 취하는 것은 큰일인데, 그 의미는 뜻이 원대하고 말이 세련되고, 그 말은 자세하면서도 이치에 맞으며, 그 일은 진열되어 있으면서도 겉으로 들어나는 것이 거의 없다. 또한 어찌해야 할지에 대한 의심에서 백성을 구제하여 행동하게 한다. 그리고 더불어 그 행동에 따른 실득失得과 보답에 대해 밝혔다.

子曰 乾坤은 其易之門邪인저 乾은 陽物也요 坤은 陰物也니 陰陽合德하여 而剛柔有體라 以體天地之撰하며 以通神明之德하니 其稱名也 雜而不越하나 於稽其類엔 其衰世

제7장

역易이 생긴 것은 중고中古(상고上古와 근고近古의 중간 시대로 여기에서는 은
나라 말기에서 주나라 초기를 이름) 때일까?

역易을 지은 사람에게는 어떤 나쁜 일이 있었을까?

그렇기 때문에 이履 괘는 덕德을 실천하는 기본이고, 겸謙 괘는 덕德
을 실천하는 손잡이고, 복復 괘는 덕德을 튼튼하게 하는 근본이고, 항恒
괘는 덕德을 확고하게 하는 것이고, 손損 괘는 덕德을 닦는 것이고, 익
益 괘는 덕德을 넉넉하게 하는 것이고, 곤困 괘는 덕德을 분별하는 것이
고, 정井 괘는 덕德을 다지는 것이고, 손巽 괘는 덕德을 제어하는 방법
이라 할 수 있다.

이履를 따르면 화하면서도 지극하고, 겸謙을 따르면 높으면서도 빛나
고, 복復을 따르면 작으면서도 사물을 분변하고, 항恒을 따르면 복잡하
더라도 싫증이 나지 않고, 손損을 따르면 처음에는 어렵더라도 나중에
는 쉽고, 익益을 따르면 크고 넉넉하면서도 꾸미지 않고, 곤困을 따르
면 궁하지만 통하게 되고, 정井을 따르면 제자리에 머물면서도 좋은 방
향으로 나아가고, 손巽을 따르면 일을 잘해나가지만 드러나지 않는다.

이履로는 조화로운 행동을 하고, 겸謙으로는 예禮를 정하고, 복復으

562

로는 자신을 알고, 항恒으로는 덕德을 한결같이 하고, 손損으로는 해로 움을 멀리하고, 익益으로는 이로움을 일으키고, 곤困으로는 원망받을 일을 적게 하고, 정井으로는 의義를 구분해내고, 손巽으로는 권도權道를 행한다.

易之興也, 其於中古乎인저 作易者 其有憂患乎인저. 是故로 履는 德之基也요 謙은 德之柄也요 復은 德之本也요 恒은 德之固也요 損은 德之脩也요 益은 德之裕也요 困은 德之辨也요, 井은 德之地也요 巽은 德之制也라. 履는 和而至하고 謙은 尊而光하고 復 은 小而辨於物하고 恒은 雜而不厭하고 損先難而後易하고 益은 長裕而不設하고 困은 窮而通하고 井은 居其所而遷하고 巽은 稱而隱하니라. 履以和行하고 謙以制禮하고 復 以自知하고 恒以一德하고 損以遠害하고 益以興利하고 困以寡怨하고 井以辨義하고 巽 以行權하나니라.

제8장

≪역경≫이라는 책은 멀리 두고 잊을 수 없다. 또 그 도道라는 것도 항상 변하고 자주 자리를 옮긴다. 변동하고 머물지 않아 동서남북에 두 루 흐를 뿐만 아니라 오르내림이 변화무쌍하고, 굳세고 부드러운 것이 서로 바뀐다. 그래서 일정한 규칙을 세울 수 없다. 그저 그 변화에 따 를 뿐이다.

역은 나가고 들어옴을 법도로 만들어 사람들로 하여금 밖과 안에 두 려움을 알게 한다. 또 걱정거리나 일어나는 모든 문제의 이치에도 밝 다. 그렇기 때문에 태사太師나 태보太保 같은 지도자가 없어도 부모父母

가 임한 것처럼 모든 것을 가르쳐준다.

처음 그 말에 따라 그 도리를 헤아려보면 이미 떳떳한 규칙이 있다. 하지만 그것을 실천할 수 있는 훌륭한 사람이 아니면 도道는 저절로 혼자 행해지지 않는다.

易之爲書也 不可遠이요 爲道也 屢遷이라 變動不居하여 周流六虛하여 上下无常하며 剛柔相易하여 不可爲典要요 唯變所適이니 其出入以度하여 外內에 使知懼하며 又明於憂患與故라 无有師保나 如臨父母하니 初率其辭而揆其方컨댄 旣有典常이어니와 苟非其人이면 道不虛行하나니라.

제9장

≪역경≫이라는 책은 시작을 살펴서 그 끝을 파악하게 하는 것을 바탕으로 삼는데, 여섯 개의 효爻가 서로 섞이는 것은 오로지 그때의 사물일 뿐이다.

초효初爻는 알기 어렵지만, 상효上爻는 알기 쉽다. 그것은 본本과 말末의 관계라 할 수 있다. 그래서 초효의 설명에서는 헤아리고, 마지막 상효上爻에서 뜻을 파악한다.

음과 양의 물건을 뒤섞고 덕德을 헤아리며 옳고 그름을 분별하려면, 이효二爻와 오효五爻의 중간에 있는 효爻가 아니면 안 된다.

또한 존망存亡과 길흉吉凶을 잘 살피면 역의 이치를 거의 알 수 있다. 따라서 지혜로운 자가 단사彖辭를 보면 역의 이치를 반은 넘게 헤아렸다.

　이효二爻와 사효四爻는 기능은 같지만 자리가 다르다. 그래서 좋은 점도 다르다. 즉, 이효에는 남들의 칭찬이 많지만, 사효에는 두려움이 많다. 그 이유는 사효가 군주의 자리인 오효五爻에 가깝기 때문이다. 또한 유柔의 작용은 멀리 있는 것을 이롭다고 여기지 않는데도 그 중요한 결과에 허물이 없는 것은 모두 유柔로서 중中을 쓰기 때문이다.

　삼효三爻과 오효五爻도 기능은 같지만 자리가 다르다. 즉, 삼효는 흉凶함이 많고, 오五는 공功이 많다. 왜냐하면 귀하고 천한 것의 차등이 있기 때문이다. 삼효나 오효가 음의 효, 즉 유柔에는 위태롭고, 양의 효, 즉 강剛에는 이겨낼 것이다.

> 　易之爲書也 原始要終하여 以爲質也하고 六爻相雜은 唯其時物也라. 其初는 難知요 其上은 易知니 本末也라 初辭擬之하고 卒成之終하니라. 若夫雜物과 撰德과 辨是與非는 則非其中爻면 不備하리라. 噫라 亦要存亡吉凶인댄 則居可知矣어니와 知者觀其象辭하면 則思過半矣리라. 二與四 同功而異位하여 其善不同하니 二多譽하고 四多懼는 近也일새니 柔之爲道 不利遠者언마는 其要无咎는 其用柔中也일새라. 三與五 同功而異位하여 三多凶하고 五多功은 貴賤之等也일새니 其柔는 危하고 其剛은 勝邪인저.

제10장

　≪역경≫이라는 책은 광대해 모든 이치를 구비하고 있다. 거기에는 하늘의 이치가 있고, 사람의 이치가 있으며, 땅의 이치도 있다. 이러한

삼재三才의 이치를 겸해 두 번 했기 때문에 여섯이 된다. 즉, 이 여섯은 다름이 아니라 삼재三才의 도道인 것이다.

도道에 변화와 움직임이 있기 때문에 효爻라 하고, 효爻에는 차등이 있기 때문에 형태를 가진 물物이 되고, 물物은 서로 뒤섞이기 때문에 다양한 형태를 갖춘다. 이때 그 형태가 본래 이치에 타당하지 않을 때가 있다. 그래서 길흉吉凶이 생겨나는 것이다.

易之爲書也 廣大悉備하여 有天道焉하며 有人道焉하며 有地道焉하니 兼三才而兩之라 故로 六이니 六者는 非他也라 三才之道也니 道有變動이라. 故로 日爻요 爻有等이라. 故로 日物이요 物相雜이라. 故日文이요 文不當이라 故吉凶生焉하니라.

제11장

역易이 생겨난 것은 은殷나라 말기와 주周나라가 크게 번성할 때였을까? 문왕文王과 주紂의 일 때 생겨난 것일까? 그렇기 때문에 설명이 위태로움에 대처하는 방법에 대해 말하고 있는 것일 것이다. 즉, 위태롭다고 여기고 대처하는 자는 평안하게 하고, 안이하게 대처하는 자는 기울어지게 했다.

역의 도道는 매우 커서 온갖 일을 폐지케 하지 않는다. 하지만 시종일관 두려워하는 마음으로 임해야만 한다. 그리고 역의 중요한 요점은 허물이 없도록 하는 것이다. 이것을 바로 역易의 도道라 한다.

易之興也 其當殷之末世 周之盛德邪인저 當文王與紂之事邪인저 是故로 其辭危하여 危者를 使平하고 易者를 使傾하니 其道甚大하여 百物을 不廢하나 懼以終始면 其要无 咎리니 此之謂易之道也라.

제12장

건乾은 세상에서 가장 굳센 것이다. 따라서 건을 따르는 사람은 그 덕행德行이 항상 쉽지만, 어려움이 있을 수 있다는 것을 안다. 한편 곤 坤은 세상에서 가장 유순한 것이다. 따라서 곤을 따르는 사람은 그 덕 행德行이 항상 간략하지만, 막힘이 있을 수 있다는 것을 안다. 이들은 모두 마음으로 기뻐하고 생각으로 연구해 세상의 길함과 흉함을 정하 고, 세상의 모든 작용을 이룬다.

그렇기 때문에 변화하고 일러 말하는 것에는 상서로움이 있다. 일의 형상을 잘 관찰하면 그에 대처하는 기물器物이 무엇인지 알게 되고, 일 을 점치면 미래를 안다. 그리하여 하늘과 땅이 각각 자신의 자리를 정 하고 성인聖人과 함께 바르게 사는 능력을 갖추게 했다. 이는 곧 사람과 귀신에게 도모함으로써 백성이 바르게 살 수 있게 하는 능력을 갖추게 되었다는 것이다.

팔괘八卦는 형상을 알려주고, 효爻와 단彖은 실상을 말해주며, 굳센 것과 부드러운 것이 썩게 되니 길흉吉凶을 볼 수 있다.

역에서는 변하고 움직이는 것을 '어떻게 하면 이롭다'는 형식으로 말한다. 또한 길흉吉凶은 실상에 따라 옮겨간다. 그렇기 때문에 사랑함과 미워함이 서로 공격해 길과 흉이 생긴다. 한편 먼 것과 가까운 것이 서로 교대하기 때문에 뉘우침과 부끄러움이 생기고, 참과 거짓이 서로 교감하기 때문에 이로움과 해로움이 생긴다. 무릇 역易이 알려주는 진리가 가까이 있는데도 서로 맞지 못하면 흉하거나 혹은 해롭게 된다. 또한 그 진리를 해치면 뉘우치게 되고 부끄러워진다.

장차 배반할 자는 그 말 속에 부끄러움이 있고, 마음에 의심을 품은 자는 그 말이 산만하다. 무릇 길吉한 사람은 그 말수가 적고, 조급한 사람은 말수가 많고, 어진 사람을 모함하는 자는 그 말이 유창하고, 지조를 잃은 자는 그 말을 비굴하게 하는 법이다.

夫乾은 天下之至健也니 德行이 恒易以知險하고 夫坤은 天下之至順也니 德行이 恒簡以知阻하나니 能說諸心하며 能研諸侯之慮하여 定天下之吉凶하며 成天下之亹亹者니 是故로 變化云爲에 吉事有祥이라 象事하여 知器하며 占事하여 知來하나니 天地設位에 聖人이 成能하니 人謀鬼謀에 百姓이 與能하나니라. 八卦는 以象告하고 爻象은 以情言하니 剛柔雜居而吉凶을 可見矣라. 變動은 以利言하고 吉凶은 以情遷이라 是故로 愛惡相攻而吉凶生하며 遠近相取而悔吝生하며 情僞相感而利害生하나니 凡易之情이 近而不相得하면 則凶或害之하며 悔且吝하나니라 將叛者는 其辭慙하고 中心疑者는 其辭枝하고 吉人之辭는 寡하고 躁人之辭는 多하고 誣善之人은 其辭游하고 失其守者는 其辭屈하니라.

568

序卦傳 상 上 서괘전

하늘과 땅이 생긴 이후에 만물이 생겨났는데, 바로 하늘과 땅 사이에 가득한 것이 만물이다. 그러므로 둔屯으로 받았으니, 둔屯이란 가득함이고, 이는 곧 만물이 처음 나온 것이다. 만물이 나면 반드시 어렸기 때문에 몽蒙으로 받았으니, 몽蒙이란 어리다는 것이고, 이는 곧 만물이 어리다는 것이다. 만물이 어리면 기르지 않을 수 없기 때문에 수需로 받았으니, 수需라는 것은 음식의 도道를 말한다. 그런데 음식에는 반드시 분쟁이 있기 때문에 송訟으로 받았고, 분쟁은 반드시 여럿이 있어야만 가능하기 때문에 사師로 받았고, 사師란 무리이니 무리는 반드시 친한 바가 있으므로 비比로 받았는데, 여기에서 비比라는 것은 친함을 말한다. 친하면 반드시 다시 모이게 되기 때문에 소축小畜으로 받았고, 이렇게 모인 무리들 사이에는 예禮가 있기 때문에 이履로 받았고, 예禮를 실천해 형통한 뒤에 편안해지기 때문에 태泰로 받았다. 태泰라는 것은 통하는 것을 말한다. 그러나 만물은 끝내 통通하지 못하기 때문에 부否로 받았고, 만물은 끝내 막혀 있지만은 않기 때문에 동인同人으로 받았고, 이렇듯 남과 함께하는 자에게 만물이 돌아오기 때문에 대유大有로 받았고, 이렇듯 큰 것을 소유한 자는 가득한 체해서는 안 되기 때문에 겸謙으로 받았고, 큰 것을 소유하고도 겸손하면 반드시 즐겁기 때문에 예豫로 받았고, 즐거우면 반드시 따르는 무리가 생기기 때문에 수隨로 받았고, 기쁨으로 남을 따르는 자는 반드시 일이 있기 때문에 고蠱로 받았다. 여기에서 고蠱란 곧 일이다. 일이 있은 뒤에는 커질 수 있다. 그렇기 때문에 임臨으로 받았는데, 임臨이란 크다는 것이니 만물이 커진 뒤에야 볼 만하기 때문에 관觀으로 받았고, 볼 만한 뒤에 합쳐짐이 있기 때문에 서합噬嗑으로 받았다. 합嗑이란 합치는 것이다. 그러나 만물은 구차하게 합쳐질 수 없다. 그렇기 때문에 분賁로 받았다. 분賁이란 꾸미는 것이다. 이렇듯 지극히 꾸며 그 뒤가 형통해지면 박剝으로 받았다. 박剝이란 깎여 벗기지는 것이다. 따라서 만물은 없어질 수 없다. 이렇듯 박剝이 위에서 다하면 아래로 돌아오기 때문에 복復으로 받았고, 돌아오면 망령되지 않기 때문에 무망无妄으로 받았고, 무망无妄이 있은 뒤에 크게 모일 수 있으므로 대축大畜으로 받았고, 물건이 크게 모인 뒤에 기를 수 있으므로 이頤로 받았다. 이頤는 기르는 것이다. 그런데 기르지 않으면 움직일 수 없기 때문에 대과大過로 받았다. 그러나 만물은 허물로 끝마칠 수 없기 때문에 감坎으로 받았다. 감坎이란 빠진다는 것이다. 그러나 빠지면 반드시 걸리는 바가 있기 때문에 이離로 받았다. 여기에서 이離는 연결을 의미한다.

物之穉也라 物穉不可不養也라. 故로 受之以需하니 需者는 飮食之道也라. 飮食必有
訟이라. 故로 受之以訟하고 訟必有衆起라. 故로 受之以師하고 師者는 衆也니 衆必有
所比라. 故로 受之以比하고 比者는 比也니 比必有所畜이라. 故로 受之以小畜하고 物
畜然後에 有禮라. 故로 受之以履하고 履而泰然後에 安이라. 故로 受之以泰하고 泰
者는 通也니 物不可以終通이라. 故로 受之以否하고 物不可以終否라. 故로 受之以同
人하고 與人同者는 物必歸焉이라. 故로 受之以大有하고 有大者는 不可以盈이라. 故
로 受之以謙하고 有大而能謙이면 必豫라. 故로 受之以豫하고 豫必有隨라. 故로 受之
以隨하고 以喜隨人者必有事라 故로 受之以蠱하고 蠱者는 事也니 有事而後에 可大라.
故로 受之以臨하고 臨者는 大也니 物大然後에 可觀이라. 故로 受之以觀하고 可觀而
後에 有所合이라. 故로 受之以噬嗑하고 嗑者는 合也니 物不可以苟合而已라. 故로 受
之以賁하고 賁者는 飾也니 致飾然後에 亨則盡矣라. 故로 受之以剝하고 剝者는 剝也
니. 物不可以終盡이니 剝이 窮上反下라. 故로 受之以復하고 復則不妄矣라. 故로 受
之以无妄하고 有无妄然後에 可畜이라. 故로 受之以大畜하고 物畜然後에 可養이라. 故
로 受之以頤하고 頤者는 養也니 不養則不可動이라. 故로 受之以大過하고 物不可以
終過라. 故로 受之以坎하고 坎者는 陷也니 陷必有所麗라. 故로 受之以離하니 離者는
麗也라.

序卦傳 下하 서괘전

하늘과 땅이 생긴 뒤에야 만물萬物이 생겼고, 만물萬物이 생긴 뒤에야 남자와 여자가 생겼고, 남자와 여자가 생긴 뒤에야 부부夫婦가 생겼고, 부부夫婦가 생긴 뒤에야 아버지와 아들이 생겼고, 아버지와 아들이 생긴 뒤에야 임금과 신하가 생겼고, 임금과 신하가 생긴 뒤에야 위와 아래가 생기고, 위아래가 생긴 뒤에야 예의가 있게 되는 것이다.

부부夫婦의 도道는 오래가야 하기 때문에 항恒으로 받았는데, 항恒이란 오래한다는 것이다. 그러나 만물은 한 곳에 오랫동안 머물 수 없다. 그래서 둔遯으로 받았다. 둔遯이란 물러나는 것이다. 그러나 만물은 물러날 수만은 없다. 그래서 대장大壯으로 받았다. 그러나 만물은 장대하기만 할 수는 없다. 그래서 진晉으로 받았다. 진晉이란 나아가는 것이다. 따라서 나아가면 반드시 상처를 입게 된다. 그래서 명이明夷로 받았다. 여기에서 이夷는 상처를 말한다. 밖에서 상한 자는 반드시 집으로 돌아온다, 그래서 가인家人으로 받았다. 그런데 집안의 도가 궁해지면 반드시 어그러진다. 그래서 규睽로 받았다. 규睽란 어그러진다는 것이다. 이렇게 어그러지면 반드시 어려움이 다르게 되기 때문에 건蹇으로 받았다. 건蹇이란 어려움을 말한다. 그런데 만물은 끝끝내 어려울 수만은 없다. 그래서 해解로 받았다. 해解는 느긋한 것이다. 그런데 느긋해서 일이 늦어지면 반드시 잃는 것이 생긴다. 그래서 손損으로 받았다. 손해를 보지 않으면 반드시 이익이 생기기 때문에 이는 다시 익益으로 받았고, 이익이 생기는데도 그치지 않으면 결렬되기 때문에 쾌夬로 받았다. 쾌夬는 결렬되는 것이다. 이렇게 결렬되면 반드시 만남이 생기기 때문에 이는 구姤로 받았다. 구姤는 만나는 것이다, 이렇듯 만물이 만나면 반드시 모이기 때문에 이는 췌萃로 받았다. 췌萃는 모이는 것이다. 그리고 모여서 올라가는 것을 승升이라 부르기 때문에 승升으로 받았다. 그런데 올라가고 그치지 않으면 반드시 곤란해진다. 그래서 곤困으로 받았다. 위에서 곤란한 자는 반드시 아래로 내려오기 마련이다. 그래서 정井으로 받았다. 정의 도는 변화하지 않을 수 없기 때문에 혁革으로 받았고, 만물을 변화시키는 데는 솥만 한 것이 없기 때문에 정鼎으로 받았다. 또 기물器物을 관리하는 데는 장자長子만 한 자가 없기 때문에 진震으로 받았다. 진震은 움직이는 것이다. 그런데 만물은 움직이기만 할 수 없고 반드시 멈추게 되어 있다. 그래서 간艮으로 받았다. 간艮은 멈추는 것이다. 그런데 만물은 끝내 멈춰 있기만 할 수 없기 때문에 점漸으로 받았다. 점漸은 나아가는 것이다. 그런데 나아가는 것은 반드시 돌아오게 마련이다. 따라서 귀매歸妹로 받았다. 또 돌아갈 곳을 얻은 자는 반드시 커지므로 풍豐으로 받았다. 풍豐은 큰 것이다. 무릇 최대로 크게 된 자는 반드시 거처를 잃게 되기 때문에 여旅로 받았다. 이렇듯 나그네가 되면 용납할 곳이 없게 된다. 그래서 손巽으로 받았다. 손巽은 들어가는 것이다. 이렇듯 들어가면 기뻐하게 된다. 그래서 태兌로 받았다. 태兌는 기뻐하는 것이다. 그러나 기뻐한 뒤에는 반드시 흩어지게 마련이기 때문에 환渙으로 받았다. 환渙은 떠나는 것이다. 그러나 만물은 끝끝내 떠나기만 할 수는 없다. 그래서 절節로 받았다. 예절로 절제해 믿게 되기 때문에 이는 다시 중부中孚로 받았다. 이렇듯 믿음을 가지게 된 자는 반드시 행동하게 마련이다. 그래서 소과小過로 받았다. 또 남보다 지나침이 있는 자는 반드시 문제를 해결하게 된다. 그래서 기제旣濟로 받았다. 그러나 만물은 다 끝낼 수 없다. 그래서 미제未濟로 받아서 그 끝을 맺었다.

有天地然後에 有萬物하고 有萬物然後에 有男女하고 有男女然後에 有夫婦하고 有夫婦然後에 有父子하고 有父子然後에 有君臣하고 有君臣然後에 有上下하고 有上下然後에 禮義有所錯니라. 夫婦之道는 不可以不久也라. 故로 受之以恒하고 恒者는 久也니 物不可以久居其所라. 故로 受之以遯하고 遯者는 退也니 物不可以終遯이라. 故로 受之以大壯하고 物不可以終壯이라 故로 受之以晉하고 晉者는 進也니 進必有所傷이라. 故로 受之以明夷하고 夷者는 傷也니 傷於外者必反其家라. 故로 受之以家人하고 家道窮必乖라. 故로 受之以睽하고 睽者는 乖也니 乖必有難이라. 故로 受之以蹇하고 蹇者는 難也니 物不可以終難이라. 故로 受之以解하고 解者는 緩也니 緩必有所失이라. 故로 受之以損하고 損而不已면 必益이라. 故로 受之以益하고 益而不已면 必決이라. 故로 受之以夬하고 夬者는 決也니 決必有所遇라. 故로 受之以姤하고 姤者는 遇也니 物相遇而後에 聚라. 故로 受之以萃하고 萃者는 聚也니 聚而上者謂之升이라. 故로 受之以升하고 升而不已면 必困이라. 故로 受之以困하고 困乎上者必反下라. 故로 受之以井하고 井道不可不革이라 故로 受之以革하고 革物者莫若鼎이라. 故로 受之以鼎하고 主器者莫若長子라 故로 受之以震하고 震者는 動也니 物不可以終動하여 止之라. 故로 受之以艮하고 艮者는 止也니 物不可以終止라. 故로 受之以漸하고 漸者는 進也니 進必有所歸라. 故로 受之以歸妹하고 得其所歸者必大라. 故로 受之以豐하고 豐者는 大也니 窮大者必失其居라. 故로 受之以旅하고 旅而无所容이라. 故로 受之以巽

하고 巽者는 入也니 入而後에 說之라. 故로 受之以兌하고 兌者는 說也니 說而後에 散
之라. 故로 受之以渙하고 渙者는 離也니 物不可以終離라. 故로 受之以節하고 節而信
之라. 故로 受之以中孚하고 有其信者는 必行之라. 故로 受之以小過하고 有過物者는
必濟라. 故로 受之以旣濟하고 物不可窮也라. 故로 受之以未濟하여 終焉하니라.